海外名家学术文库
HAIWAI MINGJIAXUESHUWENKU

唐宋诗探索拾遗

罗宗涛 著

天津教育出版社
TIANJIN EDUCATION PRESS

图书在版编目（CIP）数据

唐宋诗探索拾遗 / 罗宗涛著. --天津：天津教育出版社，2012. 1
ISBN 978-7-5309-6643-3

Ⅰ. ①唐… Ⅱ. ①罗… Ⅲ. ①唐诗—诗歌研究②宋诗—诗歌研究 Ⅳ. ①I207.22

中国版本图书馆CIP数据核字（2011）第272547号

海外名家学术文库
唐宋诗探索拾遗

出版人　胡振泰
作　　者　罗宗涛
选题策划　李勃洋
责任编辑　田　昕
装帧设计　郭亚非
出版发行　天津教育出版社（www.tjeph.com.cn）
　　　　　天津市和平区西康路35号
　　　　　邮政编码 300051
经　　销　新华书店
印　　刷　天津金彩美术印刷有限公司
版　　次　2012年1月第1版
印　　次　2012年1月第1次印刷
规　　格　16开（787×1092毫米）
字　　数　410千字
印　　张　34.50
定　　价　68.00元

自　序

罗宗涛

在大学任教了四十八年，陆续写了几十篇性质或同或异的论文，但掇拾部分性质相近的篇章结集成册出版，这还是头一遭。在集子出版的前夕，我这白发老教授的心情竟有几分新妇怕见公婆的不安。

在大学任教，就有引导初学者从事研究、撰写论文的责任。在初学者读了前辈的著作后，钦服之余，往往又会觉得自己对前贤论及的课题，已无置喙余地。于是，做导师的就得设法另辟蹊径，供其参考揣摩。在与学生共同商量，设法凝聚共识的时候，自己偶亦尝试写点相关论文以为举隅，期能收举一反三之效。为了适应当时的学术趋势，又要顾及学生不同的兴趣，我的那些“尝试”就显得零散，不成系统。年事渐长，散在各种期刊的稿子也逐年增加。于是时常有朋友和学生催促我将旧稿结集出版，以便查考，我都因懒散和心虚而没能应命。最近，承萧丽华教授的厚爱，鼎力推荐；天津教育出版社的宽容，惠予出版。这才鼓起勇气，取其中与唐宋诗有关的十几篇著作付梓，准备面对广大的读者。

几十年来所写的几十篇文稿虽然不成系统，但可以约略划分为几大类：一类是属于敦煌变文的诠释。一类是歌谣、平话、章回小说的研讨。还有一类，就是关于唐宋诗的探索。这本集子就取材于最后一类。由于这十几篇文稿基本上是为了配合教学需要而做的尝试，所以多半在题目上标出“初探”“试探”“浅探”之类字眼，那些没有标示上述字眼的，其实多半也隐含此意。所谓“初探”“试探”“浅探”都意味着我只是开个头，往后漫长的路程就由有兴趣的学生继续向前走。所以这些文稿都只提出一些在当年还算是新颖的课题，略示门径，而并未深入挖掘。差堪自慰的是，这些浅探有时也对学生起了些微影响，促使他们撰成更有价值的论文。例如：

在我写了《唐人题壁诗初探》以后，文化大学严纪华君加以充实、深化，撰成《唐人题壁诗之研究》；台湾师范大学张惠乔君则向下延伸，提出《北宋题壁诗之研究》。后来，我又写了一篇涵盖两宋的《从传播的视角论宋人题壁诗》，这是教学相长的一个例子。

在我撰就《四杰三李之梦》和《唐五代诗僧之梦初探》之后，政治大学庄蕙绮君则予以断代，着力于中唐，完成了《中唐诗歌中梦之研究》。其余如陈圣萌、张琪苍写花，彭寿绮写云，林聆慈写月，谌鸿仪写苔，李宝玲将五代的诗和词做一番比较等等，多少也受到我相关论述的影响。

尤有进者，政治大学彭雅玲的《唐代诗僧的创作论研究：诗歌与佛教的综合分析》、玄奘大学陈昭伶的《王维诗中的终极关怀类型》、玄奘大学王盈洁的《宋人梦中作诗研究》等，都是在受到触发之后，进而做更深入的综合研究，提升了研究的层次。这正是李商隐说的：“桐花万里丹山路，雏凤清于老凤声。”

老凤之声虽不足听，但循声追寻，却可以听到雏凤悦耳的嘤鸣。世代相续，一代强似一代，文化得以维系不绝，得以发扬光大，这是令人快慰振奋的事情。此集如有些微贡献，仅限于此。

至于书名，在交稿时我只想到“唐宋诗论集”这样宽泛的名称，负责筹划的李勃洋先生来函示知：“在您交给我社的书稿纸样中并无明确的书名，本书责编乃据其理解，暂拟了《唐宋诗文探索拾遗》之名，主要是考虑这些单篇论文，很多是对唐宋诗文研究做拾遗补阙之工作，立足史料，见微知著。”“拾遗补阙”四字，道破文稿的共同性质。我在钦服之下，对“拾遗”二字还有一点小小的补充：我对自己的旧稿向来都不满意，也没有好好整理保存，加上搬家十四次，淹水四次，一些旧稿就散佚流失了。现在收拾残余，挑选了与唐宋诗有关的十几篇出版，这倒也适合“拾遗”另一面的意涵。然而，这些单篇论文探索的对象都是诗，偶尔涉及“文”，只不过用来辅助“诗”的解读而已。所以建议删去“文”字，而成为《唐宋诗探索拾遗》。

当读者看到这篇序文，《唐宋诗探索拾遗》已经出版发行，我在心虚之余，更虚心期盼博雅君子的指瑕与教正。

罗宗涛　序于台北木栅指南山下
2011 年长夏

目 录

唐人题壁诗初探

一、引 言

唐代以前，已经有题诗于石壁、墙壁、屏风的事情，[1]但还没有形成风气；虽然作者可能已有借此作为传播手段的意图，但是在当时仍未成为诗歌传播的重要方式。到了唐代，题壁之类的行为逐渐蔚为风尚，并对唐诗的传播，产生了重大的作用。当然，促使唐诗兴盛流行的因素很多，诸如：以诗赋取士的科举制度、贵族和文士的雅集、赠别、酬应、唱和等等，都是。然而，唐人的题诗于墙壁等处，也是他们的一种发表方式，同时也是促使唐诗流布的重要因素，这很值得我们注意。

由于本文视题壁诗为一种发表的方式、传播的手段，所以所谓"题壁诗"是采其广义的，除题于墙壁之外，包括题于石壁、

---

1. 以丁福保编《全汉三国晋南北朝诗》为例：《全晋诗》卷七有马岌《题宋纤石壁诗》，《全梁诗》卷十一有陶弘景《题所居壁》、卷十二有陆山才《刻吴阊门诗》，《全北周诗》卷一有王褒《明庆寺石壁》，《全隋诗》卷二有姚察《游明庆寺怅然怀古》，《题解》引《广弘明集》云"陈姚察遇见萧祭酒书明庆寺禅房诗，览之怆然忆此寺，仍用萧韵述怀"，《全隋诗》卷四有大义公主《书屏风》等。

大石、雪地、门、户、扉、窗、轩、楹、柱、梁、袱、屏风、诗板、榜子等等。易言之，举凡题于公开处所，有公开发表，使其流传的意图的诗作，都在本文采集的范围。这类作品，大部分在诗题上就能辨别出来，但是也有不少作品，在题目上完全没有表示出题壁的性质，必须在读了诗的内容以后才能判定它是题壁诗。例如：白居易的《宿张云举院》(《全唐诗》卷四百六十二，以下只注明卷数)，这首五言排律，要不是读到最后两句“明朝题壁上，谁得众人传”，就不知道它是题壁诗。姚合的《题山寺》五言排律(卷四百九十九)，也是如此，不读到最后的“为爱青桐叶，因题满树诗”，也无从判别。张仁溥《题龙窝洞》七绝(卷七百三十七)，亦因诗中有“碧纱笼却又如何”之句，我们才能确定。此外，还有一种更常见的情形，就是必须借其他相关资料，才能知道它是题壁诗。例如：崔颢的《黄鹤楼》(卷一百三十)须待《唐才子传》“颢尝过黄鹤楼赋诗，李白见而赏之，题曰：眼前有景道不得，崔颢题诗在上头”(卷二百十五)这段文字，方知其为题壁诗。又如薛令之的《自悼》云：

朝日上团团，照见先生盘。盘中何所有？苜蓿长阑干。饭涩匙难绾，羹稀箸易宽。只可谋朝夕，何由保岁寒？

无论从诗题或内容，都看不出它是题壁诗。而必须参阅唐玄宗的《续薛令之题壁》(卷三)才能得知。又如李端《巫山高》(卷二百八十五)云：

巫山十二峰，皆在碧虚中。回合云藏月，霏微雨带风。猿声寒过涧，树色暮连空。愁向高唐望，清秋见碧空。

必须看到《唐诗纪事》所载：

蜀路有飞泉亭，中诗板百余篇。后薛能佐李福于蜀道过此，题云“贾椽曾空去，题诗岂易哉?”悉去诸板，惟留李端《巫山高》而已。

我们这才知道李端的这首诗，原先是题在诗板上的。又如崔护《题都城南庄》一首（卷二百六十八），须待《本事诗》所载（见《太平广记》卷二百七十四《崔护》则引），我们方知他题此诗于左扉。又如元稹《褒城驿》（卷四百三），云：

忆昔万株梨映竹，遇逢黄令醉残春。梨枯竹尽黄令死，今日再来衰病身。

诗题和诗句都很平常，但是薛能的《褒城驿有故元相公旧题诗因仰叹而作》（卷五百六十）云：

鄂相顷题应好池，题云万竹与千梨。我来已变当初地，前过应无继此诗。敢叹临行殊旧境？惟愁后事劣会时。闲吟四壁堪搔首，频见青蘋白鹭丝。

这才看出元作是题壁诗。又如白居易《祗役骆口因与王质夫同游秋山偶题三韵》（卷四百二十八）云：

石拥百泉合，云破千峰开。平生烟霞侣，此地重裴回。今日勤王意，一半为山来。

这也须看到元稹《骆口驿》（卷四百十二）序文云：

> 东壁上有李二十员外逢吉、崔二十二侍御诏使云南题名处；北壁有翰林白二十二居易《题拥石关》云开雪红树等篇，有，王质夫和焉，王不知是何人也。

方能确定其为题壁诗。又如白居易《有小白马乘驭多时奉使至稠桑驿溘然而毙足可惊伤不能忘情题二十韵》(卷四百四十八)，无论从诗题或四十句排律的内容，都看不出丝毫题壁的迹象。这要再读白氏的《往年稠桑曾丧白马题诗厅壁今来尚存又复感怀更题绝句》(卷四百五十五)，才确知前一首是题于厅壁的。

综上所述，本文采用的诗篇，必须合乎以下三个条件之一：第一，诗题标明题壁；第二，从诗的内容看出是题壁的；第三，从相关资料证明它是题壁的。至于泛著一“题”字的诗篇，则不敢贸然收入，因为诗题上的“题”字，往往相当于“过”、“宿”、“咏”……的意思，可能只题在纸上，如《题新雁》之类未必都是题在墙上的。为了避免掺杂了靠不住的作品，所以概不采取。何况，经过严格的筛选，也还有将近四百首诗，可以让我们看出一些端倪来。此外，寒山诗云：

> 一住寒山万事休，更无杂念挂心头。闲于石壁题诗句，任运还同不系舟。

又云：

> 五言五百篇，七字七十九，三字二十一，都来六百首。一例书岩石，自夸云好手。若能会我诗，真是如来母。

见存的寒山诗，虽然不到六百首，但也有三百多首，这些都是他

“一例书岩石”的作品，当然也符合本文“题壁诗”的标准。

二、题诗的处所、方式和相关问题

题诗的处所遍及公署、私舍、酒店、妓馆……各处，兹一一例举如次。

东宫壁：玄宗朝薛令之在东宫壁题《自悼》诗，前已具引，而玄宗有《续薛令之题壁》云：“啄木嘴距长，凤皇羽毛短。若嫌松桂寒，任逐桑榆暖。”《本事诗》云：“开元时，东宫官僚清淡，薛令之题诗自悼，有‘无以谋朝夕，何由保岁寒’句，上幸东宫，览之，索笔题其傍云云。令之遂谢病归。”

中书省壁：郑綮有《题中书壁》（卷八百七十）。

秘书省壁：白居易《重过秘书旧房因题长句》（卷四百三十八）：“……应有题墙名姓在，试将衫袖拂尘埃。”而元稹《和乐天过秘书省旧厅》（卷四百十五），也有“壁记欲题三漏合”之句。温庭筠《秘书省有贺监知章草题诗笔力遒健风尚高远拂尘寻玩因有此作》（卷五百七十八）云：“出笼鸾鹤归辽海，落笔龙蛇满壤墙。”

御史台壁：武元衡《台中题壁》（卷三百十六）云：“柏台年未老，蓬鬓忽苍苍。”

集贤阁壁：刘禹锡《题集贤阁》（卷三百六十）云：“曾是先贤翔集地，每看壁记一惭颜。”

府厅壁：白居易《自罢河南已换七尹每一入府怅然旧游因宿内厅偶题西壁兼呈韦尹常侍》（卷四百五十七），郑谷《初还京师寓止府署偶题屋壁》（卷六百七十五）。

郡斋壁：刘禹锡《和杨侍郎初至郴州纪事书情题郡斋八韵》（卷三百六十三）云：“郡斋堪四望，壁记有三台。”

县门、县壁：伊用昌《题茶陵县门》（卷八百六十一），李兼《题洛阳县壁》（卷八百七十三）。

库壁：韦应物《酬豆卢仓曹题库壁见示》（卷一百九十）。

关城壁：元稹《酬乐天武关南见微之题山石榴花诗》（卷四百十六）云："又更几年还共到，满墙尘土两篇诗。"刘禹锡《途次华州陪钱大夫登城北楼春望因睹李崔令狐三相唱和之什翰林旧侣继踵华城山水清高鸾凤翔集皆忝宿春遂题此诗》（卷三百五十九）云："壁中今日题诗处，天上同时草诏人。"

驿壁、梁、楹、石、轩等：宋之问《至端州驿见杜五审言沈三佺期阎五朝隐王二无竞题壁慨然成咏》（卷五十一），韩愈《去岁以刑部侍郎贬潮州刺史乘驿赴任其后家亦谴逐小女道死殡之层峰驿旁山下蒙恩还朝过其墓留题驿梁》（卷三百四十四），杜牧《三川驿伏览座主舍人留题》（卷五百二十四），许浑《行次潼关题驿后轩》（卷五百二十八），薛能《嘉陵驿》（卷五百六十）云："频题石上程多破，暂歇泉边起不能。"吴融《富水驿东楹有人题诗笔迹柔媚出自纤指》《卷六百八十七）。

长亭壁：吴融《题扬子津亭》（卷六百八十四）云："扬子江津十四径，纪行文字偏长亭。"

石壁：钱起《石门谷题孙逸人石壁》（卷三百三十六）。

桥柱：王播《淮南游故居感旧酬西川李尚书德裕》（卷四百六十六）云："更见桥边记名姓，始知题柱免人嗤。"

馆壁：孟浩然《题长安主人壁》（卷一百六十），元稹《见乐天诗》（卷四百十五）云："通州到日日平西，江馆无人虎印泥。忽向破檐残漏处，见君诗在柱心题。"白居易《桐叶馆重题》（卷四百三十一）云："阶前下马时，梁上题诗处。"

酒店壁：王绩《题酒店壁》（共六首，俱见卷三十七），伊用昌

《题酒楼壁》（卷八百六十一）。

卜铺壁：王绩《戏题卜铺壁》（卷三十七）。

寺门、寺壁、寺梁、寺楼、寺轩、法堂、僧壁等：陈季卿《题潼关普通院门》、《题禅窟兰若》（序云：题诗于南楹，卷八百六十八），钱起《归义寺题震上人壁》（卷二百三十六），段成式《题僧壁》（卷五百四十八），刘禹锡《贞元中侍郎舅氏牧华州时舍再忝科第前后由华觐谒陪登伏毒寺屡马亦曾赋诗题于梁栋今典冯翊暇日登楼南望三峰浩然生思追想昔年之事因成篇题旧寺》（卷三百五十八），《洛中寺北楼见贺监草书题诗》（卷三百五十九），无名氏《题水心寺水轩》（卷七百八十六），白居易《题道宗上人十韵并序》（卷四百四十四）序云："普济寺律大德宗上人法堂中有故相国郑司徒归尚书陆刑部元少尹及今吏部郑相中书韦相钱左丞诗……"

观祠壁：武元衡《夏日陪冯许二侍郎与严秘书游昊天观览旧题寄同里杨华州中丞》（卷三百十七），李建勋《题信果观壁》（卷七百三十九），洪州将军《题屈原祠》（卷七百八十四）。

自家壁、石：白居易《香炉峰下新置草堂即事咏怀题于石上》（卷四百三十）、《香炉峰下新卜山居草堂初成偶题东壁》、《重题》，徐夤《东归题屋壁》（卷七百九）。

亲友壁：韦应物《因省风俗访道士侄不见题壁》（卷一百九十），李商隐《戏题友人壁》（卷五百四十）。

生人壁：钱起《题玉山村叟屋壁》（卷二百三十八），崔护《题都城南庄》（卷三百六十八），郑谷《书村叟壁》（卷六百七十六）。

茅亭：杜荀鹤《题汪氏茅亭》（卷六百九十二）。

江村：李商隐《江村题壁》（卷五百四十）。

妓壁：赵光远《题妓莱儿壁》（卷七百二十六），孙棨《题妓王福娘墙》、《题刘泰娘舍》（卷七百二十七），王福娘《题孙棨诗后》

（卷八百二），吕岩《题广陵妓屏二首》、《题东都妓馆壁》（卷八百五十八）。

题榜：罗隐《题新榜》（卷六百六十五），张保胤《示妓榜子》（卷八百七十）。

塔、墓：孟郊《送陆畅归湖州因凭题故人皎然塔陆羽墓》（卷三百七十九），李商隐《和人题真娘墓》（卷五百四十一）。

雪地：吕岩《剑画此诗于襄阳雪中》（卷八百五十八）。

其余如县丞、县尉等地方官的厅壁，就不一一举例了。

综上各例，可见唐人题壁，遍及宫、省、院、台、府、郡、县、驿、馆、寺、观、关、城、自宅、亲友宅、陌生人宅、塔坟、雪地等，几乎无处不可题壁题梁。但是其中题诗最多的处所则为寺院、驿亭、公廨厅壁。

唐代佛教鼎盛，寺院林立。寺院不但是信徒礼拜集会的场所，而且往往藏书丰富，多植花木，环境清幽。僧侣不但心地慈悲，时常从事一些慈善事业，又有一些好文的僧人，喜欢交游文士。基于这些（以及其他）因素，唐代书生有些在未达之际，即寄居寺院，读书其间。中举以后，宦海浮沉，得意的时候，固然衣锦重游旧地，失意的时候，也会到寺院治疗心灵的创痛。至少，人们也会因为寺院地点适中，视野良好，而当做游览胜地。寺院既然是文人以及民众常到的地方，拥有广大的读者群，诗人也就乐意题诗于壁了。

驿亭位于交通要道，是旅客必经之处。长安道上人们熙往攘来，邻近长安的几个驿站更是四方举子和仕宦所必经。考前考后、中举落第，当然各有感触，而感触最深的还是那些被贬黜外调以及被召回朝，饱经风霜而得失心仍重的官员，他们之中有些经行某驿多次，每次都有新的感触，不吐不快。再者，搞政治就免不了斗争，斗争就有胜负得失，而政治斗争又必然形成派系，所以胜负是整个派系的问题，某派失败，就有一大批人被贬谪，络绎跋涉赴贬所，先行的人就在驿壁留诗给后人看，后来的僚友读了前人的诗，悲从中来，又激起了他题壁的动机。因此，题驿壁的诗特别多。

唐人四处游宦，旅途之中，往往就落脚于衙门客舍，因为地方政府的刺史、长史、县令、县丞、县尉等多半是游宦者的同乡、同学、同年、同僚、旧属、老长官……礼貌上既应造访，同时也找个落脚处，而地方官吏，由于有了这些对应关系，也习惯了这些送往迎来。宾主宴会，久别重逢，悲喜交集，不免诗情勃发，于是题诗厅壁；举杯叙旧之际，随便交换了政坛的最新讯息，激起不平之气，结果也是题诗厅壁。有时地方官吏，久坐厅斋，吟哦之余，亦题诗壁上。因此地方政府各级官吏的厅或斋，也是题壁很多的地方。

以下探讨一些有关题诗方式和其他相关问题。

（一）题壁诗照理应该是直书墙上的，但是也有例外，像《全唐诗》卷二载高宗《谒慈恩寺题奘法师房》其《题解》即云："时帝为太子，题诗帖之于户。见《奘法师传》。"这种先写在纸上然后再贴上去的情形，明文记载的只此一见。

（二）最重要的是，声誉隆盛的名胜或要冲，题壁的人多了，壁、梁等可题之处都题满了该怎么办？最常见的解决方法就是设置诗板。现在先将有关资料条列如下。

《唐诗纪事》："蜀路有飞泉亭，中诗板百余篇，后薛能佐李福于蜀道过此……悉去诸板，惟留李端《巫山高》而已。"

张祜《题灵彻上人旧房》："寂寞空门支道林，满堂诗板旧知音。"（卷五百十一）

翁洮《和方干题李频庄》："吟时胜概题诗板，静处繁华付酒尊。"（卷六百六十七）

郑谷《送进士吴延保及第南游》："胜地昔年诗板在，清歌几处郡筵开。"（卷六百七十六）

齐已有《登道林寺观白太傅题板》、《游道林寺四绝亭观宋杜诗板》、《赴郑谷郎中招游龙兴观读诗板谒七真仪像因有十八韵》（卷八百三十九、八百四十、八百四十三）。

马湘《题龙兴观壁·题解》云："晋陵道士朱含真，居龙兴观东轩，马自然常过之，含真必竭力以奉，临别，与以三符，命版，题诗庑下。"（卷八百六十一）

郑仁表《题沧浪峡榜·题解》云："仁表经过沧浪峡，憩于长亭，驿吏坚进一板，仁表走笔云云。"（卷八百七十）

林逋《孤山寺碑》："白公睡阁幽如画，张祜诗牌妙入神。"

从以上资料可以看出唐朝许多寺观驿亭都准备了诗板，以供骚人墨客之用。有时是诗人主动要求提供诗板，有时是当地主人执事请求诗人题诗。这些诗板都得到保存累积，有时也会遭受损失，例如遇上薛能这种眼高于顶的诗人，会利用职权，将其淘汰。不过有些诗板还是得到长久的保存，有的甚至由唐代保存到宋朝，只是唐代的"诗板"，宋人已称它做"诗牌"。

（三）题壁时笔砚的问题。在唐诗中题到笔砚的有几处：其一是《全唐诗》卷二有明皇帝《续薛令之题壁》，《本事诗》说他"索笔题其傍"。其二是《全唐诗》卷七百九十九有王霞卿《题唐安寺阁壁并序》，其序文有云："时有轻绡捧砚，小玉看题。"其三是《全唐诗》卷八百四十三齐已《赴郑谷郎中招游龙兴观读题诗板谒七真仪像因有十八韵》有云："僧绦初学结。朝服久慵披。到处琴棋傍，登楼笔砚随。"根据以上资料，加上常识的判断，也许可以这么说，当时的衙门、书斋、寺观以及驿站之类的地方，笔砚应该是不缺的。其次，文士往往都有书僮相随。仕女也有丫鬟服侍。就如王霞卿即有“轻绡捧砚”。再次，寒门之士，如因雅好舞文弄墨，就只好自己随身携带了，像齐己初辞俗务出家，四处游历，又好题诗，就只好“登楼笔砚随”了，至于不羁之士，既未携带笔砚，又按捺不住发表的冲动，就只好变通一下，像吕岩或用剑画诗于雪地，或者用稍带颜色的石榴皮涂在墙壁上（卷八百五十八）。

（四）题壁诗除了讲究诗的品质之外，对书法也颇注重。例如杜甫《醉歌行赠公安颜少府请顾八题壁》有云：“君不见东吴顾文学，君不见西汉杜陵老，诗家笔势君不嫌，词翰升堂为君扫。”（卷二百二十三）在诗之外，特别强调顾八的书法。刘禹锡《洛中寺北楼见贺监草书题诗》云：

> 高楼贺监昔曾登，壁上笔踪龙虎腾。中国书法尚皇象，北朝文士重徐陵。偶因特见空惊目，恨不同时便伏膺。唯恐尘埃转磨灭，再三珍重嘱山僧。

刘禹锡激赏贺知章的书法，而温庭筠在秘书省壁见到贺知章的草题诗也是赏玩赞叹不已（卷五百七十八）。另外，冯少吉《山寺见杨少卿书壁因题其尾》云：

> 少卿真迹满僧居，只恐钟王也不如。为报远公须爱惜，此书书后更无书。

更是完全着眼于书法。喜好题壁的贯休深明此理，所以曾别出心裁在东林寺以篆隶两体书法题一首诗（卷七百六，黄滔《东林寺贯休上人篆隶题诗》)。

(五)前面提到杜甫曾请顾八代题,而孟郊《送陆畅归湖洲因凭题故人皎然塔陆羽坟》有云:“因君寄数句,遍为书其丛。”则是因路远而请人代题。此外还有一种“寄题”情况也相似,如萧颖士《早春过七岭寄题硖石裴丞厅壁》(卷一百五十四)、白居易《送王十八归山寄题仙游寺》(卷四百三十七)。

(六)唐人题壁应该都题自己的作品,但是有人却故意题别人的诗,如元稹《阆州开元寺壁题乐天诗》云:

> 忆君无计写君诗,写尽千行说向谁?题在阆州东寺壁,几时知是见君时?

而白居易投桃报李,也写了元稹一百首诗在屏风上,并答以绝句:

> 君写我诗盈寺壁,我题君句满屏风。与君相遇知何处?两叶浮萍大海中。

(七)题壁诗是否都是当场即兴之作?恐怕未必尽然,白居易《宿张云举院》有云:“……夜深唯畏晓,坐稳岂思眠。棋罢嫌无敌,诗成愧在前。明朝题壁上,谁得众人传?”这表示有些诗是预先写好,到时才题到壁上的。

(八)唐人题壁,有时用“题名”一词,究竟“题名”和“题诗”是不是一回事?倘就元稹《骆口驿》云“邮亭壁上数行字,崔李题名王白诗”看来,题名是题名,题诗是题诗。又如白居易《感旧石上字》云:“闲拨船行寻旧池,幽情往事复谁知?太湖石上镌三字,十五年前陈结之。”所谓“镌三字”可能就是“白居易”三字吧！据此，“题名”可能只是题上姓名而已。但是，如徐夤的《题名琉璃院》（卷七百九）虽曰“题名”，却明明题了一首七言律诗，可见“题名”就是“题诗”。再者，韦蟾《长乐驿谑李阳给事题名》云：“渭水秦川拂眼明，笑人何事寡诗情？只应学得虞姬婿，书字才能记姓名。”这又表示如果只题姓名是不合时宜的行为，不免惹人耻笑。综前所述，所谓“题名”，有时只是写上姓名，有时却是“题诗”，两种情形都有。

（九）唐人又喜欢“题树”，究竟是题在树上呢？还是别有方法呢？姚合《题山寺》云：“为爱青桐叶，因题满树诗。”杜牧《题桐叶》云：“去年桐落故溪上，把笔偶题归燕诗。江楼今日送归燕，正是去年题叶时。”则可见唐人有些诗是题到树叶上的。除了题桐叶，也题红叶、题蕉、题竹。但是，像松一类的树木，无论叶与干都不便题字，他们又如何处理呢？白居易《题流沟寺古松》云：

烟叶葱茏苍麈尾，霜皮剥落紫龙鳞。欲知老松看尘壁，死却题诗几许人。

这里显示所谓题松是题在松树附近的墙壁的。此外《全唐诗》卷七百八十四有一首《题端正树》，而《酉阳杂俎》云：“长安西端正树，去马嵬上一舍之程，乃德宗皇帝幸奉天，都其蔽芾，锡以美名，有文士经过，题诗逆旅，不显姓名。”可见题树不一定都要题在树上，可能题壁的还多一些。

三、作者和读者

唐代题诗的作者涵盖了帝王、后妃、太子、公主、文臣、武将、处士、书生、僧侣、道士、闺秀、姬妾、妓女以及若干佚名人士。兹各举一例，以概其余。

帝王：南唐李后主《病起题山舍壁》（卷八）。

后妃：蜀太后、太妃徐氏《丈人观》等共十六首（卷九）。

太子：李治（高宗）为太子时有《谒慈恩寺题奘法师房》（卷二）。

公主：宜芬公主《虚池驿题屏风》（卷七）。

文臣：韩偓《访隐者遇沉醉书其门而归》（卷六百八十一）。

武将：洪州将军《题屈原祠》（卷七百八十四）。

处士：方干《书桃花坞周处士壁》（卷六百五十）。

书生：温宪《题崇庆寺壁》（卷六百六十七）。

僧侣：丰干《壁上诗》（卷八百七）。

道士：张辞《题壁》（卷八百六十一）。

闺秀：王氏《书石壁》（卷七百九十九）。

姬妾：王霞卿《题唐安寺阁壁》（卷七百九十九）。

佚名：无名氏《题长乐驿壁》（卷七百八十六）。

在众多作者中，题壁较多的有：（一）寒山约三百多首。（二）白居易约四十首。（三）元稹约十二首。（四）贯休约九首。（五）吕岩约九首。（六）钱选约八首。（七）刘禹锡约八首。（八）蜀徐太后八首。（九）蜀徐太妃八首。（十）王绩约七首。（十一）方干约七首。（十二）齐己约七首。其中文官占四人，僧侣占三人，处士占二人，妇女占二人，道士占一人。这个抽样倒也颇能代表唐代题壁诗人身份的缩影。

很可惜在《全唐诗》中提到很多题壁诗，今天却无从看到原作，宋之问有《至端州驿见杜五审言沈三佺期阎五朝隐王二无竞题壁慨然成咏》之作，但杜、沈、阎、王诸人题端州驿壁的诗却亡佚了。韦应物有《酬豆卢仓曹题库壁见示》，但豆卢题库诗亦不可见。其余如皇甫冉《洪泽馆壁见故礼部尚书题诗》、窦巩《陕府宾堂览房杜二公仁寿年中题纪手迹》、武元衡《见郭侍郎题壁》、韩愈《夕次寿阳驿题吴郎中诗后》、欧阳詹《观亡友题诗处》等都是原诗亡佚不可见。

然而，那些诗作虽不可见，我们却可以得知上述宋之问、韦应物、皇甫冉、武元衡、韩愈等人正是那些诗的读者。事实上唐代题壁诗人通常也都是题壁诗的忠实读者，甚至于他们之所以题壁，有些更是因前人题壁而引起的。例如，韦应物《东林精舍见故殿中郑侍御题诗追旧书情涕泗横集因寄呈阎澧州冯少府》云：

> 仲月景气佳，东林一登历。中有故人诗，凄凉在高壁。精思长怀世，音容已归寂。墨泽传洒余，磨灭亲翰迹。平生忽如梦，百事已成昔。结骑京华年，挥文篋笥积。朝廷重英彦，时辈分珪璧。永谢柏梁陪，独阙金闺籍。方婴存殁感，岂暇林泉适。雨余山景寒，风散花光夕。新知虽满堂，故情谁能觌。唯当同时友，缄寄空凄戚。

这类作品很多，而这类作品之所以多，又跟诗人雅好读题壁有关，当他们登临、投宿、上任的时候，都很注意壁题，兹举一例。李绅《转寿春守太和庚戌岁二月祗命寿阳时替裴五庸终殁因视壁题自墉而上或除名在坐殿殁凡七子无一存焉寿人多寇盗好诉讦时谓之凶郡犷俗特著蒙此处之顾余衰年甘蹑前患俾三月而寇静期岁而人和虎不暴物奸吏屏窜三载后遭邪佞所恶援宾客分司东都或举其目或寄其风亦粗寄诗人之末云》有云："未登崖谷守丹灶，且历轩窗看壁题。"有趣的是他们竟在有意无意中读到自己的诗，而作为自己作品的读者，如顾况《天宝题壁》云：

> 五十余年别，伶俜道不行。却来书处在，惆怅似前生。

白居易《重过秘书旧房因题长句》云：

> 阁前下马思裴回，第二房门手自开。昔为白面书郎去，今作苍须赞善来。吏人不识多新补，松竹相亲是旧栽。应有题墙名姓在，试将衫袖拂尘埃。

总之，唐朝题壁诗人本身就是题壁诗的基本读者，至于其他读者，我们也可从题壁诗看出点端倪。大致上其他读者可约略分为两大类：一类是一般大众，一类是特定的个人。例如白居易《玉泉寺南三里涧下多深红踯躅繁艳殊常感惜题诗以示游者》（卷四百五十四），这已明白宣示这首诗是写给一般游客看的。又如寒山诗云："有人笑我诗，我诗合典雅。不烦郑氏笺，岂用毛公解？不恨会人稀，共为知音寡。若遣趁宫商，余病莫能罢。忽遇明眼人，即自流天下。"亦明言他有意将诗写得浅俗，使一般人容易领悟。再如李商隐《江村题壁》（卷五百四十）也没有特定的对象。至于羊士谔《乾元初严黄门自京兆少尹贬牧巴郡以长才英气固多暇日每游郡之东山山侧精舍有盘石细泉疏为浮杯之胜苔深树老苍然遗躅士谔谬因出守得继兹赏乃赋诗十四韵刻于石壁》（卷三百三十二）更是怀着"后之视今，犹今视昔"的心情，而相传之久远，将来的人也能读到此诗。大致说来，题于公开场所的诗作，纵使未在题目或内容标示写给大众看，但是绝大多数都是有意让大众来读的。

至于题诗给特定个人读的，像韦应物《因省风俗访道士侄不见题壁》云：

> 去年涧水今亦流，去年杏花今又拆。山人归来问是谁？还是去年行春客。

这是访人不遇的留言，只打算留给他侄儿看的，其余如赵光远《题妓莱儿壁》云：

> 鱼钥兽环斜掩门，萋萋芳草忆王孙。醉凭青琐窥韩寿，闲掷金梭恼谢鲲。不夜珠光连玉匣，群寒钗影落瑶尊。却知肠断相思处，役尽江淹别后魂。

赵光远题壁的目的，只是向妓女莱儿个人传达他的私情而已。

虽然读者可大别为一般大众和特定个人之分，然而，两者之间的界线并不很清楚，有时看似写给众人读的，却隐约似乎要给某人看的；反之，有时看似为某人写的，却又有借此公诸于世的用意。如武元衡《台中题壁》云：

> 柏台年未老，蓬鬓忽苍苍。无事裨明主，何心弄宪章？雀声愁霰雪，鸿思恨关梁。会脱簪缨去，故山瑶草芳。

表面上是写给御史台的同僚看的，但是他那深层的用意可能是向统治者表示他已不耐在柏台的闲散。至如萧颖士《早春过七岭寄题硖石裴丞厅壁》云："出硖寄趣少，晚行偏忆君。"本来这是以诗代信，应属他寄给裴丞的私函，但是他却要题在厅壁，公诸大众。这种现象，是唐人题壁诗很常见的。总之，广大的群众，是题壁诗主要的读者。

四、体裁和内容

由于寒山的诗作一律题于岩壁，数量极多，所以论及题壁诗的体裁就必须将他跟其他的诗人分开来处理。寒山自己说：

> 五言五百篇，七字七十九，三字二十一，都来六百首。一例书岩石，自夸云好手。若能会我诗，真是如来母。

但是他的诗没有全数流传下来，从见存的三百多首来看，跟他自己所说的并不抵触。他的诗以五言为主，又以古体为多，计五古八句二〇三首、五古四句五首、五古十句七首、五古十二句一首、五古十四句四首、五古十六句六首、五古二十句一首、五古二十二句二首、五古二十六句一首、五古四十四句一首、五古五十二句一首，五律四十八首、五绝三首。七古八句九首、七古四句四首，七律五首、七绝三首。三言六首。可见他好用五言，好写古诗，最习惯用的篇幅是八句。

至于其他诗人则不同，最多的是七绝，约一百二十首；其次是五律；第三是七律；第四位才轮到五古，包括四句、六句、八句、十句、十二句、十四句、十六句、十八句、二十句、二十四句、二十六句、二十八句、三十句、三十六句、三十八句，总共才不过四十余首；第五位是五绝。然后依次是七古、五言排律、杂言、七言排律、四言。四言诗只有一首，七排只有二首。

大致上，初唐以五言为多，古诗也较为常见。后来七言诗和律体逐渐成长，而以七言绝句最为盛行。于此，已约略表示了唐代各诗体消长的概况。当然，除了时代的风尚以外，诗人的喜好，他要传达的对象、写作时间的长短、写诗地方的大小、素材的丰富与否，在在都影响到他们决定采取哪一种体裁。例如寒山写诗的目的是要化俗，所以他以浅显的文字来表达他的意思，用他最熟悉的五言古诗来表现，而自由自在写上八句，是他最为得心应手的形式。至于能写上五十二句，也许偶然发现一面大岩壁，并非随处都可以写上长诗的。又如白居易的《香炉峰下新置草堂即事咏怀题于石上》（卷四百三十）也是因为草堂初成，他有好心情，也有空闲，而草堂附近也有够大的石壁，于是他洋洋洒洒题了三十八句五言古诗。然后他意犹未尽，又在东壁题上五首七言律诗（见《香炉峰下新卜山居草堂初成偶题东壁》及《重题》四首。卷四百三十九）。换个地方就未必能如此恣意尽兴了。再看王霞卿的《题唐安寺阁壁》（卷七百九十九），她是韩嵩的妾，韩嵩死后，她登寺阁题七绝一首云：

> 春来引步暂寻游，愁见风光倚寺楼。正好开怀对烟月，双眉不觉自如钩。

书生郑启彝和诗云：

> 题诗仙子此曾游，应是寻春别凤楼。赖得从来不相识，免教锦帐对银钩。

由于他要挑逗王氏，所以不但和了一首七绝，而且还步了王氏的韵脚。这是因特定对象而采取特定的体裁和韵脚。这类问题，有待进一步的考察。

要陈述题壁诗的内容，势必牵涉分类的问题。要采取一种严格的分类方法几乎是不可能的。因此，以下的分项叙述是很不严谨的，类别之间往往难以明确划分，只不过为了方便叙述，才约略加以分项，其目的只在呈现内容的总和。

宣教：常见的有宣传佛教和道教的两种。宣传佛教的，寒山一人就题了三百多首，丰干的两首也都是宣传佛理的。然而，在一般诗人中，则只有钱起、白居易、李商隐、曹松寥寥数人的题壁诗稍涉佛理，例如李商隐的《题僧壁》云——

> 舍生求道有前踪，乞脑剜身结愿重。大去便应欺粟颗，小来兼可隐针锋。蚌胎未满思新桂，琥珀初成忆旧松。若信具多真实语，三生同听一楼钟。

所可奇怪的是唐人题寺壁的诗很多，但多数诗人在题壁时，似乎并不将寺院当做信仰中心来看待，他们只将寺院看做是游观的处所，尽写些即景的作品，所提到的多半是地方的清幽，人的闲适等等。而诗僧如皎然、贯休、齐己则很少题寺壁，多数都题到寺院以外的地方。也少谈佛，尽写些人事。道士中以吕严题壁最多，兹举其《题广陵妓屏》为例：

> 嫫母西施共此身，可怜老少隔千春。他年鹤发鸡皮媪，今日玉颜花貌人。

大约是劝人要勘破女色。道士的题壁诗多半有一特色，就是往往夹带着一段神怪故事，借此以达到传教的目的，所谓仙、鬼、怪的作品都属此类。

即景：唐人题壁最常见的写法，就是即景、即事，寄寓一些感触于其中。也就是触景生情，然后将其表现得情景交融。兹举数例如次。

万楚《题江潮壁》：“田家喜秋熟，岁宴（晏）林叶稀。禾黍积场团，楂梨垂户扉。野闲犬时吠，日暮牛自归。时复落花酒，茅斋堪解衣。”

牟融《题寺壁》：“僧家胜景瞰平川，雾重岚深马不前。宛转数声花外鸟，往来几叶渡头船。青山远隔红尘路，碧殿深笼绿树烟。闻道此中堪遁迹，肯容一榻学逃禅？”

段成式《题僧壁》：“有僧支颊捻眉毛，起就夕阳磨剃刀。到此既知闲最乐，俗心何啻九牛毛?”

李牛《书夏秀才幽居壁》：“永巷苔深户半开，床头书剑积尘埃。最怜小槛疏篁晚，幽鸟双双何处来。”

廖融《题伍彬屋壁》：“圆塘绿水平，鱼跃紫莼生。要路贫无力，深村老退耕。犊随原草远，蛙傍堑篱鸣。拨棹茶川去，初逢谷雨晴。”

唐人题寺壁、题村壁以这类内容为多。

行役：唐代诗人活动的范围很广阔，无论出于主动或被动，他们经常风尘仆仆，所以题诗驿壁、抒发悲苦的人很多，兹举二首为例。

韩愈《去岁自刑部侍郎以罪贬潮州刺史乘驿赴任其后家亦谴逐小女道死殡之层峰驿旁山下蒙恩还朝过其墓留题驿梁》：“数条藤束木皮棺，草殡荒山白骨寒。惊死人心身已病，扶舁沿路众知难。绕坟不暇号三匝，设祭惟闻饭一盘。致汝无辜由我罪，百年惭痛泪阑干。”

白居易《商山路驿桐树昔与微之前后题名处》：“与君前后多谪迁，五度经过此路隅。笑问中庭老桐树，这回归去免来无。”

题诗驿壁的内容很丰富，这里只举其言愁苦的一斑。

留言：留言或留于驿壁，或留在住家。前者如前引宋之问《至端州驿见杜五审言沈三佺期阎五朝隐王二无竞题壁慨然成咏》，后者如前引韦应物《因省风俗访道士侄不见题壁》。兹再举一例。

独孤及《与韩侍御同寻李七舍人不遇题壁留赠》：“三径何寂寂，主人山上山。亭空檐月在，水落钓矶闲。药院鸡犬静，酒垆苔藓斑。知君少机事，当待暮云还。”

送别：武元衡《韦常侍以宾客致仕同诸公题壁》——

孤云永日自徘徊，岩馆苍苍遍绿苔。望苑忽惊新诏下，彩鸾归处玉笼开。

乡愁：羁旅他乡，难免思乡，或题访壁上，抒发乡愁。如韦应物《醉题匡城周少府厅壁》——

妇姑城南风雨秋，妇姑城中人独愁。愁云遮却望乡处，数日不上西南楼。

思旧：壁上见朋友旧作，很容易勾起思念之情，如武元衡《见郭侍郎题壁》——

万里枫江偶问程，青苔壁上故人名。悠悠身世限南北，一别十年空复情。

白居易《感化寺见元九刘三十二题名处》——

微之谪去千余里，太白无来十一年。今日见名如见面，尘埃壁上破窗前。

久别兼远别，令人思念感伤，并体会到人生的不自由。

悼亡：生离已令人怀念不已，见到故旧的遗墨，就更教人悲痛。如刘禹锡《途次敷水驿伏睹华州舅氏昔日行县题诗处潸然有感》——

昔日股肱守，朱轮兹地游。繁华日已谢，章句此空留。蔓草佳城闭，故林棠树秋。今来重垂泪，不忍过西州。

李群玉《长沙开元寺昔与故长林许侍御题松石联句》——

墙阴数行字，怀旧惨伤情。薜荔侵年月，莓苔压姓名。逝川前后水，浮世短长生。独立秋风暮，凝颦隔郢城。

幽明异路，后会无期，睹故人之手泽，宁不伤心惨目？

叹流光：人活在时空的系统中，很容易引起今昔之感，如裴度《太原题厅壁》——

危事经非一，浮荣得是空。白头官舍里，今日又春风。

春天充满生机，而裴度则垂垂老矣，抚今追昔，不禁感慨不已。至如窦巩《陕府宾堂览房杜二公仁寿年中题纪手迹》——

仁寿元和二百年，濛笼水墨淡如烟。当时憔悴题名日，汉祖龙潜未上天。

则是见房玄龄、杜如晦在前朝未得意时的题壁，已为时光冲洗得剩下淡淡的痕迹，因而有所兴怀。白居易《自罢河南已换七尹每一入府怅然旧游因宿内厅偶题西壁兼呈韦尹常侍》——

每日河南府，依然似到家。杯尝七尹酒，树看十年花。且健须欢喜，虽衰莫叹嗟。迎门无故吏，侍坐有新娃。暖阁谋宵宴，寒庭放晚衙。主人留宿定，一任夕阳斜。

物是人非，而仍流连于旧办公厅，看那即将没去的夕阳。

自伤：诗人遭遇变故，自伤自悼，题壁抒散其抑郁情怀。如若耶女子（李弄玉）《题三乡诗》——

昔逐良人西入关，良人殁去妾空还。谢娘卫女不相待，为雨为云归此山。

佚名《题水心寺水轩》——

分飞南渡春风晚，却返家林事业空。无限离情似杨柳，万条垂向楚江东。

都是经历沧桑，有所宣泄之作。

同情：见人失意而深表同情。如岑参《题新乡王釜厅壁》——

怜君守一尉，家计复清贫。禄米尝不足，俸钱供与人。城头苏门树，陌上黎阳尘。不是旧相识，声同心自亲。

钱起《题陈季壁》——

郢人何苦调，饮水仍布衾。烟火昼不起，蓬蒿春欲深。前庭少乔木，邻舍闻新禽。虽有征贤诏，终伤不遇心。

王釜是豪爽的人，对待旧友新知都很慷慨，但因职位低，俸禄少，经济窘困，岑参对他在同情之余，还有着一份敬意和谢意。陈季大约是有才德的人，但委屈于蓬蒿，纵使有征贤诏，他也被忽略，钱起对他深致同情。

感谢：杜甫《巫山县汾州唐使君十八弟宴别兼诸公携酒乐相送率题小诗留于屋壁》——

卧病巴东久，今年强作归。故人犹远谪，兹日倍多违。接宴身兼杖，听歌泪满衣。诸公不相弃，拥别惜光辉。

杜荀鹤《醉题僧壁》——

九华山色真堪爱，留得高僧尔许年。听我吟诗供我酒，不曾穿得判斋钱。

无论谢意的厚薄，二杜都表达了感谢之意，题诗于壁，以志不忘。

旷达：题壁诗多借酒来表达其旷达，而题于酒店。如王绩和钟离权都如此，今各举一诗为例。

王绩《题酒店壁》："昨夜瓶始尽，今朝瓮即开。梦中占梦罢，还向酒家来。"

钟离权《题长安酒肆壁》："坐卧常将酒一壶，不教双眼识皇都。乾坤许大无名姓，疏散人中一丈夫。"

酒徒可能在酒后更加率直狂放，所以这类诗多题于酒店壁。

逞才：诗人题壁，或多或少总有点逞才的意味，这里所举，是作者的意图比较明显而已。权德舆《从叔将军宅蔷薇花开太府韦卿有题壁长句因以和作》——

环列从容蹀躞归，风光骀荡发红薇。莺藏密叶宜新霁，蝶绕低枝爱晚晖。艳色当轩迷舞袖，繁香满径拂朝衣。名卿洞壑仍相近，佳句新成和者稀。

这可能是权氏少壮所作，在名流面前趁机展露才华。其余如羊士谔写五言排律刻于石壁，蜀徐太后、太妃，凡游历之处，各赋诗刻于石，也都有炫耀之意吧。

言志：唐人言志的诗并不少，但题壁却罕见。也许是因为言己之志只适合给特定的对象读，直率地写在公开场所似有不便。这里只举裴度《征淮西过女几山下题》的残句——

> 待平贼垒报天子，莫指仙山示武夫。

这虽然是自言其志，但其用以激励士气的意味似乎更浓些。

勉励：杜甫《题柏大兄弟山居屋壁》——

> 叔父朱门贵，郎君玉树高。山居精典籍，文雅涉风骚。江汉终吾老，云林得尔曹。哀弦绕白雪，未与俗人操。

在这题目下是两首五律，第二首的尾联是“萧萧千里足，个个五花文”，对于柏家兄弟的不随俗俯仰，潜心读书，深致嘉勉之意。再看郑谷的《故许昌薛尚书能为都官郎中后数岁故建州李员外频自宪府内弹拜都官员外八座外郎皆一时骚雅宗师则都官之曹振盛于此予早年请益实受深知今忝此官复是正秩岂唯俯慰孤宦何以仰继前贤荣惕在衷遂赋自贺》——

> 都官虽未是名郎，践历曾闻薛许昌。复有李公陪雅躅，岂宜郑子忝余光。荣为后进趋兰署，喜拂前题在粉墙。他日旌节如可继，不嫌曹冷在中行。

虽题曰“自贺”，其实是自我期许。

赞扬：薛能《嘉陵驿见贾岛旧题》——

贾子命堪悲，唐人独解诗。左迁今已矣，清绝更无之。毕竟吾犹许，商量众莫疑。嘉陵四十字，一一是天资。

冯少吉《山寺见杨少卿书壁因题其尾》——

少卿真迹满僧居，只恐钟王也不如。为报远公须爱惜，此书书后更无书。

这类题壁诗绝大多数是赞扬前贤的诗作或书法，其余有赞扬时人或前人功业的，像白居易、司空图之歌颂裴度。

不平之鸣：人生不如意之事，十常八九。古来诗歌表现满怀委屈的不在少数，但到了题壁的地步，其愤懑已达饱和而不能自已。如温宪《题崇庆寺壁》——

十口沟隍待一身，半年千里绝音尘。鬓毛如雪心如死，犹作长安下第人。

于邺《下第不胜其忿题路左佛庙》——

雀儿未逐飏风高，下视鹰鹯意气豪。自谓能生千里足，黄昏依旧委蓬蒿。

科举制度固然选拔了不少才俊，但是更多的读书人受到无情的打击而悲歌慷慨。温宪、于邺在极端悲愤的情形下，爆发为题诗歌于寺壁。又如周仲美《书壁》——

爱妾不爱子，为问此何理？弃官更弃妻，人情宁可已？永诀泗之滨，遗言空在耳。三载无朝昏，孤帏泪如洗。妇人义从夫，一节誓生死。江乡感残春，肠断晚烟起。西望太华山，不知几千里。

据《全唐诗》此诗《题解》云："仲美随夫金陵幕，夫因事弃官入华山，仲美求归未得。会舅从泗调任长沙载之而南。因书所怀于壁。"妇人遭弃，是长久以来的惨事，自《诗经》以下，即不绝于篇。这篇是直接的控诉。

嘲讽：张谓《题长安主人壁》——

世人结交须黄金，黄金不多交不深。纵令然诺暂相许，终是悠悠行路心。

长安居，大不易，张谓大约是金尽而遭主人的排斥，遂题壁嘲讽主人的势利。

王播《题木兰院》二首录一：

上堂已了各西东，惭愧阇黎饭后钟。三十年来尘扑面，如今始得碧纱笼。

据《全唐诗》此诗《题解》云："播少孤贫，尝客扬州惠照寺木兰院，随僧斋餐，僧厌怠，乃斋罢而后击钟。后二纪，播自重位出镇是邦，因访旧游，向之题名，皆以碧纱幕其诗。播继以二绝句。"这已将王播嘲讽的意思说得很明白。

赵嘏《题僧壁》：

晓傍疏林露满巾，碧山秋寺属闲人。溪头尽日看红叶，却笑高僧衣有尘。

这是嘲讽僧人未能忘俗。

裴玄智《书化度藏院壁》：

> 将肉遣狼守，置骨向狗头。自非阿罗汉，焉能免得偷？

裴玄智受僧人之托看守财物，结果他监守自盗，并题诗于壁。

传情：嵩山女《书任生案》——

> 我本籍上清，谪居游五岳。以君无俗累，来劝神仙学。葛洪还有妇，王母亦有夫。神仙尽灵匹，君意合何如？

这也许是怨女冒充神仙来挑逗书生的，另有冒充西施的与此如出一辙。此外还有借题壁传达情愫的，兹不一一列举。但是白居易的《醉题沈子明壁》却比较特殊，诗云：

> 不爱君家十丛菊，不爱君家万竿竹。爱君帘下唱歌人，色似芙蓉声似玉。我有阳关君未闻，若闻亦应愁杀君。

白居易看中了朋友的歌姬，趁着酒意，公然题壁索取，这大约和唐代的风气有关，但白居易应该也真的醉了吧。

综上所述，唐人题壁诗的内容包罗万象，除了郊庙和边塞歌诗不见之外，其余唐诗所包含的主要内容，题壁诗多半已涉及。题壁诗之异于一般诗集的诗，主要分别不在内容方面，而是在于它是公开发表，便于传播。所以题壁诗少用典故，倾向于明白易晓。易言之，它们着重于“惊四筵”，而非“适独坐”。

五、意图和效果

从上面所列举题壁诗的内容，已可看出诗人怀着种种的意图，但是，他们有一共同点，就是都想借题壁达到传播的目的。这里所谓的意图，就集中在这一点，只取题壁诗中明显表达其传播意愿的，略加编列。

白居易《宿张云举院》："……棋罢嫌无敌，诗成愧在前。明朝题壁上，谁得众人传？"则其期盼诗作能播于众口之意甚明。

孙棨《题刘泰娘舍·序》云："泰娘，非曲内小家，中门前一樗树。年齿甚妙，粗有容色，以居非其所，人不知之，余过其舍，题诗云云。同游闻之，诘朝，诣之者结驷于门矣。"诗云："寻常凡木最轻樗，今日寻樗桂不如。汉高新破咸阳后，英俊奔波总吃虚。"诗写得平平，然而孙棨却能预期题壁之后，可以收到广告宣传的效果。再如白居易写《玉泉寺南三里涧下多深红踯躅繁艳殊常感惜题诗以示游者》也确信游者会读他的诗。

白居易和元稹深信题壁诗在传播上的功效，不但常题诗于壁，并互相题对方的诗，以收相加相乘的效果。元稹《阆州开元寺壁题乐天诗》云：

> 忆君无计写君诗，写尽千行说向谁？题在阆州东寺壁，几时知是见君诗？

思念朋友，读他的诗，写他的诗，应该是很正常的事，可是，将朋友的诗写在寺壁，而且写了很多，就不单是"思念"能充分解释得了的。白居易投桃报李，也抄了很多元稹的诗在屏风上，他可就说得很明白，他的《题诗屏风绝句并序》云：

十二年冬，微之犹滞通州，予亦未离湓上。相去万里，不见三年，郁郁相念，多以吟咏自解。前后辱微之寄示之什，殆数百篇，虽藏于箧中，永以为好；不若置之座右，如见所思。由是掇律句中短小丽绝者凡一百首，题录合为一屏风。举目会心，参若其人在于前矣。前辈作事，多出偶然，则安知此屏不为好事者所传？异日作九江一故事尔。因题绝句，聊以奖之。

相忆采君诗作障，自书自勘不辞劳。障成定被人争写，从此南中纸价高。

白写元诗，固然也与思念有关，但是他更老实说出他辛辛苦苦抄写、校勘，使其成为定本，是预备让人们来传抄的。壁上、屏上的诗会被传抄，这一点，寒山早已清楚得很，他的诗是“一例书岩石”，就在等着人家来抄写，他说：

家有寒山诗，胜汝看经卷。书放屏风上，时时看一遍。

由于唐人好读题壁诗，所以作者对其题诗能达到传播的目的很有信心，白居易《重过寿泉忆与杨九别时因题店壁》：

……一去历万里，再来经六年。形容已变改，处所犹依然。他日君过此，殷勤吟此篇。

他深信将来杨九必定会在店壁前吟诵他这首诗的。杜荀鹤的《题瓦棺寺真上人院矮桧》云：“……今日偶题题似看，不知题后更谁题？”他相信这首诗不但必定有读者，而且会有人续题，只是不知谁来续题而已。

唐人题壁诗还不尽是要给当时人读而已，甚至于还想流传后世，有如史书。如湛贲《伏览吕侍郎渭丘员外丹旧题十三代祖历山草堂诗因书记事》云：

> ……高居葺莲宫，遗文焕石壁。……祖德今发扬，还同书史册。

即有此意。然而，将这层意思说得最透彻的，还是白居易《题裴晋公女几山刻石诗后并序》的序文：

> 裴晋公出讨淮西时，过女几山下，刻石题诗，末句云“待平贼垒报天子，莫指仙山示武夫”。果如所言，克期平贼。由是淮蔡迄今底宁殆二十年，人安生业。夫嗟叹之不足，则咏歌之。故居易作诗二百言，继题公之篇末，欲使采诗者、修史者、后之往来观者，知公之功德本末前后也。

这虽然是针对裴度的功业及其题女几山诗而言，但也正是白居易一类题壁诗人的共同心态。他们都想将其诗作传播给“采诗者”、“修史者”、“后之往来观者”，再借他们做进一步扩大的传播。所以像羊士谔的赋诗十四韵，刻于巴郡石壁，蜀太后徐氏和太妃徐氏姊妹两个凡游历之处，各赋诗刻柱石，都不仅要炫耀于当代，也要使它流传于久远。

然则，他们这种传播行为的效果又是怎样呢？如果要从实际的效果来着眼，很难得到丰富的资料。像前引薛令之题了《自悼》，被玄宗续题逼他辞职，孙棨题妓女刘泰娘壁为她招来许多客人，郑谷读了前任几任都官员外郎的题壁而自勉自励之外，王氏《书石壁》的《题解》(卷七百九十九) 云：

> 王氏随夫宰永福，任满祖饯，留连累日。王先解舟，泊五里汰王滩下，俟久不至，月夜登岸，题诗石壁。末署太原族望，岁久诗漫灭，独“太原”二字入石，邑人因以名其滩。

我们就不知王氏题诗后，她的丈夫有什么反应，只知道当地人就以“太原”二字作为她泊舟处的滩名而已。再者，白居易曾为坐骑小白马死于稠桑驿，因成五言排律四十句题驿壁。七年后又为此再题七绝一首（二诗分别见卷四百四十八和卷四百五十五）。后来朋友就送了他一匹白马。除了这类零星的资料外，实无从考究各首题壁诗是否获致作者预期的效果。但是，我们却有充分资料来了解题壁诗对诗歌传播所发生的作用。

首先，我们从唐人题壁诗中就可以发现至少有五十首是诗人见到别人的题壁，而引起他们题壁的动机的。最突出的例子是刘禹锡的八首题壁诗，全都是因为看到别人的题壁诗而题的。元稹十三首中的八首、白居易四十首中的十四首也都属此类。更值得注意的是若耶女子《题三乡诗并序》（卷八百一）：

余本家若耶溪东，与同志者二三，纫兰佩蕙。每贪幽闲之境，玩花光于风月之亭，竟昼绵宵，往往忘倦。洎乎初笄，五换星霜矣。自后，不得已从良人西入函关，寓居晋昌里第。其居回绝尘嚣，花木丛翠。东西邻二佛宫，皆上国胜游之最，伺其闲寂，因游览焉，亦不辜一时之风月也。不意良人已矣，邈然无依。帝黑方春，吊影东迈。涉浐水，历渭川；背终南，陟太华；经虢略，抵陕郊。挹嘉祥之清流，面女几之苍翠。凡经过之所，皆曩昔燕笑之地。衔冤兴欢，举目魂销。虽残骸尚存，而精爽都失。假使潘岳复生，无以悼其幽思也。遂命笔聊题，终不能涤其怀抱，绝笔恸哭而去。时会昌壬戌仲春十九日。“二九子、为父后，玉无瑕、弁无首，荆山石、往往有”题。[1]

昔逐良人西入关，良人殁去妾空还。谢娘卫女不相待，为雨为云归此山。

1.《彤管遗编》谓此隐语为“李弄玉”。

由于若耶女子（李弄玉）诗文都很感人，后来竟有陆贞洞、刘谷、王祝、王涤、韦冰、李昌邺、王硕、李缟、张绮、高衢等十人，都写了《和三乡诗》(卷七百二十六)。今举二首为例。

陆贞洞："惆怅残花怨暮春，孤鸾舞镜倍伤神。清词好个干人事，疑是文姬第二身。"

李昌邺："红粉萧娘手自题，分明幽怨发云闺。不应更学文君去，泣向残花归剡溪。"

再往后贾驰《复睹三乡题处留赠》："壁古字未灭，声长响不绝。蕙质本云心，松心应耐雪。耿耿离崖谷，悠悠望瓯越。杞妇哭夫时，城崩无此说。"也是为此而发。一个人的题壁诗，竟引起如许热烈的回响，这未必是常态，但是也可见题壁诗所具有的潜力了。

其次，题壁诗除了有引发别人继作的作用外，有时也会使原作者在看到旧题之余，触发他再创作的动机。这虽然没有前者之多，可是也有十五例以上。这里只举一个例子：白居易《微之到通州日授馆未安见尘壁间有数行字读之即仆旧诗其落句云渌水红莲一朵开千花百草无颜色然不知题者何人也微之吟叹不足因缀一章兼录仆诗本同寄省其志乃十五年前初及第时赠长安妓人阿软绝句缅思往事杳若梦中怀旧感今因酬长句》云：

> 十五年前似梦游，曾将诗句结风流。偶助笑歌传阿软，可知传诵到通州。昔教红袖佳人唱，今遣青衫司马愁。惆怅又闻题处所，雨淋江馆破墙头。

白居易原先赠阿软那首绝句的流传过程稍为曲折一点。时间是十五年前，地点是长安，白居易初及第，为妓人阿软写了首绝句，以助笑歌。这首诗就在风月场所"传诵"开来。可能是阿软或其他妓女乐工辗转到了通州，就将白诗题在江馆柱心，有点做广告的意味。读元稹的《见乐天诗》，知道题诗的人并没有掠美，而是将原作者的名字也题了上去的。后来江馆破漏失修，白居易也被贬，那首诗也就冷落地留在漏雨的江馆里，却被也正失意的元稹看到，就抄了白诗，自己也作了首七绝，寄给白居易。白氏感慨之余，又写了首七律。这种过程虽然有一点曲折，然而却也是唐诗宣播的常见现象。因此，诗人见题壁诗——无论是别人或自己的作品——而继作的现象，应该只是其传播情况的冰山一角，因为题壁诗充分发挥其传播功能，最主要的还是它们的被人抄录，或播于人口。

还有一点值得注意的就是在《全唐诗》所收的两千多诗人中，有些人就靠题了一首诗于壁上，才能留名至今。即如前引若耶女子李弄玉，固然由于她有《题三乡诗》得以传世留名，而且陆贞洞、刘谷、王祝……他们十人，也都各自留下仅此一首《和三乡诗》而已。其余如韦鹏翼也只留下一首《戏题盱眙壁》。如果他们不题壁，就不能留下任何痕迹了。反之，像贯休《书陈处士屋壁二首》（卷八百二十七）第二首说陈处士是“新诗不将出，往往僧乞得”，由于陈处士的传播渠道那么狭隘，所以虽然他也是个诗人，往往有新作，却一首也没传下来。于此可见题壁的功能是不容忽略的。然而，这并不意味着，题壁就必定能流传后世。像宋之问有《至端州驿见杜五审言沈三佺期阎五朝隐王二无竞题壁慨然成咏》之作，但是杜审言、沈佺期、阎朝隐、王无竞几个大诗人题端州驿壁的作品都没能流传下来。前面已多举这类例子，兹不复赘。所以我们只能说，题壁对于诗的传播是有帮助的，但是还得配合其他的条件和机缘，才能流传后世。

六、结语

本文以审慎的态度取材，计得各家题壁诗将近四百首，另寒山诗三百多首全部视为题壁诗。

归纳题壁的处所有：东宫、中书省、秘书省、御史台、集贤阁、府厅、郡斋、县衙、仓库、关域、驿亭、石壁、桥柱、旅馆、酒店、寺院、观祠、私宅、茅亭、江村、妓院、塔墓、雪地等等，其中以题寺院、驿亭、公廨为最多。

在处理题诗的处所之后，本文顺带处理了一些相关的问题，如诗板、笔砚、书法、代题寄题、题别人作品、预构、题名、题树等。

作者方面，包括了帝王、后妃、太子、公主、文臣、武将、处士、书生、僧侣、道士、闺秀、姬妾、妓女、佚名等，并举出题壁最多的十二人，其中文官占了四人，僧侣三人，处士二人，妇女二人，道士一人。读者方面，就有限的资料来看，题壁诗人就是基本读者，其余可大别为一般大众和特定的个人，但并不能截然分割。

体裁方面，由于寒山个人作品的数量太多，所以对他先做观察。大致上他好用五言。好写古诗，最习惯写八句。至于其他诗人方面，初唐以五言为多，古诗比较常见。后来七言诗和律体渐增，而以七言绝句最盛。此外，还约略提到体裁的选择，往往受其他因素的影响。

内容方面，涵盖了宣教、即景、行役、留言、送别、乡愁、悼亡、自伤、同情、感谢、旷达、逞才、言志、勉励、赞扬、不平、嘲讽、传情等等，独不见郊庙和战争的歌诗。

"内容"部分，已自然提示了作者们有着许多不同的意图，而本文又进一步考察他们在传播方面的意图。基本上，诗人题壁，其目的就在于传播；而将这一意图表现得最明白、最强烈的是寒山、元稹、白居易几个人。元、白二人更互相将对方的诗作，大量题壁、题屏，以扩大宣传，企图以联手的方式，增进传播的效果。至于白居易说到题壁的目的是要传播给"采诗者、修史者、后之往来观者"，几乎可以代表所有题壁诗人的心意。

从传播的角度来看，题壁诗确实收到了可观的效果。例如唐人作诗有许多就是因为读了前人的题壁诗（包括自己以前的旧题），而触发其创作冲动的，可见题壁诗已收到感动人心的效果。其中最突出的例子就是若耶女子李弄玉题诗三乡，竟有十人起而和之，引起广大的回响；而且这十人都凭这么一首诗而留名至今。这可证明题诗于壁是唐诗传播的重要一环，也是促进唐诗兴盛的因素之一。本篇只是对题壁诗略作"初探"，尝试处理一些基础性的问题，为唐人的题壁诗勾勒出一个简单的轮廓。至于细部的描绘，更深入的探讨，请俟诸来日。

四杰三李之梦

一、引　言

本篇所谓四杰指骆宾王、卢照邻、王勃、杨炯四人，而三李则是李白、李贺、李商隐。原想就《全唐诗》中出现的“梦”做全盘的检视，但是受到时间的限制，只好缩小范围，以四杰代表初唐、李白代表盛唐、李贺代表中唐、李商隐代表晚唐。在探讨以上各家诗中的梦境时，免不了也稍稍涉及和他们相关的重要诗人。

我们不知道“古之真人（或圣人）”是否如《庄子》所说的“其寝不梦，其觉无忧”；[1]但是《山海经》第二卷《西山经》有云：

> 翼望之山（略）有鸟焉，其状如乌，三首六尾而善笑，名曰䳜䳜，服之使人不厌。（郭璞《传》：“不厌梦也。”）

看来《山海经》时代的人是会做梦的，而且还有些害怕梦魇。知识愈进，似乎人的梦也多了起来，经传、诸子，往往出现梦字，

1. 见《庄子》中的《大宗师》及《刻意》。

连孔子也常梦见周公。[1]在经传中，以《左传》的梦最多，总有三十余见，在诸子之中，则以《庄子》的梦寓托最深远，除了著名的“庄周梦蝶”[2]之外，《庄子·齐物论》中还有一段长梧子的话：

> 梦饮酒者，旦而哭泣；梦哭泣者，旦而田猎。方其梦也，不知其梦也，梦之中又占其梦焉，觉而后知其梦也；且有大觉而后知此其大梦也，而愚者自以为觉，窃窃然知之，君乎？牧乎？固哉！丘也与女皆梦也，予谓女梦亦梦也。

其中寓意深长。至于《楚辞》，屈原的作品不见梦字，大概是因为他是“独醒”的人，[3]所以不提梦字。其实《离骚》中常常借神话以驰骋其想象，迷离恍惚，也跟做梦相似。宋玉的《高唐赋》和《神女赋》里面的梦却流传千古。经传、庄列、宋赋里的梦，都对唐诗产生了相当可观的影响。

两汉存诗不多，写到梦境的就更少。西汉韦孟为楚元王傅，又傅元王子夷王及元王孙王戊，戊荒淫无道，孟去位徙家于邹，作《在邹诗》：[4]

> 我既迁逝，心存我旧。梦我渎上，立于王朝。其梦如何？梦争王室；其争如何？梦王我弼。

以梦立王朝表现他身在江湖心存魏阙的责任感。

东汉诗如蔡邕《饮马长城窟行》：“远道不可思，夙昔梦见

---

1. 见《论语·述而》。
2. 见《庄子·齐物论》。
3. 《楚辞·渔父》：“举世皆浊我独清，众人皆醉我独醒。”
4. 见丁福保编《全汉三国晋南北朝诗·全汉诗》卷二。

之；梦见在我旁，忽觉在他乡。”

孔融《六言诗》三首之二：“瞻望关东可哀，梦想曹公归来。”

蔡琰《胡笳十八拍》：“更深夜阑梦汝来斯，梦中执手兮一喜一悲。”

徐淑《答秦嘉诗》：“思君兮感结，梦想兮容晖。”

《古诗·凛凛岁云暮》：“独宿累长夜，梦想见容晖。”[1]

除了孔融的诗表达对曹操的期盼外，其余四首都是借梦以表思念之殷切。

魏晋时期诗中的梦，多半仍沿东汉借梦以表达念远怀人之意。如曹植《离别诗》（残句）：“人远精魂近，寤寐梦容光。”

王粲《杂诗》：“回身入空房，托梦通精诚。”[2]

傅玄《饮马长城窟行》：“感物怀思心，梦想发中情；梦君如鸳鸯，比翼云间翔。”

陆云《失题》：“身滞情往，神游影处。发梦宵寐，以慰延伫。”[3]

晋人中陶渊明诗，似不见有梦。

南北朝诗中的梦有逐渐增多的趋势，其间诗中之梦达三见或四见的有谢朓、萧纲、何逊、江总、庾信等人。梦的内容仍以怀人为大宗，如谢灵运《酬从弟惠连》、谢朓《在郡卧病呈沈尚书》、萧纲《伤美人》、萧绎《闺怨》、沈约《梦见美人》、吴均《赠摇郎》、又《杂句》四首之三、何逊《与苏九德别》、又《和刘谘议守风》、又《夜梦故人》、王筠《闺情》、刘孝绰《望月有所思》、徐悱妻刘氏《题甘蔗叶示人》、徐陵《长相思》二首之二、庾信《梦入堂内》等。

---

1. 以上东汉诗分别见《全汉三国晋南北朝诗·全汉诗》卷二、卷三。
2. 曹诗、王诗分别见《全汉三国晋南北朝诗·全三国诗》卷二、卷三。
3. 傅诗、陆诗分别见前揭书《全晋诗》卷二、卷三。

但是他们在承袭东汉、魏、晋的梦境外，更深入发掘了梦的内涵，例如鲍照《梦归乡》(全首)。[1]

何逊《日夕望江山赠鱼司马》："昼悲在异县，夜梦还洛汭。"[2]

徐陵《陇头水》："回首咸阳中，唯言梦时往。"[3]这是归梦、乡梦。

谢朓《咏邯郸故才人嫁为厮养卒妇》："梦中忽髣髴，犹言承燕私。"[4]这是梦见往日的繁华生活，犹恋恋不已。

萧纲《十空》六首之四《如梦》："秘驾良难辨，司梦并成虚。"[5]

江总《赋得空闺怨》："自羞泪无燥，翻觉梦成虚。"[6]这是认为梦境毕竟是空幻的，而萧纲的那首诗显然是受佛教的影响。

庾信《咏怀》二十七首之十八："虽言梦蝴蝶，定自非庄周。"[7]魏晋以来道家思想流行，到了南北朝，庄周梦蝶的典故也入了诗。

沈约《江南弄》四首之四《朝云曲》："云来云去长不息，长不息，梦来游。"[8]江总《杂曲》三首之二："阳台通梦太非真，洛浦凌波复不新。"又《秋日新宠美人应令》："幽兰度曲不可终，阳台梦里自应通。"南朝偏要江左，受楚遗风影响较深，宋玉赋中的巫山神女来入梦的传说，亦已融入旖旎的诗篇中。此外，南

---

1. 鲍照诗见前揭书《全宋诗》卷四。
2. 前揭书《全梁诗》卷九。
3. 前揭书《全陈诗》卷二。
4. 前揭书《全齐诗》卷三。
5. 前揭书《全梁诗》卷二。
6. 前揭书《全陈诗》卷三。
7. 前揭书《全北周诗》卷二。
8. 前揭书《全梁诗》卷四。

北朝的诗人，亦以梦来寄托他们的憧憬及理想，如萧子云《落日郡西斋望海山》："故隐天山北，梦想日依依。"[1]王褒《送刘中书葬》："书生空托梦，久客每思乡。"[2]前者是对隐逸生活的憧憬，后者谓书生空怀理想。另有一值得注意的现象，就是南北朝诗人已有以整首诗来记梦的情形，如鲍照《梦归乡》、萧纲《如梦》、沈约《梦见美人》、何逊《夜梦故人》、庾信《梦入堂内》等。虽然，南北朝诗中的梦，仍不及盛唐以后的丰富深刻。

二、四杰之梦

初唐四杰诗作见存者，据《全唐诗》所录：骆宾王存诗三卷一三〇首、卢照邻二卷一〇二首、王勃二卷八十九首、杨炯一卷三十三首。[3]卢、杨二人诗作并无梦字，而骆宾王有八见、王勃有四见。骆氏八见如下。

（一）《在江南赠宋五之问》："占星非聚德，梦月讵悬名。"

（二）《艳情代郭氏答卢照邻》："离前吉梦成兰兆，别后啼痕竹上生。"

（三）《同辛簿简仰酬思玄上人林泉四首之二》："有蝶堪成梦，无羊可触藩。"

（四）《初秋登王司马楼宴得同字》："顾惭非梦鸟，滥此厕雕龙。"

（五）《宿山庄》："独此他乡梦，空山明月秋。"

1. 前揭书《全梁诗》卷十。
2. 前揭书《全北周诗》卷一。
3. 骆宾王诗见《全唐诗》卷七七到七九、卢照邻卷四一到四二、王勃卷五五到五六、杨炯见卷五十。

（六）《远使海曲春夜多怀》：“未安蝴蝶梦，遽切鲁禽情。”

（七）《早秋出塞寄东台详正学士》：“乡梦随魂断，边声入听喧。”

（八）《久戍边城有怀京邑》：“行役风霜久，乡园梦想孤。”

第五、七、八各句是直言归梦、乡梦，其他各诗都用典。第一的“梦月”句似言有名无实，第四的“顾惭”句言自惭不能梦为鸟而属乎天，都是自伤沦落之意。第二“离前”句是言郭氏已怀孕。三、六的“蝴蝶梦”并无深意，“有蝶堪成梦”是说思玄上人的林园清幽，可忘怀而眠；“未安蝴蝶梦”是说思虑纷杂，睡不安稳。王勃诗中的梦如下。

（一）《忽梦游仙》：“仆本江上客，牵迹在方内。寤寐霄汉间，居然有灵对。翕尔登霞首，依然蹑云背。电策驱龙光，烟途俨鸾态。乘月披金帔，连星解琼佩。浮识俄易归，真游邈难再。寥廓沈遐想，周遑奉遗诲。流俗非我乡，何当释尘昧。”

（二）《江南弄》：“江南弄，巫山连楚梦，行雨行云几相送。”

（三）《别薛华》：“无论去与住，俱是梦中人。”

（四）《三月曲水宴得烟字》：“傅岩来筑处，磻溪入钓前。日斜真趣远，幽思梦凉蝉。”

《江南弄》沿用熟典，《别薛华》以梦表漂泊辛苦的生涯。《三月曲水宴得烟字》虽有怀才未遇之感，但是还抱持伟大的理想，充满青春的气息。最堪注意的是《忽梦游仙》一首，比起南北朝全首写梦的诗，其想象更为超忽，已启李白、元稹、李贺等人的先路。

四杰诗对梦的表现，约略像初唐诗坛的缩影。卢、杨诗中未见梦字，而初唐诗人就有一些不曾以梦字入诗，存诗不多的姑且不论，大家之中如虞世南、上官仪诗中就都不见梦字；而王绩、杜审言都只有一见，宋之问是二见。梦稍多者有李峤的六见、陈子昂的四见。[1]李峤六首中《田假限疾不获还庄载想田园兼思亲友率成短韵用写长怀赠杜幽素》里的梦是乡梦，《拟古东飞伯劳西飞燕》里的梦是沿用古来巫山阳台之梦，其余四首是运用不同的典故分咏笔、刀、象、牛，略似类书。

初唐诗人比较值得重视的是沈佺期和张若虚。[2]张氏存诗二首都有梦，《代答闺梦还》是写春闺怀远，《春江花月夜》整首写得如梦如幻，其结尾一段闲潭落花之梦，含蕴尤丰，有逾越前人之处。沈佺期存诗三卷，而有梦之诗达十一首，其内容包含闺怨怀人、乡梦、阳台的典故、佛教的典故、向往之情、忧惧之心、世事变动不居、往事如梦等，虽然没有特殊的境界，但是在初唐的诗人中，他的梦境种类最为繁多。

此外，从初唐过渡到盛唐的张说，《全唐诗》录其诗五卷，[3]而有梦的达十七首，是自古以来到他为止诗中出现梦字最多的诗人，但是其中“身在江湖，心存魏阙”者，已逾半数，如《蜀路》二首之二：“昏晓思魏阙，梦寐还秦京。”《岳州别梁六入朝》：“梦见长安陌，朝宗实盛哉。”

另有两首梦到华胥国的，政治意味也很浓，不愧是道地的政治人物。这类诗之外所剩的也就不多了，有怀人的，有乡梦，也有游仙思想的。和张说同时的张九龄有七首有梦的诗，[4]多半是归梦或怀人，不见念念不忘朝廷的语句。二人遭遇并不悬殊，诗中

---

1. 虞世南诗见《全唐诗》卷三六、上官仪见卷四十、王绩见卷三七、杜审言见卷六二、宋之问见卷五一到五三、李峤见卷五七到六一、陈子昂见卷八三到八四。
2. 沈佺期诗见《全唐诗》卷九五到九七、张若虚诗见卷一一七。
3. 张说诗见《全唐诗》卷八五到八九。
4. 张九龄诗见《全唐诗》卷五一到五三。

的梦却极不相同，也许是个性使然吧。

三、李白之梦

盛唐诸公以孟浩然为长，他存诗二卷，[1]而有梦之诗十首，比超前人，算是频繁的，但是多数都是怀人的诗，如《夏日南亭怀辛大》："感此怀故人，中宵劳梦想。"《题云门山寄越府包户曹徐起居》："我行适诸越，梦寐怀所欢。……迟尔同携手，何时方挂冠？"其中有一首可能有较深的寓托，《湖中旅泊寄阎九司户防》："荆王梦行雨，才子谪长沙。"可能暗指朝廷无知人之明，委屈了有用之才。

跟李白年龄相若的名家有王昌龄、王维、高适，他们都存诗四卷。[2]王昌龄诗出现梦字的有十三四首，王维六七首，[3]高适七首。昌龄在数量上最多，但是内容最单纯，其中大半是怀人之作，小半是归梦、客梦。如《和楼上人秋夜怀士会》："遥林梦亲友，高兴发云端。"《太湖秋夕》："月明移舟去，夜静魂梦归。"《送高三之桂林》："留君夜饮对潇湘，从此归舟客梦长。"昌龄诗中的梦，既单纯又明白，从不用典故。

王维则多借梦来呈现佛老的思想，如《胡居士卧病遗米因赠》："有无断常见，生灭梦幻受。"《游李山人所居因题屋壁》："世上皆如梦，狂来或自歌。"《疑梦》："莫惊宠辱空忧苦，莫计恩仇浪苦辛。黄帝孔丘何处问？安知不是梦中身！"现象界生灭

---

1. 孟浩然诗见《全唐诗》卷一五九到一六〇。
2. 王昌龄诗见《全唐诗》卷一四〇到一四三、王维诗见卷一二五到一二八、高适诗见卷二一一到二一四。
3. 《东溪玩月》一首既作王昌龄诗，又作王维诗。

无常，人生如梦，王维诗中的梦大率如此。

高适诗中的梦，两首怀人，两首是归梦乡梦，另三首各具特色。《观李九少府翥树宓子贱神祠碑》："吾友吏兹邑，亦尝怀宓公。安知梦寐间，忽与精灵通。一见兴永叹，再来激深衷。……这是说李少府一再梦到先贤宓子贱，是今人和古人的精神借梦而感通。

《古乐府飞龙曲留上陈左相》："德以精灵降，时膺梦寐求。"这是盛赞陈希烈是天子梦寐以求的人才，就像武丁梦傅说，文王梦太公一般。

《奉酬睢阳李太守》："三台冀入梦，四岳尚分忧。"晋卢谌《赠刘琨》云：三台摛光，四岳增峻。"高适是将李少康比做刘琨。

王维、高适对梦的表现，比前人稍有进展，但是他们二人似乎不常以梦入诗。比李白稍晚而与高适齐名的边塞诗人岑参，他和二王、高适一样，也是存诗四卷，[1]可是诗中出现梦字竟有四十一次之多，其出现的频繁是空前的。但是，其内容却出奇的单纯，四十一首中，归梦、客梦、乡梦就占了三十二首，如《初过陇山途中呈宇文判官》："别家赖归梦，山塞多离忧。"《宿关西客舍寄东山严许二山人时天宝初七月初三日在内学见有高道举征》："孤灯然客梦，寒杵捣乡愁。"《送许拾遗恩归江宁拜亲》："归心望海日，乡梦登江楼。"

剩下九首中，怀人的梦又占去六首，如《春梦》："洞房昨夜春风起，故人尚隔湘江水。枕上片时春梦中，行尽江南数千里。"

所余三首是《登千福寺楚金禅禅师法华院多宝塔》："明主亲梦见，世人会始知。"《送陕县王主簿赴襄阳成亲》："野店愁中

1. 岑参诗见《全唐诗》卷一九八到二〇一。

雨，江城梦里蝉。”《送严黄门拜御史大夫再镇蜀川兼觐省》：“刀州重入梦，剑阁再题词。”

头一首说人主感梦，第二首不过泛指睡眠，最后一首用王濬梦刀而任益州刺史的典故来贺严武的荣升。[1]整体看来，岑参的梦几乎完全集中在归梦上。当他深入沙碛，躬临前线，写下照耀千古的雄壮的边塞诗时，他的梦魂却一直萦绕着家园。他的诗篇是在内心痛苦挣扎中迸发出来的。

至于杜甫，他存诗十九卷，[2]有梦之诗十六首，虽非罕见，也不算频繁。他的梦贴近现实生活。他认为日有所思，夜有所梦，如《梦李白》二首之一：“故人入我梦，明我长相忆。”故人之所以入我梦，是因我怀念的缘故。《梦李白》之二：“三夜频梦君，情亲见君意。”他也相信人的精神和感情是相互交流的，这也是成梦的原因。但是他认为梦毕竟不是真实的，所以在现实生活中如真如幻，将信将疑的情景，他有时就以梦来表现。

《羌村》三首之一：“夜阑更秉烛，相对如梦寐。”

《远怀舍弟颖观等》：“对酒都疑梦，吟诗正忆渠。”

《咏怀古迹》五首之二：“江山故宅空文藻，云雨荒台岂梦思？最是楚宫俱泯灭，舟人指点到今疑。”

杜甫偶尔也会做缥缈的梦，如《奉酬薛十二丈判官见赠》写巫山神女，颇具幽渺之思。但是他总是将梦境拉回现实。如《秋日荆南述怀三十韵》：

贤非梦傅野，隐类凿颜坯；自古江湖客，冥心若死灰。

---

1. 《晋书·王濬传》：“濬夜梦悬三刀于卧屋梁上，须臾又益一刀。惊觉，意甚恶之。主簿李毅贺曰‘三刀为州字，又益一者，明府其临益州乎？’”
2. 杜甫诗见《全唐诗》卷二一六到三二四。

借高宗梦传说的典故，言己无意用世，只盼国家择得贤相以致太平。事实上杜甫总是让自己保持清醒，他有两首以梦为题的诗，且看它的内容。

《归梦》："道路时通塞，江山日寂寥。偷生唯一老，伐叛已三朝。雨急青枫暮，云深黑水遥。梦归归未得，不用楚辞招。"

《昼梦》："二月饶睡昏昏然，不独夜短昼分眠。桃花气暖眼自醉，春渚日落梦相牵。故乡门巷荆棘底，中原君臣豺虎边。安得务农息战斗，普天无吏横索钱。"

《归梦》诗总算有"雨急"一联描写梦境，而《昼梦》通篇都是清醒的话，这大约和他务实的人生态度有关吧。

盛唐诸公以李白诗中的梦最多，这跟他存诗达二十五卷之多有关，[1]而且在他六十余首诗中的梦，内容丰富，有沿袭前人之旧贯，亦有新开拓的领域。其中最单纯的是当他梦到从弟时，几乎都用谢灵运和谢惠连的典故。案《南史》卷十九《谢方明传附谢惠连传》云：

> （方明）子惠连，十岁能属文，族兄灵运加赏之云"每有篇章，对惠连辄得佳话。"尝于永嘉西堂思诗，竟日不就，忽梦见惠连，即得"池塘生春草"，[2]大以为工。

当李白梦到从弟时，几乎全用这一典故。

《赠从弟南平太守之遥》："梦得池塘生春草，使我长价登楼诗。"

《书情寄从弟邠州长史昭》："昨梦见惠连，朝吟谢公诗。"

---

1. 李白诗见《全唐诗》卷一六一到一八五。
2. "池塘生春草，园柳变鸣禽。"见谢灵运《登池上楼诗》。

《感时留别从兄徐王延年从弟延陵》："梦得春草句，将非惠连谁？"

《送舍弟》："他日相思一梦君，应得池塘生春草。"

全都只用同一典故，连他的《春夜宴从弟桃花园序》除了提到"浮生若梦"，也提到"群季俊秀，皆为惠连，吾人咏歌，独惭康乐。"[1]这不但单纯，而且单调。不过这只是唯一的例外，李白诗中其余的梦却是缤纷杂陈，想象飞驰的。

《劳劳亭歌》："苦竹寒声动秋月，独宿空帘归梦长。"

《太原早秋》："梦绕边城月，心飞故国楼。"

《秋夕旅怀》："梦长银汉落，觉罢天星稀。含悲想旧国，泣下谁能挥？"

写归梦，写得情真意切。

《长相思》："天长路远魂飞苦，梦魂不到关山难。"

《淮南卧病书怀寄蜀中赵征君蕤》："故人不可见，幽梦谁与适？"

《寄远》之四："相思不惜梦，日夜向阳台。"

写怀人，无论是友情还是艳情都是感情真挚，意味深长。

《行路难》之一："闲来垂钓碧溪上，忽复乘舟梦日边。"

《东山吟》："白鸡梦后三百岁，洒酒浇君同所欢。"

《赠宣城宇文太守兼呈崔侍御》："良图扫沙漠，别梦绕旌旃。"

《酬张卿夜宿南陵见赠》："傅说未梦时，终当起岩野。"

在这几首充满理想的诗里，《行路难》之一表现了"身在江湖，心存魏阙"的心情，《东山吟》自比谢安，《赠宣城宇文太守兼呈崔侍御》直接表达自己念念不忘一展宏图，《酬张卿夜宿南

1. 文见王琦辑注《李太白全集》卷二十七。台湾华正书局。

陵见赠》借高宗梦传说之事勉张卿，亦以自勉。各有不同的面目。

《古风》之九："庄周梦蝴蝶，蝴蝶为庄周。一体更变易，万事良悠悠。"

《早秋赠裴十七仲堪》："功业若梦里，抚琴发长嗟。"

《书情赠蔡舍人雄》："梦钓子陵湍，英风缅犹存。"

《拟古》之三："即事已如梦，后来我谁身？"

这一类诗句都在表示浮生若梦，而兴退隐之念。有的说得明白浅显，有的委曲深入。《古风》"一体"两句，施逢雨先生有很好的诠释，他说："'一体'二句是说个别的事物像庄周、蝴蝶这样交互变易着，那尘世间万事万物合起来自然是纷纷杂杂交互变化不休的一个总体了。"[1]《拟古》两句，施先生说："事物在其生成展现之际即已迁化如梦，后时之我，已非前时之我。"可见李白诗中的梦，有的表现得比以前的诗人更为深刻。

《江夏赠韦南冰》："赤壁争雄如梦里，且须歌舞宽离忧。"

《登高丘而望远海》："银台金阙如梦中，秦皇汉武空相待。"

《春日醉起言志》："处世若大梦，胡为劳其生？所以终日醉，颓然卧前楹。"

李白有时对政治、历史产生强烈的虚无感，神仙世界也不是多欲的人所能企及，所以他以饮酒歌舞聊以遣忧。

当然，在李白涉及"梦"的六十多首诗中，最有代表性的首推《梦游天姥吟留别》，诗云：

> 海客谈瀛州，烟涛微茫信难求。越人语天姥，云霞明灭或可睹。天姥连天向天横，势拔五岳掩赤城。天台四万八千丈，对此欲倒东南倾。我欲

1. 施说见《李白诗的艺术成就》。台湾长安出版社。

> 因之梦吴越，一夜飞度镜湖月。湖月照我影，送我至剡溪。谢公宿处今尚在，渌水荡漾清猿啼。脚著谢公屐，身登青云梯。半壁见海日，空中闻天鸡。千岩万转路不定，迷花倚石忽已暝。熊咆龙吟殷岩泉，慄深林兮惊层巅。云青青兮欲雨，水澹澹兮生烟。列缺霹雳，丘峦崩摧。洞天石扉，訇然中开。青冥浩荡不见底，日月照耀金银台。霓为衣兮风为马，云之君兮纷纷而来下。虎鼓瑟兮鸾回车，仙之人兮列如麻。忽魂悸以魄动，恍惊起而长嗟。惟觉时之枕席，失向来之烟霞。世间行乐亦如此，古来万事东流水。别君去兮何时还？且放白鹿青崖间，须行即骑访名山。安能摧眉折腰事权贵，使我不得开心颜。

王琦注引范德机云："梦吴越以下，梦之源也。以次诸节，梦之波澜也。其间显而晦，晦而显，至失向来之烟霞，梦极而与人接矣。"简明扼要说明了全篇大意。历来批评家对这一篇有过许多讨论，不能一一。在此仅节录乔象钟女士深入浅出的阐述，[1]而且只节录有关梦境的部分文字："……诗人进入了梦幻之中，仿佛在月夜清光的照射下，他飞渡过明镜一样的镜湖。明月把他的影子映照在镜湖之上，又送他降落在谢灵运当年曾经歇宿过的地方。他穿上谢灵运当年特制的木屐，登上谢公当年曾经攀登过的石径——青云梯。只见"半壁见海日，空中闻天鸡。千岩万转路不定，迷花倚石忽已暝。熊咆龙吟殷岩泉，慄深林兮惊层巅。云青青兮欲雨，水澹澹兮生烟。"继飞渡而写山中所见，石径盘旋，深山中光线幽暗，看到海日升空，天鸡高唱，这本是一片曙色；却又于山花迷人、倚石暂憩之中，忽觉暮色降临，旦暮之变何其倏忽。暮色中熊咆龙吟，震响于山谷之间，深林为之战栗，层巅为之惊动。不止有生命的熊与龙以吟、咆表示情感，就连层巅、

1. 乔女士全文见《唐诗鉴赏辞典》。上海辞书出版社，第296～298页。

深林也能战栗、惊动，烟、水、青云都满含阴郁，与诗人的情感交融成一体，形成统一的氛围。……在令人惊悚不已的幽深暮色之中，霎时间“丘峦崩摧”，一个神仙世界“訇然中开”，“青冥浩荡不见底，日月照耀金银台。霓为衣兮风为马，云之君兮纷纷而来下”。洞天福地，于此出现。

“云之君”披彩虹为衣，驱长风为马，虎为之鼓瑟，鸾为之驾车，皆受命于诗人之笔，奔赴仙山的盛会来了。这是多么盛大而热烈的场面。“仙之人兮列如麻”！群仙好像列队迎接诗人的到来。金台、银台与日月交相辉映，景色壮丽，异彩缤纷，何等的惊心眩目，光耀夺人！仙山的盛会正是人世间生活的反映。这里除了有他长期漫游经历过的万壑千山的印象，古代传说、屈原诗歌的启发与影响，也有长安三年宫廷生活的迹印，这一切通过浪漫主义的非凡想象凝聚在一起，才有这般辉煌灿烂、气象万千的描绘。……”李白作诗，往往好用夸张的笔调，这首诗以“梦游”为题，他的想象就更为超脱，笔墨更加恣肆，时间、空间，万事万物都在他的梦境中变形。诚如乔女士说的“他有一个不安的灵魂”。这个不安的灵魂，在这首惊心动魄的诗里生动地呈现出来。他将梦境诗境大加扩充，给予后人不少启发。只是他用长短不一、参差错落的句子来表现那将现实变形的梦境的手法，在唐代还少见有人步武。

四、李贺之梦

中唐诗中的梦，就数量而书，和盛唐相近。《全唐诗》收孟郊诗十卷，有梦之诗二十七首，张籍七卷，有梦之诗四首，令狐楚一卷，有梦之诗七首，韩愈十卷，有梦之诗八首，刘禹锡十二卷，有梦之诗十四首，白居易三十九卷，有梦之诗七十余首，柳宗元四卷，有梦之诗十一首，元稹二十八卷，有梦之诗五十首，贾岛四卷，有梦之诗二十六首，李贺五卷，有梦之诗二十首。[1]其中有梦之诗总数最多的当推元、白，出现最频繁的是令狐楚、贾岛，梦最少的是张籍。

就内容而言，中唐诗人除元稹、李贺之外，多承初盛唐的余绪，或略作新的探索，但并非重大的突破，例如白居易的《梦上山》，自注“时足疾未平”，诗云：

夜梦上嵩山，独携藜杖出。千岩与万壑，游览皆周毕。
梦中足不病，健似少年日。既悟神返初，依然旧形质。
始知形神内，形病神无疾。形神两是幻，梦寐俱非实。
昼行虽蹇涩，夜步颇安逸。昼夜既平分，其间何得失。

虽对醒、梦之间，略有所悟，但终乏深湛幽渺之思致。

元稹诗中的梦却较具特色，如《梦井》云：

梦上高高原，原上有深井。登高意枯渴，愿见深泉冷。
裴回绕井顾，自照泉中影。沉浮落井瓶，井上无悬绠。
念此瓶欲沉，荒忙为求请。遍入原上村，村空犬仍猛。
还来绕井哭，哭声通复哽；哽噎梦忽惊，觉来房舍静。
……今宵泉下人，化作瓶相憬。……

---

1. 孟郊诗见《全唐诗》卷三七二到三八一、张籍见卷三八二到三八八、令狐楚见卷三三四、韩愈见卷三五〇到三五三、刘禹锡见卷三五四到三六五、白居易见卷四二四到四六二，柳宗元见卷三五〇到三五三，元稹见卷三九六到四二三，贾岛见卷五七一到五七四，李贺见卷三九〇到三九四。

他梦到在口渴时，见到井里有个水瓶，却可望而不可即，在焦急中惊醒过来，醒后他认为梦中水瓶是亡妻所变的。这梦与悟，颇堪玩味。又如《梦上天》原注："此后十首，并和刘猛。"诗云：

> 梦上高高天，高高苍苍高不及。下视五岳块累累，仰天依旧苍苍色。踏云耸身身更上，攀天上天攀未得。西瞻若木兔轮低，东望蟠桃海波黑。日月之光不到此，非暗非明烟塞塞。天悠地远身跨风，下无阶梯上无力。来时畏有他人上，截断龙胡斩鹏翼。茫茫漫漫方自悲，哭向青云椎素臆。哭声厌咽旁人恶，唤起惊悲泪飘露。千惭万谢唤厌人，向使无君终不寤。

这首诗多少受到王勃《忽梦游仙》、李白《梦游天姥吟留别》、《大鹏赋》的影响。至于和刘猛的原作有何关系，则因刘诗亡佚而不可得知。梦的内容，似为元稹仆仆于长安道上竭力猎取权位时心理的投射，梦中充满了孤独、无力、迷惘、不安、悔恨、惊悸的情绪，是很深刻的自剖。

元稹五十首与梦有关的诗还有两项特色：其一，以梦为题的诗最多，如《感梦》（五古）、《感梦》（七绝）、《梦井》、《江陵三梦》、《梦成之》、《梁州梦》、《梦上天》、《梦游春七十韵》等。其二，梦见去世的人的诗特别多。当然，元稹也常在梦中怀念在世的朋友，例如他和白居易就经常梦来梦去；但是他梦到死人的次数却远比前辈或同辈诗人来得多。这种特色似乎透露了什么信息，值得进一步去探讨。

至于李贺的歌诗，杜牧已称其"虚荒诞幻"，[1] 诗中的梦照理应当写得更为扑朔迷离，然而其中却有一些用平实手法来表现的作品，如《题归梦》：

---

1. 语见杜牧《李长吉歌诗叙》。

长安风雨夜，书客梦昌谷。怡怡中堂笑，小弟栽涧菉。家门厚重意，望我饱饥腹。劳劳一寸心，灯花照鱼目。

《题归梦》一首的梦境是他在长安，梦见回家，家中充满了和乐温馨。还有《河南府试十二月乐词·八月》："孀妾怨夜长，独客梦归家。"

《勉爱行二首送小季之庐山》之二："青轩树转月满床，下国饥儿梦中见。"

《秋凉诗寄正字十二兄》："梦中相聚笑，觉见半床月。"三首不是发抒思家之切，就是描述手足之情。由于亲情是最平常、最实在的感情，所以连想象奇崛的李贺都不出之以瑰奇谲怪之语，而但以平易之笔写平常实在之情而已。由于对亲情感受的真实，将心比心，他也能深切体会深宫幽闺美人的梦境，《宫妓歌》、《美人梳头歌》就是属于这一类的作品。除此之外，李贺诗中的梦，多半还是符合他那奇崛的特色。例如《李凭箜篌引》有云：

梦入神山教神妪，老鱼跳波瘦蛟舞。

整首诗运用了许多神话传说，将在定点弹奏而稍纵即逝的音乐，写成上下古今，出入人神、动物，完全不受时空限制的奇幻事物。如果我们参照顾况以同样题材写成的《李供奉弹箜篌歌》,[1] 就更能体会"梦入神仙教神妪"一语的意思。顾诗云："……左手低，右手举，易调移音天赐与。……初调锵锵似鸳鸯水上弄新声，入深似太清仙鹤游秘馆。……在外不曾辄教人，内里声声不遣出。指剥葱，腕削玉，饶盐饶酱五味足。弄调人间不识名，弹

1. 顾况此诗见《全唐诗》卷二六五。

尽天下崛奇曲。胡曲汉曲声皆好，弹著曲髓曲肝脑。往往从空入户来，瞥瞥随风落春草。……除却天上化下来，若向人间实难得。”看来李凭弹箜篌，的确能振撼心弦，激发听者的无穷想象。顾况以鸳鸯、仙鹤为喻；李贺则联想到老鱼、瘦蛟。顾诗其余诗句一面要表示“此曲只应天上有”，但是一面又不免受人间的引力所牵制，无法真正超越，充其量逾越“汉曲”到“胡曲”就是了；再者，顾况提到李供奉的曲艺是不教人的。李贺则完全不受人间的牵引，让他的想象自由飞翔：而李凭不传授给人，李贺则以“梦入神仙教神妪”这种想入非非的方式来表现。其余如《洛姝真珠》、《巫山高》、《昌谷诗》也都不受时间的限制和人神的隔阂。又如《还自会稽歌并序》序云：

> 庾肩吾于梁时尝作宫体谣引，以应和皇子。及国势沦败，肩吾先潜难会稽，后始还家。仆意其必有遗文，今无得焉。故作《还自会稽歌》，以补其悲。

诗云：

> 野粉椒壁黄，湿萤满梁殿。台城应教人。秋衾梦铜辇。……

杨文雄释云：“这首诗写家国兴亡之感和对国家故乡的忠爱。由‘意其必有遗文’这种文人相惜的追想启发，极力描绘台城沦陷后荒芜之状，接着轻轻点出庾肩吾怀念故国的梦，造成今昔对比，虽不言昔日的繁华，而繁华自见；不言亡国的悲伤，而悲伤更深。……李贺以个人不遇所引起的矛盾和幻灭感，借庾肩吾潜难归家这一段史实加以设想而打发了。”[1]李贺真的是神交古人了，不但有着同情共感，而且是与子同梦的。又如《伤心行》：

古壁生凝尘，羁魂梦中语。

杨文雄说：“悒郁失志透过外在凄凉景物的衬托，反映出穷愁不遇的潦倒心境，……那是灵魂的自觉和悲痛！”[2]见《崇义里滞雨》：

落莫谁家子，来感长安秋。壮年抱羁恨，梦泣生白头。……忧眠枕剑匣，客帐梦封侯。

杨文雄说：“理想和现实仍然隔得那么遥远，现世生活令人惆怅焦虑，‘壮年抱羁恨’的现实，让诗人忧心，痛苦与思乡，或许到达‘客帐梦封侯’的理想梦境，一切都可以解决，只可惜这是一段理想的追寻和渴求，只在幻想、渴望的梦境中才能得到安慰。”李贺许多凄凉的梦就是在这种悲情之下产生的。

然而李贺最具代表性的梦，还是《梦天》里的梦：

老兔寒蟾泣天色，云楼半开壁斜白。玉轮轧露湿团光，鸾佩相逢桂香陌。黄尘清水三山下，更变千年如走马。遥望齐州九点烟，一泓海水杯中泻。

这首诗引起广泛的注意，而各家的注释也没有基本的差异。兹引

1. 见杨文雄《李贺诗研究》。台湾文史哲出版社，第239页。

2. 前揭书第224页。

陈允吉《梦天》的游仙思想与李贺的精神世界》的见解为代表。[1] 陈氏略谓："前面四句，已显示出这篇作品最主要的理蕴。这就是由于作者感念人生的短促，因而梦想超尘绝尘，到天国灵境当中去追求生命的永恒。……关于'鸾佩相逢桂香陌'的描写，也流露出作者在男女爱情方面想入非非的意念。"又云："《梦天》的后面四句云……这里不仅空间广大无限，而且没有尘世的那种时间的流注迁移，人们只要超脱现世到达这一境界，即不复受到光阴消逝的胁迫，无需再有死亡的忧虑。……诗人倾注其全部感情热切向往的理想乐园，却是一个绝对永恒而没有矛盾变化的世界。"是的，这就是李贺终极之梦。这层设想并非李贺一人所独有，但是他将缥缈之思高度浓缩，凝聚为短短八句，令人玩味不尽。

此外，李贺的梦似乎经常和"秋"联在一起。

《李凭箜篌引》："吴丝蜀桐张高秋，空山凝云颓不流。……女娲炼石补天处，石破天惊逗秋雨。梦入神山教神妪，老鱼跳波瘦蛟舞。"

《还自会稽歌》："台城应教人，秋衾梦铜辇。"

《河南府试十二月乐词·八月》："孀妾怨夜长，独客梦归家。"案：八月亦秋也。

《洛姝真珠》："金鹅屏风蜀山梦。……市南曲陌无秋凉。"

《伤心行》："秋姿白发生，木叶啼风雨。……古壁生凝尘，羁魂梦中语。"

《宫娃歌》："寒入罘罳殿影昏，彩鸾帘额著霜痕。……梦入家门上沙渚，天河落处长洲路。"

---

1. 陈文见《文学评论》，1983 年第 1 期。

《谢秀才有妾缟练改从于人秀才引留之不得后生感忆座人制诗嘲谢贺复继四首》之三："好作鸳鸯梦，南城罢捣砧。"案：捣砧亦秋夜也。

《崇义里滞雨》："落莫谁家子，来感长安秋。壮年抱羁恨，梦泣生白头。"

《秋凉诗寄正字十二兄》："闭门感秋风，幽姿任契阔。……梦中相聚笑，觉见半床月。"

《溪晚凉》："白狐向月号山风，秋寒扫云留碧空。……银湾晓转流天东，溪汀眠鹭梦征鸿。"

凡此，可见李贺的梦和秋天有密切的关联。其中《李凭箜篌引》劈头就说："吴丝蜀桐张高秋。"再对照顾况的《李供奉弹箜篌歌》来看，就有明显的不同。顾况虽然也说："大弦似秋雁，联联度陇关。"但紧接着就说："小弦似春燕，喃喃向人语。"而且后来又说："瞥瞥随风落春草。"同样聆听李凭弹箜篌，二人的感受和联想是略有差异的，顾况似乎倾向于春，而李贺则倾向于秋。本来秋天既是收成的季节，也是肃杀凄凉的季节，李贺的愁梦是连上了秋的冷落凄清。这固然和他的穷愁潦倒有关，然而多少也受到宋玉《九辩》的影响。宋玉在《九辩》一开头就描述其在清秋时节的所见、所听、所触的各种异样感觉，而联想到登临送别，羁旅无友，贫士失职，中岁无成；从而勾起空虚、惆怅、凄清、不平而自怜自伤的情绪。李贺的秋梦、愁梦也和宋玉《九辩》所表现的相仿佛。

五、李商隐之梦

进入晚唐以后，诗人普遍都爱做梦。例如杜牧存诗八卷，有梦之诗五十余首，温庭筠存诗九卷，有梦之诗四十首，韩偓存诗四卷，有梦之诗三十首，韦庄存诗五卷，有梦之诗二十五首。[1]这比初、盛、中唐都要频繁些。然而，在晚唐之中要以李商隐诗中出现梦字最多，商隐存诗三卷，[2]有梦之诗竟达七十四次之多，其出现之频繁既冠于晚唐，也超过唐代以及唐以前的任何诗人。

杜牧对李贺很推崇，但是他的诗作却并不受李贺的影响，而自走俊爽艳丽一路。就以写梦而言，他的梦也都明白易晓，并不迷离惝恍。

《罢钟陵幕吏十三年来泊湓浦感旧为诗》："故国残春梦，孤舟一褐眠。"

《初春有感寄歙州邢员外》："迹去梦一觉，年来事百般。"

《旧游》："重寻春昼梦，笑把浅花枝。"

《春思》："自是求佳梦，何须讶昼眠。"

《寄远人》："那时离别后，入梦到如今。"

《晚泊》："篷雨延乡梦，江风阻暮秋。"

《早行》："林下带残梦，叶飞时忽惊。"

《遣怀》："十年一觉扬州梦，赢得青楼薄幸名。"

《秋夜与友人宿》："云外山川归梦远，天涯歧路客愁长。"

《寄卢先辈》："一从分首剑江滨，南困相思寄梦频。"

---

1. 杜牧诗见《全唐诗》卷五二〇到五二七、温庭筠诗见《全唐诗》卷五七五到五八三，韩偓诗见卷六八〇到六八三，韦庄诗见卷六九五到六九九。
2. 李商隐诗见《全唐诗》卷五三九、五四一。

《旅怀作》:“往事只应随梦里，劳生何处是闲时。”

杜牧诗中的梦，无论是表达怀人、思归的情意，还是对往事的追忆，都是这样的明白浅近。

沿着李贺的思路而再做深入探寻的是比他小二十来岁的温、李。此但论述李商隐诗中的梦。

《归墅》：“行李逾南极，旬时到旧乡。楚芝应遍紫，邓橘未全黄。渠浊村春急，旗高社酒香。故山归梦喜，先入读书堂。”

叶葱奇疏解云：“首句先推开一笔，次句再合到本题，三句承首句说离乡已久，四句承三句说行近乡里时所见情景。五、六二句紧接四句，描绘家乡附近一片亲切有味的村景，然后用身未到家，梦已先到来作结。通首洋溢着久别还乡时的喜悦、兴奋的心情。”[1]这首诗提到归梦，在李商隐诗中的梦，以归梦写得最平易；在归梦各首中，又以这首《归墅》最浅近。像这样平易近人的还有《春雨》:“远路应悲春晼晚，残宵犹得梦依稀。”《七月二十九日崇让宅宴作》：“悠扬归梦惟灯见，濩落生涯独酒知。”写自己和家人异地相思，或写自己的流离落拓无人关怀，都是一读之下，即可心领神会。至于像《滞雨》:“故乡云水地，归梦不宜秋。”叶葱奇说：“说家乡本是云水之地，当此秋雨淅沥时期，梦归更增人愁闷。原意是说连梦中都愁，却只说‘归梦不宜秋’，运思极曲，而出语却极自然，耐人吟味。”的确，这首诗的“归梦”，就比前面三首来得曲折些。

《锦瑟》:“庄生晓梦迷蝴蝶，望帝春心托杜鹃。”

叶葱奇说：“分明是一篇客中思家之作。”又说：“三句紧接次句，说晓梦迷离中，俨然还和家人欢聚在一起。”《锦瑟》一

1. 见叶葱奇《李商隐诗集疏注》。台湾里仁书局。此后有关李商隐诗的诠释，多从叶氏之说。

诗，历来争议最多，倘若叶氏的说法够能成立，这里的“归梦”就更曲折深入了。

李商隐诗中的梦，有一类是表现爱情的，那就写得更曲折迷离，如《无题四首》之一：

> 来是空言去绝踪，月斜楼上五更钟。梦为远别啼难唤，书被催成墨未浓。……

刘学锴在《唐诗鉴赏辞典》里说：“这首《无题》写一位男子对远隔天涯的所爱女子的思念。‘梦为远别’四字是一篇眼目。全诗就是围绕着‘梦’来抒写‘远别’之情的。”但刘氏为篇幅所限，未能细说这个梦。倒是《唐诗的滋味》解释得详细透彻些：“‘梦为’的‘为’读阳平，不读去声。‘啼难唤’写一个痴情女子别离低头掩面、悲啼不已、泣不成声的神态，非常逼真入微。‘唤’字包含两层意思，既指女子悲啼不已，想呼唤情人，说几句一路平安、早日归来一类的话，然而竟也说不出来，也可兼蓄这样的含意，男子再三呼唤，用言抚慰，但因啼不成声也无以应答。……梦中的‘远别’，就是现实中远别的写照，此句承接上文，进一步补明叹息的原因。这里，梦中的远别是直接的引线，而真正的原因，还是现实中的远别，梦，毕竟是现实的影子。‘啼难唤’又承接上文‘楼上’，进一步点明叹息者的身份。照事情的进程讲，本来是梦别在前，叹息在后，但在诗中，却是用倒叙的方式，写出了一个曲折的过程，一个与情人远隔的女子，思念不已，积想成梦，梦中也梦到远别而悲啼不已；五更的钟声惊醒别梦，梦中人去，唯残月在窗，晓钟萦耳，回思别时再来之言，不过是一句空话。”李商隐描写爱情，本来就是如梦如幻，如果再以梦来象征，就更为渺冥惝恍了。

这一类诗为数不少。

《碧瓦》：“梦到飞魂急，书成即席遥。”

《代魏宫私赠》：“来时西馆阻佳期，去后漳河隔梦思。”

《荷花》：“预想前秋别，离居梦棹歌。”

《魏侯第东北楼堂郢叔言别聊用书所见成篇》：“暗楼连夜阁，不拟为黄昏。未必断别泪，何曾妨梦魂。……”

《夜意》：“如何为相忆，魂梦过潇湘。”

《戏赠张书记》：“星汉秋方会，关河梦几还。”

《燕台四首·春》：“醉起微阳若初曙，映帘梦断闻残语。”

《拟意》：“去梦随川后，来风贮石邮。”

李商隐抒写爱情，都写得缠绵悱恻，扣人心弦，而少及肉欲。《夜思》云：

古有阳台梦，今多下蔡倡。

他珍惜爱情，看重古时“阳台梦”这型“神合”的精神作用，而轻视当时流行的狎邪游。除了对女子的爱情，他对朋友的友谊也很珍惜，只是写来不似描写爱情那么费解。

《访隐者不遇成二绝》之一：“秋水悠悠浸墅扉，梦中来数觉来稀。”

《题白石莲花寄楚公》：“空庭苔藓饶霜露，时梦西山老病僧。”

《送五十二校书分司》：“多少分曹掌秘文，洛阳花雪梦随君。”

这些诗对友谊都写得情意真挚。

李商隐诗有的借梦来抒写他的政治理想或心中的感慨，有的以艳情为外衣，有的则否。

《岳阳楼》：“如何一梦高唐雨，自此无心入武关。”

《晓起》："书长为报晚，梦好更寻难。"

《闺情》："春风一觉风流梦，却是同袍不得知。"

《有感》："非关宋玉有微辞，却是襄王觉梦迟。"

《无题二首》之二："神女生涯原是梦，小姑居处本无郎。"

《过楚宫》："微生尽恋人间乐，只有襄王忆梦中。"

《残花》："若但掩关劳独梦，宝钗何日不生尘。"

《日高》："水精眠梦是何人，栏药日高红髲鬟。"

这都是假闺怨或艳情来寄慨之作，叶葱奇都有明白的疏解。

《寄令狐学士》："钧天虽许人间听，阊阖门多梦自迷。"

《七月廿八日夜与王郑二秀才听雨梦后作》："初梦龙宫宝焰然，瑞霞明丽满晴天。"

《西溪》："京华他夜梦，好好寄云波。"

《赋得鸡》："可要五更惊晓梦，不辞风雪为阳乌。"

《咏史》："三百年间同时梦，钟山何处有龙蟠？"

《梦令狐学士》："山驿荒凉白竹扉，残灯向晓梦清晖。"

《镜槛》："岂能抛断梦，听鼓事朝珂。"

《钧天》："上帝钧天会众灵，昔人因梦到青冥。"

《曼倩辞》："十八年来坠世间，瑶池归梦碧桃间。"

《摇落》："水亭吟断续，月幌梦飞沉。"

《咏怀寄秘阁旧僚二十六韵》："图形翻类狗，入梦肯非罴。"

《送从翁从东川弘农尚书幕》："心悬紫云阁，梦断赤城标。"

《思贤顿》："不见华胥梦，空闻下蔡倡。"

《回中牡丹为雨所败》二首之二："玉盘迸泪伤心数，锦瑟惊弦破梦频。"

《失题》："斯文虚梦鸟，吾道欲悲麟。"

这些诗有的抒写自己的抱负。有的批评当时的科举，有的讽谕政坛、朝廷，甚至于暗讽至尊。这类诗在商隐的梦诗中最为大宗，其中或浅近易晓，或委曲见意。然而，李商隐在政治上毕竟是饱受挫折，无所成就，因此偶兴出世之想。

《东还》：“自有仙才自不知，十年长梦采华芝。秋风动地黄云暮，归去嵩阳寻旧师。”

《赠从兄阆之》：“怅望人间万事违，私书幽梦约忘机。”

但是这一类的梦并不多，可见在李商隐的心底很少真正萌生退隐的念头。他毕生梦想的，还是如何一展长才，报效国家，实现理想。

李商隐的梦，还有一类是悼亡的。

《悼伤后赴东蜀辟至散关遇雪》：“散关三尺雪，回梦旧鸳机。”

《端居》：“远书归梦两悠悠，只有空床敌素秋。”

《圣女祠》：“肠回楚国梦，心断汉宫巫。”

《和张秀才落花有感》：“梦罢收罗荐，仙归敕玉箱。”

前二首悼念王氏夫人，情真意切。第三首与令狐楚逝世有关，抚今追昔，肠回心断。第四首是说张秀才与所恋女子尘缘已了，女子回归仙籍。

大体上李商隐沿着李贺构思奇巧的路子，去其生硬，而做更深入、更细致的刻画。再者，李商隐极少以整首诗来描写梦境；他那七十多首梦诗几乎都融入现实生活之中。虽然其他诗人的梦诗多半也如此，但李商隐的梦比谁都多，不免令人觉得他时常处在半醒半梦的状态中。

至于和李商隐同时而且齐名的温庭筠，他的诗风和李商隐大致相近；但是就梦诗而言，除了在数量上少了许多之外，也写得比较浅近明白。

《鸡鸣埭曲》：“南朝天子射雉时，银河耿耿星参差。铜壶漏断梦初觉，宝马尘高人未知。”

《晓仙谣》：“雾盖狂尘亿兆家，世人犹作牵情梦。”

《太子西池》二首之一：“懒逐妆成晓，春融梦觉迟。”

《溪上行》：“心羡夕阳波上客，片时归梦钓船中。”

《碧涧驿晓思》：“香灯伴残梦，楚国在天涯。”

《西游书怀》：“高秋辞故国，昨日梦长安。”

《秋日旅舍寄义山李侍御》：“自为林泉牵晓梦，不关砧杵报秋声。”

无论是咏史喻今，还是写仙凡不同，或写闺怨、归梦、怀友，都令读者容易透过感觉而明其所指。大约李商隐得李贺之幽微神秘为多，而温庭筠则得其着重感觉为多，只是李贺在感觉方面偏重冷硬，温庭筠则侧重温馨。

六、结 语

人生存在时空系统之中，行动已受限制；加上社会的禁忌，更使行为亦诸多不便。文人往往借诗文以骋其想象，但仍有许多拘牵。唐朝是个比较开放的时代，诗歌蓬勃发展，并得到丰硕的成果。但是完全以一般现实生活为题材的诗歌，先天上仍然受到较多的拘束。所以，我尝试以诗中的梦为探索的对象。虽然梦境往往也只是现实生活的投射，但是它毕竟较能超越时空的限制，摆脱重力的牵引，规避部分社会的禁忌，更能呈现诗人比较深层幽微的心念。

纵观有唐一代诗中的梦，初唐诗人的梦最少。大约在开国之初，新的制度正在推展实行，远景一片美好，多数诗人觉得施展抱负的空间应该是宽裕的，遭遇顿挫也应该是暂时的，所以较少做梦。初唐诗人中要以年少敏锐的王勃对梦的描写最为突出，他的《忽梦游仙》诗想象超忽，对后来诗人影响最大。

盛唐诸公，身怀利器，心存理想，仆仆于长安道上，经常要承受沉重的打击，深知科举仕进的门是那么狭窄，纵有旷世之才，亦难施展。在饱受压抑之余，诗中之梦转多，其中李白最具代表性。李白除了写梦堂弟们的诗显得单调之外，其余都能发挥他那飞驰的想象力，其中又以《梦游天姥吟留别》一诗最具震撼力。中唐士人一心抱着中兴的宏愿，投注心智，为恢复大唐光荣而效力。诗歌的发展，至此也进入新的探索阶段，诗人的梦想亦如盛唐诗人的炽盛。其中以元稹的《梦上天》，自剖深刻；李贺的《梦天》则是他的终极之梦。

晚唐诗人已明知中兴无望，却又不愿放弃对那返照的眷恋，于是转为对过往的怀念和省思，对闺阁爱情的深入追寻，并且抒写自己对时势的无力感。这时诗人的梦普遍比往昔为多，其中又以李商隐的梦最为丰富。在他那区区三卷存诗中，有梦之诗竟达七十四首之多，他几乎是在半醒半梦中过着悠悠忽忽的日子。

以上论述，只是就大体而言，其实在各阶段之中，个别诗人的差异还是很大的。也许可以这么说，理想和现实间差距较小的诗人梦也比较少，无论是他们努力以比较踏实的步骤去接近理想，还是以认命的卑微姿态去降低自己的理想，甚至于放弃自己的理想。反之，如果诗人定下了高远，甚至于缥缈的理想，又缺乏具体可行的途径，而且执拗地不肯俯顺时势，他的梦就会多而炽烈。

唐五代诗僧之梦初探

一、撰写缘起与资料述略

两年多以前，我发表了《四杰三李之梦》的读书报告。当时原想对《全唐诗》中出现的“梦”做全盘的检视。但因时间紧迫，只好缩小范围，以王、杨、卢、骆四杰代表初唐，李白代表盛唐，李贺代表中唐，李商隐代表晚唐。在探讨以上各家诗中的梦境时，免不了涉及和他们相关的重要诗人，可是对于所有僧侣的诗作却完全照顾不到。近日又有做读书报告的机会，于是拟下此题，略作探讨。

这篇报告所根据的资料是中华书局出版的《全唐诗》卷八百六至卷八百五十一，以及《全唐诗补编》三册分散在各卷的僧人诗作。所谓“诗僧”应该有更严格的界定，但为了使资料丰富些，这里采取最宽泛的解释，就是在《全唐诗》和《补篇》辑入的僧人，全数当作诗僧看待，甚至连在家修行的庞居士也都一并揽入。在如此宽泛的范围中，我得到的材料是提到“梦”的诗僧凡三十七家，诗作一百六十四首。

《全唐诗》中的“梦”字，共三千五百四十八字，[1]平均约十四首诗就出现一个“梦”字。如果拿这个作为指标来衡量诗僧作品出现“梦”字的频率，整体看来是偏低的。然而，将作品较丰的各家分别观察，则其间颇为参差。

寒山：存诗三百一十一首，有“梦”者三首。

拾得：存诗五十三首，有“梦”者二首。

道世：存诗六十二首，有“梦”者二首。

王梵志：存诗三百五十五首，有“梦”者四首。

庞蕴：存诗一百九十七首，有“梦”者二首。

居遁：存诗九十六首，有“梦”者一首。

皎然：存诗四百八十三首，有“梦”者一十八首。

贯休：存诗七百零三首，有“梦”者三十八首。

齐己：存诗八百一十四首，有“梦”者五十二首。

灵一：存诗四十二首，有“梦”者五首。

清江：存诗一十九首，有“梦”者四首。

从上举数可以看出寒山、拾得、道世、王梵志、庞蕴、居遁各人诗作出现“梦”的频率极低；皎然、贯休、齐己三人频率较高，但仍低于平均数；只有灵一、清江高于平均数，但他们作品数量稍少，似不足为凭，而且对整体的统计影响不大。

二、释 梦

从文献来考察，初民即已有梦，《山海经》提到有种三首六

1. 据深圳大学《全唐诗电脑多功能检索系统》。

尾而善笑的鸟，名叫䳋鵸，佩上它，可以使人不会梦魇。[1]在黄帝神话系统中也出现了会吞梦的神兽叫伯奇。[2]古人认为梦是吉凶的预兆，所以重视占梦，《诗·小雅·正月》云：

召彼故老，讯之占梦。

而《周礼·春官》就设有“占梦”之官，其职掌是：“掌其岁时，观天地之会，辨阴阳之气，以日月星辰占六梦之吉凶：一曰正梦，二曰恶梦，三曰思梦，四曰寤梦，五曰喜梦，六曰惧梦。”

唐贾公彦说：“梦是精神所感。”至于六梦，宋儒的解释是：正梦，圣人性情中和，中心无为以守至正，感而有梦，称为正梦。恶梦是惊愕之梦。思梦是心有思而后梦。寤梦是醒时的白日梦。喜梦是喜悦而梦。惧梦是恐惧而梦。[3]这种简明的分类，似难以适用于后世更复杂的梦境，李嘉会就说：“古者生养有道，人有常心，而精神梦寤与天地阴阳流通而无间。……后世人以情迁，而正、恶、思、寤、喜、惧之念不本于正，搅扰于生理之不足，事物之不经，感叹欢戚，日不足而夜从起。不可得而占也。”[4]

虽说后世之梦，不可得而占。其实，后世占梦之事和书还是流行不辍的，只是受到学者排斥，认为占梦书“鄙俚荒唐，为异端邪说之尤矣”。[5]故传世不多。但梦境复杂，难以归类却是事实。

佛典亦常提及“梦”，兹就其类别做最简略的叙述。《善见律》分梦为四类，即（一）四大不和梦；（二）先见梦；（三）天

1.《山海经·西山经》。

2.《后汉书·礼仪志》。

3.《周礼订义》卷四十二。收在《通志堂经解》内。

4.《周礼订义》卷四十二。收在《通志堂经解》内。

5.《四库全书总目》卷一一一。

人梦；（四）想梦。所谓“四大不和梦”是因地、水、火、风四大不调，心神散逸而做梦。“先见梦”是因先有某种生活经验而引起的梦。“天人梦”是天人启示的梦。“想梦”是因思维、希求、疑虑而引起的梦。总之，佛教认为梦并非自性，俱为虚妄。

近代心理学家认为梦是人在睡眠中的一种经验，虽然这种经验是想象的，但好像都是真实的。梦中的经验有愉快的、困恼的、恐怖的，无所不有。做梦虽不需有外在的条件，但有时声响或其他情境能影响梦的进行。心理分析学者认为，梦中的情境是一种潜意识的象征性的表现，从梦的分析中可获得个人潜意识中所抑制的问题或线索。佛罗伊德认为：做梦并非无目的无意识的行为，实际上是代表个人的愿望或愿望的满足。他把梦的内容分为两类：一是外显性的，一是潜隐性的。前者指凭梦的内容可追溯个人实际生活的活动，梦所见的人和事物多与他实际生活中所遇者相关联，这类梦可由个人生活经验为线索来解释；后者则是个人的愿望变为象征，用间接方式由潜意识中浮现出来，必须经推断与分析，多次联想才能了解。[1]

综前所述，梦是一种意识蒙眬情境，因此，古来字书典籍就将它解释为“不明”、[2]“乱”、[3]“想象”[4]等等。在“梦”字的含义已不甚明确的情况下来“初探”诗僧的“梦”，兹篇探取两个步骤来进行：首先是分辨诗中所提到的“梦”究意何所指；其次再检查他们的梦或愿望是些什么。

---

1. 以上见台湾《幼狮少年百科全书》，宗亮东撰“梦”条。此书编辑时宗涛曾任召集委员，是以引之耳。
2. 《说文》：“梦，不明也。”
3. 《尔雅・释训》：“梦梦，乱也。”
4. 《荀子・解蔽》：“不以梦剧乱知谓之静。”
《注》：“梦，想象也。”《论衡・死伪》：“梦，象也。”

三、本论

(一) 诗僧诗中"梦"字的意涵与运用

唐五代僧侣诗中的"梦",有一些是确指睡梦、做梦,其描述之情境为梦中之经验。

灵一《宜丰新泉》:"每有清宵月,泠泠梦里闻。"(全9124)[1]

齐己《江行早发》:"几程星月在,犹带梦魂行。"(全9474)

以上的梦,都指睡梦而言。

贯休《闲居作》:"身心闲少梦,杉竹冷多声。"(全9372)

齐己《怀匡阜》:"昨夜分明梦归去,薜萝幽径绕禅房。"(全9557)

这是指做梦而言。

齐己《夏日雨中寄幕中知己》:"豆枕欹凉冷,莲峰入梦魂。"(全9493)

栖蟾《游边》:"昨夜东归梦,桃花煖色中。"(全9608)

齐己诗中的庐山莲花峰,栖蟾诗中的桃花,都是梦中所经验的。

但是他们诗中提到的梦,未必都指梦寐而言,有时一段往事,也可将写当成是一场梦。

贯休《和韦相公话婺州陈事》:"千场花下醉,一片梦中游。"(全9379)

齐己《渚宫自勉》:"梦好寻无迹,诗成旋不留。"(全9476)

---

1. 以下引诗,皆注明页码,便于读者查检原诗。所据版本为中华书局《全唐诗》及《全唐诗补编》,前者简称"全",后者简称"补"。

这种过去之境，亦可称之为梦。

有时以梦表示回忆、怀念之意。

贯休《别杜将军》：“身偎玉帐香满衣，梦历金盆（原注：金华山最高处）雨和雪。”（全 9331）

齐己《酬答退上人》：“嵩丘梦忆诸峰雪，衡岳禅依五寺云。”（全 9552）

贯休诗中的梦是追忆和杜将军相处的一段经历。齐己则表现对退上人的怀念。

诗中的梦，有时接近今日所谓精神作用或潜意识的意思。

寒山诗第四十四首：“梦去游金阙，魂归度石桥。”（全 9068）

贯休《题弘顗三藏院》：“梦僧梦里授微言（原注：师曾受神僧真言于梦中），雪岭白牛力深得。”（全 9314）

寒山诗的梦游，意思近于神游。贯休诗言弘顗梦梵僧授真言，则近于近代所谓潜意识。

有些梦字，意近于心思或念头。

齐己《渚宫莫问诗》十五首之十一：“梦寻何处去？秋色水边山。”（全 9512）

智远《律僧》：“北阙应无梦，南山有旧名。”（全 9621）

齐己被军阀高从诲留置荆州做僧正为其装点门面，心不甘情不愿，心思则飞往秋山秋水的自由境界。智远则赞美律僧妄念已绝，不再兴起入京寻求赐紫的念头。

有时以梦来代替想象。

齐己《城中示友人》：“重城不锁梦，每夜自归山。”（全 9461）

齐己《默坐》："冥心坐满蒲团稳，梦到天台过剡溪。"（全9592）

齐己受困江陵城中，可是重重城门却锁不住他的想象力，在想象中，他仍能回归衡山；他默坐蒲团，在想象中他又越过剡溪，到了天台山。

梦，有时用以表现杳不可及的事物。

皎然《苕溪草堂自大历三年夏新营洎秋及春弥觉境胜因纪其事简潘丞述汤评事衡四十三韵》："渺绵云官世，梦幻羽陵籍。"（全9189）

可止《送婆罗门僧》："如今白首乡心尽，万里归程在梦中。"（全9292）

羽陵是古籍《穆天子传》中的地名，既古且远；而婆罗门僧的故乡则在万里之外。二者俱遥不可及。

梦又时常用来表达一种向慕之情，一种愿望。

道世《颂》六十二首之六十一："不看授盐掌，唯梦莲华池。"（补700）

皎然《奉和薛员外汤评事衡反招隐之作兼见寄十二韵》："禅子方外期，梦想山中路。"（全9172）

贯休《酬周相公见赠》："幸生白发逢今圣，曾梦青莲映玉沙。"（全9411）

齐己《水鹤》："静巢孤岛月，寒梦九霄云。"（全9510）

虚中《寄华山司空图》："白昼梦仙岛，清晨礼道经。"（全9606）

道世诗言不重布施，而向慕净土。贯休诗谓虽受礼遇，而仍重理想。齐己诗言身虽孤栖，而心飞九霄。虚中诗谓司空图向往仙境。

另有一类诗中的梦是用来阐释人生乃至所有现象的无常，一切都是虚幻，都是空的道理。

清江《长安卧病》："已觉生如梦，堪嗟寿不知。"（全 9146）

皎然《秋宵书事寄吴凭处士》："大梦观前事，浮名误此身。"（全 9191）

契此（即布袋和尚）《偈》："燎溺病同途，大梦原未觉。"（补 1413）

这是说人生如梦。

延寿《永明山居诗》："侯门梦过光阴促，禅室玄栖气味长。"（补 1434）

文偃《北邙行》："苦海哀伤不暂辍，况复百年惊梦驰。"（补 1498）

既然时间不能停留，则物欲的享受和人生的哀伤，俱属无常。

道世《颂》六十二首之一："簪缨犹忽梦，财利若尘蒙。"（补 691）

王梵志《回波乐》："若悟生死如梦，一切求心皆息。"（补 721）

本净《来往如梦偈》："视生如在梦，梦里实是闹。忽觉万事休，还同睡时觉。智者会悟梦，迷人信梦闹。会梦如两般，一悟无别悟。富贵与贫贱，更亦无别道。"（补 859）

庞蕴《诗偈》："有为如梦幻，无相契真常。"（补 952）

皎然《杂兴》："嫔女身后空，欢娱梦中好。"（全 9252）

贯休《再到钟陵作》："春风还有花千树，往事都如梦一场。"（全 9409）

延寿《永明山居诗》："高才宏略气凌云，世上浮名梦里身。"（补 1434）

远公《伤悼前蜀废国》："两朝帝业都成梦。"（补 293）

这里的梦，都是一种假象，是虚幻的，几乎就是空。而执著于幻象中的人，就是迷。

王梵志《回波乐》："昏昏似梦人，未饮恒如醉。"（补 724）

灵一《送冽寺主之京迎禅和尚》："水国月未上，苍生如梦中。"（全 9126）

居遁《偈颂》："在梦那知梦是虚，觉来方知梦中无。迷时恰似梦中士，悟后还同睡起夫。"（补 1476）

这里的梦是迷惑的意思。

另有一种梦，作者只是在用典，其含义隔了一层。

栖白《送圆仁三藏归本国》："已入闽王梦，香花境外邀。"（全 9277）

贯休《寿春节进》："梦中逢传说，殿上见辛毗。"（全 9392）

这是用殷高宗梦传说的典故，其义不过是美明主求才心切，或臣下受人主的尊重而已。

怀梦《送新平故人》："常听仓庚思旧友，又因蝴蝶梦生涯。"（全 9285）

齐己《中春林下偶作》："花在月明蝴蝶梦，雨余山绿杜鹃啼。"（全 9545）

这里只用庄子梦蝶典故的字面，并不涉及庄子"物化"的思想。因为佛法和物化的思想仍有间隔，就如延寿在《永明山居诗》中说的："庄周梦里多迷旨，惠子渔中少见机。"（补 1430）

（二）超越与牵挂

以上叙述诗僧作品中的梦，除了用典部分含义比较固定之外，其余各条，文稿虽逐条陈述，其实各条之间并无明晰的界线，因为梦境本来就是迷离恍惚的，何况佛教更认为倘以常人的感觉来划分什么是睡眠中的梦境，什么属清醒时的愿望，是没有太大的意义的。所以，以下论述诗中梦境，并不斤斤于梦与醒之间的差别。

梦是精神作用，不像形体受到时空的限制，梦境可以超越时空，自由自在，如寒山诗第四十四首云：

> 独卧重岩下，蒸云昼不消。室中虽暡叆，心里绝喧嚣。梦去游金阙，魂归度石桥。抛除闹我者，历历树间瓢。（全 9068）

寒山隐居天台山岩下，避开尘俗干扰，精神自由，四处遨游，收放自如。王梵志《回波乐》亦云：

> 梦游万里自然，觉罢百事忧煎。欲见神身分别，思此即在眼前。圣人无梦无想，达士无我无缘。且寄身为庵屋，就里养出神仙。（补 723）

前文提到诗僧常将迷妄譬为梦境，王梵志却把梦境当作精神的自然状态，觉醒后有了意识，受到人事的纠缠，反而受痛苦的煎熬。至于“圣人无梦无想”，则指欲望而言。他认为精神权寄身内，如能不受羁绊，即可获得大自在。但是读其他诗僧作品，他们的梦却很少这么自在，往往是一种系念。皎然、贯休、齐己等人就常系念于旧居故园。

皎然《述梦》：“梦中归见西陵雪，渺渺茫茫行路绝。觉来还在剡东峰，乡心缭绕愁夜钟。寺北禅冈犹记得，梦归长见山重重。”（全 9251）

唐人好漫游，而僧侣亦常云游各地。但有的僧人会将某山某寺留连于心，难以忘怀。像皎然身在剡溪一带，对湖州西山的草堂就梦寐难忘。

贯休《秋末入匡山船行》八首之六：“谩有归乡梦，前头是楚邦。”（全 9374）

又《上愈许二判官》：“病容经夏在，岳梦入秋并。”（全 9343）

贯休离开故乡婺州兰溪，往游匡庐，渐行渐远，在船上思念起家乡来了。可是后来离开庐山，却又对庐岳忆念不已。

齐己《城中示友人》：“重城不锁梦，每夜自归山。”（全 9461）

又《寄上荆渚因梦庐岳乃图壁赋诗》：“梦绕嵯峨里，神疏骨亦寒。”（全 9466）

又《酬元员外见寄八韵》：“旧隐梦牵仍，归心只似蒸。”（全 9471）

又《夏日雨中寄幕中知己》：“豆枕欹凉冷，莲峰入梦魂。”（全 9493）

又《怀匡阜》：“昨夜分明梦归去，薜萝幽境绕禅房。”（全 9557）

又《忆旧山》：“谁请衰羸住北州，七年魂梦旧山丘。”（全 9569）

齐己在五代初年，于入蜀途中，被南平王高从海遮留于江陵，命为僧正。性好山水的他，不得自由，而莲宗发祥地的庐山乃时时萦绕于梦魂之中。

除了以上三人，其他僧人亦偶有类似心情，如齐己《送益公归旧居》云：“旧隐终牵梦，春残结束归。”（全 9444）可见齐己认为法眼文益多少也牵挂他的“旧隐”。

当诗僧梦想某处时，很少只纯梦想地方，而不涉及人，像齐己《渚宫莫问时》一十五首之十一云："莫问关门意，从来寡往还。道应归淡泊，身合在空闲。四面苔围绿，孤窗雨洒斑。梦寻何处去？秋色水边山。"（全9512）

又《自题》："禅外求诗妙，年来鬓已秋。未尝将一字，容易谒诸侯。挂梦山皆远，题名石尽幽。敢言梁太子，傍采碧云流。"（全9530）

这种诗甚为罕见。齐己被军阀遮留，当作装点门面的工具，心中苦闷至极，才有摒绝一切人事，一味表现孤僻的作品出现。易言之，当诗僧梦想某地时，几乎都联想到某人；甚至于是因梦想某人，才联想到某地。

皎然《奉和薛员外谊赠汤评事衡反招隐之迹兼见寄十二韵》："禅子方外期，梦想山中路。"（全9172）

皎然梦想隐居山中，但并非遗世独立；山中有气味相投的禅子相待，并不寂寞。

皎然《送祕上人游京》："共君方异路，山伴与谁同？……撩乱终南色，遥应入梦中。"（全9177）

皎然是因为祕上人到长安去，由于思念祕上人，才联想到长安附近的终南山。

皎然《兵后早春登故鄣南楼望昆山寺白鹤观示清道人并沈道士》："扰扰陌上心，悠悠梦中见。"（全9181）

皎然因望白鹤观，就联想到清道人、沈道士。

贯休《别杜将军》："……偶出重围遇英哲，留我江楼经岁月。身隈玉帐香满衣，梦历金盆雨和雪。……"（全9331）

贯休因杜将军的殷勤款待而追忆两人曾在雨雪中同登金华山最高顶。

贯休《春末寄周琏》:“梦入乱峰仍履雪，吟看芳草只思人。”(全9415)

贯休梦入乱峰是为了探寻周琏。

贯休《寄匡山大愿和尚》:“一听玄音下竹亭，却思窗雪与囊萤。只将清净酬恩德，敢信文章有性灵?梦历山床闻鹤语，吟思海月上沙汀。不堪回首沧江上，万仞庐峰在杳冥。”(全9435)

贯休因怀念驻锡庐山的大愿和尚，才回忆当年在庐山夜话的情景。

贯休《秋夜怀嵩少因寄洛中旧知》:“……少室少年偏入梦，多时多事去无因。如今憔悴头成雪，空想嵯峨忆故人。” (全9422)

贯休梦忆少年时在嵩岳少室山的一段经历，免不了就联想到当年的老友。

齐己《忆别匡山寄彭泽乾昼上人》:“近来空寄梦，时到虎溪游。”(全9521)

齐己忆念庐山，连带想起住在彭泽的乾昼。

齐己《荆门病中寄怀乡人欧阳侍郎彬》:“谁会荆州一老夫，梦归神役忆匡庐。”(全9547)

齐己在病中思念乡人欧阳彬，同时也想念庐山，但是可能他想离开荆州到匡庐，希望欧阳侍郎能运用影响力，助他达成愿望。

齐己《题梁贤巽公房》:“知有虎溪归梦切，寺门松折社僧亡。”(全9554)

在庐山虎溪，齐己联想到当年莲社的高僧。

齐己《秋夕言怀寄所知》:“……窗外风涛连建业，梦中云水忆天台。相疏却是相知分，谁讶经年一度来。”(全9572)

齐己梦想天台云水，同时也梦想天台云水间的知己。

僧侣的梦，有些是直接就梦到所思的人，并未假借某一处所；或以人物为主体，其他则陪衬而已。

贯休《喜不思上人来》："几度怀君夜，相逢出梦迟。"（全9369）

贯休梦见不思上人，在梦中依依不舍。

齐己《秋兴》："旧山吟友在，相忆梦应清。"（全9524）

齐己忆梦往日吟友，梦境顿感清爽。

齐己《寄益上人》："长想寻君道路遥，乱山霜后火新烧。近闻移住邻衡岳，几度题诗上石桥。古木传声连峭壁，一灯悬影过中宵。风骚味薄谁相爱？欹枕常多梦鲍昭。"（全9555）

齐己想念法眼文益，而路遥难寻。大约文益很看重齐己的诗作，齐己引为知音而常梦见之。

齐己《荆门寄沈彬》："松声白日边行止，日影红霞里梦思。"（全9558）

齐己在荆门对着红霞，无端思念起沈彬而写诗寄远。

（三）特殊之梦

上揭各诗不外梦想某地或某人，以下另举较为特殊之梦二题。

齐己《伤秋》："旦暮余生在，肌肤十分无。眠寒半榻朽，立月一株枯。梦已随双树，诗犹却万夫。名山未归得，可惜死江湖。"（全9508）

这是死亡之梦，在诗僧之梦中，甚为罕见。齐己羁留江陵多年，日渐衰老，想要往庐山，回南岳，或入蜀的愿望，全都受阻而幻灭。面对萧瑟的秋天，他梦到双林，双林是佛入灭的地方，死亡的阴影已潜入了他的梦境。

在一百六十四首有“梦”的诗僧作品中，以贯休的《梦游仙》四首最为特别，诗云：

梦到海中山，入个白银宅。逢见一道士，称是李八伯。
三四仙女儿，身著瑟瑟衣。手把明月珠，打落金色梨。
车渠地无尘，行至瑶池滨。森森椿树下，白龙来嗅人。
宫殿峥嵘笼紫气，金渠玉砂五色水。
守阍仙婢相倚睡，偷摘蟠桃几倒地。（全 9305）

关于《游仙诗》的发展及意涵，李丰楙教授已有广泛而且深刻的考察与阐发，[1]兹不复赘，而只就禅月大师贯休何以撰写属于道教系统的《游仙诗》这一点，略作探讨。

唐朝的宗教政策是开放的。儒、道、释三教虽不免相互竞争激荡，但基本上三教是并兴共荣的局面，各教信徒往往并不互相排斥，而有些人的思想就是兼容并蓄的，像寒山、王梵志的思想就不专主一家。至于诗僧如皎然、齐己，也多与道士往来。和皎然交往的道士有张道士、玄真子张志和、张炼师、顾道士、沈道士、清道士、李道士等；[2]和齐己交往的道士有谢尊师、聂尊师、

1. 有关《游仙诗》的研究，李君的主要文章有《六朝道教与游仙诗的发展》、《曹唐大游仙诗与道教传说》、《论曹唐的小游仙诗》、《唐人游仙诗的传承与创新》等等。今已收入《误入与谪降》、《忧与游》（台湾学生书局）二书中。

2. 皎然与道士交往诗见《全唐诗》第 9195 页《赠张道士》、第 9255 页《奉应颜尚书真卿观玄真子置酒张乐舞破阵画洞庭三山歌》、第 9258 页《奉和颜鲁公真卿落玄真子舴艋舟歌》、第 9200 页《奉和袁使君高郡中新亭会张炼师昼会二上人》、第 9220 页《送顾士游洞庭山》、第 9176 页《题沈道士新亭》、第 9181 页《兵后早春登故郭南楼望昆山寺白鹤观示清道士并沈道士》、第 9234 页《送李道士》。

白莲道士、李尊师、轩辕先生等。[1]而且皎然自己还写过一首《步虚词》：

> 予因览真诀，遂感西域君。玉笙下青冥，人间未曾闻。日华炼精魄，皎皎无垢氛。谓我有仙骨，且令饵氤氲。俯仰愧灵颜，愿随鸾鹄群。俄然动风驭，缥缈归青云。（全 9255）

齐己则写过《升天行》：

> 身不沉，骨不重，驱青鸾，驾白凤。幢盖飘摇入冷空，天风瑟瑟星河动。瑶阙参差阿母家，楼台戏闭凝彤霞。三五仙子乘龙车，堂前碾烂蟠桃花。回头却顾蓬莱顶，一点浓岚在深井。（全 9588）

可见僧侣涉猎道教是寻常的事情，他们略含道教思想，也不足为怪。

贯休和道士的交往，比皎然、齐己更为频繁。和他交往的道士有玄道士、玉霄道士、清泠山道人、赤松道士、李祐道人、李道士、李尊师、叶道士、闾丘道士、姜道士、智体道人、郑道

1. 齐己和道士的交往诗见《全唐诗》第 9533 页《依韵酬谢尊师见赠》二首、第 9566 页《荆门疾中喜谢尊师自南岳来相里秀才自京至》、第 9566 页《送谢尊师自南岳出入京》、第 9532 页《与聂尊师话道》、第 9586 页《寄南岳白莲道士能于长啸》、第 9502 页《舟中江上望玉梁山怀李尊师》、第 9528 页《听李尊师弹琴》、第 9449 页《怀轩辕先生》。

士、郑道人、轩辕先生等。[1]因此，他写《梦游仙》也就很自然了。何况和贯休交往的文人中像韩偓写过《梦仙》（全 7797），王贞白写过《游仙》（全 8060），陈陶写过《怀仙吟》二首（全 8466）。这使贯休习染游仙思想更深。他在前引《梦游仙》四首之外，还有几首和道教神仙思想有关的作品，现在一并录下，以资参照。

《了仙谣》："海中紫雾蓬莱岛，安期子乔去何早。游戏多骑白麒麟，须发如银未曾老。亦留仙诀在人间，啮镞终言药非道。始皇不得此深旨，远遣徐福生忧恼。紫术黄精心上苗，大还小还行中宝。若师方术弃心师，浪似雪山何处讨。"（全 9312）

《别仙客》："巨鳌头缩翻仙翠，蟠桃烂落珊瑚地。浪溅霓旌湿鹏翅，略别千年太容易。"（全 9336）

《送人游茅山》："鸟啼花笑煖纷纷，路入青云白石门。君到前头好看好，老僧或恐是茅君。"（全 9433）

李丰楙君云："构成游仙诗的语汇，从六朝以来基本上有仙人，仙景及仙食、仙药等。"[2]读贯休的《梦游仙》与《了仙谣》，不但可以看出他很熟悉传统游仙诗的语汇，而且运用得活泼生动，意象鲜明。

在《梦游仙》中，贯休融会了他隐居山林，云游江湖，以及结交王侯的经验，抒写了他对长生的向往和对仙境的遐想。《别

---

1. 贯休和道士的交往诗见《全唐诗》第 9327 页《寒月送玄道士入天台》、第 9354 页《秋夜玩月怀玉霄道士》、第 9348 页《寄清泠山道人》、第 9310 页《苦热寄赤松道者》、第 9369 页《秋怀赤松道士》、第 9357 页《赠李祐道人》、第 9400 页《寄李道士》、第 9438 页《寄天台叶道士》、第 9394 页《寄四明闾丘道士》二首、第 9312 页《送姜道士归南岳》、第 9395 页《怀智体道人》、第 9432 页《寄郑道士》二首、第 9370 页《赠信安郑道人》、第 9360 页《寄赤松舒道士》二首、第 9365 页《闻赤松舒道士下世》、第 9394 页《士马后见赤松舒道士》、第 9395 页《怀示松故舒道士》、第 9418 页《赠轩辕先生》。
2. 语见《唐人游仙诗的传承与创新・二》。

仙客》一诗则表示他接受了道教仙界一日，人间百年的时间意识。这两首诗都表现他对仙界存有一分憧憬，可能是他早期的作品。

至于《送人游茅山》一首，则暗示他对佛道之间，并未严格加以区隔划分，而容许两者之间存在着模糊地带。茅山原是道教的洞天，而“老僧或恐是茅君”一句，似乎将僧道的性质模糊了。但我们不能以此认为贯休思想乃佛道不分，他毕竟是佛门中人，在《了仙谣》中，他对游仙思想有较为深切的反省，将方术仙药视为末节，而认为“心师”才是根本。他以修心来统摄佛道，终究是以佛法为核心的。

四、结　语

综前论述，唐五代僧侣诗作中“梦”的出现频率低于《全唐诗》的平均数。他们又可分为两大类：一类是多写偈、颂宣扬佛法，以劝化为主要目的之僧侣，他们诗偈中的梦最少，而且他们多以“梦”来表达现象界是虚幻的，众生是迷而未觉的这类思想。另一类“梦”较多的僧侣，他们比较合于严格的“诗僧”标准，好以形象的手法来写迷离惝恍的梦境。

在唐代诗人中以王维的梦，和第一类僧侣的梦最为近似，王维的——

《胡居士卧病遗米因赠》：“有无断常见，生灭梦幻受。”

《游李山人所居因题屋壁》：“世上皆如梦，狂来或自歌。”

《疑梦》：“莫惊宠辱空忧苦，莫计恩仇浪苦辛。黄帝孔丘何处问？安知不是梦中身！”

无非表达现象界生灭无常，人生如梦的思想。其他诗人，往往也有类似的思想。

李白《登高丘而望远海》：“银台金阙如梦中，秦皇汉武空相待。”

李商隐《咏史》：“三百年间同晓梦，钟山何处有龙盘?”

但他们和僧侣、王维不同，僧侣与王维这类诗旨在破谜，其主要目的在“穿透”现象，指向本体；而太白、义山则异于是。

李白《江夏赠韦南冰》：“赤壁争雄如梦里，且须歌舞宽离忧。”

又《春日醉起言志》：“处世若大梦，胡为劳其生？所以终日醉，颓然卧前楹。”

李商隐《失题》：“斯文虚梦鸟，吾道欲悲麟。”

李白在对历史兴起虚无感和体会人生如梦以后，紧接着的念头是要及时行乐；而李商隐在表现读书人的彷徨后，则沉浸在悲哀之中。

至于擅长形象描写的诗僧，他们的梦仍比一般诗人为少，至要原因是他们的梦比较单纯。就拿用典来说吧，诗僧用殷高宗梦传说，庄子梦蝶这类的典故，一般诗人也都用了；但巫山阳台之梦，诗僧却绝不入诗。

王勃《江南弄》：“江南弄，巫山连楚梦，行雨行云几相送。”

李白《寄远》之四：“相思不惜梦，日夜向阳台。”

李商隐《岳阳楼》：“如何一梦高唐雨，自此无心入武关。”

又《有感》：“非关宋玉有微辞，却是襄王梦觉迟。”

又《无题二首》之二：“神女生涯原是梦，小姑居处本无郎。”

又《过楚宫》：“微生尽恋人间乐，只有襄王忆梦中。”

这类典故，诗僧从未涉及。诗僧不涉高唐神女，吴宫馆娃，正意味着他们也排除一切男女恋情之梦。如：

李白《长相思》："天长路远魂飞苦，梦魂不到关山难。"

杜牧《遣怀》："十年一觉扬州梦，赢得青楼薄倖名。"

李商隐《无题四首》之一："梦为远别啼难唤，书被催成墨未浓。"

这类诗人常用以入诗的梦，诗僧则绝未沾染。比恋情更炽热更执著的梦，是诗人功名之梦。功名之梦在唐五代诗中是梦的大宗，这却与方外之士无关。如元稹《梦上天》：

> 梦上高高天，高高苍苍高不极。下视五岳块累累，仰天依旧苍苍色。踏云耸身身更上，攀天上天攀未得。西瞻若木兔轮低，东望蟠桃海波黑。日月之光不到此，非暗非明烟塞塞。天悠地远身跨风，下无阶梯上无力。来时畏有他人上，截断龙胡斩鹏翼。茫茫漫漫方自悲，哭向青云椎素臆。哭声厌咽旁人恶，唤起惊悲泪飘露。千慚万谢唤厌人，向使无君终不寤。

这是元稹仆仆于长安道上竭力猎取权位时的心理投射，梦中充满了孤独、无力、迷惘、不安、悔恨、惊悸、错综复杂的情绪，是深刻的自剖。诗僧的梦没有这么炽热、复杂，描写也没有这么深刻。简言之，诗僧的梦不但题材比较单一，刻画也不那么曲折深入。也许凡夫俗子多了一个"恋"字，梦魇才炽盛而繁复。清修的方外之士，有的确能放下一切，不再执著迷恋，这种超凡入圣的高僧，可能已达无梦无想的境界，但是他们可能连"诗"也一并放下，无迹可寻。至于那些还不能忘情于诗的诗僧，在清修之中，虽然还不到放下一切的层次，但比一般诗人要少掉许多牵挂、执著与欲望，因此，他们的梦境也就单纯些，淡些。然而，由于他们渐近于无我无缘，才能有极罕见的"梦游万里自然"的诗句。也许他们在意识和无意识之间已做了一些有益的沟通工作吧。

《辋川集》中王维、裴迪诗作异同之探讨

一、引　言

考察不同诗人对相同事物或风景的吟咏，每能有丰富的收获。一方面是，不同诗人的作品可以互补，使描写的对象更显清晰充盈；另一方面，则可比较诗人的观察力、裁剪手法、学养怀抱，乃至创作时的心情等等。《辋川集》是王维与裴迪针对王维辋川别业二十处风景“各赋绝句”结集而成的集子，细读这四十首五言绝句，当可令吾人对辋川别业以及这两位诗人的心境有较为深刻的认识。

王维在世时，诗名已藉甚；身后更笼罩大历时代；千余年来，声名不坠。因此，无论古人今人研究王维作品的文章，为数甚多；而专注于《辋川集》的亦复不少。然而，对《辋川集》的研究，前贤莫不以王维的作品为主要对象，裴迪之作，总是偶尔选来补充王维诗未言及之处而已，这是很自然的事情，因为裴迪在诗坛的影响力，实远不足与王维分庭抗礼。可是本文却赋予裴迪以较平等的地位，将其二十首绝句一一和王维相比照，冀能自稍为不同的视角，探讨出一点前贤犹未充分阐发的消息。

二、王维与裴迪的关系

王维生年，历来有三说：即一、武后圣历元年（公元 698 年），二、武后长安元年（公元 701 年），三、武后久视元年（公元 700 年）。[1]在此不拟详究，而暂采最流行的长安元年（701）说。至其卒年，则为肃宗上元二年（761）。裴迪生卒年不详，据近人研究，其生年约有玄宗开元四年（716）与开元九年（721）二说。[2]裴迪比王维小十五岁或二十岁，对本文而言，并不重要。但值得重视的是，主张裴迪约生于开元九年（721）的学者，是根据王维所著《故任城尉裴府君墓志铭》和《新唐书·宰相世系表》来立论的。《墓志铭》的传主是裴回，而《新唐书》卷七十一上《宰相世系表》在“洗马裴”末了记载裴回有子四人：迪、通、造、达，而裴迪有子名荐。据《墓志铭》，裴回卒于天宝二年（743），享年三十九，则裴回当生于中宗神龙元年（705），比王维约小四岁，而他卒时的情况是“慈母在堂，诸弟未仕，儿未有识，女且婴孩，妻夭于前，身没于后”。

如果《宰相世系表》中的裴迪就是和王维唱和的裴迪，则二人关系，有不寻常之处。首先值得留意的是，王维是裴迪的父执，王维对裴回的早逝，遗孤尚未成人，心怀悲悯。其次，裴迪是遗孤中的老大，而王维在十五岁时丧父，即以老大的身份，肩

1. 圣历元年（698）说，出自明顾起经《唐王右丞年谱》；长安元年（701）说，出自清赵殿成《右丞年谱》；久视元年（700）说，出自今人张清华《王维生年考辨》（《文史评论丛刊》三十辑）。

2. 主裴迪生于开元四年（716）者，如庄申《王维研究》（香港万有图书公司；主生于开元九年（721）者，如杨文雄《诗佛王维研究》（台北文史哲出版社）。

负起家庭的担子，投入茫茫人海，谋求出路，因此对裴迪倍感怜惜。何况王维虽丧父，而慈母尚在，精神上还有一份支撑的力量；裴迪则母亲更先于父亲去世，只有祖母在堂，这更引起王维的深切同情。再次，王维没有子息，当自己步入中年，弟弟已冠带成人，[1]他或许对裴迪产生一种父子般的感情，且看他的《赠裴迪》诗云：

> 不相见，不相见来久。日日泉水头，常忆同携手。携手本同心，复叹忽分襟。相忆今如此，相思深不深？

这么浓厚的情感，实不亚于父子之情。再读他的《山中与裴秀才迪书》云：

> 近腊月下，景气和畅，故山殊可过。足下方温经，猥不敢相烦。……

这种体贴入微又带着期许的心意，也很像父亲对待孩子的心意。

倘若我们进一步推测，基于类似父亲爱护儿子的心情，王维有意将自己的诗艺传授给颖悟而上进的裴迪，应该不是不可能的。如果说《辋川集》可能就是在这样的背景下产生的，似乎也不算太过分吧。

三、《辋川集》创作之时代

由于《辋川集》诸作绝不涉及时事，而且王维在安史乱前与安史乱后都曾居辋川别业，所以历来学者或将其系于玄宗天宝

1. 王维《山中示弟》诗云："山林吾丧我，冠带尔成人。"（《全唐诗》卷一二七）

间，或将其系于肃宗乾元间。虽然近来多倾向前者，但仍有持后说者，例如荆立民《再论王维晚年的山水诗》,[1]仍认为王维晚年以辋川风光为题材的山水诗是宥罪复官后的产物；而杨文雄《诗佛王维研究》亦将其系于乾元二年（759）。[2]事实上，经过多年来的反复论证，应可认定其创作时代是在“安史之乱”前的玄宗朝。诚如杨军《王维研究》所说的：“这一问题学术界多年来已有扎实的考证，澄清了前人一些似是而非的推断。”[3]本文不拟将各家考证重新验证，而只单纯接受既定的成就，将《辋川集》的创作时间定在天宝七、八年间（748～749）。[4]其间纵有三两年的误差，亦无关宏旨，只要不误为是在宥罪复官后即可；以免将集中的意蕴误为是标志着王维的生活和思想的发展道路已经走到了尽头。[5]

四、《辋川集》各题主旨分论

王维《辋川集·序》云：

余别业在辋川山谷，其游止有孟城坳、华子冈、文杏馆、斤竹岭、鹿

1. 荆氏文见《山东师大学报》，1987 年第 4 期。
2. 杨文雄系年，见该书第二章第四节《王维年谱新编》。
3. 杨军文见，1988 年《唐代文学研究年鉴》，陕西师范大学出版社。
4. 周勋初主编《唐诗大辞典·唐诗大事年表》（江苏古籍出版社）中记天宝三载（744）“王维约于是年始营蓝田辋川别墅，与裴迪游咏其间”。则“始营”到“游咏”之间，可能有所间隔。吴文治《中国文学史大事年表》（黄山书社）中记天宝七载（748）“王维营蓝田辋川别墅，尝与裴迪游咏其间”。刘德重《中国文学编年录》（知识出版社）中记天宝七载（748）“王维……约在本年前后，隐居于长安附近的蓝田辋川别墅，与裴迪等吟咏其间”。
5. 语见荆立民《再论王维晚年的山水诗》。

柴、木兰柴、茱萸沜、宫槐陌、临湖亭、南垞、攲湖、柳浪、栾家濑、金屑泉、白石滩、北垞、竹里馆、辛夷坞、漆园、椒园等，与裴迪闲暇各赋绝句云尔。

令依次逐题略作阐释，并比较王、裴之作，以观其主旨异同焉。

（一）孟城坳

新家孟城口，古木余衰柳。来者复为谁？空悲昔人有。（王维）

结庐古城下，时登古城上。古城非畴昔，今人自来往。（裴迪）

王维在“安史之乱”之前之后，都曾居辋川，这次是“新家”，当然是在乱前。这次“新家”是为了谋隐：而此度谋隐，和他以前的隐居嵩山和终南大异其趣。以往之隐，他不过二十几岁，而且时值开元盛世，当时的隐居，只是一种尝试、一种姿态而已；然而此次谋隐，他已年近知命，在宦海浮沉多年，且奸相李林甫当道，乱象已萌，这一决定，是他人生规划的转折点。感慨自然深长。

这次“新家”偏偏邻近一座小小的“古城”，从宋人郭忠恕临王维辋川图看来，[1]古城中的建筑物已荡然无存，留下的只是一道略近方形的斑驳城墙，围住一些树木。这种景况使敏感的王维不禁对时间汰洗下的成、住、坏、空产生了省思和慨叹。从郭氏图中可以看到古城里除了柳树，也还有别种树木，王维独独提出柳——而且是衰柳，是否有“蒲柳之姿，望秋而落”[2]的感触呢？

新家和古城是强烈的对照，新家于此的王维，或许略有“暂

1. 郭氏画见《园林名画特展图录》，台北故宫博物院编委会。

2. 语见《世说新语·言语第二》顾悦对简文帝。

得于己，快然自足”的感觉，但一想到从前活动于此的古人已不复可见而空留陈迹，就不免联想到这新家将来亦不免成为古厝陈迹，正如王羲之在兰亭修禊时所感叹的“后之视今，亦犹今之视昔”。新家一如古城，都是当果之业，这就是佛家所说的假有。这个“有”，王维在《与胡居士皆病寄此诗兼示学人二首》之二曾提起过，诗云：

浮空徒漫漫，泛有定悠悠。……灭相成无记，生心坐有求。……

王维深明有求皆苦之理，亦知漂流于假有，终难得到安顿。因此，他为昔人的执著而悲哀。根据《旧唐书》本传，蓝田别墅原先是宋之问的产业。[1]宋之问被赐死于玄宗先天元年（712），[2]彼时王维已经是十一岁的少年，在三十多年后购得时，对宋氏别墅的相关背景，应该知之甚详，我们不知宋之问对于这座别墅的感情是否有如后来李德裕对平泉庄那般执著。李德裕《平泉山居诫子孙记》云：

留此林居，贻厥后代。鬻吾平泉者，非吾子孙也；以平泉一树一石与人者，非佳子弟也。[3]

不知在别墅易手之际，宋氏后人是否曾表达了难以割舍之意，但是从宋之问的《蓝田山庄》：

1. 据《旧唐书》卷一百九十下《文苑下》。
2. 据《旧唐书》卷一百九十中《文苑中·宋之问传》。
3. 见《钦定全唐文》卷七〇八，台湾文海出版社。

宦游非吏隐，心事好幽偏。考室先依地，为农且用天。辋川朝伐木，蓝水暮浇田。独与秦山老，相欢春酒前。[1]

我们可以看出宋氏对这别墅是煞费经营的，诗中也透露出他对做官的热衷。王维对别墅旧主人的心情和下场，深怀同情，并引以为鉴戒。

年方少壮的裴迪，同样面对古城，而且在前三句还连用了三次“古城”，但是他却在第三句中用个“非”字抹掉了“古”的意义，他认为古城已非往昔的古城，乃今人来往生活的空间。他并不牵挂过去与未来，只掌握现在。

（二）华子冈

飞鸟去不穷，连山复秋色。上下华子冈，惆怅情何极。（王维）

落日松风起，还家草露晞。云光侵履迹，山翠拂人衣。（裴迪）

读王维诗，前两句是他上下华子冈看到的风景。他那落寞的眼神，随着飞鸟，飞过染满秋色的群山，逐渐远去，直到迢遥的天际。读郭忠恕临王维辋川图，从陆路到孟城坳的辋口庄，必须先越过华子冈，再证以他的《山中与裴秀才迪书》，他是先经感配寺，北涉玄灞，然后夜登华子冈，才进入“山中”的。因此，“上下华子冈”其实就是越过华子冈进入辋口庄的意思。在这挥别沉浸已久、习染已深的尘世的时候，他的心情是复杂的，这种心情名之曰“惆怅”。这种心情扩散开来随着飞鸟，远至天边；有如秋色，染满群山。他的惆怅，就这样在华子冈上弥漫着。

裴迪似乎不是经由陆路翻过华子冈造访王维的，他可能由攲

1.《全唐诗》卷五十二。

湖水路进入辋川别业，住定以后，另选个日子，再去登临华子冈。看来他是在早晨草露未晞时就已出游，但这首绝句只截取回家前的小小片断。落日余晖照映着华子冈，晚风从松林间吹来，松枝摇曳，风声飒飒。这时，裴迪踏着已晒干的柔软细草，步下山冈回家。回首山上，带着夕照的云雾正逐渐遮掩了来时路，从青翠欲滴的山际吹来的阵阵凉风，飘拂着诗人的衣衫。

此时此地，裴迪舒展灵敏的感官，尽情接收色、声、触各种讯息，引发他那轻松愉悦的心境。

（三）文杏馆

文杏裁为梁，香茅结为宇。不知栋里云，去作人间雨。（王维）

迢迢文杏馆，跻攀日已屡。南岭与北湖，前看复回顾。（裴迪）

王维得宋之问的辋川别墅，其中建筑应有宋之问原有者，如孟城坳的辋口庄；亦可能有王维新增者，文杏馆当属此。诗前二句是一派主人口吻，可看出他对文杏馆的用心经营。将文杏裁为栋梁，以香茅结为屋宇，可见主人的清高而自重。至于后二句，虽然郭璞《游仙诗》十四首之二先有“云生梁栋间，风出窗户里”[1]之句，但从王维这首诗还看不出有明显的游仙思想，倒是略早于王维，天宝间与李林甫共同当政的陈希烈有一首《赋得云生栋梁间》可能更有直接的关系，其诗云：

一片苍梧意，氤氲生栋梁。下帘山足暗，开户日添光。偏使衣裘润，能令枕簟凉。无心伴行雨，何必梦荆王。[2]

---

1. 见丁福保《全汉三国晋南北朝诗·全晋诗》卷五，台湾世界书局。
2. 陈希烈诗见《全唐诗》卷一百二十一。

陈氏另有《省试白云起封中》诗，其末联云“岂学无心出，东西任所从”亦可参读。从这角度来理解，则王维虽已隐居辋川，而内心则不免仍徘徊于隐与仕之间，颇不宁静。

裴迪此作，不过言其近日时常攀登文杏馆，因为在那里视野开阔，既可前望终南山，又可回顾欹湖。一种开朗的心情，隐含诗中。

（四）斤竹岭

> 檀乐映空曲，青翠漾涟漪。暗入商山路，樵人不可知。（王维）
>
> 明流纡且直，绿筱密复深。一径通山路，行歌望旧岑。（裴迪）

竹子给予王维一种美好清静的感觉；但他也不忽略竹子仍有其实用的功能。他在《沈十四拾遗新竹生读经处同诸公作》诗云：

> 闲居日清静，修竹自檀栾。嫩节留余箨，新丛出旧阑。细枝风响乱，疏影月光寒。乐府裁龙笛，渔家伐钓竿。何如道门里，青翠拂仙坛。

这首五律的部分意涵，与《斤竹岭》略有相似处。《斤竹岭》的前两句虽只写竹林的清静美好，但他似乎并未完全忘怀竹子之功用。于是他联想到斤竹岭有一条幽暗秘密，连樵人都不知的通道，可通往商山，而商山是四皓隐居的地方。商山四皓虽然是著名的隐者，但晚年却出山左右了汉初的政局。在斤竹岭王维已加强了做隐士的取向；但内心深处，仍存着一丝秘密的愿望，希望将来纵使在迟暮之年还能对朝庭做出积极的贡献。

裴迪面对明亮而时弯时直的溪流，和翠绿浓密的竹林，他感到舒畅。虽然他也看到一条通往山里的道路，但他毫不理会山路究竟通往何处，他边走边唱着歌，不时回顾来时经过的山头。他乐意回味以往的经验，并未对前程做太多的憧憬。

（五）鹿柴

空山不见人，但闻人语响。返景入深林，复照青苔上。　　（王维）

日夕见寒山，便为独往客。不知深林事，但有麏麚迹。　　（裴迪）

王维此诗，历来为选家所钟爱；各家阐释亦多能剖析入微，其中当以钟元凯将此诗旨趣归结为“刹那会合了永久，变动不居者终归于永恒的静默。可见，对大自然中‘静趣’的发现、观照和领悟，乃是全诗的旨趣所在，[1]最为精要。在鹿柴王维已融入大自然中而得到安顿。

裴迪在略带寒意的傍晚，见到在夕照下的山色，而兴起前往亲近那座山的念头，并立即独自前往。在辋川图里，鹿柴处于宫槐陌和南垞之间，背后有高山，山丽围以木栅，应是养鹿之所。裴迪到了山脚围栏附近，向里面张望，在苍茫暮色笼罩下，深林里一片蒙眬幽暗，于是他打消了深入一探究竟的想法，就目光所及，他见到一些像是麏麚的足迹，心想：这是主人养鹿的地方吧。裴迪此诗是扣紧了题目。

王维在辋川的确豢养了鹿科的牲畜，他的《戏题辋川别业》诗有云“藤花欲暗藏猱子，柏叶初齐养麝香”可以为证。然而，他在这首《鹿柴》中，却不见鹿的痕迹。他摆落了事物的表象，而直接融入自然之中。裴迪则不然，一见寒山即触动了好奇心，但当他看到鹿迹，其好奇心就得到部分满足，深林中的奥秘，就让它搁置起来吧。

---

1. 见余冠英主编《山水诗鉴赏辞典》，台湾新地文学出版社，第162页。

(六) 木兰柴

秋山敛余照，飞鸟逐前侣。彩翠时分明，夕岚无处所。　　（王维）

苍苍落日时，鸟声乱溪水。缘溪路转深，幽兴何时已。　　（裴迪）

王维诗第一句为夕阳下的秋山抹上浓重的色彩；而第二句则写飞鸟的轻盈灵活。在这轻重动静交集的环境中，隐然有个孤独无侣的人影，他凝视着彩霞的幻化和山岚的飘忽，诗人的心灵是流动的。“夕岚无处所”一句，吾人或可借《金刚经》中“应无所住而生其心”的道理来理解其意涵。但这里要指出的是，辋川别墅旧主宋之问有一首《内题赋得巫山雨》云：

> 神山向高唐，巫山下夕阳。裴回作行雨，婉娈逐荆王。电影江前落，雷声峡外长。霁云无处所，台馆晓苍苍。[1]

其中，“霁云无处所”一句，显然为王维所化用。我们虽不能因此而骤然认为丧偶独居的王维在看到飞鸟成双时，潜意识中有巫山神女的遐想；却可以想象他不仅承受了宋之问的别墅，亦曾取读宋之问的诗作。

裴迪亦在黄昏时游木兰柴，这时落日西沉，暮色苍茫，景色渐隐；但溪水流声，杂着归鸟的聒噪则呈现了一片热闹。溪边小路在暮色中显得那么深邃，他虽然雅兴未减，也只好终止游踪，留下余味了。[2]

---

1. 见《全唐诗》卷五十二。
2. 孙绿怡对裴迪《木兰柴》有很好的赏析文字，见余冠英主编《山水诗鉴赏辞典》，第272页。文繁不引。

（七）茱萸沜

结实红且绿，复如花更开。山中倘留客，置此芙蓉杯。（王维）

飘香乱椒桂，布叶间檀乐。云日虽回照，森沈犹自寒。（裴迪）

读王维诗首二句，可感觉到他隐居辋川，已有一段不短的时日，至少是从茱萸的花开花落到结了绿实、红实。如果《华子冈》写秋色一首是他初入辋川所作，则至今已历一年。至于三、四句表面看来，似乎平淡无味；但关于茱萸，有个著名的传说，梁吴均撰《续齐谐记》云：

> 汝南桓景随费长房游。学累年，长房谓曰，九月九日汝家中当有灾，宜急去令家人各作绛囊盛茱萸以系臂，登高饮菊花酒，此祸可除。景如言，齐家登山。令夕还，见鸡犬牛羊一时暴死。长房闻之曰，此可代也。今世人九日登高饮酒妇人带茱萸囊，盖始于此。[1]

到了唐朝，基本上还延续了这一习俗，读王维《九月九日忆山东兄弟》、杜甫《九月蓝田崔氏庄》可知。千百年来民间相信茱萸可以杀虫、防疫、祛邪；而王维此诗则更借茱萸含蓄地暗示了避祸远害之意。谨案：在王维隐居辋川前后，正值李林甫专横，天宝六载（747）北海郡太守李邕以七十高龄遭杖杀，[2]这是极令人惊悚的恐怖事件。使得王维对官场心怀恐惧与厌恶。李邕为人好名而狂放，豪侈而不拘细行，[3]以致招来奇祸；王维的个性原本就倾向于内敛，见此则更为退缩。读其《酌酒与裴迪》诗

1. 文据《笔记小说大观》，台湾新兴书局，三编二册，第985页。
2. 事见《旧唐书》卷九《玄宗本纪》及卷一百九十中《文苑中·李邕传》。
3. 李邕的个性与作为见《旧唐书·李邕传》。

所云：

酌酒与君君自宽，人情翻覆似波澜。

白首相知犹按剑，朱门先达笑弹冠。

草色全经细雨湿，花枝欲动春风寒。

世事浮云何足问，不如高卧且加餐。[1]

在王维与裴迪相过从时的心境于此可见；因此，说《茱萸沜》有隐含避祸远害之意，应不过分。

裴迪首句，从浓郁的香气入手。茱萸又名越椒，故其香与椒乱。王维《山茱萸》诗云：

朱实山下开，清香寒更发。幸与丛桂花，窗前向秋月。[2]

因茱萸与桂丛邻近，故香气相杂。第二句则写其又与绿竹相间，这是眼睛所见。后两句写云间斜阳照映在沜上，但秋意已深，仍感到阵阵寒意，这两句让视觉和触觉相交融。在茱萸沜一如游华子冈，裴迪尽量舒张他的感官，吸收各种美好的讯息，让自己的心灵得到伸展。

（八）宫槐陌

仄径荫宫槐，幽阴多绿苔。应门但迎扫，畏有山僧来。（王维）

门前宫槐陌，是向欹湖道，秋来山雨多，落叶无人扫。（裴迪）

1. 见《全唐诗》卷一百二十八。
2. 见《全唐诗》卷一百二十八。

从这两首诗看来，此处应为迎宾之所。在郭忠恕辋川图里，宫槐陌有座房舍，掩映于许多槐树之间，右为茱萸沜，左为鹿柴，既不邻近华子冈的谷口，也不邻近攲湖的浦口。但房舍前面不远就是辋川，可能从攲湖浦口进来的船只可以直达于此；而且，据裴迪诗首二句，应有小径可通攲湖，图中为山石所遮才看不出来。

王维诗写的是由于槐树的遮荫，加以久无客至，仄径长了许多绿苔，他要童子好好打扫，以迎佳宾的光临。诗中的“山僧”只是相对于俗物而言，无须坐实。“畏有山僧来”的结尾，表达了他对朋友来访的殷切期盼。王维隐居中的作品，多表达这种心情，今略举《酬诸公见过》为例：

> ……登车上马，倏忽云散。雀噪荒村，鸡鸣空馆。还复幽独，重欷累叹。

此诗先写友朋到访的欣喜，末了这几句，将他难耐幽独的心情表露无遗。

裴迪此篇首二句似乎表示他是从攲湖登岸，经由陆路来到宫槐陌旁的迎宾馆。可能到达以后，遇上山中的连绵秋雨，在门里向外张望，只见满地落叶，不免稍感寂寞沉闷。

（九）临湖亭

> 轻舸迎上客，悠悠湖上来。当轩对樽酒，四面芙蓉开。（王维）
>
> 当轩弥滉漾，孤月正徘徊。谷口猿声发，风传入户来。（裴迪）

据辋川图，临湖亭搭建在湖水面上，是水榭式的建筑，三面临水，一面虽与土堤接触，但大部分仍是临水。王维在此迎宾，他凭栏凝眸，湖面的客船由远而近，悠悠而来，他的心情也随之愈益兴奋。期待中的客人舣舟登亭，宾主欢聚，主人当轩置酒，环顾四面盛开的莲花，呼吸阵阵清香，宾主就这样沉浸在愉悦之中。在这首诗中的王维，胸怀是完全敞开着的。

裴迪写的是夜景，他当轩而望，波光滉漾，抬头一看，一轮明月正徘徊于晴空。这时，清风徐来，传来谷口猿猴的叫声。辋川是有猿猴的，王维《酬虞部苏员外过蓝田别业不见留之作》云：

> 贫居依谷口，乔木带荒村。……唯有白云外，疏钟闻夜猿。[1]

辋川的夜猿啼声，触动了王维寂寞的心绪。裴迪诗中的猿声虽不免也略带寂寞的意味，但似乎更着重在清幽的野趣。

（十）南垞

> 轻舟南垞去，北垞淼难即。隔浦望人家，遥遥不相识。（王维）
>
> 孤舟信一泊，南垞湖水岸。落日下崦嵫，清波殊淼漫。（裴迪）

辋川图中的南垞是一处带有围墙的方形庄院，临近欹湖。但王维舟行至此，不但没有舍舟登岸；亦未将舟中所见的南垞，稍著笔墨。而只就南垞与北垞两处隔水相望而不相识的人家，来呈现那里农村的朴素自然，几近于《老子·八十章》的“邻国相望，鸡犬之声相闻，民至老死不相往来”返璞归真的思想。

裴迪亦未登岸，只是泊舟南垞附近的湖岸边。他并不注意背后的农庄，而全神贯注于日落西山之际，宽阔水面上波光的变

1. 见《全唐诗》卷一百二十六。

化，尽情领略这稍纵即逝的美景。

（十一）欹湖

吹箫凌极浦，日暮送夫君。湖上一回看，青山卷白云。（王维）

空阔湖水广，青荧天色同。舣舟一长啸，四面来清风。（裴迪）

日暮乘舟送友湖上。临别之际，清箫一曲，不落言筌。嘹亮的箫声，飘向遥远的水涯。回首辋川，只见青山无语，白云舒卷自如。王维对人生离合，已随缘而得自由。此外，王维《鱼山神女祠歌·迎神》有“吹洞箫，望极浦”之句，则王维这时多少已有神仙的联想。

裴迪行舟于空阔的湖水上，大片的湖水反映着大片的青天，水天一色，只是湖水多了一些滉漾不定的波光。在这清净的天地中，裴迪停下船来，引气长啸，这时，习习清风，从四方吹来，仿佛是他的箫声引来似的。此际的裴迪，心灵完全开放而同化于大自然中。

（十二）柳浪

分行接绮树，倒影入清漪。不学御沟上，春风伤别离。（王维）

映池同一色，逐吹散如丝。结阴既得地，何谢陶家时。（裴迪）

据辋川图所绘，柳浪在图的下边，亦即在上述风景点的对岸，与图上端的临湖亭遥遥相对。王维诗首二句写成行的绿柳接着花树，临水而生，清波倒影，姿态至美。三、四句写自已不黏滞于柳树离别的意象，于离合之间已少牵挂。这点意思，他在《戏题辋川别业》亦曾说到：

柳条拂地不须折，松树披云从更长。[1]

意谓辋川的柳条可自然生长，畅达其生机，无须因折柳挥别而受戕害。这些都借柳隐喻辋川主人的适性，少受尘俗的干扰。

裴迪首二句写柳临水迎风之美。三、四句借柳将主人王维直拟五柳先生陶渊明。这可能深惬王维本心。王维就常比渊明，如《辋川闲居赠裴秀才迪》云：

复值接舆醉，狂歌五柳前。[2]

《田园乐》七首（注：一作辋川六首）之五：

一瓢颇回陋巷，五柳先生对门。[3]

裴迪的确是王维的知音。

（十三）栾家濑

飒飒秋雨中，浅浅石溜泻。跳波自相溅，白鹭惊复下。（王维）

濑声喧极浦，沿涉向南津。泛泛凫鸥渡，时时欲近人。（裴迪）

王维此诗，极为著名，各家析论，也都精彩，这里只节引王国璎概括性的评论为代表。王氏《中国山水诗研究》云："全诗捕捉的是刹那间的自然现象，也是一次纯粹美感经验的展露。……也就

1. 见《全唐诗》卷一百二十八。
2. 见《全唐诗》卷一百二十六。
3. 见《全唐诗》卷一百二十八。

是与物俱化，物我相即相融的体现。”[1]

相对于王维的凝神聚焦，裴迪此诗是闲行浏览。当他闲步于幽僻的浦滨，耳中听到的是喧闹的水声。纵目水面，凫鸥与波上下，对无心闯入的他并无所惊恐，而且似乎还表现要跟他亲近的意思。单看第三句，不免令人联想到《楚辞·卜居》中所谓：

> 宁昂昂若千里之驹乎？将泛泛若水中之凫——与波上下，偷以全吾躯乎？

那么，第三句就有随俗浮沉之嫌了，幸亏有第四句的补足，这才显出他平易随和的性格与“万物静观皆自得”的心境。只是他以己观物，虽已拉近了物我的距离，但与王维的与物俱化相比，还是有所不同的。

（十四）金屑泉

> 日饮金屑泉，少当千余岁。翠凤翊文螭，羽节朝玉帝。（王维）
>
> 萦渟澹不流，金碧如可拾。迎晨含素华，独往事朝汲。（裴迪）

王维此诗已呈现了浓厚的游仙思想，其悠渺之思略近于《庄子·天地》假托华封人所谓：“千岁厌世，去而上仟，乘彼白云，至于帝乡。”李丰楙云：“游仙文学的本质基本上是融合了宗教、神话中对他界（other world）的强烈愿望，所以忧和游就成为一种进入他界的动机及满足感，保证了生命永恒存在的可能性，因此也具有较强烈的排世俗性。”[2]倘从这个角度来读王维的《金屑

1. 详《中国山水诗研究》，台湾联经出版公司，第408页。
2. 李丰楙《忧与游——六朝隋唐游仙诗论集·导论》，台湾学生书局。

泉》，当能有较深刻的体会。

裴迪此诗并无追求长生或进入他界的希求。他对清澈见底的泉水颇为喜欢，相信它有益健康，而乐意前往汲取饮用。

（十五）白石滩

清浅白石滩，绿蒲向堪把。家住水东西，浣纱明月下。（王维）

跂石复临水，弄波情未极。日下川上寒，浮云澹无色。（裴迪）

先读裴迪之诗，他踮起脚，踩在露出水面的白色石块上；有时蹲下，拨弄清波。绚丽的晚霞映在溪流上，美丽极了。可是在不知不觉中夕阳西下，晚风泛起寒意。天边浮云也褪去了彩衣，逐渐暗淡。裴迪虽然意犹未尽，却不得不收心归去。

王维却不受时间的局限，在日落月出以后，他仍率性地徜徉于白石滩。明月、清流、累累白石、丛丛绿蒲，处处充满生机，无一不美好。更重要的是在这柔美的舞台上，一群无邪朴素的村姑挽着竹篮出现了。在月光下，流水声、浣纱声、言笑声飘荡在白石滩上。在上一首《金屑泉》中，王维似有遗世独立之想，在这里王维更注入了生活气息。

（十六）北垞

北垞湖水北，杂树映朱栏。逶迤南川水，明灭青林端。（王维）

南山北垞下，结宇临欹湖。每欲采樵去，扁舟出菰蒲。（裴迪）

王维从欹湖南岸乘舟渡水前往北垞，舟中北望，只见北垞人家的红色栏杆，掩映在杂树林后。到了北垞，伫立土丘南眺，视线越过绿色树林，就看到辋水的源头，从终南逶迤而来，水光时明时灭，闪烁不定。人家、山水和树林在王维心目中就这样交相辉映，融而为一。

裴迪环顾周围环境，见到最高的是终南山，较矮的土丘是北垞，最低的是欹湖。就在丘下和欹湖之间，有人结庐而居。裴迪羡煞了那里人家朴素的乡野生活，盼望能有一天，也像他们一般，划着扁舟，穿过茭白和蒲草，深入山林采樵，再也不必承受温经应考的压力。

（十七）竹里馆

独坐幽篁里，弹琴复长啸。深林人不知，明月来相照。（王维）

来过竹里馆，日与道相亲。出入惟山鸟，幽深无世人。（裴迪）

王维这首名作，诠释的人很多，也都能剖析入微，兹以王国璎之说为例，王氏略谓：

> 首句“独坐幽篁里”呈现的是人离群独处，融身自然的状况。……从第二句“弹琴复长啸”中，我们立即意识到，人虽在孤独中，却因融身自然，心灵是自由的，而且是自得其乐的：在琴声与长啸中，以人籁通天籁，诗人与大自然融而为一。……“深林人不知”……是人在深林中不受世俗干扰的事实呈现而已。……自然仿佛回应人的“弹琴复长啸”，以一轮“明月来相照”。……诗人浑然融身于皓月普照中，物我相亲相伴，共同参与自然现象的演化。[1]

倘能读其全文，当更能见其阐释之圆融周到。

竹里馆是王维修行的道场，而裴迪在这里只是过客，虽然他

1. 详《中国山水诗研究》，第403页。

在此停留不仅一天，并且感觉到日渐与自然亲近，[1]但毕竟体验未深。他只观察到这幽深的竹林里，只有野鸟的飞翔嘤鸣而未经俗人俗事所污染。

（十八）辛夷坞

木末芙蓉花，山中发红萼。涧户寂无人，纷纷开且落。（王维）

绿堤春草合，王孙自留玩。况有辛夷花，色与芙蓉乱。（裴迪）

据辋川图，辛夷坞和竹里馆隔着一道溪涧，岩壁上长着一些辛夷，可能因溪涧险峻，不见舟楫，而且至此以后，图中绝无房舍。案：辛夷早春开花，所以又名迎春；其蓓蕾先从树梢萌发，很像毛笔，所以又名木笔。蓓蕾的形状和颜色都有几分像菡萏，所以王维以芙蓉为喻。早春，辛夷花在枝梢破寒萌发，竟有几分像夏天池中的菡萏，它在这寂静无人的涧户上自开自落，生生不息，“全诗表现的是诗人对自然生命循环的透彻了悟。”[2]

裴迪从春草染绿了土堤，色似芙蓉的辛夷花耀眼地绽放，感受到盎然的春意，而悠然欣悦，留连忘返。

（十九）漆园

古人非傲吏，自缺经世务。偶寄一微官，婆娑数株树。（王维）

好闲早成性，果此谐宿诺。今日漆园游，还同庄叟乐。（裴迪）

据图，漆园位于辛夷坞背面的缓坡上，围以栅栏，其中漆树

1.《老子·二十五章》：“人法地，地法天，天法道，道法自然。”裴迪诗中的“道”当近于“自然”之义。

2. 语见王国璎《中国山水诗研究》，第 406 页。

成林。《史记》谓庄子“尝为蒙漆园吏”。[1]王维与裴迪在漆园都联想到庄子。

案郭璞《游仙诗》十四首之一云：

京华游侠窟，山林隐遁栖。朱门何足荣，未若托蓬莱。临源挹清波，陵冈掇丹荑。灵谿可潜盘，安事登云梯？漆园有傲吏，莱氏有逸妻。进则保龙见，退为触藩羝。高蹈风尘外，长揖谢夷齐。[2]

宋之问《蓝田山庄》诗云：

宦游非吏隐，心事好幽偏。[3]

园名漆园，自然令人想到庄子；但郭璞《游仙诗》有“漆园有傲吏”之句，而王维诗以“古人非傲吏”，则其从郭璞诗意入手显而易见。读郭、王二诗，可以感受到王维将咏古人和自己述怀混同为一，而且傲吏与非傲吏亦不能分别。事实上，王维四句诗，包含了郭璞十几句诗里的主要意涵。至于蓝田山庄旧主宋之问诗作表达了他以“仕”为重的心意；王维却以放逸偃息于漆园为目标。王维在此表明了他的人生态度。

裴迪写其应邀来此度假，深惬他好闲的本性，所以当其放逸于漆园，自以为已得庄子逍遥之乐。

（二十）椒园

桂尊迎帝子，杜若赠佳人。椒浆奠瑶席，欲下云中君。　（王维）

---

1. 见《史记》卷六十三《老庄申韩列传》。
2. 见丁福保《全汉三国晋南北朝诗·全晋诗》卷五，台湾世界书局。
3. 见《全唐诗》卷五十二。

丹刺罥人衣，芳香留过客。幸堪调鼎用，愿君垂采摘。（裴迪）

椒园是辋川的最后一景，在图的最左端，再过去，就踰越图的边缘。王维在这首诗里，仿佛进入了神话世界。此诗既有《楚辞·九歌》的浓重神话色彩，跟他的《鱼山神女祠歌》二首[1]亦颇神似，都隐含一种恍兮惚兮的神秘经验。倘若我们抹去神秘的迷彩，此诗至少也有类似"但去莫复问，白云无尽时"[2]、"宿昔同游止，致身云霞末"[3]或"行到水穷处，坐看云起时"[4]那种自由自在的境界。这里的"云中君"已不同于《文杏馆》的"栋里云"了。

裴迪诗意似对王维有所回应，亦有所劝勉，谓椒园虽令人流连忘返，但椒的主要功能仍在"调鼎"，劝勉王维仍当以用世济民为念。

五、《辋川集》组诗综论

辋川二十个风景点的顺序，依王维《序文》及各种版本，都一如前节的排列；但据郭忠恕的《临王维辋川图》则略有出入。可见王维各诗的连属，自有其略异于地理位置之理由在。至于裴迪诸作之脉络又与王维不同。以下就上述问题，一一加以探讨。

（一）《辋川图》与《辋川集》各景顺序之比较

郭忠恕《临王维辋川图》是一幅很长的横卷，由右而左的顺

1. 见《全唐诗》卷一百二十五。
2. 王维《送别》，见《全唐诗》卷一百二十五。
3. 王维《留别山中温古上人兄并示舍弟缙》，见《全唐诗》卷一百二十五。
4. 王维《终南别业》，见《全唐诗》卷一百二十六。

序是：右端山谷有一区庄院，那不属王维所有。庄院左侧的山峰是：一，华子冈。越过华子冈，行经一片平林，就到了古城。二，孟城坳。城左有小桥横跨小涧，过了桥就是图中最高大的建筑物辋口庄，这应是王维的新家。庄背靠高山，左右均倚小冈，面临辋水，水面行船。庄西有溪，汇入辋水，溪上有拱桥，过桥有路通杏林，杏林由平地延伸至山冈，冈上筑三文杏馆。距文杏馆不远有竹林，是为四斤竹岭。和斤竹岭相接，树立了栅栏的是五木兰柴。木兰柴和六茱萸沜隔着一条陡峭的山泉。然后地势稍为平坦，有平房掩映于槐树之后，是为七宫槐陌。经过两三座山冈，来到围着栅栏的八鹿柴。过了鹿柴，来到九南垞。南垞旁边是陡立的山，隔山是十欹湖。湖口对岸是十一临湖亭，南岸是十二柳浪。从临湖亭经种植柳树的土堤，来到一处山石流泉，这是十三栾家濑。和栾家濑隔着一座山的是十四金屑泉。离金屑泉不远的平房是十五北垞。北垞旁边有一大片茂密的山林，地势崎岖，山林下面辋水岸边是十六白石滩。越过山林，土地平坦，竹林幽深，中有房舍，是为十七竹里馆。竹林边上是条溪涧，对岸岩壁峻峭，上植辛夷，这是十八辛夷坞。石壁背面缓坡上是十九漆园。在另一个更平缓的山坡上是二十一大片椒园。图到此而止。

上述各景顺序是根据郭忠恕的《临王维辋川图》，案《宋史·文苑列传四·郭忠恕传》[1]，郭氏约生于后唐明宗天成三年(928)，卒于宋太宗太平兴国二年（977)，其人善书画，为道教中人。其活动时间上距天宝不足二百年，当能见及王维真迹，当他临摹王维辋川图时，应该是尽量忠于原作，纵称有出入，也可能

1. 见《宋史》卷四百四十二。

只在细部的描绘，而不致将整个构图做大幅的变动。所以他所临辋川图各景的关系位置，应该与王维原作相同。为免读者翻检之劳，兹将图与诗之顺序对照于次。

图：（一）华子冈、（二）孟城坳、（三）文杏馆、（四）斤竹岭、（五）木兰柴、（六）茱萸沜、（七）宫槐陌、（八）鹿柴、（九）南垞、（十）欹湖、（一一）临湖亭、（一二）柳浪、（一三）栾家濑、（一四）金屑泉、（一五）北垞、（一六）白石滩、（一七）竹里馆、（一八）辛夷坞、（一九）漆园、（二〇）椒园。

诗：（一）孟城坳、（二）华子冈、（三）文杏馆、（四）斤竹岭、（五）鹿柴、（六）木兰柴、（七）茱萸沜、（八）宫槐陌、（九）临湖亭、（十）南垞、（一一）欹湖、（一二）柳浪、（一三）栾家濑、（一四）金屑泉、（一五）白石滩、（一六）北垞、（一七）竹里馆、（一八）辛夷坞、（一九）漆园、（二〇）椒园。

诗的顺序大致上还是依照图由左而左的顺序，尤其在柳浪后，二者几乎是一致的，虽然白石滩和北垞稍有不同，但因北垞在图的偏右侧，而白石滩则在前方，所以，其先后应无关宏旨。然而在（一一）以前，二者却颇有出入。造成其间差异的原因，会不会与王维出游时间的早晚有关呢？读其诗，约略可以感觉到有些诗之间的关系，与此似略有相关，但单就季节来看，就有错乱之处，而且王维不是被安排好固定行程的游客，他是长期隐居谷中的主人，若干风景点不只游玩一次，他所写的也未必都是第一次出游的第一印象。所以，诗集次第做如此安排，应该还有其他原因。揣摩各诗意蕴，《辋川集》的排列，应与王维心境的起伏变化有关。当然，王维的心路历程，和他实际的游踪，必定会有部分重叠，但也不是完全相同。以下乃依各诗所呈现之心境，约略勾勒出其中脉络。

(二)《辋川集》中王维诗之脉络

王维这二十首小诗并非一气呵成，其写作时间跨越了秋、夏、春各季，独缺冬景。虽然如此，倘依其排列，仍可观察到其中若隐若现的脉络。

王维迁入辋川，其主要住所是辋口庄，其他活动，大多由此辐射出去。因此，他以此枢纽为组诗的开端。中年的王维，因朝政昏暗，为了明哲保身，不得已决定隐居于此。住在新修葺的新居，面对邻近的古城，他思潮起伏，而令他反复思考的是，时间问题和生命意义。一时之间，他还掌握不到确切的答案；他只知道，自己必将走入历史之中。他怀疑自己能在时间淘汰之下留下点什么。他回想当初决定越过华子冈进入辋口时，带来的只是无限的惆怅。

在文杏馆王维仍然觉得自己洁身自爱应有栋梁之用，期盼有朝一日能够造福民间。就是到了斤竹岭，他虽已倾向于隐逸，但还是幻想在有生之年能像商山四皓般出山来安邦定国。

转变的第一个关键应该是在鹿柴。在鹿柴，他对时间的性质有了比较深刻的体认，他掌握了刹那，从中去体认永久。到了木兰柴，他更以流动活泼的心灵来对应流动活泼的自然。

在茱萸沜，王维肯定了自己避祸远害的生活态度，并有意与人分享，静观自然物色，王维虽能自得其乐，但他也渐渐难耐寂寞，殷切盼望着山僧好友的到访。这种心情毫无隐藏地表现在《宫槐陌》中。终于有佳客造访，王维远至临湖亭迎宾，宾主就在临湖亭把酒言欢，他开心得像绽开的芙蓉。在远客来访后，他也开始留意到近邻。他见到南垞人家朴素自然，有如太初。他不愿意冒昧打扰，破坏那朴素自然的本地风光。

欹湖送别，他一派潇洒，对人际的分合，一无黏滞，而有如白云般的舒卷自如。柳浪观柳，他也剪断了一切离情别绪。

《栾家濑》一首与《鹿柴》、《木兰柴》的表现手法相似，乍看之下其境界亦相仿佛。但王维做如此安排，应当是他在精神层面的修为有了更高的进境，物我俱化，更无痕迹。除了精神的修持，王维同时也注意形体的修炼。在《金屑泉》中，他表现了对长生的追求与对仙界的向往。

在白石滩，王维领悟到天地间盎然的生机，而村姑浣纱洋溢的生活气息，正与天地自然的生机混同，融成一片。北垞的人家也是和大自然相辉映、相交织。人和大自然毕竟是一体的。竹里馆是王维静修的道场，在那幽深的竹林里，在明月的照映下，他“共同参与自然现象的演化”。在阒无其人的辛夷坞，他从花开花落透彻了悟到自然生命的流转循环。[1]

从栾家濑到辛夷坞，王维诗中时而有人，时而无人，但都不会遮蔽他对自然的透彻了悟。可见他心灵的逍遥自在。

《漆园》一诗，王维檃栝了郭璞《游仙诗》第一首的诗意，明白宣誓了他的人生态度。在最后一首《椒园》中，他在仪式中恍惚进入神仙世界，与云中君为侣，像云中君般默默无语而逍遥自适。

唐代儒、道、释三家并立，在玄宗朝，三家趋于融合，唯玄宗则有特别重道的倾向。唐代文人亦多能对三教兼容并蓄。就王维而言，他正是这样一个人物。在他一生中，三教都渗入他的思想，影响他的生活，只是在人生的不同阶段里，三者互有消长而

1. 语见王国璎《中国山水诗研究》，第 406 页。

已。当他初度隐居辋川，与裴迪相从吟咏的那一段时间中，仍可看出他习染三教的痕迹；然而《辋川集》所呈的，却是道家道教的色彩最为浓厚。

（三）《辋川集》中裴迪诗之特色

在论及裴迪诗的特色之前，有些问题宜先略加讨论。

首先，王、裴之作是否为唱和之作？这一点，就诗题而言，只能说是同题或同咏，因为题目上完全不见“和”字。而且王维《序文》也只说：

> 与裴迪闲暇各赋绝句云尔。

并未言及相互唱和。但是集中却不乏两者呼应紧密的现象，如《孟城坳》、《椒园》等是。这中间牵涉到一个比较实际的问题，就是裴迪在下笔前，是否先读过王维同题的作品？这个问题不宜一概而论，如《孟城坳》、《椒园》显有应和王维之意；至于其他各题如何？则很难一一厘清，大约有些是王维成诗在前，裴迪读了有所应和，有些则“各赋绝句”，各自独立创作。

其次，各诗是否乃二人连袂出游，同时之作？读王维《山中与裴秀才迪书》所谓：

> 多思曩昔携手赋诗，步仄径，临清流也。

则二人确曾连袂出游而同赋新诗。王维信中提到的“携手赋诗”应该在王维移居辋口的头一个秋天。到了冬天，他们可能是先后离开辋川。腊月，王维又单独越过华子冈，回到辋口，并邀裴迪在翌春再游辋川。集中写春景各篇，也会有若干同游之作。但是我们却不能视全集每首都是同游的作品。例如王维的《竹里馆》写的是他"独坐幽篁里"的感受，虽然裴迪同题也"来过竹里馆"，然而当王维"独坐"之时，就不是裴迪"来过"的同时。又如裴迪的《鹿柴》是他"日夕见寒山，便为独往客"，独游以后写成的；而他的《金屑泉》也是写他"独往事朝汲"，单独行动的经验。因此，二人辋川诸作，虽然都在相同的季节对同一风景点赋诗，但并非每一首都是同游之作。

此外，读《辋川集》似乎可以觉察到裴迪进入辋川的途径亦与王维不同，王维多走陆路，越华子冈到辋口庄，裴迪则由南川泛舟而下，在临湖亭登岸。二人的切入点不同，登览的次序当亦有异。

其实，纵使二人游览的路线完全相同，每次都是携手赋诗，其心路历程亦必有所出入，何况二人写作时的情境还有上述的种种差异，如果也想借《辋川集》各诗的次序来描绘出裴迪心情变化的轨迹，完全是不可行的。因此，这里只能归纳出其若干特色而已。

裴迪在孟城坳不像王维前思后想，有如许思量，他直截了当，只把握现在。这一态度成为他辋川诸作的基调。

裴迪从水路来到辋川，在临湖亭上岸，并在那儿过夜。初到辋川，他欣赏临湖亭的夜景，领略那稍带寂寞的野趣。

来到宫槐陌边的迎宾馆，满地落叶让他感受到主人的那份寂寞。对环境还陌生的他很留意自己的位置，他注意到这条路可通往欹湖。然后，他住进辋口庄，游孟城坳，并奉和主人的《孟城坳》诗。住在辋口庄，他时时跻攀文杏馆。登临纵目，他一面熟悉周遭环境，确定自己的位置；一面浏览南岭与北湖的景致。对环境稍为熟悉后，他怀着好奇心，独访鹿柴；但仍带着几分生怯，不敢深入一探究竟。

游木兰柴时，他被鸟声和溪流声所吸引，对水滨的神秘小径，也充满了好奇心，但暮色苍茫，他也就收心回去。在白石滩，他开怀而活泼地玩耍，但当晚霞褪色，川上生寒，夜幕渐垂时，他也不敢让自己兴尽才罢休。他不像王维一直流连到明月当空，村女浣纱。看来裴迪是个很有节制的年轻人，凡事不敢放纵，往往浅尝辄止。就是对金屑泉，他似乎也只抱着一种尝试的态度而已。

裴迪做客辋川，巡游各处时，他不愿大费思量，却经常尽量舒张感官，尽情享受各种新鲜美好的事物，如《茱萸沜》、《华子冈》、《斤竹岭》等。在那个时候，他的心情多半是轻松、舒畅而愉悦的。他似乎特别喜欢宽广的湖水。在南垞，他激赏夕照下淼漫的清波；《欹湖》一首，他抒写了面对空阔的湖水，自己的身心得到大大的释放，竟融入水天一色与四面清风之中。

做客辋川，裴迪逐渐投入自然。闲步栾家濑，他拉近了物我的距离；进入竹里馆，他自己感觉到“日与道相亲”。在柳浪，他钦羡主人的隐逸生活，将主人比作陶渊明：到了北垞，他不禁萌生了出世之想。

在最后一组风景区，他似乎要就辋川之游做个总结。面对辛夷坞的红花绿堤，他感受到辋川的盎然春意。在漆园，他觉得自己已领略到庄子“山林与，皋壤与，使我欣欣然而乐与”[1]的快乐。最后一首《椒园》的前两句，他仍重申此游之乐，令人流连忘返。尤其是头一句，几乎有宋代周邦彦《六丑》“似牵衣待话，别情无极”的依依不舍。可是最后两句，语锋一转，劝勉王维应

1. 见《庄子·知北游》。

以苍生为念，同时也表明了自己的人生姿态。

大致上，裴迪这二十首辋川诗，有些略带陌生感，有些充满了新鲜感。然而多数是舒展了灵敏的感官去捕捉美好的光景。他的心情时常是轻松、舒畅而愉悦的。在辋川，他不多做思量，只注意当下的感受。他乐于亲近自然，自然也令他欣欣然而乐。但是他虽偶萌出世之想，而其最终的归趋还是回到人寰，冀能用世。在这组诗里，他会用过三个“乱”字，可见做客辋川时，他虽尽量放松自己，内心却未必都很平静。

裴迪与王维同在辋川，都对相同的风景点写下五书绝句，但二者毕竟呈现了不同的精神面貌，其中至少有两项不可忽略的因素。

其一是二人年龄不同。王维约长于裴迪二十岁，王维是历经宦海浮沉、人世沧桑的中年人，而裴迪则还是蓄势待发的青年。二人的感受方式与思维方式自有不同，领起全集的《孟城坳》就是很好的例子。

其二是二人所处地位不同。王维是主，裴迪是客。辋川是王维当时以及生涯规划中未来的天地。他对各景比较熟悉，所写的多半不是对某一风景的第一印象，往往是他再三涵泳后，透过现象表面的了悟。裴迪则怀着几分度假心情，来到辋川接受招待。他对辋川有些陌生感，而辋川也给予他新鲜的感觉。二人创作，自是有异。

顺带一提的是，裴迪初到辋川，可能有几天是完全放松的，然而，方为应考而“温经”的他，亦不敢荒废学业，在往后的大部分日子里，他可能仍在白天和灯下孜孜矻矻，只有在黄昏时，才出来游览，调剂身心。这也许可以解释他的诗作，为什么总是写的是薄暮景象，而且很少能安排更充裕的时间深入一探究竟。

此外，当他面对宽广湖水时的那种开心，让我们可以想象他走出“温经”书房，投入大自然的畅快。

六、结　语

盛唐是儒、释、道三教在互动中趋于混同的时代，文人多受其熏染，而三教对待自然，基本上都采取亲和的态度。王维和裴迪也都在这基础上亲近自然，表现自然。同时，二人全都以最简短的五言绝句来写作，因此都裁剪精当，小中见大，予人以宽阔的想象空间。这些都是一读《辋川集》就可以立即感觉到的；至于二人诗篇之差异，则须做比较深入的探索，才能探得消息。

由于王维、裴迪二人年龄的差距，阅历的不同，加以身份有主客之异，对辋川各景，或熟悉，或新鲜，此外，《辋川集》是王维所编成的，因此，从《辋川集》可以领略到王维从悲伤、惆怅、矛盾冲突，逐渐净化为清澄了悟的心路历程。裴迪则多通过敏锐的感觉，透露他那轻松愉悦的心境。这些都在“分论”和“综论”两节中有所论述。

最后，兹篇拟以二人的《青雀歌》来概括他们在那段时间里的人生态度。案王维《青雀歌》原注有“与卢象、崔兴宗、裴迪、弟缙同赋”[1]，诸人之作俱传世，今但引王维、裴迪之作为结。

> 青雀翅羽短，未能远食玉山禾。犹胜黄雀争上下，唧唧空仓复若何？
>
> （王维）
>
> 动息自适性，不曾妄与燕雀群。幸忝鹓鸾早相识，何时提携致青云？
>
> （裴迪）

---

1. 王维《青雀歌》，见《全唐诗》卷一百二十五。卢象诗见卷一百二十二。崔兴宗、裴迪、王缙诗俱见卷一百二十九。

唐人咏云诗试探

一、引　言

生物都依赖水而生存。中华民族是个古老的农业民族，对水的重要性体认尤深，先秦诸子甚至于将水作为建构他们哲学想象的重要象征。[1]水来自雨，雨来自云，先民因而对云雨异常重视。《易·乾》象曰："云行雨施，品物流形。"《易·乾》文言亦曰："云行雨施，天下平也。"云雨使万物茁壮成形，也带来天下太平。孟子以云雨喻仁政，[2]又以"若大旱之望云霓"喻民对汤王的热切盼望。[3]楚人不但祭祀云中君，更由巫山云雨幻想出浪漫的爱情故事。

云是水的气态，变化多端。因此，诗人除了对它的性质与功能有所认识之外，往往对它那多变的形态感到兴趣，并生发种种联想，引起种种情趣，甚至赋予不同的意义。唐朝继承了历代的

---

1. 见杨儒宾《水与先秦诸子思想》。引自台湾大学《中国文学多层面探讨国际学术会议论文集》，1996 年 7 月出版。
2. 见《孟子·梁惠王上》。
3. 见《孟子·梁惠王下》。

文学遗产，诗歌空前发达。唐代诗人对他们感受到的事物，多能发为诗歌，多变的云，自然是他们乐于捕捉而加以描述抒写的对象，在《全唐诗》中，云字出现的次数高达一万四千九百九十二次可以为证。[1]然而，这许多云字绝大多数用在诗中，要做全面检视，非此篇幅所能容纳，所以在这里只取以咏云为主的诗歌百余篇，借以探讨其对云之形态之观察与描述，因云而生发之联想，因云而产生之情趣，对云之寄望及赋予之意义等问题，这些问题往往相互交涉纠缠，不是可以截然划分的，因此，往后的讨论各段落免不了有相互牵连之处。

二、取　材

本文取材自中华书局出版之《全唐诗》与《全唐诗补篇》。凡诗题以歌咏云为主者即予录取；诗题虽有云字，而云非主要描述对象者则不取，如太宗《赋得早雁出云鸣》，其重心在雁，又如吴巩《白云溪》着重于溪，诸如此类俱暂不取用。此外《补编》下册录有易静《兵要望江南·占云第三》二十六首，以其性质特殊，与一般咏云诗不同，宜另做研究，故此亦不取。筛选之下，得诗一百一十二篇，但其中有重出者，则于题下注明。

兹将所录各诗作者及题目略依时代先后列举于下，并依中华书局本标明其卷数（《补编》则标上、中、下册）及页数、体裁。至于妇女、僧人等作品，则依《全唐诗》例，列于后面。

①王绩　《同蔡学士君知咏云》（《补编》中册　653）五律

②唐太宗　《赋得含峰云》（卷一　15）五律

1. 此据北京社科院之统计。深圳大学之统计为15,969次，以其乃以简体字统计，其中夹杂“人云亦云”之“云”字，是以不取。

③李峤　《云》（卷五十七　689）五律

④李峤　《云》（卷五十九　701）五律

⑤董思恭　《咏云》（卷六十三　743）五律

⑥骆宾王　《赋得白云抱幽石》（卷七十八　847）五律

⑦骆宾王　《赋得春云处处生》（卷七十八　848）五律

⑧骆宾王　《秋云》（卷七十八　850）五律

⑨郭震　《云》（卷六十六　758）七绝

⑩陈元光　《云龙》（《补编》中册　757）七古

⑪于季子　《咏云》（卷八十　871）五律

⑫陈子昂　《庆云章》（卷八十三　889）四言

⑬李邕　《咏云》（卷一百十五　1168）五律

⑭陈希烈　《省试白云起封中》（卷一二一　1214）　案：此诗与第㊸李正辞《赋得白云起封中》同，当为李作。五排十二句。

⑮陈希烈　《赋得云生栋梁间》（卷一二一　1214）五律

⑯孟浩然　《送王七尉松滋得阳台云》（卷一五九　1630）七言歌行

⑰李颀　《望鸣皋山白云寄洛阳卢主簿》（卷一三二　1339）五古二十句

⑱高适　《同李九士曹观壁画云作》（卷二一三　2223）五、七言四句

⑲李白　《白云歌送刘十六归山》（卷一六六　1721）杂言歌行

⑳李收　《和中书侍郎院壁画云》（卷二〇三　2121）五律

㉑储光羲　《奉和中书侍郎中书省玩白云寄颖阳赵大》（卷一三九　1412）五律

㉒丘为　《幽渚云》（《补编》上册　27）五排十句

㉓杜甫　《云山》（卷二二六　2434）五律

㉔杜甫　《云》（卷二三〇　2531）五律

㉕岑参　《火山云歌送别》（卷一九九　2052）七言歌行

㉖岑参　《咏群斋壁画片云得归字》（卷二〇〇　2092）五律

㉗韦应物　《赋得浮云起离色送郑述诚》（卷一八九　1930）五律

㉘乔潭　《秋晴曲江望太一纳归云赋附歌》（《补编》中册　841）楚辞体歌行

㉙乔潭　《同前赋附归云之曲》（《补编》中册　841）楚辞体歌行

㉚钱起　《赋得归云送李山人归华山》（卷二三七　2627）五律

㉛钱起　《赋得寒云轻重色送子恂入京》（卷二三七　2641）五律

㉜皇甫冉　《山中横云》，一作《题画帐》（卷二四九　2812）案：当作《题画帐》为是。

㉝皇甫冉　《问李二司直所居云山》（卷二五〇　2820）六言绝句。

㉞马云奇　《白云歌》[1]（《补编》上册　61）七言歌行六十四句、三言二句

㉟崔何　《东峰亭各赋一物得岭上云》（卷二五二　2842）五言六句

㊱李益　《答郭黄州孤云首章见寄》（卷二八二　3207）五律

㊲裴逵（达）　《南至日太史登台书云物》（卷二八八

1. 《白云歌》作者可能另有其人，参《全唐诗补编》上册第64页～65页。

3292）五排十二句

㊳于尹躬　《南至日太史登台书云物》（卷三〇五　3473）五排十二句

㊴罗让　《梢云》，一作曹松诗（卷三一三　3528）五排十二句

㊵王履贞　《青云干吕》（卷三一九　3594）五排十二句

㊶彭伉　《青云干吕二首》（卷三一九　3595）五排十二句

㊷林藻　《青云干吕》（卷三一九　3595）五排十二句

㊸李正辞　《赋得白云起封中》（卷三一九　3599）　案：一作陈希烈诗，宜为李正辞所作。五排十二句

㊹张嗣初　《赋得白云起封中》，一作许康佐诗（卷三一九　3599）五排十二句

㊺许康佐　《日暮碧云合》（卷三一九　3600）五排十二句

㊻许康佐　《白云起封中》，一作张嗣初诗（卷三一九　3600）五排十二句

㊼令狐楚　《青云干吕》（卷三三四　3748）五排十二句

㊽柳宗元　《省试观庆云图诗》（卷三五三　3959）五排十二句

㊾刘禹锡　《观云篇》（卷三五四　3966）五律

㊿张仲素　《寒云轻重色》（卷三六七　4136）五排十二句

51李应　《立春日晓望三素云》（卷三六八　4143）五排十二句

52陈师穆　《立春日晓望三素云》（卷三六八　4144）五排十二句

53李季何　《立春日晓望三素云》（卷三六八　4144）五排十二句

(54)李程　《观庆云图》(卷三六八　4145）五排十二句

(55)李行敏　《省试观庆云图》(卷三六八　4146）五排十二句

(56)吕温　《白云起封中诗》(卷三七〇　4157）五排十二句

(57)白居易　《白云期》(黄石岩下作）(卷四三〇　4746）五古十二句

(58)白居易　《岭上云》(卷四五八　5208）七绝

(59)裴澄　《春云》(卷四六六　5306）五排十二句

(60)卢殷　《欲销云》(卷四七〇　5342）五律

(61)熊孺登　《日暮天无云》(卷四七六　5418）五排十二句

(62)陆畅　《山出云》(卷四七八　5441）五排十二句

(63)李绅　《山出云》(卷四八三　5492）五排十二句

(64)李绅　《庆云见》(卷四八二　5489）七律

(65)李绅　《上党奏庆云见》(卷四八三　5493）五排十二句

(66)李绅　《华山庆云见》(卷四八三　5493）五排十二句

(67)沈亚之　《山出云》(卷四九三　5580）五排十二句

(68)施肩吾　《讽山云》(卷四九四　5603）七绝

(69)张复　《出山云》(卷四九五　5614）五排十二句

(70)姚合　《咏云》(卷四九八　5669）七律

(71)焦郁　《白云向空尽》，一作周成诗（卷五〇五　5744）五排十二句

(72)焦郁　《春云》(卷五〇五　5744）五排十二句

(73)杜牧　《云》，一作褚载诗（卷五二二　5974）七绝

(74)杜牧　《云》(卷五二五　6012）五律

(75)李商隐　《咏云》(卷五四一　6224）五律

(76)项斯　《苍梧云气》(卷五五四　6409）五律

(77)韩琮　《云》(卷五六五　6549）七律

⑱于武陵　《孤云》(卷五九五　6894) 五律

⑲袁郊　《云》(卷五九七　6913) 七绝

⑳顾云　《孤云篇》(《补编》中册　1192)　案：此诗截取于武陵《孤云》三、四、七、八等句而成。五绝

㉑张乔　《孤云》(卷六三九　7329) 七绝

㉒来鹄　《云》(卷六四二　7358) 七绝

㉓罗邺　《云》(卷六五四　7521) 七绝

㉔罗隐　《浮云》(卷六五五　7537) 七绝

㉕崔涂　《云》(卷六七九　7784) 七绝

㉖褚载　《云》，一作杜牧诗 (卷六九四　7992) 七绝

㉗郑准　《云》(卷六九四　7994) 七绝

㉘韦庄　《春云》(卷六九八　8031) 七律

㉙韦庄　《云散》(卷六九八　8031) 七律

㉚黄滔　《襄州试白云归帝乡》(卷七〇六　8125) 五排十二句

㉛徐夤　《云》(卷七一〇　8181) 七律

㉜曹松　《夏云》(卷七一六　8225) 五律

㉝李中　《云》(卷七四七　8505) 五排二十句

㉞李中　《夏云》(卷七四九　8528) 七绝

㉟李中　《春云》(卷七五〇　8547) 五绝

㊱幸寅逊　《云》(卷七六一　8644) 七律

㊲何象　《赋得御制句朔野陈云飞》(卷七六八　8713) 五绝

㊳吴商浩　《湘云》(卷七七四　8773) 七绝

㊴邓倚　《春云》(卷七七九　8816) 五排十二句

⑩⓪无名氏　《华山庆云见》(卷七八七　8871)　案：文字与李绅《华山庆云见》同。五排十二句

⑩张文姬　《溪口云》(卷七九九　8996) 五绝

⑩郎大家宋氏　《朝云引》(卷八〇一　9008) 杂言歌行

⑩皎然　《溪云》(卷八二〇　9245) 五言六句

⑩皎然　《浮云三章》(卷八二〇　9253) 四言

⑩皎然　《白云歌寄陆中丞使君长源》(卷八二一　9257) 杂言三十句

⑩栖白　《寿昌节赋得红云表夏日》(卷八二三　9278) 七律

⑩贯休　《孤云》(卷八三六　9423) 七绝

⑩齐己　《看云》(卷八四五　9565) 七律

⑩齐己　《片云》(卷八四六　9580) 七绝

⑩齐己　《夏云曲》(卷八四七　9585) 杂言歌行

⑪齐己　《浮云行》(卷八四七　9588) 五古

⑪陆凭　《咏浮云》(卷八六五　9781) 五绝

以下各层面之探讨，即以上列各诗之内容为依据。当引及诗句必须注明出处时，为节省篇幅，只注出各诗编号；但为了和附注有所区分，因而在编号上加一“第”字。如：“千寻有影沧江底，万里无踪碧落边。”(第⑩)，意谓此一联出自“齐己《看云》诗”。

三、唐代诗人对云之观察与联想

唐代诗人往往在观察云的时候，几乎同时就引起了联想；二者之间或许略有先后之别，但它们常在同一诗句中呈现出来。例如王绩诗云：

绘色还成锦，轻飞更作罗。(第①)

一见到云的色彩就想到锦，一见到云的轻飞就想到罗。这种情形最常出现在对云的形状光色的描写。如唐太宗诗：

玉叶依岩聚，金枝触石分。横天结阵影，逐吹起罗文。（第②）

太宗见到云的形状有几分像花树，于是又联想到涿鹿之战祥云翼护黄帝的典故；[1]然后更由记忆库中调出泰山之云，触石而出的另一典故。[2]至于“横天”两句比较单纯，太宗只联想到他经历过的战阵，和生活中习见的绮罗。太宗之后，李峤的两首《云》诗，除了沿用王绩和太宗的联想外，又从云的形态联想到《易经·文言》的“云从龙”，《左传》和《史记》以云名官，[3]以及汉高祖的《大风歌》。董思恭则将《庄子·天地》“乘彼白云，至于帝乡”的“帝乡”从天上改到人间。这一联想路线，影响了许多诗人，其间稍有增益的只有骆宾王联想到“仙衣”，将“华盖”改为“羽盖”（见第⑥）；于季子联想到“鸟翅”、“鱼鳞”（见第⑪）；李颀联想到“龙虎”、“冰雪”（见第⑰）；钱起由“从龙”联想到“捧日”。[4]到了德宗贞元年间，科举常以云为题，而“玉叶”、“金枝”、“从龙”、“捧日”、“帝乡”、“结盖”等有关祥瑞的联想又纷纷入诗；更由于考试有《白云起封中》、《立春日晓望三素云》之类的题目，于是《史记·封禅书》“其夜若有光，书有白云起封

---

1. 崔豹《古今注·舆服第一》：“华盖，黄帝所作也。与蚩尤战于涿鹿之野，常有五色云气金枝玉叶止于帝上，有花葩之象，故因而作华盖。”
2. 《公羊传·僖公三十一年》：“触石而出，肤寸而合，不崇朝偏雨乎天下者，唯泰山尔。”
3. 见《左传·昭公十七年》、《史记·五帝本纪》。
4. 《三国志·程昱传》裴松之注引《魏书》曰：“昱少时常梦上泰山两手捧日，昱私异乏。”因此捧日有翊戴之意。

中”的祥瑞，乃至灵仙鸾骖，都搬了出来。这些已属为文造情，与初唐因睹云之形状而以物为喻不同。

由于初唐王绩、太宗的咏云诗都在观察云的形状时，即刻联想到其他事物，并取之为譬，所以上段文字先予以讨论。以下再讨论对云比较单纯的观察。

李峤《云》：“大梁白云起，氛氲殊未歇。……烟熅万年树，掩映三秋月。……”（第③）他注意到云的颜色，以及潜能的发挥。

董思恭《咏云》：“参差过层阁，倏忽下苍梧。”（第⑤）他观察云迅速飘动的动态。

骆宾王诗云：

重岩抱危石，幽涧曳轻云。（第⑥）
千里年光静，四望春云生。（第⑦）
泛斗瑶光暗，临阳瑞色明。（第⑧）

骆氏分别描写了云的轻盈摇曳，寂静广大，以及日夜光色不同的各种形态。

郭震《云》：

聚散虚空去复还。（第⑨）

描写云聚散去来不定的动态。于季子《咏云》：

瑞云千里映，祥辉四望新。（第⑪）

写云的广大照映。李邕《咏云》：

彩云惊岁晚，缭绕孤山头。散作五般色，（凝为一段愁。）

影虽沉涧底，形在天际游。……（第⑬）

写云的时空关系、色彩、水中倒影，以及缭绕山头，游行天际的动态。陈希烈诗：

偏使衣裘润，能令枕簟凉。（第⑮）

写云有湿润、清凉的作用。孟浩然诗：

……霏红沓翠晓氛氲。……空中飞去复飞来……（第⑯）

写云的飞动。李颀诗：

……嵱嵷殊未己，峻嶒忽相向。皎皎横绿林，霏霏淡青嶂。远映村更失，孤高鹤来傍。……（第⑰）

写云的高峻、重叠，移动、变化。储光羲诗：

青阙朝初退，白云遥在天。……泛滟鳷池曲，飘摇琐闼前。……（第㉑）

写云的高远、光色和飘摇。丘为诗：

漠漠云在渚，无心去何从。青连晚湖色，淡起秋烟容。渡水上下白，归山深浅重。……（第㉒）

描写诸云的飘荡不定，映水依山，颜色深浅重叠的种种姿态。杜甫《云》：

> 龙自瞿唐会，江依白帝深。终年常起峡，每夜必通林。收获辞霜渚，分明在夕岑。……（第㉔）

写云的时空关系及其动态。岑参诗：

> 火山突兀赤亭口，火山五月火云厚。火云满山凝未开，飞鸟千里不敢来。平明乍逐胡风断，薄暮浑随塞雨回。缭绕斜吞铁关树，氛氲半掩交河戍。……（第㉕）

写的是塞外火山云的奇景，岑参对它做了全面的观察，将其时空关系、形状、动态、气势描写得鲜明雄浑，是对火山云的礼赞。钱起诗：

> 秀色横千里，归云积几重。欲依毛女岫，初卷少姨峰。……（第㉚）

写云的广袤重叠，及舒卷于嵩山附近的毛女峰和少姨峰之间的形态。钱起又诗：

> 无限寒云色，苍茫浅更深。……积翠全低岭，虚明半出林。……（第㉛）

写云的寒意、深浅、高低、虚实的各种形态。马云奇诗：

> 遥望白云出海湾，变成万状须臾间。忽散鸟飞趁不及，唯只清风随往

还。生复灭兮灭复生，将欲凝兮旋已征。……殊方节物异长安，盛夏云光也自寒。远戍只将烟正起，横峰更似雪犹残。……（第㉞）

写云的生灭、飞动、凝散、变化，以及如烟似雪的颜色与动态，可谓观察入微。裴逵（达）诗：

烟空和缥缈，晓色共氛氲。（第㊲）

写云的轻盈与繁密。罗让诗：

殊质资灵贶，凌空发瑞云。梢梢含树影，郁郁动霞文。……（第㊴）

写瑞云笼树及其光色。王贞履诗：

映霄难辨色，从吹乍成文。（第㊵）

写青云之光色与绮文。彭伉诗：

祥辉上干吕，郁郁又纷纷。……势凝千里静，色向九霄分。……状烟殊散漫，捧日更氛氲。……（第㊶）

写青云之广被高举。其性质与烟不同，祥云凝聚而烟则散漫。彭伉又诗：

……含春初应吕，晕碧已成文。东起随风暖，西流共日曛。升时嘉异月，（为庆等凝汾。）轻与晴烟比，高等晓雾分。……（第㊶）

写祥云生成的时令、光色、形状，晨昏、夜晚的动态，以及它的轻和高的特性。许康佐诗：

（日际愁阴生），天涯暮云碧。重重不辨盖，沈沈乍如积。林色黯疑暝，隙光俄已夕。……余晖淡瑶草，浮影凝绮席。……（第㊺）

其诗题是《日暮碧云合》，把暮云沉甸甸的、黯淡的形态充分显现出来。令狐楚诗：

郁郁复纷纷，青霄干吕云。色令天下见，候向管中分。远覆无人境，（遥彰有德君）。……（第㊼）

写青云之繁密广被。柳宗元诗：

……高标连汗漫，回望接虚无。（第㊽）

写庆云的高远。刘禹锡诗：

葱茏含晚景，洁白凝秋晖。（第㊾）

写秋日傍晚所见之云葱茏洁白。张仲素诗：

……鳞影朝犹落，繁阴暮自寒。因风方袅袅，间石已漫漫。隐映看鸿度，霏微觉树攒。……（第㊿）

写云自朝至暮，上下、移动、聚散的种种形态。李应诗：

……碧落流轻艳，红霓间彩文。带烟时缥缈，向斗更氤氲。仿佛随风御，迢遥出晓雰。……（第㊿）

写三素云的色彩、流动、上升的种种形态。陈师穆诗：

缥缈中天去，逍遥上界分。（第52）

写三素云升入高空的姿态。李季何诗：

……薄影随风度，殊容向日分。……静合烟霞色，遥将鸾鹤群。……（第53）

同样是在省试时写三素云，写它的飘动、高远。李行敏诗：

光因五色起，影向九霄分。（第55）

写庆云的光色和升空的动态。裴澄诗：

漠漠复溶溶，乘春任所从。……旭日消寒翠，晴烟点净容。霏微将似灭，深浅又如重。薄彩临溪散，轻阴带雨浓。……（第59）

写春云的变化多端。卢殷诗：

……霏微依碧落，仿佛误非云。度月光无隔，倾河影不分。……（第60）

题为《欲销云》，描写淡云的状态。陆畅诗：

灵山蓄云彩，纷郁出清晨。望树繁花白，看峰小雪新。映松张盖影，依涧布鱼鳞。……浓光藏半岫，浅色类飘尘。……（第62）

写浓云从山间涌出流动的各种形态。沈亚之诗：

片云朝出岫，孤色迥难亲。……飘扬经绿野，明丽照青春。……（第67）

也是写云从山出的情况，但写的不是浓云而是片云飘出，再飘向绿野。李绅诗：

霭杳祥云起，飘飏翠岭新。……林静翻空少，山明度岭频。回崖时掩鹤，幽涧或随人。……（第63）

写祥云从山岭升起后，飘摇回环上下的状态。李绅诗：

……卷风变彩霏微薄，照日笼光隐映重。还入九霄成沆瀣，夕岚生处鹤归松。（第64）

写山峰上薄云随风舒卷，在日光映照之下变化色彩，然后升入高空云层中的情形。李绅诗：

……从风忽萧索，依汉更氛氲。影彻天初霁，光鲜日未曛。……（第65）

写庆云时而被风吹散，但腾空时又再度聚合，在日光下呈现半透明的状态。李绅诗：

……气色含珠日，晴光吐翠雰。……万树流光影，千潭写锦文。……（第⑯）

写庆云呈半透明状态，使白日望之如珠，而庆云则折射翠光，照映地面的万树千潭。张复诗：

散类如虹气，轻同不让尘。（第⑲）

写云气光色如虹而轻盈如尘。焦郁诗：

白云生远岫，摇曳入晴空。乘化随舒卷，无心任始终。欲销仍带日，将断更因风。势薄飞难定，天高色易穷。影收元气表，光灭太虚中。……（第⑪）

写云由生成至于消灭的历程，并阐明云之光影虽灭，然其潜能犹存之意。焦郁诗：

散漫天涯色，乘春四望平。不分残照影，何处断鸿声。缭绕先经塞，霏微近过城。因风低未敛，带雨重还轻。……（第⑫）

写春云弥漫、移动、上下，乃至轻重的种种状态。项斯诗：

数点山能远，平铺水不流。（第⑯）

写云气的静态。于武陵诗：

因风离海上，伴月到人间。（第⑱）

写云的飘浮不定。张乔诗：

舒卷因风何所之，碧天孤影势迟迟。（第㉛）

写云的动定不由自主。黄滔诗：

杳杳复霏霏，应缘有所依。……高岳和霜过，遥关带月飞。……（第㊿）

写云的形状与动态。曹松诗：

势能成岳仞，顷刻长崔嵬。暝鸟飞不到，野风吹得开。一天分万态，（立地看不回。）……（第92）

写云的高峻与变化。李中诗：

悠悠离洞壑，冉冉上天津。……高行四海雨，暖拂万山春。静与霞相近，闲将鹤最亲。……冷容横钓浦，轻缕绊蟾轮。不滞浓还淡，无心卷复伸。非烟聊拟议，千里在逡巡。……（第93）

写云的动态、变化、性质与潜能。幸夤逊诗：

因登巨石知来处，勃勃元生绿藓痕。静即等闲藏草木，动时顷刻遍乾坤。……（第96）

写云的生成、动静与潜能。邓倚诗：

摇曳自西东，依林又逐风。势移青道里，影泛绿波中。夕霁方明日，朝阳复蔽空。度关随马去，出塞引归鸿。色任寒暄变，光将远近同。……（第⑲）

写云的时空关系、动态与光色。皎然诗：

……萦空叠影多丽容，众峰峰上自为峰。……忽尔飞来暂为侣，忽然飞去莫能攀。……（第⑯）

写云的壮丽、飘忽。

综前所列举，唐代诗人留心观察了云的形状、颜色、光彩；观察了云的生成、发展、消灭；注意云的作用、气势和潜能。他们观察了云的静态和动态，动态中有迟缓的移动、摇曳、飘浮；也有迅速的飞扬、升腾。观察云的去来、聚散、疏密、厚薄、浓淡、高低、远近、缭绕、回环上下以及单片孤云、重叠的云层或弥漫天地的云气。他们也观察了云的透明度及其倒影等等。

在联想方面，兹先将各诗做一扫描。王绩诗：

固阳阴正密，侍（待?）族□方和。巫山臣作赋，汾水帝为歌。……（第①）

王绩一见到云，先想到《庄子·在宥》“云气不待族而雨”的话，这可能是他想起和蔡君知的友谊的缘故。接着他想到宋玉的《高唐赋》和汉武帝的《秋风辞》。云似乎引起了他的怀古。唐太宗诗：

……玉叶依岩聚，金枝触石分。横天结阵影，逐吹起罗文。非复阳台

下，空将惑楚君。（第②）

从云的生成及发展，令古老的农业民族想象它像有生命的植物；加以太宗历经战阵，削平群雄，使他想起远古黄帝伐蚩尤时，祥云伸展枝叶翼护黄帝的传说。虽然他也想起了巫山神女，但他对其加以否定。上述金枝玉叶和巫山神女的联想影响深远，几乎笼罩了有唐一代。

李峤的两首《云》诗则增入了《易经》“云从龙”、汉高祖《大风歌》、《左传》和《史记》黄帝以云名师名官的这些联想。其中《大风歌》及黄帝以云名官，以后继无人而趋于消歇；但“云从龙”的联想则在往后的咏云诗中时时出现，特别是在科举以云为题的诗中出现最为频繁。

董思恭的《咏云》又在“飞盖”、“枝叶”之外增入“帝乡”、“苍梧”的联想。此后，诗人即常以“帝乡”代表在朝，而以“苍梧”代表在野。骆宾王则另增入“长抱谷城文”（第⑥），联想到张良、黄石的故事，[1]但后人不见沿用；倒是他从云联想到神仙，为后人所爱用。

除了以上所提到的联想外，王绩、董思恭和骆宾王又都因云而联想到自己当时的处境。这也是往后许多诗人所常呈现的现象。

陈子昂的《庆云章》在上述各种祥瑞的联想外，又想到帝舜的《南风歌》。这是为文造情所逼出来的联想吧。

盛唐的孟浩然和李白对云的联想，比初唐诗人活泼。孟浩然的《送王七尉松滋得阳台云》，题目只给予他很狭窄的范围，他却想象友人将“便逐行云去不回”。李白《白云歌送刘十六归山》

1. 见《读史方舆纪要·山东·兖州府·东平州·东阿县》。

则从白云联想到朋友的归隐，把云和人密切联系在一起。丘为《幽渚云》则联想到入山修炼的葛洪。乔潭诗：

云不以朝晡而异赏，士不以前后而异求。（第㉙）

他从云不变的本质而联想到士不变的操守。马云奇诗：

……世人迁变比白云，白云无心但氛氲。白云生灭比世人，世人有心多苦辛。……（第㉞）

马云奇却从云的变化联想到世事的纷扰，只是云是无心任化，而世人则刻意经营，但结果仍是变迁不定，无从掌握。钱起诗：

从龙如有瑞，捧日不成阴。（第㉚）

罗让诗：

翻飞如可托，长愿在横汾。（第㊴）

林藻诗：

还同起对上，更似生横汾。（第㊷）

令狐楚诗：

恭惟汉武帝余烈尚氛氲。（第㊼）

钱起看到云在日的周围，想到程昱梦到“两手捧日”的典故。罗让、林藻、令狐楚都从云想到汉武帝的《秋风辞》，林藻还联想起《史记·封禅书》的“白云起封中”。

张仲素《寒云轻重色》云：“凝空多似黛，引素乍如纨。”从云之重色联想到黛，从其轻色联想到纨。李应诗：

> 玄鸟初来日，灵仙望里分。冰容朝上界，玉辇拥朝云。……（第57）

陈师穆诗：

> 晴晓初春日，高心望素云。彩光浮玉辇，紫气隐元君。缥缈中天去，逍遥上界分。鸾骖攀不及，仙吹远难闻。……（第52）

李季何诗：

> 霭霭青春曙，飞仙驾五云。浮轮初缥缈，承盖下氤氲，薄影随风度，殊容向日分。羽毛纷共远，环珮杳犹闻。静合烟霞色，遥将鸾鹤群。……（第53）

以上三人都是应德宗贞元十一年进士第，试题为《立春日晓望三素云》。案：《云笈七签》云“立春清明日北望有紫绿白云为三元君云，三素也”。三人想象力受到约束，都必须从三素云联想到天上的神仙行列。吕温《白云起封中》诗：

> 封开白云起，汉帝坐斋宫。望在金泥上，疑生祕玉中。攒柯初缭绕，布叶渐蒙眬。……（第56）

吕温的联想力，则被限制在汉武帝封禅泰山一事中打转。

中唐咏云诗联想最特殊的，当数白居易《岭上云》：

> 岭上白云朝未散，田中青麦旱将枯。（第㊽）

白居易从岭上白云而联想到田中青麦。这一联想方式影响到以后的许多诗人。然而，和白居易同时倡导新乐府的李绅，却仍沿金枝玉叶、神仙祥瑞的老路子，例如：

> 姑射朝凝云，阳台晚伴神。（第㊿）

稍晚于白居易的张复，在元和元年应试时所写的：

> 为霖终济旱，非独降贤人。（第69）

倒是白居易的同调。

中唐另一较特殊联想的是姚合的《咏云》，尾联云：

> 怜君翠染双蝉鬓，镜里朝朝近玉容。（第70）

他不但从云的颜色联想到眉黛，更联到眉黛的能够朝朝亲近“玉容”。

进入晚唐。杜牧《云》的尾联云：

> 莫隐高唐去，枯苗待作霖。（第74）

他不但从云联想到高唐神女，更联到田中枯苗。

李商隐的咏物诗常包含丰富而复杂的联想，其《咏云》亦如此：

> 捧月三更断，藏星七夕明。才闻飘回路，旋见隔重城。潭暮随龙起，河秋压雁声。只应唯宋玉，知是楚神名。

此诗词意隐约闪烁，浮想联翩，大约是从云联想到艳情，写幽会的时间，女郎的飘然远去，乃至行踪变幻不定等等。[1]

晚唐其他诗人的咏云诗，多数能从旧有的联想模式中更赋予新的含义，这将留待下一节再做探讨。至于方外僧人，在咏云诗中发挥较多联想的是皎然和齐己，他们从云联想到自己，却又联想到谗贼的小人，这些也都留在下节讨论。

四、唐代诗人因云生发之情趣及赋予云之意义

（一）因云生发之情趣

诗人观察了云变化不定的状态，引起了种种联想，于是生发出近似或相异的感情或趣味。王绩诗：

> ……无衣昔有咏，飘转独如何？（第①）

因云的飘动，引起他对志同道合的朋友不能长相聚会而发出喟叹。李峤诗：

---

1. 参见刘学谐、余恕诚《李商隐诗歌集解》，台湾洪叶出版，第1619页。

……会入大风歌，从龙赴圆阙。(第③)
……飞感高歌发，威加四海回。(第④)

表现了意气风发的高昂情绪。骆宾王诗：

……非将吴会远，飘荡帝乡情。(第⑦)
……距知时不遇，空伤流滞情。(第⑧)

因漂流在外，不能在帝都实现理想，而心怀感伤。李邕诗：

彩云惊岁晚，缭绕孤山头。散作五般色，凝为一段愁。……(第⑬)

因岁晚而孤身流落在南方，乃引起忧愁。孟浩然诗：

……愁君此去为仙尉，便逐行云去不回。(第⑯)

因行云而生发离愁。李收诗：

……映筱多幽趣，临轩得野情。……(第⑳)

李收咏的虽是壁画云，但仍写出云的幽趣野情。杜甫诗：

……高斋非一处，秀气豁烦襟。(第㉔)

云可去烦解闷。岑参诗：

……迢迢征路火山东，山上孤云随马去。(第㉕)

火山孤云似乎载着诗人的殷殷祝福，随征人而去。韦应物的《赋得浮云起离色送郑述诚》：

游子欲言去，浮云那得知？偏能见行色，自是独伤离。晚带城遥暗，秋生峰尚奇。还因朔吹断，匹马与相随。

这是将浮云抹上浓浓“离色”的典型例子。皇甫冉诗：

……山色东西多少，朝朝几度云遮？（第㉝）

表现了清幽闲适的趣味。崔何诗：

伫立增远意，中峰见孤云。……（第㉟）

见到孤云而生远离家园之思。李益诗：

孤云生西北，从风东南飘。帝乡日已远，苍梧无还飙。已矣玄凤叹，严霜集灵苕。君其勉我怀，岁暮孰不凋？（第㊱）

李益见到孤云因西北风的吹途，由京师飘向南方，联想到自己的孤身外放，因而生发了落寞的情怀。裴逵（达）诗：

……应念怀铅客，终朝望碧氛。（第㊲）

裴达表现出自己怀着铅刀一割的热切盼望。罗让诗：

……翻飞如可托，长愿在横汾。（第㊴）

罗让表现了想随侍英主的愿望。许康佑诗：

日际愁阴生，天涯暮云碧。（第㊺）

许氏因日暮云辽而生愁。张仲素诗：

……每向愁中览，含毫欲状难。（第㊿）

张仲素认为云和愁相似，都难以名状。白居易诗：

……吾年幸当此，且与白云期。（第㊼）

当此之际，白云对白居易而书，似乎是恬退闲静的象征。项斯诗：

何年化作愁，漠漠便难收。数点山能远，平铺水不流。湿连湘竹暮，浓盖舜坟秋。自有思归客，看来尽白头。

项斯几乎将云与愁化成浑然一体，都是广漠难以收勒，而且云气之白，亦正如思归客因愁而白头之白。韩琮诗：

深惹离情霭落晖，如车如盖早依依。（第㉗）

云的形状如车如盖，因而惹动了诗人的离情。于武陵《孤云》：

南北各万里，有云心更闲。因风离海上，伴月到人间。洛浦少佳树，长安无旧山。裴回不可住，漠漠又东还。

于武陵见到孤云的飘荡，先是引起他一种闲适的趣味；但飘泊既久，竟无安顿之所，又不免引起他思归的淡淡愁绪。来鹄《云》：

千形万象竟还空，映水藏山片复重。（第⑫）

来鹄见到云的种种变化，但终竟不能酝酿成雨，令他深感失望。褚载《云》：

尽日看云首不回，无心都大似无才。可怜光采一片玉，万里晴天何处来？

褚载爱云，对云有强烈的认同感，云的无心恰似自己的无才。而两者也都光洁清高，令他有着一分孤高自赏的况味。郑准《云》：

片片飞来静又闲，楼头江上复山前。飘零尽日不归去，点破清光万里天。

云给予郑准闲静的趣味，却也略含飘零之悲。韦庄诗：

春云春水两溶溶，倚郭楼台晚翠浓。……王粲不知多少恨，夕阳吟断一声钟。（第⑱）

韦庄登楼看云，联想到王粲登楼，并引起王粲那种失意思归的情绪。韦庄诗：

云散天边落照和，关关春树鸟声多。刘伶避世唯沉醉，宁戚伤时亦浩歌。已恨岁华添皎镜，更悲人事逐颓波。……（第⑧⑨）

韦庄于薄暮见云散天边而引起层层联想。他联想到古人如何自处于乱世，又如何抒发自己失意的悲哀。于是兴起了老大与伤时之悲。李中《春云》：

阴去为膏泽，晴来媚晓空。无心亦无滞，舒卷在东风。

写春云的自由自在而无入不自得，亦以自况也。郎大家宋氏《朝云引》：

……巫山巫峡高何已，行雨行云一时起；一时起，三春暮。若言来，且就阳台路。（第⑩②）

宋氏因巫山云雨而激动了春情。皎然诗：

一见西山云，使人情意远。（第⑩⑤）

贯休《孤云》：

……清风相引去更远，皎洁孤高奈尔何。（第⑩⑦）

皎然见云而生高远的情趣。贯休见云而生淡远皎洁孤高之思。

云无定形，能引起种种联想，也就能牵引悲喜的情绪，滋生一些趣味。云能引动离情别绪、飘泊思归、孤单寂寞、落空失望之类的哀愁；也能激起热切盼望或春情荡漾的高昂情绪。又常予人以清幽闲适、恬退隐逸、孤高自得、自由无累的趣味。

（二）赋予云之意义

唐人每每对云怀有寄托，甚至对它有所讽刺。例如唐太宗诗：

……非复阳台下，空将惑楚君。（第②）

太宗借云寄托他将励精图治的理想。表示他无意于个人情欲的享受，有以古为鉴之意。郭震《云》：

……不知身是无根物，蔽月遮星千万端。（第⑨）

显然是在刺谗。陈元光《云龙》：

乾坤成列神流通，纯阳附阴生神龙。伸屈妙运生帝功，一鼓絪缊油云从。飞翔四海雨域中，万汇焦枯仰化融。苦时潜德来奋踪，群生渴想心忡忡。雷鸣云起德斯普，变化循环自今古。（第⑩）

陈元光借云龙寄托百姓望治的殷切心情。于季子诗：

……愿得承嘉景，无令掩桂轮。（第⑪）

于季子盼望云能发挥其爱护群下的德意，而不要成为遮蔽月光的障碍。李邕《咏云》：

……影虽沈涧底，形在天际游。风动必飞去，不应长此留。（第⑬）

李邕被放在外，借云的飞动寄托其不欲长久滞留的愿望。陈子昂《庆云章》：

……玉叶全柯，祚我天子。非我天子，庆云谁昌。非我圣母，庆云谁光。庆云光矣，周道昌矣。九万八千，天授皇年。（第⑬）

陈子昂借庆云表达他对帝后皇朝的祝福歌颂。陈希烈诗：

一片苍梧意，氤氲生栋梁。……无心伴行雨，何必梦荆王。（第⑭）

意谓纵不能行雨济世，亦不必如楚王做阳台之梦，得其在野之自由自在可矣。李收诗：

……独思作霖雨，流润及生灵。（第⑳）

李收借云寄托济世的怀抱甚明。丘为《幽渚云》：

……勿为长幽滞，当飞第一峰。（第㉒）

丘为曾屡举不第，归山读书数年，此诗当作于此际。诗借云以表达他的自我期许。后来他终于在天宝二年进士及第。岑参《咏郡斋壁画片云》：

……丹青忽借便，移向帝乡飞。（第㉖）

岑参借壁画云寄托他想回京的愿意。乔潭诗：

节彼南山兮人所瞻，施此云雨兮济君欲。（第㉘）

又诗云：

……云不以朝晡而异赏，士不以前后而异求。诚在位之如是，知夫鸿渐之高秋。（第㉙）

乔潭借云寄托济世的理想和积极进取的意愿。马云奇诗：

……生复灭兮灭复生，将欲凝兮旋已征。因悟悠悠寄寰宇，何须扰扰徇功名。……世人迁变比白云，白云无心但氛氲。白云生灭比世人，世人有心多苦辛。旋生旋灭何穷已，有心无心只如此。……（第㉞）

白云的生灭不已令马云奇觉悟人生的种种遭遇也是无从确切把握，其间不同的只是白云无心而世人有心；有心，所以辛苦；无心，所以自在。他赋予白云以人生的意义。裴达诗：

……道泰资贤辅，年丰荷圣君。……（第㊲）

裴达以为祥云和圣君贤辅之间，有着互动的关系。于尹躬诗：

……惠爱周微物，生灵荷圣君。长当有嘉瑞，郁郁复纷纷。（第㊳）

其立意与裴达相近似，认为天文与人事相应，而归美于圣君。王履贞《青云干吕》：

异方占瑞气，干吕见青云。表圣兴中国，来王谒大君。迎祥殊大乐，长愿在横汾。自是明时起，非因触石分。映霄难辨色，从吹乍成文。须使流千载，垂芳在典坟。

这也是借青云申天人感应，而归美于君之意。彭伉诗：

……远示无为化，将明至道君。……已见从龙意，宁知触石文。……（第㊶）

仍同前意。彭伉诗：

圣布中区化，祥符异域文。……飘飘如何致，顾此翊明君。（第㊶）

仍是前意。林藻诗：

……作瑞来藩国，呈形表圣君。裴回如有托，谁道比闲云。（第㊷）

仍是前意，但特别强调瑞云非比无心之闲云，乃上天有意表彰圣君之德。李正辞《赋得白云起封中》：

……素光非曳练，灵贶是从龙。岂学无心出，东西任所从？（第㊸）

李正辞借瑞云寄托其有心随侍圣君，并非如无心出岫之云，任其东西飘泊之意。张嗣初《赋得白云起封中》：

英英白云起，呈瑞出封中。表圣宁因地，逢时岂待风？……自叶尧年美，谁云汉日同？……（第㊹）

仍是瑞云表圣之意，但更谓圣君德逾汉武，直可比美唐尧。令狐楚《青云干吕》：

> ……远覆无人境，遥彰有德君。瑞容惊不散，冥感信稀闻。湛露羞依草，南风耻带薰。恭惟汉武帝，余烈尚氛氲。（第㊼）

仍是瑞云表圣之意。柳宗元《省试观庆云图诗》：

> ……恒将配尧德，垂庆代河图。（第㊾）

亦无新意。刘禹锡《观云篇》：

> 兴云感阴气，疾足如见机。晴来意态行，有若功成归。葱茏含晚景，洁白凝秋晖。夜深度银汉，漠漠仙人衣。

此诗非刘禹锡应试之诗，[1]故能自出新意，充分表现出他的性格和理想。云行动迅速，敏捷把握时机。雨后放晴，云的姿态有若功成而归般的意气风发。刘禹锡还期待成功之后，能够出世修仙。[2]李应《立春日晓望三素云》：

> ……兹辰三见后，希得从元君。（第51）

李季何《立春日晓望三素云》：

---

1. 此诗非十二句五言排律之应试诗形式；且刘禹锡省试考题为《省试风光草际浮》。
2. 从刘禹锡的许多诗作看来，他是道教的信徒。

……年年瞻此节，应许从元君。（第⑤③）

李应、李季何都在试题的限制下，将云赋予道教神仙思想。李程《观庆云图》：

……方将遇翠幄，那羡起苍梧。欲识从龙处，今逢圣合符。（第⑤④）

李程表达了他不羡在野的云，而有积极入朝的意愿。李行敏《省试观庆云图》：

……尚驻从龙意，全舒捧日文。……裂素观嘉瑞，披图贺圣君。……（第⑤⑤）

李行敏亦表达了翊戴圣君的强烈意愿。吕温《白云起封中》诗：

……无心已出岫，有势欲凌风。倘遣成膏泽，从兹遍大空。（第⑤⑥）

《白云起封中》是个拘束力极强的题目，吕温却能突破限制，在最后四句中，将自己的雄心壮志表现得如此淋漓尽致。白居易《岭上云》：

岭上白云朝未散，田中青麦旱将枯。自生自灭成何事，能逐东风作雨无？

在白居易以前的咏云诗，已有郭震、皎然以讽刺立意；但要到白氏此诗，以讽刺时政立意，才对晚唐产生了重大的影响。卢殷诗：

……如逢作霖处，当为起氤氲。（第⑩）

卢殷借云表现他待时而动的心愿。李绅诗：

飞龙久驭宇，具气尚兴云。五色传嘉瑞，千龄表圣君。……表祥近自远，垂化聚还分。宁作无依者，空传陶令文？（第⑮）

又诗：

……苍生欣有望，祥瑞在吾君。（第⑯）

李绅在推动新乐府方面和白居易是同声相应的；但在咏云诗方面，却仍沿瑞云表圣的老套。这也许正是李绅官位比白居易显赫的原因之一吧。沈亚之《出山云》：

……从龙方有感，捧日岂无因？看助为霖去，恩沾雨露均。（第⑰）

沈亚之这首应试诗亦在寄托他之希望从龙、捧日，是为了为霖为露，造福苍生。张复《山出云》：

……为霖终济旱，非独降贤人。（第⑲）

亦是普济苍生之意。施肩吾《讽山云》：

闲云生叶不生根，常被重重蔽石门。赖有风帘能扫荡，满山晴日照乾坤。

这首讽刺诗，当是以山云喻小人。焦郁《白云向空尽》：

……倘若从龙去，还施济物功。（第⑱）

焦郁此应试诗亦如其他举子，谓倘能得志，自当造福大众。又《春云》：

……干吕知时泰，如膏候岁成。小儒同品物，无以答皇明。（第⑲）

言皇恩浩荡，有如春云。杜牧《云》：

……莫隐高唐去，枯苗待作霖。（第⑭）

讽治人者不可如楚王之重情欲，而当以苍生为念。袁郊《云》：

楚甸尝闻旱魃侵，从龙应合解为霖；荒淫却入阳台梦，惑乱怀襄父子心。

袁郊《云》的讽刺性比杜牧更为激烈，几乎是直斥当权者之荒淫无道。张乔《孤云》：

舒卷因风何所之？碧天孤影势迟迟。莫言长是无心物，还有随龙作雨时。

张乔自比孤云，虽一时未遇，但并未忘怀为社稷出力。来鹄《云》：

千形万象竟还空，映水藏山片复重。无限旱苗枯欲尽，悠悠闲处作奇峰。

此诗立意与白居易的《岭上云》相同，只是更强调当权者高高在上，完全无视民间疾苦。这也略似中唐李约《观祈雨》所描写："桑条无叶土生烟，箫管迎龙水庙前；朱门几处看歌舞，犹恐春阴咽管弦。"权贵就是这样的没良心。罗邺《云》：

纷纷霭霭遍江湖，得路为云岂合无？莫使悠飏只如此，帝乡还更暖苍梧。

罗邺不第，飘泊于江湖，因借云表示其仍怀用世之心。崔涂《云》：

得路直为霖济物，不然闲共鹤忘机。无端却向阳台畔，长送襄王暮雨归。

崔涂借云寄托其对当时风气之不满，兼善天下或独善其身，俱无不可；但有人却只知蛊惑人君。韦庄《云散》：

……青云自有鹓鸿待，莫说他山好薜萝。（第⑧⑨）

韦庄借云自勉，意谓不可因一时之不遇而见异思迁。徐夤《云》：

……为霖须救苍生旱，莫向西郊作雨稀。（第⑨①）

徐夤借云寄托他急于济世的愿望；希望不要“密云不雨”。[1] 曹松《夏云》：

……欲结暑宵雨，先闻江上雷。（第⑫）

此联寓意似言如欲做出贡献，须先成名。可能是他登第后的作品。李中《夏云》：

如峰形状在西郊，未见从龙上泬寥。多谢好风吹起后，化为甘雨济田苗。

李中，陇西人，因唐已亡而仕南唐，乃以夏雨自况，谓己虽无缘仕进于天朝，但在南唐亦能为民服务。幸夤逊《云》：

……不独朝朝在巫峡，楚王何事谩劳魂。（第⑯）

幸夤逊生当五代十国，天下分裂，这是一个混乱而多元的时代。幸夤逊表达了作为一个读书人对政局的看法。邓倚《春云》：

……为霖如见用，还得助成功。（第⑲）

邓倚借春云为霖，表达他用世的愿望。案：邓倚，《全唐诗》将其归为“世次爵里俱无考”一类。但我们可就他仅存的这首诗看出一点端倪。这首《春云》是十二句的五排，应该是首应试的诗，再读其内容，和贞元年间一些应试诗相似。因此，邓倚可能

1.《易·小畜》：“密云不雨，自我西郊。”

是德宗朝的一个进士。

以下将就诗僧对咏云诗赋予的意义略作考察。首先要看的是皎然。皎然的咏云诗共有三篇，即《溪云》、《浮云三章》、《白云歌寄陆中丞使君长源》，而皎然赋予它们的意义却迥然不同。

> 《溪云》："舒卷意何穷，萦流复带空。有形不累物，无迹去随风。莫怪长相逐，飘然与我同。"

> 《浮云三章》（录第一章）："浮云浮云，集于扶桑。扶桑茫茫，日暮之光。匪日之暮，浮云之汙。嗟我怀人，忧心如蠹。"

> 《白云歌寄陆中丞使君长源》："……洁白不由阴雨积，高明肯共杂烟重？万物有形皆有著，白云有形无系缚。黄金被烁玉亦瑕，一片飘然汙不著。……逸民对云效高致，禅子逢云增道意。白云遇物无偏颇，自是人心见同异。……"

《溪云》六句，皎然认为云舒卷自如，飘浮自在，无累无迹，简直就是他的化身。但是《浮云》一篇，却将浮云看成谗慝小人，他在《序》里明白宣示：

> 浮云，刺谗也。盖取先盛明之时，为浮云所蒙，非不明也。小人比于君侧，谗言荧惑，亦如浮云之害明。予览古史，极观君臣之际，败亡之兆也生于谗慝，遂作是诗。

两者如此不同，正如他在《白云歌》说的"白云遇物无偏颇，自是人心见同异"。《白云歌》无着无系缚之意，略同于《溪云》，只是《白云歌》又更赞美白云的洁白高明。

贯休《孤云》：

……清风相引去更远，皎洁孤高奈尔何！（第⑩）

“清风”句的意思略同于皎然《溪云》的“无迹去随风”；“皎洁”句则与皎然《白云歌》“洁白不由阴雨积，高明肯共烟雨重”近似。

齐己咏云诗共四首，即《看云》、《片云》、《夏云曲》、《浮云行》。《看云》是齐己在入蜀途中被南平王高从诲遮留于江陵驻锡龙兴寺所作。他看到云从高空飞过，这使他忆念起在“旧山”东林寺时与云为伴的日子，并未赋予其他意义。其余三首则别有寄托。

《片云》：“水底分明天上云，可怜形影似吾身。何妨舒作从龙势，一雨吹销万里尘。”

前两句他像皎然《溪云》一样，与云相认同；但是他感受到自己困处江陵，有如云影沉沦江底，而他的心思则如天上飞扬的云朵。后两句则寄托他追求真命天子，实现抱负的愿望。

《夏云曲》：“红嵯峨，烁晚波，乖龙慵卧旱鬼多。爞爞万里压天堑，飐雷电光空闪闪。好雨不雨风不风，徒倚穹苍作岩险。男巫女觋更走魂，焚香祝天天不闻。天若闻，必能使尔为润泽。洗埃氛，而又变之成五色。捧日轮，将以表唐尧虞舜之明君。”

这是将白居易《岭上云》和来鹄《云》的诗意扩大来描写。五代之际，天下分崩离析，动荡不安，所以齐己写来尤为愤懑。

《浮云行》：“大野有贤人，大朝有圣君。如何彼浮云，掩蔽白日轮。

安得东南风，吹散八表外。使之天下人，共见尧眉彩。”

此诗前半犹是皎然《浮云三章》浮云害明之意；后半再补上要扫荡浮云，廓清宇内的心意。

最后要举的例子是陆凭的《咏浮云》，诗云：

虚虚复空空，瞬息天地中。假合成此像，吾亦非吾躬。

据《序文》，陆凭殁于德宗贞元元年，死后托梦于朋友，所以《全唐诗》将其归为“鬼诗”。此诗乃借浮云寄托人生虚幻的思想。

在上述咏云诗中，以瑞云表圣之意者，最为常见。这和德宗朝屡次以瑞云为省试题目有密切的关系。连带着偶尔也掺进了道教神仙思想。同时，举子也时常在表圣之余，顺便突出自己从龙捧日的愿望；有些更表明他们期望在登第后能化雨而利及苍生。

在应试诗外，借云言志的诗歌也不少。如果加上自励或期盼升迁回京的作品，为数就更多了。

另一大宗是借云刺谗和讽刺时政的诗歌。两者稍有不同，刺谗的范围较小，讽刺的只是谗书荧惑的小人；讽刺时政的范围较大，往往牵涉整个政局和社会风气。前者在初唐即有之；后者到白居易才大为开展，晚唐尤为盛行。

在以上三大类之外，余下的就是赋予云孤高皎洁、自由自在的性格，并引起对隐逸的向往。还有就是从云的性质形态而启发了对人生的了悟。

五、结 语

云变化多端，唐人也采用各种体裁来表现，除了七言排律之外，各体兼备。大致上初唐以五律为主；盛唐在五律之外又多用歌行；大历诗人对各种体裁多加尝试。但是进入中唐，几乎为五排十二句所笼罩，这是由于德宗朝多次以云为科举试帖的缘故。到了晚唐，则以七绝为主流。

就内容意蕴而言，初唐咏云诗有的只表现观云所见及联想所得，如李峤的《云》二首。有的观察联想之余而注入感情的，如骆宾王《秋云》。有的观察联想之后有所寄托的，如唐太宗的《赋得含峰云》。有语带讽刺的，如郭震的《云》。有专事颂美的，如陈子昂的《庆云章》。其中独缺闲适有隐逸意味的作品。

从云里体会到隐逸趣味的是李白的《白云歌送刘十六归山》。但在盛唐的咏云诗中却看不到讽刺诗。大历诗人虽然在形式上能做新尝试，但在内容上却多承盛唐余绪。只有皎然的《浮云三章》犹有风人之旨。

中唐时代，由于科举多以瑞云为题，举子莫不以颂美为务；顶多只是表达他们如蒙录取，将从龙化雨以普济苍生之意。当此之际只有白居易、刘禹锡、施肩吾等人能别出新意，尤其是白居易的《岭上云》讽刺云的自生自灭，无益于世，勉励时人当发挥潜能，拯救民间疾苦，这对后世影响深远。

进入晚唐以后，朝政日非，社会动荡不安，生民痛苦日甚，于是为民呼吁的讽刺诗成了咏云诗的主流。不过，中唐时期为了应考，在十二句诗中，诗人挖空心思去细描云的形态，然后一味颂美圣君，已经使灵动活泼的云变成僵固的石块，让咏云诗走进了绝境，引起诗人的反感而另辟蹊径，这可能也是讽刺诗出现频繁的另一原因。在晚唐较为特殊的是李商隐的《咏云》。以云暗喻与他关系密切的“神女”，这是李商隐借咏物写艳情的常用手法，在唐人咏云诗中却是别调。

最后要强调的是，由于云的生灭变化多彩多姿，可以让不同诗人作或同或异的描写，引起各种联想，滋生各种情趣，赋予各种意义。其实，即使是同一诗人，在不同情境下观云写云，也会有极不相同的感受和了悟，并写出不同的诗篇的。

从汉到唐诗歌中海的词汇之考察

一、引　言

读诗多年，对于有关海的诗歌并未留意，因应邀参与台湾中山大学文学院举办的“海洋与文艺国际会议”，才依次将历代诗歌中涉及海的部分加以收集阅读。由于时间有限，只读完了《全汉三国晋南北朝诗》和《全唐诗》两种而已，宋以后各朝，则涉猎未遍。

阅读涉及海洋的诗篇，因其浩森，固然令人兴起了雄心壮志，浮想联翩：但也因其居下而涵容万川，令人不得不变得谦卑，加以资质鲁钝，所以先从最基本的词汇着手。以下略依朝代先后，分为从汉到隋和唐朝两大部分加以论述。

二、从汉到隋诗歌中海的词汇

此部分乃据丁福保编，台湾世界书局校正断句的《全汉三国晋南北朝诗》，略做断代论述。

(一) 汉

两汉见存诗歌谣谚约三百一十首，其中涉及海的约十九首。

汉初高组唐山夫人作《安世房中歌》，其中提到“海内”、“大海”两个词汇，以海内代表天下，以大海象征民心归向。高祖晚年作《大风歌》，以“威加海内”表现了踌躇志满的心情；其《鸿鹄歌》则以“四海”代表天下，在鸿鹄“横绝四海”中流露出焦虑和无奈，有几许苍凉的意味。案：“海内”一词多见于先秦典籍，如《孟子》、《荀子》、《庄子》、《战国策》等，“大海”也见于《管子》、《列子》、《楚辞·大招》等，“四海”更多见于群经。在刘邦和唐山夫人用了这三个词汇以后，《郊庙歌辞》、《鼓吹曲辞》、《相和歌辞》、《杂歌谣辞》，都沿用着。司马相如《琴歌》和旧题苏武《古诗》也都用了，“四海”，后者是指四海之人。在《相和歌辞·吟叹曲·王子乔》中则借“东游四海”来寄托游仙思想。

在《古诗》中又用了“四海”，借山海遥阻来加深离情别绪。梁鸿《适吴诗》则从“海隅”联想到鲁仲连，而兴起怀古之幽情。旧题蔡邕《饮马长城窟行》以枯桑和“海水”象征居人和游子的凄苦。仲长统《述志》借边远的“海左”表现隐逸之志。蔡琰《胡笳十八拍》则因“海北”的迢遥流露其愁苦。《相和歌·平调曲·长歌行》以百川东“到海”，喻时光之流逝。《相和歌辞·大曲·满歌行》以“沧海”表示不安而引起退隐的念头。

(二) 魏

曹魏存诗歌谣谚四百十二首，涉及海的约三十七首。

曹操《观沧海》是我国第一首完整的海洋诗，不但表现沧海的气势，也寄托了自己的壮志。他在《气出唱》中一再用“四海外”一词。案：“海外”出于《诗经·商颂·长发》，诗云：“相土烈烈，海外有截。”郑《笺》：“四海之外率服。”曹操却由海外而联想到仙人，曹丕诗也用了“沧海”，[1]但他想到的却是鲁仲连的高致；他用了“四海”，[2]也像《王子乔》般寄托了游仙之思。在曹氏父子中，曹植诗涉及海的诗最多约十二首。他的“四海”或代表天下、[3]或寄托游仙、[4]或激发大志，[5]他也写“海水”的雄壮。[6]此外，他还用了“江海”、“东海”、“海滨”三词，以“江海”表现丰富，以“东海”象征谦卑，“海滨”则说明其侯国的位置。王粲以“海裔”言边远，[7]应玚因“海流”想到远别。[8]阮籍从“海水”想到宦海的危险，[9]以“西海”表示边远，以“海鸟”象征宏大。无名氏《徐州歌》则以“海沂”为边区。

（三）吴

孙吴见存诗歌谣谚二十六首，仅韦昭用过“海滨”、“四海”二词汇。[10]

（四）蜀

蜀汉见存诗歌谣谚四首，无一海字。

---

1. 曹丕《煌煌京洛行》。
2. 曹丕《折杨柳行》。
3. 曹植《灵芝篇》。
4. 曹植《仙人篇》。
5. 曹植《野田黄雀行》。
6. 分别见曹植《大魏篇》、《当欲游南山行》、《责躬诗》。
7. 王粲《俞儿舞·行辞新福歌》。
8. 应玚《别诗》。
9. 阮籍《咏怀诗》八十二首之六十六。
10. 韦昭《吴鼓吹十二曲·章洪德》及《玄化》。

（五）晋

两晋存诗一千三百九十一首，涉及海的约七八首。其中多数沿用旧有的词汇，例如“四海”就用了二十多次，而且不外是天下、四方之类的旧意。[1]晋人新开发的词汇有：傅玄以“河海”、“江海”表谦德，[2]以“海表”表边远，[3]以“凭海”、“海广”表宽广难渡。[4]傅玄以“北海”、张华以“海西”表边远，[5]传玄以百川皆“赴海”为自然之道。陆机以“海曲”表位置[6]，以“海物”言丰富，[7]以“巨海”取代以往的大海。[8]陆云以“南海”表南方，[9]，以“海湄”表位置，[10]以“浮海”表盛大。[11]左思以岱岳与“海渎”表地灵人杰，[12]以“瀛海内”代表人世。[13]石崇以“海涘”代替以往的海滨，[14]以“海蓄”表示有容乃大。[15]

到了东晋，郭璞首先以“淮海”入诗，案：《尚书·禹贡》：“淮海惟扬州。”《传》：“北据淮，南距海。”在郭璞以之入诗以后，

1. 如傅玄、张华等人《郊庙歌辞》等篇。
2. 分别见傅玄《鼓曲歌辞·唐尧》、《失题》。
3. 傅玄《晋鼙舞歌·天命篇》。
4. 傅玄《晋鼙舞歌·大晋篇》、《无题》。
5. 傅玄《鸿雁生塞北行》，分别见张华《情诗》五首之四。
6. 傅玄《天行篇》。
7. 并见陆机《齐讴行》。
8. 陆机《赠顾交趾公贞》。
9. 陆云《征西大将军京陵王公会射堂皇太子见命作此诗》。
10. 陆云《答孙世显》。
11. 陆云《为顾彦先赠妇往返》四首之四。
12. 左思《悼离赠妹》二首之一。
13. 左思《杂诗》十首之二。
14. 石崇《楚妃叹》。
15. 石崇《答赵景猷》。

不但为东晋人所习用，而且一直沿用下来。郭璞又新出“海底”一词，既写海景，亦以宣示其游仙思想。[1]孙绰以“海畔”取代海滨。[2]支循以“海沤”喻人世，[3]是将佛教教义纳入海的词汇的第一人。东晋时北方五胡十六国共存诗三十八首，但无一“海”字；倒是在谣谚中出现过“东海”和“渤海”。[4]

（六）宋

刘宋见存诗歌谣谚七百七十首，涉及海的约四十七首。

颜延之以“表海”形容伟大，以“海镜”描写海的照映，以“海浦”表述地理位置。[5]何承天以“济西海”表现游仙思想。[6]

山水诗的巨匠谢灵运涉及海的诗有十四首。他除了沿用前人山海、沧海、海外、江海、巨海、渤海等词汇外，又新出“负海”、“溟海”、“海岸”、“海鸥”、“海峤”等词汇。[7]此外他还有《游赤石进帆海》、《郡东山望溟海诗》两首，以大篇幅来写海景以及他的联想和情绪。这是由于他的祖居去海不远，又任职滨海的永嘉为太守，再加上他性好游览，因而写下了如许的诗篇。

谢灵运的诗景胜于情，鲍照则在诗中注入丰富的感情。鲍照无论在用既有的词汇还是新铸的词汇时，都注入大量的感情，例如：因沧海之辽阔而感到孤独无依，因“东海迸逝川”，而自伤

1. 分别见郭璞《游仙诗》十四首之四、之六。
2. 孙绰《与庾冰》。
3. 支遁《咏大德诗》。
4. 分别见《苻生时长安谣》、《谚语》。
5. 分别见颜延之《郊庙歌辞·夕牲歌》、《应诏宴曲水作诗》、《车驾幸京口三月三日侍游曲阿后湖作》。
6. 何承天《临高台篇》。
7. 分别见谢灵运《会吟行》、《郡东山望溟海诗》、《游岭门山诗》、《于南山往北山经湖中瞻眺》、《登临海峤出发疆中作与从弟惠连可见羊何共和之》。

年华流逝，因瀛海无穷而感人命衰贱，因江海险阻，山海路遥而感千里远别。[1]因“海阴”深远而感友情浓厚，因“海风”寥廓而羁思盈满，因长烟“横海”而空叹无成，因“海陆”深利而为农牧不平，因“海戾”劲疾而惆怅自伤，因夜间“海鹤”而幽悲，因“泻海有归潮”而悲“衰容不还稚”。[2]其余尚有“海岱”、“海岳”、“海若”等词汇，[3]虽无深情，亦有意致。

（七）齐

萧齐存诗四百九首，涉及海的约二十六首。除了沿袭四海、江海、大海之类的词汇外，新出现的有：高祖以“海净”营造肃穆的气氛。[4]王僧命以微萍“托海”喻恩泽浩荡。[5]王融以“海荡”形容圣君的宽宏大量，以“沙海”形容边陲荒远，以“爱海”形容爱欲深广，[6]其中“爱海”一词，是继支遁之后，又一个引佛典入诗的例子。谢朓以“鳀海”言其远，又注意到海边的“海树”，海中的“海介”。[7]

（八）梁

萧梁见存诗歌两千一百一十三首，涉及海的约一百二十九首。在众多诗篇中，沿用旧词汇的固然很多，而新出的词汇为数

---

1. 分别见鲍照《代别鹤操》、《松柏篇》、《从拜陵登京岘》、《吴兴黄浦亭庾中郎别》、《绍古辞》七首之三。
2. 分别见鲍照《和傅大农与僚故别》、《绍古辞》七首之三、《拟青青陵上柏》、《观圃人艺植》、《秋夕》、《秋夜》二首之二、《冬日》。
3. 分别见《拟古八首之五》、《喜雨》、《望水》。
4. 齐高祖《塞客吟》。
5. 王僧令《皇太子释奠会》。
6. 分别见王融《圣君曲》、《清楚引》、《法乐辞》。
7. 分别见谢朓《永明乐》十首之五、《高斋视事》、《三日侍华光殿曲水宴代人应诏》。

也不少。

梁武帝以流水“趋海”喻有容乃大，以九州“海沸”喻天下大乱；[1]又用释典“灵海”入诗。[2]昭明太子不但以释典“慧海”入诗，[3]而且还将道书的“沧海桑田”赋予佛教的意义，[4]见于《讲席将毕赋三十韵诗依次用》：“喻斯沧海变，譬彼菴罗熟。”简文帝也用了“慧海”，还用了“苦海”；[5]此外他还以“陆海”指秦地，以“海圻”指海边，[6]以遥星出“海中”写海之大，以离离“傍海”写凫之多。[7]他还从石桥联想到秦始皇遇海神驱石筑桥的故事；从寒闺罗帷的飘动联想到海水，更想到海水的浮力可以载情人前来相会，而罗帷却办不到。[8]元帝以“并海”连天写海之宽广，以“海气”写陇头的海市蜃楼。[9]萧纪更想到征人从“海气”形成的海楼而遥想闺妇的登楼长望。[10]宣帝则新出“架海”以形容浩大的工程。[11]

沈约诗涉及海的约二十九首，大多用前人的词汇。新造的词汇有“宅海”、“海鸿”、“归海”、“海山”、“海上”、“海涨”、“昌海”等。[12]“昌海”指于阗的蒲昌海。

1. 见梁武帝《逸民吟》。
2. 见梁武帝《乾闼婆》。文用沧溟喻欲念汹涌，见《十喻五首·如炎》。
3. 见昭明太子《开善寺法会》。
4. 沧海桑田之典见万洪《神仙传·王远》。
5. 分别见简文帝《和赠逸民应诏》、《望同泰寺浮图》。
6. 分别见简文帝《长安道》、《送别》。
7. 分别见简文帝《奉和登北固楼》、《咏塞凫》。
8. 分别见简文帝《石桥》、《杂咏》。
9. 分别见梁元帝《燕歌行》、《陇头水》。
10. 萧纪《闺妾寄征人》。
11. 宣帝《建除诗》。
12. 分别见沈约《九月侍宴乐游苑》、《送别友人》、《早发定山》、《夕行闻夜鹤》、《饮马长城窟行》、《晨征听晓鸿》。

江淹诗涉及海的约二十二首，但新词不过两三个。他赞美袁淑“文轸薄桂海”的“桂海”是指边远地区：他悼念亡妻的“命知悲不绝，恒如注海泉”，谓悲情汨汨不断，而“海滋”应该就是石崇的“海涘”。[1]

任昉的“荡海”是荡平四海。[2]庾盾吾的“寰海”指海内、天下，“海穴”是神仙所居。[3]张率的“沧海雀”从雀想到海，想到它们的自由自在，[4]吴均的“辽海”则是从孤鹤想到在辽海上它原是成群生活的。[5]吴均又从燕想到“海路”悠长，以“瀚海”指荒远无远的沙漠，以“碧海”形容海的颜色，以“还海”表示归隐，遥见“海际”而增添离愁。[6]

何逊用《庄子·逍遥游》的“海运”入诗，以显现他的壮志。[7]王筠以佛典“法海”形容佛法无边。[8]刘孝绰以“海滴”喻佛法的滋润。[9]王揖以“行川学海”勉弟弟王寂要向海学习。[10]戴暠则以“海珠”来指月亮。[11]沈君攸《桂楫泛河中》以“盖海”形容飞云之大而远。

题为《梁横吹曲辞》的七十首北方民歌，并无一海字。

---

1. 分别见江淹《袁太尉淑从驾》、《悼室人》十首之三、《谢临川灵运游山》。
2. 任昉《为王嫡子侍皇太子释奠宴》。
3. 分别见庾肩吾《奉使北徐州参丞御》、《芝草》。
4. 张率《沧海雀》。
5. 吴均《别鹤》。
6. 分别见吴均《赠杜容成》、《渡易水》、《怀费昶》、《周承未还垂赠》、《送吕外兵》。
7. 何逊《初发新林》。
8. 吴筠《和皇太子忏悔》。
9. 刘孝绰《奉和昭明太子钟山解讲》。
10. 王揖《在齐答弟寂》。
11. 戴暠《月轮重行》。

（九）陈

陈朝存诗五百六十九首，涉及海的约二十八首。绝大多数沿用旧词，稍有新意的只有“蒲海”和“愿海”。“蒲海”见沈炯的《从驾途军》，应该一如沈约的昌海，也是指于阗的蒲昌海。“愿海”见江总《至德二年十一月十二日升德施山斋三宿决定罪福忏悔诗》，意思是菩萨宏愿深广如海。

（十）北魏

北魏见存诗歌民谣七十一首，涉及海者二首。郑道昭《登云峰山观海岛》用了“海岛”一词。案：曹操《观沧海》已描写了沧海中的岛，只是没有将它跟海组合成词而已。

（十一）北齐

北齐存诗一百七十三首，涉及海的约十四首，其新出者有陆印等《郊庙歌辞·始基乐恢祚舞》的“海方”，意谓远方；《武德乐昭烈舞》的“夷海”，是平海之意；《燕射歌辞·食举乐》十首之九的“海不溢”言天下太平；《舞曲歌辞·文舞辞》的“环海”指天下；《武舞辞》的“海宁”指天下安宁。

（十二）北周

北周存诗三百八十六首，涉及海的二十五首。这些诗的作者共五人，其中康孟和释亡名来历不明，但他们只各作诗一首，无足轻重。其余二十三首，萧抝也只有一首，王褒四首。庾信十八首，萧、王、庾三人都来自南朝。

康孟以“扶桑海”指东方之海为朝日所出。[1]王褒则以“少海”指东方大渚，为神仙所游，[2]王褒又有“海阔”一词，[3]其意与传玄之海广同。庾信以“填海”表壮心未已，以“行海”言心神迷惘，以“海童”为行雨神怪。[4]

（十三）隋

隋朝存诗四百五十八首，涉及海的约三十九首。

炀帝《步虚词》二首之二：“朝游度圆海，夕宴下方诸。”以佛家语“圆海”入诗。《步虚词》是道教的歌曲，原不宜用佛语，也许炀帝为了和道教天宫的方诸宫对仗，为了工整，也就不去计较了。他的《泛龙舟》：“借问扬州在何处，淮南江北海西头。”是以“海西头”来标示方位。此外炀帝还有《季秋观海》、《望海》二诗，描写海景，兼抒感慨。

牛弘《燕射歌辞·宴群臣登歌》以“县”代表天下，相当于“四海”一语。杨素以“海飞”喻时局动荡，以“穷海”言谣远。[5]李孝贞提到“海鱼”可能指鲸鱼。[6]许善心《奉和还京师》的“海会”是颂美皇帝为众水所归。释慧净《杂言》“心游七海上”的“七海”是用佛典，中国并无七海之说。

从上述可约略看出海的词汇渐丰富的历程，这里再做个小统计来观察前列各词汇出现的频率。

---

1. 康孟《咏日应赵王教》。
2. 王褒《轻举篇》。《淮南子·地形训》：“东方曰大渚，曰少海。”
3. 王褒《咏雁》。
4. 分别见庾信《咏怀》二十七首之七、之二十四，《和李司录喜雨》。《文选·木华海赋》：“海童邀路，马衔当蹊。”《注》“向曰：马衔、海童并海中神怪。”
5. 分别见杨素《赠薛播州》十四首之一、之十。
6. 李孝贞《鸣雁行》。

（一）四海：七十次。

（二）江海：二十九次。

（三）沧海：二十四次。

（四）海内：二十一次。

（五）东海、海外：各十七次。

（六）海水：十三次。

（七）山海、淮海：各十二次。

（八）海隅、北海：各八次。

（九）瀚海：七次。

（十）大海、碧海、望海：六次。

（十一）海滨、河海、西海、海陆（含陆海）、海气：各五次。

（十二）南海、渤海、横海、海中、秋海：各四次。

（十三）赴海、海曲、巨海、海湄、海阴、海若、海树、海沂（含海圻）：各三次。

（十四）海北、到海、海路、海表、海鸟、海鸿、海物、海渎、瀛海、海浚（含海溢）、海底、海畔、阔海、溟海，海岸、鳀海、慧海、海神、并海、昌海（含蒲海）、海阔、填海、观海、寰海（含环海）、海岛：各二次。

（十五）海裔、海流、凭海、海广、浮海、海蓄、海畔、海沤、表海、海镜、海准、赴海、海峤、海岱、海风、海岳、海戾、海鸥、海鹤、泻海、海西头、海净、托海、海荡、沙海、爰海、海介、趋海、海沸、灵海、苦海、傍海、架海、宅海、归海、海涨、海月、海浮、桂海、注海、荡海、海穴、还海、海际、海运、法海、海滴、临海、学海、海珠、盖海、愿海、海愿、夷海、海不溢、海宁、扶桑海、少海、行海、海童、圆满、海贡、海县、海飞、穷海、海鱼、七海：各一次。

大致上，出自群经、诸子、史乘等而为人所习见者，出现较为频繁；那些外来或生造的词汇，则一时不能得到普通认同而流行。事实如何，且看唐诗的继承情形何似。

三、唐诗对历代词汇的继承、淘汰与开发

由于唐诗中海的词汇为数很多，如果不加分类，很难看出其承传的线索；因此，以下将众多词汇做疏略的分类，其目的只求观察的方便，并未建立单一严格的分类标准。同样，也是为了方便，将唐诗沿用前代的词汇列为“1”，前代已有的词汇而唐诗不再出现的列为“2”，唐诗中新出现的列为“3”。

（一）天下类

1. 四海、海内、海外、海县。

2. 无。

3. 海宇、八海。

另有“万海”一语，见韦庄《过樊川旧居》，诗云：“欲到樊川访旧游，夕阳衰草杜陵秋。……千桑万海无人见，横笛一声空泪流。”不知“万海”何所指。

（二）方位类

1. 东海、西海、南海、北海、海西、海南、海北、少海、海阴。

2. 扶桑海。

3. 炎海、海东。

案：少海、扶桑海指东海，炎海指南海。

（三）远近类

1. 傍海、临海、负海、穷海。

2. 凭海、鳀海、海方。

3. 接海、近海、沿海、附海、依海、缘海、垂海、邻海、畔海、连海、通海、距海、海逼、隔海、边海、远海、遥海、海远。

（四）位置周边类

1. 海中、海上、海底、海头、海滨、海隅、海裔、海沂（圻）、海曲、海湄、海澨（涘）、海畔、海际。

2. 海左、海表。

3. 海里、海中央、海心、海口、海腹、海面。海眼、海门、海边，海[illegible]、海涯、海界、海渍、海垠、海浔、海徼，海荒、海陬、海角，海傍、海穷、尽海。

案：海眼一语原谓陆上水泉与海相通者，如杜甫《太平寺泉眼》："石间见海眼。"并非海中位置，姑置此。

（五）海水类

1. 海水、海沤。

2. 海滴。

3. 海波、波海、海澜、海波澜、海涛、海浪、海潮、海潦、海沫、海涔。

（六）深广类（干枯附）

1. 海阔、大海、沧海、巨海，瀛海。

2. 海广、海荡、洞海、夷海。

3. 海旷、海宽、海空、海千里、海万里、海无边、无际海、广海、旷海、极海、涨海、鲸海、鳌海、海浩淼、海漫漫、海茫茫、海深、海沈沈、赜海、瀸海、彻海、满海、海干、海枯、海涸、乾海、海尘。

(七) 动静类

1. 海流、海涨、海浮、海运、海溢。

2. 海沸、海飞、海宁。

3. 海翻、海动、海变、海湧、海浸、海倾、狂海、海平(海未平)、海静、海晏、海安、海溓。

(八) 时令类

1. 秋海。

2. 无。

3. 海秋、春海、春似海、海上春、海曙、曙海、海夜、夜海。

(九) 天象类

1. 海风、海气、海月。

2. 海戾。

3. 海云、海日、海天、天海、海烟、烟海、海雨、海雪、海雾、海霞、海虹、海蜃、海市、海霁、霁海、霜海、瘴海。

(十) 地理类

1. 山海、海山、海路、江海、河海、海滨、海岱、海岳、海陆、陆海、海岛、海浦、海岸、海峤。

2. 海穴。

3. 湖海、海湖、海地、海田、海江、海津、海崖、海屿、海窟、海壖、海石、海沙、[1]蓬海，岭海、嵩海、川海、海上村。

（十一）建筑类（器物附）

1. 无。

2. 无。

3. 海楼、海亭、海堂、海宫、海室、海户、海寺、海城、海桥、海塞、海戍、海驿。海旗、海图、绢海。

案：姚合《咏破屏风》："风吹绢海秋。"谓绢制屏风上画海景也。

（十二）植物类

1. 海树。

2. 无。

3. 海木、海林、海柳、海柑、海棕、海花、海草、海萍、海藻、海苔、海稻、桑海。

（十三）动物与精灵类

1. 海鸟、海鸥、海鹤，海鸿。海介、海鱼。海若、海神、海童。

2. 无。

3. 海禽，海鹘、海鹏、海鹭、海燕、海雁。海鲛、海鲸、海鳌、海龟、海鱿、海、海蚌、海、海兽、海猩、海怪。海鬼、海

1. 海沙，见马戴《赠禅僧》："浣衲海沙秋。"故海沙为沙滩之谓，故置地理类。

灵、海龙王。

（十四）人物类

1. 无。

2. 无。

3. 海客（另有江海客、山海客、海盐客）、贩海翁、海商、海人、海蛮、海胡、海夷、海奴、海仙、海僧、海使、海女。

（十五）出入济渡巡行类

1. 赴海、济海、归海、行海、到海、浮海、架（驾）海。

2. 趋海、还海、宅海。

3. 出海、入海、度（亦作渡）海、航海、泛海、涉海、凌海、过海、喻海、跨海、巡海、在海、游海、泳海、去海、朝海、向海、背海、离海、穿海、海行、海浴。

（十六）动词十海

1. 横海、注海、盖海、填海、学海。

2. 泻海、托海、荡海、表海。

3. 翻海、平海、煮海、走海、[1]倾海、倒海、拂海、转海、斡海、截海、吹海、扇海、[2]侵海，浸海、振海、酌海、测海、罩海、惊海、[3]射海、竭海、喷海、洒海、遍海、恣海、披海、分海、歧海、阸海、藏海、生海、成海、沈海、落海、蹈海、枕海、卧海。

---

1. 李白《当涂少府粉图山水歌》："驱山走海置眼前。"走海是驱使的意思。
2. 李白《鸣皋歌送岑徵君》："若长风扇海涌沧溟之波。"
3. 陈陶《赠温州韩使君》："严城鼓动鱼惊海，华屋尊开月下天。"

（十七）交通工具类

1. 无。

2. 无。

3. 海帆、海棹、海櫂、海查、海槎、海船、海舟、海樯、海舶。

（十八）货利类

1. 海物、海珠。

2. 海贡。

3. 海绡、海素、海纸、海、海藏，海异、海货、海利。

（十九）六根类
（谓词汇与眼、耳、鼻、舌、身、意六根有关者）

眼类：

1. 望海、观海、碧海、溟海、海净。

2. 海镜。[1]

3. 见海、映海、照海、海照、金海、[2]海光、海明、海澄、海清、清海、海暗、暗海、海影、海澹、海微、阴海、海容、[3]海红、海波红、海如血、海碧、海黑、苍海、海苍苍、海冥冥。

耳类：

1. 无。

2. 无。

---

1. 颜延之《应诏宴曲水作诗》："太上正位，天临海镜。"镜，是照映的意思。

2. 陈陶《渡浙江》："曙光金海近，雪晴玉峰高。"

3. 皎然《送重钧上人游天台》："海容云正尽，山色雨初晴。"

3. 海声、海涛声、海潮声、海韵、海鸣。

鼻类：

1. 无。

2. 无。

3. 无。

舌类：

1. 无。

2. 无。

3. 海味、海错、海酒、饮海。

身类：

1. 无。

2. 无。

3. 海寒、寒海、海凉。

意类：

1. 无。

2. 无。

3. 海怀、海思、悲海。

（二十）释道类

1. 灵海、苦海、七海。

2. 爱海，慧海，法海、愿海、圆海。

3. 觉海、义海、性海、元海、琅海、光明海、骊龙海。

（二十一）物多称海类

1. 沙海。

2. 无。

3. 云海、雪海、人海、福海、银海。水银海、香海、文海、笔海、旆海、泥海。

(二十二) 邦国地方类

1. 无。

2. 无。

3. 海服、海甸、海国、海郡、海乡、海封。

(二十三) 专名类

1. 渤海、淮海、海淮、昌海、蒲海、辽海、瀚海。

2. 桂海。

3. 青海、葱海、潍海，越海，热海、居延海、海陵、海阳、盐海、鱼海、[1]蛮海。[2]

(二十四) 其他

1. 无。

2. 并海、海蓄、海会。

3. 残海、半海、一海、重海、海力、海虚、海绕、海寰、海迷、[3]晦熟。[4]

从上列资料显示，自汉迄隋约一百三十二个海的词汇中，四分之一强的词汇在唐代遭到忽视，这些词汇以往出现的次数都在

---

1. 杜甫《秦州杂诗》二十首之十九："风林戈未息，鱼海路常难。"《杜诗镜诠》："鱼海，地在河州之西，属吐蕃境。"

2. 顾云《天威行》："蛮岭南、蛮海阔……云南八国万部落。"蛮海当系指云南之滇池。

3. 李商隐《昭肃皇帝挽歌辞》三首之三："海迷求药使，雪隔献桃人。"

4. 杜牧残句，见《全唐诗》卷五二七："鱼多知海熟，药少觉山贫。"

两次以下；而四分之三弱的词汇则被唐诗继承下来。唐诗在这基础上又扩充了约三百六十个新词汇，连同继承前代的九十八个，共有约四百五十八个海的词汇。

以下再就分类中较具特色者略加论述。

第（四）位置“周边类”中，“海边”一语唐诗出现六十九次，而“海门”更高达八十七次。“海边”至今为人所习用，而“海门”是否表示唐人对于海采取开放的态度呢？另一引人注意的是，前人用了“海头”一语，于是唐人沿着人体这一线索，加以发挥，而衍生出“海面”、“海口”、“海眼”、“海腹”、“海心”的一串词汇。

第（五）“海水类”，前人只看到海水，而唐代诗人更注意到波澜、浪涛、潮水等等，他们的观察力比前人强了许多，他们重视动态的海，而不是许多水而已。因此，在第十六类中，他们为海加上各种动词，使得唐诗中的海大大地生动起来。

第（九）“天象类”，前人的词汇只有海风、海气、海月、海戾几个而已。但唐人则注意到海天相连接，相辉映。也留意光辉的海日、海云，海日出现三十次，海云出现四十一次。其余烟、雾、雨、霁、霞、虹等，使海更为绚丽多姿。

第（十二）“植物类”，以前只有齐谢朓以及梁吴均、陈江总三人用了海树一词。而唐人除了沿用海树和李洞用海木之外，更用了花、柳、藻、苔、棕、柑等较为形象化的词汇，将海装点得更具诗情画意。而海中动物也种类繁多，使大海充满了生命力。

综合（十四）“人物”、（十七）“交通工具”、（十一）“建筑”三类来看，从汉到隋八百年间的诗歌中海的词汇竟无一结合人物、交通工具和建筑，唐诗则不然，不但有海人（民）十五见、海客二三见，而且还有关于商人、官员、僧侣、女性、各种外族、奴隶等词汇。在航海工具方面，则有帆、櫂、船、舶等相关词汇；滨海建筑也种类繁多，有关于驿站、要塞、宫室、楼亭、寺庙、城池等的词汇，而且陈陶还喜欢以门户面对大海，以窗对山，而有“海户山窗”之语。看来以前的诗人将海当成自然界的客体，并不贴近自己；唐代不同，许多诗人已将海当作自己的生活空间，唐诗中“入海”一语就有四十一次之多，亦可作为佐证。

正因为前代诗人对海较为疏离，所以对海的感觉也就比较迟钝；而唐代许多诗人则贴近甚至于投入海洋，自然舒张他们对海洋的感觉，从第（十六）“六根类”就不难看出。

四、讨　论

前文已将从汉到唐千余年间诗歌中海的词汇做了粗略的勾勒，这里再提出几个问题来讨论。

海洋诗歌词汇的有无多寡，与地理环境有密切的关系。来自北方内陆，以骑射游牧为主的民族，其所建王朝国家，海洋诗歌词汇极少，东晋时北方诸国、北魏、梁代北方民歌都少见此类词汇。北齐滨海，且早已定居，故此类词汇比例较高。北周地处内陆而有此类词汇之诗二十五首；然而，要是抽去南朝来的王褒、庾信和萧㧑所作，则所剩无几，如果康孟和释亡名也来自南朝，则北周此类词汇其数为零。其余各朝其比例应相仿佛，其略有参差是加上别的因素。例如，曹魏比例最高，是因曹操有成功的作品为先导，而主要作家曹植的藩国又处于海边的缘故。陈朝比例偏低，则因陈霸先承大乱之后，国土日促，东征西讨，自救不暇，而后主则与幸臣醉生梦死于宫苑有以致之。

词汇多寡又与政治势力与政治措施有关。秦皇、汉武东巡碣石、琅玡等地，成为后世海洋诗歌的典故。汉高祖诗歌的“威加海内”、“横绝四海”使“海内”、“四海”的词汇流行至今。隋炀帝和唐太宗东征高丽、临海赋诗，群臣奉和，使海洋诗歌大为风行。唐高宗连络新罗与高丽，百济连年争战，更另辟海路，以巨舶载运大军渡海登陆，而日本向慕中华，多次遣使往返，这都是唐人海洋诗歌发达的部分因素。再者，唐朝的一些政治措施，也有相当的影响。例如科举制度，让“四海”进士辐辏京师；官员的调动贬谪也常到滨海州县。在在促进海洋文艺的发展。

经济交通的影响。两汉有承平富裕的时期，但文体以赋为代表，诗歌相较甚少。魏晋以下中国陷于长期分裂，争战不已，民不聊生，蹈海隐居的真隐士，少有作品流传。到了唐太宗励精图治，国集民殷。据《新唐书·食货志》记载：

> 贞观初，户不及三百万，绢一匹易米一斗。至四年，米斗四五钱，外户不闭者数月，马牛被野，人行数千里不赍粮，民物蕃息，四夷降附者百二十万人。……天宝五载……是时海内富实，米斗之价，钱十三，青齐间斗才三钱，绢一匹钱二百。道路列肆具酒食以待行人，店有驿驴。行千里不持尺兵。[1]

这种天下承平，民生富裕，交通便利的情形，多反映于盛唐诸公诗作中。在水运方面，隋炀帝凿成运河，唐人深蒙其利。这条南北交通的干线，有一大段去海不远，拉近了商旅与海洋的距离。在航海方面，唐代指南车应用甚广，而造船技术亦有长足进步，“舶大者长二十丈，载六七百人”[2]，远比晋时法显通往印度所乘

---

1. 见《新唐书》卷五十一。
2. 见玄应《一切经音义》卷一。

的船可乘坐近两百人进步得多。[1]

凡此，也是唐人生活接近海洋的因素之一。

旅游风气的影响。由于天下一统，道路平靖，初唐诗人就乐于旅游，而盛唐的李杜亦是代表人物，李白的“仗剑去国，辞亲远游，南穷苍梧，东涉溟海”，[2]杜甫的“东下姑苏台，已具浮海航。到今有遗恨，不得穷扶桑”，[3]他们的足迹都已印在海沙上了。唐代诗人穷极海隅者，比比皆是。唐人这种旅游之风，陈伯海称之为“漫游”，他有很好的说明，可以参考。[4]

诗人的身份和律诗的格律也影响了词汇的产生。魏晋南北朝文艺创作的主导权是操在士族手里，庶族只能分到一点残炙而已。旧家世族、高门大姓的生活圈子相当狭窄，多以宫廷苑囿为中心，偶或悠游山林，眼光接触海洋的不多。[5]唐朝的社会阶层富流动性，往昔的庶族寒士不但得到伸展的空间，而且逐渐取得诗歌创作的主导权。他们的生活方式、感受方式、思维方式较为开放。他们的触角较有机会接触到浩瀚的海洋。再者，初唐以降，律诗确立，要将新鲜的生活体验纳入严格的规范中，诗人不得不挖空心思，尝试创新词汇，以求符合格律的要求。这也是海的词汇暴增的原因之一。

唐诗已大量开发海的词汇，宋诗又如何去继承和开发呢？今据“全宋诗速检”，[6]北宋取苏轼、黄庭坚，南宋取陆游、杨万里

1. 见法显《佛国记》。
2. 李白《上安州裴长史书》。
3. 杜甫《壮游》诗。
4. 陈伯海《唐诗学引论》中的《清源篇·唐诗的社会渊源》，知识出版社，1988年初版，1990年再版。
5. 《世说新语·雅量第六》有“谢太傅盘桓东山时，与孙兴公诸人泛海戏”云云。谢安等人偶亦泛海，但这种事情并不多见，且无诗作流传。
6. “全宋诗速检”资料，由罗凤珠君提供，感谢万分。

做一考察。苏轼诗中用过海的词汇的共三百零七首，绝大多数都用唐诗新创及唐诗沿用前代的词汇；偶用为唐人所不用而前代用过的词汇，如“并海”。[1]东坡或宋人新铸词汇有：“堕海”、“海立”、“海鳌”、“滟海杯”、“海派”、“海势”、“海腴”、“海康”、“海浑”、“海贼”、“戏海”、“海瘴”、“海席”、“海獒”、“徂海”、“海滩”、“海鹞”、“海帖伏”、“海族”等。[2]

黄庭坚一如东坡，在其用了海的词汇一百五十一首诗中，多用唐人通用词汇，偶用唐人未用之前代词汇如“愿海”。[3]其新铸者有“海牛”、“陆海”、“濒海”、“海量”、“海馔”、“田海”、“海演”、“海涵”、“海鼍”、“海潮音”、“海吞潮”、“海漩”、“三昧海”、“揭海”、“印海”。[4]案：“陆海”乃用钟嵘《诗品》“陆才如海，潘才如江”典故，以喻才如陆机，与南朝指秦地之陆海不同。

陆游诗作中用海的词汇共有四百四十五首，仍以继承唐人为主，其偶用唐人未用之前代词汇如“并海”。[5]至于新铸词汇则有

---

1. 苏轼《送徐大正》、《送曹辅赴闽漕》。
2. 分别见苏轼《次韵孔文仲推官见赠》、《有美堂暴雨》、《和蒋夔寄茶》、《洞庭春色》、《和陶饮酒》二十首之七、《子由新修汝舟龙兴寺吴画壁》、《小圃五咏》、《闻子由瘦》等四首、《和陶停雪》四首之二、《赠郑清叟》、《用过韵》、《和陶王抚军座送客再送张中》、《司命宫杨道士》、《余来儋耳得吠狗曰乌嘴甚猛而驯随余迁合浦过澄迈泅而济路人皆惊戏作此诗》、《洞酌亭》、《寄题潭州徐氏春晖亭》、《法惠小饮以诗索周开祖所作》、《送冯判官之昌国》。
3. 黄庭坚《大通禅师真赞》。
4. 分别见黄庭坚《效王仲至少监咏桃花用其韵》四首之四等三首诗、《送彦孚主簿》等二首、《和谢公定征南谣》、《寄南阳谢外舅》、《次韵师厚食蟹》、《庭坚得邑太和六舅按节出同安邂逅于皖公溪口风雨阻留十日对榻夜语因咏谁知风雨夜复此对床眠别后觉斯言可念列置十字，字为八句寄呈》十首之二、《和早秋雨中书怀呈张邓州》、《答阔求仁》、《戏赠陈季张》、《戏赠惠南禅师》、《和答张仲谈泛舟之诗》、《观世音赞》六首之四之五、《南山罗汉赞》六首之二、《黄龙南禅师真赞》、《长芦夫和尚真赞》。
5. 陆游《岁暮风雨》等三首。

“卷海”、“玉海”、“尘扬海”、“金镕海”、“宦海”、“浴海”、“海道”、“海氛”、“海桧”，“海沈”、“海估”、“海桐”、“海飓风”、“海坝”。[1]

杨万里用海的词汇的诗一百九十二首。除多用唐诗词汇外，偶用未经唐诗采用之前代词汇如“苦海”。[2]新铸词汇有“海伯”、“小海”、“滟海”、“琼海”、“谢公海”、“却海”、“海龙”、“陆海”，[3]其中“陆海”黄庭坚已用之在前。

纵观宋人苏、黄、陆、杨四家诗中海的词汇，绝大多数取自唐诗，偶尔也让唐以前被遗忘的旧词汇复活。然而，他们仍有自创新词汇的余地。只要生活资料、生活经验改变、语言习惯改变，诗人的观察角度、感受方式和思维方式改变，创新的余地是永远存在的。

五、结　语

自汉迄隋八百年间渐累积的海洋词汇约一百三十二个，其中九十八个，唐人仍采以入诗，另三十四个为唐诗人所忽略，唐人又创新的词汇三百六十个，连同继承前代的九十八个，唐诗中海的词汇约四百五十八个。

早期的词汇多取自更早的典籍，随着时代的演进，既有的词

1. 分别见陆游《春海》、《月下自三桥泛湖归三山》、《新晴午枕初起信笔》、《西兴泊舟》、《醉书秦望山石壁》、《览镜》、《秋社》、《初夏北窗》、《夜雨》、《龟堂》、《初暑》、《治心》、《翌日早晴》。
2. 杨万里《和沈子寿还朝天集之韵》。
3. 分别见杨万里《泊流湏驿》、《题南海东庙》、《题薰陕中兴庆寿颂》、《过扬子江》、《月夜阻风泊舟太湖石塘南头》、《与山庄子仁侄东园看梅》、《寄题周子中监丞万象台》、《王式之直阁不远千里来访野人赠以佳句次韵奉谢》。

汇不敷应用，为了容纳更多新意，诗人或再从后出的其他文章汲取，或将旧词汇赋予新意涵，或自创新的词汇。但旧词汇多数仍为后人所沿用，原有的意义也并未因此而失落。

唐诗中海的词汇倍蓰于前代的总和，固然与唐代存诗远多于前代有关，但唐代的政经交通、社会风气、生活习惯以及律诗的确立、诗人身分的扩充等等，才是最主要的原因。我们不能单看数字，更应从词汇的内容来考察。

唐人引用与新创了大量词汇入诗以后，使后人在作诗时能有更多的凭借，但是否也限制了后人的创新呢？不会的！只要生活经验、语言习惯、诗人的感受方式和思维方式有所改变，创新的机会是永远存在的。读赵宋以后的诗，就可得到明证。

李商隐诗中的百花世界

一、引　言

初民对植物的关切，大约是先从瓜瓞果蓏开始，然后及于五谷，最后才是花卉。到了人们关心花卉，已经能够对自然采取欣赏的态度了。在我国的第一部诗歌总集——《诗经》中，诗人固然不能忘怀于瓜瓞五谷，但是花卉已为入诗的素材，如《周南·桃夭》的桃花、《陈风·泽陂》的荷花、《郑风·溱洧》的兰花与芍药等等。到了《楚辞》，木兰、秋菊、兰蕙、芰荷的出现，更为频繁。汉代以降，无论是诗是赋，都呈现着百花争妍的景象。唐朝国威鼎盛，社会繁荣，花卉与人的生活，关系极为密切，而怜花的诗人也特多，李商隐即其中之一。

李商隐一生飘泊羁旅，难得安居，他在永乐县定居了一段时期，即有一首诗题为“永乐县所居一草一木无非自栽今春悉已芳茂因书即事一章”，诗中提到的有桃、桐、枳等，他对花草的爱好，于此可见一斑。

《花下醉》：“寻芳不觉醉流霞，倚树沉眠日已斜；客散酒醒深夜后，更持红烛赏残花。”

《落花》："高阁客竟去，小园花乱飞，参差连曲陌，迢递送斜晖。肠断未忍扫，眼穿仍欲稀。芳心向春尽，所得是沾衣。"

《和张秀才落花有感》："晴暖感余芳，红苞杂绛房。落时犹自舞，扫后更闻香。梦罢收罗荐，仙归勅玉箱。回肠九回后，犹有剩回肠。"

《春宵自遣》："……晚晴风过竹，深夜月当花。……"

《春深脱衣》："……日烈忧花甚，风长奈柳何。……"

其中纵使另有寓意，但他对花卉怀着无限深情，自无可疑。

在李商隐见存的五百多首诗中[1]，以咏花为题者三十三首，而诗中涉及花卉者约三百见。其中以泛称百花者为最多，约七十余见，而指出专名的花，计有："莲（含荷、芙蓉、芙蕖、菡萏）、牡丹、梅、菊、朱槿、杏、紫薇、桃、李、木兰、樱桃花、樱花、桂、蔷薇、辛夷、茱萸、郁金、栀子、兰、蕙、江蓠、杜若、菱花、石榴花、棠花、桐花、木棉花、红梨、丁香、芍药等约三十种，如果加上性质稍异的红蓼、芝、杨花、柳絮、芦花、荻花，那就更多了。

以下先略述李商隐的生平，然后就指出专名的花稍做讨论，然后再论及泛称的花。

二、李商隐的生平

有关李商隐的生平，除《旧唐书·文苑传下》，及《新唐书·艺传下》[2]有简略的记载外，有清徐树谷编《玉溪生年谱》一卷、清程梦星重订《李义山年谱》一卷、清钱振伦编《玉溪生年

1. 据冯浩《玉溪生诗详注》。
2. 分别见《旧唐书》卷一九〇下及《新唐书》卷二〇三。

谱订误》一卷、清朱鹤龄编《李义山诗谱》一卷、清冯浩编《玉溪生年谱》二卷，以及近人张尔田编《玉溪生年谱会笺》四卷、刘维崇撰《李商隐评传》等，有着较为详尽的考证。其中不免有互相抵触的地方，但已方便不少。在这里不拟细细辨证，只是参考上述资料，择其要者略加排比勾勒而已。

字号、家世：李商隐字义山，怀州河内（今河南省沁阳县）人，居于郑州。少时曾在今河南省济源县西北王屋山习业，山下有玉溪，因自号玉溪生；又号樊南生（按：樊为古地名，周畿内之邑，宣王以封仲山甫，襄王时以其地赐晋文公，名阳樊，地在今河南省济源县东南，所以，无论是玉溪生、樊南生，都是以少时活动的地方为号）。他的先世出自陇西，高祖涉，官美原令；曾祖叔恒，年十九登进士第，官至安阳令；祖父俌，官邢州参军；父嗣，为殿中侍御史。他的祖先为官虽未显赫，但毕竟是世宦之家，又系出陇西，所以他对自己的家世也颇自负，而有“我系本王孙”之句。[1]

生卒年：冯浩《玉溪生年谱》据《李商隐集》中《上崔灿州书》、《改葬姊与侄女祭文》及《骄儿诗》等资料，推定他生于唐宪宗元和八年癸巳（813），卒于宣宗大中十二年戊寅（856），得年四十六。张尔田《玉溪生年谱会笺》又据其仲姊志状而推定其生于元和七年壬辰（812），卒于大中十二年（858），年四十七。张谱又引钱楞仙补笺，以为其生年当更提早一年，即元和六年（811），则其卒年应为四十八岁。总之，他在世的时代是在唐宪宗、穆宗、敬宗、文宗、武宗、宣宗之间。

生平事略：他生时，父嗣为获嘉县（在河南省怀庆府）令，

1. 见《哭遂州萧侍郎》诗。

元和八年（813）罢官，携家到浙江任职。穆宗长庆元年（821）父卒，扶柩随母亲回郑州。居丧期间，跟着叔父读经学文。他上有母亲两姊，下有三弟一妹，服满之后，移居洛阳，以佣书贩春谋生。在洛阳时，他时常来往于王屋山学仙习业。这时，他已有若干诗作流传下来，到了文宗太和元年（827），李商隐以十几岁的少年，已能著才论、圣论，以古文出诸公间了。而令狐楚自长庆四年（824）以来，一直任河南尹，商隐以所业干之，受到器重，令狐楚还令其与诸子游。文宗太和三年（829），他随令狐楚在天平军（在今山东境）幕府当巡官。太和六年（832），应举不第，又随令狐楚到太原（今山西省境）幕府。太和七年（833），牛僧孺得势，属于牛党的令狐楚内迁吏部，商隐回郑州，结识刺史萧澣；经萧澣推荐，受崔戎所知。太和八年（834），应举不第，随崔戎至华州（今陕西省境）掌章奏，翌年随崔戎至兖州（今山东省境），不久，崔戎卒，萧澣亦卒。文宗开成二年（837）擢进士第，回家省母，而令狐楚卒。开成三年（838），他应属于李德裕党的王茂元之召，到泾原（在今甘肃省境）幕府，茂元爱其才，以女妻之。是岁应博学宏词科，以触犯朋党之忌，为主事者所黜。开成四年（839），释褐为秘书郎，调补弘农尉。开成五年（840），移家关中，得令狐绹之荐，赴湖南杨嗣复幕府，游历南下，而杨嗣复已贬潮州，乃折回北归。武宗会昌元年（841），王茂元为忠武军（在今河南开封南）节度、陈许观察使，商隐至幕府掌书记。会昌二年（842），以书判拔萃，授秘书省正字。会昌三年（843），商隐居母丧，王藏元卒。会昌四年（844），移家永乐县（在今山西省境）。会昌五年（845），商隐赴郑州、洛阳，十月入京，重任秘书省正字。宣宗大中元年（847），郑亚廉察桂州（今广西桂林），请商隐为掌书记。是年冬奉命至南郡（在今湖北省境）。大中二年（848），郑亚贬循州刺史，商隐回郑州，赴洛阳。大中三年（849），商隐还京，选为盩厔尉，京兆尹奏署掾曹，令典章奏。大中四年（850），令狐绹作相。自绹渐贵，商隐已屡启陈情，而绹反应冷淡。卢宏正镇徐州（今江苏省境），奏为判官。大中五年（851），商隐妻王氏卒。大中六年（852），卢宏正卒于镇。商隐入朝，复以文章干令狐绹，乃补太常博士，会柳仲郢镇东蜀，辟为书记。自后数年，皆在东川幕。是年冬，差赴西川推狱。大中十年（856），柳仲郢征为吏部侍郎，商隐随之还朝。大中十一年（857），柳仲郢兼御史大夫充诸道盐铁转运使，以商隐充推官。大中十二年（858），商隐游江东，还郑州，病卒。

归纳以上资料，知商隐少小孤苦而早秀。以其才华先受知于牛党的令狐楚，后又见重于李党的王茂元，商隐想左右逢源，却落得左右为难的尴尬处境，以致在朝廷里只在秘书省做过事，有过太常博士的头衔，大部分时间都是在各处幕府掌书记。他生于河南，但至少到过浙江、山东、山西、陕西、甘肃、湖南、湖北、广西、江苏、四川等地。最后是郁郁以终。

三、莲花

在李商隐见存的诗中，提到莲、荷、芙蓉、芙蕖、菡萏的诗句凡四十多处。

《尔雅·释草》：“荷、芙蕖，其茎茄、其叶蕸、其本蔤、其华菡萏、其实莲、其根藕、其中菂、菂中意。”郭璞注：“芙蕖，别名芙蓉。”邢昺疏：“江东人呼荷华为芙蓉。”

《诗·郑风·山有扶苏》释文：“菡萏、荷华也，未开曰菡萏，已发曰芙蕖。”

《淮南子·兵略》："腐荷之矰。"高诱注："荷，莲华也。"

《正字通》："莲，北人以莲为荷，今俗荷皆谓之莲。"

所以，在诗人的笔底，莲、荷、芙蓉、芙蕖、菡萏各名，或混用无别，或各含特殊意义，但都与品种无关。

荷花（华）一名，首先出现于《诗经·郑风·山有扶苏》：

山有扶苏，显有荷华，不见子都，乃见狂且。……

又《陈风·泽陂》：

彼泽之陂，有蒲与荷，有美一人，伤如之何！寤寐无为，涕泗滂沱。

彼泽之陂，有蒲与蕑，有美一人，硕大且卷；寤寐无为，中心悁悁。

彼泽之陂，有蒲菡萏，有美一人，硕大且俨；寤寐无为，辗转伏枕。

稍后南方的《楚辞》，荷花荷叶更为常见，在《离骚》、《九歌》、《九辩》、《招魂》等篇中都出现过，如：

制芰荷以为衣兮，集芙蓉以为裳。（《离骚》）

筑室兮水中，葺之兮荷盖。（《九歌·湘夫人》）

至此，荷之美而且洁的特性，乃告确定。到了汉代，古诗中有"涉江采芙蓉"，乐府也有"江南可采莲"之类篇章。魏晋南北朝，衣冠南渡，江南的莲塘星罗棋布，采莲的歌声此起彼落，引起文人的兴趣，除了多加采录之外，进而加以摹拟、现创造。适佛教东来，更将莲花提升到圣洁的境界；道教争胜，又添上几分神秘的色彩。于是莲花已包含了丰富的意象。唐代的众多诗人，一面承受了传统，一面尝试做更细腻的表现，李商隐即其中之一。

李商隐诗中的莲花，有时只是用了点染风景，如“隔树澌澌雨，通池点点荷”之类，兹不具论，而只讨论有特殊含义者。

芙蓉池上头

商隐有时以莲塘来代表某一特殊地方。

《代赠》：“杨柳路尽处，芙蓉池上头，虽同锦步障，独映钿箜篌。”

《河内诗》：“阊门日下吴歌远，陂路绿菱香满满，后溪暗起鲤鱼风，船旗闪断芙蓉干。……”

《无题》：“飒飒东风细雨来，芙蓉塘外有轻雷。……”

以莲代表某一地方，不像点染风景那么单纯，某一地方总有某种特殊意义；易言之，某一特殊地方，往往跟某一特殊人物有关。典型的例子。

《木兰》：“……桂岭含芳远，莲塘属意疏；瑶姬与神女，长短定何如？”

这首诗大约是李氏从桂林当幕客回到京城时作的。当他回京时，居然发现他在桂林悬念不已的人，竟对他情意疏淡。这里所说的莲塘，当是指京城南边的曲江芙蓉池；又进而以之代表住在莲塘附近那位他所思念的人。

雾夕咏芙蓉

莲花色泽华丽，气味芬芳，姿态婀娜，最容易引起的联想就是美女，《诗经·陈风·泽陂》即已如此，而李氏漫成云：

雾夕咏芙蓉，何郎得意初。……

这是他与王氏夫人新婚时作的诗，显然用了何逊看伏郎新婚诗的典故，何逊诗云："雾夕莲出水，霞朝日照梁；何如花烛夜，轻扇掩红装。"商隐以芙蓉比拟他的新娘子，自无可疑。十几年后，义山丧偶，他又想到了莲。

《李夫人》："剩结茱萸枝，多擘秋莲的……"

秋天莲花已谢，而擘开莲子，其中的药却是苦的。这首悼亡诗与他新婚的"雾夕咏芙蓉"正遥遥相应，都无色可并。

荷花既美，是以女子常以之为字，义山有一情人即名荷花。他有几首诗，可能就是为伊写的。

《荷花》："都无色可并，不奈此香何。瑶席乘凉设，金羁落晚过。回衾灯照绮，渡袜水沾罗。预想前秋别，离居梦棹歌。"

《赠荷花》："世间花叶不相伦，花入金盆叶作尘；惟有绿荷红菡萏，卷舒开合任天真。此花此叶长相映，翠减红衰愁杀人。"

看来荷花是个绝色美人，而他俩的恋爱历程则甚为艰苦，似乎总让他不安。他有一首《韩翃舍人即事》云："萱草含丹粉，荷花抱绿房。鸟应悲蜀帝，蝉是怨齐王。通内藏珠府，应官解玉坊。桥南荀令过，十里送衣香。"疑其即将荷花比做章台柳，而将自己比做韩翃。美人为豪贵深贮，他却无可如何。最后荷花终于在秋风里枯萎零落了。

《暮秋独游曲江》："荷叶生时春恨生，荷叶枯时秋恨成；深知身在情长在，怅望江头江水声。”

伊人已矣，此情何堪？

义山又以莲花比喻其他的美人。

《镜槛》：“镜槛芙蓉入，香台翡翠过。……”

徐逢源即认为“芙蓉”、“翡翠”都是喻名姝。[1]

一夜芙蓉红泪多

由于莲花美丽，所以又用以象征美人的美貌与美态。

《板桥晓别》：“……水仙欲上鲤鱼去，一夜芙蓉红泪多。”

《烧香曲》：“……漳宫旧样博山炉，楚娇捧笑开芙蕖。……”

前者凄艳，后者娇美。

自从萧齐东昏侯鍪金为莲花以贴地，令潘妃行其上，曰：“此步步生莲花也。”[2]此后，金莲就常用为美女脚步的美称，好用典故的义山自亦不能免。

《隋宫守岁》：“……昭阳第一倾城客，不踏金莲不肯来。”

《齐宫词》：“永寿兵来夜不扃，金莲无复印中庭。……”

《南朝》：“……谁言琼树朝朝见，不及金莲步步来。……”

这些诗句除了以金莲代表古代名妃之外，并有借古讽今之意。

1. 见冯浩《玉溪生诗详注引》。

2. 见《南史·齐东昏侯纪》。

古代妇女常以莲花为衣饰，或闺房卧具之饰，义山诗中亦有之。

《无题》："……裙衩芙蓉小，钗茸翡翠轻。……"

《独居有怀》："……数急芙蓉带，频抽翡翠簪。……"

《无题》："……蜡照半笼金翡翠，麝香微度绣芙蓉。……"

这些美丽的装饰，引人绮思。又美丽的文章，尤其是美人写的文章，也以芙蓉来形容它。

《河阳诗》："……南浦老鱼腥古涎，真珠密字芙蓉篇。……"

两句皆指书信，而"真珠密字芙蓉篇"则指美人所寄情书。

由于莲与美人有密切的关系，因此，很容易牵涉到艳情。

《河阳诗》："……玉湾不钓三千年，莲房暗被蛟龙惜。……"

《碧城》："对影闻声已可怜，玉池荷叶正田田。……"

"玉池荷叶正田田"已暗示了"鱼戏莲叶间"[1]的冲动。

荷欹正抱桥

莲除了予人以美丽的印象外，也引发一些其他的感触。

《碧瓦》："……柳暗将翻巷，荷欹正抱桥。……"

就表现了依恋的心情。

1. 见古乐府《江南》。

《崇让宅东亭醉后沔然有作》："……密竹沉虚籁，孤莲泊晚香。……"

则以物态之摧抑，比己之志不得抒，失意孤寂之感，已溢于字里行间。

莲花由待放的菡萏到盛开的芙蓉，莲叶由荷钱到鲜碧挺秀，都予人以蓬勃生动之感，而引人绮思。但当其零落、枯萎，则又令人感到衰飒凄凉，惋惜悲愁。

《七月二十九日崇让宅宴作》："……浮世本来多聚散，红蕖何事亦披离。……"

红蕖披离，象征着人的飘零亦不由自主。

《宿骆氏亭寄怀崔雍崔衮》："……秋阴不散霜飞晚，留得枯荷听雨声。"

《过伊仆射旧宅》："……幽泪欲干残菊露，余香犹入败荷风。……"

《登霍山驿楼》："……弱柳千条露，衰荷一向风。"

《夜冷》："……西亭翠被余香薄，一夜将愁向败荷。……"

莲花零落的过程较为短暂，而且无声无息；但枯败的荷叶，却久留池上任风雨霜露的摧残，不但满目荒凉，更在风雨中号哭悲泣，最是不堪看、不堪听。

下客依莲幕

义山一生，宦途失意，时常依于幕府，飘泊四方，深怀羁旅之愁，思家之苦，不遇之悲。而幕府又称莲幕或莲府。《南史·庾杲之传》："杲之，字景行。王俭领吏部，用为长史，萧缅与俭书曰"盛府元僚，实难其选，景行泛绿水、依芙蓉，何其丽也。"

时人以入俭府为莲花池，故绬书美之。”唐人好用南朝典，故以莲幕为幕府之美称。义山常游各幕府，故诗中常用之。

《自桂林奉使江陵途中感怀寄献尚书》：“下客依莲幕，明公念竹林。……”

《寓目》：“园桂悬心碧，池莲饫眼红，此生真远客，几别即衰翁。……”

《偶成转韵七十二句赠四同舍》：“……青袍白简风流极，碧沼红莲倾倒开。……”

《寄成都高苗二从事》：“红莲幕下紫梨新，命断湘南病渴人。……”

《行至金牛驿寄兴元渤海尚书》：“……诸生个个王恭柳，从事人人庾杲莲。……”

《五言述德抒情诗一百四十韵献上杜七兄仆射相公》：“……芙蓉王俭府，杨柳亚夫营。……”

义山虽以莲幕为幕府的美称，用以赞美长官或幕友时，固然显得华美；但用在自己的幕客生涯时，却往往流露出穷愁无奈的心情。

——莲华见佛身

义山以政治前途暗淡，心怀郁结，再加上健康不佳，而又适逢唐代佛教盛行，因此，颇耽于禅，而与佛门时有交往。

《别臻师》：“……何当百亿莲花上，一一莲华见佛身。”

《奉寄安国大师兼简子豪》：“忆奉莲花座，兼闻贝叶经。……”

《题白石莲花寄楚公》：“白石莲花谁所共，六时长捧佛前灯。空庭苔藓饶霜露，时梦西山老病僧。大海龙宫无限地，诸天雁塔几多层。谩夸鹙子真罗汉，不会牛车是上乘。”

《咏三学山》：“五色玻璃白昼寒，当年佛脚印旃䆿。万丝织出三衣妙，贝叶经传一偈难。夜看圣灯红菡萏。晓惊飞石碧琅玕。更无鹦鹉因缘塔，八十山僧试说看。”

这些莲花全部袭用佛教的含义，仿佛披着袈裟，而以庄严肃穆的姿态出现。

华莲开菡萏

义山在仕途上屡受挫折，当其心灰意懒之际，少时学仙的经验，又隐隐对他发生影响，而兴出世之想。

> 《灵仙阁晚眺寄郓州韦评事》："愚公方住谷，仁者本依山；共誓林泉志，胡为樽俎间？华莲开菡萏，荆玉刻孱颜。爽气临周道，岚光入汉关。满壶从蚁泛，高阁已苔斑。想就安车召，宁期负矢还。潘游全璧散，郭去半舟闲。定笑幽人迹，鸿轩不可攀。"
>
> 《和刘评事永乐闲居见寄》："白社幽闲君暂居，青云器业我全疏。看封谏草归鸾掖，尚贲衡门待鹤书。莲耸碧峰关路近，荷翻翠盖水堂虚。自探典籍忘名利，欹枕时惊落蠹鱼。"

这两首诗都提到华山的莲花，案：《华岳志》云"岳顶中峰曰莲华峰，有上宫，宫前有池，为玉井，生千叶白莲华，服之令人羽化，亦谓之玉女洗头盆。唐杜甫诗'安得仙人九节杖，拄到玉女洗头盆'，盖峰之最高处也。"因此，当他一再提到华岳的莲花，实透露了他那遗世独立，羽化登仙的玄想。

综观义山诗中的莲：既以喻己，又以喻人；既以之比发妻，又以之比情人；既用以写情欲，又用以表圣洁；既用于幕府之中，亦用于出尘之想；既以之言佛法，亦以之言仙道。虽然李商隐一生有着许多经历，而莲花也经过历史的累积，包罗了丰富的内涵，诗人逞其想象，而有这许多复杂的联想，无足深讶，但无论如何，这仍然表现了他那复杂矛盾的性格。

四、桂　花

《山海经·南山经》:“南山经之首曰䧿山,其首曰招摇之山,临于西海之上,多桂。……”《说文解字》:“桂,江南木,百药之长。”可见桂是南方的植物,所以《诗经》中不见有桂,而南方文学《楚辞》则屡见。

《离骚》:“昔三后之纯粹兮,固众芳之所在。杂申椒与菌桂兮,岂维纫夫蕙茝!”

又:“矫菌桂以纫蕙兮,索胡绳之纚纚。”

《九歌·东皇太一》:“蕙肴蒸兮兰藉,奠桂酒兮椒浆。”

《九歌·湘君》:“美要眇兮宜修,沛吾乘兮桂舟。”

又:“桂棹兮兰枻,斩冰兮积雪。”

《楚辞》以后,由两汉至南朝,桂不仅见于诗赋,志怪中也多有。唐诗中桂花也经常出现。就李义山见存的诗而言,桂花出现了三十余次,仅次于莲花。

芳桂当年各一枝

科举是唐朝读书人最重要的出路,何况李义山是个孤苦勤学的天才,考中进士,更是他寤寐以求的事。而登科又称折桂,宋叶梦得《避暑录话》云:“世以登科为折桂,以谓却诜对策东堂,有云桂林一枝也。自唐以来用之。”按:《晋书·却诜传》云“却诜字广基,济阴单父人也。父晞,尚书左丞。诜博学多才,环伟倜傥,不拘细行,州郡礼命并不应。泰始中诏天下举贤良直言之士,太守文立举诜应选。(略)以对策上第,拜议郎。(略)累迁雍州刺史,武帝于东堂会送,问诜曰‘卿自以为何如?’诜对曰

'臣举贤良对策，为天下第一，犹桂林之一枝，昆山之片玉'。"而比义山稍早的白居易有云："折桂名惭郄，收萤字慕车。"与义山齐名的温庭筠亦谓："犹喜故人先折桂，自怜羁客尚飘蓬。"都是用这一典故。义山诗用此义者凡数见。

《及第东归次灞上却寄同年》："芳桂当年各一枝，行期未分厌春期。……"

《奉和太原公送前杨秀才戴兼招杨正字戎》："……桂树一枝当白日，芸香三代继清风。……"

《赴梓橦留别畏之员外同年》："……桂花香处同高第，柿叶翻时独悼亡。……"

《赠孙绮新及第》："长乐遥听上苑钟，采衣称庆桂香浓。……"

这些都是以桂花代表登科。

独抚青青桂

义山一度到桂林担任郑亚的幕客，有些诗句是以桂来代表桂林的。

《灯》："……冷暗黄茅驿，暄明紫桂楼。……"

上句谓其行近桂林，下句则抵桂幕。

《自桂林奉使江陵途中感怀寄献尚书》："……阁凉松冉冉，堂静桂森森。……"

这是他由桂林出使江陵途中写的诗，可能距桂林不远，而以"松冉冉"、"桂森森"来表现寓馆的清幽。

《即日》："……独抚青青桂，临城忆雪霜。"

桂林气候温暖，当京华凝霜下雪时，桂林之桂还是青青的。他抚着南方的桂树，而遥念京华，这里面可能象征了他在寂寞中而情意依旧，但他所思念在京城的人，却已很冷漠了。

《壬申七夕》："……桂嫩传香远，榆高送影斜。……"

壬申是宣宗大中六年。这一年，他随柳仲郢到四川，"桂嫩传香远"可能指他当年远在桂林，而仍情意不绝，今遥赴四川，当亦如是。

《海上谣》："桂水寒于江，玉兔秋冷咽。……"

桂水就是漓水，他从遥远的桂水，更联想到更遥远的月亮。

桂宫流影光难取

段成式《酉阳杂俎》卷一《天咫篇》云："旧言月中有桂，有蟾蜍。故异书言，月桂高五百丈，下有一人常斫之，树创随合。人姓吴名刚，西河人，学仙有过，谪令伐树。释氏书言，须弥山南面有阎扶树，月过，树影入月中。或言月中蟾桂，地影也；空处，水影也。"案：月中有桂、有蟾蜍、有兔是古老的传说，《淮南子》已载之，而诗人每以入诗，今但略举与桂有关者，如梁元帝《刻漏铭》云："宫槐晚合，月桂宵辉。"沈约《登台望秋月诗》："桂宫袅袅落桂枝，早寒凄凄凝白露。"宋之问《灵隐寺》诗："桂子月中落，天香云外飘。"是以李义山《月夕》诗云："草下阴虫叶上霜，朱栏迢递压湖光，兔寒蟾冷桂花白，此夜姮娥应断肠。"也是沿用月中有桂树的古传说。

《昨夜》：“不辞鶗鴂妒年芳，但惜流尘暗烛房。昨夜西池凉露满，桂花吹断月中香。”

月中之桂，与人悬隔，仰望月桂，而不免兴人间天上之慨。所以当李义山对可望不可及的人物、情事，往往也用桂来表征它。

《河阳诗》：“……不知桂树在何处，仙人不下双金茎，……”

河阳诗是描写他对一个女冠的怀念，因伊人已离去，不知其踪迹，所以说“不知桂树在何处”。

《一片》：“……榆荚散来星斗转，桂花寻去月轮移，人间桑海朝朝变，莫遣佳期更后期。”

光阴移转，佳期延误，使得他深恐遭逢之迟暮，这也是在毫无把握，惶惑不安中所吐露的诗句。

《无题》：“昨夜星辰昨夜风，画楼西畔桂堂东，身无彩凤双飞翼，心有灵犀一点通。……”

画楼、桂堂虽应确有其地，但在身不接而心相通的情况下，也变成杳不可及，有人间天上之隔了。

《燕台诗·夏》：“……桂宫流影光难取，嫣熏兰破轻轻语。……”

冯浩认为全首诗都在描写夜深密约的情景。叶氏旧诗新演之一“李义山燕台四首”云：“义山之所以不称之为月宫而称之为桂宫者，则因为如果直称为月，则明白拘限但指天上之明月而已，而如果称之为桂宫，则“卢家兰室桂为梁”，除指天上之明月外，更可使人发人间居室美好之想，而如此也就造成了义山诗中既恍惚又真切，莫辨其为真为幻的效果。桂宫而曰流影，则曹植有诗云：“明月照高楼，流光正徘徊。”“流影”二字固当指明月流泻之光影而言。而月之光影则虽可望见而不可把捉者也，故继之乃云“光难取”也。”[1]义山将桂与月相连，的确有作为天上、人间媒介的用意，而将当时情景变得似真似幻，这未必是他故意眩人耳目，倒可能是他最实在的感受。

《燕台诗·秋》：“……金鱼锁断红桂春，古时尘满鸳鸯茵。……”

《和友人戏赠》：“……殷勤莫使清香透，牢合金鱼锁桂丛。”

这都将他所思念的人，比做深锁月殿的嫦娥，两人已完全隔绝。

《对雪》：“侵夜可能争桂魄，忍寒应欲试梅庄。……”

冯浩认为《对雪》二首，是别闺人之作，而这两句则状其美貌。别后回忆情人的容貌，也有点像遥望月桂，不可企及吧。至于《代董秀才却扇诗》云：“莫将画扇出帷来，遮掩春山滞上才，若道团圆是明月，此中须放桂花开。”这毕竟只是代新郎捉刀，要新娘去掉遮面的团扇，而暗示新娘有月貌花容而已，别无深趣。

桂子捣成尘

月桂的传说，颇为道教所采取；而李商隐的恋爱生涯，又往往与女冠有关。关于后者，前人论述已多，现在只引李丰楙君“唐诗中的葵花与道教”一文的片段，以说明其梗概：“六朝女子

1. 见《纯文学》第二卷第2期，1967年8月。

既有出家奉道，所谓女真、女官之流；到了唐代，道教骎骎然具有国教的声势。唐朝帝室因革命前道士的暗中援助，又因为李氏符合太平真君姓李的符瑞等复杂因素，因此得位后对道教甚为礼遇；又加上神仙思想盛极一时，故唐代二百余位公主，有十二位曾做女冠，而无做比丘尼的。实则唐之女冠，有修真女冠与宫观女冠两类型，前者真修道法，为六朝女真的传统，如边洞玄、见素子等属之；至于帝室之人修真，六朝也有，但唐代则成为时髦，宫廷女子以及贵族阶层女眷，进入道观的也成为习尚，宫观女冠入观时常有歌舞人随伴。既为道士，就须严守清规，但宫观女冠出身富贵，入观动机也不必定为修真，宫廷女子如此，即一般女性身入道观的，其闺情生活自不同于修真女冠；风流韵事时闻者有之，暗自悲秋者亦有之。唐代文士风流，即有以冠子为恋爱对象，今人即考证李商隐有些诗，即写的是女冠。可见唐诗人的经验世界里，存在着女冠的印象，为当时实际的社会现象。”义山对月中桂树的联想，虽未必全属与女冠的恋情。但其中确有若干与她们有着密切的关系，再者，义山对于道流的讲究养生，自少即怀浓厚的兴趣。因此有关月桂的诗句，有时也就沾染了道教的意味。

《同学彭道士参寥》：“莫羡仙家有上真，仙家暂谪亦千春，月中桂树高多少，试问西河斫树人。”

《酬令狐郎中见寄》：“……补羸贪紫桂，负气托青萍。……”

《元微先生》：“仙翁无定数，时入一壶藏，夜夜桂露湿，村村桃水香。……”

《房君珊瑚散》：“不见常娥影，清秋守月轮，月中闲杵臼，桂子捣成尘。”

以上各诗，多难确知其底蕴，但他与道流有所来往，进而与服食养生或女冠艳情有所牵涉，却约略可探出一点消息来。至于《题僧壁》云："……蚌胎未满思新桂，琥珀初成忆旧松。……"则以旧松喻过去，以新桂喻未来，用的是佛家的思想。因其以桂与佛家思想相关的仅此一首，姑附于此。

秋吟小山桂

《楚辞》里的桂，都有清高的意思，到了淮南小山刘安更将其意蕴发挥得淋漓尽致，文选淮南小山《招隐士》云："桂树丛生兮山之幽，偃蹇连卷兮枝相缭。"王逸注"桂树丛生"云："桂树芬香，以兴屈原之忠良也。"注"山之幽"云："远去朝廷而隐藏也。"注"偃蹇连卷"云："容貌美好德茂盛也。"注"枝相缭"云："信义枝结条理成也，以言才德高明宜辅贤君桢干也。"李义山诗中的桂，也有承袭这一传统的。

> 《哭萧侍郎二十四韵》："……秋吟小山桂，春醉后堂萱。……"
>
> 《李肱所遗画松诗书两纸得四十一韵》："……淮山桂偃蹇，蜀郡桑重重。……"

这已明白标明了他完全采取了刘安的含义。

> 《无题》："……风波不信菱枝弱，月露谁教桂叶香。……"
>
> 《深宫》："……狂飚不惜萝阴薄，清露偏知桂叶浓。……"

虽未明言，他仍当沿小山桂的思绪，而以桂自况。又由于小山之桂有幽隐之义，所以——

> 《复至裴明府所居》："伊人卜筑自幽深，桂巷杉篱不可寻。……"

就着重于这一层意思。

炉藏桂烬温

桂又是一种香料，富贵人家有所谓桂薪、桂烛，也有人用来泡酒。

> 《杏花》："……镜拂铅华腻，炉藏桂烬温。……"
>
> 《晓起》："……隔箔山樱熟，褰帷桂烛残。……"
>
> 《哭刘司户》："离居星岁易，失望死生分。酒甕凝余桂，书籤冷旧芸。……"

前二首的桂薪、桂烛表现了华贵并带有几分旖旎的气氛。《哭刘司户》一首，则以桂酒的余芳，象征他那对故旧浓厚而久远的情谊。

李义山诗中桂花桂树的意象，大体上承受了传统的累积，再配合上自己的生活经验，但他少用单纯意象而多用混合意象，时常将神话世界与人间世编织在一起，把自己对功名的追求，对故旧的怀念，对情人的眷恋，对孤寂的品味等感受都曾借桂来抒写。

五、牡　丹

欧阳修《洛阳牡丹记》云："牡丹初不载文字，唯以药载本草，然于草中不为高第；大抵丹延以西及褒斜道中尤多，与荆棘无异，土人皆取以为薪。"段成式《酉阳杂俎》云："牡丹，前史中无说处，唯谢康乐集中言竹间水际多牡丹。成式检隋朝种植法七十卷中，初不记说牡丹，则知隋朝花药中所无也。开元末，裴士淹为郎官，奉使幽冀，回至汾州众香寺，得白牡丹一窠，植于长兴私第，天宝中为都下部赏。当时明公有裴给士宅看牡丹，时时寻访，未获一本。有诗云‘长安年少惜春残，争认慈恩紫牡丹；别有玉盘乘露冷，无人起就月中看’。太常博士张乘尝见裴通祭酒说又房相有言牡丹之会，琯不预焉。至德中，马仆射镇太原，又得红紫二色者，移于城中。元和初犹少，今与戎葵角多少矣。”[1]从欧阳公所言，知古时牡丹仅见于本草，不见于诗文，受尽冷落。而段氏所记，认为首先给牡丹以青睐的是对大自然最能采取欣赏态度的谢灵运。但牡丹在隋朝还是寂寞无闻。到唐开元、天宝之际，传进长安，元和以后才大量繁殖。二氏所言大体不差。然而《全唐诗》中却保存了高宗朝上官昭容的“咏后苑双头牡丹”诗中的两句：“势如连璧友，心似臭兰人。”按：《全唐诗》这两句诗是录自《龙城录》，如果所记可靠，再根据《全唐诗》其他记载，我们可以得到一个印象，就是唐初内苑已有牡丹，但在玄宗时，牡丹还是罕见的品种。到白居易、刘禹锡时代，牡丹才提高到最尊贵的地位，白居易《牡丹》诗云：“何人不爱牡丹花，占断城中好物华。”又《牡丹芳》诗云：“花开花落二十日，一城之人皆若狂。”刘禹锡《思黯南墅牡丹》诗云：“惟有牡丹真国色，花开时节动京城。”可见当时牡丹的盛况，牡丹与富贵，自此结下了不解之缘。

应怜萱草淡

李义山生当牡丹最风行的时代，牡丹的富贵奢华，是他所目睹的。

1. 见《酉阳杂俎》卷十九“广动植类”之四“草”篇。

《牡丹》："压迳复缘沟，当窗又映楼。终销一国破，不啻万金求。鸾凤戏三岛，神仙居十洲，应怜萱草淡，却得号忘忧。"

但是他又作另一层转折，以为牡丹的富贵秾艳，却不如萱草的清淡，可以忘忧也。他也许以牡丹隐喻富贵的际遇，而以萱草喻安分的生活；也许以牡丹喻贵妇名妓，而以萱草喻体贴的平凡女子。但无论如何，李义山在写这首诗时，已非完全沉迷于激情之中，而略有所悟矣。

先期零落更愁人

义山虽少小孤苦，但早岁即受知于令狐楚，文名藉甚；只是岁月蹉跎，竟郁郁不得志。他也曾借牡丹作为自我的写照。

《回中牡丹为雨所败》二首：

下苑他年未可追，西州今日忽相期。水亭暮雨寒独在，罗荐春香暖不知。舞蝶殷勤收落蘂，有人惆怅卧遥帷。章台街里芳菲伴，且问宫腰损几枝。

浪笑榴花不及春，先期零落更愁人。玉盘迸泪伤心数，锦瑟惊弦破梦频。万里重阴非旧圃，一年生意属流尘。前溪舞罢君回顾，并觉今朝粉态新。

牡丹花开花落不过二十日，但为雨所败而凋零得更早，就更教人好不难过。尤其当他行旅于雨中，在邻近边塞之地，见牡丹竟被风雨摧残，寂寞地委于尘土。这使他联想到自己早年成名，而今亦恓恓于边地，不免感慨系之。

色浅尚依僧

文人好以花喻美女，古今中外皆然，李义山的一首僧院牡丹，可能即在暗指一个不太正经的女子，诗云：

> 叶薄风方倚，枝轻雾不胜。开先如避客，色浅尚依僧。粉壁正荡水，缃帏初卷灯。倾城惟待笑，要裂几多缯。

冯浩注云："颇难猝解，盖刺僧之隐事也。首言其人娇小；次以避客反托依僧，色浅谓不便浓妆；五六写其时地；裂缯似只取妹喜二字，谓伪托眷属，或言其惟不敢狂笑也。"冯氏本来喜欢将义山的许多艳情诗，跟令狐绹牵扯在一起，这一首却作如此解释，倒也言之成理，姑取其说。

遂忆洛阳花

明代王象《群芳谱》谓："唐宋时，洛阳牡丹之花为天下冠，故竟名洛阳花。"义山集中提到"洛阳花"的有两首。

> 《漫成》（三首之一）："不妨何范尽诗家，未解当年重物华；远把龙山千里雪，将来比并洛阳花。"
>
> 《病中闻河东公乐营置酒口占寄上》："闻驻行春旆，中途赏物华；缘忧武昌柳，遂忆洛阳花。嵇鹤元无对，荀龙不在夸；只将沧海月，长压亦城霞。兴欲倾燕馆，欢于到习家。风长应侧帽，路隘岂容车。楼回波窥锦，窗虚日弄纱。锁门金了鸟，展幛玉鸦叉。舞妙从兼楚，歌能莫杂巴。必投潘岳果，谁掺祢衡挝。刻烛当时忝，传杯此夕赊。可怜漳浦卧，愁绪独如麻。"

《漫成》三首冯浩注云："此开成三年初婚王氏而应鸿博时作也。（略）三首皆以何逊自比。"按《南史·何承天传附曾孙何逊传》："逊，字仲言，八岁能赋诗，弱冠，州举秀才。南乡范云见其对策，大相称赏，因结忘年交，谓所亲曰'顷观文人，质则过儒，丽则伤俗，其能含清浊、中今古，见之何生矣’。沈约尝谓逊曰‘吾每读卿诗，一日三复，犹不能已。其为名流所称如此’。”而《何逊集》有范广州宅联句云：“洛阳城东西，却作经年别；昔去雪如花，今来花似雪。”从上引资料可知，一，李义山确以少享盛名的何逊自比；二，这里的“洛阳花”用何逊的典故，未必定指牡丹；三，无论洛阳花是否指牡丹，但似乎思念其新婚夫人之意。至于口占一首，前面极言柳仲郢的盛会，以反衬义山因病被遗忘的那分孤寂感。而“洛阳花”，则以牡丹比乐营声色之盛。

李义山生当牡丹最风行的时代，他也有四首专咏牡丹的诗，但在五百多首诗的诗句中，却从未见牡丹二字，而且四首咏牡丹诗也不曾从正面来写牡丹的国色天香。可能因为他飘泊在外的日子多，住在京华的时间少；而且纵使在京华，他也是不重要的角色，华贵的牡丹，跟他的生活与个性都没有密切的关系，才有这种现象吧。

六、梅　花

先秦诗书里的梅，指的是果实，绝不涉及花朵。就见存的古诗来看，第一首咏梅的诗应是刘宋时鲍照的《梅花落》，诗云：“中庭杂树多，偏为梅咨嗟。问君何独然？念其霜中能作花，露中能作实。摇荡春风媚春日，念尔零落逐寒风，徒有霜华无霜质。”诗以梅与杂树对比，强调梅花的“霜中能作花，露中能作实”远胜杂树的“摇荡春风媚春日”、“零落逐寒风”、“徒有霜华无霜质”。梅花坚贞正直的品格已经显现出来了。

唐代诗人亦颇有能掌握梅花这一贞正的特性者，如张九龄

《庭梅咏》云："芳意何能早，孤荣亦自危。更怜花蒂弱，不受岁寒移。朝雪那相妒，阴风已屡吹。馨香虽尚尔，飘荡复谁知。"朱庆余《早梅》云"天然根性异，万物尽难陪。自古承春早，严多门雪开。艳寒宜雨露，香冷隔尘埃。堪把依松竹，良涂一处栽"，韩偓《梅花》云"梅花不肯傍春光，自向深冬著艳阳。龙笛远吹胡地月，燕钗初试汉宫妆。风虽强暴翻添思，雪欲侵凌更助香。应笑暂时桃李树，盗天和气作年芳"等皆是。但是梅在岁暮与新岁之交开花，因此也容易引发诗人岁月催人老的感触，如杜甫《和裴迪登蜀州东亭送客逢早梅相忆见寄》云："东阁官梅动诗兴，还如何逊在扬州。此时对雪遥相忆，送客逢春可自由。幸不折来伤岁暮，若为看去乱乡愁。江边一树垂垂发，朝夕催人自白头。"元稹《赠熊士登》云："平生本多思，况复老逢春。今日梅花下，他乡值故人。"皆此类也。又梅花清瘦，善感的诗人又每以其愁怨而多加怜惜，如崔橹《岸梅》云"含情含怨一枝枝，斜压渔家短短篱。惹袖尚余香半日，向人如诉雨多时。初开已入雕梁画，未落先愁玉笛吹。行客见来无去意，解帆烟浦为题诗"即是。

李义山诗中的梅花意象则倾向贞正坚毅者少，倾向于愁怨之意趣者多。

梅应未假雪

> 《晓坐》："后阁罢朝眠，前墀思黯然。梅应未假雪，柳自不胜烟。泪续浅深绠，肠危高下弦。红颜无定所，得失在当年。"

虽然"梅应未假雪"一句，似自比于梅花而颇为自负，但通首还是伤感的调子。

《十一月中旬至扶风界见梅花》:“匝路亭亭艳，非时裛裛香。素娥惟与月，青女不饶霜，赠远虚盈手，伤离适断肠。为谁成早秀，不待作年芳。”

“为谁成早秀”句也是自喻，姚培谦笺云:“伤所遇非时也。早秀鲜知己，正复何益，月冷霜清，孤孑无侣，未堪赠远，适足伤离耳。”[1]最能阐明其自伤自怨的心情。

寒梅最堪恨

《对雪》:“……梅花大庾岭头发，柳絮章台街里飞。……”

《忆梅》:“定定住天涯，依依向物华；寒梅最堪恨，长作去年花。”

寒梅开花于岁暮至早春，特别容易引起年华易逝之感，如果在异乡见到，更平添羁旅之愁。以上二首都是由此兴感，尤其是《忆梅》一首，完全因时间的移易、空间的阻隔而落入无限的思量中。

笑倚培边梅树花

《莫愁》:“雪中梅下与谁期？梅雪相兼一万枝。若是石城无艇子，莫愁还自有愁时。”

《昨日》:“昨日紫姑神去也，今朝青鸟使来赊。未容言语还分散，少得团圆足怨嗟。二八月轮蟾影破，十三弦柱雁行斜。平明钟后更无事，笑倚墙边梅树花。”

《莫愁》一首，起句与《诗经·鄘风·桑中》相仿佛；但后来几

1. 见冯浩《玉溪生诗详注》引。

句却略近于《陈风·东门之杨》之意。[1]《昨日》一首陆昆会评之曰："一夜之间，百感交集，及至平明，自觉无谓。末句淡语自深。"[2]笑倚梅树而激动的情绪趋于平静，也许与梅花的素淡幽雅不无关系吧。

久留金勒为回肠

> 《酬崔八早梅有赠兼见示之作》："知访寒梅过野塘，久留金勒为回肠。谢郎衣袖初翻雪，荀令熏炉更换香；何处指胸资婕粉，几时涂额藉蜂黄？维摩一室虽多病，要舞天花作道场。"

程梦星以为是酬崔八挟妓之作，冯浩认为有养疾耽禅之迹。倘若依文苑英华本义山自注云；"时余在惠祥上人讲下，故崔落句'梵王宫地罗含宅，赖许时时听法来'。"则后说为长。但是看他除了写梅的雪白与清香之外，又取譬于宫妆，最后更以天女天花作结，则其联想却也牵涉到女子，只是并无沉迷的迹象，并且似乎略有醒悟的趋势。

梅花有耐寒坚毅的特性，但也有孤寂凄婉的一面。在唐代以前，它的意象是多方面的，到宋以后，才渐渐集中于坚毅的一端，这固然突出了它最重要的特质，即也拘束了人们对梅花的想象力。李义山则与后世相反，完全着意于孤寂甚至于惨淡这方面，这是他遭逢不时，而又性好自艾自怨的缘故吧。

---

1. 《诗经·鄘风·桑中》："爰采唐矣，沬之乡矣。云谁之思？美孟姜矣。期我乎桑中，要我乎上宫，送我乎淇之上矣。……"《诗经·陈风·东门之杨》："东门之杨，其叶牂牂。昏以为期，明星煌煌。……"
2. 见冯浩《玉溪生诗详注》引。

七、菊　花

自从《离骚》有“朝饮木兰之坠露兮，夕餐秋菊之落英”的句子，菊花高洁的性质即已确立。汉赋中菊花偶或出现，[1]魏晋南朝，菊花更经常出现于诗、赋、颂、赞、书、铭之中。其间如晋袁山松的《咏菊》诗：“灵菊植幽崖，擢颖陵寒飙。春霜不染色，秋霜不改条。”则秋菊傲霜的孤高秉性，文人多已掌握住。再由于陶渊明爱菊，菊花又与隐士结下不解缘。至于李义山诗中的菊花，也常与高洁隐逸有关。

《菊》：“……陶令篱边色，罗含宅里香。……”

《寄太原卢司空三十韵》：“……罗含黄菊宅，柳浑白蘋汀。……”按《晋书·文苑·罗含传》云：“及致仕还家，阶庭忽兰菊丛生，以为德行之感焉。”在义山涉及菊花的六首诗中，竟有两首提到渊明，两首提到罗含，可见他承袭传统的成分很多，但义山诗中另有两特色，其一，对白菊有特殊的感情；其二，以菊花自况。

霜天白菊绕阶墀

《九日》：“曾共山翁把酒时，霜天白菊绕阶墀。十年泉下无消息，九日樽前有所思。……”

钱良择云：“一本下有‘怀令狐楚府主’六字。”如果这是义山自己题的，则“山翁”应即指令狐楚，但有人怀疑那是后人所注，

1. 如扬雄《反离骚》。

那么可信度就小了，但是这里应该指令狐楚才是，其理由如下。

（一）令狐楚《三月晦日会李员外座中频以老大不醉见讥因有此赠》诗云："三月唯残一日春，玉山倾倒白鸥驯；不辞便学山公醉，花下无人作主人。"令狐楚就曾自拟为山公。而他的挚友刘禹锡也曾称之为山公，其《酬令狐相公亲仁郭家花下即事见寄》诗云："荀令园林好，山公游赏频。……"可见山翁可以用来称令狐楚。（二）令狐楚性爱白菊，刘禹锡有《酬令狐相公庭前白菊花谢偶书所怀见寄》诗云："数丛如雪色，一旦冒霜开。……"又《和令狐相公玩白菊》诗云："家家菊尽黄，梁国独如霜。……"可知令狐之雅好白菊也。综上所述，李义山应常陪令狐楚赏白菊；纵使不如此，至少义山的特别看重白菊，也是受令狐楚的影响。由于义山早岁受知于令狐楚，感激不尽，在楚死后十年的重九，见到白菊，仍对他怀念不已。

《野菊》："……细路独来当此夕，清樽相伴省他年。……"

还是表现这份情怀。

《和马郎中移白菊见示》："陶诗只采黄金实，郢曲新传白雪英。素色不同篱下发，繁花疑自月中生。……"

本来菊以黄为正色，但义山却受令狐楚的影响，特别看重白菊。

显泛金鹦鹉

在前举《和马郎中移白菊见示》与《野菊》二诗中，他都将自己比为菊花，今录全诗如下。

《和马郎中移白菊见示》："陶诗只采黄金实，郢曲新传白雪英。素色不同篱下发，繁花疑自月中生。浮杯小摘开云母，带露旋移缀水精。偏称含香五字客，从兹得地始芳荣。”

《野菊》：“苦竹园南椒坞边，微香冉冉泪涓涓。已悲节物同寒雁，忍委芳心与暮蝉？细路独来当此夕，清樽相伴省他年。紫微新苑移花处，不取霜栽近御筵。”

前者自喻为曲高和寡的阳春白雪，但仍希望能如作《菊花赋》的钟会因为改动了虞松作品的五个字，受到赏识而大用。后者则自伤自怜，抚今追昔，而有所怨矣。

《菊》：“暗暗淡淡紫，融融冶冶黄。陶令篱边色，罗含宅里香。几时禁重露，实是怯斜阳。显泛金鹦鹉，升君白玉堂。”

这首诗是说自己罢官，恐无人润泽，深忧迟暮，而希望能青云路便而入朝。案：金鹦鹉是范金而成仿鹦鹉螺形式的酒杯，象征富贵。

义山因令狐楚雅好白菊，又赏识自己，因此对白菊特别偏好。至于菊花的性质，他把握着它的清高、寂寞，但他却没有一点隐逸的味道，提到陶渊明，也只想到罢官，而毫无隐逸的意思，甚至从菊花他还是想到要做官得志。

八、兰　花

兰花自古以来，受到中国人的普遍重视。经、史、诸子、楚辞、诗、赋之中，俯拾皆是。兹略举其尤著者，如《易·系辞上》：“二人同心，其利断金；同心之言，其臭如兰。”《左传·宣公三年》："以兰有国香，人服媚之如是。"《诗经·郑风·溱洧》："溱与洧，方涣涣兮。士与女，方秉蕑兮。"传："蕑、兰也。"《九歌·少司命》："秋兰兮蘼芜，罗生兮堂下；绿叶兮素华，芳菲菲兮袭予。（略）秋兰兮青青，绿叶兮紫茎。满堂兮美人，忽独与余兮目成。"《离骚》："扈江蓠与辟芷兮，纫秋兰以为佩。"文子："日月欲明，浮云盖之；丛兰欲茂，秋风败之。"《琴操》："孔子历聘诸侯，诸侯莫能任。自卫反鲁，隐谷之中，见香兰独茂，喟然叹曰'夫兰当为王者香，今乃独茂，与众草为伍'。乃止车，援琴鼓之，自伤不逢时，托辞于香兰云。"大约兰花既美且香，受先民重视，民间亦用以祓除不祥，志士则以喻君子，后世淑女又或以自命。因此，兰花就不断见于文字。

李义山诗中的兰花香草，约如下述。

清香披蕙兰

《大卤平后移家到永乐县居书怀十韵寄刘韦二前辈二公尝于此县寄居》："……鬓入新年白，颜无旧日丹。自悲秋稷少，谁惧夏畦难。逸志忘鸿鹄，清香披蕙兰。还持一杯酒，坐想二公欢。"

《赠从兄阆之》："……城中猘犬憎兰佩，莫捐幽芳久不归。……"

这两首诗都是依传统以兰喻清高的君子。

湘兰怨紫茎

义山谋食于南方的日子很多，所以常以兰蕙来代表他的生活空间。

《潭州》："潭州官舍暮楼空，今古无端入望中，湘泪浅深滋竹色，楚歌重叠怨兰丛。……"

《五言述德抒情诗一首四十韵献上杜七兄仆射相公》："……陇鸟悲丹

背，湘兰怨紫茎。……”

《九日》：“……不学汉臣栽苜蓿，空教楚客咏江蓠。……”

《李肱所遗画松诗书两纸得四十一韵》：“……从兰愧伤暮，碧竹惭空中。……”

《荆门西下》：“……骨肉书题安绝徼，蕙兰蹊径失佳期。……”

正因他羁旅南方，见到兰蕙江蓠，就很容易联想到屈原，而兴怀才不遇之慨，深忧迟暮之悲。但随处留情的他，除了这种感触之外，也以湘楚的香草，写他在那里的艳情。

《拟意》：“……濯锦桃花水，溅裙杜若洲。……”

《即日》：“……书去青枫驿，鸿归杜若洲。……”

自《即日》全首，还约略可看出他是在湘中叹所思之人远去，而这两句则表示仍有书信往返。而《拟意》一首却是很隐秘的艳情，非当事人恐难参透。

长不掩兰房

义山也常以兰来表示范围更小的特定地方，而这种地方都与妇女有关。

《少年》：“外戚平羌第一功，生年二十有重封。……别馆觉来云雨梦，后门归去蕙兰丛。”

《药转》：“……露气暗连青桂苑，风声偏猎紫兰丛。……”

《夜思》：“……永令虚灿枕，长不掩兰房。……”

《圣女祠》：“松篁台殿蕙香帏，龙护瑶窗凤掩扉。……”

《汴上送李郢之苏州》：“……苏小小坟今在否？紫兰香径与招魂。”

《和郑愚赠汝阳王孙家筝奴二十韵》：“……玉砌衔红兰，妆窗结碧绮。……”

这些诗所描写的地方有径、有苑、有庭、有闺，而这些特定场所都与女性有密切的关系。

来别败兰荪

义山也以兰来代表人，或用以表现人的情意。

> 《饮席戏赠同舍》："……兰回旧蘂缘屏缘，椒缀新香和壁泥。……"
>
> 《燕台诗·夏》："……桂宫流影光难取，嫣熏兰破轻轻语。……"
>
> 《河阳诗》："……幽兰泣露新香死，画图浅缥松溪水。……"
>
> 《晓起》："拟杯当晓起，呵镜有微寒。隔箔山樱熟，褰帷桂烛残。书长为报晚，梦好更寻难。影响输双蜨，偏过旧兰畹。"
>
> 《蜨》："叶叶复翻翻，斜桥对侧门。芦花惟有白，柳絮可能温？西子寻遗殿，昭君觅故村。年年芳物尽，来别败兰荪。"

这里的兰用来代表人，人的美态、人的友谊或恋情。

兰花以幽雅清香胜，这是诗人都能掌握的，义山亦然。但他对其清高的性质着意较少，而因兰蕙引起思念、伤感、哀怨的情绪较多。

九、桃花、李花

《诗经·召南·何彼秾矣》："……何彼秾矣，华如桃李。平王之孙，齐侯之子。……"桃李开花都在春天，而且桃红李白相映成趣，所以在文学作品里有时将它们并举。但灿烂缤纷，似醉如霞的桃花，毕竟耀眼得多，所以《诗经》里就有单独咏桃花的篇什，[1]而李花却没有。李的果实虽早已见诸文字，但早期的李花则只能谦逊地陪伴着桃花。咏李花的诗篇不但晚于桃花，在数量上也要少得多。但是也许由于李义山特别喜欢李花的雪白，特别同情它的寂寞，再加上他姓李，将李花与自己牵扯在一起，所以他对李花的关注，似有凌驾桃花之上之势，而且时常将二者混合书写，因此，这里将其合为一节。以下叙述则先桃后李，再将桃李一并叙述。

夭桃唯是笑

桃花在春天开花，所以诗人常以桃花点缀春景，甚至以之代表春天。

> 《即日》："小苑试春衣，高楼倚暮晖。夭桃唯是笑，舞蝶不空飞。……"
>
> 《春游》："……烟轻唯润柳，风滥欲吹桃。……"

都是一片春光明媚的景象，但义山写春日的桃花未必都这么明快。

> 《小桃园》："竟日小桃园，休寒亦未暄。坐莺当酒重，送客出墙繁。啼久艳粉薄，舞多香雪翻。犹怜未圆月，先出照黄昏。"

虽然对春天已怀有几许喜悦，但还不怎么开朗。

无赖夭桃面

自从《诗经·周南·桃夭》以桃形容美女以来，桃花就经常用来作为美女的表征，义山在这方面的诗也很多。

1.《诗经·周南·桃夭》。

《嘲桃》："无赖夭桃面，平明露井东。春风为开了，却拟笑春风。"

《燕台诗·冬》："……楚宫蛮弦愁一概，空城无罢腰支在。当时欢向掌中销，桃叶桃根双姊妹。……"

又《春》："……暖蔼辉迟桃树西，高鬟立共桃鬟齐。雄龙雌凤杳何许，絮乱丝繁天亦迷。……"

《汴上送李郢之苏州》："……露桃涂颊依苔井，风柳夸腰住水村。……"

《拟意》："……濯锦桃花水，溅裙杜若洲。……"

这里或以桃花指美女，或状其容貌、妆饰，甚至引申至幽微的艳情上去。

桃散武陵霞

自从陶渊明写了《桃花源记》，后世文人见到桃花，也容易联想到虚构的武陵桃源。

《永乐县所居一草一木无非自栽今春悉已芳茂因书即事一章》："……柳飞彭泽雪，桃散武陵霞。……"

即本此意。

《元微先生》："仙翁有定数，时入一壶藏。夜夜桂露湿，村村桃水香。……"

徐逢以为"村村桃水香"也是暗用桃源事，但读原诗，却仍不能确定其含义。

自明无月夜

义山对自己的姓氏颇为自矜，他在《哭遂州萧侍郎》诗中，就有"我系本王孙"之句。

《戏题枢言草阁三十二韵》："……百岁本无业，阴阴仙李枝。……"

其意亦同。因此义山每以李花自况。

《子直晋昌李花》："吴馆何时熨，秦台几夜熏。绡轻谁解卷，香异自先闻。月里谁无姊，云中亦有君；樽前见飘荡，愁极客襟分。"

自负自怜的情绪都表现在诗中，"香异自先闻"，对自己早秀的天才颇为自负；但月里、云中都有主，李花却因无主而飘荡，令人愁极。

《李花》："李径独来数，愁情相与悬。自明无月夜，强笑欲风天。减粉与园箨，分香沾渚莲。徐妃久已嫁，犹自玉为钿。"

"自明无月夜"则孤芳自赏，"减粉与园箨，分香沾渚莲"更觉得自己才气横溢，沾溉他人。但"强笑欲风天"则又迁就现实，强颜欢笑。到"徐妃已嫁久，犹自玉为钿"则其沦落的情况，无奈的心情更为昭显。

应候非争艳

《赋得桃李无言》："夭桃花正发，秾李蕊方繁。应候非争艳，成蹊不在言。静中霞暗吐，香处雪潜翻。得意摇风态，含情泣露痕。芬芳光上苑，寂寞委中园。赤白徒自许，幽芳与谁论。"

义山少年成名，也曾经风光一时，但后来自感遭人之嫉，以致郁郁不得伸。于是借桃李花抒怀，认为他的成名只是水到渠成的事，并非刻意争取得来的。但早岁成名却落得后来的寂寞凋谢。

清晨禁桃李

《判春》:“一桃复一李，井上占年芳。笑处如临镜，窥时不隐墙。敢言西子短？谁觉宓妃长？珠玉终相类，同名作夜光。”

《和郑愚赠汝阳王孙家筝妓二十韵》:“……九门十二关，清晨禁桃李。”

《判春》一首以桃李喻二美人，而以为两者难分轩轾。而《和郑愚赠汝阳王家筝妓》一首，则以桃李拟一人，谓筝妓有桃李之容，但为贵人深贮而不得见。

争奈何阳一县花

《县中恼饮席》:“晚醉题诗赠物华，罢吟还醉忘归家。若无江氏五色笔，争奈河阳一县花。”

《拟沈下贤》:“……河阳看花过，曾不问潘安。”

《石城》:“石城夸窈窕，花县更风流。……”

案：晋潘岳为河阳令，树桃李花，人号曰河阳一县花。[1] 又李白赠崔秋浦诗云：“河阳花作县，秋浦玉为人。”所以河阳花或花县都是指桃李花。而义山自比于潘岳，恐怕不仅是因为潘岳美风容、富文采而已。《晋书·潘岳传》云：“岳才名冠世，为众所疾，遂栖迟十年，出为河阳令，负其才，而郁郁不得志。”这才是他寄托之处。

在桃花、李花之中，义山对桃花的描写，少有逾越前人之

1. 见《白帖》。

处，也许是前人写桃花的诗已经很多，而为人写尽的缘故。对于李花，义山则能做更深刻的抒写，而有幽邃的寄托。

十、朱槿花、槿花

朱槿就是扶桑，产于南方。[1]李义山游宦岭南，颇有所见，有《朱槿花》二首：

> 莲后红何患，梅先白莫夸。才飞建章火，又落赤城霞。不卷锦步障，未登油壁车。日西相对罢，休澣向天涯。

> 勇多侵路去，恨有碍灯还。嗅自微微白，看成沓沓殷。坐忘疑物外，既去有簾间。君问伤春句，千辞不可删。

此外，其《偶成转韵七十二句赠四同舍》亦有句云：

> ……鹧鸪声苦晓惊眠，朱槿花娇晚相伴。……

这些都在抒写羁旅与幕僚生涯的无聊。诗中谓“嗅自微微白，看成沓沓殷”，则其所谓朱槿花大约是早晨为白色，经日晒而颜色变红的那一种，幕中无所事事，也得从早坐到晚，有才而无所用。是以冯浩笺曰“在岭南作，身世之感凄然。唐时幕僚晨入昏归”云云。

槿花就是植为藩篱开红花的灌木，其花朝开夕殒。[2]义山有三

1. 据李时珍《本草集解》。
2. 据《本草》、《尔雅·释草注》、《玉篇》、《文选·沈约宿东园诗》等。

首诗咏及之，一首题为《槿花》，另二首题为《槿花二首》。

《槿花》："风露凄凄秋景繁，可怜荣落在朝昏；未央宫里三千女，但保红颜莫保恩。"

这可能是因为他的上司郑亚担任桂州刺史、御史中丞桂管都防御经略使才不过一年，就被贬为循州刺史，[1]而感到当时党争的多变，于是借朝开夕落的槿花寄慨。《槿花二首》：

燕体伤风力，鸡香积露文。殷鲜一相杂，啼笑两难分。月里宁无姊，云中亦有君。三清与仙岛，何事亦离群。

珠馆薰燃久，玉房梳扫余；烧烂才作烛，襞锦不成书。本以亭亭远，翻嫌脉脉疏；回头问残照，残照更空虚。

这也是借槿花寄慨，深感处于党争的夹缝中，几无容身之地，以致啼笑不得。且因疏远，投诉不得，而有日暮途穷，前途茫茫之悲。

朱槿花与槿花诗，都是他在桂林失意之笔。

十一、紫薇、杏花

紫微本为星座名，乃天帝所居，[2]唐开元元年改中书省曰紫微省，[3]故文人每以紫薇花来象征中书省，如白居易《紫薇花》诗

1. 见《新唐书》卷一八五、《旧唐书》卷一七八《郑畋传》。
2. 见《史记·天官书》、《晋书·天文志》、《列子·周穆王》等。
3. 见《新唐书》卷四七〇《官志注》。

云："独坐黄昏谁是伴？紫薇花对紫薇郎。"当时白氏任中书舍人，故云。李义山有《临发崇让宅紫薇》一首，亦以紫薇暗指中书省：

> 一树秾姿独看来，秋庭暮雨类轻埃。不先摇落应为有，已欲别离休更开。桃绥含情依露井，柳绵相忆隔章台。天涯地角同荣谢，岂要移根上苑栽。

案：冯浩玉溪生诗详注将此诗系于文宗开成五年（840）。在开成二年义山登进士第，三年新婚，四年释褐为秘书省校书郎调补弘农尉，到这一年辞尉南游。唐朝秘书省属中书省，所以他在临发时借紫薇花寄慨。看来他离京别家是有不得已的苦衷，知道自己不能在秘书省求发展，而想要挟己之才到天涯海角开创事业。

义山诗中专咏杏花的诗只有一首，但含有杏花的诗句则另有三见。

> 《杏花》："上国昔相值，亭亭如欲言；异乡今暂赏，脉脉岂无恩。援少风力多，墙高月有痕。为含无限思，遂到不胜繁。仙子玉京路，佳人金谷园。几时辞碧落，谁伴过黄昏？镜拂铅华赋，炉藏桂烬温。终应催竹叶，先拟咏桃根。莫学啼成血，从教寄梦魂。吴玉采香径，失路入烟村。"
>
> 《评事翁寄赐饧粥走笔为答》："粥香饧白杏花天，省对流莺坐绮筵。今日寄来春已老，凤楼迢递忆秋千。"
>
> 《柳下暗记》："无奈巴南柳，千条傍吹台；更将黄映白，拟作杏花媒。"
>
> 《日日》："日日春光斗日光，山城斜路杏花香。几时心绪浑无事，得及游丝百尺长。"

杏花一向代表热闹的春意，但唐朝的杏花又另含特殊的意义，

《唐抚言》："唐进士杏花园初会，谓之探花宴。"所以见到杏花，就容易想到进士及第杏花园宴会的风光，倘在异地看到杏花，要是未登科，就会产生对及第的企盼，如在登科后，则会有沦谪的感觉。

紫薇花与杏花对李义山都含有特殊的意义，前者代表属于紫微省（即中书省）的秘书省，后者代表登科及第。义山在登科后离开了秘书省，沦落他方，见到这两种花，都加深了他的失意感。

十二、木兰花

义山专咏木兰花的诗有两首，另有含木兰花诗句者一见。

> 《木兰》："二月二十二，木兰开拆初。初当新病酒，复自久离居。愁绝更倾国，惊新闻远书。紫丝何日障，油壁几时居？弄粉知伤重，调红或有余。波痕空映袜，烟态不胜裾。桂岭含芳远，莲塘属意疏。瑶姬与神女，长短定何如？"
>
> 《木兰花》："洞庭波冷晓侵云，日日征帆送远人。几度木兰舟上望，不知元是此花身。"
>
> 《三月十日流杯亭》："身属中军少得归，木兰花尽失春期。偷随柳絮到城外，行过水西闻子规。"

木兰花开于晚春，所以义山诗中的木兰都有迟暮之感。冯浩将前二首系于宣宗大中三年（849），这时正是他在桂林的上司贬循州死于官的时候；而第三首则系于大中七年以后他在四川当柳仲郢幕僚的那一段时间。而在这段时间当中——大中五年，他的妻子王氏又亡故了。因此，这是他意气最消沉的时候，这几首诗都表现了这种情绪。

十三、樱桃花

义山有《樱桃花下》一首，专咏樱桃花。

> 流莺舞蜨两相欺，不取花芳正结时。他日未开今日谢，嘉辰长短是参差。

义山另有一首《嘲樱桃》的五绝。虽然指的是果实，但含义与此相同，可以参照，诗云："朱实鸟含尽，青楼人未归；南园无限树，独自叶如帷。"无论是花是实，这里都用以指某一美女，而有"无花空折枝"之叹。这跟杜牧在湖州见一少女有国色，约定十年后来娶，十四年后往，而名姝已嫁，生二子，小杜怅然作《叹花》诗云"自恨寻芳到已迟，往年曾见未开时；如今风摆花狼藉，绿叶成阴子满枝"的故事寓意全同。[1]

十四、其　他

因受篇幅限制，其他各种花卉不复一一析论，但各以一语交代而已。《寄恼韩同年》的辛夷花代表春天兼指韩的新娘。《景阳宫井双桐》的樱花使他睹物思人，《无题》的樱花则指美人所居之处。《题二首后重有戏赠任秀才》的蔷薇指青楼，《房中曲》的蔷薇用以悼亡，《日射》的蔷薇表现寂寞与迟暮。《河内诗》与《效徐陵体赠更衣》的栀子花象征同心。《李夫人》的茱萸用以悼

1. 杜牧事见张君房《丽情集》，但《丽情集》诗句与杜集文字小异。

亡，《拟意》的茱萸是帐饰。《牡丹》的郁金是裙饰用以象征戚夫人，《药转》的郁金是指地方。《自喜》的芍药别无所指，《日高》的芍药以状佳人睡态。《回中牡丹为雨所败》的石榴花用来陪衬牡丹，《茂陵》的石榴暗示好大喜功，《无题》与《寄恼同年》的石榴花指酒又暗指合欢，《偶题》的石榴指艳情，《拟意》的石榴指裙子。《柳枝》的丁香为艳情。《归来》与《代秘书赠宏文馆诸校书》的红梨指秘书省。《永乐县所居一草一木无非自栽今春悉已芳茂因书即事一章》与《韩冬郎即席为诗相送一座尽惊他日余方追吟连宵侍坐徘徊久之句有老成之风因成二绝寄酬兼呈畏之员外》中的桐花都扯上凤凰。《李卫公》、《燕台诗·夏》与《河阳诗》的木棉花都指南方。《东南》的棠树指地方，《武侯庙古柏》的甘棠指召公，《寄罗劭兴》的棠棣可能如《小雅》之指兄弟。其余菱花、蘋花、白芷、红蓼、杨花、柳花、芦荻花、芝等从略。

十五、百花——代结论

李义山诗中提到的花，以泛称百花的“花”最为常见，大约有七十处。因为泛指百花，所以有其普遍性；再由于所余篇幅已无多，是以就以之代结论。

莺啼花又笑

花本来是明艳的，热闹的，应该予人以愉悦的感觉，但在多愁善感的诗人的眼底、心中、笔下却时常呈现出愁怨的一面，而李义山可说是诗人中多愁善感之尤者，所以总是以泪眼去看花，难得有欣快之感。在他作品中，当以《早起》一首最富喜感。

风露淡清晨，帘间独起人。莺啼花又笑，毕竟是谁春。

义山的思想常是紊杂的，情绪常是哀愁幽怨的。他在夜里时常思潮起伏，大约难得早起，这次春晨早起，令他灵台清明，竟有如此的喜感，只可惜作茧自缚的他，很难长久保持这种心境，就像谢灵运《登池上楼》中“……池塘生春草，园柳变鸣禽……”只有一时的喜悦，很快就落入思量而不能自拔。他不能如“虚室绝尘想[1]”的陶渊明，能有持久的满足。所以由花而引起最自然的欣喜的诗，严格说来是仅此一见而已。

《安平公诗》：“……三月石堤冻清释，东风开花满阳坡。……”

这是他二十多岁时受崔戎所知时作的诗，心境固然还不错，但多少有为崔戎凑趣的意思。

《赠子直花下》：“池光忽隐墙，花气乱侵房。屏缘蛈留粉，窗油蜂印黄。官书推小吏，侍史从清郎。并马更吟去，寻思有底忙。”

这是他三十岁出头，重入秘书省为郎时所作，秘书郎责任不重，趁着春光邀朋友骑马吟诗去，倒也有几分自在。

《今月二日不自量度辄以诗一首四十韵干渴尊严伏蒙仁恩俯赐披览奖逾其实情溢于辞顾惟疏芜曷用酬戴辄复五言四十韵诗一章献上亦诗人咏叹不足之义也》：“……岸柳兼池绿，园花映烛红。……”

他在前面有一首《五言述德抒情诗一首四十韵献上杜七兄仆射相公》的诗，受到杜悰的鼓励，于是再补上这一首，对杜悰有所

1. 见陶诗《归园田居》。

歌颂。

《大卤平后移家到永乐县居书怀十韵寄刘韦二前辈二公尝于此县寄居》："……依然五柳在，况复百花残。……"

这虽然庆幸家园犹存，但并不是畅怀的快乐，其中仍隐藏若干辛酸。

洛阳花雪梦随君

花开花谢，通常都是应着时令季节的，当然也跟地方的南北有关，因此诗人也常以花来代表某一时空。诗人之所以不直接指明那时空，而用花来表现，则为了将世界的美丽呈现出来。李义山即常以花来表示时空风景。

《失题》："幽人不倦赏，秋暑贵招邀。竹碧转怅望，池清犹寂寥。露花终裛湿，风蝶强娇饶。此地如携手，兼君不自聊。"

招友同游不至，而将期会之地的风景加以描述。

《和友人戏赠》："东望花楼会不同，西来双燕戏休通。……"

所思之人处花楼之中，可望不可及。

《宋玉》："……落日渚宫供观阁，开年云梦送烟花。……"

谓日日岁岁皆随侍游宴，烟花指郊外的风景。

《即日》："桂林闻旧说，曾不异炎方，山响匡床语，花飘度腊香。……"

“花飘度腊香”，一面表示他在交春时到桂林；一面也点明了桂林气候的温暖，进而暗示其僻处南方，远离京华也。

《北楼》：“春物岂相干，人生只强欢。花犹曾敛夕，酒竟不知寒。异域东风湿，中华上象宽。此楼堪北望，轻命倚危栏。”

这也是炎方风物异中州之意，正以其异，故怅望而愁思无穷也。

《灯》：“皎洁终无倦，煎熬亦自求。花时随酒远，雨夜背窗休。……”

以灯自譬，而花时表示良辰。

《五言述德抒情诗一首四十韵献上杜七兄仆射相公》：“……槛危春水暖，楼回雪峰晴。移席牵湘蔓，回桡扑绛英。……”

以绛英来显示池沼之美。

《细雨成咏献尚书河东公》：“……半将花漠漠，全共草萋萋。……”

这只是以花来点缀雨景。

《少将》：“……烟波别墅醉，花月后门归。……”

《蜂》：“小苑华池烂漫通，后门前槛思无穷。……”

《戏题友人壁》：“花迳逶迤柳巷深，小兰亭午啭春禽。……”

或表现居处的华丽，或表现其幽雅。

《送王十三校书分司》：“多少分曹掌秘文，洛阳花雪梦随君。……”

以“洛阳花雪”表示东西遥隔的空间；兼指自春徂冬的时间。

偷看吴王苑内花

以花拟人，为诗人常用笔法，其中以比拟美女为多，而譬喻男子的也有。

《安平公诗》：“……其弟炳章犹两丱，瑶林琼树含奇花。……”

即以“奇花”形容崔戎的弟弟崔衮。

《壬申七夕》：“……风轻惟响珮，月薄不嫣花。……”

形容自己还不甚光彩。

《天涯》：“春日在天涯，天涯日又斜；莺啼如有泪，为湿最高花。”

一般笺注家多以为“最高花”指身居相位的令狐绹。

然而义山诗终以花比美女者为多。

《残花》：“残花啼露莫留春，尖发谁非怨别人；若但掩闺劳独梦，宝钗何日不生尘。”

《高花》：“花将人共笑，篱外露繁枝。宋玉临江宅，墙低不拟窥。”

《无题》：“闻道阊门萼绿华，昔年相望抵天涯；岂知一夜秦楼客，偷看吴王苑内花。”

《春日》：“欲入卢家白玉堂，新春催破舞衣裳；蝶衔花蕊蜂衔粉，共助青楼一日忙。”

《和孙朴韦蟾孔雀咏》：“……西施因网得，秦客被花迷。……”

《饮席戏赠同舍》：“洞中屐响省分携，不是花迷客自迷。……”

《中元作》：“……曾省惊眠闻雨过，不知迷路为花开。……”

《青陵台》："青陵台畔日光斜，万古贞魂倚暮霞。莫讶韩凭为蛱蝶，等闲飞上别枝花。"

《和郑愚赠汝阳王孙家筝妓》："……初花惨朝露，冷臂凄愁髓。……"

这许多诗句的花，都用来代表形形色色的女郎。

花情羞脉脉

花既与女郎有密不可分的关系，到处留情的李义山很容易就进一步将花带入艳情之中。

《向晚》："……花情羞脉脉，柳意怅微微。……"

《蜨》："……相兼惟柳絮，所得是花心。……"

《闺情》："红露花房白蜜脾，黄蜂紫蜨两参差；春窗一觉风流梦，却是同衾不得知。"

《柳枝》："花房与蜜脾，蜂雄蛱蜨雌；同时不同类，那复更相思。"

《夜思》："……觉动迎猜影，疑来浪认香；鹤应闻露警，蜂亦为花忙。……

都以花写入艳情，但都写得太浅俗了。也许专指某一种花，比较能做深刻细腻的描写，用泛称的花就只能写泛泛的情吧。

欲书花片寄朝云

除了美人可用花来比拟，美丽的事物也可用花来形容，只是在义山诗中并不多见。

《牡丹》："……我是梦中传彩笔，欲书花片寄朝云。"

《燕台诗·秋》："……欲织相思花寄远，终日相思却相怨。……"

这里的花片，都是指花笺；花笺上当又载满了相思。此外，义山又在《安平公诗》与《酬崔八早梅有赠兼见示之作》中将佛教的典故用在花上，因为也只有两见，所以并于此，合为一项。

《安平公诗》："……一百八句在贝叶，三十三天长雨花。……"

《酬崔八早梅有赠兼见示之作》："……维摩一室虽多病，要舞天花作道场。……"

与佛教关系最密切的花是莲花，可参看第三"莲花"项。

东风无力百花残

李义山从花引起了什么联想，固然是我们要探讨的，但更重要的是他诗中的花含蕴的情感。前面提到花很少引起喜感，这里讨论他因花而引发的伤感。

《正月崇让宅》："密锁重关掩绿苔，廊深阁回此徘徊。先知风起月含晕，尚自露寒花未开。……"

春天花还没开，而他的悲愁已先花而生。

《二月二日》："二月二日江上行，东风日暖闻吹笙。花须柳眼各无赖，紫蝶黄蜂俱有情。万里忆归元亮井，三年从事亚夫营。新滩莫悟游人意，更作风檐夜雨声。"

《流莺》："……曾苦伤春不忍听，凤城何处有花枝？……"

花已经开了，但是羁旅中的义山见到花开，思归之心却更为迫切。

《与同年李定言曲水闲话戏作》："海燕参差沟水流，同君身世属离忧。相携花下非秦赘，对泣春天类楚囚。……"

春光明媚，百花齐放，跟好友同游曲江胜境，应当是快慰平生的事，他们却因为宦途失意而感到不自在，竟相对而泣。

《越燕》："……拂水斜纹乱，衔花片影微。……"

见到燕子衔花筑巢，就想到自己身为幕客，亦犹燕巢于幕的不牢靠，而毫无安全感。

《南潭上亭宴集以疾后至因而抒情》："马卿聊应召，谢傅已登山。歌发百花外，乐调深竹间。鹢舟萦远岸，鱼钥启重关。莺蝶如相引，烟萝不暇攀。佳人启玉齿，上客颔朱颜。肯念沈痾士，俱期倒载还？"

他当幕客的没趣，前面各节已有涉及。文人为幕客，主人多但优畜之，召他参加盛宴，只是凑凑趣，留点纪念，跟召个照相师摄影留念的意思相类。所以当他生病奉召而迟到，人家的宴会早已热热闹闹地展开了。在百花外，远远就听到奏乐的声音，对一个生病的幕僚实在是毫不重视。敏感的义山见到百花，听到音乐，又怎能欣喜呢？

《写意》："……日向花间留返照，云从城上结层阴。三年已制思乡泪，更入新年恐不禁。"

岁月在无奈中消逝，见到夕照中的花朵，不禁而兴迟暮之悲。

《夕阳楼》："花明柳暗绕天愁，上尽重城又上楼；欲问孤鸿向何处？不知身世正悠悠。"

既不得志而游于他乡，则花红柳绿，对他都只能引起伤感而已。

陆放翁诗有“柳暗花明又一村”之句，令人有豁然开朗之感；同样的花明柳暗，义山却是“花明柳暗绕天愁”，深陷悲愁之中。

《李夫人》：“……土花漠碧云茫茫，黄河欲尽天苍苍……”

在悼亡的心境中，见到花更是伤心泪尽。

《无题》：“相见时难别亦难，东风无力百花残。……”

花开之日已自悲愁不已，况春期将过尤所难堪。

《即日》：“一岁林花即日休，江间亭下怅淹留。重吟细把真无奈，已落犹开未放愁。……”

春天立即就要过去，想到明年春花才再开，亟欲挽住春光的尾巴，把花细玩，一再悲吟，也无可奈何。

《送从翁从东川弘农尚书幕》：“……非关无烛夜，其奈落花朝。……”

有虽欲及时行乐，而有时不我与之悲。

《井泥》：“……晚落花满地，幽鸟鸣何枝。……”

良辰既逝，而有无依的恐惧。

《属疾》：“……秋蝶无端丽，寒花更不香；多情真命薄，容易即回肠。”

到了秋天，寂寞的花对着多愁善感的人，令他回肠九转。

《离席》："……细草翻惊雁，残花伴醉人。……"

在送别的筵席上，又见残花，义山只有借酒浇愁了。

《别薛岩宾》："……别离真不那，风物正相仍。漫水任谁照，衰花浅自矜。还将两袖泪，同向一窗灯。……"

分袂之际而见衰花，则泪下不能自抑也。

《即日》："地宽楼已回，人更回于楼。细意轻春物，伤酲属暮愁。望赊殊易断，恨久欲难收。大势真无利，多情岂自由？空园兼树废，败港拥花流。书去青枫驿，鸿归杜若洲。单栖应分定，辞疾索谁忧？更替林鸦恨，惊频去不休。"

伊人已杳，人去楼空，庭园荒芜，林鸦频啼。败港之中，落花逐流而逝，正象征佳人的悄然离开。

从李义山诗中的花，约略可看出他的感觉锐敏而纤细，他的感情丰富而复杂，他的联想力可达幽邃难测的境域。这些特性从他其余篇什，也可看得出来。

最值得注意的是对正开放的花朵，他所给予的关注，远不及对花残、花落时的关心。易言之，他往往要等到花开始凋零，甚至委于泥土时，才悚然而惊，才来珍惜它，挽留它，哀悼它，觉得它们跟他自己同样的不幸。这也许正是他性格的特征，在他一生中，也许只有读书作诗为文，他的确下了实实在在的工夫。其他事情，很少看到他落实过，他很少认真把握时机，而总是在良机已逝，才来自艾自怨。固然客观环境对他不利，但他性格上的弱点更是他不得志的主要因素。自怨自怜使他软弱，使他陷溺而不克自拔。义山能博得后人的同情，却不足为后世的典型。

其次值得注意的是李义山的百花世界，也就是他的人间世。

《春日寄怀》："世间荣落重逡巡，我独邱园坐四春。纵使有花兼有月，可堪无酒又无人？……"

可见他虽看重花月，但更看重人事，花月不过是人活动的背景。因此，他对百花怀着深情，其实只是将他对人的深情投射于百花而已。

皎然、贯休、齐己诗中的花

一

皎然（720～800前后）、贯休（832～912）、齐己（864～937）都是唐代著名的诗僧，其作品质优而量丰。三人作品都在他们去世后不久，就得到集结；皎然约终于唐德宗贞元十六年前后，不久其诗文即编成文集，时人于頔为之序，而且早在贞元八年正月德宗已敕写其文集入于秘阁；[1]贯休生前就很珍惜自己的诗稿，时时亲自加注，看来在他的晚年，诗稿已经整理得差不多了，所以在他去世的当年，弟子昙域立即将其编成文集；[2]齐己的《白莲集》也是由同时人孙光宪写的序。因此他们的诗作散佚得不多，今据《全唐诗》中这三位诗僧的作品，考察诗中出现的各色花卉有些什么意蕴。

皎然，《全唐诗》存诗七卷，四百八十一首，其中出现各种花卉的诗有一百三十一首。贯休，《全唐诗》存诗十二卷，七百一十七首，另存句十一，其中有花的诗一百八十九首。齐己，

1. 见赞宁《高僧传》三集卷第二十九《唐湖州杼山皎然传》。
2. 贯休终于癸酉岁，而昙域即在癸酉岁编成其师文集，见前揭书卷三十。

《全唐诗》存诗十卷，八百十一首，残句七，有花的诗一百七十七首。[1]

这三位诗僧中“花”出现的频率，约略接近《全唐诗》的平均数，所以，就数量而书，并不见明显的特色。

二

现在，先将三位诗僧提及的各种花，依其出现的次数多寡，分别胪列于下，以为后续讨论的引子。

皎然：泛称“花”五十八次，加上“芳”五次，卉、葩、荣、蒻各一次，共六十八次。荷六次，莲、芙蓉各四次，共十四次。桂十二次。桃九次，加金桃一次，共十次。蘋八次。菊（含黄花）、蕙，都是七次。兰、芷、李、梅、三花，都是四次。蕉花、荻花各三次。竹花、白榆各二次。天花、萱、稻花、苕花、菱花、含桃花、江蓠、芳杜、桐花、橘花、枸杞花各一次。

贯休：泛称“花”一百十三次，加上“芳”和“葩”各一次，共一百十五次。芙蓉九次、莲七次、藕花三次、芙蕖三次、荷一次，共二十六次。兰十三次。桂十二次。桃十一次。梅、菊、蒼蔔各四次。天花、李、芦（或苇）花、芝各三次。蕙、菖蒲、柽优鉢罗、牡丹、荆花各二次。优昙花、芬陀利、芷、莀、荆棘花、山茶花、甘草花、荔支花、术花、萸茱、槿、棠各一次。

齐己：泛称“花”四十九次。莲花三十二次，加上菡萏十三次、芙蓉六次、藕花五次、荷三次、芙蕖二次，共六十一次。桃花二十三次，加上蟠桃花、金桃花各一次，共二十五次。兰十二

1. 皎然诗见《全唐诗》卷八一五至卷八二〇；贯休诗见《全唐诗》卷八二六至卷八三七；齐己诗见《全唐诗》卷八三八至卷八四七。

次。李十一次。菊十次。牡丹九次。桂六次。杏芦花（含荻花、苇花）、杨花（含絮一次）各五次。梅花、蓼花各四次。蔷薇三次。玫瑰、松花、蘋花、海棠、薝蔔、槐花各二次。菱、荪、杜、稻花、芒花、梨花、菖蒲、菜花、紫薇、茱萸、石竹花、含桃花各一次。

皎然和贯休都是以泛称的“花”最为常见，这合乎唐代一般诗人的常态；而齐己以单独一种莲花，压倒泛称的百花，这是特殊的现象。

三

首先，让我们看看他们诗中的“花”跟些什么字眼搭配。

皎然：花发、花落各五次。寒花四次。野花三次。花笑、花满、花空、落花、花会、余花各二次。花间、花愁、花动、花前、花丛、花片、花不落、花如霰、花狼藉、花飞尽，千花、闲花、贯花、幽花、阁花、秋花、看花、步花、行花、生花、萦花、山花、残花、穿花、琼花、衔花、吹花、狂花、将花、旧花、未着花、府中花、无情花、目中花各一次。

贯休：落花九次。花开六次。花落、深花、山花、如花各四次。花雨、庭花、宫花、好花各三次。花新，花鸟、花里、花下、花中、花气、花残，有花、百花、对花、野花各二次。花坞、花彩、花月、花雾、花飞、花藏、花动、花下、花坼、花堤、花洁、花泥、花舫、花笑、花醉、花发、花红、花葳蕤、花蒙笼、花映帘、花作席，彩花、汀花、烟花、借花、穿花、挨花、莺花、残花、开花、飘花、看花、药花、岛花、萎花、吹花、仙花、衔花、天花、染花、瑶花、异花、扫花、傍花、空花、岩花、万花、故园花各一次。

齐己：花飞、花边、花落，落花、江花、烟花各三次。花开、花繁，吹花、折花各二次。花外、花阴、花满、花畔、花香、花光、花前、花幕、花地、花坼、花乱、花成泥、花蔫菸，宿花、乱花、摇花、茵花、瑞花、天花各一次。

花开花落，往往触动诗人的情怀，这三位诗僧亦复如此，兹不深论。在此只略述具有特色者。

在这三位诗僧中，以贯休和花最为亲近，对花的情感最为热烈，看他常用深花、花里、花中、花下、花醉、花笑、借花、穿花、对花、傍花、挨花、好花等语，就可思过半语。齐己对花最为疏远，他好用的词语是花边、花畔、花前、花外，这些是贯休所不用的。贯休从庭花到山花、野花都有兴趣。齐己却不然，他的《江居寄关中知己》诗有“旧栽花地添黄竹”的句子，而他的《幽庭》诗更说：

> 不放生纤草，从教遍绿苔。还防长者至，未着牡丹栽。
> 蛱蝶空飞过，鹡鸰时下来。南邻折芳子，到此寂寥回。

看来他对花疏离，似乎也表示他对人多少也怀着疏离感。这或许和他的“气貌劣陋”、“颈有瘤赘”有些关连。[1]他虽不提庭花、野花，却三度提到江花，这可能是他住持的寺院邻近江水，而且他被高季兴遮留江陵，从他的诗作看来，他并不很情愿，时生去心。他望着江水、江花正是这种心情的写照。

至于皎然，他对花既不似贯休的热烈，也不像齐己的疏离，而别有一种不沾不脱，略带清冷幽静闲适的趣味。因此，他用的

1. 见赞宁《高僧传》三集卷三十《齐己传》。

词语花间、花前、穿花、步花、行花、萦花，以及山花、野花，闲花、幽花、寒花等。此外还有两点须加说明的是“无情花”和“花笑”。

《苕溪草堂自大历三年夏新营洎秋及春弥觉胜境因纪其事简潘丞述汤评事衡四十三韵》诗云：

> 原上无情花，山中听经石。

原注云：“圣教意，草木等器世间，虽无情而理性通。又云‘郁郁黄花，无非般若’。是其义[1]。”

这可以看出皎然对于花的基本态度。至于他的“花笑”与贯休的“花笑”则字同而意异。他的《往丹阳寻陆处士不遇》诗云：

> 叩关一日不见人，绕屋寒花笑相向。[2]

这与贯休《送人游茅山》诗云：

> 鸟啼花笑缓纷纷，路入青云白石门。[3]

两者情意并不相同，这正代表着二人对花情趣的不同。

四

其次，我们观察在各种花中，每位诗僧比较常用的花种，并

1. 诗句及注文见《全唐诗》卷八一六。
2. 见《全唐诗》卷八一七。
3. 见《全唐诗》卷八三七。

略为探讨其常用之原因。

皎然：比起其他两位诗僧，他好用蘋花，共有八见，而齐己只有两见，贯休诗中则从未出现蘋花。这可能和皎然的居所邻近白蘋洲有关。试看他的《新秋同卢侍御薛员外白蘋洲月夜》诗云：

> 隔暑蘋洲近，迎凉欲泛舟。[1]

《答张乌程》诗云：

> 前溪更有忘忧处，荷叶田田间白蘋。[2]

可见白蘋洲邻近他驻锡之处。其余如《晦日陪颜使君白蘋洲集》、《白蘋洲途洛阳李丞使还》等诗[3]都显示白蘋洲是他经常活动的区域，而以白蘋入诗自是很自然的事。顺带一提的是他的诗中不见牡丹，大约是当时牡丹尚未风行，至少是佛寺兰若犹未普遍栽种。

贯休：他好以薝蔔花入诗，凡四见；齐己诗二见；皎然诗则未见。贯休《赠造微禅师院》诗云：

> 薝蔔气雍雍，门深圣泽重。[4]

《再游东林寺作五首》之二云：

---

1. 见《全唐诗》卷八一七。
2. 见《全唐诗》卷八一九。
3. 二诗分别见《全唐诗》卷八一七、八一八。
4. 见《全唐诗》卷八三四。

白薝蔔花露滴滴，红苾刍草香濛濛。田地更无尘一点，是何人合住其中。[1]

《送郑使君》诗云：

刺娄廉闽动帝台，唯将清净作梯媒。……仁爱久悬溪上月，恩光又发岭头梅。……荔支花下驱千骑，薝蔔林中礼万回。（原注："时八安大师在回院也。"）……[2]

《律师》诗云：

薝蔔花红径草青，雪肤冰骨不轻轻。今朝暂到焚香处，只恐林前有蝨声。[3]

薝蔔是西天传入的花香，玄应《一切经音义》云：

瞻博花或作瞻波花，亦作瞻匐，此云金色花。

其香甚烈，形似栀子，其色金黄，而贯休诗则称其有白色者，甚至有红色者，不知何故。此外齐己也有两首诗提及此花，《赠智满三藏》诗云：

欲飞薝蔔花无尽，须待陀罗尼有功。[4]

1. 见《全唐诗》卷八三六。
2. 见《全唐诗》卷八三七。
3. 见《全唐诗》卷八三七。
4. 见《全唐诗》卷八四四。

《赠念法华经僧》诗云：

沈檀卷轴宝函盛，薝蔔香薰水经记。[1]

再如卢纶《送静居法师》诗云：

薝蔔名花飘不断，醍醐法味洒何浓。[2]

以上各诗有一个共同点，及此花与佛门有极密切的关系。大约当时寺院多栽此花，而贯休雅好其香气，故再三致意。

齐己：他最特殊的就是诗中莲花极为多见。本来莲花在佛门中就有很丰富的意蕴，而为诗僧所常入诗，像皎然和贯休的诗作中就各有十四次与二十六次之多；然而，齐己诗中的莲竟超过泛称的“花”，毕竟是极罕见的。试探其原因，最主要的应该是他对庐山东林寺白莲的深切的怀念，他会有《题东林寺白莲》云：

大士生兜率，空池满白莲。[3]

又有《题东林寺十八贤真堂》诗云：

白藕花前旧影堂，刘雷风骨画龙章。[4]

1. 见《全唐诗》卷八四七。
2. 见《全唐诗》卷二七六。
3. 见《全唐诗》卷八三九。
4. 见《全唐诗》卷八四四。

离开庐山后，他对东林寺始终念念不忘，而白莲则成为东林寺的表征。《寄南雅上人》诗云：

清吟何处题红叶？旧社空怀堕白莲。[1]

《渚宫自勉》二首之一云：

东林露坛畔，旧对白莲房。[2]

《渚宫莫问诗一十五首》之十三云：

莫问多山兴，晴楼独凭时。六年沧海寺，一别白莲池。[3]

《寄怀江西栖公》诗云：

龙沙为别日，卢阜得书年。不见来香社，相思绕白莲。[4]

《寄江西幕中孙鲂员外》诗云：

簪履为官兴，芙蓉结社缘。应思陶令醉，时访远公禅。[5]

可见他对东林寺眷恋之深切，连带着对东林四池中白莲也分外有

---

1. 见《全唐诗》卷八四四。
2. 以上二首俱见《全唐诗》卷八四〇。
3. 见《全唐诗》卷八四二。
4. 见《全唐诗》卷八四一。
5. 见《全唐诗》卷八三九。

好感，见到白莲，就使他想起东林寺。当他知道自己不可能离开江陵重返庐山时，他只有从白莲得到些许安慰，所以《江居寄关中知己》诗云：

多病多慵汉水边，流年不觉已皤然。旧栽花地添黄竹，新陷盆池换白莲。[1]

由于他为白莲所萦绕，自然在诗中特别爱用白莲，甚至于他的诗文集就命名为《白莲集》。

五

再来，本文拟考察三位诗僧各自独用的花，而为其余两位所未用者。按：皎然独用者有三花、白榆花、蕉花、萱、竹花、桐花、橘花、枸杞花等。贯休独用者有优昙花、优钵罗花、芬陀利、空花、荆花、荆棘花、山茶花、柽花、甘草花、槿花、荔枝花等。齐己独用者有杨花、蓼花、杏花、芒花、松花、蔷薇、玫瑰、梨花、菜花、紫薇、槐花、石竹花等。

皎然诗中的三花和道教有密切的关系，李白《鸣皋歌奉饯从翁清归五崖山居》云：

去时应过嵩少间，相思为折三花树。

王琦注云："三花树，即贝多也。"《齐民要术》："《嵩山记》曰'嵩寺中忽有思惟树，即贝多也'。昔有人坐贝多树下思惟，因以

1. 见《全唐诗》卷八六四。

名焉。汉道士从外国来，将子于西山脚下种，极高大，今有四树，一年三花。"[1]又《云笈七签》云：

> 亦皆瑠璃水精，中有三花之树，五色之实。

其余如杨炯在《少寺山少姨庙碑》、李颀《寄焦炼师》诗提到的三花，都和道教有关。而皎然中的三花，如《与王录事会张征君姐妹炼师院玩雪兼怀清会上人》诗云：

> 瑶草三花发，琼林七叶连。

《寻天目徐君》诗云：

> 常见仙翁变姓名，岂知松子号初平。……三花落地君犹在，笑抚安期昨日生。[2]

《杂兴六首》之二云：

> 短龄役长世，扰扰悟不早。……柔颜感三花，凋发悲蔓草。[3]

都与道教有关，而且似乎涉及道教的养身长寿。看来皎然并不排斥重教，甚至有一段时间对长生怀有兴趣，但是在《杂兴》中，他已表示对长生的怀疑。再看他对白榆花的描述，就可知他后来

1. 诗句及注文见王琦辑注《李太白全集》卷七，台湾华正书局版。
2. 以上皎然二诗俱见《全唐诗》卷八一七。
3. 见《全唐诗》卷八二〇。

已完全放弃对长生的向往了。他的《妙喜寺达公禅斋寄李司直公孙房都曹德裕从事方舟颜武康士聘四十二韵》诗云：

我祖传六经，精义思朝彻。方舟颇周览，逸书亦备阅。……中年慕仙术，永愿得其诀。岁驻若木景，日餐琼禾屑。婵娟羡门子，斯语岂徒设？天上生白榆，葳蕤信好折。实可反柔颜，花堪养玄发。求之性分外，业弃金亦竭。药化成白云，形凋辞素穴。（原注：素穴，山名）一闻西天旨，初禅已无热。……

《寓兴》诗云：

天上生白榆，白榆直上连天根。高枝不知几万丈，世人仰望徒攀援。谁能天上采其子，种向人间向桃李？因问老仙求种法，老仙哈哈不我答。始知此道无所成，还如瞽夫学长生。[1]

道教以为白榆的花和实能够令人返老还童，长生不老，但是皎然看好友裴济（字方舟）放弃事业，耗尽家产去追求长生，结果还是希望落空；而他自己向老道请教，也不得要领。他终于明白要求长生不老是不可能的。于是，他对人生在世应如何自处，就借枸杞花来阐明了。

《湛处士枸杞架歌》云：

天生灵草生灵地，误生人间人不贵。独君井上有一根，始觉人间众芳异。……湿云缀叶摆不去，翠羽衔花惊畏失。肯羡孤松不凋色？皇天正气肃不得。我独全生异此辈，顺时荣落不相背。孤松自被斧斤伤，读我柔枝

1. 以上二诗俱见《全唐诗》卷八一五。

保无害。……撷芳坐影风潇怀，其致修然此中足。[1]

这首诗歌里，他完全放弃道教长生的念头，认为那是违反了自然的规律；他转而采取道家顺应自然的态度，他以“顺时荣落”来全生。诗中的花，多少表现了他的人生观。至于其他独用的花，则多半能表现他寄兴高远，不染尘俗。如《答豆卢居士春夜游东园见怀》诗云：

安得缅芳屣，看君幽径萱。[2]

表现了幽静的气氛。

《郭北寻徐主簿别业》诗云：

竹花冬更发，橙实晚仍垂。[3]

在写景以及点名时令之外，更表现了主人的清高。《送官小师还金陵》诗云：

蕉花铺镜地，桂子落空坛；持此心为境，应堪月夜看。[4]

这是清净不染的境界。《陈氏童子草书歌》云：

1. 见《全唐诗》卷八二一。
2. 二诗俱见《全唐诗》卷八一六。
3. 见《全唐诗》卷八一七。
4. 见《全唐诗》卷八一八。

……夏室炎炎少人欢，山轩日色在阑干。桐花飞尽子规思，主人高歌兴不至。浊醪不饮嫌昏沉，欲玩草书开我襟。

用“桐花飞尽”来表示时令，但也隐含几分孤高的意味。《洞庭山维谅上人院阶前孤生橘树歌》云：

白花不用鸟衔来，自有风吹手中满。[1]

这是何等自在！

贯休独用的花约可分为三类。第一类旨在点出时、地，营造气氛，不具鲜明的特色。如《寄韩团练》诗云：

青霄雁行律，红露荆花滴。[2]

只是指出在春天，南雁北回，楚地花开而已。又如《送郑使君》诗云：

荔枝花下驱千骑，蘑菊林中礼万回。[3]

也只表示郑镒要到岭南任职罢了。[4]

另一类和一般诗人的思路比较接近，但与高僧的身份很不相侔，如《古意九首》之六云：

1. 二诗见《全唐诗》卷八百二十一。
2. 见《全唐诗》卷八二八。
3. 见《全唐诗》卷八三七。
4. 郑使君为郑镒，据郁贤皓《唐刺史考》第1823页。江苏古籍出版社，1987年。

我愿君子气，散为青松栽。我恐荆棘花，只为小人开。[1]

贯休曾遭小人诬谮，故以荆棘花喻小人之带刺。又如《山茶花》诗云：

风裁日染开仙囿，百花色死猩血谬。今朝一朵堕阶前，应有看人怨孙秀。[2]

茶花陨落，使他想到绿珠坠楼殉石崇的历史故事，这已染上晚唐秾丽的诗风。本来，将花比美女有着悠久的传统，而贯休即多次加以运用，如《轻薄篇二首》之一云：

斗鸡走狗夜不归，一掷赌却如花妾。

又如《富贵曲二首》之一云：

美人如白牡丹花，半日只舞得一曲。[3]

可见贯休涉世较深，也有较多的社会关怀与历史省思。

可是贯休终究知道自己是出家的比丘，所以他也看重一些富有宗教意义的花。如《道情偈三首》之三云：

优钵罗花万劫春，频犁田地绝纤尘。[4]

---

1. 见《全唐诗》卷八二六。
2. 见《全唐诗》卷八二七。
3. 二诗俱见《全唐诗》卷八二六。
4. 见《全唐诗》卷八三五。

《文迎真身》诗云：

可怜优钵罗花树，三十年来一度春。[1]

《闲居拟齐梁四首》之一云：

道人优昙花，迢迢远山绿。[2]

《送颢雅禅师》诗云：

芬陀利香释驎虎，幡幢冒雪争迎取。[3]

《山居诗二十四首》之十四云：

举世只知嗟流水，无人微解悟空花。[4]

贯休虽涉世较深，但他并未忘记他的根本仍在佛法，而勤于读经与修持。在这三位诗僧中，直接引用佛典中花名的，以贯休最多。

齐己诗中独见的花，以杨花最引人注意，因为杨花不同于莲花的圣洁，菊花的隐逸，梅花的坚贞……杨花多少会令人引起放荡的联想。在皎然、贯休的诗中都没有出现过，但齐己却用了五

1. 见《全唐诗》卷八三六。
2. 见《全唐诗》卷八二七。
3. 见《全唐诗》卷八二八。
4. 见《全唐诗》卷八三七。

次，另外还提起过柳絮。

《寄怀江西僧达禅翁》诗云：

> 长忆旧山日，与君同聚沙。未能精贝叶，便学咏杨花。[1]

他和僧达少时学诗，便曾咏过杨花；杨花多少能唤起他对少时的回忆吧。《戊辰岁湘中寄郑谷郎中》诗云：

> 白发九慵簪，常闻病亦吟。瘦应成鹤骨，闲想似禅心。上国杨花乱，沧洲荻笱深。不堪思翠巘，西望独沾襟。[2]

戊辰是后梁太祖开平二年（908），齐己四十五岁，还在湘中，郑谷比他大十多岁，已近六十。这时，朱温弑唐哀帝，中原糜沸，所以诗中杨花固然用以指暮春时节，更重要的是以之喻中原的大乱。

《渚宫莫问诗一十五首》之六云：

> 莫问闲行趣，春风野水涯。千门无谢女，两岸有杨花。好鹤曾为客，真龙或做蛇。踌躇自回首，日脚背楼斜。[3]

这是他在辛已年（921）被高季兴勉强他居留江陵以后的诗，“千门无谢女，两岸有杨花”，用的是谢道蕴咏雪谓“未若柳絮因风起”之典，而兴江陵无才人之叹；至于杨花，大约也给他一种飘

---

1. 见《全唐诗》卷八三九。
2. 见《全唐诗》卷八三八。
3. 见《全唐诗》卷八四二。

荡不定的感觉。

《寒节日寄乡友》诗云：

> 岁岁逢寒食，寥寥古寺家。踏青思故里，垂白看杨花。
> 原野稀疏雨，江天冷淡霞。沧浪与湘水，归根共无涯。

这也是他被困在江陵，不能回老家湖南，心感无奈，而羡慕杨花的飘荡自如。他一心想离江陵回乡，所以他自号“衡岳沙门”。再看《寒食日怀寄友人》诗云：

> 梨花应折尽，柳絮自飞来。[1]

就更明白他之所以爱写杨花柳絮，是羡慕它那自由自在的情态，而不像自己被钉牢在龙兴寺，做个什么僧正。然而，最具有代表性的，还是那首《□杨花》诗：

> 暖景照悠悠，遮空势渐稠。乍如飞雪远，未似落花休。
> 万带都门外，千株渭水头。纷纭知近夏，销歇恐成秋。
> 软着朝簪去，狂随别骑游。旆冲离馆驿，莺扑绕宫楼。
> 江国晴愁对，池塘晚见浮。虚窗萦笔砚，深院借苔幽。
> 静堕王孙酒，繁黏客子裘。咏吟何洁白，根本属风流。
> 向日还轻举，因风更自由。不堪思汴岸，千里到扬州。[2]

诗人向往自由，在饱受拘束之中，见到杨花飞扬，竟如此不惮烦

---

1. 二诗俱见《全唐诗》卷八四三。
2. 见《全唐诗》卷八三八。

地细细描绘，写得淋漓尽致，他的心灵正如杨花在飞舞着。

齐已诗中出现蓼花四次，为其他二僧所未见。这还是和他不愿困处江陵，而跟他的好用“江花”相应。如《早秋寄友生》诗云：

> 雨多残暑歇，蝉急暮风清。谁有闲心去，江边看水行。河遥江蓼簇，野阔白烟平。试折秋莲叶，题诗寄竺卿。[1]

江边看水，表达了他想离去的心愿。到了江边，春日自然看到江花；秋天就是红蓼了。

他又独用杏花五次，这和他思念庐山东林寺有关，如《寄荆渚因梦卢岳乃图壁赋诗》云：

> 梦绕嵯峨里，神疏骨亦寒。觉来谁共说？壁上自图看。古翠松藏寺，春红杏湿坛。归心几时遂？日向渐衰残。[2]

他梦寐思念庐山，印象鲜明，庐山杏坛，在梦中这么真切，这是他爱用杏花的缘故吧！

至于齐己独用的其他花种，在此仅做概略之说明。他泛用“花”较少，而多用花的专名，可见他不大喜欢模糊的印象，而比较喜欢分辨不同的花种，掌握比较明确的印象。对花的描写，他的笔触较为工细。

1. 见《全唐诗》卷八四三。
2. 见《全唐诗》卷八三九。

六

三位诗僧基本上都是出家沙门，现在各举几首诗，尝试观察他们因花悟道的情形。

皎然《答李季兰》诗云：

天女来相试，将花欲染衣；禅心竟不起，还捧旧花归。[1]

李季兰就是李冶，是个女冠，也是著名的女诗人，她和陆羽、刘长卿以及皎然都有诗往还。从这首诗可以看出他秉持清净之心而无所染。

《酬秦系山人题赠》诗云：

云林出定乌未归，松吹时飘雨浴衣。石雨花愁徒自诧，吾心见境尽为非。[2]

皎然此时至少是“见山不是山，见水不是水”。

《送官小师还金陵》诗云：

如何有归思？爱别欲忘难。白鹭沙洲晚，青龙水寺寒。蕉花铺净地，桂子落空坛。持此心为境，应堪月夜看。

《送清凉上人》诗云：

1. 见《全唐诗》卷八二一。

2. 见《全唐诗》卷八一六。

何意欲归山？道高由境胜。花空觉性了，月尽知心证。永夜出禅吟，清猿自相应。[1]

《山雨》诗云：

一片雨，山半晴。长风吹落西山上，满树萧萧心耳清。云鹤惊乱下，水香凝不然。风回雨定芭蕉湿，一滴时时入画禅。

从这三首诗已可体会到皎然已经又"见山是山，见水是水"，其境如如。

《奉酬陆使君见过各赋院中一物得江蓠》诗云：

江蓠生古砌，花每落禅床。佳客未采掇，空门自馨香。名因诗目见，色对道心忘。不遇陆内史，谁知殊众芳。[2]

可见皎然心目中并无差别观，要不是陆长源特地将江蓠拈出，他才加以观察注视。他心无所染，于此又是一例。

贯休多与仕宦交游，但其《马上作》诗云：

柳岸花堤夕照红，风清襟袖辔璁珑。行人莫讶频回首，家在凝岚一点中。

贯休周旋于仕宦、府主、国君之间，时常受到礼遇；而他也和光同尘，随俗俯仰，时人或讶其行为不类僧侣。贯休作此诗应是自

---

1. 二诗见《全唐诗》卷八一八。
2. 二诗见《全唐诗》卷八二〇。

况，谓其心自知安顿也。贯休另有《渔者》一首，与此相似，诗云：

风恶波狂身似险，满头霜雪背青山。相逢略问家何在，回指芦花满舍间。[1]

贯休涉世甚深，免不了人事纷扰，甚至于招谤受谮，他也感受到俗世的“风恶波狂”，但他并未迷失方向，自知安身立命之所在。贯休曾作《山居诗二十四首》，今取第十四、十九两首：

岚嫩风轻似碧纱，雪楼金像隔烟霞。葛苞玉粉生香垅，菌簇银钉满净楂。举世只知嗟似水，无人微解悟空花。可怜扰扰尘埃里，双鬓如丝事似麻。（之十四）

露滴红兰玉满畦，闲拖象屣到峰西。但令心似莲花洁，何必身将槁木齐。古堑细烟红树老，半岩残雪白猿啼。虽然不是桃源洞，春至桃花亦满蹊。（之十九）[2]

据《山居诗·自序》，其诗作于咸通四、五年间（863～864），这时贯休三十二三岁，居钟山中。当时他已深知无常迅速和及时悟道的重要性；对人们到老还驰逐于扰攘的人事，满怀悲悯。但贯休并不为了求道而苦修成槁木死灰，见到绚烂的花朵，他油然欣悦。他是一个热爱生命，积极在世间寻求菩提的沙门。在早年他已树立了人生态度，到老还是秉持这份信念。《晚望》诗云：

1. 二诗见《全唐诗》卷八三五。
2. 见《全唐诗》卷八三七。

落日碧江静，莲唱清且闲。更寻花发处，借月过前弯。

他并不以少壮的成就而自满，从这首诗可以看出他怀着清朗之心，而精进不已。《书石壁禅居屋壁》诗云：

赤旃檀塔六七级，白菡萏花三四枝。禅客相逢只弹指，此心能有几人知？[1]

他是个热情洋溢、兴高采烈的诗僧；但他习禅的功夫也很深。他动静语默，无所不宜。

贯休固然雅好作诗，但他似乎在“诗”和“僧”之间找到平衡点。比起贯休，齐己似乎更耽于诗，他的《喻吟》诗云：

日用是何专，吟疲即坐禅。此生还可喜，于事不相便。白头无邪里，魂清有象先。江花与芳草，莫染我情田。[2]

“吟疲即坐禅”句显示齐己以吟诗作为他生活的主要部分，吟诗与作诗往往是同义词，作诗伤神疲倦，他才以坐禅澄清心灵，避免为江花芳草等诗材所染。《溪居寓言》诗云：

秋蔬数垅傍潺湲，颇觉生涯异俗缘。诗兴难穷花草外，野情何限水云边。虫声绕屋无人语，月影当松有鹤眠。寄向东溪老樵道，莫催丹桂博青钱。[3]

---

1. 二诗见《全唐诗》卷八三七。
2. 见《全唐诗》卷八四三。
3. 见《全唐诗》卷八四六。

花，往往是引起齐己诗兴的触媒，并借以表现其异于世俗的闲逸意致。《清夜作》诗云：

> 不惜白日短，乍容清夜长。坐闻风露滴，吟觉骨毛凉。
> 兴寝无诸病，空闲有一床。天明振衣起，苔砌落花香。

《渚宫莫问诗一十五首》之二云：

> 莫问伊嵇懒，流年已付他。话通时事少，诗作野趣多。
> 梦外春桃李，心中旧薜萝。浮生此不悟，剃发竟如何。

《题张氏池亭》诗云：

> 树石丛丛别，诗家趣向幽。有时闲客散，始觉细泉流。蝶到琴棋畔，花过岛屿头。月明红藕上，应见白龟游。[1]

齐己诗中的花多半用来帮助营造清幽、萧散的气氛。他虽为比丘，甚至为僧正，但他活像个剃了头的隐逸诗人。然而，当他面对白莲时，一种圣洁之思，却油然兴起，当他在东林寺见到白莲时，对白莲就特别崇仰。《题东林寺白莲》诗云：

> 大士生兜率，空池满白莲。秋风明月下，斋日影堂前。色后群芳拆，香殊百和燃。谁知不染性，一片好心田。[2]

1. 以上三首俱见《全唐诗》卷八四二。
2. 见《全唐诗》卷八三九。

不染的白莲，象征着莲宗初祖慧远大师，令他感到庄严肃穆。《观盆池白莲》诗云：

> 素萼金英歕[1]露开，倚风凝立独徘徊。应思潋艳秋池底，更有归天伴侣来。

他对白莲的确怀着一分特殊的深情。《观荷叶露珠》诗云：

> 霏微晓露成珠颗，宛转田田未有风。任器方圆性终在，不妨翻覆落池中。[2]

这是齐己八百多首诗中最晶莹透彻，最自由自在的一篇，寥寥二十八字，呈现出他不染的自性，是他的本地风光。齐己毕竟是佛门弟子。

七

泛览唐诗，一般诗人多取材于百花，或用以点染风景，或感伤流光，或写艳情，或讽时政……形形色色，不一而足。[3]至于唐代女诗人由花引发的联想和兴起感情则远较男性诗人来得单纯，多半集中在对爱情的向往，对美满婚姻的期盼这一方面。[4]再看这三位诗僧诗中的花，其所能施展的范围，远比一般诗人狭窄得多，其中当然没有丝毫的艳情，也与一般读书人最关切的科举不

---

1. 歕：音 pēn，吹气也，吐也。
2. 见《全唐诗》卷八四七。
3. 李商隐即是一例，参见拙文《李商隐诗中的百花世界》。
4. 参见拙文《唐代女诗人作品中的花》。

相干；既罕见其借花讥讽时政，亦少有见落花而沉溺于哀伤。他们自然也不可能像女诗人般对爱情、婚姻有所憧憬。大致说来三位诗僧常借花来表现时序，但他们多半能超越时间，不像感情纤细的诗人那般，一见落花，就陷入哀愁之中。他们也借花点染风景，但多数是用来营造清幽的环境；甚至于能因花悟道。易言之，他们有时能将花提升到一个清净的如如之境。但是三位诗僧在大同之中，又存在个别的小差异。

观三人诗作，以皎然处理众花最为自然浑成，这可能是多种因素造成的：其一，皎然生于唐开元八年，而有盛世之风。其二，他著有《诗式》，深谙作诗三昧。其三，皎然为诗，“莫非始以诗句牵劝令入佛智，行化之意，本在乎兹。”而且到了德宗贞元初（约785）六十六岁时，他一度“欲屏息诗道非禅者之意”，而欲“孤松片云禅座相封，无言而道合，至静而性同”。到了贞元五年五月，才因湖州刺史李洪劝他不必学小乘偏见而废诗，他才不再排斥作诗。所以他只是以诗为方便法门，而不屑屑以求工并借以求名。《高僧传》说他“清净其志，高迈其心，浮名薄利所不能啖”。这是其诗作自然自在的主因。其四，他所交游的除了方外之士，就是高尚其志的高人如陆羽之流，再不然就是高风亮节的名臣如颜真卿之属，是以其诗风自然超逸。[1]

贯休是个热情洋溢的出家人，爱花也爱诗。他爱花胜于另二位诗僧，他珍惜自己的作品，希望能传世，所以他是有心为诗的。又由于他随俗俯仰，因此他颇能迎合当时的诗风；但当他独处或与佛门弟子交往时，却也借花呈现出清净的自性。

1. 所引资料皆出自赞宁《高僧传》三集卷二十九《唐湖州杼山皎然传》。

齐己是将作诗看得比习禅更重要的诗僧，他作诗字雕句琢，刻意求工。他仔细观察各种花卉的品种以及生态，然后悉心经营。他被长久羁绊在江陵，使他万分不情愿、不自在。由于对剂棘不认同，连带对于花卉也多半采取旁观的角度。在三位诗僧中，他显得很执著——虽然他也有灵光一现的时候。

唐代女诗人作品中的花

一

《全唐诗》共九百卷，总计三百三十一万一千七百三十四个字，五千八百三十八个字种。其中“花”字使用次数达一万三千八百八十次，使用频率高居第十六位。以下略举数人使用“花”字的次数为例。

唐太宗：三十一次。

唐玄宗：十一次。

卢照邻：二十九次。

杨炯：六次。

王勃：四十八次。

骆宾王：三十五次。

宋之问：四十六次。

沈佺期：三十三次。

孟浩然：三十八次。

王维：七十一次。

李白：二百五十二次。

杜甫：二百三十八次。

刘长卿：一百零五次。

刘禹锡：一百六十二次。

白居易：六百九十三次。

元稹：二百一十六次。

李贺：一百零三次。

杜牧：八十五次。

李商隐：一百一十二次。

温庭筠：一百次。[1]

以上出现的花字，包含了不属花卉的花字，如浪花、雪花、眼花等，但为数甚少。然而，如梅、兰、蕙、菊、桃、李、槿、桂、紫薇、蔷薇、茉莉、牡丹、莲、荷、菡萏、芙蓉、芙蕖等花卉专名，却也不在其中，这些数目很多。整体看来，唐诗使用的花，如果包括泛称的花和专名的花，其数目当在两万次以上。原拟就有唐一代诗歌中所呈现的百花世界做一番广泛的考察，但因时间所逼迫，现在只就女诗人作品中的花卉略做整理描述而已。

二

《全唐诗》中女诗人只有一百二十六人，诗篇连同残句在内，只有六百八十首。如果减去姚月华名下《有期不至》、《楚妃怨》二首，[2]和花蕊夫人《宫词》第九十六首以下至第一百五十七首的

1. 字数及字种数目据深圳大学《全唐诗》，电脑多功能检索系统。

2. 《有期不至》当为白居易之作，《楚妃怨》当为张籍作品。

六十二首诗,[1]剩下的就只有六百十六首了，而其中泛称的和专名的花却大约出现二百六十次之多，可见女诗人对花卉的重视。在《全唐诗》中的女诗人的身份，约略可分成三大类：（一）后妃宫女和出入宫禁应制奉和的女诗人；（二）家庭妇女；（三）烟花女子。以下分别将这三类女诗人在作品中涉及花卉的具录于后。

（一）后妃宫女和出入宫禁应制奉和的女诗人

1. 文德皇后 2. 则天皇后 3. 徐贤妃 4. 上官昭容 5. 杨贵妃 6. 江妃 7. 鲍氏君徽 8. 蜀太妃徐氏 9. 武后宫人 10. 德宗宫人 11. 李舜弦 12. 李玉箫 13. 宝历宫人 14. 花蕊夫人徐氏

（二）家庭妇女

1. 赵氏（寇坦母也） 2. 张夫人 3. 赵氏（杜羔妻也） 4. 张氏 5. 薛蕴 6. 孙氏 7. 窦梁宾 8. 张文姬 9. 程长文 10. 红绡妓 11. 晁采 12. 崔莺莺 13. 步非烟 14. 姚月华 15. 孟氏 16. 鲍家四弦 17. 刘云 18. 崔萱 19. 崔仲容 20. 崔公远 21. 张琰 22. 刘媛 23. 刘瑶 24. 廉氏 25. 田娥 26. 刘淑柔 27. 赵虚舟 28. 刘元载妻 29. 葛氏女 30. 京兆女子 31. 若耶溪女子 32. 光威裒（姊妹三人、失其姓、三人共作联句） 33. 越溪杨女

1.《全唐诗》卷七九八花蕊夫人《宫词》第九十六首下注云：“以下四十一首一作王珪诗。”在第一百三十七首下注云：“以下二十一首一作王建诗。”此六十二首著作权不明。

（三）烟花女子

1. 武昌妓 2. 常浩 3. 襄阳妓 4. 王福娘 5. 楚儿 6. 颜令宾 7. 张窈窕 8. 平康妓 9. 赵鸾鸾 10. 薛涛 11. 鱼玄机 12. 李冶

以下论述，将时时注意这三类女诗人间的异同。当然，以上三类的划分，并非截然分明，其间界线难免有模糊之处；而各类中诗人也存在着个别差异。

三

在泛称花方面，连同偶然出现的“红芳”、“红艳”、“英”、“蕊”等，第一类诗人作品中有三十九见，第二类有三十见，第三类有四十八见。至于使用专名的，广泛出现在三类诗人作品中的有：杏、兰、桃、李、桂、莲（含芙蓉等）、菊、梅、茱萸、牡丹等，大约都是当时最熟见的花卉。

文德皇后《春游曲》：“……井上新桃偷面色，檐边嫩柳学身轻。……”

上官昭容《奉和圣制立春日侍宴内殿出剪彩花应制》：“密叶因裁吐，新花逐剪舒。……借问桃将李，相乱欲何如?”

又《游长宁公主流杯池》二十五首之二十五：“凭高瞰险足怡心，菌阁桃源不暇寻。……”

花蕊夫人《宫词》第八十七：“婕妤生长帝王家，常近龙颜逐翠华。杨柳岸长春日暮，傍池行困倚桃花。”

薛蕴《赠郑女郎》：“……笑开一面红粉妆，东园几树桃花死。”

张文姬《双槿树》：“绿影竞扶疏，红姿相照灼。不学桃李花，乱向春风落。”

张琰《春词》二首之二："昨日桃花飞，今朝梨花吐。春色能几时，那堪此愁绪？荡子游不归，春来泪如雨。"

鱼玄机《感怀寄人》："……灼灼桃兼李，无妨国士寻。……"

又《代人悼亡》："……会睹夭桃想玉姿，带风杨柳认蛾眉。……"

李冶《春闺怨》："百尺井栏上，数株桃已红。念君辽海北，抛妾宋家东。"

桃李开花都在春天，而且桃红李白相映成趣，所以在《诗经》里就开始将它们并举，《召南·何彼秾矣》即有"何彼秾矣，华如桃李；平王之孙，齐侯之子。……"但灿烂缤纷的桃花，毕竟比纯白的李花耀眼得多，所以《诗经》里就有单独提到桃花的《桃夭》，而单提李花的篇章则不见。在唐代女诗人的作品里，不逾此范围，李花仍然谦逊地陪伴着桃花。其次，无论哪一类女诗人对桃花的描写都不出代表春天，经营一个绮丽的环境，以及象征美女这几方面，偶或联想到桃花源而已。

徐贤妃《拟小山篇》："仰幽岩而流盼，抚桂枝以凝想。……"

上官昭容《游长宁公主流杯池》二十五首之十四："攀藤招逸客，偃桂协幽情。……"

江妃《谢赐珍珠》："桂叶双眉久不描。残妆和泪污红绡。……"

赵氏《杂言》："上林园中青青桂，折得一枝好夫婿。……"

张氏《寄夫》："……闻君折得东堂桂，折罢那能不暂归？"

平康妓《赠裴思谦》："银釭斜背解明珰，小语偷声贺玉郎。从此不知兰麝贵，夜来新惹桂枝香。"

鱼玄机《感怀寄人》："……苍苍松与桂，仍羡世人钦。……"

又《和新及第悼亡诗》："一枝月桂和烟秀，万树江桃带雨红。……"

李冶《恩命追入留别广陵故人》："……桂树不能留野客，沙鸥出浦漫相逢。"

桂花在早期不见于《诗经》，而见于《山海经·南山经》及《楚辞·离骚》、《九歌》。《楚辞》中屡见的桂，都有清高的意思，到了淮南小山更将其意蕴发挥得淋漓尽致。《文选·淮南小山招隐士》云："桂树丛生兮山之幽，偃蹇连卷兮枝相缭。"王逸注"桂树丛生"云："桂树芬香，以兴屈原之忠良也。"注"山之幽"云："远去朝廷而隐藏也。"注"偃蹇连卷"云："容貌美好德茂盛也。"注"枝相缭"云："信义枝结条理成也，以言才德高明宜辅贤君桢干也。"这一传统绵绵不绝，徐贤妃、上官昭容都延续这一传统。至于江妃以桂叶形容双眉，这和唐代妇女的化妆有关，她们单在双眉的化妆就有过不同变化，或粗短、或细长、或作弧形、或作水平、或作八字眉，甚至将两眉连成一字，或又剃成两个圆形。这只是一时的风尚。到了晋朝，桂又有了新的含义。《晋书·却诜传》："泰始中诏举贤良直言之士，太守文立举诜应选。……以对策上第，拜议郎。……累迁雍州刺史，武帝于东堂会送，问诜曰'卿自以为何如?'诜对曰'臣举贤良对策，为天下第一，犹桂林之一枝，昆山之片玉'。"到了唐朝，科举是读书人最重要的出路，而唐人又颇仰慕晋人的流风遗韵，所以就称登科为折桂，叶梦得《避暑录话》云："世以登科为折桂，以谓却诜对策东堂，自云桂林一枝也。自唐以来用之。"从杜羔妻赵氏、彭伉妻张氏的诗篇看来，唐代读书人的妻子对丈夫的登科也极端重视，而宫廷女性则毫无这种向往，这完全是所处地位不同的关系。至于烟花女子则能兼顾楚辞和晋人两种传统，其中最堪注意的是鱼玄机对科举的看法，她的《游崇真观南楼睹新及第题名处》有云：

> 云峰满目放春晴，历历银钩指下生。自恨罗衣掩诗句，举头空羡榜中名。

这是才华卓越女性的不平之鸣。

上官昭容《游长宁公主流杯池》二十五首之九："……斗雪梅先吐，惊风柳未舒。……"

武后宫人《离别难》："……来时梅覆雪，去日柳含春。……"

刘媛残句："春风报梅柳，一夜发南枝。"

刘元载妻《早梅》："南枝向暖北枝寒，一种春风有两般。凭仗高楼莫吹笛，大家留取倚阑干。"

薛涛《酬辛员外折花见遗》："青鸟东飞正落梅，衔花满口下瑶台。一枝为授殷勤意，把向风前旋旋开。"

鱼玄机《和人》："……莫惜羊车频列载，柳舒梅绽正芳菲。"

先秦诗书的梅，指的都是果实，绝不涉及花朵。就见存的古诗来看，第一首咏梅的诗应是鲍照的《梅花落》，这首诗已将梅花坚毅的品格显现出来。唐诗中的梅花意象则呈多元发展。有人秉持它坚贞的一面，如张九龄的《咏庭梅》、朱庆余的《早梅》、韩偓的《梅花》。但梅在岁暮与新年之交开花，因此也容易引发诗人岁月催人老的感觉，这类诗作如杜甫《和裴迪登蜀州东亭送客逢早梅相忆见寄》、元稹《赠熊士登》、李商隐《忆梅》。又梅花清瘦，也惹起善感诗人的愁怨而加以怜惜，如崔橹的《岸梅》。至于女诗人作品中的梅花，只有上官昭容"斗雪梅先吐，惊风柳未舒"句能表现出梅花不畏风雪的精神。其余多半用它来代表时节，其中又以点缀春光为多，尤其是薛涛和鱼玄机两位名妓，更借着梅花的开绽表现出春情荡漾的样子，这是宋朝以后，梅花性格趋于定型后所看不到的。

四

接着，我们再观察三类女诗人单独使用某些花卉的情形。

宫廷女诗人单独使用的花，有荃、松花、郁金香和石楠。

徐贤妃《拟小山篇》：“仰幽岩而流盼，抚桂枝以凝想。将千龄兮此遇，荃何为兮独往。”

鲍君徽《惜花吟》：“……莺歌蝶舞韶光长，红炉煮茗松花香。……”

花蕊夫人《宫词》之七十三：“安排诸院接行廊，水槛周回十里强。青锦地衣红绣毯，尽铺龙脑郁金香。”

又《宫词》之八十九：“小雨霏微润绿苔，石楠红杏傍池开。一枝插向金瓶里，捧进君王玉殿来。”

徐贤妃的这首诗，完全模仿《楚辞》美人香草的用法，别无新意。鲍氏诗的松花，洋溢着一派闲适高雅的风味。花蕊夫人诗中的郁金香，在这里也许指香料而言，但可能是她作的《宫词》第一百五十五首有云：“水中芹叶土中花，拾得还将避众家，总待别人般数尽，袖中拈出郁金芽。”可见郁金在当时是名贵的花种。至于石楠，原称石南，以生于石间向阳之处而得名，唐诗中咏石楠（或石南）花的并不罕见，连柳宗元《表袁家渴记》都曾提及，可是在女诗人诗篇中则仅此一见，也许正如李时珍说的“京、洛、河北、河东、山东颇少……湖南北、江西、二浙甚多”。北方少见，所以也显得珍贵。

家庭妇女所独用的有萱草、桐花、梨花、槐花、荻花、菡萏、藕花等。

刘云《有所思》：“朝亦有所思，暮亦有所思。登楼望君处，蔼蔼萧关道。掩泪向浮云，谁知妾怀抱？玉井苍苔春院深，桐花落尽无人扫。”

崔仲容《古意》残句：“桐花落尽春又尽，紫塞征人犹未归。”

晁采《子夜歌》十八首之十一：“相思百余日，相见苦无期。褰裳摘藕花，要莲敢恨池？”

刘瑶《暗别离》：“槐花结子桐叶焦，单飞越鸟啼青霄……”

刘淑柔《中秋夜泊武昌》：“两城相对峙，一水向东流。今夜素娥月，何年黄鹤楼。悠悠兰棹晚，渺渺荻花秋。无奈柔肠断，关山总是愁。”

桐花在南朝吴声歌曲中很常见，而且都有双关的含义，例如《乐府诗集·懊侬歌》十四首之七："我有一所欢，安在深阁里，桐树不结花，何由得梧子。"《读曲歌》八十九首之十三："上树摘桐花，何悟枝枯燥。迢迢空中落，遂为梧子道。"又之十四："桐花特可怜，愿天无霜雪，梧子解千年。"桐花"就是梧桐花，所结的子就是"梧子"，梧子与"吾子"谐音，而吾子就是所欢之人。唐代家庭妇女颇受南朝乐府的影响，多委婉见意。晁采的《子夜歌》既以此为题，受南朝乐府的影响就更加明显。《读曲歌》八十九首之五十九："谁交强缠绵，常持罢作虑，作生隐藕叶，莲侬在何处?"又之八十七："罢去四五年，相见论故情；杀荷不断藕，莲心已复生。"[1]藕本来就和"偶"谐音，而且藕花就是莲花，莲又和爱怜的"怜"谐音，这是吴声歌曲常用的修辞方法，晁采就借此向文茂传达情意，而且她更运用谐音的原理，以"池"来代替"迟"，足见她受影响之深。槐则与"怀"谐音，所以常用以象征怀念的情意；而且唐代长安城多以榆和槐作为路树，[2]亦为唐人习见，读元稹《三遣悲怀》"野蔬充膳甘长藿，落叶添薪仰古槐"句，[3]可见槐树和唐代家庭妇女的生活有密切的关系。至于荻花是刘淑柔在流离颠沛中所见，表现一派秋夜的萧瑟，但是否与南朝乐府《华山畿》二十五首之二十一"郎情难可道，欢行豆挟心，见荻多欲绕"[4]有关，则不敢臆测。

烟花女子单独使用的花卉有杨花、菱花、茉莉花、棠梨花、

---

1. 《懊侬歌》、《读曲歌》见《乐府诗集》卷四十六。
2. 见阎崇年主编《中国历代都城宫苑》第二篇，徐丹俍执笔《关中平原第一城——西安》，紫禁城出版社。
3. 《三遣悲怀》诗见《元稹集》卷九，台湾汉京文化事业公司。
4. 见《乐府诗集》卷四十六。

金灯花、蔷薇等。

武昌妓《续韦蟾句》:"武昌无限新栽柳,不见杨花扑面飞。"

薛涛《柳絮》:"二月杨花轻复微,春风摇荡惹人衣。他家本是无情物,一任南飞又北飞。"

赵鸾鸾《檀口》:"衔杯微动樱桃颗,咳唾轻飘茉莉香。曾见白家樊素口,瓠犀颗颗缀榴芳。"

薛涛《金灯花》:"阑边不见蘘蘘叶,砌下惟翻艳艳丛。细视欲将何物比?晓霞初叠赤城宫。"

薛涛《春郊游眺寄孙处士》二首:"低头久立向蔷薇,爱似零陵香惹衣。何事碧溪孙处士,伯劳东去燕西飞。"

李冶《咏蔷薇》残句:"经时未架却,心绪乱纵横。"

杨花,诚如薛涛所描写的,分量轻微,随风飘荡,没个着落,虽好无端惹人,却本是无情之物。身处生张熟魏间的妓女,才有这么细致的感受。平康名妓赵鸾鸾提到口吐茉莉香味,这也是以色事人者细心留意的事,这也许有点像《金瓶梅》中的潘金莲,在约会前总是口噤香茶,以保持口腔的芬芳吧。金灯花,据《本草》又名无义草,《留青日札》云:"金灯,一名无义草,盖花叶不相见也。"《太仓志》云:"金灯穿山甚广,重九登高,灿若丹霞,亦奇草也。"此花无论它的艳丽与性格,都在薛涛笔下表现得很适当。至于蔷薇,是要靠着支架的支撑,而胡乱攀援的,这也很切合妓女的身份。名妓单独入诗的花卉,确有其特色。

五

观察女诗人作品中花字和相关字如何搭配亦有助于我们了解

她们的生活情形。

文德皇后《春游曲》："上苑杏花朝日明，兰闺艳妾动春情。……"

李舜弦《蜀宫应制》："浓树禁花开后庭，饮筵中散酒微醒。……"

花蕊夫人《宫词》之一："五云楼阁凤城间，花木长新日月闲。……"

又，六："夹城门与内门通，朝罢巡游到苑中。每日中官只候处，满堤红艳立春风。"

又，八："立春日进内园花，红蕊轻轻嫩浅霞。……"

又，十："离宫别院绕宫城，金版轻敲合凤笙。夜夜月明花树底，傍池长有按歌声。"

又，二十八："内家宣赐生辰宴，隔夜诸宫进御花。……"

又，三十九："内庭秋燕玉池东，香散荷花水殿东。……"

又，八十三："苑东天子爱巡游，御岸花堤枕碧流。……"

又，九十三："春早寻花入内园，竞传宣旨欲黄昏。……"

张夫人《拜新月》："……拜新月，拜月不胜情。庭花风露清。……"

又《寄远》残句："临风重回首，掩泪向庭花。"

孙氏《闻琴》："……夜深弹罢堪惆怅，露湿兰丛月满庭。"

孙氏《独游家园》："可惜春时节，依前独自游。无端两行泪，长只对花流。"

张琰·残句："庭芳自摇落，永念结中肠。"

常浩《寄远》："……今日无端卷珠箔，始见庭花复零落。……"

张窈窕《春情》残句："满院花飞人不到，含情欲语燕双双。"

鱼玄机《重阳阻雨》："满庭黄菊篱边拆，两朵芙蓉镜里开。……"

鱼玄机《光威裒姊妹三人少孤而始妍乃有是作精粹难俦虽谢家联雪何以加之有客自京师来者示予因次其韵》："……红芳满院参差折，绿醑盈杯次第衔。……"

薛涛《春郊游眺寄孙处士》二首之二："今朝纵目玩芳菲，夹缬笼裙绣地衣。满袖满头兼手把，教人识是看花归。"

鱼玄机《江行》："大江横抱武昌斜，鹦鹉洲前户万家。画舸春眠朝未足，梦为蝴蝶也寻花。”

又《访赵炼师不遇》：“……殷勤重回首，墙外数枝花。”

又，《过鄂州》：“柳拂兰桡花满枝，石城城下暮帆迟。……”

李治《寄朱放》：“……郁郁山木荣，绵绵野花发。别后无限情，相逢一时说。”

以上举例子可以看出唐代女诗人目光所及的花，基本上都在庭院之内，庭院是她们日常活动的空间。但三类女子又稍有不同。家庭妇女除了在第四部分所引刘淑柔《中秋夜泊武昌》一见荻花之外，其余花卉都是在庭中所见，看来唐代斯文的家庭妇女，除非不得已，庭院就是她们活动的最大空间了。宫廷女子的活动范围则不出宫禁苑囿，只是宫禁的范围比一般人家的庭院要宽广许多，其中有花园，曲池、御沟、堤岸，都遍植花木，但活动的空间也仅限于此。倒是烟花女子还有突破围墙的机会，可以看到墙外花，可以抛头露面到郊外采花，可以长途旅行饱览长江夹岸的春花，似乎只有她们这一群有较多机会接触到“野花”。

其次是花开，花发，是各类女诗人都注意到的现象，但是花飞、花歇、花老、花落、花坠、花尽，各类女诗人却不尽相同。

武后宫人《离别难》：“此别难重陈，花飞复恋人。……”

花蕊夫人《宫词》之五十六：“太液波清水殿凉，画船惊起宿鸳鸯。翠眉不及池边柳，取次飞花入建章。”

张琰《春词》二首之二：“昨日桃花飞，今朝梨花吐。……”

张窈窕《春情》残句：“满院花飞人不到，含情欲语燕双双。”

“花飞”是三类女诗人都注意到而加以描写的，然而，有关花歇、花老、花落、花坠、花尽，宫廷女子绝未以此入诗，另二类女子却多述及，尤其是花落或落花，出现极为频繁，这里只各举一例。

赵氏《古兴》："……不惜芳菲歇，但伤别离久。……"

窦梁宾《雨中看牡丹》："东风未放晓泥干，红药花开不耐寒。待得天晴花已老，不如携手雨中看。"

程长文《狱中书情上使君》："……海燕朝归衾枕寒，山花夜落阶墀湿。……"

崔仲容《戏赠》："……如今身佩上清箓，莫遣落花沾羽衣。"

刘瑶《古意曲》："……吴刀剪破机头锦，茱萸花坠相思枕。……"

越溪杨女《春日》："春尽花随尽，其如自是花。……"

鱼玄机《寄子安》："……蕙兰销歇归春圃，杨柳东西绊客舟。……"

薛涛《春望词》四首之三："风花日将老，佳期犹渺渺。……"

又，之二："花开不同赏，花落不同悲。欲问相思处，花开花落时。"

鱼玄机《卖残牡丹》："临风兴叹落花频，芳意潜消又一春。……"

烟花女子只少了"花坠"和"花尽"。本来花开花落，都是自然现象，都足以令人兴怀。一般说来，花落更容易触动情感，诗人多借此有所抒发，但宫廷女子却对花的零落视若无睹，这是她们只注重繁荣欢乐的一面，还是宫禁中作诗不宜太过低调？

另有"烟花"一词，宫廷女子和家庭妇女都不曾用过，只有烟花女子两度以此入诗。

襄阳妓《送武补阙》："弄珠滩上欲销魂，独把离怀寄酒尊。无限烟花不留意。忍教芳草怨王孙？"

鱼玄机《江行》二首之二："烟花已入鸬鹚港，画舸犹沿鹦鹉洲。醉卧醒吟都不觉，今朝惊在汉江头。"

本来烟花只用来描写风景，并无他意，李、杜诗都是如此。到了元曲，烟花才跟妓女密切结合。其间的演变是渐进的。晚唐黄滔《闺怨》云："塞上无烟花，宁思妾颜色。"可能已将烟花喻妓女。但前引鱼玄机诗中的烟花仍在描写风景，而襄阳妓的"烟花"则含义有些暧昧，大约此时"烟花"一词正在演变之中，尚未定指妓女。而妓女诗中用了"烟花"，只表示她们行动范围比较广阔，能见到江上烟雾笼罩下的繁花胜景，这是宫廷和家庭女子不容易看到的景象。

六

宫廷女子的诗作可分为两大类：一类是春风得意之作，存诗较多；一类是幽怨含悲之作，存诗较少。前一类的女诗人如文德皇后、则天皇后、上官昭容、杨贵妃、花蕊夫人等，兹举数例于后。

> 文德皇后《春游曲》："上苑杏花朝日明，兰闺艳妾动春情。井上新桃偷面色，檐边嫩柳学身轻。花中来去看舞蝶，树上长短听啼莺。林下何须远借问，出众风流旧有名。"

太宗长孙皇后沿南朝宫词遗风，借春花写宫中的逸乐。

> 则天皇后《腊日宣诏幸上苑》："明朝游上苑，火急报春知。花须连夜发，莫待晓风吹。"

这是武氏初改国号不久后的作品，一派君临万物、飞扬跋扈的气概。

> 上官昭容《游长宁公主流杯池》二十五首之五：“枝条郁郁，文质彬彬。山林作伴，松桂为邻。”

上官婉儿负责品第群臣作品，自有矜持之态。

> 杨贵妃《赠张云容舞》：“罗袖动香香不已，红蕖袅袅秋烟里。轻云岭上乍播风，嫩柳池边初拂水。”

杨贵妃将舞姿与荷花、柳条联想在一起，心情是愉悦的。

> 花蕊夫人《宫词》之二十四：“内家追逐采莲时，惊起沙鸥两岸飞。兰棹把来齐拍水，并船相斗湿罗衣。”

花蕊夫人写了数以百计的《宫词》，每首都是以七言绝句描写宫中行乐的一个片段。花是芳辰丽景的重要成分，甚至于是快乐的引线或泉源。

至于失宠的妃嫔，没入宫中的宫女，她们的心情却不相同。

> 江妃《谢赐珍珠》：“桂叶双眉久不描，残妆和泪污红绡。长门尽日无梳洗，何必珍珠慰寂寥。”

江采苹宠为杨玉环所夺，桂叶成了愁眉的表征。

> 武后宫人《离别难》：“此别难重陈，花飞复恋人。来时梅覆雪，去日柳含春。物候催行客，归途淑气新。剡川今已远，魂梦暗相亲。”

武后朝，有士人陷冤狱，妻配掖庭。[1]身为含冤的宫人，见到花开花落，只令她感伤时节变易，而思念故乡和陷于狱中的丈夫。

> 李舜弦《蜀宫应制》："浓树禁花开后庭，饮筵中散酒征醒。蒙蒙雨草瑶阶湿，钟晓愁吟独倚屏。"
>
> 又《钓鱼不得》："尽日池边钓锦鳞，芰荷香里暗消魂。依稀纵有寻香饵，知是金钩不肯吞。"

李舜弦是五代词人李珣的妹妹，前蜀王衍纳为昭仪。[2]读李珣词作，可知他们原来的生活环境是风光明媚的水乡泽国，充满了生机和情趣；再读李舜弦入宫后的诗，是那么的不自在。花，只能引起她的愁绪。

此外，《全唐诗》将鲍君徽列于卷七，也就是将她归入宫廷诗人一类，这固然不错，因为她曾在德宗朝应制奉和，并留下《奉和麟德殿宴百僚应制》一首。但是，这只是偶一为之，读她其余作品，却完全是以良家妇女的身份来写作的，有的还充满民间色彩。所以，基本上她还应归于良家妇女一类。

家庭妇女诗中的花，只有窦梁宾的《雨中看牡丹》，是以一个侍儿的身份，但求及时行乐，而略似花蕊夫人《宫词》。其余多数由花引发惜流光，伤别，怀人的幽怨。

> 赵氏《古兴》："金菊延清霜，玉壶多美酒。良人犹不归，芳菲岂常有。不惜芳菲歇，但伤离别久。含情罢斟酌，凝怨对窗牖。"
>
> 张夫人《拜新月》："拜新月，拜月出堂前。暗魄初笼桂，虚弓未引

1. 见《全唐诗》卷七九七此诗小序。
2. 见《全唐诗》卷七九七《李舜弦小传》。

弦。拜新月，拜月妆楼上。鸾镜始安台，蛾眉已相向。拜新月，拜月不胜情，庭花风露清。月临人自老，人望月长明。东家阿母亦拜月，一拜一悲声断绝。昔年拜月逞容辉，如今拜月双泪垂。四看众女拜新月，却忆红闺年少时。”

晁采《子夜歌》十八首之四：“相逢逐凉候，黄花忽复香。颦眉腊月露，愁杀未成霜。”

崔莺莺《明月三五夜》：“待月西厢下，迎风户半开。拂墙花影动，疑是玉人来。”

步非烟《寄怀》：“画梁春燕须同宿，兰浦双鸳岂独飞？长恨桃源诸女伴，等闲花里送郎归。”

崔萱《古意》：“灼灼叶中花，夏萎春又芳。明明天上月，蟾缺圆复光。未如君子情，朝违夕已忘。玉帐枕犹暖，纨扇思何长。愿因西南风，吹上玳瑁床。娇眠锦衾里，展转双鸳鸯。”

刘瑶《暗别离》：“槐花结子桐叶焦，单飞越鸟啼青霄。翠轩辗云轻遥遥。燕脂泪迸红线条。瑶草歇芳心耿耿，玉佩无声画屏冷。朱弦暗断不见人，风动花枝月中影。青鸾脉脉西飞去，海阔天高不知处。”

赵虚舟《戏赠》：“砌下梧桐叶正齐，花繁雨后压枝低。报道不须鸦鸟乱，他家自有凤凰栖。”

最后那首赵虚舟《戏赠》以桐花自喻，自视颇高，满怀自信。其余各女诗人却都因见花而引发时光流逝、良辰虚度的感慨，并兴起对爱情的期待，对团圆的盼望，莫不怀着幽幽的哀怨。但都能怨而不怒，哀而不伤，这是儒家诗教“温柔敦厚”融入女诗人的意识中吧。

烟花女子对花伤情的基调，大致和家庭妇女相似，但由于生活环境不同而有变调者，以下略举数人之作，以见其同异。

常浩《寄远》：“年年二月时，十年期别期。春风不知信，轩盖独迟迟。今日无端卷珠箔，始见庭花复零落。人心一往不复归，岁月来时未尝错。可怜荧荧玉镜台，尘飞幂幂几时开？却念容华报昔好，画眉犹自待君来。”

常浩虽为妓女，阅人多矣，但对爱情的期盼，并不亚于良家妇女。见庭花一再零落，而悟年华老大，然而还痴心等待那十年之约，希望能得到圆满的归宿，享受那画眉之乐。

颜令宾《病中见落花》：“气余三五喘，花剩两三枝。话别一尊酒，相邀无后期。”

颜令宾是晚唐长安南曲名妓，病重见落花而自感不久于世，而作此诗邀新及第进士前来，设乐欢饮而诀。[1]其事悲哀而浪漫，倒与落花的风味相似。

薛涛《春望词》四首之四：“那堪花满枝，翻作两相思。玉筯垂朝镜，春风知不知？”

又《牡丹》：“去春零落暮春时，泪湿红笺怨别离。常恐便同巫峡散，因何重有武陵期？传情每向馨香得，不语还应彼此知。只欲栏边安枕席，夜深闲共说相思。”

又《别李郎中》：“花落梧桐凤别凰，想登秦岭更凄凉。安仁纵有诗将赋，一半音词杂悼亡。”

薛涛这首《春望词》是因花而怀人。《牡丹》诗似将花喻人，可能是她和某贵人在去春分别，一年后，在没有预期的情况下重逢，因而写下这首旖旎委婉的诗篇。至于《别李郎中》一篇，写

1. 事见孙棨《北里志》。

落花时节与李程分别，[1]写得情深意切；然而，前引《春郊游眺寄孙处士》二首之一和《酬辛员外折花见寄》也都写得情深意切。看来薛涛真是太多情了。她在前引写“杨花”时称它为“无情物”，可能正如杜牧说的“多情却是总无情”，多情和无情却是一体的两面吧。

鱼玄机《寄李亿员外》：“羞日遮罗袖，愁春懒起妆。易求无价宝，难得有心郎。枕上潜垂泪，花间暗断肠。自能窥宋玉，何必恨王昌？”

又《寄刘尚书》：“八座镇雄军，歌谣满路新。汾川三月雨，晋水百花春。囹圄长空锁，干戈久覆尘。儒僧观子夜，羁客醉红茵。笔砚行随手，诗书坐绕身。小材多顾盼，得作食鱼人。”

又《卖残牡丹》：“临风兴叹落花频，芳意潜消又一春。应为价高人不问，却缘香甚蝶难亲。红英只称生宫里，翠叶那堪染路尘？及至移根上林苑，王孙方恨买无因。”

又《酬李郢夏日钓鱼回见示》：“住处虽同巷，经年不一过。清词欢旧女，香桂折新柯。道性欺冰雪，禅心笑绮罗。迹登霄汉上，无路接烟波。”

又《闻李端公垂钓回寄赠》：“无限荷香染暑衣。阮郎何处弄船归？自惭不及鸳鸯侣，犹得双双近钓矶。”

鱼玄机的《卖残牡丹》似乎以残牡丹自喻，虽自知残败，但仍自视甚高，她的心情是复杂的。《寄李亿员外》一首写在花间对李亿的思念。她对李亿可说是一往情深，除了此诗之外，还有《书情寄李子安补阙》、《春情寄子安》、《隔汉江寄子安》、《寄子安》

1. 李郎中是李程，据陶敏《全唐诗作者小传正补》，《湘潭师范学院学报》，1986 年 3 月。张篷舟《薛涛诗笺》，人民出版社，1983 年。

等篇，都写得缠绵悱恻，然而她对李郢的两首诗，[1]却也颇有挑逗的意味；此外，在《迎李近仁员外》诗中，也洋溢着热烈的感情。也许她在李亿那边得不到感情上的满足，想从别人得到补偿也说不定。至于《寄刘尚书》是见存唐代女诗人涉及花卉诗中写得最开阔的一篇，这跟她的交游经历有关。

> 李冶《寄朱放》："望远试登山，山高湖又阔。相思无晓夕，相望经年月。郁郁山木荣，绵绵野花发。别后无限情，相逢一时说。"

野花满山遍野，正象征着李冶那经年累积的相思之情。

综观三类女诗人因花而触发的情怀，一般而言，宫廷女诗人是欣喜愉悦；家庭妇女是伤春怀人，而感情较为单纯；烟花女子亦是伤春怀人，但感情较为复杂。

七

整体看来，唐代女诗人由花引发的联想和兴起的感情远较男性诗人来得单纯。男性诗人对花的表现是多元的，李商隐就是最显著的例子；[2]而女诗人则集中在对爱情的向往，对美满婚姻的期望，宫廷女子则重视当下的欢乐。由于她们的表现集中，所以相思之情的抒发非常浓烈。什么宗教的象征意义，政治社会的变动，文学思潮的发展，如新乐府运动等，都不曾在她们诗中的花留下痕迹。唐代女性虽然比较开放，但开放的程度毕竟很有限，她们的天地还是狭隘的。

---

1. 李端公是李郢，据陈文华《唐女诗人集三种》，上海古籍出版社，1984 年。
2. 参见拙著《李商隐诗中的百花世界》。

温庭筠诗词比较研究

一、引　言

近来重读萧干侯先生评点校注《花间集》，读到《更漏子》之四，集评中录花草蒙拾云：

> “蝉鬓美人愁绝”果是妙语。飞卿更漏子、河渎神凡两见之，李空同所谓自家物，终久还来耶？”

又引《栩庄漫记》云：

> “飞卿词中重句重意，屡见花间集中，由于意境无多，造句过求妍丽，故有此弊，不仅‘蝉鬓美人……’一句已也。”

这都是只就《花间集》中的温词来立论的，这使我想起其《定西番》之二有“萱草绿，杏花红”两句，而其《禁火日》诗则有“舞衫萱草绿，春鬓杏花红”。于是取里仁书局印行之曾益原注、顾予咸补注、顾嗣立重校的《温飞卿诗集笺注》，略加翻检，发现温氏的“自家物”正复不少，特别是诗和词之间有不少相类似的词句。当时我又联想到晏几道《临江仙》：

> “梦后楼台高锁，酒醒帘幕低垂。去年春恨却来时，落花人独立，微雨燕双飞。
>
> 记得小蘋初见，两重心字罗衣。琵琶弦上说相思，当时明月在，曾照彩云归。”

其中最脍炙人口的“落花人独立，微雨燕双飞”一联乃出自五代翁宏的《春残诗》，《春残诗》云：

> “又是春残也，如何出翠帏。落花人独立，微雨燕双飞。寓目魂将断，经年梦亦非。那堪向愁夕，萧飒暮蝉辉。”

可见诗与词之间，往往有些牵连。再者，《花间集》中收温庭筠《杨柳枝》八首，而此八首又俱见于温集诗中，萧干侯先生评点校注《花间集》云：

> “以下杨柳枝八首，实皆七言绝句，往日谱书，以花间入集，故混列入词。此八首具见温集诗中，则前人初不视之为词，按其音节，既不异于诗，自不宜阑入词中。”

又温诗《春晓曲》一首，《全唐诗》既将其收入卷五七七，视之为诗，并注云“一作齐梁体”；然而复收入卷八九一，题曰“木兰花”，而视之为词，注云：“即春晓曲，集作古诗。”在此不拟讨论萧先生的推论是否成立，或温氏作品“家临长信往来道”一首究竟该是《春晓曲》还是《木兰花》。但我们可以看出，若干作品是介乎诗词两者之间，可见诗词之间，也略有混同之处。

于是我想将有关的诗词做一番比较，可以使我对诗词间的关系有进一层的认识；而且我以为从温庭筠入手应当是适当的。因为温氏生当晚唐，唐诗发展已成后劲；而词始出不久，至飞卿始以此名家，赵崇祚以之冠于花间诸贤。易言之，温氏正是处于新旧转变时期的关键人物。而且温氏在诗与词又都留下不少作品——《花间集》收温词六十六首，如果再加上《金奁集》的一阙《菩萨蛮》以及《全唐诗》所列的《木兰花》则有六十八首；至于诗作，连同《杨柳枝》八首和《春晓曲》有三百三十八首，如果略去《杨柳枝》与《春晓曲》，则为三百二十九首。将这两类作品加以比较，看来是行得通的。

我整理资料的步骤可约如下述。

（一）先以词为纲，逐首逐句与其诗作相比对，一一找出其与诗中词句相雷同者，做成对照表，并在诗集上标明其与词集相同之词句。

（二）以诗为纲，再将雷同的词中的词汇句子做成对照表。经过第一道手续以后，这一道手续并不费工夫，因为资料都是现成的。

（三）以词为主，将其诗以首为单位，视其与词之间，关系之疏密，略分为三等。

然后观察其间现象，探讨其中问题。

二、现象之描述

上述（一）（二）两项对照表甚为繁重，为篇幅所限，不能备列，只可举例说明，（三）项举诗题而已。

（一）以词为纲，将诗句打散兴之对照（举例）

《菩萨蛮》之一	
小山重叠金明灭	黄印额山轻为尘，翠鳞红积俱含颦。（照影曲）
	云鬟几迷芳草蝶，额黄无限夕阳山。（偶游）
	红花初绽雪花繁，重叠高低满小园。（杏花）
	汪汪积水光连空，重叠细纹交潋江。（昆明池水战词）
	晴碧烟滋重叠山，罗屏半掩桃花月。（郭处士击瓯歌）
	秦原晚重叠，灞浪夜潺湲。（渚宫晚春寄秦地友人）
	楚山重叠当归路，溪月分明到直庐。（送襄州李中丞赴从事）
	游丝荡平绿，明灭时相续。（故城曲）
	珠翠丁星复明灭，龙头劈浪哀笳发。（春江花月夜词）
	日影明灭金色鲤，杏花唼喋青头鸡。（经西坞偶题）
鬓云欲度香腮雪	灵魄冠轻见云发，寒丝七柱香泉咽。（水仙谣）
	粉香随笑度，鬓态伴愁来。（齐宫）
	白露鸣蛩急，晴天度雁疏。（登卢氏台）
	自有玉楼芳意在，不能骑马度烟郊。（寒食日作）
	秦娥卷帘晚，胡雁度云迟。（咏寒宵）
	莫沾香梦绿杨丝，千里春风正无力。（郭处士击瓯歌）
	景阳妆罢琼窗暖，欲照澄明香步懒。（照影曲）
	油额芙蓉帐，香尘玳瑁筵。（感旧陈情五十韵献淮南李仆射）
	朱雀航南绕香陌，谢郎东墅连春碧。（谢公墅歌）
	管含兰气娇语悲，胡槽雪腕鸳鸯丝。（舞衣曲）
	羽书如电入青琐，雪腕如槌催画鞞。（湖阴词）
懒起画蛾眉	萋芊山城路，马上修蛾懒。（黄昙子歌）
	懒多成宿疢，愁甚似春眠。（感旧陈情五十韵献淮南李仆射）
	卷衣轻鬓懒，窥镜淡蛾羞。（过华清宫）
	流尘其可欲，非复懒鸣琴。（登李羽士东楼）
弄妆梳洗迟	懒逐妆成晓，春融觉梦迟。（太子西池）
	不虑见春迟，空伤致身错。（古意）
	莲步舟行远，萍多钓下迟。（京兆公池上作）
	珠坠鱼迸浅，影多凫泛迟。（和沈参军招友生观芙蓉池）
	寂寥闲望久，飘洒独归迟。（卢氏池上遇雨赠同游）
	门静人归晚，墙高蝶过迟。（春日）
	王孙又谁恨，惆怅下山迟。（题磁岭海棠花）
照花前后镜	镜清花共叶，床冷簟连心。（寄渚宫遗民弘里生）
花面交相映	浓艳香露里，美人清镜中。（芙蓉）
	红妆万户镜中春，碧树一声天下晓。（鸡鸣埭歌）
	美人鸾镜笑，嘶马雁门归。（春日）

新帖绣罗襦	溟渚藏鸂鶒，幽屏卧遮鹧鸪。（寄友人一百韵）
双双金鹧鸪	花房露透红球落，蛱蝶双双护粉尘。（和友人溪居别业）

《菩萨蛮》之二

水精帘里颇黎枕	漏转霞高沧海西，玻璃枕上闻天鸡。（春江花月夜词）
暖香惹梦鸳鸯锦	芊绵平线台城基，暖色春空荒古陂。（鸡鸣埭歌）
	犀带鼠裘无暖色，清光炯冷黄金鞍。（遐水谣）
	莫沾香梦绿杨丝，千里春风正无力。（郭处士击瓯歌）
	湖西山浅似相笑，菱刺惹衣攒黛蛾。（晚归曲）
	簇簌金梭万缕红，鸳鸯艳锦初成匹。（织锦词）
江上柳如烟	九重细雨惹春愁，轻染龙池杨柳烟。（长安春晚）
雁飞残月天	孤帆投楚驿，残月在淮樯。外杜三千里，谁人数雁行。（旅次盱眙县）
	云边雁断胡天月，陇上羊归塞草烟。（苏武庙）
	一院落花无客醉，五更残月有莺啼。（经李征君故居）
藕丝秋色浅	船头折藕丝暗牵，藕根莲子相留连。（张静婉采莲曲）
	藕丝作线难胜剪，蕊粉染黄那得深。（懊恼曲）
	平碧浅春生绿塘，云容雨态连春苍。（太掖池歌）
	小姑归晚红妆浅，镜里芙蓉照水鲜。（兰塘词）
人胜参差剪	剪胜裁春字，开屏见晓江。（春日寄岳州从事李员外）
	蜡珠攒作带，缃绮剪成丛。（海榴）
	刺茎淡荡绿，花片参差红。（芙蓉）
	黄花红树谢芳蹊，宫殿参差黛巘西。（清凉寺）
	参差绿蒲短，摇艳云塘满。（黄昙子歌）
	文楸方罫花参差，心阵未成星满池。（谢公墅歌）
	缑岭参差残晓雪，洛波清浅露晴沙。（寄分司元庶子兼呈元处士）
双鬓隔香红	巫娥传意托悲丝，铎语琅琅理双鬓。（蒋侯神歌）
	后主荒宫隔晓莺，飞来只隔西江水。（春江花月夜词）
	鸣泉隔翠微，千里到柴扉。（题中南佛塔寺）
	一水悠悠隔渭城，渭城风物近柴荆。（秋日旅舍寄义山李侍御）
	柘弹何人发，黄鹂隔故宫。（清明日）
	禅庵过微雪，乡寺隔寒烟。（赠越僧岳云）
	吴江淡画水连空，三尺屏风隔千里。（吴苑行）
	高阁过空谷，孤竿隔古冈。（李先生别墅望僧舍宝刹因作双声）
	龛灯落叶寺，山雪隔林钟。（宿秦生山斋）
	轻阴隔翠帏，宿雨泣晴晖。（牡丹）
	杳杳艳歌春日午，出墙何处隔朱门。（杏花）
	咸阳桥上雨如悬，万点空濛隔钓船。（咸阳值雨）
	黄山远隔秦树，紫禁斜通渭城。（送李亿东归）
	细雨无妨烛，轻寒不隔帘。（偶题）
	早梅悲蜀道，高树隔昭邱。（过华清宫）

	苏小回塘通桂枳，未应清浅隔牵牛。（七夕）
玉钗头上风	玉钗风不定，香步独徘徊。（咏春幡）

《更漏子》之一

柳丝长　春雨细	弱柳千条杏一枝，半含春雨半垂丝。（题望苑驿）
	杨柳千条拂面丝，绿烟金穗不胜吹。（题柳）
	柳不成丝草带烟，海槎东去鹤归天。（李羽处士故居）
	杏花落尽不归去，江上东风吹柳丝。（长安春晚）
	浓阴似帐红薇晚，细雨如烟碧草新。（题李处士幽居）
	九重细雨惹春色，轻染龙池杨柳烟。（长安春晚）
	细雨无妨烛，轻寒不隔帘。（偶题）
花外漏声迢递	斜掩朱门花外钟，晓莺时节好相逢。（春暮宴罢寄宋寿先辈）
	绮阁空传唱漏声，网轩未辨凌云字。（晓仙谣）
	问君何所思，迢递艳阳时。（春日）
惊塞雁　起城乌	十里晓鸡关树暗，一行寒雁陇云愁。（过潼关）
	云边雁断胡天月，陇上羊归塞草烟。（苏武庙）
	秦娥卷帘晚，胡雁度云迟。（咏寒宵）
	旅雁唯闻叫，饥鹰不待呼。（开城五年秋以抱疾郊野不得与乡计偕至王府将议退适隆冬自伤因书怀奉寄殿院徐侍御察院陈李二侍御回中苏端公鄠县韦少府兼呈袁郊苗绅李逸三友人一百韵）
	寓直回骢马，分曹对暝乌。（同上）
画屏金鹧鸪	长钗坠发双蜻蜓，碧尽山斜开画屏。（夜宴谣）
	香烛有光妨宿燕，画屏无睡待牵牛。（池塘七夕）
	每到朱门还怅望，故山多在画屏中。（赠郑征君家匡山首春与丞相赞皇公游止）
	溟渚藏鸂鶒，幽屏从鹧鸪。（开成五年秋……一百韵）
香雾薄	云母空窗晓烟薄，香昏龙气凝晖阁。（阳春曲）
透帘幕	还似昔年残梦里，透帘斜月独闻莺。（宿城南亡友别墅）
惆怅谢家池阁	今日逢君倍惆怅，灌婴韩信尽封侯。（赠蜀将）
	莫怪临风倍惆怅，欲将书剑学从军。（过陈琳墓）
	知有杏园无计入，马前惆怅满枝红。（春日将欲东归寄新及第苗绅先辈）
	二月艳阳节，一枝惆怅红。（敷水小桃盛开因作）
	徒然委摇荡，惆怅春风时。（鄠郊别墅寄所知）
	独有袁宏正憔悴，一尊惆怅落花时。（寄李外郎远）
	应卷鰕帘看皓齿，镜中惆怅见梧桐。（晚坐寄友人）
	王孙又谁恨，惆怅下山时。（题磁岭海棠花）
	千岩万壑应惆怅，流水斜倾出武关。（题李卫国诗）
	朱雀航南绕香陌，谢郎东墅连春碧。（谢公墅歌）

	玉柄寂寥谈客散，却寻池阁泪纵横。（经故秘书崔监扬州南塘旧居）
红烛背	一曲堂堂红烛筵，金鲸泻酒如飞泉。（钱唐曲）
	所恨玳筵红烛夜，草玄寥落近回塘。（李羽处士寄新醞走笔戏酬）
	紫微芒动词初出，红烛香残诰未封。（投翰林萧舍人）
	白麻红烛夜，清漏紫微天。（感旧陈情五十韵献淮南李仆射）
	遗簪可惜三秋白，蜡烛犹残一寸红。（晚坐寄友人）
	背墙灯色暗，宿客梦初成。（宿友人池）
	桥上一通名利迹，至今江鸟背人飞。（渭上题）
绣帘垂	华堂客散帘垂地，想凭栏干敛翠蛾。（牡丹）
梦长君不知	心断入淮山，梦长穿楚雨。（寒食节日寄楚望）
	铜壶漏断梦初觉，宝马尘高人未知。（鸡鸣埭歌）
	锦荐金炉梦正长，东家呃喔鸡鸣早。（常林欢歌）
	含羞更问卫公子：月到枕前春梦长？（春野行）
	朔风绕指我先笑，明月入怀君自知。（醉歌）
《梦江南》之一	
千万恨	似将千万恨，西北为卿卿。（二月十五日樱桃盛开自所居蹑履吟玩竞名王泽章洋才）
恨极在天涯	不为伤离成极望，更因行乐惜流年。（敬答李先生）
	飘然随钓艇，云水是天涯。（赠郑处士）
	香灯伴残梦，楚国在天涯。（碧涧驿晓思）
	江上几人住，天涯孤棹选。何当重相见，尊酒慰离颜。（送人东游）
	九门风月好，回首是天涯。（送渤海王子归本国）
山月不知心里事	丁丁暖漏滴花影，催入景阳人不知。（晚归曲）
	玲珑骰子安红豆，入骨相思知不知。（新添声杨柳枝辞）
	自笑漫怀经济策，不将心事许烟霞。（郊居秋日怀一二知己）
	自恨青楼无近信，不将心事许卿卿。（偶题）
水风空落眼前花	
摇曳碧云斜	蜀彩淡摇曳，吴妆低怨思。（题磁岭海棠花）
	天阁沈沈夜未央，碧云仙曲舞霓裳。（华清宫）
	巢暖碧云色，影孤清镜辉。（咏山鸡）
	路傍佳树碧云愁，曾侍金舆幸驿楼。（题端正树）
	湘烟刷翠湘山斜，东方日出飞神鸦。（蒋侯神歌）
	稻田凫雁满晴沙，钓渚归来一径斜。（郊居秋日有怀一二知己）
	日西塘水金堤斜，碧草萋萋暗吐芽。（春日野行）
	槿篱芳援近樵家，陇麦青青一径斜。（鄠杜郊居）

(二)以诗为纲，将词打散而与之对照(举例)

郭处士击瓯歌

佶栗金虬石潭古，	
勺陂潋滟幽修语。	
湘君宝马上神云，	
碎佩丛铃满烟雨。	
吾闻六宫花离离，	
软风吹春星斗稀。	星斗稀，钟鼓歇。(《更漏子》之二)
玉晨冷磬破昏梦，	
天露未干香著衣。	
兰钗委坠垂云发，	霞帔云发。(《女冠子》之二)
小响丁当逐回雪。	
晴碧烟滋重叠山，	小山重叠金明灭。(《菩萨蛮》之一)
罗屏半掩桃花月，	
太平天子驻云车，	
龙卢勃郁双蟠拏。	
宫中近臣抱扇立，	
侍女低鬟落翠花。	
乱珠触续正跳荡，	
倾头不觉金乌斜。	战篦金凤斜。(《思帝乡》)
	摇曳碧云斜。(《梦江南》之一)
莫沾香梦绿杨丝，	暖香惹梦鸳鸯锦。(《菩萨蛮》之二)
	绿杨陌上多离别。(《菩萨蛮》之五)
	绿杨满院中庭月。(《菩萨蛮》之八)
	杨柳又如丝。(《菩萨蛮》之十)
	柳丝长，春雨细。(《更漏子》之一)
千里春风正无力。	八行书，千里梦，雁南飞。(《酒泉子》之三)
	千里玉关春雪。(《定西番》之一)
	柳丝袅娜春无力。(《菩萨蛮》之六)
	舞衣无力风敛。(《归国遥》之二)

懊恼曲

藕丝作线难胜剪，	藕丝秋色浅。(《菩萨蛮》之二)
蕊粉染黄那得深。	蕊黄无限当山额。(《菩萨蛮》之三)

白玉兰芳不相顾，	
青楼一笑轻千金。	
莫言自古皆如此，	
健剑刜钟铅绕指，	
三秋庭绿尽迎霜，	
唯有荷花守红死。	
庐江小吏朱斑轮，	
柳缕吐牙香玉春。	香玉、翠凤宝钗垂篦簌。（《归国遥》之一）
两股金钗已相许，	翠钗金作股，钗上蝶双舞。（《菩萨蛮》之三）
不令独作空城尘。	
悠悠楚水流如马，	斜晖脉脉水悠悠。（《梦江南》之二）
恨紫愁红满平野。	楚女欲归南浦，朝雨，湿愁红。（《荷叶杯》之三）
野土千年怨不平，	
至今烧作鸳鸯瓦。	

春日

柳岸杏花稀，	月孤明，风又起，杏花稀。（《酒泉子》之三）
梅梁乳燕飞。	乳燕双双拂烟草。（《木兰花》，即《春晓曲》）
美人鸾镜笑，	雪胸鸾镜里。（《女冠子》之一）
	照花前后镜，花面交相映。（《菩萨蛮》之一）
	镜中花一枝。（《定西番》之三）
嘶马雁门归。	送君闻马嘶。（《菩萨蛮》之六）
楚宫云影薄，	千里云影薄。（《酒泉子》之一）
台城心赏违。	
从来千里恨，	千里梦、雁南飞。（《酒泉子》之三）
	千万恨，恨极在天涯。（《梦江南》之二）
边色满戎衣。	

（三）温氏诗作与其词之间关系疏密表

前项以诗为纲而将词打散与之对照所举各例，都是与词关系最密切的诗篇，兹再举与之关系远者如次。

略有关系者

《邯郸郭公词》：“金[illegible]悲故曲，玉座积深尘。言念邯郸伎，不见邺城人。青苔竟埋骨，红粉自伤神。唯有漳河柳，还向旧营春。”其中只有“红粉”一语，又见于《更漏子》之二“金雀钗，红粉面”以及《荷叶杯》之二“小娘红粉对寒浪”而已。

《三月十八日雪中作》：“芍药蔷薇语早梅，不知谁是艳阳才。今朝领得东风意，不复饶君雪里开。”其中只有“早梅”一语又见于《河渎神》之二“早梅香满山郭”而已。

诸如此类，将其列为略有关系者。

毫无关系者

《西陵道士茶歌》：“乳窦溅溅通石脉，绿尘愁草春江色。涧花入井水味香，山月当人松影直。仙翁白扇霜鸟翎，佛坛夜读黄庭经。疏香皓齿有余味，更觉鹤心通冥冥。”

《赠李将军》：“谁言荀羡爱功勋，年少登坛众所闻。曾以能书称内史，又因明易号将军。金沟故事春常在，玉轴遗图火牛焚。不学龙骧画山水，醉乡无迹似闻云。”

《商山早行》：“晨起动征铎，客行悲故乡。鸡声茅店月，人迹板桥霜。槲叶落山路，枳花明驿墙。因思杜陵梦，凫雁满回塘。”

案：《商山早行》末句“凫雁满回塘”与其《渚宫晚春寄秦地友人》诗中“凫雁野塘水”句相似，但此类诗篇均与其词无涉。

以下将温氏诗作分为：(甲）与词关系密切者；(乙）与词略有关系者；(丙）与词毫无关系者。三类列举于次，以供参考。

(甲）与词关系密切者：《织锦词》、《夜宴谣》、《莲浦谣》、《郭处士击瓯歌》、《晓仙谣》、《舞衣曲》、《张静婉采莲曲》、《湘宫人歌》、《黄昙子歌》，《鸏栗歌》、《照影曲》、《雍台歌》、《吴苑行》、《常林欢歌》、《湖阴词》、《汉皇迎春词》、《兰塘词》、《晚归曲》、《罩鱼歌》、《春洲曲》、《走马楼三更曲》、《阳春曲》、《湘东宴曲》、《东郊行》、《水仙谣》、《春野行》、《醉歌》、《江南曲》、《钱唐曲》、《惜春词》、《春愁曲》、《苏小小歌》、《春江花月夜词》、《懊恼曲》、《西洲曲》、《长安寺》、《和沈参军招友生观芙蓉池》、

《七夕歌》、《经西坞偶题》、《咏晓》、《芙蓉》、《春日》、《咏春幡》、《春日野行》、《咏嚬》、《太子西池》二首、《题李处士幽居》、《寒食日作》、《偶题林亭》、《南湖》、《偶题》、《春日野行》(又一首)、《投翰林萧舍人》、《春暮宴罢寄宋寿先辈》、《马嵬驿》、《和友人溪居别业》、《题望苑驿》、《题柳》,《丧歌姬》、《池塘七夕》、《偶游》、《寄河南杜少府》、《赠知音》、《题怀贞亭旧游》、《西江上送渔父》、《七夕》、《经李征君故居》、《送崔郎中赴幕》、《怀真珠亭》、《赠郑征君家匡山首春与丞相赞皇公游止》、《元处士池上》、《长安春晚》二首、《赠弹筝人》、《瑶瑟怨》、《题端正树》、《渭上题》之二、《渭上题》之三、《题城南杜邠公林亭》、《宿城南亡友别墅》、《鄠杜郊居》、《过华清宫二十二韵》、《洞户二十二韵》、《巫山神女庙》、《屈柘词》、《初秋寄友人》、《江岸即事》、《碧涧驿晓思》、《春日寄岳州从事李员外》之一、《李先生别墅望僧舍宝刹因作双声》、《休澣日西掖谒所知因成长句》、《河中陪帅游亭》、《寒食前有怀》,《寄李外郎远》、《寄卢生》、《咏寒宵》、《寄渚宫遗民弘里生》、《春日》、《害友人池》、《晚坐寄友人》、《牡丹》二首、《题磁岭海棠花》、《苦楝花》、《莲花》、《寒食节日寄楚望》之一、《禁火日》、《和周繇广阳公宴嘲段成式诗》、《新添声杨柳枝辞》之二。

(乙)与词略有关系者:《鸡鸣埭歌》、《遐水谣》、《锦城曲》、《生禖屏风歌》、《嘲春风》、《公无渡河》、《太液池歌》、《雉场歌》、《蒋侯神歌》、《故城曲》、《昆明池水战词》、《谢公墅歌》、《台城晓朝曲》、《达摩支曲》、《碌碌古词》、《三洲词》、《猎骑词》、《烧歌》、《秋日》、《观舞伎》、《边笳曲》、《金虎台》、《侠客行》、《敕勒歌塞北》、《邯郸郭公词》、《古意》、《齐宫》、《陈宫词》、《中书令裴公挽歌词》之二、《庄恪太子挽歌词》二首、《过西北塞堡》、

《开圣寺》、《西江贻钓叟骞生》、《赠蜀将》、《送李亿东归》、《重游圭峰宗密禅师精庐》、《利州南渡》、《李羽处士寄新醖走笔戏酬》、《郊居秋日有怀一二知己》、《赠袁司录》、《题西明寺僧院》、《寄湘阴阎少府乞钓轮子》、《送陈嘏之侯官兼简李常侍》、《溪上行》、《寄分司元庶子兼呈元处士》、《李羽处士故里》、《过陈琳墓》、《田中作》、《经故秘书崔监扬州南塘旧居》、《题韦筹博士草堂》、《春日将欲东归寄新及第苗绅先辈》、《老君庙》、《和王秀才伤歌姬》、《山中与诸道友夜坐闻边防不宁因示同志》、《秘书省有贺监知章草题诗笔力遒健风尚高远拂尘寻玩因有此作》、《题裴晋公林亭》、《车驾西游因而有作》、《赠少年》、《蔡中郎坟》、《华阴韦氏林亭》、《三月十八日雪中作》、《咸阳值雨》、《渭上题》之一、《夜看牡丹》、《题河中紫极宫》、《开成五年秋以抱疾郊野不得与乡计偕至王府将议遐适隆冬自伤因书怀奉寄殿院徐侍御察院陈李二侍御回中苏端公鄠县韦少府兼呈袁郊苗绅李逸三友人一百韵》、《感旧陈情五十韵献淮南李仆射》、《题翠微寺二十二韵》、《送洛阳李主簿》、《题陈处士幽居》、《处士卢岵山居》、《题丰安里王相林亭》二首、《和友人盘石寺逢旧友》、《送人南游》、《赠郑处士》、《渚宫晓春寄秦地友人》、《赠越僧岳云》二首、《咏山鸡》、《题竹谷神祠》、《经李处士杜城别业》、《登李羽士东楼》、《送人东游》、《寄山中友人》、《偶题》、《题萧山寺》、《春日寄岳州从事李员外》之二、《和段少常柯古》、《海榴》、《敷水小桃盛开因作》、《送淮阴孙令之官》、《旅泊新津却寄一二知己》、《赠僧云栖》、《雪夜与友生同宿晓寄近邻》、《题造微禅师院》、《正见寺晓别生公》、《旅次盱眙县》、《鄠郊别墅寄所知》、《京兆公池上作》、《卢氏池上遇雨赠同游》、《东归有怀》、《博山》、《送卢处士游吴越》、《过新丰》、《过潼关》、《题平西王旧赐屏风》、《苏武庙》、《途中偶作》、《宿云际寺》、《游南塘寄王知白》、《春日访李十四处士》、《宿松门寺》、《春尽与友人入裴氏林采渔竿》、《洛阳》、《雨中与李先生期垂钓先后相失因作叠韵》、《春日雨》、《细雨》、《春初对暮雨》、《原隰荑绿柳》、《送僧东游》、《盘石寺留别成公》、《寄崔先生》、《敬答李先生》、《宿沣曲僧舍》、《月中宿云居寺上方》、《题中南佛塔寺》、《马嵬佛寺》、《清凉寺》、《秋日旅舍寄义山李侍御》、《送渤海王子归本国》、《送北阳袁明府》、《送李生归旧居》、《早春浐水送友人》、《送襄州李中丞赴从事》、《江上别友人》、《与友人别》、《鸿胪寺有开元中锡宴堂楼台池沼雅为胜绝荒凉遗址仅有存者偶成四十韵》、《华清宫和杜舍人》、《华清宫》二首、《登卢氏台》、《反生桃花发因题》、《杏花》、《和太常杜少卿东都修行里有嘉莲》、《自有扈至京师已后朱樱之期》、《薛氏池垂钓》、《瑟瑟钗》、《二月十五日樱桃盛开自所居蹑履吟玩竞名王泽章洋才》、《寒食节日寄楚望》之二、《清明日》、《客愁》、《新添声杨柳枝辞》之一。

（丙）与词无关者：《东峰歌》、《会昌丙寅丰岁歌》、《寓怀》、《观兰作》、《酬友人》、《中书令裴公挽歌词》之一、《秘书刘尚书挽歌词》二首、《西陵道士茶歌》、《寄清凉寺僧》、《赠李将军》、《哭王元裕》、《晋朝柏树》、《春日偶作》、《却经商山寄昔同行友人》、《和友人题壁》、《经五丈原》、《伤温德彝》、《夏中病店作》、《题友人居》、《题李相公敕赐屏风》、《寄裴生乞钓钩》、《经故翰林袁学士居》、《过分水岭》、《四皓》、《赠张炼师》、《过孔北海墓二十韵》、《地肺山春日》、《早秋山居》、《赠隐者》、《送并州郭书记》、《清旦题采药翁草堂》、《商山早行》、《途中有怀》、《题僧泰恭院》二首、《西游书怀》、《赠考功卢郎中》、《寄山中人》、《宿辉公精舍》、《题薛昌之所居》、《和赵嘏题岳寺》、《题贺知章故居叠韵作》、《秋雨》、《雪》二首、《宿秦生山斋》、《赠楚云上人》、《宿白盖峰寺寄僧》、《访知玄上人遇暴经因有赠》、《宿一公精舍》、《赠卢长史》、《答段柯古见嘲》、《过吴景帝陵》、《龙尾驿妇人图》、《简同志》、《元日》、《光风亭夜宴妓有醉殴者》。

（四）因为（一）（二）两项只略举数例，此复归纳若干诗词间相同及相异之词句

（甲）诗词常见词汇。

名词类：

鬓、发、眉、腕、泪、心、情、恨、梦、心事。

镜、粉、妆、钗、钿、衣、丝、金、玉、翠、珠、衾、锦、烛、炉、屏、帘、幕、帐、香、漏、帆。

宫、楼、堂、阁、苑、庭、院、青琐、门、窗、栏、池、堤。

雁、蝶、蝉、莺、燕、子规、鸳鸯、㶉𫛶、鹧鸪、凤、马。

花、杏花、梨花、落花、牡丹、兰、梅、莲、苹、杨、柳、草、枝。

春、秋、月、烟、雨、风、露、云、霞、山、水、桥、波。

地名：

楚、吴、越、镜水、江南、长安、洛阳、玉关。

颜色字：

红、绿、黄、朱、碧、翠、白。

动词、形容词、副词类：

懒、迟、晚、隔、双、稀、迷、归、背、斜、残、恨、欹、断、绝、寒、暖、离、别、愁、远、长、忆、新、香、浓、艳、惹、弱、深、浅、薄、偷、无限、无聊、寂寞、徘徊、惆怅、重叠、悠悠。

（乙）词中常用之词句，而诗不见或少见者。

脸。枕。香腮雪。新帖绣罗襦。暂来还别离。灯在月胧明。正关情。人远泪阑干。愁闻一霎清明雨。无言匀睡脸。时节欲黄昏。夜来皓月才当午。当年还自惜。往事那堪忆。花落月明残。绣帘垂箓簌。山枕隐浓妆。旧欢如梦中。花里暂时相见。知我意，感君怜，此情须问天。银烛尽，玉绳低，一声村落鸡。夜长衾枕寒。不道离情正苦。一叶叶，一声声，空阶滴到明。雪胸断肠。还是去年时节。雁来人不来。正相思。春来幸自长如线。倭堕低梳髻。近来心更切，为思君。形相。早晚。荡子。为妾将上明君。花花。山月不知心里事，水风空落眼前花。请君莫向那岸边。同伴，相唤。

其余细微现象，在以下问题之探讨部分再配合着提出。

三、问题之探讨

（一）将飞卿的诗与词仔细比较，很容易发现二者相同或相似的词句实在很多。毕竟诗词的作者是同一个人，生活在同一时空系统中，所经验的都是那些事情，接触的都是那些感觉材料，而又有其个人的感情及组词习惯。因此，纵使用不同的体裁表达，只要作者不刻意去区别它，总会有相同之处。说得详细些，温氏生活在晚唐的时代，到过楚水、吴山、越溪……，见过吴苑、楚女、越女……时常徘徊于花前月下、池上楼中……往往因分别隔离而感到寂寞惆怅。而又因构思组词有某些习惯，所以往往在不同的作品中写出雷同的句子。

* “月落子规歇。”（《碧磵驿晓思》）

“花落子规啼。”（《菩萨蛮》之六）

“何处子规啼不歇。”（《河渎神》之一）

* “满楼明月梨花白。”（《舞衣曲》）

“满宫明月梨花白。”（《菩萨蛮》之九）

* “舞衫萱草绿，春鬓杏花红。”（《禁火日》）

“萱草绿，杏花红。”（《定西番》之二）

* “杳杳艳歌春日午。”（《杏花》）

“画罗轻鬓雨霏微。”（《丧歌姬》）

“春昼午，雨霏微。”（《诉衷情》）

凡此，莫不显示飞卿的“自家物”正复不少，这表示温氏在作诗作词时，其组词活动颇为相近。但这只就大体而言，我们还应作更深入的考察。

（二）温词各首的词句，多半能从其诗中找到相同或相似者，但诗句之同于词者则较少。这种现象应该跟诗词数量多寡不等（诗三百余首，词六十余首），且诗多有长篇巨著，而词则篇幅皆狭小有关。但问题未必如此单纯，宜再作进一步探索。

（三）就内容境界而言，温氏的诗，固然不乏游宴歌舞，充满脂粉香泽的作品，也有写自己寂寞无聊的作品。但是他的许多篇什是在抒发他有志难酬的感慨。

《古意》：“莫莫复其莫，丝萝缘磵壑。散木无斧斤，纤茎得依托。枝低浴鸟歇，根静悬泉落。不虑见春迟，空伤致身错。”

《简同志》：“开济由来变盛衰，五车才得号镃基。留侯功业何容易，一卷兵书作帝师。”

同时他也为不遇的朋友抱屈。

《赠蜀将》："十年分散剑关秋，万事皆从锦水流。志气已曾明漠节，功名犹自带兵钩。雕边认箭寒云重，马上听笳塞草愁。今日逢君倍惆怅，灌婴韩信尽封侯。"

然而当朋友有发展的机会，他也积极鼓励其努力进取。

《送北阳袁明府》："楚乡千里路，君去及良辰。苇浦迎船火，茶山候吏尘。桑浓蚕卧晚，麦秀雉声春。莫作东篱兴，青云有故人。"

他不但关怀朋友，也关心百姓以及时世。

《烧歌》："起来望南山，山火烧山田。微红夕如灭，短焰复相连。差差向岩石，冉冉凌青壁。低随回风尽，远照檐茅赤。邻翁能楚言，倚锸欲潸然。自言楚越俗，烧畲作早田。豆苗虫促促，篱上花当屋。废栈豕归栏，广场鸡啄粟。新年春雨晴，处处赛神声。持钱就人卜，敲瓦隔林鸣。卜得山上卦，归来桑枣下。吹火向白茅，腰镰映赪蔗。风吹槲叶烟，槲叶连平山。迸星拂霞外，飞烬落阶前。仰面呻复嚏，鸦娘咒丰岁。谁知苍翠谷，尽作官家税。"

《会昌丙寅丰岁歌》："丙寅岁，休牛马。风如吹烟，日如渥赭。九重天子调天下。春绿将年到西野。西野翁，生儿童。门前好树青芊茸。芊茸单衣麦田路，村南娶妇桃花红。新姑车右及门柱，粉项韩凭双扇中。喜气自能成岁丰，农祥尔物来争功。"

《山中与诸道友夜坐闻边防不宁因示同志》："龙沙铁马犯烟尘，迹近群鸥意倍亲。风卷蓬根屯戊己，月移松影守庚申。韬钤岂足为经济，岩壑何尝是隐沦。心许故人知此意，古来知者竟谁人。"

从以上三诗，可以看出温庭筠既关心百姓疾苦，而为年岁丰穰而欣喜，而且亦忧时忧国。再者，由于他能扩大心胸，将个人失意之感与忧国忧民之情贯通起来，所以，他也怀有深厚的历史意识。心胸的开拓，不仅是平面的开展，而是整体的扩充。温诗中如《渭上题》、《老君庙》、《四皓》、《苏武庙》、《昆明池水战词》、《题望苑驿》、《汉皇迎春词》、《金虎台》、《过孔北海墓》、《过陈琳墓》、《经五丈原》、《过吴景帝陵》、《台城晓朝曲》、《晋朝柏树》、《谢公墅歌》、《湖阴词》、《达摩支曲》、《齐宫》、《邯郸郭公祠》、《鸡鸣埭歌》、《春江花月夜词》、《题翠微寺二十二韵》、《走马楼三更曲》、《华清官和杜舍人》、《华清官》、《马嵬驿》、《马嵬佛寺》、《龙尾驿妇人图》等，都是借吊古咏史以抒怀。在时间上贯通了古今，其中不乏气势浩大、沉郁悲壮之作。

《苏武庙》："苏武魂销汉使前，古祠高树两茫然。云边雁断胡天月，陇上羊归塞草烟。回日楼台非甲帐，去时冠剑是丁年。茂陵不见封侯印，空向秋波哭逝川。"

《经五丈原》："铁马云雕共绝尘、柳阴高压汉宫春。天清杀气屯关右，夜半妖星照渭滨，下国卧龙空寤主，中原得鹿不由人。象床宝帐无言语，从此谯周是老臣。"

因此，温诗往往能直抒胸臆，而又驰骋于四方与古今。其内容包含了他生活中的各种经验，各个层面。至于其词则不然，除了《定西番》"汉使昔年离别"一首有沉郁之致之外，其余作品，多半布置个精致的小空间，而时间方面往往也只是当下的。

《菩萨蛮》之八："牡丹花谢莺声歇，绿杨满院中庭月。相忆梦难成，背窗灯半明。　　翠钿金压脸，寂寞香闺掩。人远泪阑干，燕飞春又残。"

> 《更漏子》之二："星斗稀、钟鼓歇，帘外晓莺残月。兰露重、柳风斜，满庭堆落花。　　虚阁上，倚栏望，还是去年惆怅。春欲暮、思无穷，旧欢如梦中。"

这是典型的例子。纵使词中提到玉关、雁门、辽阳这些边地，如"玉关音信稀"（《菩萨蛮》之五）、"雁门消息不归来"（《番女怨》之一）、"辽阳音信稀"（《诉衷情》）这些地名，只不过是词中主角所思念的人发信的地址，并未亲自触及。词真有点像短短的独幕剧。

就季节而言，词中明显表现出其季节是春季的至少在九成以上，只有《更漏子》之五的"偏照画堂秋思"、《荷叶杯》之三的"波起、隔西风"、《金奁集·菩萨蛮》的"秋波浸晚霞"等写的是秋季。春是蠢动、萌动的季节，人的感情最易激动，是以"有女怀春"（《诗经·召南·野有死麕》），即在春季。温诗在季节方面，固然也以涉及春季的最多，秋季次之，与词近似；但也有冬天、夏天的作品，如《雪》、《夏中病痁作》等是。

总之，温诗包含的内容丰富多样，境界大小兼备，足以表现其大部分的生活；而其词则内容贫乏单调，意境狭窄，集中表现生活中的一小部分。

（四）就体裁而言，温氏之词与诗集中题为某某歌、词、谣、曲、行之类乐府诗关系最为密切。按：温氏诗集中题为某某歌者约二十首、某某词十一首、某某谣五首、某某曲十七首、某某行七首，合计六十首。与词关系密切者计歌十首、词六首、谣四首、曲十三首、行五首，合计三十八首。与词略有关系者计歌七首、词五首、谣一首、曲四首、行二首，合计十七首。至于与词毫无关系者，仅歌三首而已。与词毫无关系的三首歌是描写山居采药的《东峰歌》、颂美丰年的《会昌丙寅丰岁歌》以及超拔尘俗的《西陵道士茶歌》。这完全是素材和温词相去太远的缘故，可置而不论。因此，温词与其所作各体诗之关系，应当是和乐府诗最为密切。这种现象究竟表示了什么意义，可从李贺《花游曲》及序文中看出一点端倪。

李贺《花游曲并序》：

> 寒食日，诸王妓游，贺入座，因采梁简文诗词，赋花游曲，与妓弹唱。
>
> 春柳南陌态，冷花寒露姿。今朝醉城外，拂镜浓扫眉。
>
> 烟湿愁车重，红油覆画衣。舞裙香不暖，酒色上来迟。

从上举资料约略可看出几点：其一，李贺的《花游曲》是采梁简文帝诗词作成的；其二，李贺是在诸王游妓时即席写就《花游曲》的；其三，即席写成的《花游曲》，当时即“与妓弹唱”；其四，《花游曲》的意境与温庭筠的词很相近。

李贺约比温庭筠早二十多年，可算作同时代的人，风俗当相去不远。

> 《旧唐书·文苑·温庭筠传》云：“温庭筠者，太原人，本名岐，字飞卿。大中初，应进士。苦心砚席，尤长于诗赋。初至京师，人士翕然推重。然士行尘杂，不修边幅，能逐弦吹之音，为侧艳之词，公卿家无赖子弟裴诚、令狐滈之徒，相与蒱饮，酣醉终日，由是累年不第。徐商镇襄阳，往依之，署为巡官。咸通中，失意归江东，路由广陵，心怨令狐绹在位时不为成名，既至，舆新进少年狂游狭邪，久不刺谒。又乞索于扬子院，醉而犯夜……”
>
> 《新唐书·温大雅传附传》：“彦博裔孙廷筠，少敏悟，工为辞章，舆李商隐皆有名，号温李。然薄于行，无检幅，又多作侧辞艳曲，与贵胄裴诚、令狐滈等蒲饮狎昵，数举进士不中第。思神速，多为人作文。……徐

商镇襄阳，署巡官，不得志，去归江东。令狐绹方镇淮南，廷筠怨居中时不为助力，过府不肯谒。丐钱扬子院，夜醉……”

《温庭筠答段成式书》：“昨夜安东听倡，牖北追凉。椈枕才攲，兰釭未艾。……”又：“昨日浴籖时，光风亭小宴，三鼓方归。……”

钱希言《桐薪》：“温岐少曾于江淮为槚楚，故改名庭云，字飞卿，而他书或作庭筠，不晓所谓。……最善鼓琴吹笛，云‘有丝即弹，有孔即吹，不必柯亭爨桐也’。”

再看庭筠所作乐府诗，多为南朝旧曲。

《张静婉采莲曲》云：“静婉，羊侃伎也，其容绝世。侃自为采莲二曲，今乐府所存失其故意，因歌以俟采诗者。事具载梁史。”

《湖阴词序》云：“王敦举兵至湖阴，明帝微行，视其营伍，由是乐府有湖阴曲，而亡其词，因作而附之。”

《觱篥集》歌原注云：“李相伎人吹。”

颜嗣立重校引桂苑丛谈曰：“咸通中，丞相李蔚自大梁移镇淮海，浙右小校薛阳陶监押度支运米入城，公喜其姓名有同曩日朱崖李相左右者，遂令试询之，果是旧人。公甚喜，留止别馆。一日，召阳陶游，询其所闻及往日芦管之事，薛因献朱崖李相、陆畅、元、白所撰歌一轴，公益喜之。次出芦管于赏心亭奏之，其管绝微，每于一觱栗中常容三管，声如天际自然而来，情思宽闲。公大嘉赏之，赠诗有云：虚心纤质雁衔余，凤吹龙吟定不如。”

由上述约略可知温氏精通音乐，能依旧曲填词，由于他长时间游于襄阳、广陵、江南一带，每依南朝旧曲作为诗歌，而这一类诗歌则和他的词意境与造语接近。因疑温氏在参与贵族的游宴，则多以齐梁旧曲作为诗歌，这类诗歌就如李贺的《花游曲》，都是可以弹唱的，此外，他也沿元、白的余绪，作些新乐府；当时的词，可能正逐渐由民间侵入贵族社会，但还没有完全取代旧乐府，大约在妓院中已很流行。温氏在作乐府与新词的时候，构思的方向很相似，因而流露出来的词句也常雷同。我们再看唐代被后人列为早期尝试作词的诗人，如韦应物、刘长卿、王建、戴叔伦、刘禹锡、白居易等，也莫不是作乐府诗的能手。这两者应该有相当的关联存在，而从温庭筠作品来观察，两者的关系应该是很密切的。

（五）就语言而言，从一般情形来看，温词的用语比较通俗浅显，而诗的用语则比较典雅凝炼。兹先举诗词意境相近者略作对照。

《归国遥》之一："香玉，翠凤宝钗垂簏簌。钿筐交胜金粟，越罗春水绿。　画堂照帘残烛，梦余更漏促。谢娘无限心曲，晓屏山断续。"

又之二："双脸，小凤战篦金飐艳。舞衣无力风敛，藕丝秋色染。　锦帐绣帏斜掩，露珠清晓簟。粉心黄蕊花靥，黛眉山两点。"

《舞衣曲》："藕肠纤纤抽轻春，烟机漠漠娇蛾颦。金梭淅沥透空薄，翦落鲛鮹吹断云。张家公子夜闻雨，夜向兰堂思楚舞。蝉衫麟带压愁香，偷得莺簧锁金缕。管含兰气娇语悲，胡槽雪腕鸳鸯丝。芙蓉力弱应难定，杨柳风多不自持。回颦笑语西窗客，星斗寥寥波脉脉。不逐秦王卷象床，满楼明月梨花白。"

诗词所写都是舞妓，而浅俗典雅不同。

《河传》之一："江畔，相唤，晓妆鲜。仙景个女采莲。请君莫向那岸边。少年，好花新满船。　红袖摇曳逐风暖，垂玉腕，肠向柳丝断。浦南归，浦北归，莫知，晚来人已稀。"

《莲浦谣》："鸣桡轧轧溪溶溶，废绿平烟吴苑东。水清莲媚两相向，镜里见愁愁更红。白马金鞭大堤上，西江日夕多风浪。荷心有露似骊珠，不是真圆亦摇荡。”

《晚归曲》：“格格水禽飞带波，孤光斜起夕阳多。湖西山浅似相笑，菱刺惹衣攒黛蛾。青丝系船向江木，兰芽出土吴江曲。水极晴摇泛滟红，草平春染烟绵绿。玉鞭骑马白玉儿，刻金作凤光参差。丁丁暖漏滴花影，催入景阳人不知。弯堤弱柳遥相瞩，雀扇圆圆掩香玉。莲塘艇子归不归？柳暗桑秾闻布谷。”

诗词都是描述采莲的情景，采莲女荡舟水中，少年郎在岸上相望，惹起一段闲愁。但用语上词浅露而诗较为宛转耐人寻味。

《菩萨蛮》之一：“懒起画蛾眉，弄妆梳洗迟。”

《太子西池》：“懒逐妆成晓，春融梦觉迟。”

词句比较口语化；而诗句比较凝炼，意思更为丰富。

以下再举若干词中语汇，为诗中少见或不见者稍作讨论。

“断肠”

温词中屡见，如“泪痕新，金缕旧，断离肠”（《酒泉子》之四）、“肠断塞门消息”（《定西番》之三）、“忆君肠欲断”（《南歌子》之六）、“南浦莺声断肠”（《清平乐》之二）、“断肠潇湘春雁飞”（《遐方怨》之一）、“罗袖画帘断肠”（《思帝乡》）、“肠断白蘋洲”（《梦江南》之二）、“肠向柳丝断”（《河传》之一）、“莺语空肠断”（《河传》之二）、“肠断，水风凉”（《荷叶杯》之二）。在词中，飞卿可谓柔肠寸断矣。但在诗集中则只有“愁肠断处春何恨，病眼开时月正圆”（《李羽处士故里》）一见而已。断肠、肠断在当时是很通俗的口语，敦煌曲中亦屡见，如“肠断知么”（《凤归云》）、“满楼明月夜三更，无人语，泪如雨，便是思君肠断处”（《天仙子》）、“相送过河梁，水声堪断肠”（《菩萨蛮》）、“肠断忆仙宫，朦胧烟雾中”（《菩萨蛮》）、“一过教人肠欲断，况行人”（《浣溪沙》）。可见断肠一语为晚唐民间所好用，而温庭筠在作诗时似有意避俗而极少使用。

“雪胸”

温词中有“雪胸鸾镜里”（《女冠子》之一），但“雪胸”一语，诗中一无所见。而通俗的敦煌曲又很常见，如“素胸未消残雪，透轻罗”（《凤归云》）、“雪散胸前，嫩脸红唇，眼如刀割”（《内家娇》）、“胸上雪，从君咬，恐犯千金买笑”（《鱼歌子》）。以“雪胸”入词，这是旧唐书称其为“侧艳之词”的原因吧。

“荡子”

温词有“荡子天涯归棹远，春已晚”（《河传》二），而诗中不见荡子一语，敦煌曲则有“荡子他州去，已经新岁未还归”（《拜新月》）。

“小娘”

温词有“雪梅香，柳带长，小娘，转令人意伤”（《河传》之三）、“小娘红粉对寒浪，惆怅，正相思”（《荷叶杯》之二）。小娘之称，诗中绝不见；而敦煌曲则有“颜容二八小娘，满头珠翠影争光”（《竹枝子》）、“待得归来须共语，情转伤，断却妆楼伴小娘”（《柳青娘》）。

“早晚”

温词有“玉楼相望久，花洞恨来迟。早晚乘鸾去，莫相遗”（《女冠子》之二）。“早晚”语，诗中不见，但敦煌曲却极为常见，如“早晚王师归却还，免教心怨天”（《破阵子》）、“暮恨朝愁不忍闻，早晚离尘俗”（《喜秋天》）、“早晚灭狼番，一齐拜圣颜”（《菩萨蛮》）、“早晚竖金鸡，休磨战马蹄”（《菩萨蛮》）、“早晚得到唐囫里，朝圣明主”（《献忠心》）、“河湟心恐陷戎夷，早晚圣人知”（《望江南》）、“但将好事让他人，早晚偻儸胜百钝”（《禅门十二时曲》）。不但敦煌曲常用“早晚”一语，敦煌变文里也很常见，如“我早晚许你念经？远公当即不语。被左右道：将军实是许他念经”（庐山远公话）、“卿早晚放朕归去”（《唐太宗入冥记》）、“厌善缘，贪恶境，早晚情田能戒省”（《维摩诘经讲经文》之一）、“动经千劫万劫，不知早晚复人身”（《父母恩重经讲经文》之二）。唐人俗语“早晚”跟明清小说中将“早晚”用作“时候”或“迟早”（见《小说词语汇释》）不同，蒋礼鸿敦煌变文字义通释将其释为“何时”，非常恰当。

“形相”

温氏《南歌子》之一：“手里金鹦鹉，胸前绣凤凰。偷眼暗形相。不如从嫁与，作鸳鸯。”“形相”一词虽早见于《荀子·非相篇》。荀子云：“形相虽善而心术恶。”但荀子的形相是相貌的意思，而且相读去声。将形相的相读为平声，而且意义略近于温词的有晚唐曹唐与罗隐的诗，曹唐《小游仙》诗云：“上元元日豁明堂，五帝望空拜玉皇。万树琪花千圃药，心知不敢辄形相。”（《小游仙诗九十八首中之第二首》）罗隐堠子云：“终是岐路昂，前程亦可量。未能惭面黑，只是恨头方。雅旨逾千里，高文近两行。君知不识字，第一莫形相。”但意义与温词最接近的还是敦煌变文《父母恩重经讲经文》的“这身无病长如病，拓颊终朝复皱眉。百般美味不刑（形）相，是种珍修（馐）不尝啜。甘甜纵吃如黄蘖，口苦舌干不欲餐。”这里的“形相”应当是端详的意思。可见“形相”是晚唐的通俗语。

这类例子还很多，不能遍举；但就上述各例，已足以证明温词的语言比诗的语言更通俗，更接近口语。易言之，其诗之用语，是经过较多的修饰。所以上文推测齐梁体的乐府诗在晚唐时还在贵族社会游宴时弹唱，而词则仍以流行于民间为主，只是文人学士染指渐多。这一推测应有几分可信。

（六）就联想形式而言，王梦鸥先生文学概论云：

“近年有人曾根据单词（字）的刺激力做过联想的实验，而列成图表。如果造个图表没有太大的错误，我们可据那联想的频数而约略看出联想大抵是趋向于两种形式，第一是类推的，亦即从原意象之某一性态而联想到与它相类似的东西，而起了那东西相邻的意象。第二是相对的，亦即从原意象而引起与它对立的或正相反的东西，而继起的就是那对比的意象。例如原意象同样是‘豪门生活’，有人却因而联想到‘笙歌归院落，灯火下楼台’，这是邻接的类推的联想；但也有人却因而联想到‘朱门酒肉臭，路有冻死骨’，就是相对的联想了。‘豪门生活’，这概括的表述，不能具体地描写原意象的实体，必借继起的意象替它说出特殊的性态来。这种描写虽不直接说出悲或喜的意象性，但它的性质却与那形态同时表述了。因此，这一组记号不特是可知解的，可想象的，而且也是可感动——可同情的；较之直接的概括的表现为完全而具体。倘若更从这两个例句的修辞形式看来，不管他们写的是笙歌灯火，是酒肉臭，好像都是直接写出他们的意象；其实不然，如果直接写出，则他们可以用‘豪门生活’一语尽之，但他们不用此语，而间接用类推的或对比的字句，而把母题隐没在字句里面，这正是隐喻。因此有人以为诗只是韵律与隐喻的化合物。（第十二章意象传达的层次）

温氏诗词都是“韵律与隐喻的化合物”。如其《商山早行》云：

“晨起动征铎，客行悲故乡。鸡声茅店月，人迹板桥霜。槲叶落山路，枳花明驿墙。因思杜陵梦，凫雁满回塘。”

其中“鸡声茅店月，人迹板桥霜”十字，每字都是名词，但欧阳修却说：

“余尝爱唐人诗云‘鸡声茅店月，人迹板桥霜’，则天寒岁暮，风凄木落，羁旅之愁，如身履之。至其曰“野塘春水慢，花坞夕阳迟”（按：此《严维酬刘员外见寄》诗颈联），则风酣日煦，万物骀荡，天人之意，相与融怡，读之便觉欣然感发，谓此四句，可以坐变寒暑。”（欧阳文忠公试笔）

温庭筠诗的“鸡声茅店月，人迹板桥霜”十字能使欧阳修感到天寒岁暮，风凄木落，羁旅之愁，如身履之。这正如王梦鸥先生说的：“这一组记号不特是可知解的，可想象的，而且也是可感动——可同情的；较之直接概括的表现为完全而具体。”至如温词《菩萨蛮》之十云：

“宝函钿雀金鸂鶒，沉香阁上吴山碧。杨柳又如丝，驿桥春雨时。画楼音信断，芳草江南岸。鸾镜与花枝，此情谁得知。”

萧继宗先生评曰：“‘驿桥春雨’，凄艳动人。‘又’字正点明今昔，惆怅之情，溢于词外。”（萧继宗教授评点校注《花间集》）文字而能动人，能情溢词外，正因其能借继起的意象说出其特殊的性态来。

总之，无论诗词，温氏都尽量避免用概括的表述。至于联想的形式，则诗词倾向稍有不同，大致上，词比较倾向类推的联想，诗较为倾向相对的联想。兹先举以类推联想作成之词数首如次。

《菩萨蛮》之十一：“南园满地堆轻絮，愁闻一霎清明雨。雨后却斜阳，杏花零落香。　无言匀睡脸，枕上屏山掩。时节欲黄昏，无聊独倚门。”

《更漏子》之六：“玉炉香，红蜡泪，偏照画堂秋思。眉翠薄，鬓云残，夜长衾枕寒。　　梧桐树，三更雨，不道离情正苦。一叶叶，一声声，空阶滴到明。”

《南歌子》之一：“手裹金鹦鹉，胸前绣凤凰。偷眼暗形相。不如从嫁与，作鸳鸯。”

《遐方怨》之二：“花半坼，雨初晴。未卷珠帘，梦残惆怅闻晓莺。宿妆眉浅粉山横。约鬓鸾镜里，绣罗轻。”

《梦江南》之二：“梳洗罢，独倚望江楼。过尽千帆皆不是，斜晖脉脉水悠悠，肠断白蘋洲。”

《荷叶杯》之一：“一点露珠凝冷，波影，满池塘。绿茎红艳两相乱，肠断，水风凉。”

这些都是“从原意象之某一性态而联想到与它相类似的东西，而引起了那东西相邻的意象”。不但单调短章如此，连稍长的双调亦如此。本来分上下片的双调应该有较多的机会让他作相对的联想，但他却仍就类似的东西挨着联想下去。

然而温词并非不作相对的联想。

《菩萨蛮》之三：“蕊黄无限当山额，宿妆隐笑纱窗隔。相见牡丹时，暂来还别离。　　翠钗金作股，钗上蝶双舞。心事竟谁知？月明花满枝。”

通首联想在聚与散之间，聚散是相对的。《栩庄漫记》云：“以一句或两句描写一简单之妆饰，而其下突接别意，使词意不贯，浪费丽字，转成赘疣。”可能栩庄比较习惯类推的联想，觉得相对的联想太过突兀。

《菩萨蛮》之七：“……画楼相望久，栏外垂丝柳。音信不归来，社前双燕回。”

由燕之双而联想到人之单，如写成“落花人独立，微雨燕双飞”的对句，就更加明白。

《更漏子》之二：“星斗稀，钟鼓歇，帘外晓莺残月。兰露重，柳风斜，满庭堆落花。　　虚阁上，倚栏望，还是去年惆怅。春欲暮，思无穷，旧欢如梦中。”

这是悲欢相对的联想。《白雨斋词话》云：“‘兰露重，柳风斜，满庭堆落花’，此言盛者自盛，衰者自衰。亦即上章苦乐之意。”也看出其有相对之意。

《河传》之二：“湖上，闲望，雨萧萧。烟浦花桥路遥。谢娘翠蛾愁不销。终朝，梦魂迷晚潮。　　荡子天涯归棹远，春已晚，莺语空肠断。若耶溪，溪水西，柳堤，不闻郎马嘶。”

上片写谢娘，下片荡开到荡子，而成人我相对之联想。然而，温词终究以类推联想为主，其相对联想实不如其诗应用之多，也不如诗之强烈。

《苏轼庙》：“回日楼台非甲帐，去时冠剑是丁年。”

今昔相对，多么强烈。

《题平西王旧赐屏风》：“朱鹭已随新卤簿，黄鹂犹识旧池台。”

新旧相反，多么明显。

《过陈琳墓》："词客有灵应识我，霸才无主始怜君。"

其中有人我的相对，及有无的相对。

《春日将欲东归，寄新及第苗绅先辈》："几年辛苦与君同，得丧悲欢尽是空。犹喜故人先折桂，自怜羁客尚飘蓬。……"

颔联全是得丧悲欢的相对联想。

以上所举各例都是律诗中的颔联或颈联，本该都是对句，自然容易引起相对的联想。

《李羽处士故里》："愁肠断处春何限，病眼开时月正圆。"

虽也是律诗的颔联，但其相对的联想却不是两句之间的相对，而是"愁肠断处"与"春何限"的相对；"病眼开时"与"月正圆"的相对。

令再举古诗乐府为例。

《鸡鸣埭歌》："南朝天子射雉时，银河耿耿星参差。铜壶漏断梦初觉，宝马尘高人未知。鱼濯莲东荡宫沼，蒙蒙御柳悬栖鸟。红妆万户镜中春，碧树一声天下晓。盘踞势穷三百年，朱方杀气成愁烟。彗星拂地浪连海，战鼓渡江尘涨天。绣龙画雉填宫井，野火风驱烧九鼎。殿巢江燕砌生蒿，十二金人霜炯炯。芊绵平绿台城基，暖色春空荒古陂。宁知玉树后庭曲，留待野棠如雪枝。"

今昔盛衰的相对联想，表现得很明白。其咏史怀古之诗大率如此，不必多举。兹再举其他古诗乐府为例。

《夜宴谣》："长钗坠发双蜻蜓，碧尽山斜开画屏。虬须公子五侯客，一饮千钟如建瓴。鸾咽姹唱圆无节，眉敛湘烟袖回雪。清夜恩情四座同，莫令沟水东西别。亭亭蜡泪香珠残，暗露晓风罗幕寒。飘飘戟带俨相次，二十四枝龙画竿。裂管萦弦共繁曲，芳尊细浪倾春醁。高楼客散杏花多，脉脉新蟾如瞪目。"

此由夜宴的豪奢联想到宴后的落寞。

《晓仙谣》："……遥遥珠帐连湘烟，鹤扇如霜金骨仙。碧箫曲尽彩霞动，下视九州皆悄然。秦王女骑红尾凤，乘空回首晨鸡弄。雾盖狂尘亿兆家，世人犹作牵情梦。"

这是仙凡的相对联想。

《觱篥歌》："……鸣梭淅沥金丝蕊，恨语殷勤陇头水。汉将营前万里沙，更深一一霜鸿起。十二楼前花正繁，交枝簇带连壁门。景阳宫女正愁绝，莫使此声催断魂。"

这是从荒凉寒冷的旷野，联想到美丽温暖的宫苑；从战士联想到宫女。

《塞寒行》："……河源怒触风如刀，翦断朔云天更高。晚出榆关逐征北，惊沙飞迸冲貂袍。心许凌烟名不灭，年年锦字伤离别。彩毫一画竟何荣，空使青楼泣成血。"

这是从战士的荣誉心联想到思妇的孤寂感。

不是所有的诗都用相对的联想，也有整首都用类推联想，就如大部分的词一般。

《湘宫人歌》："池塘芳意湿，夜半东风起。生绿画罗屏，金壶贮春水。黄粉楚宫人，方飞玉刻麟。娟娟照棋烛，不语两含颦。"

就是做类推的联想。只是整个看来，温庭筠作诗大抵偏重相对的联想，作词则偏重于类推的联想。这也许由于他的诗偏重于适独坐，而词则偏重于惊四筵。纵使许多乐府诗也能弹唱，但其应用的场合多为贵族文士的游宴；而词则流行于妓院民间，固然也有贵族文士参与其间，但毕竟以征夫贾客为主要听众。相对的联想可能造成比较曲折的效果，不若类推的联想来得平易近人。

（七）自从张惠言倡书比兴，陈廷焯标举沉郁以来，读温诗的人便为温词有无深刻寓意，引起很多讨论。萧继宗先生评点校注《花间集》时，对张、陈二家之说辟之最力。倘若我们就前述内容意境、体裁、语言、联想形式各方面来观察，温庭筠似乎并未在词中寓以深意，都已在诗中表达了。易言之，温氏主要工夫都用在诗的创作上，而词只是他以余力所作的新尝试，往往作来让伶工唱给大众听的，不大可能将其个人深刻的寓意隐藏其中，让市民估客大伙儿一起像打灯谜般来猜测他那深沉的含义。《旧唐书》说他"能逐弦吹之音，为侧艳之词"。《新唐书》说他"多作侧辞艳曲"。大约指《花间集》所载的一类作品而言，侧艳就是侧艳，何来深意，何所寄托？萧继宗先生说当时诗人"多写闺情，代人立言"。观《新唐书》谓其"多为人作文"之语，则萧先生之言宜为实情。

明代学者，有的喜欢称词为诗余，如曹学佺《蜀中广记》谓："唐人长短句，诗之余也。"徐师曾《文体明辨序说》云："按诗余者，古乐府之流别，而后世歌曲之滥觞也。"诗余之名为多数词家所不取，但比较温氏的诗词，就他一人而言，称词为诗余则似无不当。唯温氏之诗，属唐诗后劲，而词则处萌动发越之期，故其虽致力于诗，以词为余事，然而在文学史上，其诗名竟为词名所掩，这恐怕是飞卿始料所不及的事。

（八）余英时先生《二次战后人类社会的变迁与调适》一文用许多篇幅讨论“高级文化”和“大众文化”的问题，其主要观点，我都深表赞同，他说：

> “现在有些人把所谓高级文化和大众文化截然划分为两种不相涉，甚至相对立的东西，显然是太偏颇了。高级文化和大众文化都是很概括笼统的名词，如果细加分析，不但高级文化（即文化主流，亦可称‘大传统’）永远随时代而改变，即在同一时代之内，专家之间也存在着理解或解释的分歧。大众文化（亦可称‘小传统’）也是如此。
>
> 它不但变迁的速度更快，其内容则更是五花八门，未可一言以尽。现代的社会是一个多元文化的社会。高级文化和大众文化之间虽不能完全避免冲突，但毕竟是似相反而实相成的。……高级文化的不断创新与提升，虽然是少数人的事，但是高级文化的成果最后仍是为全社会所共享。所以把高级文化误认作上层阶级的专用品，是一个严重而危险的问题。……文化和教育一样，有普及与提高两方面，不容偏废。……如何择善而取以创造新的高级文化，是值得有识之士深思的。”

文化涵盖了文学，所以将余先生的观点用在文学上，也很恰当。近几十年来确有许多人将中国的大众文学与古典文学截然划分，甚至于认为通俗的大众文学才是真文学，将正统的古典文学一概看作假文学。试想，将李、杜的诗，韩、柳、欧、苏的文都贬成假文学是公允的吗？事实上，中国文学史是由正统文学与通俗文学互相变通、交互影响而成的。从“风雅”而又有“变风”“变雅”，就多少可以探出点消息来。关于中国文学的“雅俗”“正变”，王梦鸥先生“中国艺术风格试论”一文，有很好的剖析，兹不赘述。这里要说的是将正统文学与通俗文学视为各具固定的内容，而且强分优劣，不但不符合事实，而且会滋生许多弊端。不如平心观察二者交互影响的演变轨迹来得好，而在几千年的演变过程中，我们似乎应该特别注意其转变的关键时期、人物、交互影响的情况。温庭筠在中国文学史上，应该也是一个关键性的人物吧。

贯休与唐五代诗人交往诗浅探

一、引　言

禅月大师贯休（832～912）是晚唐著名诗僧，兼工书画。他能山居清修，精进不已；又能和光同尘，涉足繁华都会，周旋于王公贵人之间。他既是出家沙门，又是著名诗人，他在诗和僧两者之间找到了适当的平衡点。在他的晚年，他已将自己的诗作编为《西岳集》，圆寂当年，弟子昙域更增编为《宝月集》，但皆已亡佚。《全唐诗》存其诗十二卷，约七百余首，其中逾半是和朋友交往的诗篇。今只取其与唐五代诗人交往的作品略加探讨。

贯休和唐五代诗人的交往诗可大别为三类：第一类是他追怀前辈诗人的作品；第二类是他赠送同时代诗人的作品；第三类是同时代诗人赠送或追念他的作品。基本上，这三类作品大都可以从吴汝煜主编的《唐五代人交往诗索引》[1]查到。前两类《索引》收入A类，第三类列为B类。《索引》在贯休名下的A类收的是贯休追怀前辈和赠送时人的一切作品，凡赠诗对象，在《全唐

1. 上海古籍出版社，1993年版。

诗》中存有作品的，都标上※号，极易检索。但在方便之余，仍当留意两点：其一，《索引》难免有疏误，例如贯休有《观李翰林真》二首，《索引》以为李翰林名真，事实上“真”是“写真”，亦即画像之意，二诗是贯休观李白画像所题，与另一诗人李真无关；又如《索引》收有《送崔峒使往睦州兼寄薛司户》一诗，但崔峒是大历十才子之一，贯休不可能送他往睦州，《全唐诗》卷二六三作严维诗是正确的，这应该特别注明其时代不相关联，以免误导。其二，当时许多诗人的作品没有流传下来，《全唐诗》无从收入，但当我们细谈贯休的赠诗或和诗的内容，就可知对方亦为一诗人，这种情形很多，不能疏忽。所以《索引》一书虽然给予不少便利，然而细读贯休诗作，还是最重要，不可或缺的基本工夫。

二、追怀前辈诗人作品述论

这类作品共有十六首。

《续姚梁公座右铭·并序》（《全唐诗》9323 页）[1]

根据《序文》，贯休先读到白居易的《续崔子玉座右铭》[2]后来又见到姚崇、卞兰、张说、李邕的作品，心甚爱之。“一日抽毫，遂作续白氏之续，命曰《续姚梁公座右铭》一首。”明明是续白之作，却题为续姚之作，以姚崇续作先传，不知何故？贯休此首凡六十八句，以四言为主，杂以五言、六言，其内容与崔作、白作一脉相承，都在劝人行善。

---

1. 《全唐诗》页码，据中华书局本。
2. 白居易《续座右铭·并序》；崔瑗《座右铭》。

《读玄宗幸蜀记》(9349 页)

从历史中获致教训，最后归结到“因知纳谏诤，始是太平基”。

《经孟浩然鹿门旧居》二首（9352 页)

五律二首，慨叹诗人寂寞。

《观李翰林真二首》(9338 页)

五律二首，一首表达对李白的景仰，一首称赞无名画家笔下传神。

《读杜工部集二首》(9339 页)

五律二首，一首盛称杜甫笔参造化，成就逾古人。恨不与之同时。一首感慨杜甫命薄。

《览皎然渠南乡集》(9397 页)

以五律称美皎然的成就以及眼光，羡慕他有颜鲁公这种益友；也深自期许自己诗作之“清”，可上进皎然。

《笑灵一上人》(9319 页)

五言十二句，谓其声名可拟慧远，盛称其“经论传缁侣，文章遍墨卿”。能兼顾佛理与诗文。最后言寺院继已倾圮，但其成就当入僧史而传之不朽。

《读顾况敖行》(9316 页)

以七言为主，而杂以一言与三言句。钦佩顾况歌行之生动怪奇。

《观怀素草书歌》(9335 页)

以七言长篇歌行艳称怀素之草书。

《读孟郊集》(9343 页)

以不甚严谨之五律表达对孟郊诗歌成就的崇敬，以及身后寂寞的深切同情，并以为自己将来，亦将如孟郊受到世人的冷淡相待。

《经费隐君宅》(9340 页)

费隐君是费冠卿,[1]冠卿元和二年(807)登进士第,闻母病革,驰归,而母已卒,遂不仕而隐居九华山。贯休经其旧宅,乃兴归思而赋五律。

《览姚合极玄集》(9397 页)

姚合编《极玄集》,选录王维至戴叔伦二十一人诗共百首(今存九十九首)。[2]贯休以五律表尚友先贤之意。

《读贾区贾岛集》(9399 页)

以五律表达对贾区、贾岛失意的同情,并举出二人诗歌的特色是“冷格”。可惜贾区的作品今已失传。

《读刘得仁贾岛集二首》(9340 页)

五律二首,每首皆兼写贾岛与刘得仁二人。既赞美二人诗作,亦同情其困厄之遭遇。最后写出自己亦是苦吟诗人。

《怀刘得仁》(9343 页)

以五律抒写对刘得仁怀才不遇的感伤。

《怀诸葛觉二首》(9354 页)

其一云:“诸葛子作者,诗当我细看。求山因觅孟,踏雪去寻韩。……”自注:“遇孟郊、韩愈于洛下。”又注云:“诸葛云,思牵吴岫起,吟索剡云开。”又注云:“诸葛曾为僧,名然,有诗云‘到处自凿井,不能饮常流’。”据此,则诸葛觉作品虽不存于《全唐诗》,但其为元和诗人无疑。

从上举诗约略可以看出以下各点。

1. 贯休从姚崇、白居易诸人,吸收的只是做人道理,无关

---

1. 据吴汝煜主编《全唐诗人名考》,江苏教育出版社。

2.《极玄集》有上海古籍出版社《唐人选唐诗〈十种〉》本。

乎诗歌创作理论。

2. 对唐玄宗，贯休只将他看做一个君王，而认为君王应该纳谏。

3. 对怀素只是称美其草书而与诗歌无关。

4. 对费冠卿，贯休并不特别注意他的作品，只是受他母丧不仕的行为所感动。

5. 贯休所仰慕或同情的诗人有孟浩然、李白、杜甫、皎然、灵一、顾况、孟郊、姚合（以及《极玄集》中所选的从王维到戴叔伦二十一位诗人）、贾岛、贾区、刘得仁等。贯休熟悉而且深深赞赏这些人的作品；易言之，这些人的作品应该是他主要的学习对象。

三、赠送同时代诗人作品述论之一

这里列举的同时代的诗人，是在《全唐诗》中存有作品的诗人，其次第略依《唐五代人交往诗索引》。

（一）方干

1.《怀方干张为》：谓二人因不遇而隐遁。

2.《赠方干》（9345 页）：谓其弟子李频已登第，而方干则犹灌园、垂钓、作诗而隐于海介。

3.《春晚访镜湖方干》（9407 页）：写方干隐居生涯。

（二）高蟾

《避池寄高蟾》（9389 页）：写避乱之生活情况。

（三）许棠

《闻许棠及第因寄桂雍》（9419 页）：苦吟诗人许棠久困场屋，历二十余举，至懿宗咸通十二年（871）始登进士第。贯休为诗申其庆贺之意，并以之鼓励桂雍。

（四）王建

1.《少年行》三首（9305 页）：七绝一首，五绝二首。当前蜀前主王建面诵近作，言贵族子弟的无知、跋扈与奢豪。

2.《大蜀皇帝寿春节进尧铭舜颂二首》（9325 页）：在申贺忱之外，更期盼王建能戒慎恐惧，以天下为公，而以尧舜为楷模。

3.《大蜀高祖潜龙日献陈情偈颂》（9325 页）：王建称帝前，贯休干谒之作。诗题盖后来重拟。

4. 《寿春节进》（9392 页）：王建登基后作，有致君尧舜之想。

5.《寿春节进祝圣七首》（9403 页）：祝贺之中包含许多建言与盼望。

6. 《蜀王入大慈寺听讲》（9408 页）：很像唐五代俗讲的开读。

7.《蜀王登福感寺塔三首》（9408 页）：也很像俗讲的开读。

8.《大蜀皇帝潜龙日述圣德诗五首》（9412 页）：颂赞之余包含了殷切的期望。也像俗讲的唱辞。

9.《陈情献蜀皇帝》（9413 页）：盖初谒王建之作，称美蜀境平靖，王建礼贤。诗题当系后来重拟。

10.《寿春节进大蜀皇帝五首》（9413 页）：系俗讲的赞颂。

（五）王贞白

《送王贞白重试东归》（9359 页）：昭宗乾宁二年（895），王贞白登张贻宪榜进士。发榜后，物议纷纷，诏翰林学士陆扆重试，贞白仍中选。是年六月昭宗因乱出奔南山，七月李克用迎还京师。贯休诗即记以上各事。

（六）王涤

《寄王涤》（9320 页）：写己在梅雨季节中，感到寂寞，而思王涤来访。

（七）王棨

《干霄亭晚望怀王棨侍郎》（9386 页）：秋景堪描，对景思人。

（八）王锴[1]

1.《秋居寄王相公三首》（9348 页）：秋日清静，欢迎王锴来访谈玄。

2.《酬王相公见赠》（9411 页）：王锴寻访贯休不遇而题诗，休步韵答之，言己清修之意。

（九）王毂

《送王毂及第后归江西》（9317 页）：王毂久困场屋，至昭宗乾宁五年（898）始登进士第，贯休作五律申贺。

---

1. 诗题但称“王相公”……知其为王锴者，据《全唐诗人名考》；再者《酬王相公见赠》一首，经查王锴之作，贯休待步其原韵。

（十）张为

1.《怀张为周朴》（9313 页）：这二人“诗好人太癖”，故“一生常在寂寞中”。

2.《怀方干张为》（9432 页）：见（一）之 1。

3.《怀周朴张为》（9346 页）：寄书不达，关心二人生涯。

（十一）张道古

《悼张道古》（9437 页）：张道古好直谏而两度遭贬，前蜀武成元年（908）卒于驩州，贯休以七律悼之。

（十二）张格[1]

1.《酬张相公见寄》（9411 页）：张格有《寄禅月大师》七律，盛称贯休之诗、书、画，并邀其来访；贯休步原韵申谢，并勉其当效法前朝名相萧俶与蒋绅。

2.《绣州张相公见访》（9437 页）：张格得罪，贯休勉其礼佛。

（十三）毛文锡[2]

《和毛学士舍人早春》（9402 页）：以二十四句五古描写毛文锡生活中的茶、药、琴、诗，写来甚为细致生动。

（十四）卢延让

《怀卢延让》（9407 页）：原注“时延让新及第”。案，延让及

1. 诗题但称“张相公”……知为张格，据《全唐诗人名考》。
2. 诗题但称“毛学士舍人”，知其为毛文锡者，据《全唐诗人名考》。

第在昭宗光化三年（900），贯休对其一第得来不易深表同情。

（十五）吴融

1.《晚春寄吴融于竞二侍郎》（9369 页）：年老而怀旧。

2.《送吴员外赴阙》（9376 页）：吴融于昭宗乾宁二年（895）因事贬官，流寓荆南，翌年召为左补阙，贯休作五律送之，认为此事意义重大。

（十六）李频

1.《闻李频员外卒》（9372 页）：惋惜李频任建州刺史不久即物故。

2.《秋寄李频使君二首》（9381 页）：赞美李频清高而忧民，并拟到冬天时造访。

（十七）李祐

《赠李祐道人》（9357 页）：写李祐耽酒，又谓有缘而相会。

（十八）韦庄

1.《和韦相公见示闲卧》（9372 页）：五言排律四十句，描写韦庄的生活情形，详细而鲜活。

2.《和韦相公话婺州陈事》（9378 页）：言往事不可复。

3.《酬韦相公见寄》（9410 页）：感谢韦庄在处理政事之余，还时时寄诗问讯，谓时光不再，宜及时悟道。

（十九）韩偓

《江陆寄翰林韩偓学士》（9372 页）：自言生活清闲，因寄新诗学益友，问其诗味如何。

（二十）胡汾

《寄西山胡汾》（9360 页）：胡汾隐居洪州西山，独自灌园，贯休与之未曾谋面而已引为同道，盼望相会晤谈。

（二十一）罗邺

1.《海边见罗邺》（9387 页）：罗邺诗名甚著而屡举进士不第，贯休既喜相识，乃为诗慰之。

2.《送罗邺赴许昌辟》（9410 页）：写惜别之情。

（二十二）罗隐

《怀钱塘罗隐章鲁封》（9354 页）：罗隐举进士十余年不第，贯休作诗深表同情。

（二十三）刘象

《与刘象正字》（9395 页）：写刘象进士及第后之悠闲生活。按，象于昭宗天复元年（901），及第年已七十。

（二十四）刘蜕[1]

《赠抱术刘舍人》（9365 页）：刘蜕以忠贞见黜，贯休以五言排律二十六句安慰之。

1. 诗题但称“刘舍人”，知为刘蜕，据《全唐诗人名考》。

（二十五）陆展[1]

《寄翰林陆学士》（9405 页）：称美陆展之住居清要，并盼望重逢。

（二十六）陈陶

1.《春晚闲居寄陈嵩伯》（9311 页）：春日相忆。

2.《春寄西山陈陶》（9344 页）：春日思念。

3.《书陈处士屋壁二首》（9317 页）：写处士生活之恬淡清高。

（二十七）周朴

1.《怀张为周朴》（9313 页）：见（十）之 1。

2.《怀周朴张为》（9346 页）：见（十）之 3。

3.《途中逢周朴》（9553 页）：世乱兴衰而仍相勖勉。

（二十八）周庠[2]

《酬周相公见赠》（9411 页）：周庠有《赠禅月大师》一首，问其何以不到其办公处所相访，并盛赞贯休诗作；贯休步原韵答以出家人不宜接近台省，又称周庠之作才是高明。

（二十九）段成式

《上缙云段史君》（9419 页）：盛称段成式之清望、文章与治续。按，缙云属处州府，段成式为处州刺史时，贯休才二十余岁。

---

1. 诗题但称“陆学士”，知为陆展，据《全唐诗人名考》。
2. 知其为周庠者，诗题但称“周相公”，据《全唐诗人名考》。

（三十）钱镠

《献钱尚父》（9436 页）：此诗以“满堂花醉三千客，一剑霜寒十四州”而脍炙人口。

（三十一）郑准

《送郑准赴举》（9387 页）：预祝其一飞冲天。

（三十二）虚中

《再逢虚中道士三首》（9428 页）：写早年相别，四十余年后重逢。

（三十三）栖一

1. 《怀武昌栖一二首》（9351 页）：栖一是诗僧，贯休称其“得句先呈佛”，在佛与诗之间加以联系。贯休诗中表示对他很知心。

2. 《寄栖一上人》（9362 页）：自述当时情景寄栖一。

3. 《秋寄栖一》（9373 页）：关心栖一眼疾，为之念《多心经》。

（三十四）栖白

1. 《寄栖白大师二首》（9400 页）：栖白年辈稍长于贯休，且为内供奉，赐紫。贯休此二首申其景仰之意。

2. 《经栖白旧院二首》（9357 页）：栖白圆寂后，贯休经其旧院，触目凄凉。

（三十五）怀楚

《寄怀楚和尚二首》（9378页）：怀念甚深，因世乱而无从参寻。

贯休赠诗给同时代的人物，而各人在《全唐诗》中存有作品的计三十五人。其中有帝王、宰相、朝官、地方官、举子、处士和方外之士。

在唐朝，他从未朝见过任何一位天子，贯休所曾接触到的所谓皇帝，只是前蜀先主王建而已。他献诗王建，免不了要赞颂一番；但是赞颂之余，他总不忘趁机表达他那份诚挚的期许，就是热切希望君王取法尧舜，仁民爱物。

王建称帝以后，贯休年辈已高，而王建对他也很尊重，因此王建身边的宰相像韦庄、周庠、王锴、张格都主动跟他结交。他对张格，还期望他能学习前朝的萧傲与蒋绅；至于对其余各人，就只谈佛、谈玄、谈文章而已。也许正如他的自白："万般如幻希先觉，一丈临山且奈何？"亟知"无常迅速"的贯休，可能更关心"生死事大"的问题。壮年前后他热情洋溢，所交往的官吏多为忠贞、直谏、忧时、爱民之士。

对于举子，他总是怀着深切的同情。当他们失意时，就予以安慰、勖勉；当他们成名时，就由衷为他们高兴，并寄予殷殷的期望，甚至于以其成功的例子勉励其他还在长安道上挣扎的人。

对于处士隐者，他与他们的交往是建立在共同兴趣上。基本上，他们都是诗歌的爱好者，是诗人，他们"以文会友，以友辅仁"。此外生活态度的优雅、纯朴，也是贯休所看重的。

至于僧人方面，贯休赠送僧人的诗作将近百首，但《全唐诗》保存诗僧的作品不多，所以另有所举寥寥数篇。以此少数篇章观之，他们之间的关系，多半建立在对诗歌的共同兴趣上。

四、赠送同时代诗人作品述论之二

此节异于前节的是这里所录贯休赠诗的对象，在《全唐诗》中并未保存他们的作品，但从贯休诗中可以明显看出对方也是诗人。

（一）《还举人歌行卷》（9308页）：对这位举人的作品备加赞赏，有“珊瑚枝枝撑着月”之句，可见他的创作有很高的成就。

（二）《遇叶进士》（9317页）诗云：“文章拟真宰，仪冠冷如璧。山寺偶相逢，眼青胜山色。……自愧龙钟人，见此冲天翼。”萍水相逢，贯休即对叶蒙鼓励有加。后来他又有一首《送叶蒙赴举》（9367页），既为他以往落第不平，并预卜他此次必定成功。最后终于有《闻叶蒙及第》（9368页）之喜。

（三）《寄杜使君》（9317页）诗云：“……有时作章句，气慨还鲜逸。……”又《酬杜使君见寄》（9391页）云：“……心疼无所得，诗债若为还？……”，可见杜雄[1]能诗。

（四）《上孙使君》（9318页）：这首六十句的五言中有“君侯握文镜，独立尘埃外”、“诗穿明月珠，道拍安期背”等白，可见常州刺史孙徽亦为诗人。

（五）《上卢使君》（9328页）：这首三十句的五言中有“诗搜日月华，道宴神仙味”之句，又《上卢君二首》之一有句云：“心染烟霞新句出，笔驱奸蠹宿根隳。”可见这位可能是卢浔的卢使君能诗。

1. 杜使君为杜雄，据《全唐诗人名考》。后文凡据此书者不复加注。

（六）《送梦上人归京》（9332 页）：诗谓梦上人“向我道云中觅伴未得伴，又示我数首新诗尽是诗”，可见梦上人能诗。

（七）《寄韩团练》（9333 页）：这首二十八句的古诗有云“海内外闻名，江西偶相值。虽不有诗机，麟龙不解织。谁不有心地，兰茝不曾植。多君二俱作，独立千仞壁”，因知其能诗。

（八）《览李秀才卷》（9342 页）诗云：“香沐整山衣，开若一轴诗。吟当秋景苦，味出雪林迟。……”因知李秀才为诗人。

（九）《思匡山贾匡》（9344 页）诗云：“山兄诗癖甚，寒夜更何为？觅句唯顽坐，严霜打不知。……”因知贾匡为诗人。

（十）《夜对雪作寄友生》（9348 页）诗云：“……唯君心似我，吟到五更钟。”则此友显然为一诗人，但不知为何人耳。

（十一）《上宗使君》（9358 页）诗云：“折桂文如锦，分忧力若春。位高空倚命，诗妙古无人。……”因知宋震工诗。

（十二）《刘相公见访》（9360 页）：诗有“欹枕松窗回，题墙道意新”之句，而“题墙”可能为题诗。

（十三）《闻赤松舒道士下世》（9365 页）：五言排律四十句，其中有“仙庙诗虽继，苔墙篆必鞔”一联，原注“师善大小篆，尝有诗题赤松子庙”。又一联云“论诗花作席，炙菌叶为盘”，可见舒道士能诗。

（十四）《闻王慥常侍卒三首》（9367 页）之二有云：“政入龚黄甲，诗轻沈宋徒。”则王慥工诗可知。

（十五）《喜不思上人来》（9369 页）：以其有“瓶担千丈爆，偈是七言诗”，可见不思上人能诗。

（十六）《送刘逖赴闽辟》（9370 页）诗云：“离乱生涯尽，依刘是见机。从来吟太苦，不得力还稀。……”知逖为苦吟诗人。

（十七）《赠信安郑道人》（9370 页）：其中有“默坐诗常有，

闲行影渐无"之句，知其能诗。

（十八）《怀匡山山长二首》（9373页）之二有云："觅句曾冲虎，耕田半为僧。"则此山长当亦能诗。

（十九）《上冯使君山水障子》（9375页）诗云："……愿似窗中列，时闻大雅篇。"又《陪冯使君游六首》（9429页）之四《锦沙墩》云："……草媚莲塘资逸步，云生松壑有新诗。倏然别是神仙趣，岂羡东山妓乐随。"可见桐江刺史冯岩能诗。

（廿）《送陈秀才赴举兼寄韩舍人》（9377页）诗云："主圣臣贤日，求名莫等闲。直须诗似玉，不用力如山。……"劝勉陈秀才仍须在作诗上多下工夫，可能对他的诗作还不甚满意。

（廿一）《上东林和尚》（9381页）诗云："……道只传伊字，诗多笑碧云。应怜门下客，余力亦为文。"可见东林寺这位前辈能诗，贯休向其表己亦好文。

（廿二）《题弘式和尚院兼呈杜使君》（9383页）诗云："二雅兼二密，愔愔只自怡。……仍闻有新作，只是寄相思。"可见弘式和尚亦能为诗。

（廿三）《寄新定桂雍》（9386页）：有句云："句须人未道，君此事偏能。"因知桂雍作诗能自出机杼。

（廿四）《送僧之东都》（9389页）诗云："之子之东洛，囊中有倡新……"所谓倡，盖指诗而言。

（廿五）《江西再逢周琏》（9390页）诗云："……交情终淡薄，诗语更清狂。未得册霄使，依前四壁荒。……"可见周琏为一失意诗人。

（廿六）《赠晦公禅人》（9395页）诗云："有句虽如我，无心未似君。"可见晦公亦为一诗僧。

（廿七）《寄静林别墅胡进士兄弟》（9395页）诗云："烧熛汀

岛境，月色弟兄吟。”则胡氏兄弟皆为诗人。

（廿八）《春日许徵君见访》（9396 页）诗云：“……还似青溪上，微吟踏叶行。”许徵君乃贯休诗友。

（廿九）《寄景地判官》（9399 页）诗云：“……浦珠为履重，园柳助诗玄。……”则判官能诗可见。

（卅）《秋送夏郢归钱塘》（9401 页）诗云：“归客指吴国，风帆几日程。新诗陶雪字，玄发有霜茎。……”可见夏郢是诗人。

（卅一）《送李铏赴举》（9401 页）诗云：“诗业务经论，新皆意外新。……句得孤舟月，心飞九陌尘。……”知李铏能诗。

（卅二）《赠造微禅师院》（9405 页）诗云：“……七丝奔小蟹，五字逼雕龙。……”可见造微禅师擅长五言诗。

（卅三）《寄庐山大愿和尚》（9405 页）诗云：“……何时甘露偈，一寄剡山东。”看来大愿可能是一诗僧。

（卅四）《庐山寻灵纪不遇》（9406 页）诗云：“留诗如和得，一望寄前途。”灵纪应是诗僧，故贯休造访不题，乃留诗请和。

（卅五）《和李判官见新榜为兄下第》（9410 页）：从诗题即可得知李判官能作诗。李判官之兄下第，判官作诗抒情，贯休和之。

（卅六）《题兰江上人院二首》（9421 页）：诗题下原注云“时王蔼先辈有诗二首题其字，因和题之”。其一云“一生只著一麻衣。手把新诗说山梦，石桥天柱雪霏霏”。其二云“只是危吟坐翠层，门前歧路自崩腾。青云名士时相访，茶煮西峰瀑布冰”。从诗题原注得知有“王蔼”者能诗。从二首七绝内容则可看出兰江上人是位闲雅的诗僧。

（卅七）《贺郑使君》（9480 页）：这首四十句的七言排律贺郑镒招降压境贼兵成功。其中有句赞扬郑镒云：“笙歌席上偏怜客，刀剑林中亦念诗。”可见郑镒是文武双全的地方长官。

（卅八）《赠杨公杜之舅》（9431页）：这首赞扬杨杜之的二十六句七言排律有云：“扣舷傍岛请吟健，问俗看渔晚泊迟。”又云：“王杨卢骆真何者，房杜萧张更是谁。”可见杨杜之能诗。

（卅九）《送郑侍郎骞赴阙》（9434页）诗云：“文章国器尽琅玕，朝骑骎骎岁欲残。彩笔只宜天上有，绣衣偏称雪中看。……”所谓文章、彩笔应包含了诗、文。

以上所举三十九条，其中（廿七）是胡进士兄弟二人，（廿六）除了兰江上人之外还涉及诗人王蔼，共四十一人，人数略多于前部所列《全唐诗》收入作品的三十五人。相信在贯休的交往诗中，还有许多对象可能也是诗人；但这里所列举的是从贯休的诗句中可以看出对方确能作诗，而且其中不乏受到贯休的高度赞扬。可见唐代诗风之盛以及后来作品亡佚之甚。从这里，我们可以看到贯休结交诗人之多。

前举四十一人，以身份来划分，其中官吏十四人、诗僧十人、举子九人、隐者三人、道士二人、身份不明者三人。官吏都是读书人出身，而且是主要的施主，贯休自然和他们交往频繁。诗僧十人，可见当时能诗的僧人甚多，只是后代在搜集保存方面做得不如对传统诗书人那么认真，所以亡佚更甚。对于举子，贯休的一贯作风是给予鼓励和安慰。对于隐者，贯休常怀着敬意和好感。对于清修而有才华的道士，他也很敬重，并无门户之见。

五、同时代诗人赠送或追念贯休的作品述论

各家赠送贯休的作品见存于《全唐诗》者计有：

罗隐《和禅月大师见赠》（7551页）

吴融《寄贯休上人》(7853页)

《寄贯休》(7854页)

《访贯休上人》(7879页)

韦庄《赠贯休》残句(8055页)

王贞白《御沟冰》(8058页)

黄滔《东林寺贯休上人篆隶题诗》(8129页)

曹松《与胡汾坐月期贯休上人不至》(9231页)

裴说《寄贯休》(8267页)

周庠《寄禅月大师》(8630页)

张格《寄禅月大师》(8630页)

王锴《寄禅月大师》(8631页)

欧阳炯《贯休应梦罗汉画歌》(8638页)

齐己《闻贯休下世》(9464页)

《寄贯休》(9489页)

《荆州贯休大师旧房》(9540页)

修睦《寄贯休上人》(9617页)

今就上列十三人十七首诗,观察在当时诗人笔下贯休的形象。

贯休和朋友交往最重要的媒介就是诗,而朋友也多注意、看重他的诗作。罗隐《和禅月大师见赠》云:

> 高僧惠我七言诗,顿豁尘心展白眉。秀似谷中花媚日,清如潭底月圆时。……

罗隐称许贯休诗鲜活秀丽,清澄透彻,足以洗涤尘心,舒展情绪。吴融《寄贯休上人》云:

笔端浮动只降君。

吴融是晚唐著名诗家，而钦佩贯休作诗的生动。王贞白和贯休也是以诗结缘，《唐诗纪事》卷六七《王贞白》条云：

贞白，唐末大播诗名。《御沟》为卷首云："一派御沟水，绿槐相荫清。此'波'涵帝泽，无处濯尘缨。鸟道来虽险，龙池到自平。朝宗心本切，愿向急流倾。"自谓冠绝无瑕，呈僧贯休，休曰："甚好，只是剩一字。"贞白扬袂而去。休曰："此公思敏。"画一字于掌中。逡巡，贞白回，忻然曰："已得一字，云此'中'涵帝泽。"休将掌中字示之，一同。

可见贯休极讲究用字遣词的妥贴。裴说《寄贯休》云：

忆昔与吾师，山中静论时。总无方是法，难得始为诗。……

裴说认为贯休为诗，不拘于格套，而且不作泛泛之辞，必须有特殊的感触，才肯为诗。周庠《寄禅月大师》云：

……有时捻得休公卷，倚柱闲吟见落霞。

读贯休诗令其心情舒畅，不觉日之将暮，周庠的感受，略近于罗隐。张格《寄禅月大师》云：

……禅月字清师号别，《寿春》诗古帝恩深。……

《寿春》诗，是指《大蜀皇帝寿春节进尧铭舜颂二首》、《寿春节进》、《寿春节进祝圣七首》等诗，张格评其有古意，而为王建新深赏。王锴《赠禅月大师》云：

……神通力遍恒沙外，诗句名高八米前。……

“八米”也许是“八斗”的意思。王锴对他的诗也推崇备至。欧阳炯《贯休应梦罗汉画歌》云：

……五七字句一千首……诗名画手皆奇绝。……

也是对他的诗作非常倾倒。齐己《闻贯休下世》云：

吾师诗匠者，真个碧雪流。……

齐己推崇贯休是一代诗界宗匠，认为他的诗作高朗而流动自如。其《寄贯休》云：

子美曾吟处，吾师复去吟。是何多胜地，销得二公心。……

将贯休和杜甫相提并论，可见齐己对其诗评价之高。又其《荆州贯休大师旧房》云：

疏篁抽笋柳垂阴，旧是休公种此吟。……

又见贯休很注重环境气氛的营造，喜欢在幽雅清静的环境中来创作。修睦《寄贯休上人》云：

常语亦关诗，常流安得知。……

又可见贯休作诗和他的日常生活有相当密切的关系。

贯休善书法，亦颇受当时文士赞赏。如欧阳炯《贯休应梦罗汉画歌》云：

……大小篆书三十家。……

可见他擅长大、小篆，能作多家书法。而黄滔《东林寺贯休上人篆隶题诗》云：

……墨迹两般诗一首，香炉峰下似相逢。

则其隶书亦甚传神可知。齐己《荆州贯休大师旧房》云：

……右军书画神传髓，康乐文章梦授心。……

将其书法拟之王羲之，可见推崇之甚；且亦表示贯休亦长于行草。至如张格《寄禅月大师》云：

……书似张颠直万金。……

特别强调他在草书方面的成就，以张旭来比拟，可见评价之高。

贯休又长于画罗汉，张格《寄禅月大师》就说他：

……画成罗汉惊三界。……

而欧阳炯更以长篇歌行《贯休应梦罗汉画歌》畅述其画罗汉

之过程与成就：

> ……天教水墨画罗汉，魁岸古容生笔头。时捎大绢泥高壁，闭目焚香坐禅室。忽然梦里见真仪，脱下袈裟点神笔。高抬节腕当空掷，窸窣毫端任狂逸。逡巡便是两三躯，不似画工虚耗日。怪石安拂嵌复枯，真僧列坐连跏趺。形如瘦鹤精神健，顶似伏犀头骨粗。倚松根，傍岩缝，曲录腰身长欲动。看经弟子拟闻声，瞌睡山童疑有梦。不知夏腊几多年，一手搘颐偏袒肩。口开或若其人语，身定复疑初坐禅。案前卧象低垂鼻，岸畔戏猿斜展臂。芭蕉花里刷轻红，苔藓文中晕深翠。硬筇杖，矮松床，雪色眉毛一寸长。绳开梵夹两三片，线补衲衣千万行。林间乱叶纷纷坠，一印残香断烟火。皮穿木屐不曾拖，笱织蒲团镇长坐。……唐朝历历多名士，萧子云兼吴道子。若将书画比休公，只恐当时浪生死。……

这首歌行将贯休如何培养作画心情，如何作画，画成各躯罗汉的种种神态，以及如何补足画面等等一一缕述，最后并以之为唐朝的压卷。贯休的罗汉画，直到今天，仍盛名不衰。

此外，贯休有《上冯使君山水障子》(9375页)，可见他还长于山水画。撇开其自作不论诗，在当时诗人的心目中，贯休是位诗、书、画三绝的艺术家。

其次，我们观察当时诗人心目中贯休的气质性格何似。罗隐《和禅月大师见赠》云：

> ……秀似谷中花媚日，清如潭底月圆时。应观法界莲千叶，肯折人间桂一枝？

前两句虽就诗而言，但也包含了人品在内；再加上后两句，则罗隐心目中的贯休是清高绝尘的高僧。吴融《访贯休上人》云：

休公为我设兰汤，方便教人学洗肠。自觉尘缨顿潇洒，南行不复问沧浪。

贯休不但自身清净，还能发挥清净的自性，感染别人，使吴融感到如浴兰汤，顿时也潇洒起来。韦庄《赠贯休》云：

岂是为穷常见隔？只应嫌酒不相过？

可见贯休平日持律甚严。

王锴《赠禅月大师》云：长爱吾师性自然，天心白月水中莲。……

欧阳炯《贯休应梦罗汉画歌》云：西岳高僧名贯休，孤情峭拔凌清秋。……

修睦《寄贯休上人歌》云：……立月无人近，归林有鹤随。……

综合上列资料，在当时诗人心目中，贯休可以当得起一个“清”字。但清归清，他却不是一个自了汉。齐己《荆州贯休大师旧房》云：

……入贡文儒来请益，出官卿相驻过寻。……

他对举子的鼓励安慰，从前面所举贯休的赠诗即可得到明证；而官吏慕名拜访，他也都乐于接待。

最后，我们从本节所举各诗考察他们和贯休交往的情形。

罗隐《和禅月大师见赠》云：

……漂荡秦吴十余载，因循犹恨识师迟。

修睦《寄贯休上人》云：

……所居浑不远，相识偶然迟。

罗隐和修睦，对贯休都有相识恨晚之憾。至于齐己对贯休尤深仰慕，但由于被荆帅高从晦遮留江陵，不得擅离，[1]至贯休圆寂，犹无从入蜀行礼，更感遗憾，其《闻贯休下世》云：

……锦江新冢树，婺女旧山秋。欲去焚香礼，啼猿峡阻修。

即是此意。至于吴融《寄贯休上人》云：

别来如梦亦如云，八字微言不复闻。世上浮沈应念我，笔端浮动只降君。几同江步吟秋霁，更忆山房语夜分。见拟沃洲寻旧约，且教丹顶许为邻。

又《寄贯休》云：

休公何处在？知我宦情无？……

则表示吴融和贯休的交情一方面是建立在共同兴趣上，一方面是建立在相互关怀、体贴上。吴融从贯休那里得到真切的安慰，而引为知己，甚至希望退隐后能比邻而居。

张格《寄禅月大师》云：

1. 齐己留江陵事，参拙文《皎然贯休齐己诗中的花》。

> 龙华咫尺断来音，日夕空驰咏德音。……莫倚名高忘故旧，晚晴闲步一相寻。

王锴《赠禅月大师》云：

> ……太平时节俱无事，莫惜时来话草玄。

贯休和蔼接物而不趋附权贵。韦庄、周庠、王锴、张格都贵为宰相，但都是他们主动而诚恳地结交贯休，可见贯休的才学、人品、名望令人油然钦慕。

当时文士乐于亲近贯休，固然和他的诗、书、画的造诣有关，但也不乏有他在禅学方面修为的原因，如曹松《与胡汾坐月期贯休上人不至》云：

> ……后会花宫子，应开右上禅。

裴说《寄贯休》亦云：

> ……他年白莲社，犹许重相期。

可见和贯休结交的文士，并非单纯将他当作诗人或艺术家来看待，许多人也都看重他作为和尚的身份和修持。

六、结论

以上浅探贯休和其他诗人交往的情况，约略勾勒出以他为中心的一个诗人交往的网络。我们也可以约略看出，造就一个伟大的诗人，乃由众多诗人交互影响而形成，要真正了解一个诗人，就必须厘清他交往的网络，探讨他们相互影响的情况以及所产生的效应。因此，在获致初步结果后，我们还可以做更深入的探索，冀能了解他们之间的互动关系，如何影响他们的创作。如果继续深入研究，我们可能发现，那个网络，就像《华严经》上帝释宝网的譬喻，网上的宝珠都映入了其他宝珠所反映的影像。

在此还想顺便一提的是，贯休结交朋友，和他提倡结社，可能有某种程度的关系。

《题惠琮律师院》（9348页）云：

……社坛踪迹在，重结复何如？

《题峄桐律诗院》（9353页）云：

……如结林中社，伊余亦愿陪。

《送姚洎拾遗自江陵幕赴京》（9376页）云：

……凭将西社意，一说向荀陈。

《题淮南惠照寺律师院》（9394页）云：

……还须结西社，来往悉诸侯。

《送崔尚书朝觐》（9385页）云：

……伊音林中社，多招席上珍。终期仙掌下，香火一相亲。

《送僧之东都》(9387 页)云:

……凭师将远意，说似社中人。

《题方公院寄夏侯明府》(9395 页)云:

……终须结西社，此县似柴桑。

看来他所提到的结社是佛教的社团，其中兼收缁白，这对贯休和僧俗的交往当有所作用，而或多或少，也影响到他和诗人的交往。

唐末诗人对唐亡的反应试探

一、绪　论

唐自高祖开基（618 年），以迄哀帝被篡弑（被篡在 907 年，被弑在 908 年），历时二百九十年。在这期间，这个庞大繁盛的帝国培养了无数诗人，在亡佚湮灭之余，清初编成的《全唐诗》犹辑得二千二百余人。这许多诗人，绝大多数都关切时政民生。事实上，政治的隆污、社会的治乱、经济的富裕凋敝，都和他们的人生息息相关，易言之，他们个人的命运就系于国运之中；而诗人们也时常将他们对时政的关怀表现在诗篇里面。那么，当将近三百年的大帝国一旦覆亡，他们的反应又怎样呢？如果诗人们有了不同的反应，那是什么原因呢？再者，就整体来看，他们的反应如果和宋、明宗社覆亡时诗人的表现有所出入，那又是什么缘故呢？这就是本篇要探索的问题。

至于探索的过程，可约如下述：首先是从《全唐诗》和《全唐诗补编》中，找出那些从唐活到朱温篡位称帝建立后梁（即公元 907 丁卯岁四月）以后的诗人，结果检得约百人。在百人中，易代之际年龄尚小的，首先剔除，如：和凝十岁、韩熙载六岁、陶谷五岁、冯延巳五岁、徐知证三岁、延寿四岁、李涛十岁、江文蔚七岁、欧阳炯十二岁、孙光宪十二岁、王衍九岁等。其他的诗人则可分为几类：有丰富的生平资料和作品，而且作品有直指易代事件的，如韩偓、齐己等，这一类最为重要；生平资料和作品都很丰富，但作品中少见涉及易代之事者，如黄滔、贯休等，这一类可用来考察当时诗人的另一型反应；至于生平资料和作品都不多，如荆浩、陈沆等，这一类有的还略有参考的价值，有的则毫无关联，后者置之可也。

读了相关的诗篇和资料，拟将诗人的反应分为五型，加以论述：（一）眷念旧朝；（二）服事新朝；（三）投靠（或滞留）藩镇（或方国）；（四）隐居不出；（五）出家方外。固然有些诗人专属其中某一型，如卢汝弼、黄滔之依于藩镇，文益、虚中之属于方外；但也有许多人可同时属于两种或两种以上，如司空图即在隐居中心念旧朝，而韩偓则在入闽依王审知时仍不忘唐室。为了呈现实况，以下论述将任其重复出现。

二、本论

（一）眷念旧朝

易代之际（907 年），明白表达不忘旧朝的诗人有司空图、孙郃、王毂、齐己、沈彬、韩偓、徐夤、冯涓、梁震等。

1. 司空图[1]

朱温篡位，司空图七十一岁，隐居中条山王官谷，并预为家

1. 司空图生平，见《旧唐书·文苑·司空图传》、《新书·卓行·司空图传》。

棺；朱温召为礼部尚书，不起。翌年（908 年）二月，唐哀帝被弑，司空图听到消息后，不食而卒。

司空图在唐懿宗咸通十年（869 年），三十三岁时登进士第。这时庞勋已经开始作乱，再经历僖宗、昭宗以至于哀帝，其间王仙芝、黄巢、秦宗权……等等相继为乱。总之，在他及第到去世的四十年中，几乎都处在患难之中，所以感时忧国的作品很多。我们虽然不能确切指出哪一首诗是唐亡之际所写的，但可略举几首足以表现他晚年心情的诗。

《乱后》二首之一："丧乱家难保，艰虞病懒医。空将忧国泪，犹拟洒丹墀。"

《感时》："……人人语与默，唯观利与势。……"

《秋思》："身病时亦危，逢秋多恸哭。风波一摇荡，天地几翻覆。……"

《乙丑人日》："自怪扶持七十身，归来又见故乡春。今朝人日逢人喜，不料偷生作老人。"

从以上举隅，已不难看出他的忧郁无奈。在混乱争竞的时代，他却高尚其志，难怪《新唐书》要将他列为《卓行传》之殿。

2. 孙郃[1]

孙郃，唐昭宗乾宁四年（897 年）登进士第，任校书郎，唐末为左拾遗。朱温篡唐，愤而作《春秋无贤人论》，即脱冠裳，归隐于奉化。著书纪年，悉用甲子，示不臣于梁。其《古意》二首之一云：

---

1. 孙郃生平，见《新唐书·艺文志》、《十国春秋》卷八十八。

屈子生楚国，七雄知其材。介洁世不容，迹合藏蒿莱。道废固命也，瓢饮与贤哉。何事葬江水，空使后人哀。

此诗在表明虽遭末造，只要洁身自爱，未必就要以身殉难。这或许也是唐末多数诗人的态度，因为除了司空图，就再也找不出为唐亡而自尽的诗人了。其《古意》二首之二云：

魏礼段干木，秦王乃止戈。小国有其人，大国奈之何？贤哲信为美，兵甲岂云多。君子战必胜，斯言闻孟轲。

这显然是在他归隐奉化以后，期望方国能礼贤下士。以上二首，应该都作于唐亡之后。

3. 王毂[1]

王毂在唐昭宗乾宁五年（898 年）登第，在登第前已有《玉树曲》传于世，其词略云：

……当行狎客尽持禄，直谏犯颜无一人。歌舞未终乐未阕，晋王剑上沾腥血。君臣犹在醉乡中，一面已无陈日月……。

所歌虽陈朝旧事，但借古讽今，忧心社稷之意甚明。到了朱温篡弑，王毂作《前代忠臣临危不变图》一卷，遂奔淮南。他存诗不多，而且不能确指哪一首是易代之际所作，却都表现他一贯的忧国忧民情怀。

《鸿门宴》："寰海沸兮争战苦，风云愁兮会龙虎。四百年汉欲开基，

---

1. 王毂生平，见《新唐书·艺文志》、《唐诗纪事》卷七十、《唐才子传校笺》卷十。

项庄一剑何虚舞。殊不知人心去暴秦，天意归明主。项王足底踏汉土，席上相看浑不悟。”

《苦热行》：“……何当一夕金风发，为我扫却天下热。”

《暑日题道树》：“却叹人无及物功，不似团团道边树。”

由于他的表现前后一贯，也就不必斤斤计较其出于易代之前或易代以后了。

4. **齐己**[1]

唐亡时齐己约四十四岁，居长沙道林寺[2]，当时不见有即时的反应，到了后梁太祖开平二年（908年）和开平四年（910年），却有几首感伤唐亡与乱离之作。

《寄钱塘罗给事》：“……伤心天佑末，搔首懿宗初。……”

这一联虽然明指罗隐，又何尝不是自己的写照。

《戊辰岁湘中寄郑谷郎中》：“……上国杨花乱，沧洲荻笋深。不堪思翠盖，西望独沾襟。”

《寓言》：“……亡家与亡国，去此更何言。”

《寄王振拾遗》戊辰岁：“……分明知在处，难寄乱离书。”

《戊辰岁江南感怀》：“忽忽动中私，人间何所之？老遇离乱世，生在太平时。……”

戊辰是后梁太祖开平二年（908年），也就是朱温弑哀帝的那一年。他所写的这几首诗，其有感于国亡世乱，已溢于言表，而

1. 齐己生平，见《宋高僧传》卷三十、《十国春秋》卷一〇三、《五代史补》卷三等。
2. 齐己年龄及当年行止，据傅璇琮主编《唐五代文学编年史·五代卷》考证。

“生在太平时”一句，对旧朝充满了眷恋之情。

《庚午岁十五夜对月》：“海澄空碧正团圆，吟想玄宗此夜寒。玉兔有情应记得，西边不见旧长安。”

《庚午九日作》：“门底秋苔嫩似蓝，此中消息兴何堪。乱离偷过九月九，头尾算来三十三。云影半晴开梦泽，菊花微暖傍江潭。故人今日在不在？胡雁背风飞向南。”

庚午是后梁太祖开平四年（910年），唐亡已是第四个年头，而齐己怀旧之情仍不能自已。

5. 沈彬[1]

沈彬，唐昭宗光化中（898～900年）三举不第。唐亡时，四十五岁[2]，隐居衡州云阳山。在见存的二十七首诗中，有不少感时伤事之作。

《金陵杂题二首》之一：“王气生秦四百年，晋元东渡浪花船。正惭海内皆涂地，来保江南一片天……。”

《萍乡春晚寓居四首》[3]之一：“……三十无成今四十，翊周安汉意空存。”

又之二：“花替残红草绿深，江头闲事岂堪寻？云山忆后思藏迹，家国话来长痛心。战地血流犹未服，侯门心热更相歆。求归闲处无闲处，三纪兵戈犹至今。”

又之三：“……金山真堪沽酒散，山河到了为谁争？古人尽入平芜去，虚对冯唐夸后生。”

---

1. 沈彬生平，见马令《南唐书》卷十五、陆游《南唐书》卷七、《唐才子传校笺》卷十。
2. 沈彬年龄，据《唐五代文学编年史》考证。
3. 《萍乡春晚寓居》四首，见《全唐诗续拾》卷四十四。

又之四："……感时伤事皆头白，几个渔竿遇帝王？"

这些诗虽不能确切指出他的创作年代，但他眷眷于旧朝是可以看出来的。

6. 韩偓[1]

唐昭宗龙纪元年（889年），韩偓四十八岁，登进士第，以忠诚渐受昭宗恩遇倚重，多次参赞机密，但却为权臣、军阀、宦官所排挤迫害。昭宗天复三年（903年），被贬为濮州司马。此后数年，流落江南。唐哀帝天祐三年（906年）九月寓止福州依王审知。天祐四年（907年）四月，朱温篡唐，时韩偓六十六岁，在福州。唐亡前后，韩偓感时之作甚多，最具代表性的，当属唐亡之际所作《感事三十四韵》，略云：

紫殿承恩岁，金銮入直年。……虽遇河清圣，惭非岳降贤。……侧弁聆神算，濡毫俟密宣。……唯理心无党，怜才膝屡前。……去梯言必尽，仄席意弥坚。上相思惩恶，中人讵省愆？……嗾獒翻丑正，养虎欲求全。万乘烟尘里，千官剑戟边……中原成劫火，东海遂桑田。溅血惭嵇绍，迟行笑褚渊。……独夫长啜泣，多士已忘筌。郁郁空狂叫，微微几病癫。丹梯倚寥廓，终去问青天。

易代之际，韩偓啜泣，狂叫，几乎发癫。既无力挽狂澜于既倒，就只有呼天而已。同年，韩偓另有《袅娜》诗云：

1. 韩偓生平见《新唐书》卷一八三、《十国春秋》卷九十五、《唐才子传校笺》卷九、《唐诗纪事》卷六十五等。

……此时不敢分明道，风月应知暗断肠。

当时王审知奉梁正朔，受梁之封，寄人篱下的韩偓，只有暗自断肠了。此后十几年，他都流寓于闽，直到后唐庄宗同光元年(923 年) 以八十二高龄，卒于南安龙兴寺。晚年，他仍感伤往事，如："心为感恩长惨感，鬓缘经乱早苍浪。"(《秋郊闲望有感》)"秦苑已荒空逝水，楚天无限更斜阳。"(《感旧》)"相逢莫话金銮事，触拨伤心不愿闻。"(《赠僧》)唐亡，是他永不可磨灭的痛。他甚至于还在梦中回到往日上朝的情景[1]。感伤之余，他还存着老骥伏枥的心情，如："……但欲进贤求上赏，唯将拯溺作良媒。戎衣一挂清天下，傅野非无济世才。"(《疏雨》)"…谋身拙为安蛇足，报国危曾捋虎须。举世可能无默识，未知谁拟试齐竽?"(《安贫》)。都还怀着用世之心。然而，他晚年的生活，却是以隐逸为基调，例如《卜隐》云："…世间华美无心问，藜藿充肠苎作衣。"《南亭》云："每日在南亭，南亭似僧院。……行簪隐士冠，卧读先贤传。更有兴来时，取琴弹一遍。"只是在隐居之中，却未必就能过着闲适的生活，他似乎仍不免受到忌妒，读《失鹤》一诗，就可以感觉到。在不甚如意的环境中，他始终秉持他的节操，《八月六日作》四首之四云："提防瓜李能终始，免愧于心负此身。"

7. 徐夤[2]

徐夤是泉州莆田人，昭宗乾宁元年(894 年) 登进士第。早在僖宗广明元年(880 年) 十二月黄巢破潼关入长安，僖宗避乱入蜀，他可能在翌年闻讯作《闻长安庚子岁事》:

1. 见韩偓《梦中作》,《全唐诗》卷六八一。
2. 徐夤生平见《十国春秋》卷九十五、《唐才子传校笺》卷十等。

> 羽檄交驰触冕旒，函关飞入铁兜鍪。皇王去国未为恨，寰海失君方是忧。五色大云凝蜀郡，几般妖气扑神州。唐尧纵禅乾坤位，不是重华莫谩求。

徐夤奔走中原多年，大约在昭宗天复二年（902 年）返闽依王审知[1]。天祐元年（904 年）昭宗被弑，朱温另立十三岁的辉王为帝。徐夤有《寄卢端公同年仁炯时迁都洛阳新立幼主》云：

> 上阳宫阙翠华归，百辟伤心序汉仪。昆岳有炎琼玉碎，洛川无竹凤凰饥。须簪白笔匡明主，莫许黄瓤博少师。惆怅宸居远于日，长吁空摘鬓边丝。

其忧国之情，表露无遗。到了后梁太祖开平二年（908 年），朱温弑哀帝，司空图不食而卒。当司空图的讣音传来，徐夤有《闻司空侍郎讣音》云：

> 园绮生虽逢汉室，巢由死不谒尧阶。夫君殁去何人葬？合取夷齐隐处埋。

他同情并景仰司空图的高节，却毫无挞伐朱温的意思。这可能和他曾在昭宗光化三年（900 年）客汴梁朱温幕并献《游大梁赋》有关，也可能跟当时闽王的政治立场有关。总之，在唐亡之后，就再也看不到他有关心天下事的诗篇。在庚午岁（910 年）他的《自咏十韵》，就只关心自己作品的流传和生活的安定，其余的诗作，有一大批是跟泉州刺史王延彬酬应之作，成了王延彬的

1. 徐夤返闽时间，据《唐五代文学编年史》。

清客。

8. **冯涓**[1]

冯涓是冯宿的孙子，曾受知于唐僖宗，中和元年（881 年）诏除眉州刺史，以陈敬瑄、田令孜拒命，不能就任，在成都灌园自给。约在昭宗大顺二年（891 年）为王建辟为西川节度判官[2]。哀帝天祐三年（907 年）四月，朱温篡唐称帝；九月，王建会将佐议称帝，众人皆曰："大王虽忠于唐，唐已亡矣，此所谓天与不取者也。"冯涓独献议请以蜀王称制，曰："朝兴则未爽称臣，贼在则不同为恶。"王不从，涓杜门不出。[3]涓存诗不多，其《题支机石》云：

> 不随俗物皆成土，只待良时却补天。

足见其不忘旧朝。

9. **梁震**[4]

梁震，蜀人，唐末登进士第，流寓京师后。梁开平二年（908 年），归蜀途中过江陵，高季兴爱其才，遮留之，欲奏为判官。震自以唐臣，耻为强藩属吏，辞不受辟。乃以前进士为高氏宾客。后隐居监利，自称荆台隐士，存诗一首。

> 《荆台道院》："桑田一变赋归来，爵禄焉能浼我哉？黄犊依然桃竹外，

---

1. 冯涓生平见《十国春秋》卷四十，《唐诗纪事》卷六十六，《通鉴》卷二五九、二六五、二六六，《太平广记》卷二五七等。
2. 冯涓被王建任命为判官，据《唐五代文学编年史》。
3. 此段文字大致据《通鉴》卷二六六。
4. 梁震生平见《十国春秋》卷一〇二，《五代史补》卷四，《通鉴》卷二六七，《鉴戒录》卷九等。

清风万古凛荆台。”

亦不忘旧朝者也。

（二）服事新朝

朱温篡弑，建立后梁，当时服事新朝的诗人有罗衮、翁承赞、李琪、杨凝式、裴说、王仁裕、冯道等。

1. 罗衮[1]

罗衮，临邛人，唐昭宗大顺二年（891 年）登进士第，天复三年（903 年）任左拾遗，哀帝天祐二年（905 年）为右补阙进起居郎。仕梁为礼部员外郎。衮存诗四首，仅《清明登奉先楼》一首“年来年去只艰危，春半尧山草尚衰。四海清平耆旧见，五陵寒食小臣悲。……”有伤时之意绪。

2. 翁承赞[2]

翁承赞，闽人，唐昭宗乾宁三年（896 年）登进士第，四年，中博学宏词科，任京兆府参军。光化三年（900 年）授右拾遗。天佑元年（904 年），奉使至闽，加王审知检校太保，封琅琊王。当时有诗记之。

> 《天祐元年以右拾遗使册闽王而作》：“蓬莱宫阙晓光匀，红案舁麻降紫宸。鸾奏八音谐律吕，凤衔五色显丝纶。萧何相印钧衡重，韩信斋坛雨露新。得侍丹墀宫异宠，此身何幸沐恩频。”

---

1. 罗衮事迹，散见《旧唐书·哀帝纪》、《新唐书·艺文志四》、《唐诗纪事》卷六十八、《北梦琐言》卷五。
2. 翁承赞生平见《十国春秋》卷九十五、《新唐书·艺文志四》、《唐诗纪事》卷六十三、《唐才子传校笺》卷十等。

《甲子岁衔命到家至榕城册封次日闽王降旌旗于新丰市堤饯别》："登庸楼上方停乐，新市堤边又举杯。正是离情伤远别，忽闻台旨许重来。此时暂与交亲好，今日还将简册回。争得长房犹在世，缩教地近钓鱼台。"

朱温篡位，翁承赞仕梁为户部员外郎。后梁开平三年（909 年）四月，为册闽王副使。闽王赐其旧居，号文秀亭、光贤阁、昼锦堂。承赞作诗有纪。

《御命归乡蒙赐锦衣》："九重宣旨下丹墀，面对天颜赐锦衣。中使擎来三殿晓，宝箱开处五云飞。德音耳聆君恩重，金印腰悬己力微。更待临轩陈鼓吹，星轺便指故乡归。"

《蒙闽王改赐乡里》："乡名文秀里光贤，别向钧台造化权。阀阅便因今日贵，德音兼与后人传。自从受赐身无力，向未酬恩骨肯镌。归阙路遥心更切，不嫌扶病倚旌旃。"

将天祐元年与开平三年两组诗比照来读，几乎完全看不出他的心情有什么变化；似乎唐昭宗和梁高祖在他心目中并无分别。因此，他另外还有几首使闽诗，竟令人无从分辨其究竟是哪一次奉使所作。

3. 李琪[1]

李琪，昭宗时登进士第，天复元年（901 年）中博学宏词科，授武功县尉，迁左拾遗、殿中侍御史。天祐元年（904 年）避地荆楚。朱温篡位，征入朝拜翰林学士，时三十七岁。仕梁后宦途顺利，末帝时拜相，入后唐仍居显位。存诗仅三首及一联，不见易代之际作品。

---

1. 李琪生平见《旧五代史》卷五十八、《新五代史》卷五十四等。

4. 杨凝式[1]

杨凝式，唐哀帝天祐二年（905 年）登进士第，释褐度支巡官。易代时（907 年）三十五岁，为秘书郎、直史馆，其父杨涉摄侍中为押传国宝使，凝式言于父曰："大人为唐宰相，而国家至此，不可谓之无过。况手持天子玺绶与人，虽保富贵，奈千载何？盍辞之?"涉大骇曰："汝灭吾族!"神色为之不宁者数日。凝式恐事泄，即日遂佯狂，时人谓之杨风子。可见当时其内心交战之剧烈，为保全家族，只好觍颜服事新朝，后来又历事后唐、后晋、后汉、后周。但他都一直处在半疯状态。他存诗六首，其中只有《赠张全义》云：

> 洛阳风景实堪哀，昔日曾为瓦子堆。不是我公重葺理，至今犹是一堆灰。

抒写了伤时的心情。

5. 裴说[2]

裴说，桂州（今桂林）人，逢唐末乱世，奔走江南、湖南等地，有"避乱一身多"之叹。至哀帝天祐三年（906 年），与弟谐同榜及第，说为状元。易代后，仕梁为补阙，终礼部员外郎，其诗如下。

> 《冬日作》："粝食拥败絮，苦吟吟过冬。……"
>
> 《旅行闻寇》："动步忧多事，将行问四邻。深山不畏虎，当路却防人。

---

1. 杨凝式生平见《旧五代史》卷一二八、《新五代史》卷三十四、《五代史补》卷一、《通鉴》卷二六六、《登科记考》卷二十四等。
2. 裴说、裴谐兄弟事，散见《十国春秋》卷七十五、《唐才子传》卷十、《唐诗纪事》卷六十五等。

无事助明代，何门销此身？空惭两行泪，飘洒向红尘。”

《乱中偷路入故乡》：“愁看贼火起诸烽，偷得余程怅望中。一国半为亡国烬，数城俱作古城空。”

都颇能道出一己的苦况，以及当世的乱象，但未见针对易代而写的诗作。他的仕梁，主要还是为了稻粱谋。

6. 王仁裕[1]

王仁裕在易代时二十八岁，任秦州节度判官，秦州入于蜀，乃仕蜀；前蜀亡于后唐，乃仕后唐；其后又历仕晋、汉、周。是一个和光同尘的巧宦。在见存诗中，不见有感于兴亡之作，其《示诸门生》诗云：“…衰翁渐老儿孙小，异日知谁略有情。”可见他是以家族子孙为重的人，颇能随俗浮沉，以保身全家。

7. 冯道[2]

易代之际冯道二十六岁，事幽州刘守光为参军；守光败，事宦者张承业。后历事后唐、晋、汉、周。《新五代史》谓其：“视丧君亡国亦未尝以屑意。当是时，天下大乱，戎夷交侵，生民之命，急于倒悬。道方自号长乐老，著书数百言陈己更事四姓及契丹所得阶勋官爵以为荣。…道前事九君，未尝谏诤。”如此自私自利的人，于易代之际，自无忧国忧民之作。

（三）投靠（或滞留）藩镇（或方国）

唐末天下大乱，藩镇割据。唐亡以后，有些藩镇接受后梁的册封，有的藩镇仍奉旧唐正朔，有的则独立称制。诗人们有的留

---

1. 王仁裕生平见《旧五代史》卷一二八、《新五代史》卷五十七、《十国春秋》卷四十四等。
2. 冯道生平见《旧五代史》卷一二六、《新五代史》卷五十四等。

在家乡，有的投奔藩镇，有的被藩镇所网罗。这类诗人有：卢汝弼、王毂、殷文圭、孙鲂、黄损、齐己、罗隐、孙郃、皮光业、宋齐丘、苏拯、裴谐、韩偓、黄滔、崔道融、徐夤、欧阳彬、陈用拙、贯休、杜光庭、韦庄、卢延让、冯涓等。

1. 卢汝弼[1]

卢汝弼，蒲州（今山西永济）人。大历诗人卢纶之孙，约于唐昭宗景福二年（893 年）登进士第。累迁至祠部员外郎、知制诰，从昭宗迁洛。哀帝天祐二年（905 年）五月，柳璨附朱温，诬陷士族，汝弼离朝客居上党。天祐三年（906 年）至太原，李克用奏为节度副使。朱温篡位，汝弼在河中节度副使任。他的出奔既为了自保，也是对朱温集团的抗议。在他见存的八首诗中，我们无从确定有易代之后的作品。

> 《薄命妾》：“君恩已断尽成空，追想娇欢恨莫穷。长为蕣花光晓日，谁知团扇送秋风。黄金买赋心徒切，清路飞尘信莫通。闲凭玉栏思旧事，几回春暮泣残红。”

这首诗应该是有寓意的，可能是自伤之词，但说不定在哀挽唐朝的衰亡。

> 《和李秀才边庭四时怨》：“春风昨夜到榆关，故国烟花想已残。少妇不知归不得，朝朝应上望夫山。卢龙塞外草初肥，雁乳平芜晓不飞。乡国近来音信断，至今犹自著寒衣。八月霜飞柳半黄，蓬根吹断雁南翔。陇头流水关山月，泣上龙堆望故乡。朔风吹雪透刀瘢，饮马长城窟更寒。半夜

1. 卢汝弼生平见《旧唐书》卷一六三、《新唐书》卷一七七、《旧五代史》卷六十、《新五代史》卷二十八、《宣和书谱》卷六等。

火来知有敌，一时齐保贺兰山。”

春、夏、秋三首道出了他对征夫思妇的深切同情。在那个穷兵黩武、杀人盈野的时代，他对社会的关怀，显示出他人格的高尚，而“冬”的这一首，慷慨昂扬，真有他祖父卢纶之风。

2. 罗隐[1]

罗隐，新城（今浙江富阳）人。举进士，十余年不第。多年仆仆于长安道上，游走于地方幕府。约于唐僖宗光启初（885 年）回杭州，光启三年（887 年）以诗谒钱镠，表奏为钱塘令，迁著作郎，掌书记。唐哀帝天祐三年（906 年），转司勋郎中，充节度判官、盐铁发运副使。朱温篡唐（907 年），已七十五岁，劝钱镠讨梁，镠不从。梁以右谏议大夫征，不至。罗隐一向有用世之心，早在唐僖宗广明二年（七月改元中和，881 年），因黄巢入长安，僖宗避至成都，罗隐有《中元甲子以辛丑驾幸蜀四首》。

其一云：“子仪不起浑瑊亡，西幸谁人从武皇？四海为家未为远，九州多事竟难防。已闻旰食思真将，会待畋游改假王。应感两朝巡狩迹，绿槐端正驿荒凉。”

其二：“爪牙柱石两俱销，一点汽尘九土摇。……”

其四：“白丁攘臂犯长安，翠辇仓黄路屈盘。……不将不侯何计是，钓鱼船上泪阑干。”

心中愤慨，溢于言表。晚年回钱塘投钱镠，有《春日投钱塘元帅尚父二首》。

---

1. 罗隐生平见《旧五代史》卷二十四、《通鉴》卷二六六等。

其一："正忧衰老辱金台，敢望昭王顾问来？…"

其二："征东幕府十三州，敢望非才忝上游？…"

另有《献尚父大王》云：

数年铁甲定东瓯，夜渡江山瞻斗牛。今日朱方平殄后，虎符龙节十三州。

自此，他只有将自己的前途完全倚托于雄据一方的钱镠了。

3. 黄滔[1]

黄滔，泉州莆田人（今属福建），困于举场二十余年，唐昭宗乾宁二年（895 年）方登进士第，曾任四门博士。天复元年（901 年）为闽王审知辟为威武军节度推官，时约六十二岁。易代之年为六十八岁，其后即在闽迄终老。其诗多酬唱赠别，感慨身世，亦有反映时代之作，如《书事》云：

望岁心空切，耕夫尽把弓。千家数人在，一税十年空。没陈风沙黑，烧城水陆红。……

但由于多年蹭蹬不遇，饱经世故，而有"诗苦无人爱，言公是世仇"（《出关言怀》）之叹，再加上闽王的政治立场，易代之际，并无抒发感慨之作。

4. 贯休[2]

贯休，婺州兰溪人（今属浙江）。七岁出家，二十岁受具足

1. 黄滔生平见《十国春秋》卷九十五、洪迈《唐黄御史集序》。
2. 贯休生平见《宋高僧传》卷三十、《十国春秋》卷四十七、昙域《禅月集序》等。

戒。入蜀前数十年均活动于江南地区。唐昭宗天复三年（903 年）入蜀，受到蜀主王建礼遇。朱温篡位，同年，王建称帝，时贯休七十六岁。贯休诗作甚多，偶有关心时局者。

《闻大愿和尚顺世》三首之一："王室今如燬，仍闻丧我师。……"

《晚春寄张侍郎》："遐想洛陵岸，山花已半残。人心何以遣，天步正艰难。（原注：时昭宗在岐下）……"

然而，自其入蜀到王建称帝以后，他只有对王建歌颂期许的诗篇，如《大蜀皇帝寿春节进尧铭舜颂》二首、《大蜀高祖潜龙日献陈情偈颂》、《寿春节进》等。对易代之事，并未着墨。

5．杜光庭[1]

杜光庭，京兆杜陵人，寓居处州缙云（今浙江缙云）。唐懿宗咸通间，应九经举不第，遂入天台山为道士。僖宗中和间居长安，光启初赐号广成先生。光启二年（886 年）入蜀。易代之际，光庭五十八岁，居成都玉局观。《全唐诗》卷八五四存其诗一卷，其中虽有《富贵曲》、《伤时》、《景福中作》等反映了当时社会现象，但实为郑遨诗误入者。其所作诗仅《赠蜀州史》："再扶日月归行殿，却领山河镇梦刀。从此雄名压寰海，八溟争敢起波涛。"颂扬蜀主王建而涉及时事之外，其余均与时事无关。《全唐诗补编》卷五十一虽补诗一百五十四首，但多为道教之歌诀、赞、颂、呪，并无时代色彩。

6．欧阳彬

欧阳彬，衡州衡山（今湖南衡阳）人。初谒后楚马殷，掌客吏索贿，不予，遂落魄湖南。后入成都，献《独鲤朝天赋》，王

1．杜光庭生平见《十国春秋》卷四十七、《蜀梼杌》卷上、《五代史补》卷一。

建大悦，擢居清要。前蜀亡，复归后蜀。欧阳彬诗见存一首，为《全唐诗补编》卷五十二引自《该闻录》者：

> 欧阳彬王蜀时为翰林学士，唐明宗时入洛，责令归蜀。孟氏开国，复为翰林，作诗云："昔年追感泪横流，今日寻思是漫愁。容易得来容易失，等闲成了等闲休。皇图本谓儿孙置，白刃番成骨肉仇。梁汉后唐三世主，九泉相见大悠悠。"

此诗虽作于后蜀时，但其感慨则涵盖了后梁篡位至于后唐，隐含前蜀至于后蜀，对于当时篡夺兴亡感伤不已。

7. 黄损[1]

黄损，连州人（今广东连县）人。少隐连州静福山，朱温篡弑以后居庐山师事陈沆。后梁末帝龙德二年（922 年）登进士第，谒湖南马殷，为权贵所排斥。后投南汉，累进尚书、左仆射。存诗五首，富用世之心。

> 《读史》："……帝道云龙合，民心草木春。须知烟阁上，一半老儒真。
>
> 《出山吟》："……休将巢许争喧杂，自共伊皋论太平。昨夜细看云色里，进贤星座甚分明。"
>
> 《赠剑客》："杯酒会云林，扶邦志亦深。晶莹三尺剑，决烈一生心。……"

用世之心甚为分明，但仕途并不顺遂，最后还是投靠了家乡所在的偏方下国南汉。

---

1. 黄损生平见《南汉书》卷十，《十国春秋》卷六十二，《五代史补》卷二，《诗话总龟》卷十、卷十六。

8. 韦庄、卢延让、陈用拙、殷文圭、孙魴、皮光业、宋齐丘、苏拯、崔道融、裴谐、郑良士

上列十一人，虽皆由唐入五代而依于藩镇方国，但其见存诗篇，均未反映易代之际之状况与心情。今但略述其籍贯与所依藩镇方国。

韦庄，京兆杜陵（今陕西西安）人。唐昭宗乾宁元年（894年）登进士第，四年为西川宣谕判官。天复元年（901年）入蜀，为王建掌书记，哀帝天祐三年（906年）加安抚副使。朱温篡唐，劝王建称帝。前蜀开国，拜相。早在天复三年（903年），其弟韦蔼将韦庄诗编成《浣花集》十卷，唯所录仅止于乾宁四年（897年），故无一语及于易代之事。

卢延让，范阳（今河北涿县）人。唐昭宗光化三年（900年）登进士第，入朗州（今湖南常德）雷满幕。天复二年（902年）入蜀。

陈用拙，连州（今广东连县）人。唐哀帝天祐元年（904年）登进士第，授著作郎。二年奉使岭南，遂留刘隐幕。朱温篡唐，用拙劝刘隐奉唐天祐年号，隐不能用。

殷文圭，池州青阳（今安徽青阳）人。唐昭宗乾宁五年（898年）登进士第。因触怒朱温，投奔宣州节度田頵。天复三年（903年），田頵败死，遂事杨行密，为淮南节度掌书记。

孙魴，南昌（今属江西）人。吴王杨行密据有江淮，遂往依之，任郡从事。

皮光业，襄阳竟陵（今湖北天门）人，为皮日休之子，生于苏州。易代之际，为吴越钱镠浙西节度推官。

宋齐丘，吉州新淦（今属江西）人，长于南昌，后依南唐先主李昪。

苏拯，武功（今属陕西）人。约于唐昭宗天复间（901～903年）登进士第。官容管（今属广西）。

崔道融，荆州（今湖北江陵）人，约于唐僖宗广明元年（880年）避黄巢乱，奉母避于永嘉（今属浙江）。昭宗时任永嘉令。哀帝天祐元年（904年）弃官入闽。

裴谐，桂州（今广西桂林）人，裴说弟。马殷时隐于桂岭，曾摄桂岭令。

郑良士，仙游（今属福建）人，仕于唐昭宗朝，天复元年（901年）弃官归闽，居王延彬幕。晚年仕闽为节度掌书记。

9. 王毂、韩偓、徐夤、冯涓

上列四人，已见前“眷念旧朝”，于此但提其籍贯及所投奔之藩镇方国而已。

王毂，宜春（今属江西）人。唐亡，奔淮南。

韩偓，京兆万年（今陕西西安）人。唐末，投闽。

徐夤，泉州莆田（今属福建）人。唐末，归闽。

冯涓，婺州东阳（今属浙江）人。唐僖宗授眉州刺史，遂入蜀。

（四）隐居不出

唐亡之际隐居不出的有司空图、孙郃、沈彬、郑谷、郑遨、李咸用、陈沆等人。前三人已见“眷念旧朝”一节，今只提及其籍贯与隐居处所而已。

1. 司空图、孙郃、沈彬

司空图，河中虞乡（今山西永济）人，本居中条山王官谷，有先人田，图约于唐昭宗天复三年（903年）隐此，遂不复出。案：中条山西起首阳山，伯夷、叔齐饿死于此，司空图盖有深意。

孙郃，明州奉化（今属浙江）人。朱温篡唐，归隐于明州奉化山。

沈彬，洪州高安（今属江西）人。谒马殷，不遇，遂隐于衡州茶陵之云阳山，约于后梁末帝乾化四年（914 年），自湖南返江西高安。

2. 郑谷[1]

郑谷，袁州宜春（今属江西）人。游举场凡十六年，至唐僖宗光启三年（887 年）四十岁时始登进士第。遇乱，游于西蜀荆楚。昭宗景福二年（893 年）释褐授鄠县尉，迁右拾遗，右补阙。乾宁三年（896 年），昭宗因乱幸华州，谷奔行在，转都官郎中。约天复三年（903 年），归隐宜春，迄入梁之后。郑谷诗作甚多，但能确定为归隐乃至易代后之作品却很少。据今人赵昌平等《郑谷诗集笺注》明白指出归隐后之作仅《深居》、《偶怀寄台院孙端公棨》、《黯然》三首而已[2]。

> 《深居》："吾道有谁同？深居自固穷。殷勤谢绿树，朝夕惠清风。书满闲窗下，琴棋野艇中。年来头更白，雅称钓鱼翁。"

郑谷一生流离蹭蹬，但都能秉持"君子固穷"的古训，直到唐亡，直到身死。

> 《偶怀寄台院孙端公棨》："才拙道仍孤，无何舍钓徒。班虽沾玉笱，香不近金炉。雨露沾双阙，烟波隔五湖。唯君应见念，曾共伏青蒲。"

---

1. 郑谷生平见宋祖无择《郑都官幕表》、《唐诗纪事》卷七十、《唐才子传》卷九等。
2. 见严寿澂、黄明、赵昌平《郑谷诗集笺注》，上海古籍出版社，1991 年版，第 119、419、455 页。

案：《北梦琐言》卷五云："唐末朝士中有人物者（言秀美），时号玉笱班。"可见郑谷自视甚高，也因而颇为爱惜羽毛，不肯同流合污，屈己以事新朝。

> 《黯然》："搢绅奔避复沦亡，消息春来到水乡。屈指故人能几许？月明花好更悲凉。"

天复末年（904 年），朱温弑昭宗，立哀帝。唐哀帝天祐二年（905 年）五月，朱温贬逐大批朝官；六月，弑被贬朝官陆扆、王溥等三十余人于白马驿，朱温令投尸于黄河[1]。盖易代之际，一幕幕血淋淋的惨剧，令郑谷黯然神伤。

3. 郑遨[2]

郑遨，滑州（今河南滑县）人。唐僖宗、昭宗时应举，两举不第，见天下已乱，拂衣入少室山为道士。遨与李振故善，振后事梁贵显，欲以禄遨，遨不顾；后振得罪南窜，遨徒步千里往视之。其后移居华阴，种田以自给。节度使刘遂凝数以宝货遗之，遨一不受。后唐明宗以左拾遗，后晋高祖以谏议大夫召之，皆不起。《新五代史》以之为《一行传》之冠。郑遨存诗十七首，多写其日常生活。

> 《山居》三首之三云："不求朝野知，卧见岁华移。采药归侵夜，听松饭过时。荷竿寻水钓，背局上岩棋。祭庙人来说，中原正乱离。"

虽亦写其生活之闲适，却仍忧及时事。

---

1. 朱温杀朝臣事见《旧唐书》卷二十下。
2. 郑遨生平见《旧五代史》卷九十三、陆游《新五代史》卷三十四。

《伤农》云："一粒红稻饭，几滴牛颔血。珊瑚枝下人，衔杯吐不歇。"

则感叹农人辛苦，而富贵人家却暴殄天物。

4. 李咸用[1]

李咸用，袁州（今江西宜春）人[2]。唐僖宗、昭宗时屡应进士不第。唐末曾为幕府推官。易代之际，隐居庐山。李咸用存诗三卷，多忧乱失意之词。

《庐陵九日》："……四十三年秋里过，几多般事乱来空。……"

《送黄宾于赴举》："秋风昨夜满潇湘，衰柳残蝉思客肠。早是乱来无胜事，更堪江上揖离觞？"

这类忧乱失意的作品很多。由于社会失序，战乱频仍，儒生诗人顿失依凭，找不到着力点，而显得无力彷徨无奈。

《寄所知》："曾将俎豆为儿戏，争奈干戈阻素心。……"

《春日喜逢乡人刘松》："……旧业久抛耕钓侣，新闻多说战争功。……"

《秋日與友生言别》："利名心未已，离别恨难休。为个文儒业，致多歧路愁。……"

《悼范摅处士》："……到头积善成何事？天地茫茫秋又春。"

在彷徨无奈中，李咸用所能做的仍是自己最当行的儒业和诗篇。

---

1. 李咸用生平散见宋杨万里《唐李推官披沙集序》、《直齐书录解题》卷十九、《唐才子传》卷十"殷文圭"附。
2. 李咸用籍贯据傅璇琮《唐五代编年史·五代卷》考证。

《自愧》："多负悬弧礼，危时隐薜萝。有心明俎豆，无力执干戈。壮士难移节，贞松不改柯。缨尘徒自满，欲濯待清波。"

《赠来鹏》："默坐非关闷，凝情只在诗。……既同和氏璧，终有玉人知。"

《和友人喜相遇》十首之二："揣情摩意已无功，只把篇章助国风。……"

《自愧》一首，陈述其处境、志节、期望甚明；其余两首则说明了他潜心于诗，以及其用心所在。在乱世中，他选择了"固穷"，以全其节操。

《夜吟》："白兔轮当午，儒家业敢慵？竹轩吟未已，锦帐梦应重。……"

《吴处士寄香兼劝入道》："……但居平易俟天命，便是长生不老乡。"

《和友人喜相遇》十首之八："还淳反朴已难期，依德依仁敢暂违？……"

他勉励自己要自强，并用以勉人。

《送人》："……眼前多少难甘事，自古男儿当自强。"

《送从兄入京》："……大抵男儿须振奋，近来时事懒思量。……"

他面对乱世，却并未完全丧失信心，仍存着一线期望。

《题陈处士山居》："……未逢皇泽搜遗逸，赢得青山避乱离。……樵童牧竖劳相问，岩穴从来出帝师。"

《与刘三礼陈孝廉言志》："……皆期早蹑青云路，谁肯长为白社人？……"

《和友人喜相遇》十首之三："……六雄互欲吞诸国，四海终须为一家。……”

李咸用处五代衰世，但仍有激昂振奋的诗歌。

《猛虎行》：“猛虎不怯敌，烈士无虚言。怯敌辱其班，虚言负其恩。爪牙欺白刃，果敢无前阵。须知易水歌，至死无悔吝。”

唐人积极进取的精神，还残留一点在李咸用身上。

5. **陈沆**[1]

陈沆，《登科记考》卷二十五引《永乐大典）收《莆阳志》，称沆为后梁开平二年进士，则沆为莆田（今属福建）人；但《诗话总龟》卷十三引《雅言杂载》云：“庐阜人陈沆，生性僻静，不接俗士。黄损、熊皎（皦）、虚中师事之。”可能他原籍莆田，但长期隐居庐山。此外，一个生性僻静，不接俗士，长期隐居的人，竟然在唐亡的第二年去参加科考，登第后却又没有接受任何官职，仍然过他的隐士生活，其事可怪。齐已有《贻庐岳陈沆秀才》云：“为儒老双鬓，勤苦竟何如？四海方磨剑，空山自读书。……”诗称秀才，当作于陈沆登第前，则沆唐末已居庐山，且年纪不轻。那么，他勤苦读书，老大应考，又不受官职的理由何在呢？看来最大的可能性是他要证明他有登第的实力，并非要阿附新朝。果真如此，则唐人极为重视科举，于此可见。陈沆存诗仅一首零三联而已。

《题水》有云：“点入旱云千国仰，力浮尘世一毫轻。”这残存的一联，也许就是他心情的写照。

1. 陈沆事迹散见《登科记考》卷二十五、《诗话总龟》卷十三、《南唐近事》。

（五）出家方外

出家方外者约二十三人，而道士仅郑遨、杜光庭二人，其余二十一人均为僧人。下文拟将此二十余僧道略分三组加以论述：1. 作品有诗无偈（或少偈）者；2. 作品为偈颂者；3. 作品诗偈皆有者。

1. 作品有诗无偈者

作品只有诗歌，而无（或少）偈、颂、赞、呪的僧道有郑遨、贯休、齐己、可止、归仁、修睦、栖蟾、虚中、乾康、可朋、昙域、处默等十二人。其中郑遨隐居不出，贯休、齐己依于藩镇，前已论述。在此须强调者，在僧道二十三人中，仅郑遨一人因见天已乱而弃家入道，其余二十二人出家，则另有因缘，并非世乱直接促使他们出家。

可止存诗九首，多写僧人生活，其中仅《雪十二韵》结尾云："…丰年兼泰国，天道育黔黎。"表现了他的社会关怀。归仁存诗六首，其中《悼罗隐》云："…长安冠盖皆涂地，仍喜先生葬碧岑。"直抒其对长安官僚悲惨遭遇的同情；其《题楚庙》："……天地有心归道德，山河无力为英雄。……也是男儿成败事，不须惆怅对西风。"当有借古讽今之意。修睦存诗二十首，多写僧居生活与自然风景，但《卖松者》有份社会关怀，而《秋台作》之"兄弟多年别，关河此夕中"，《怀故园》之"故园归未得，此日意何伤。独坐水边草，水流春日长"，则知其非太上忘情者。栖蟾存诗十二首，亦多出尘脱俗，但《送迁客》云："若顺吾皇意，即无臣子心。"则仍关心世事。乾康存诗二首，颇见写作技巧。可朋存诗四首，其中《耕田鼓诗》云："农舍田头鼓，王孙筵上鼓。击鼓兮皆为鼓，一何乐兮一何苦。上有烈日，下有焦土。愿我天翁，降之以雨。令桑麻熟，仓箱富。不饥不寒，上下一般。”这是对众百姓的悲悯。昙域为贯休弟子，存诗三首，唯《赠岛云禅师》尾联云：“乱后潜来此，南人总不知。”略关时事而已。处默存诗八首，亦多写僧人生活与自然风光，唯《织妇》一首：“蓬鬓蓬门积恨多，夜阑灯下不停梭。成缣犹自陪钱纳，未直青楼一曲歌。”为织妇发出不平之鸣。

2. 作品为偈颂者

只有偈颂而无诗歌的僧人有智闲、契此、道忞、文益、居遁、神晏、省澄、慧棱、道溥等九人。此九僧所作偈颂，但借文字以阐明佛法禅旨，指引人修行法门，而不涉尘俗，无关时局。今但举龙芽和尚居遁《偈颂》中三首为例：[1]

学道如钻火，逢烟且莫休。直待金星现，归家始到头。

寻牛须访迹，学道访无心。迹在牛还在，无心道易寻。

一念心清净，莲华处处开。一华一净土，一土一如来。

其他各家偈颂大致类此，均与易代无关。

3. 作品诗偈皆有者

义存见存诗偈四十三首又四句，其四首偈语，都在阐明禅旨；而近四十首诗则不外写僧人生活与劝人为善。杜光庭，入蜀依王建，见前所述。

三、结　论

在此，将尝试回应绪论中所提出的问题。

1. 见《全唐诗补编》下册《全唐诗续拾》卷四十八。

(一) 反应的类别

易代之际，诗人或同或异的反应可大别为五类。

1. 眷念旧朝者有：司空图、孙郃、王毂、齐己、沈彬、韩偓、徐夤、冯涓、梁震等人。他们心念旧朝，在行为上，司空图、孙郃、沈杉采取隐居，王毂、韩偓、徐夤、冯涓、梁震则投奔或滞留于方镇，齐己本来就是僧人，当时人在湖南。归隐后，闻哀帝被弒，不食而卒的司空图，是唐亡以后唯一以身殉国的诗人。

2. 服事新朝者有：罗衮、翁承赞、李琪、杨凝式、裴说、王仁裕、冯道等人。

3. 投靠方镇者除了前举王毂、韩偓、徐夤、冯涓、梁震之外，尚有卢汝弼、罗隐、黄滔、贯休、杜光庭、欧阳杉、黄损、韦庄、卢延让、陈用拙、殷文圭、孙鲂、皮光业、宋齐丘、苏拯、崔道融等人。

4. 隐居不出的除了前举司空图、孙郃、沈彬之外，尚有郑谷、郑遨、李咸用、陈沆等人。

5. 出家方外者除了前举郑遨、贯休、齐己、杜光庭之外，尚有可止、归仁、修睦、栖蟾、虚中、乾康、可朋、昙域、处默、智闲、契此、道恷、文益、居遁、神晏、省澄、慧棱、道溥、义存等人。

在上述五类中只有第二类是独立的，其余四类则可互相重叠。

(二) 选择的原因

1. 眷念旧朝九人中七人登进士第，但沈彬三举不第，齐己本来就是僧人，所以，是否登第，并非其眷念与否的原因。以官位言，司空图曾征拜中书舍人、兵部侍郎，韩偓曾为翰林学士承旨加户部侍郎，王榖为国子博士，孙郃为左拾遗，但梁震则流寓长安，沈彬漂泊湖湘，徐夤在闽为幕客，所以，又与官职高下无关。相对于服事新朝各人而言，此九人当时散处各地而少在长安，也许可算是一项特色。

在九人中，最受人瞩目的是司空图和韩偓。司空图一向负有清望，他又是尚友古人，爱惜羽毛的人。韩偓则深受昭宗信任，参赞机密，昭宗屡欲拜相，而为当权者所阻。其次冯涓是冯宿之孙，冯宿在中晚唐之际历任显要，文宗朝，为东川节度使。他们眷眷于旧朝是很自然的事。至于其余各人，他们并无显赫的家世和履历，然而，他们的共同特点是热心肠、守原则，不肯屈己从人，是自我定位较高的人。

2. 服事新朝之诗人凡七：罗衮为临邛（今蜀四川）人，但立志在中央政权谋发展，不愿归乡。唐亡时为起居郎，仕梁为礼部侍郎。翁承赞，闽人，唐末梁初均任京官，并穿梭于中央与闽王之间，左右逢源，晚年奉梁朝命归闽。李琪，唐末任左拾遗、殿中侍御史。唐亡，避地荆楚以观形势，梁征入朝拜翰林学士。杨凝式，唐末为秘书郎、直史馆，其父杨涉为相。易代之际，杨涉负责传递国宝玺，凝式曾严词责备，但其父以恐灭族而委屈求全，凝式只好装疯。可见他是为了保全家族，才不情愿地服事新朝。裴说奔波了半辈子，在唐朝的最末一年（906 年），总算中了状元，还没任官，唐就亡了，只好等新朝的任命。王仁裕为了自己的官位和子孙的前程，颇能随俗俯仰。冯道在易代之际人在幽州，事刘守光为参军。刘守光烝父（刘仁恭）之爱妾，囚父、杀兄，是个残暴无耻、反复无常的凶人。冯道一出道就适应这样的人，终于成为一个成功的投机分子，而长保富贵。

以上七人，唐亡之际，多在京任职。更重要的是他们都能迁就现实，而以自己的官位，家族的兴衰为重。其中只有杨凝式内心不安，而装疯一辈子。

3. 投靠方镇的诗人有二十三人之多。从消极方面来看，是为了保全身家性命，找个安全的庇护所；从积极方面来看，他们投奔方镇，又何尝不是对新政权的反抗或抗议。事实上，许多诗人是兼具保身和抗议的，卢汝弼如此，韩偓如此，王毂又何尝不如此。

其次，诗人投靠方镇，绝大多数选择了邻近家乡的强藩。可能在家乡附近任职，比较能照顾到乡梓、家族，而他们在乡里的名望和对地方的了解，也容易受藩主的重视。至于最能吸引外地诗人的方国，则有蜀、闽二地。因为四川的地形封闭，而福建则位置偏远，在当时比较能提供有安全保障和较为安定的生活。

4. 隐居不出的人，在苟全性命于乱世之外，更明白单纯地表示对新朝的不认同。司空图、孙郃、沈彬固不待言，其余各人又何尝不如此。郑谷的“吾道有谁同？深居自固穷”（《深居》）。郑遨见世乱而出家，对梁、唐、晋都不肯认同，其《伤农》诗，对新朝新贵的奢侈与不惜民力也深表不满。李咸用的“壮士难移节，贞松不改柯”（《自愧》），其不肯随波逐流的态度，至为明白。至于陈沆的行为较为特殊。他“不接俗士”，正表示他不同意一般的价值判断；然而他却又赶去参加后梁开平二年（908年）的科举，在明清易代之际，这种行为，会被舆论认为是失节。在唐末，也许不这么严格。陈沆参加科举并登第，可能旨在证明他的能力，只要不接受官职就不算服事新政权。

至于隐居的处所，他们多选择了家乡附近的乡野山林。

5. 出家为僧道的二十三人中，只有郑遨是见天下已乱而弃家为道士，其余的出家人各自有不同的出家缘由，齐己、可止、修睦、栖蟾、可朋、昙域等或多或少有点时代色彩或社会关怀之外，其余各人充其量只是写些僧居生活与自然风光，和阐扬佛法、禅旨、养生与劝人为善的诗偈。

（三）反应的特色

相较于宋、明覆亡之际诗人强烈的反应，唐末诗人的反应，大体而言，是要来得温和一些。以眷念旧朝者来看，唐亡时不忘前朝的人，不但人数较少，伤心悲痛的程度也较轻微，至于以身殉国的诗人，更是少见。隐居乡野山林不事新朝的人数也远比宋、明遗民为少。宋、明遗民因睹宗社覆亡而遁入空门，为僧为道的人很多，而因唐亡而入道的则只有郑遨一人。揆其原因，可约如下述。

唐之亡是逐渐涣散，以至于分崩瓦解的，与宋、明之亡，是由异族入侵，电击席卷，有所不同。唐自安史乱后，藩镇坐大，已成尾大不掉之势，宪宗虽一度有中兴之势，而随着宪宗被鸩而告终止。以后，藩镇以及其骄兵悍将，愈来愈跋扈嚣张。到了懿宗咸通九年（868 年），庞勋作乱，虽然只有一年多，但已点燃了可以燎原的星星之火。僖宗乾符元年（874 年）王仙芝起事，翌年（875 年）黄巢聚众响应，遂至天下大乱。王仙芝虽于乾符五年（878 年）败死黄梅，但黄巢却攻入长安称帝。黄巢于僖宗中和四年（884 年）自杀于泰山狼虎谷，但十年下来，天下已糜烂不堪；何况黄巢一死，秦宗权又继起称帝（885 年），直到昭宗龙纪元年（889 年），为朱温所擒，前后又乱了五年。朱温势力渐增，又野心勃勃，积极进行夺权斗争，终于在弑昭宗（904 年）

后三年（907 年）篡位。

在这段时间内，东北、西北、西南的边疆民族或伺机内侵，或参与中原的混战。不但如此，藩镇之间的相互攻杀并吞；藩镇内部的惨烈夺权。凡此，都将痛苦加诸天下万姓兆民身上。生长在这样大乱的时代，诗人对时局所加的刺激，其反应已渐趋迟钝麻木。这与宋、明沦于异族的情况有很大的不同。

正由于唐朝之亡，是涣散瓦解，成为五代十国的局面，诗人们还可以有投奔方国的选择。这又和宋、明之亡，是国土尽失，诗人已无可逃于天地之间有所不同。因此，他们的表现自然也就有所差异。

最后，可以一提的是唐人夷夏之辨不如宋人明人之严格；其行为标准亦不同于理学昌盛的宋代明代。这应当也是诗人会有不同表现的另一原因。

从传播的视角析论宋人题壁诗

一、引　言

1990 年冬，南京大学和中国唐代文学学会联合举办了“唐代文学研讨会”。在研讨会上，我提出了《唐人题壁诗初探》一稿（如前文）。除了引言和结语以外，探讨了题诗的处所和方式、作者和读者、体裁和内容、意图和效果等问题。基本上，我认为题壁是唐代诗人一种重要的发表方式，也是一种传播的手段。[1]

后来，文化大学的严纪华君，对这一研究方向有兴趣，继续加以广化深化，扩充为《唐人题壁诗之研究》的博士论文。[2]相隔九年，台湾师范大学的张惠乔君，则向下延伸，撰就《北宋题壁诗之研究》的硕士论文。至于这篇文稿，则为了呼应东华大学中文系近年来的新走向，而拟借传播的视角，纵观宋代三百余年题壁诗发展的大势，并考察其在不同阶段之特色。

---

1. 《唐人题壁诗初探》此一文稿，上海古籍出版社在 1991 年于《中华文史论丛》第 47 辑先行刊出；到了 1992 年，广西师范大学选择了若干篇会议论文编成《唐代文学研究》，又以简体字刊出。
2. 严君博士论文完成于 1994 年。

关于宋人题壁诗的取材，我全依北京大学古文献研究所编的《全宋诗》，因为《全宋诗》和清康熙年间编的《全唐诗》不同，前者的体例比《全唐诗》要来得严谨得多，它完全是为了学术研究而设计的。利用《全宋诗》不但比使用各家别集方便得多，而且可收众端参观之效。

在传播学方面，这里只大致利用最基本的传播模式，就是丹尼斯·麦魁尔（Denis McQuail）和史文·温达尔（Sven Windahl）合著的《传播模式》（*Communication Models for the Study of Mass Communications*）[1]所介绍的最早期的模式。此书在第二章"基本模式"追溯到 1948 年美国政治学家拉斯威尔（Harold D. Lasswell）所首倡的一个传播形式，就是：

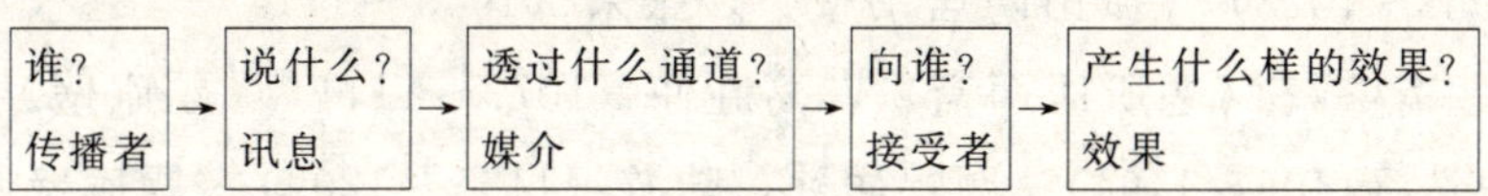

然后，此书又介绍了布莱道克（Braddock）在 1958 年改进的模式，亦即讯息在何种状况下被传播出去以及传播者的目的，而成为：

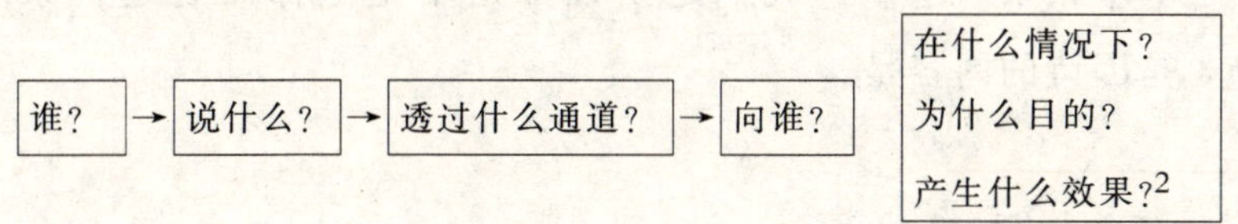

布莱道克改进的这一模式，其着重点和我在《唐人题壁诗初探》所注意到的纲目大致可以相应，而他的条理比较清晰。因此，以下论述，即大致依此模式进行，只是宋人题壁诗这一媒介

1. 译文用杨志弘、莫季雍译本。
2. 前揭书，第 16、17 页。

比较特殊，必须提前有所交代。

二、宋人题壁诗概述

（一）宋人题壁的基本流程

宋代的文化人多喜欢在自家屋壁题诗，如有朋友过访，也喜欢请友人留题。尤其在新居落成，或新建一堂、一斋、一亭、一楼时，往往也先自题一诗，然后请来宾赓和，甚至将新题的诗寄给远方的友人，请他们题诗寄来，以增光彩。

自题家中屋壁，如徐铉（917～992）《自题山亭三首》[1]，林逋（968～1028）《孤山隐居书壁》[2]，张耒（1045～1114）《题壁》、《题斋壁》、《题所居西斋》[3]，葛胜仲（1072～1144）《题庵壁》[4]，史浩（1106～1194）《题蜗居》[5]，陆游（1125～1209）《题庵壁二首》、《书南堂壁二首》，又《题庵壁二首》、《书斋壁三首》、《冬夜题斋壁》[6]、《题舍壁二首》、《书道室壁》、《书斋壁》、《书屋壁》、《书壁二首》[7]。

其中张耒《题壁》我们之所以知道不是泛称而是题自家屋壁，是因诗的内容是：

1.《全宋诗》一册，第 108 页。

2.《全宋诗》二册，第 1232 页。

3. 张耒三题分别见《全宋诗》二十册，第 13092、13188、13377 页。

4.《全宋诗》二十四册，第 15640 页。

5.《全宋诗》三十五册，第 22131 页。

6. 陆游此五题，分别见《全宋诗》四十册，第 24965、24967、25102、25240、25341 页。

7. 陆游后五题，分别见《全宋诗》四十一册，第 25551、25555、25559、25572、25638 页。

命驾欲诣客，欲去还迟迟。事幸无甚急，何用劳驱驰？家贫幸有酒，亦略具鲜肥。且复东窗下，高歌醉而嬉。

葛胜仲《题庵壁》亦非泛指，而是题自家庵壁，以其诗云：

葛翁携葛姓，小惕葛桥边。葛泉出萝葛，一派自潺湲。咫尺葛山观，金丹问葛仙。耳孙忝瓜葛，行隐葛山巅。

至于陆游题自家屋壁十题十七首，而且有些是同题，可见他多么喜欢在自家题壁。

主人求客留题之例，如李复（1052～？年）《江晦叔邀游吴氏园为约月余始能一往吴生某求留题遂书石上》：

……主人求客语，乘醉书石上。[1]

又如戴表元（1244～1310 年）《邻友陈养直请赋山心楼》[2]亦是主人请题之例。

寄题之例，如强至（1022～1076 年）《长老凤师新作四照亭以其环顾洞彻无纤翳碍目故名云从予乞诗因即其说以寄题》。[3]范成大（1126～1193 年）《寄题赣江亭》自注云："陈季陵赣州书云'新作此亭，泉使李正之题其榜'，要予诗。"[4]都是新建一栋建筑物，请远方友人寄题。

以上所举的自题、留题、寄题，可以视为题壁诗的原型。此

1.《全宋诗》十九册，第 12455 页。

2.《全宋诗》六十九册，第 43653 页。

3.《全宋诗》十册，第 6950 页。

4.《全宋诗》四十一册，第 25882 页。

后有过客见了，触发他的创作意愿，又题上一首或若干首，甚至于原作者后来见到自己旧题，再生感慨，又再题诗，这些都是常见的现象。题壁诗就是这样不断地扩散下去。

（二）宋人题壁诗的题目

典型的题目是“题某壁”，但更常见的是题目上只着一“题”字，或有“留题”、“寄题”等字样，而“壁”字并未出现。如王之道（1093～1169年）《题许公塞驿》：

> ……壁上新诗留醉墨，庭前飞絮点征衣。……[1]

范仲淹（989～1052年）《留题方干处士旧居》序云：

> ……其家子孙尚多儒服，有楷者，新策名而归，因留二十八言，又图处士像于严堂之东壁。楷请刊诗于其左。[2]

葛仲胜（1072～1144年）《寄题海会晚实轩》：

> 旧时书两庙，感事涕沾濡（自注：元丰中先祖、先人各尝赋其诗壁间，岁久不存。今住持宗定来索，亲笔授之）。[3]

这些诗的题目虽未出现壁字，但读其诗、其序、其自注，就可知其皆属题壁诗。然而还有一些诗，题目上连“题”字都没有

1.《全宋诗》三十二册，第20203页。

2.《全宋诗》三册，第1893页。

3.《全宋诗》二十四册，第15637页。

的，其实也是题壁诗，如释延寿（904～975 年）《山居诗》六十九首之一：

……依山偶得还源旨，拂石闲题出格诗……

又，第五十七云：

……吟经徐傍芙蕖岸，得偈闲书薜荔墙……[1]

可见延寿的《山居诗》六十九首，至少有部分是题壁诗。又如潘阆（？～1009 年）的《书璿公房牡丹》一诗，《知不足斋丛书》所收《逍遥集》原校有谓："一作《暮春闻水南草衣院有牡丹花开洎到已谢因成二十八字书之于壁》。"[2]

其余如赵湘（959～993 年）《游石桥寺》：

……斜阳石上题诗去，更向松阴绕一回。[3]

魏野（960～1020 年）《解城条山并序》序云：

……因相与濯足，命为联句诗一章，凡二十句。用晦书于岩壁……[4]

余靖（1000～1064 年）《游大峒山并序》序云：

1. 延寿二诗，分别见《全宋诗》一册，第 18、25 页。
2. 潘诗及《逍遥集》原校，俱见《全宋诗》一册，第 627 页。
3.《全宋诗》二册，第 884 页。
4.《全宋诗》二册，第 966、967 页。

……各为诗志之……王君及同游本郡布衣李访，月华山、罗浮达二禅师，咸书名于长老习公方丈壁上云……[1]

陈渊（？～1145年）先有《山寺早梅三首》，而四年后重来则有《又题山寺二首》，可见前者亦可加一“题”字[2]。诸如此类，为数甚多。

（三）宋人题壁的处所兼论诗板诗牌及其他载体

1. 处所

题井：如徐铉（917～992年）《题雷公井》[3]，张嵲（1096～1148年）《题石井》[4]。

题祠庙：如徐铉《题白鹤庙》[5]，王洙（997～1057年）《重建岘山羊侯祠歌》[6]。

题塔：如张佖（由南唐入宋）《题华严寺木塔》[7]。

题古迹：如吕蒙正《题阙里》[8]，王禹偁（954～1001年）《题屧响廊》[9]。

题寺：如李建中（945～1013年）《题洛阳寺壁》[10]，陈尧佐

1.《全宋诗》四册，第2665页。
2.《全宋诗》二十八册，第18373页。
3.《全宋诗》一册，第88页。
4.《全宋诗》三十二册，第20462页。
5.《全宋诗》一册，第98页。
6.《全宋诗》四册，第2310页。
7.《全宋诗》一册，第199页。
8.《全宋诗》一册，第517页。
9.《全宋诗》二册，第694页。
10.《全宋诗》一册，第511页。

（963～1044 年）《三城侍郎寄示留题延庆寺二诗二章……》[1]。

题尼庵：如朱淑真（南渡前后人）《书王庵道姑壁》[2]，萧澥（理宗时人）《题或林尼院壁》[3]。

题桥：如释崇惠（？～1017 年）《题石桥》[4]，舒亶（1041～1103 年）《题水月桥》[5]、范成大（1126～1193 年）《戏题索桥》[6]。

题馆驿铺：如寇准（962～1023 年）《书山馆壁》[7]，令狐挺（992～1058 年）《题相思铺壁》[8]，王义山（1214～1297 年）《书永嘉嘉禾驿》[9]。

题亭：如王安石（1021～1086 年）《寄题众乐亭》[10]，黄庭坚（1045～1106 年）《题万松亭》[11]。

题酒家旅舍赁居：如范仲淹（989～1052 年）《书酒家壁》[12]，陆游（1125～1209 年）《题旅舍壁二首》[13]，伯仁（1199～？年）《题李长啸漕元赁居》[14]。

题私宅：如梅尧臣（1002～1060 年）《留题昆陵潘氏宅假

1.《全宋诗》二册，第 1091 页。
2.《全宋诗》二十八册，第 17972 页。
3.《全宋诗》六十二册，第 38824 页。
4.《全宋诗》三册，第 1466 页。
5.《全宋诗》十五册，第 10386 页。
6.《全宋诗》四十一册，第 25917 页。
7.《全宋诗》二册，第 1018 页。
8.《全宋诗》三册，第 1988 年。
9.《全宋诗》六十四册，第 40109 页。
10.《全宋诗》十册，第 6566 页。
11.《全宋诗》十七册，第 11726 页。
12.《全宋诗》三册，第 1919 页。
13.《全宋诗》四十册，第 25296 页。
14.《全宋诗》六十一册，第 38166 页。

山》[1]，杨万里（1127～1206 年）《题王才臣南山隐居六咏》[2]。

题官府：如包拯（999～1062 年）《书端州郡斋壁》[3]，文彦博（1006～1097 年）《某天圣四年叨充乡试……追惟曩昔因成拙诗二章题于行署》[4]，王安石（1021～1086 年）《题中书壁》，黄庭坚（1045～1105 年）《观祕阁苏子美题壁》[5]，陆游《题史院壁四首》[6]。

题宫殿：如蔡京（1047～1126 年）《留题保和殿》，《至玉真轩奉诏赓补》[7]，无名氏《题寝宫诗》[8]。

题船：如苏轼（1037～1101 年）《出都来陈所乘船上有题小诗八首不知何人有感于心者聊为和之》[9]，李纲（1083～1140 年）《泛碧斋诗》[10]。

题书院：如宋琪（917～996 年）《留义门胡氏华林书院》[11]，舒亶（1041～1103 年）《题桃源书院》[12]。

题楼阁轩：如朱淑真（南渡前后人）《题四并楼》[13]，戴复古（1167～？年）《登快阁黄明府强使和山谷先生留题之出》[14]，朱熹

1.《全宋诗》四册，第 2310 页。
2.《全宋诗》四十二册，第 26567 页。
3.《全宋诗》四册，第 2641 页。
4.《全宋诗》六册，第 3492 页。
5.《全宋诗》十七册，第 11593 页。
6.《全宋诗》四十册，第 25223 页。
7.《全宋诗》十八册，第 11945 页。
8.《全宋诗》七十一册，第 45064 页。
9.《全宋诗》十四册，第 9140 页。
10.《全宋诗》二十七册，第 17572 页。案：诗序云“……不旬月而舫具，华丽宏壮，有浙舸之风，名之曰泛碧斋。……”因知泛碧斋乃船之名。
11.《全宋诗》一册，第 144 页。
12.《全宋诗》十五册，第 10405 页。
13.《全宋诗》二十八册，第 17997 页。
14.《全宋诗》五十四册，第 33574 页。

(1130～1200 年)《题西林可师达观轩》[1]。

题库仓：如宋神宗（1048～1085 年）《题封椿库》[2]，刘宰(1166～1239 年)《题仪真常平仓壁》[3]。

题寮园：如洪适（1117～1184 年）《次韵题谢景思少卿药寮》[4]，朱熹（1130～1200)《题谢少卿药园》二首[5]。

题洞岩：如苏辙（1039～1121 年)《题三游洞石壁》[6]，黄庭坚（1045～1105 年)《万州下岩二首并序》[7]。

题坟墓生圹：如项安世（1129～1208 年)《寄题郑氏坟亭》[8]、释崇岳（1132～1202 年)《题金山郭璞墓》[9]、方回（1227～1307 年)《寄题毕氏鲤潭寿藏》[10]。

其余如题堂、题斋、题室等，前已提及，不再重复。

2. 诗板（诗牌）

一种专供题诗用的板子，唐人称之为“诗板”，到了宋代，有人将其改称“诗牌”，但也有人沿旧习惯，仍称“诗板”。

唐人提到诗板的有张祐（792？～853？年）《题灵彻上人旧房》：

1.《全宋诗》四十四册，第 27501 页。
2.《全宋诗》十八册，第 11958 页。
3.《全宋诗》五十三册，第 33345 页。
4.《全宋诗》三十七册，第 23421 页。
5.《全宋诗》四十四册，第 27465 页。
6.《全宋诗》十五册，第 10161 页。
7.《全宋诗》十七册，第 11408 页。
8.《全宋诗》四十四册，第 27381 页。
9.《全宋诗》四十五册，第 27834 页。
10.《全宋诗》六十六册，第 41878 页。

寂寞空门支道林，满堂诗板旧知音。[1]

翁洮（晚唐人，生卒年不详）《和方干题李频庄》：

吟时胜概题诗板，静处繁华付酒尊。[2]

马湘（？～856年）《题龙兴观壁》其题解云：

晋陵道士朱含真，居龙兴观东轩，马自然常过之，含真必竭力以奉。临别，与以三符，命版，题诗庑下。[3]

郑谷（851？～？年）《送进士吴延保及第南游》：

胜地昔年诗板在，清歌几处郡筵开。[4]

齐己（864～943？年）则有《登道林寺观白太傅诗板》、《游道林寺四绝亭观宋杜诗板》、《赴郑谷郎中招游龙兴观读诗板谒七真仪像因有十八韵》[5]。郑仁表（生卒年不详）《题沧浪峡榜》题解云：

1.《全唐诗》卷五一一。

2.《全唐诗》卷六六七。

3.《全唐诗》卷八六一。

4.《全唐诗》卷六七六。

5.《全唐诗》卷八三九、八四〇、八四三。

仁表经过沧浪峡，憩于长亭，驿吏坚进一板，仁表走笔云云。[1]

从以上资料可以看出唐朝许多寺观、驿亭多准备了诗板，以供骚人墨客题诗之用。诗板既便于展示，也便于更换，以补“诗壁”有限空间的不足，而且还便于收藏和流通。由于具备了许多优点，所以到了宋朝，还一直沿用下来。最显著的例子是宋太宗时，朝士数十人都写了《题义门胡氏华林书院》，而胡氏华林书院则远在江西，当时朝士并无一人亲到江西南昌题壁，而都是寄题。[2]当他们寄诗的时候，可能有人采用唐朝白居易和元稹发明的“诗筒”，但有人则写在“诗板”上，请人带到江西。如梁周瀚(929～1009年)《题义门胡氏华林书院》云：

……小冠子夏来相示，诗板因凭寄竹轩。[3]

张孝隆(宋初人)《题义门胡氏华林书院》云：

……胜事人间无敌处，王公诗板砌虹梁。[4]

用诗板传递，主人就可以直接挂上展示。从张孝隆的诗句看来，似乎诗板未必都挂在墙上，可能有的会挂在横梁上，以节省空间。

1.《全唐诗》卷八七〇。
2. 胡氏华林书院事，说《宋史》卷四五六《孝义·胡仲尧传》，《舆地纪胜》卷二十六《江南西路·隆兴府》，王禹偁《小畜集》卷十九《诸朝贤寄题洪州义门胡氏华林斋齐序》。
3.《全宋诗》一册，第219页。
4.《全宋诗》一册，第249页。

不久之后，有人开始将“诗板”改称“诗牌”，如魏野（960～1020年）《送丕上人南游》：

……南国多嘉境，诗牌几处留。[1]

陈尧佐（963～1044年）则于诗题上云《三城侍郎寄示留题延庆寺二韵诗二章顷岁予肄业于此遗景尽在幸会之迹首唱之序详矣谨依命攀和但于首章增为四韵盖浅陋之才不觉辞费因遗稚子赞善大夫通判邠州事学古写于此牌以咏嘉锡》。[2]在北宋时期，诗牌之名，似乎很流行，林逋（968～1028年）的《赠张绘祕教九题》第七题诗云：

矗方标胜概，读处即忘归。

又《孤山寺》诗云：

白公睡阁幽如画，张祜诗牌妙入神。[3]

以后，诗板、诗牌二名，就并行于世。如项安世（1129～1208年）《游云门山读亭中诗板拟丐使者以石易之》：

……唐人诗板四十五，丽句亭中岁月深。烦公丐我一碑石，与张万壑松风音。[4]

1.《全宋诗》二册，第903页。

2.《全宋诗》二册，第1091页。

3. 林逋二诗见《全宋诗》二册，第1205、1213页。

4.《全宋诗》六十七册，第42093页。

他即仍用诗板之名，而杨公远（1227～？年）《诗人十事》中第七首，则以“诗牌”为题[1]。

诗板的优点前已具书，其缺点则不如刻石能保存得更长久。诗板的另一项特点，就是板上先刷了一层白粉，被题上诗以后，如果不想保存，就可以洗掉，重新粉刷一遍，像再生纸一样，仍可供人使用。如陈渊（？～1145年）《过永春剧头铺见壁间石刻临漳王漕诗辄题数句》：

……粉板会当洗，援毫聊自娱……[2]

陈渊自谦所题诗未必会受到重视，可能不久就被洗掉，但一时见猎心喜，还是在粉板上题了数句。

综前所述，诗板在唐宋时期，对诗的流传确实起了很大的促进作用。

3. 题壁诗的其他载体

题壁诗当然以题在墙壁和诗板上的为最多，但也有题在其他东西上的，兹聊举数例，以见一斑。

题门扉窗牖：如陈辅（与王安石同时）《访杨湖阴不过因题其门》[3]，张舜民（宋英宗治平二年1065年进士）《再过黄州苏子瞻东坡因书即事题于武昌王叟斋扉》[4]，苏辙（1039～1112年）《题方子明道人东窗》[5]，司马光（1019～1086年）《二月二十四日馆宿与宗

1. 《全宋诗》二册，第1091页。
2. 《全宋诗》二十八册，第18358页。
3. 《全宋诗》十册，第6791页。
4. 《全宋诗》十四册，第9683页。
5. 《全宋诗》十五册，第9980页。

舍后桃花盛开偶书牖上》[1]。

题柱、梁：如赵蕃（1143～1229年）《……又复用小阁壁间留题胡柏并书柱间……》[2]，颜丙（宋末人）《题梁》[3]。

题假山、石幢、坛、龛：如梅尧臣（1002～1060年）《留题昆陵潘氏宅假山》[4]，王洙（997～1057年）《重建岘山羊侯词歌》，题下原注“此诗及诸公和作俱刻词内石幢。”[5]张异（宋末人）《题梅坛二首》[6]，程公许（1182～？年）《元夕题灯龛四首》[7]。

题屏、几、壶、钟：如强至（1022～1076年）《题可久上人房素屏》[8]，谷客（宋末人）《题几》[9]，萧澥（理宗绍定时人）《题壶》[10]，范成大（1126～1193年）《戏题无常钟二绝》[11]。

题棺木：如朱贞白（宋初人）《题棺木》[12]。

题药裹、药篚：如范成大《题药裹》、《题药篚》[13]。

题植物：苏轼（1037～1101年）《元祐五年十二月十二日同景文义伯圣途次元伯固蒙仲游七宝寺题竹上》[14]，赵蕃《自荔支铺

1.《全宋诗》九册，第6127页。
2.《全宋诗》四十九册，第30819页。
3.《全宋诗》七十册，第44381页。
4.《全宋诗》五册，第2835页。
5.《全宋诗》四册，第2310页。
6.《全宋诗》七十二册，第45288页。
7.《全宋诗》五十七册，第35615页。
8.《全宋诗》十册，第6390页。
9.《全宋诗》七十二册，第45607页。
10.《全宋诗》六十二册，第38824页。
11.《全宋诗》四十一册，第26038页。
12.《全宋诗》一册，第204页。
13.《全宋诗》四十一册，第25774、36040页。
14.《全宋诗》十四册，第9434页。

至楠木铺偶成书楠木》[1]，张镃（1153～？年）《题松身》[2]，释居简（1164～1246 年）《苦旱书蕉叶》[3]。

纵观本节的举证和论述，可见宋人在任何题得上诗的地方都会题上诗。因此，在宋人生活的空间里，到处都可以看到诗，甚至于看到很多诗。例如黄庭坚（1045～1105 年）在《万州下岩二首并序》的序文中就说：

……来游者题诗不可胜读……[4]

文天祥（1236～1283 年）《夜坐》诗亦云：

……宿雁半江画，寒蛩四壁诗……[5]

艾性夫（宋末人）《丫头岩诗载墙壁间无虑数十百首形容盖有尽之者矣辄复寄兴以俟采诗者择焉》[6]。

可以说，宋人就活在诗的世界里。

三、谁？

这个“谁”，就是传播者，在此则指题壁诗的作者。纵览宋人题壁诗，其作者包含了帝王、文臣、武将、文士、释道等。举

1.《全宋诗》四十九册，第 30588 页。
2.《全宋诗》五十册，第 31632 页。
3.《全宋诗》五十三册，第 31632 页。
4.《全宋诗》十七册，第 11408 页。
5.《全宋诗》六十八册，第 42969 页。
6.《全宋诗》七十册，第 44388 页。

凡这些传播者，前文举例，大多已经提到，但其中以文臣与文士居多，这里需要对帝王、武将、妇女略作补充。在帝王方面，除了前文提到的宋神宗之外，尚需加上宋徽宗（1082～1135 年），徽宗有《题燕山僧寺壁》和《在北题壁》两首。[1]武将可补充韩世忠（1089～1151 年）和岳飞（1103～1142 年）。韩世忠有《题云居壁》[2]，岳飞有《题翠岩寺》、《题青泥市萧寺壁》、《池州翠微亭》、《题骤马冈》、《题雩都华严寺》、《题池州翠光亭》、《归行在过上竺寺偶题》等。[3]妇女除朱淑真、李清照之外，尚宜补充老妓（宋初人），她有《题太平兴国寺壁》、韩玉儿《幼时曾从李清照学诗》，她有《题汉口铺》[4]，还有王氏（？～1277 年），她有《题清风岭崖石》。[5]

在《全宋诗》三千七百八十五卷中，存诗在一卷以上而没有题壁的甚为罕见；反之，有的诗人留下的作品泰半为题壁诗，有的诗人就只留下一首题壁诗。在南北宋三百余年间，自天子以至于老妓，都有人题壁，几乎成了全民运动。

然而，我们不能只就传播者的身份地位，就疏略地将他们定位，例如神宗和徽宗虽然都是九五之尊，但神宗在题壁的时候，正是他在筹划如何荡平边境敌人之际，而徽宗则已沦为俘虏，处于惊恐悔恨之中。文臣则最为复杂，例如徐铉（917～992 年）是南唐归顺的降臣。蔡京是佞臣，包拯是直臣，宗泽、李纲是忠臣，黄庭坚是逐臣。韩世忠和岳飞虽然都是武将，但韩世忠题壁

---

1. 徽宗诗两首，见《全宋诗》二十六册，第 17070、17075 页。
2. 《全宋诗》三十册，第 19221 页。
3. 岳飞题壁七首，《全宋诗》三十四册，第 21593、21595 页。
4. 《全宋诗》三十三册，第 21263 页。
5. 《全宋诗》七十册，第 43990 页。

于投闲置散、壮志消磨之际，而岳飞则在一心光复神州，军务倥偬的时候题壁。

总之，在做作者分析的时候，还有许多细微的地方需要仔细琢磨。

四、说什么？

在这里，“说什么?”就是宋人题壁诗的内容分析。由于其数量在万首以上，甚为庞大，所以只好依时代先后约略分为宋初、北宋、南渡前后、南宋、宋末到入元几个阶段，考察其特色。兹先将宋代国祚做最简单的交代，以为基本坐标：北宋为960年到1126年，南宋为1127年到1279年。

宋初诗人，不是历事五代中的若干朝代，就是随方国的败亡而入仕新朝。今各举一人为例。

窦仪（914～966年）《过邦州留题》：

> 多少樊笼不敢开，强拘物性要相偕。何时得似邠州守，德政临民鹤自来。

据明凌迪知《万姓统谱》卷十七云：“龙镯字琢成，乾德初任邠州守，宅心以仁，守己以廉。有鹤翔于公庭，州民绘《来鹤图》以颂其德。时学士窦仪以使过邠，留题云云。”[1]宋初基本国策是与民休息，龙镯的作为，正符合朝廷的意旨，窦仪即以朝廷使者的身份题诗嘉勉。

徐铉（917～992年）《文彧少卿文山郎中交好深至二纪已余

1. 诗与引文俱见《全宋诗》一册，第54页。

睽别数年二子长逝奉使岭表途次南康吊孙氏之孤于其家睹文彧手书于僧壁慷慨悲叹留题此诗》：

> 孙家虚座吊诸孤，张叟僧房见手书。二纪欢游今若此，满衣零泪欲何如？腰间金印从如斗，镜里霜华已满梳。珍重远公应笑我，尘心唯此未能除。

徐铉是南唐归顺的降臣，得到朝廷的任用，路过南唐故友的故居与故友题壁的僧舍，既要表达对故友的哀悼，但又不能流露故国之思，所以诗的后半，明白表明对宋朝给予的官位高度的重视。

徐铉另有《自题山亭三首》，其一、其二云：

> 簪组非无累，园林未是归。世喧长不到，何必故山薇？

> 小舫行乘月，高斋卧看山。退公聊自足，争敢望长闲？[1]

这两首五绝，一再表明他虽乐于过悠游的生活，但作为公余的休闲即可，而绝无退休的打算。

太宗以后，大局已经稳定，题壁诗则展现各人的独特风貌，如老妓（姓名未详，宋太宗淳化时人）《题太平兴国寺壁》：

> 曾趁东风看几巡，冒霜开唤满城人。残脂剩粉怜犹在，欲向弥陀借小春。[2]

---

1. 徐铉诗分别见《全宋诗》一册，第104、108页。
2. 《全宋诗》一册，第500页。

她自叹年华渐老，但还希望能捉住半老的风韵，而且借公众场所展现不同凡俗的风雅——她还能作诗。

包拯（999～1062年）《书端州郡斋壁》：

清心为治本，直道是身谋。秀干终成栋，精钢不作钩。仓充鼠雀喜，草尽兔狐悲。史册有遗训，毋贻来者羞。[1]

包拯在郡斋公开表现他那清廉正直的态度，以及深沉的使命感。

梅尧臣（1002～1062年）《经刁经臣山居时已应辟西幕》：

……始知古君子，出处惟义敦。[2]

梅氏访问原先隐居山间的朋友，当他到达时，朋友已应辟出仕。他了解朋友无论是“出”还是“处”，基本上并无不同，因为它们都是以深厚的道义为基础的。

王安石（1021～1086年）《题定林壁》：

定林自有主，我为林下客。客主各有心，还能共岑寂。

《题西太一宫壁二首》其二：

三十年前此地，父兄持我东西。今日重来白首，欲寻陈迹都迷。

《题中书壁》：

1.《全宋诗》四册，第2641页。

2.《全宋诗》五册，第2809页。

> 夜开金钥诏辞臣，对御抽毫草帝纶。须信朝家重儒术，一时同榜用三人。[1]

第一首言在岑寂中，所谓主体和客体即能相即相融，使其间不再有隔阂存在：第二首写其今昔之感；第三首美皇帝勤政，以及对儒术的看重。

苏轼（1037～1101 年）《题西林壁》：

> 横看成岭侧成峰，远近高低总不同。不识庐山真面目，只缘身在此山中。[2]

写其对自然现象与人生际遇的观照和体会。

黄庭坚（1045～1108 年）《题太和南塔寺壁》：

> 熏炉茶鼎暂来同，寒日鸦啼柿叶风。万事尽还杯酒里，百年俱在大槐中。

又《戏题承天寺法堂前柏》：

> 树底蒲团老禅家，高僧倚坐日西斜。有人试问西来事，无处安排玉如意。方者风幡动不同，不道风幡动亦空。开口已非无问处，高僧不语人归去。[3]

头一首借唐人李公佐《南柯太守传》的典故，寄人生如梦的感

---

1. 王安石三首，分别见《全宋诗》十册，第 6490、6683、6708 页。
2. 《全宋诗》十四册，第 9339 页。
3. 黄庭坚诗见《全宋诗》十七册，第 11593、11641 页。

慨，次首写出他参禅宗公案后的心得。

宗泽（1059～1128 年）《题独乐园》：

> 范公之乐后天下，维师温公乃独乐。二老致意出处间，殊途同归两不恶……。见山台上见嵩高，高山仰止如公在。

又《题殉师休牧轩三首》其一：

> 青居曾露一丝头，谩示人能解放牛。究竟本来无一物，未知能使阿谁休？[1]

宗泽在司马光的独乐园，联想到范仲淹在《岳阳楼记》中“先天下之忧而忧，后天下之乐而乐”的话，但他立刻体会到“独乐”和“后乐”其实是相反相成，殊途同归的。他在见山台上遥望嵩高山，感到先贤的伟大而心向往之。另一首颇令我感到意外的是宗泽居然对禅宗公案竟有如许深刻的领悟。

大致上，北宋的题壁诗多半有从容不迫的风致，对物对我都有深刻精微的观照和省思，但对于国家大事，着墨不多。这可能与长期的政争，诗人耽心因文字贾祸的顾虑有关。

到了金兵南下，徽、钦被俘，中原沦陷，风云变色的时候，忧心时局的诗篇才上了墙壁。如晁说之（1059～1129 年）《题县南庄壁》：

> 城下之师莫问天，只将性命托忠贤。……

---

1. 宗泽二诗见《全宋诗》二十册，第 13667、13668 页。

《上元前再题南庄壁二首》其一：

苍皇徒步子孙随，倒邑空城失所之。十日不适京国信，一灯惟忆上元时。大河难阻金人过，远道休论铁马期。……

其二：

古今之祸此云奇，倏忽犬戎城下师。犯阙过于侯景速，劫君更比禄山危。……

《花石题南庄壁》：

花石倡优乐未央，四维忽绝失皇纲。犬戎便欲据中国，鹤驾知谁从上皇？……岂无拨乱济时策，久弃蒿莱不得将。[1]

靖康之难，晁说之将国家奇祸一一书于墙壁，虽是抒发一己的忧心，却也是灾难中大众的共同心声。此后二十年间，慷慨激昂、热切期望光复神州的诗篇，就不断出现在各处的墙壁上。如刘一止（1080～1161年）《禹庙》：

……远忧边塞清无日，更望仓箱屡有年。收揽封疆归禹贡，忍看胡羯污山川？

吕本中（1084～1145年）《香山观壁间诗因次其酌》：

1. 晁说之诸诗见《全宋诗》二十一册，第13787、13788页。

……禅房翳翠阴，竹木可制笏。谁持大君前，指顾收回鹘？

赵鼎（1085～1147年）《除吏部郎题建康省中直舍壁》：

四海茫茫扰战尘，岂无贤俊共经纶？……

刘锜（1098～1162年）《资福寺》：

汎扫妖氛六合清，匣中宝剑气犹横。夜观星斗鬼神泣，昼会风云龙虎惊。重整山河归北地，两扶圣主到南京。山僧不识英雄汉，只管滔滔问姓名。[1]

在南宋初期，将报国忠忱，发挥得淋漓尽致，喷薄于墙壁上的，则当数战功彪炳的岳飞（1103～1142年），例如《题翠微寺》：

秋风江上驻王师，暂向云山蹑翠微。忠义必期清塞水，功名直欲镇边圻。山林啸聚何劳取，沙漠群凶定破机。行复三关迎二帝，金酋席卷尽擒归。

《题青泥市萧寺壁》：

雄气堂堂贯斗牛，誓将直节报君雠。斩除顽恶还车驾，不问登坛万户侯。

---

1. 刘一止、吕本中、赵鼎、刘锜各家诗见《全宋诗》二十五册、第16698页，二十八册、第18231页，二十八册、第18425页，三十三册、第21031页。

《题骤马冈》：

立马林冈豁战眸，阵云开处一溪流。机春水沚犹传晋，黍秀宫庭孰悯周？南服只今歼小丑，北辕何日返神州？誓将七尺酬明圣，怒指天涯泪不收。

《归行在过上竺寺偶题》：

强胡犯金阙，驻跸大江南。二帝双魂杳，孤臣百战酣。兵威空朔漠，法力仗瞿昙。恢复山河日，捐躯分亦甘。[1]

岳飞的满腔热血，却换得蒙冤惨死。在险恶的境况中，公开题壁以抒发爱国之思的呼声一时沉寂下来。连比岳飞长十四岁的名将韩世忠（1089～1151 年）也只能写下《题云居壁》这样的诗了：

芒鞋行杖是生涯，老鬓今年玩物华。为爱云居松桧好，不须更看牡丹花。[2]

岳飞被杀，韩世忠兵权也被解除，赋闲居家，自号清凉居士。他所能坚持的，只是他那松桧般的坚贞个性而已。到了孝宗淳熙六年（1179 年）岳飞的沉冤得到昭雪。这时胡铨（1102～1180 年）才能写上《题岳忠武庙》云：

1. 岳飞诗见《全宋诗》三十四册，第 21593、21595 页。

2.《全宋诗》三十册，第 19211 页。

匹马吴江谁著鞭？惟公攘臂独争先。张皇貔虎三千士，支持乾坤十六年。堪恨临淄功未就，不知钟室是何缘？石头城下听舆议，万姓颦眉亦可怜。[1]

经此顿挫，再加上南宋朝政，大都为权奸所把持，热情洋溢的爱国题壁诗，也就冷却下来。诗人在偏安的局势下，总是忧心忡忡。他们虽然在题壁时，表白自己的爱国心，却缺少积极进取的精神，而且往往还是带着几分无奈。如陆游（1125～1209 年）《书逆旅壁》：

士穷自其分，所幸全大节。

又《题旅舍壁二首》其二：

敲门就炊爨，一饭敢忘君？[2]

前一首表达君子固穷的思想，后一首用杜甫每饭不忘君王之意。

姜夔（1155？～1221？年）《登乌石寺观张魏公刘安成岳武穆留题刘云侍儿意真奉命题记》：

诸老凋零极可哀，尚留名字压崔嵬。刘郎可是殊文墨？几点胭脂污绿苔。[3]

姜夔虽然写名将凋零，而余烈犹在，但笔锋一转，归结到刘锜题

1.《全宋诗》三十四册，第 21576 页。

2.《全宋诗》四十册，第 24890、25296 页。

3.《全宋诗》五十六册，第 35365 页。

壁，乃由侍儿代笔，使英烈之气，被旖旎的影像所掩。

岳珂（1182～？年）《宿太平宫葆清庵自和少年壁间戊辰（1208年）岁所作韵是日闻虏大入滁濠》：

西风几载动边城，不见长平奉国珍。汗浃历时嘶石马，锋销何日铸金人？消磨日月平生志，惭愧烟霞自在身。天意不关人事倦，新醅小漉葛头巾。[1]

岳飞的孙子岳珂，似乎觉得胜利无望，而壮志消沉。

到了宋末，特别是在宗社倾覆前后，又有许多人在题壁诗，大声疾呼，要坚持到底，不要被名利所诱。他们忧心国势，痛心亡国。例如王义山（1214～1287年）《书永嘉嘉禾驿》：

愚公果何为？老且欲移石。[2]

陈著（1214～1297年）《题严子陵钓台二首》其一：

才得心安便是通，乘龙非贵钓非穷。那知碌碌樊鳞者，尽在先生不钓中。

其二：

方信先生大有功，光皇只是暂时雄。东都二百年名节，全在桐江一钓风。[3]

1.《全宋诗》五十一册，第32044页。

2.《全宋诗》六十四册，第40073页。

3.《全宋诗》六十四册，第40109页。

王义山借《列子》愚公移山的寓言自勉亦以勉人：陈著则以严子陵的名节为标的。

谢枋得（1226～1289年）《题东观壁二首》其二：

……天地无情搔短发，古今多变付残杯。醉中尚有醒时眼，不信玉山人可摧。

《题龟峰》：

……后百千年谁独立？万古一览皆秋毫。

《题庆全庵》：

莲如君子甘离世，菊似逸民难出山。不信众芳□（皆？）寂寞，天香流出满人间。[1]

谢枋得坚信民族的大生命是不容摧毁的，他怀着深沉的历史使命感，呼吁君子逸民发挥影响力，使民族正气流布人间。

文天祥（1236～1283年）《题碧落堂》（自注：知瑞州日）：

……修复尽还今宇宙，感伤犹记旧江山。近来又报秋风紧，颇觉忧时鬓欲斑。

《题黄冈寺次吴履斋韵》：

1. 谢枋得诗见《全宋诗》六十六册，第41405、41417、41419页。

……何日洗兵马，车书四海同。

《题陈正献公六梅亭》：

……五柳门前空寂寞，三槐堂前竟萧疏。惟渠不变凌霜操，千古风标只自如。[1]

在亡国前夕，文天祥在题壁中写出他对时势的忧心，对和平的期盼，而以梅花凌霜的节操自励，亦以勗勉读者。

丘葵（1244～1333年）《题竹西独宿寮》：

独行不愧影，独卧不愧衾。乐哉抱吾独，守此一片心……

《题杨子岩》：

抗尘走俗令人憎，因觅桃源作此行。畏日烧空时势恶，飞泉泻石道心生……

《寄题朱推官竹斋》：

万紫千红转眼非，高斋惟与竹相宜。自从出地有清节，直至参天无曲枝。六月高标寒凛凛，三冬秀色绿猗猗。此君妙处无心得，道在虚中人未知。[2]

丘葵主张特立独行，憎恶随俗俯仰的行为，而以竹子的直节虚中

---

1. 文天祥时见《全宋诗》六十八册，第42952、42956、42957页。
2. 丘葵诗见《全宋诗》六十九册，第43851、43870、43887页。

相标榜。

赵必瑑（1245～1295年）《题竹隐梅外二先生祠堂》：

一瓣瞻祠像，形癯道自腴。衣冠千载事，功力廿篇书。老竹秦四皓，寒梅汉二疏。纷纷麟阁画，章服裹猴狙。[1]

赵必瑑美竹隐梅外二先生遵行古道，为历史负责，讽刺蒙元新贵乃沐猴而冠。

咸淳士人《题贾似道养乐园》：

……废圃久无人作主，败垣惟有客留题。算来只有孤山月，依旧梅花片月低。[2]

咸淳是度宗年号（1265～1273年），当时宋朝未亡，但以作者生卒年不详，依《全宋诗》体例，将其排在有生卒年的作者之后。此诗讽刺贾似道的豪奢，倾刻衰败，远不如林逋的清高，长照古今。

王氏（？～1277年）《题清风岭崖石》：

君王不幸妾当灾，弃女抛男逐马来。夫面不知何日见？妾身还是几时回？两行怨泪频偷滴，一对愁眉怎得开？遥望家乡何处是？存忘（亡?）两字苦哀哉。[3]

1.《全宋诗》七十册，第43936页。
2.《全宋诗》七十册，第43987页。
3.《全宋诗》七十册，第43990页。

王氏写亡国被掳的哀怨。

于石（1247年到宋亡以后）《题石壁寺》（自注：寺旧有八景……今皆芜废，乃作一诗“以纪其旧”）：

海棠菡萏今何在？风月人间几度秋？[1]

写兴废之感。

仇远（1247年到1305年以后）《昔康节先生题安乐窝诗中云乐见善人乐闻善事乐道善言乐行善意此即吾友朱仲明乐善斋之意也系之以诗》：

……量力行好事，固穷无妄为。……

遭逢亡国之痛，以君子固穷与朋友共勉。仇远《书斋壁》：

苔色排檐绿上阶，诜诜襟风集虚斋。耳根厌听闲风雨，惟有读书声最佳。[2]

写一心以文化之传承为己任，而不受外界闲言闲语之影响。

董遘（生卒年未详）《题山寺壁》：

寺中荆棘老侵云，恶木狰狞野外村。原上狐狸走白日，水边魑魅立黄昏。山鬼相呼夜月黑，怪禽恶语向风喧。挑灯待晓安能寐？一夜惊尤紧闭门。[3]

1.《全宋诗》七十册，第44141页。

2.《全宋诗》七十册，第44244页。

3.《全宋诗》七十一册，第45040页。

写亡国之后，人间成了鬼蜮世界，用象征的手法，表现环境的险恶，气氛的恐怖。

宋亡以后，遗民借题壁公开抒发黍离之悲，呼吁同胞砥砺节操，不事异族的诗篇极多。这是因为蒙古人对汉诗的解读能力不足，而且也忽略文化的力量，所以文网宽松，使这类题壁诗得以大量涌现。

此外，还有与时代无关的一首题壁诗，姑系于此。无名氏《题驿壁》：

> 记得离家日，尊亲嘱咐言。逢桥须下马，过渡莫争船。雨宿宜防夜，鸡鸣更相天。若能依此语，行路免迍邅。[1]

这首《题驿壁》活像是交通安全或行旅须知一类的告示，也许是某一过客，也许是某一颇识文墨的驿吏，写来叮咛旅客的。

五、通过什么渠道？

本篇所谓的渠道，就是题壁诗。前文“宋人题壁诗概述”中，已占了不少篇幅，并勾勒出脉络。这里只提出几点，稍做补充。

（一）体裁篇幅

宋人题壁诗，可说是众体皆备，举凡宋代出现过的诗体，在题壁诗中都能一一找到，诸如五古、七古、五律、七律、五绝、七绝、杂言，乃至回文、联句、组诗，无一缺席。体裁的选择，

1.《全宋诗》七十一册，第 45064 页。

虽然作者有相当的自主权，但往往也有一些限制。例如时空的限制，题壁时间的长短，空间的大小，这是原作者会考虑到的。至于和诗，绝大多数是依原唱的体裁，而且多数是步韵的。

至于篇幅的大小，从最短的五书绝句，到百句的歌行都有，而且宋诗往往有序文，或者诗题很长，就像一篇序文。其次，宋人题壁从一首、二首、三首、四首到十首，二十首都有。这都受到主客观条件的制约。大致看来，宋人题壁以绝句最为常见。

（二）平易浅俗

一般而言，宋人题壁诗，比起其他诗作，会来得浅白些，从墙壁上读诗，毕竟跟埋首案上仔细品读有所不同。有些作者深谙此理，例如文同（1018～1079 年）就在《邛州赏丰亭并序》的序文中说：

> 赏丰亭，太守窦公而名之也。模景画意。群贤皆榜诗其上。同忝隶大幕，理亦当有纪述，遂为此百五十言尘于其间。然句断甚俗，而文辞不深者，盖欲使沟珑之下耕夫饷妇读易晓，诵易记，用而歌太守之德也。易传尔，故不，惧人之指笑而敢以献云。[1]

由于此诗多达百五十言，从略，兹另引短诗为例。

苏辙（1039～1121 年）《题三游洞石壁》：

> 昔年有迁客，携手醉嵌岩。去我岁已百，游人忽复三。

杨万里（1127～1206 年）《题王季安主簿佚老堂二首》其一：

1.《全宋诗》八册，第 5459 页。

布袜青鞋已懒行，不如宴坐听啼莺。只言此老浑无事，种竹移花作么生?[1]

二人所题，都比他们一般作品来得平易浅俗，口语化，这应当是宋人题壁诗的一项特色。但我们也不可忽略，当诗人题壁时，往往又有争奇斗工的心态，有些题壁诗反而走上曲折工巧的路径。因此，题壁诗可能向浅俗和深奥两端发展。

（三）笔名（假名）

这是唯一的特例。当文天祥（1236～1283 年）被元人所俘，伺机脱逃，九死一生，由海上登陆，在台州城门投宿张氏家时，题了一首《绿漪堂》诗，诗序云：

予自海舟登台岸，至城门张氏家。盖国初名将永德之后。主人号哲斋，辟堂教子，扁绿漪，为赋八句。

当时是以刘洙为名。到他过了黄岩，似乎有些不安，又另寄了一首诗给主人，诗序云：

予至淮，即变姓名。及天台境，哲斋张为予觅绿漪堂诗，予既赋，题云清江刘洙书此。

而《过黄岩寄二十字》诗云：

1. 苏诗见《全宋诗》十五册，第 10161 页。杨诗见《全宋诗》四十二册，第 26138 页。

魏睢变张禄，越蠡改陶朱。谁料文山氏，姓刘名是洙。[1]

（四）帖子词

宋朝宫殿中，每逢过年和端午，都要翰林学士在帝、后、妃子、王子的阁里题诗，叫做“帖子”或“帖子词”。通常每阁都要题上好几首七绝，例如夏竦（985～1051 年）就有《御阁春帖子》七绝六首、《内阁春帖子》七绝七首、《寿春郡王阁春帖子》七绝四首、《御阁端午帖子》七绝十二首、《皇后阁端午帖子》七绝七首、《郡王阁端午帖子》七绝四首、《淑妃阁端午帖子》七绝四首。[2]这些应该也是题壁诗，但由于为数庞大，又太过制式，所以本篇并未采入。

六、向谁？

在这里是指题壁诗的读者而书。就题诗的处所来看，其读者可大约分为特定对象和不特定的对象两类。前者如私宅的书斋之类，它最初的读者是书斋的主人；后者如驿亭、寺院之类，它的读者则并无选择性，举凡旅人、游客都是它的读者。但二者并非可以截然划分的，因为前者虽题在私人的书斋墙壁，而读者则未必就能限定是主人一人。书斋不是一个封闭的空间，倒是一个“奇文共欣赏，疑义相与析”[3]的好地方。无论是自题、留题、寄题，一经题壁，它就是公开的。宋朝诗人又时常将自己累积多首

1.《全宋诗》六十八册，第 43021 页。

2.《全宋诗》三册，第 1811、1814 页。

3. 陶渊明《移居》二首之一。杨勇校笺《陶渊明集校笺》，第 86 页。

的作品寄给朋友寓目，请朋友品评。友人在读完后，就会在卷末写下意见，再寄还给原作者，这是比较私密的交际，对象是特定的。因此，宋人会将未定稿私下寄给朋友征求意见。但一经题壁，就是公开发表。两者存有极大的差别。至于当诗人将作品题在公众场所，诗人当然要面对毫无选择的大众，甚至于包括一些窥伺者、刺探者，例如题诗驿亭，就是如此。然而，当他们题在某寺观、某官府，或追随某地方长官同游某名胜时，诗人固然知道他的题壁是要面对各色人等，但在他构思濡翰之际，当时寺院的住持、道观的观主，官府的长官，他们的影子，又往往会干扰作者的命意。所以在公众处所题壁，也未必就没有特定读者的影子。

由于题壁诗是在定点放出讯息，读者基本上必须迁就固定的地点，所以，在不同处所的题壁诗就会拥有不尽相同的读者群。例如题诗宫殿，读者就是帝王、后妃、皇亲、太监之属；题诗中书省，读者就是中央官吏；题诗寺院，读者就是僧侣、信众、游客；题诗驿壁、旅舍、酒店，读者就是身份复杂的旅人；题诗书斋，读者就是主人及其子弟、弟子、朋友。因此，厘清读者群的性质，和掌握作者是同等重要。作者是制码者，而读者则是解码者。在上节提到文同《邛州赏丰亭并序》的序文，就足证诗人题壁，是很注意读者解码能力的。文同知道他的读者主要是广大的“耕夫饷妇”，所以特地写出“甚俗”、“不深”、“易晓”、“易记”的诗来，但是他也没忘记他的背后还有个冷眼旁观的长官，于是他的诗就以“歌太守之德”为内容了。明白此理，则可以书题壁诗矣。

七、在什么情况下？

从宋人题壁诗的诗句、序文、题目以及相关记载，都不难看出诗人题壁的缘由或情境。兹举数例如下。

李淑（1002～1059 年）《题滑州廨》：

> 滑守如今是世官，阿戎出守自金銮。郡人莫讶留题别，孙息期同往此看。

宋吴处厚《青箱杂记》卷十：

> 李复圭三世皆知滑州。天圣（1023～1031）中，其祖康靖公若谷知，庆历（1041～1048）中，其父邯郸公淑又知，及后八年，复圭又知。前此，邯郸公尝迎侍康靖，题诗于州廨云云。[1]

李若谷、李淑、李复圭，祖孙三代都当过滑州太守，在第二代李淑卸任时，他在州廨题诗留别，当时他的老父在场，儿子也可能在场，他幽默地在诗中告诉州民，滑州太守一职，几乎成了世袭，他预言在他离职以后，他的子孙说不定也会当上此州太守。后来果然被他言中。明了李淑在什么情况下题下此诗，读者才知道他要传送的是什么讯息，才能解码。

文同《富春山人为予道其所获石于江中者状甚怪伟欲予作诗书若可得持归刻其上当相与传无穷余夜坐平云阁是时山月清澟啼虫正苦余因此景物索笔砚为山人赋之》：

1.《全宋诗》四册，第 2706 页。

奇礓瓒岏倚秋江，俗眼过几多所忽。（中略十句）山人夸我谓如此，欲我诗之惭拙讷。何当走到山人家，抚月摩烟观突兀。[1]

文同在当陵阳郡守时，有个富春山人在富春江中得到块怪伟的巨石。然后跑来找郡守文同为石赋诗，当时文同正在月光虫声中略有孤寂之感，于是就山人的口述，用些怪字描摹怪石的形状和精神，多少有点自况的意味。在很长的诗题中，他已将当时的情境说得很清楚。

王安石（1021～1086年）《题金陵驿》：

重冈古道春风里，草色花光似故人。却喜此身今漫浪，回家随处得相亲。[2]

王安石从纷扰险恶的政坛退休下来，回到离家乡不远的金陵，顿时感受到身心的轻松，和乡音乡人的亲切。他在短短的题目和七绝的诗句中，已将其情况表露无遗。

强至（1022～1076年）《西距渭南二十里有佛祠曰梁田其主僧守遂者引予登阁久之欲题名屋壁守遂遽阻曰有榜谕恐得罪于邑大夫愿勿题又阁有韩玉汝赴洋州日留题诗板而书字犹新询于守遂曰前日韩将漕本道亦邑宰令写之诗也因感世态而作》：

洋州太守驻双轮，佳句曾留渭水春。一纪却题关右节，二篇才出屋间尘。濡毫忽听山僧语，题柱须防县令嗔。只道衣冠专世态，炎凉也属不毛人。[3]

1.《全宋诗》八册，第5379页。

2.《全宋诗》十册，第6781页。

3.《全宋诗》十册，第7004页。

诗人游寺，通常都是由寺僧进板请题，这一回强至却在主动请求题诗时，遭到拒绝，这是很难堪的事情。于是强至在诗题中备叙原委，再将其不平之鸣书之于诗，如果读者不知道他在什么情况下写这首诗，就不明白他为何要将县令带寺僧一并骂进去，写成这种不够温柔敦厚的诗了。

陈与义（1090～1138年）《题甘泉书院》：

……兵横海内犹纷若，风到湖南还穆然。勉效周生述孔业，赋诗吾独愧先贤。[1]

当时的情况是兵荒马乱，在这样的情况下，湖南的甘泉书院还能为文化的传承而弦歌不辍，两相对照，益见其难能可贵。

郑思肖（1241～1318年）《题多景楼》（原注：时叛将刘整围襄阳）。诗云：

英雄登眺处，一剑独来游。男子抱奇气，中原入远谋。江分淮浙土，天阔吴楚秋。试望斜阳外，谁宽西顾忧？

又《重题多景楼》（原注：时逆贼刘整围襄阳已六年）。诗云：

无力可为用，登楼欲断魂。望西忧逆贼，指北说中原。粮运供淮饷。军行戍汉屯。何年遂所志，一统正乾坤。[2]

从原注我们知道当时是叛将刘整包围襄阳，国难方殷之际，所以

1.《全宋诗》三十一册，第19520页。

2.《全宋诗》六十九册，第43404、43405页。

诗人在登上位于镇江的多景楼，频频西顾。他忧心国势日蹇，却又壮志难伸。

宋人题壁诗及其附带资料，充分让我们能够掌握他们题诗时的情况。

八、为什么目的？

从前文“说什么?”所述题壁诗的内容，已可看出其目的主要是在抒发情感，切磋诗艺，表现人生姿态，企图建立某种价值观等。兹再略举数例如下。

（一）抒发感情

如廖正一（神宗元丰二年1079年进士）《题汝坟驿壁三首》，其目的在于抒发他对营妓怜怜、梅时二人的眷恋之情。[1]

陆游（1125～1209年）《予十年间两坐斥罪虽擢发莫数而诗为首谓之嘲咏风月既还山遂以风月名小轩且作绝句二首》其一：

> 扁舟又向镜中行，小草清诗取次成。放逐尚非余子比，清风明月入台评。[2]

陆游被御史台弹劾罢免，而为首的罪状竟是作诗“嘲咏风月”，为了抒发他的不满，回家后将其轩命名“风月”，并题诗抗议。

1. 《全宋诗》十八册，第12165页。
2. 《全宋诗》六十七册，第42093页。

（二）切磋诗艺

例如杨公达（1227～？年）《诗人十事·诗牌》：

闲亭虚阁多标揭，旧句新篇各斗工。为拂尘埃题数语，敢期他日碧纱笼？[1]

（三）表现人生姿态

诗人对生活有所体会而书之于壁者。

陈辅（与王安石同时）《题所居》：

湖水山云绕县斜，茂林修竹野人家。宿醒过午无人问，卧听东风扫落花。

张耒（1405～1114年）《题斋壁》：

……好住安心莫惆怅，此身天地一浮萍。[2]

宋人的诗多数都很生活化，而他们表现的人生姿态，往往也很诗化。就题壁诗而言，“自题”的诗在这方面发挥得最多。

（四）建立价值观

诗人在生活中有所体会以后，就会逐渐形成其价值观，然后

1.《全宋诗》三十九册，页24762。

2. 陈辅诗见《全宋诗》十册，第6791页。张耒诗见二十册，第13188页。

书之于壁，以寻求知音。如余靖（1000～1064 年）《留题龙潭》：

……存身此蟠蛰，得时扶造化。何当岁太旱，秋湫救函夏。[1]

余靖自勉宜有济民之志，并以勖来者。

王知道（1093～1169 年）《题李梦发知足斋》：

荀卿重无祸，老氏贵不辱。不辱非暂荣，无祸乃长福。咄哉名利场，甚矣身世梏。得侯方丐公，怀金未忘玉。经营蛾赴火，奔走蝇嗜肉。方当从后搏，宁复念前覆。李斯悲黄犬，扬雄诮丹毂。二者倘胥失，万此亦何足？是理甚易知，允蹈君所独。使人之意销，岂止我心服？不贪子罕宝，属厌女宽腹。庶几闻高风，将遂变流俗。[2]

南宋高宗朝，秦桧当道。正人君子，不是被逐，就是自动引退。士大夫多数想建立起一套价值观，以为安身立命的凭借。此外，如赵鼎（1085～1147 年）《过子陵滩题僧壁》[3]。亦是此意。

杨万里（1127～1206 年）《题刘朝英进斋》：

灯火三更雨，诗书一古琴。惟愁脚力软，未必圣门深。莫笑云端树，初如涧底针。不应将一第，用破半生心。[4]

他提出立身比科第更重要的观念勉励书生刘朝英。

到了宋末，乃至亡国之后，传统的价值观遭受无情的摧残，

1.《全宋诗》四册，第 2665 页。

2.《全宋诗》三十二册，第 20140 页。

3.《全宋诗》二十八册，第 18394 页。

4.《全宋诗》四十二册，第 26138 页。

行为标准错乱。有识之士，纷纷题壁，表达他们护持道统的心意，例如金履祥（1232～1303年）《题钓台并序》：

> 序云：……鲁斋先生尝曰：子陵怀仁辅义之言，深得圣贤之旨。而世之知先生殊浅也。因系以诗：
>
> 谁云孟氏死，吾道久无传？我读子陵书，仁义独两言。仁为本心德，义乃制事权。……我来一瓣香，敬为先生拈。陟彼崔嵬冈，想此仁义心。如见羊裘翁，此道无古今。[1]

金氏认为孔孟仁义之道在严子陵身上，得到具体的实践，而此道正宜继续发扬下去。

其余如艾可叔（宋度宗咸淳四年1268年进士）《临江褒忠庙题》，方凤（1240～1321年）《题郑氏义门》《题春寿堂》，郑思肖（1241～1318年）《题郑子封书塾》[2]，也都在呼吁维持道统，艾可叔诗旨在维持民族正气，方凤诗前者在扶持固有文化，后者在表彰孝道，郑思肖诗在表扬郑子封家族的保存古风，不事异族。

九、产生什么效果？

（一）个案的效果

如果要考察单篇题壁诗的效果，往往需要参考其他相关资料，例如徐铉自从归顺宋朝以后，就一再在题壁诗中表达他不愿

1.《全宋诗》六十八册，第42580页。

2. 艾可叔诗见《全宋诗》六十八册，第43179页。方凤诗见《全宋诗》六十九册，第43328、43343页。郑思肖诗见《全宋诗》六十九册，第43449页。

退隐的心意。参考有关他的生平资料，知道他一直到七十六岁逝世为止，都在政府为官，这也许是他的表态，被朝廷所接受，才能如此的吧。

不知名的老妓在太平兴国寺题壁，据宋人记载，在她题壁之后，艳帜复张。宋袁褧《枫窗小牍》卷上：

> 淳化三年（992年）冬十月，太平兴国寺牡丹红紫盛开，不逾春月，冠盖云拥，僧舍填骈。有老妓题寺壁云云，此妓遂复车马盈门。[1]

这也算是具体的效果。但许多诗，缺乏参照的资料，很难验证它们收到的效果。

（二）扩散的效果

题壁诗基本上是固定在墙壁上的，但有些读者会加以抄录或记诵，甚至于将其转题到别处壁上。如魏野（960～1020年）《诗一首》：

> 谁人把我狂诗句，写向添苏绣户中。闲暇若将红袖拂，还应胜得碧纱笼。[2]

魏野的题壁诗，被人转题到另一烟花女子的绣户中，魏野觉得他的作品能得佳人的顾盼，既浪漫又荣幸。

欧阳修（1007～1072年）《予作归雁亭于滑州后十有五年梅公仪来守是邦因取余诗刻于石又以长韵见寄因以答之》：

1.《全宋诗》一册，第501页。

2.《全宋诗》二册，第970页。

> ……东州太守诗尤美，组织文章烂如锦。长篇大句琢方石，一日都城传百纸。……一时留赏虽邂逅，后世传之因不朽。[1]

案：宋仁宗庆历二年（1042年）欧阳修在滑州题了一首七古的长诗，十五年后梅公仪守滑，将欧阳修的留题刻在石上，自己也写了首诗刻在后面，然后将拓本寄给在京师的欧阳修。于是滑州的题诗，就在都城流传开来。欧公认为此一题诗不但流传一时，而且还将传之后世。

无论是传写，还是原地，诗一题壁就每有人赓和，例如祖无择（1010～1085年）写了《题袁州东湖卢肇石》，紧接着就有任大中（与祖无择同时）和萧元宗（与祖无择同时）的《和祖无择题袁州东湖卢肇石》[2]。又如苏轼有《雪后书北台二首》，又有《谢人见和前篇二首》[3]。可见苏轼题壁之后，有人和他的诗，他又再写二首为谢。题壁诗就在和来和去之间，不断扩散开来。再如朱熹（1130～1200年）《十一月二十六日宿萍乡西三十余里黄花渡口客舍稍明洁有宋亨伯题诗亦颇不俗因录而和之》[4]，朱熹可能因小客栈已无多余空白墙壁，却录下朱亨伯的题壁诗而和之。

戴复古（1167～？年）《留守参政大资范公余同年进士往岁帅桂林题刻最多四方传之暇日尝与同僚遍观因即公所名壶天观题数语》[5]，可见范氏虽题诗于桂林一地，却“四方传之”，而戴氏又赓续和之。题壁诗就这样不断扩散下去。

1.《全宋诗》四册，第2706页。

2. 三人诗分别见《全宋诗》七册，第4431、4436、4437页。

3.《全宋诗》十四册，第9208页。

4.《全宋诗》四十四册，第27557页。

5.《全宋诗》五十八册，第36310页。

(三) 感动的效果

题壁诗的继和有时是为了要争奇斗工，露才扬己。但多数还是受到感动，引起共鸣而继和的。如苏轼《出都来陈所乘船上有题小诗八首不知何人有感于心者聊为和之》。[1]陈师道（1053～1102年）《题柱二首并序》序云：

> 永安驿柱廊东柱，有女子题五字云“无人解妾心，日夜长如醉。妾不是琼奴，意与琼奴类”，读而哀之，作二绝句。[2]

李纲（1083～1140年）《长滩驿次韵陆惇礼留题二绝句》其一：

> 文彩飘飘青琐郎，朝班同望赭袍光。岭云深处观题句，使我幡然念帝乡。[3]

这都是受到原唱的感动而继和的。

朱熹《伏读二刘公瑞岩留题感事兴怀至于陨涕追次元韵偶成二篇》[4]，二刘公应是指刘子翚、刘子羽兄弟二人，是朱熹的父执，朱熹的父亲朱松临终托孤，朱熹和他们情同父子，所以见到岩上留题，感动落泪。朱熹《宿梅溪胡氏客馆观壁间题诗自警二绝》其二：

1.《全宋诗》十四册，第 9140 页。

2.《全宋诗》十九册，第 12678 页。

3.《全宋诗》二十七册，第 17617 页。

4.《全宋诗》四十四册，第 27505 页。

……世路无如人欲险，几人到此误平生。[1]

壁间题诗不但影响朱子的认知，也影响到他的行为。

另一有趣现象，就是许多诗人读了自己往日的题壁诗，自己成了自己作品的读者，抚今追昔，而深受感动，又再度引起写作的动机。如苏轼《熙宁中轼通守此郡除夜直都厅囚系皆满日暮不得返舍因题一诗于壁今二十年矣衰病之余复忝郡寄再经除夜庭事萧然三圄皆空盖同僚之力非拙朽所致因和前篇呈公济子牟二通守》：

前诗：

除夜当早归，官事乃见留。执笔对之泣，哀此系中囚。小人营糇粮，堕网不知羞。我亦恋薄禄，因循失归休。不须论贤愚，均是为食谋。谁能暂纵遣？闵默愧前修。

后诗：

山川不改旧，岁月逝肯留。百年一俯仰，五胜更王囚。同僚比岑范，德业前人羞。坐令老钝守，啸诺获少休。却思二十年，出处非人谋。齿发付天公，缺坏不可修。[2]

这是很好的例子。然而让自己感动最深的却是陆游的《禹迹寺南有沈氏小园四十年前尝题小阕壁间偶复一到而园已易主刻小阕于石读之怅然》：

1.《全宋诗》四十四册，第 27557 页。

2.《全宋诗》十四册，第 9435 页。

枫叶初丹槲叶黄，河阳愁鬓怯新霜。林亭感旧空回首，泉路凭谁说断肠？坏壁醉题尘漠漠，断云幽梦事茫茫。年来妄念消除尽，回向禅龛一炷香。[1]

诗题中所谓“题小阕壁间”当指《钗头凤》词而言，那是题壁词而非题壁诗，但因这首诗写得比《钗头凤》还要来得感人，所以忍不住录了下来。同时也意味着题壁词也可拿来探讨一番。

十、结　语

综前论述，利用传播学的模式来处理古代题壁诗看来是可行的。如果拿十八年前拙著《唐人题壁诗初探》和此篇稍做比对，就可以发现二者的着重点很相似，但此篇的条理脉络比较清楚，比较系统化。通过这一分析，我们可以看出题壁诗对诗歌的普及起了很大的作用。易言之，宋代的题壁诗拥有大量的读者，而且作者和读者之间互动密切，最初作者的原唱，刺激读者继和的欲望，于是解码者转为制码者，他们或往复循环，或向下延伸，使诗歌融入他们生活之中。

正因为宋代题壁蔚为风气，而且作者和读者不但互动密切，而且时常角色互换，所以他们容易凝聚共识，建立共同的价值观，这对中国正统文化的绵延是很有助益的。

顺便一提的是，唐代印刷术还不发达，所以题壁成了重要的传播手段。到了宋朝印刷出版已经发达，为何题壁之风仍然盛行不衰？我的粗浅想法是：诗人出诗集，不但有经济上的和发行上的考量，而且古人诗集总要累积到相当数量才出版，甚至于在他

1.《全宋诗》三十九册，第24791页。

们逝世以后，才由子弟或弟子收集整理出版。而题壁则可从年少到老年，随时随兴发表，可收立竿见影之效，成为提高知名度的重要法门。所以宋代虽有印刷的诗集出现，却无碍于题壁诗的繁荣。

苏东坡梦中作诗之探讨

一、引　言

自《诗经》以来，梦就不断出现在历代的诗歌中，而且随着作品保存的增多，以梦入诗的情况也就愈来愈常见。然而，在唐以前描写梦境的众多诗篇，都是在梦醒后追述的，几乎见不到梦中作诗，醒后如实记录下来的作品。到了宋朝，将梦中所作的诗记录下来，才蔚为风气。

由南唐入宋的刁衎（954～1013 年），是第一个将一首七律题为《梦中诗》的人[1]，但不知是否整首诗都是梦中所作。接下来的王禹偁（954～1001 年）在《淳化二年八月晦日期夜梦于上前赋诗既寤唯省一句云九日山州见菊花间一日有商于二车之命实以十月三日到郡重阳已过残菊尚多意梦已征矣今忽然一岁又逼登高追续前诗句因成四韵》的诗题中[2]，则明白交代他只记得梦中诗“九日山州见菊花”一句而已，其他七句是一年后才补足的。再下来

1.《全宋诗》一册卷四七。

2.《全宋诗》二册卷六五。

有谢涛（961～1034年）的《梦中作》七绝[1]、张君房（1005年进士）《梦中作》五绝[2]，可能都是梦中之作的记录。

到了梅尧臣（1002～1060年）至少留下了七首梦中作的诗：《河阳秋夕梦与永叔游嵩避雨于峻极院赋诗及觉犹能忆记俄而仆夫自洛来云永叔诸君陪希深祠岳因足成短韵》五律、《梦与公度同赋藕华追录之》五古六句、《丙戌五月二十二日昼梦亡妻谢氏同在江上早行忽逢岸次大山遂往游陟予赋百余言述所睹物状及寤尚记句有共登云母山不得同宫处仿象梦中意续以成篇》五古二十句、《梦同诸公钱仲文梦中坐上作》七绝、《正月十五日五更梦中》七绝、《八月二十七日梦与宋侍读同赋泛伊水诗觉而录之》五古八句、《至和元年四月二十日夜梦蔡紫微君谟同在阁下食樱桃蔡云与君及此再食矣梦中感而有赋觉而录之》七律[3]。其中五律、五古两首各记得两句，其余五首都是全录。他可能是带动诗人有意识记录梦中诗的重要人物。

梅尧臣的好友欧阳修（1007～1072年）虽然只有一首《梦中作》：

> 夜凉吹笛千山月，路暗迷人百种花。棋罢不知人世换，酒阑无奈客思家。[4]

但这首绝句却入选许多选集，是流传最广的一首“梦中作”。

欧阳修之后，梦中作诗的还有张方平（1007～1091年）、赵

1.《全宋诗》二册卷九三。

2.《全宋诗》三册卷一二七。

3. 梅尧臣诗见《全宋诗》五册，卷二三二至二六二。所录各诗分别见第2727、2768、2891、2936、2993、3000、3105页。

4.《全宋诗》六册，卷二九三，第3691页。

抃（1008～1084年）、李觏（1009～1059年）、蔡襄（1012～1067年）、金君卿（仁宗庆历1041～1048年间进士）、司马光（1019～1086年）、王安石（1021～1086年）、徐积（1028～1103年）、王钦臣（宋神宗熙宁三年赐进士及第）、郭祥正（1035～1113年）等[1]。其中蔡襄有两题、王安石三首，其余各人皆仅存一首。此外还有两点需要补充说明：其一，李觏梦中所作是《春社词》，但在《序》中云：

> 宝元二年（1039年），尝梦大雨震所居室，惊而仆地。既已，有一人甚长大，紫衣而冠，意谓雷之神也。呼觏使前，授之题曰《春社词》。觏惧栗栗，援笔得八句与之。及觉，尚记其首三句，颇怪丽。今七年矣，值暇日以五句足之。

由是知《春社词》开头三句“吴台甑春锁春色，雨刷花光入龙国。田边大树啼老鸦……”是梦中所作。其二，蔡襄《梦游洛中十首，有序》云：

> 九月朔，予病在告，昼梦游洛中，见嵩阳居士留诗屋壁，及寤，犹记两句，因成一篇。思念中来，续为十首，寄呈太平杨叔武。
>
> 天际乌云含两重，楼前红日照山明（自注：梦中两句）……

1. 张方平诗见《全宋诗》六册，卷三〇七，第3855页。赵抃诗见六册，卷三四〇，第4143页。李觏诗见七册，卷三四八，第4310页。蔡襄二首见七册，卷三八五，第4779页与4795页。金君卿诗见七册，卷四〇〇，第4931页。司马光见九册，卷四九九，第6039页。王安石三首见十册，卷五四三，第6516页；卷五六六，第6700页；卷五八〇，第6824页。徐积见十一册，卷六四三，第6729页。王钦臣见十三册，卷七四七，第8705页。郭祥正见十三册，第8946页。

起始一联是蔡襄梦中所见嵩阳居士题壁的诗句，这是宋人梦中作诗头一回出现梦到别人所作的诗。这是值得注意的。

继各家之后，苏东坡（1037～1101年）[1]也留下一些梦中所作的诗，在数量上冠于北宋各家。以下略就其梦中作诗的几个层面加以考察。

二、文本及各诗记录的时地

本文稿先依北京大学出版社《全宋诗》第十四册，卷七八四至卷八三二，逐卷找出东坡梦中所作各诗，将其录下，然后一一加以系年，俾了解当时之情境。

《和子由记园中草木十一首》之十：

> 我归自南山，山翠犹在目。心随白云去，梦绕山之麓。汝从何方来，笑齿粲如玉。探怀出新诗，秀语夺山绿。觉来已茫然，但记说秋菊（自注：八月十一日夜宿府学，方和此诗，梦与弟游南山，出诗数十首，梦中甚爱之。乃觉，但记一句云“蟋蟀悲秋菊”）。有如采樵人，入洞听琴筑。归来写遗声，犹胜人间曲。[2]

这是治平元年甲辰（1064年）子瞻在大理寺寺丞、签书凤翔府节度判官听公事任上写的诗，当时弟弟子由在汴京家中侍父，写了《赋园中所有十首》寄给哥哥。子瞻在凤翔常出游访名胜。这回是游终南山回来，夜宿府学，正在和子由的诗，睡着后，就梦到

1. 按：东坡生于宋仁宗景佑三年丙子十二月十九日，时已入公元1037年。但传统都以丙子年算起，所以多算了一年。

2.《全宋诗》卷七八八，第9130页。

弟弟写了很多好诗，但醒后只记得“蟋蟀悲秋菊”一句，于是敷衍成篇。

《记梦回文二首》并叙：

> 十二月二十五日，大雪始晴，梦人以雪水烹小团茶，使美人歌以饮。余梦中为作回文诗，觉而记其一句云“乱点余花唾碧衫”，意用飞燕故事也，乃续之为二绝句云。
>
> 酡颜玉碗捧纤纤，乱点余花唾碧衫。歌咽水云凝静院，梦惊松雪落空岩。
>
> 空花落尽酒倾缸，日上山融雪涨江。红焙浅瓯新火活，龙团小碾斗晴窗。[1]

宋元丰四年是公元 1081 年，但十二月二十五日，已入 1082 年，这时东坡已在黄州团练副使贬所两年，始营东坡，自号东坡居士，后复营东坡雪堂。

《金山梦中作》：

> 江东贾客木绵裘，会散金山月满楼。夜半潮来风又熟，卧吹箫管到扬州。[2]

此诗作于元丰七年甲子（1084 年），是岁四月离黄州贬所，五月赴筠州访子由，七月回舟过当涂，过金陵，见王安石。八月至京口，九月买田宜兴，十月至扬州。此梦当在八月将离京口时。

1.《全宋诗》卷八〇四，第 9315 页。
2.《全宋诗》卷八〇七，第 9349 页。

《破琴诗》并叙：

旧说，房琯开元中尝宰卢氏，与道士邢和璞出游，过夏口村，入废佛寺，坐古松下。和璞使人凿地，得瓮中所藏娄师德与永禅师书，笑谓琯曰："颇忆此耶?"琯因怅然，悟前生之为永师也。故人柳子玉宝此画，云是唐本宋复古所临者。元祐六年三月十九日，予自杭州还朝，宿吴淞江，梦长老仲殊挟琴过余，弹之有异声。熟视。琴颇损，而有十三弦。予方叹惜不已，殊曰："虽损，尚可修。"曰："奈十三弦何?"殊不答，诵诗曰："度数形名本偶然，破琴今有十三弦。此生若遇邢和璞，方信秦筝是响泉。"予梦中了然识其所谓，既觉而忘之。明日昼寝复梦，殊来理前语，再诵其诗，方惊觉而殊适至，意其非梦也，问之殊，盖不知。是岁六月，见子玉之子子文京师，求得其画，乃作诗并书所梦其上。子玉名瑾，善作诗及行草书。复古名迪，画山水草木，盖妙绝一时。仲殊本书生，弃家学佛，通脱无所著，皆奇士也。

破琴虽未修，中有琴意足。虽云十三弦，音节如佩玉。新琴空高张，丝声不附木。宛然七弦筝，动与世好逐。陋矣房次律，因循堕流俗。悬知董庭兰，不识无弦曲。

《书破琴诗后》并叙：

余作《破琴诗》，求得宋复古画邢和璞于柳仲远，仲远以此本托王晋卿临写为短轴，名为《邢房悟前生图》，作诗题其上。

此身何物不堪为，逆旅浮云不自知。偶见一张闲故纸，便疑身是永禅师。[1]

元祐六年辛未（1092年）正月，东坡在龙图阁学士，充两浙西路

1.《全宋诗》卷八一六，第9442～9443页。

兵马钤辖，知杭州军事任，是月迁吏部尚书，二月，以翰林学士承旨召还，三月，察视湖、苏二郡水灾，三月十九日宿吴淞江而梦仲殊和尚作七绝一首。六月，于京师作《破琴诗》。

《十一月九日夜梦与人论神仙道述因作一诗八句既觉颇记其语录呈子由弟后四句不甚明了今足成之耳》：

> 析尘妙质本来空（自注：梦中于此句若了然有所得者），更积微阳一线功。照夜孤灯长耿耿，闭门千息自濛濛。养成丹灶无烟火，点尽人间有晕铜。寄语山神停伎俩，不闻不见我何穷？[1]

绍圣二年乙亥（1095年），东坡在惠州贬所。绍圣元年（1094年）东坡再度被贬，六月，累贬建昌军司马、惠州安置，寓居合江楼。二年正月游罗浮山，三月及秋天两度游罗浮山东麓的白水山佛迹岩。十一月九日夜梦作此诗。

《行琼儋间肩舆坐睡梦中得句云千山动鳞甲万谷酣笙钟觉而遇清风急雨戏作此数句》：

> 四州环一岛，百洞蟠其中。我行西北隅，如度月半弓。登高望中原，但见积水空。此生当安归？四顾真途穷。眇观大瀛海，坐咏谈天翁。茫茫太仓中，一米谁雌雄？幽怀忽破散，诛啸来天风。千山动鳞甲，万谷酣笙钟。安知非群仙，钧天宴未终。喜我归有期，举酒属青童。急雨岂无意？催诗走群龙。梦云忽变色，笑电亦改容。应怪东坡老，颜衰语徒工。久矣此妙声，不闻蓬莱宫。[2]

1.《全宋诗》卷八二二，第9524页。

2.《全宋诗》卷八二四，第9542页。

绍圣四年丁丑（1097 年）四月，自惠州贬所再责琼州别驾、昌化军安置，被命即行。子由此时贬雷州，兄弟相遇于藤州，同行至雷州。六月，别子由渡海。七月，到昌化贬所。此诗当作于七月。

《往年宿瓜步梦中得小绝录示谢民师》：

> 吴塞蒹葭空碧海，隋宫杨柳只金堤。春风似恨无情水，吹得东流竟日西。[1]

元符三年庚辰（1100 年）五月移廉州安置，六月渡海，七月抵廉州贬所，八月迁舒州团练副使，徙永州安置。八月自廉州出发，十月留广州。追录此诗当在此时，但“往年”梦得此诗，则不能确定在何年，因为他曾多次经过京口瓜州。

《梦中作寄朱行中》：

> 舜不作六器，谁知贵玙璠？哀哉楚狂士，抱璞号空山。相如起睨柱，头璧与俱还。何如郑子产，有礼国自闲。虽微韩宣子，鄙夫亦辞环。至今不贪宝，凛然照尘寰。[2]

建中靖国元年辛巳（1101 年）正月，东坡自韶关至南雄度大庾岭至虔州，四月抵当涂，五月自金陵过真州。原先决计与子由同居颍昌，但因形势不利，不宜太近京师，决定留居常州。六月抵常州，病甚，请老，以守本官致仕。七月二十八日卒于常州城中。此诗当作于致仕之前。

《数日前梦一僧出二镜求诗僧以镜置日中其影甚异其一如芭

1.《全宋诗》卷八二七，第 9573 页。

2.《全宋诗》卷八二八，第 9588 页。

蕉其一如莲花梦中与作诗》：

> 君家有二镜，光景如湛卢。或长如芭蕉，或圆如芙蕖。飞电著子壁，明月入我庐。月下合三璧，日中跳数珠。问子是非我，是我非文珠。[1]

《全宋诗》卷七八四至卷八二九（既苏轼卷一至卷四六）是以清道光刊王文诰《苏文忠公诗编注集成》为底本，系年甚明；卷八三〇、八三一（即苏轼卷四七、四八）两卷，则以清乾隆刊冯应榴《苏文忠诗合注》为底本，系年就不那么明确。此诗在《苏文忠公诗合注》是编在二十一卷，而同卷中有元丰六年（1083 年）的《题沈君琴》，所以此诗姑系是年。是岁岁次癸亥，是写《赤壁赋》的第二年，东坡仍在黄州贬所。

《梦中绝句》：

> 楸树高花欲插天，暖风迟日共茫然。落英满地君方见，惆怅春光又一年。[2]

此诗见《苏文忠诗合注》卷四十五，不能确定何年所作。由于卷四十三《和陶归去来兮辞并引》为谪居昌化所作，卷四十四有《过岭寄子由》应是辛巳（1101 年）正月度大庾岭时作。所以此诗可能作于辛巳初夏。

《数日前梦人示余一卷文字大略若论马者用吃蹶两字梦中甚赏之觉而忘其余戏作数语足之》：

1.《全宋诗》卷八三〇，第 9598 页。

2.《全宋诗》卷八三十〇，第 9605 页。

> 天骥虽老，举鞭脱逸。交驰蚁封，步中衡石。旁睨驽骀，丰肉灭节。徐行方轨，动辄吃蹶。天资相绝，未易致诘。[1]

此诗见《苏文忠诗合注》卷四十九，不能确指何年所作。

《梦中赋裙带》：

> 百叠漪漪风皱，六铢纵纵云轻。独立含风广殿，微闻环珮摇声。[2]

此诗“纵纵”一词典出宋玉《高唐赋》，而《高唐赋·序》云：“昔者楚襄王与宋玉游于云梦之台，望高唐之观，其上独有云气，崒兮直上，忽兮改容，须臾之间，变化无穷。王问玉曰‘此何气也?’玉对曰‘所谓朝云者也。’王曰‘何谓朝云?’玉曰‘昔者先王尝游高唐，怠而昼寝，梦见一妇人曰‘妾巫山之女也，为高唐之客，闻君游高唐，愿荐枕席’。王因幸之。去而辞曰‘妾在巫山之阳，高丘之阻，旦为朝云，暮为行雨，朝朝暮暮，阳台之下’……”案：子瞻三十七岁前后任杭州通判时，常常参加公私宴会，多游西湖胜迹，也留下一些浪漫的诗篇，更重要的是，此时，他纳钱唐妓朝云为妾。此诗宜作于此时熙宁六年癸丑（1073年）。

《残句》：

> 寒食清明都过了，石泉槐火一时新。[3]

1.《全宋诗》卷八三一，第 9605 页。

2.《全宋诗》卷八三一，第 9621 页。

3.《全宋诗》卷八三二，第 9636 页。

案：《苏轼文集》卷六十八《书参寥诗》云“仆在黄州，参寥自吴中来访，馆之东坡。一日，梦见参寥所作诗，觉而记其两句云云。元祐五年二月二十七日书并题。”参寥到黄州。访东坡在元丰七年（1084年）春，既然是“寒食清明都过了”，那已经是暮春三月的时节了。这时东坡已将离黄州。

初步观察，可以觉察出苏东坡在三十岁以前，只留下梦中作的一句诗。当时他远离家门，在凤翔做官；而且正在和子由寄给他的十首诗。在思家与用心经营和诗之中，他梦到弟弟写了许多很好的诗篇，可惜醒后只记得一句。往后九个年头里，他没有记下任何梦中作的诗；但这并不表示他没有在梦中得句过，熙宁六年癸丑（1073年），通判杭州时，他写了首《湖上夜归》云：

> 我饮不尽器，半酣味尤长。篮舆湖上归，春风洒面凉。行到孤山西，夜色已苍苍。清吟杂梦寐，得句旋已忘。尚记梨花村，依依闻暗香。……[1]

在慵懒轻松之中，梦中虽得句，但醒后很快就给忘记了。

这一些年，他又写下了《梦中赋裙带》的六言绝句，并纳朝云为妾。接下来的八年中，他没有录下任何梦中作的诗篇。

直到元丰四年辛酉（1081年）才又有梦中作诗的记录，即《记梦回文》中“乱点余花唾碧山”之句。案：旧题汉江东都尉伶玄撰《赵飞燕外传》云“后与婕妤坐，后误吐婕妤袖，婕妤曰‘姊唾染人绀袖，正似石上花。假令尚方为之，未必能若此衣之华’，以为石华广袖。”[2]东坡即用此典。可见东坡在黄州贬所，因

1.《全宋诗》卷七九二，第9174页。

2. 新兴书局《笔记小说大观》三编，八册。

“不得签书公事”，颇得闲暇，因而也读读《赵飞燕外传》之类的小说。

在黄州到量移汝州途经金山期间，东坡又留下两首梦中作的诗。《数日前梦一僧出二镜求诗僧以镜置日影中其影甚异其一如芭蕉其一如莲花梦中与作诗》有浓厚的禅味，在黄期间，东坡颇读佛典，此诗是他体会无我道理的呈现。在他梦到参寥作诗时，可能已经得到量移的消息，而且又当暮春三月，梦中那一联诗，充满了清新愉悦的心情。

《金山梦中作》是他离开黄州，正要前往扬州时作的。这时，他穿着商人穿的木棉裘，还没有换上士大夫穿的皮裘；但是他已感到风已定向，将平稳航行到扬州，他已意识到他步上了坦途。

再下来的十一年中，他只在元祐六年辛未（1092 年）的三月十九日夜和三月二十日白天，连续梦到仲殊和尚作的一首七绝而已；其余可以系年各诗，都作于绍圣二年乙亥（1095 年）以后，直到他病重致仕期间。

总之，东坡梦中作诗，绝大多数都出现在他被贬斥的时候，这是否意味着他在逆境之中，投注了较多心力于诗歌的创作，以至于梦中作诗的情况频频出现呢？

三、梦中得句在诗中之作用

东坡梦中诗近半数醒后只记得部分诗句，或仅记两字，或一句，或一联，或半首，其他句子都是醒后补足的，今考察梦中所得句在诗中的作用。

《数日前梦人示余一卷文字大略若论马者用吃蹶两字梦中甚赏之觉而忘其余戏作数语足之》这首十句的四言诗，只有“吃蹶”两字是梦中所得。案：孟郊《冬日诗》云“冻马四蹄吃”。吃，是蹇的意思；至于蹶字，《诗经》常用之，但后来的诗篇就罕见了。“吃蹶”两字成词，则此为首见，大约东坡觉得梦中所得的新创词汇，用来形容驽马的窘态至为鲜活；也许他还联想到朝中当权派总是推动一些窒碍难行，必遭覆败的改革，就像驽马“吃蹶”一般。他对梦中所创的新词汇甚为得意，竟在醒后加上三十八个字，使之成篇。

《和子由记园中草木十一首》之十，东坡虽然只记得梦中所作“蟋蟀悲秋菊”一句，但是他在诗中谓：“……有如采樵人，入洞听琴筑。归来写遗声，犹胜人间曲。”可见他觉得梦中作的诗，格调高于平时的创作，甚至于是激发、提升创作的动力。再者，梦中所得“蟋蟀悲秋菊”之句，充满悲伤的情绪，醒后改写为“但记说秋菊”，情绪上平静了许多。而且，醒后写成的整首诗都以理趣为主，他那想家的情绪，却隐藏在字句的背后。

《记梦回文二首》中的“乱点余花唾碧衫”一句，显示他虽身处困厄之中，但梦魂却能超越时空，穿梭于今古，而自得自适。

宋元丰七年（1084 年）春，东坡梦到参寥所作的一联诗：“寒食清明都过了，石泉槐火一时新。”他虽未将其续成一篇，但他在事隔六年之后的元祐五年（1090 年）春却特地将它记录下来，可见他对这一联诗的重视。也许是因为这联诗能够贴切表现出他在解冻松绑之际内心的喜悦。

《行琼儋间肩舆坐睡梦中得句云千山动鳞甲万谷酣笙钟觉而遇清风急雨戏作此数句》一诗，汪师韩《苏诗选评笺释》卷六云：“行荒远僻陋之地，作骑龙弄凤之思，一气浩歌而出，天风浪浪，海山苍苍，足当司空图豪放二字。”[1]这是对全篇的评论。至于“千山动鳞甲，万谷酣笙钟”一联，《苕溪渔隐丛话·前集》卷四十二云：“盖风来则千山草木皆动，如动鳞甲；万谷号呼有声，如酣笙钟耳。”在这首二十八句的五古中，此联是第十五、十六两句，也是由写人间世转到幻想的神仙世界的关键。可见梦中两句在全篇的重要作用。

宋绍圣二年乙亥（1095年）东坡梦中作《十一月九日夜梦与人论神仙道术因作一诗八句既觉颇记其语录呈子由弟后四句不甚明了今足成之耳》，前四句是梦中所作，而第一句“析尘妙质本来空”，东坡自注云：“梦中于此句若了然有所得者。”这是他在深层意识中对神仙道术的领会。后四句他醒后虽记得字句，但对其中涵义，连自己都不甚了了，于是予以改写。这首诗的意涵略似《次韵正辅同游白水山》这首四十句七古的最后几句“千年枸杞常夜吠，无数草棘工藏遮。但令凡心一洗濯，神人仙药不我遐。山中归来万想灭，岂复回顾双云鸦。”[2]说不定正是他在惠州贬作，时常出游佛道胜迹作诗后，仍有些感触没有完全抒发，而在梦中再度蕴酿发作。

综上所述，东坡对于偶于梦中得句，往往很重视，而将其补足。梦中所得句成为引发他作那些诗的触媒，也许作诗和作梦的心理活动有相通之处，读陆机《文赋》和刘勰《文心雕龙》的《神思》、《物色》等篇，就会觉得构思的时候，几乎令人进入如梦如幻的境地。

1.《二十四诗品》是否为司空图所作，近代学者颇表怀疑。

2.《全宋诗》卷八二二，第9522页。

四、梦中作诗与相关诗篇之考察

(一)《梦中赋裙带》与相关诗篇

陶渊明《闲情赋》云:"愿在裳而为带,束窈窕之纤身;嗟温凉之异气,或脱故而服新。……考所愿而必违,徒契契于苦心。"渊明渴望化为美人束身的带子;子瞻对裙带也颇有兴趣,在熙宁年间任京官时(约1070年),他的《宋叔达家听琵琶》诗就提到:"梦回只记归舟字,舞罢双垂紫锦条。"[1]

在熙宁四年辛亥(1071年)冬,到熙宁七年甲寅(1074年)秋任杭州通判的几年间,他常参加许多公私宴会,也留下此颇含绮思的诗篇,其中以熙宁六年癸丑(1073年)最为显见。大年初一作的《元日次韵张先子野见和七夕寄莘老之作》就有"……莫唱裙垂绿,无人脸断红。……小蛮知在否?试问嗫嚅翁"之句,[2]而联想到裙子和小妾。

再如《赠别》:

> 青鸟衔巾久欲飞,黄莺别主更悲啼。殷勤莫忘分携处,湖水东边凤岭西。

《次韵代留别》:

> 绛蜡烧残玉斝飞,离歌唱彻万行啼。他年一舸鸱夷去,应记侬家旧

1.《全宋诗》卷七八九,第9139页。
2.《全宋诗》卷七九二,第9170页。

住西。

代作一首，显然是代乐妓所作。看来他在西湖颇有绮丽之思，他将西湖比西子的诗句也是这一年作的[1]。其余如《薄命佳人》、《李钤辖坐上分题戴花》、《席上代人赠别三首》[2]，也都写得柔情蜜意。在这种心情之下，他纳王姓乐妓朝云为妾。也许就在他纳朝云之前不久，他写下《书裙带绝句》云：

任从酒满翻香缕，不愿书来系彩笺。半接西湖横绿草，双垂南浦拂红莲。[3]

前两句是陶渊明《闲情赋》“愿在裳而为带，束窈窕之纤身”之意，后两句点出了在西湖歌筵上写的，而涵容了离情别绪。也许余情未了，入睡之后，梦中又作了《梦中赋裙带》：

百叠漪漪风皱，六铢纵纵云轻。独立含风广殿，微闻环珮摇声。

“纵纵”一词出宋玉《高唐赋》，而赋中神女，就是“朝云”，前已论及。至于“含风”一语，见沈约诗其《和刘雍州绘博山香炉》云：“岩间有佚女，垂袂似含风。”《咏帐》云：“甲帐垂和璧，螭云张桂宫。隋珠既吐曜，翠被复含风。”所以，“含风”一语已包含了“佚女”、“翠被”等意象。相较于《书裙带绝句》，梦中所作，表现得更为细致婉约而隐藏着更隐秘的情绪。

1.《全宋诗》卷七九二，第9172页。

2. 分别见《全宋诗》卷七九二，第9175、9176、9178页。

3.《全宋诗》卷八三一，第9622页。

(二)《金山梦中作》、《往年宿瓜步梦中得小绝录示谢民师》与相关诗篇

《金山梦中作》是宋元丰七年甲子（1084 年）秋所作。《往年宿瓜步梦中得小绝录示谢民师》记录的时间是元符三年（1100 年）十月，当时由海南岛回到广州，录下旧作寄给广州推官谢民师。所谓“往年”不能确定是何年，因为东坡曾多次来到京口。今略举数首以做比较。

> 《游金山寺》：……江山如此不归山，江神见怪警我顽。我谢江神岂得已，有田不归如江水。
>
> 《自金山放船至焦山》：……我来金山更留宿，而此不到心怀惭。……行当投劾谢簪组，为我佳处留茅庵。[1]

这是熙宁四年辛亥（1071 年）的作品。前一年他在京中被新党弹劾，不得已自请外调。这时他虽然只有三十五岁，但心情抑郁而萌归田之想。

《金山寺与柳子玉饮大醉卧宝觉禅榻夜分方醒书其壁》：

> 恶酒如恶人，相攻剧刀箭。颓然一榻上，胜之以不战。……

《留别金山宝觉圆通二长老》：

> 沐罢巾冠快晚凉，睡余齿颊带茶香。舣舟北岸何时度？晞发东轩未肯忙。康济此身殊有道，医治外物本无方。风流二老长还往，顾我归期尚

1.《全宋诗》卷七九〇，第 9148 页。

渺茫。[1]

二诗作于熙宁七年甲寅（1074 年）任杭州通判，奉命沿漕运到常州、润州赈饥之时，诗中对外在压力感到无奈。

《余去金山五年而复至次旧诗韵赠宝觉长老》：

> 谁能斗酒博西凉？但爱斋厨法豉香。旧事真成一梦过，高谭为洗五年忙。清风偶与山阿曲，明月聊随屋角方。稽首愿师怜久客，直将归路指茫茫。[2]

在写了留别诗的四五年中，子瞻迁调频仍。虽然都任州府的首长，但总觉得身不由己，而成为思归的倦客。不久之后，他被贬到黄州，一住就是五年，元丰七年辛酉（1084 年）才得量移汝州，又过金山，而有《金山梦中作》。在梦中他穿着商人穿的木棉袄，虽仍是有罪之身，但却感到稍得抒解的舒畅。他并不以穿木棉袄而感到不自在，因为不久前他才将珍贵的玉带施给了元长老[3]，他已超越了世俗的价值观。

至于《往年宿瓜步梦中得小绝录示谢民师》一首可从两方面来看：其一是“往年”做梦时的感触，“吴塞蒹葭空碧海，隋宫杨柳只金堤”是白天所见景象的残留，在梦中浮现出来，梦中更酝酿为对历史的虚无感；“春风似恨无情水，吹得东流竟日西”，无情的时光像江水般不断东流，但生气蓬勃的春风却能力挽狂澜，将其逆转。清醒时他在金山所写的诗都流露出几许漂泊中的

1.《全宋诗》卷七九四，第 9195、9198 页。

2.《全宋诗》卷八三〇，第 9605 页。

3.《全宋诗》卷八〇七，第 9348 页《以玉带施元长老以衲裙相报次韵三首》。

无奈和徬徨，一意要寻找心灵的安顿；然而梦中的他，却潜藏着一股蓬勃的生气。其二是他由海南岛回到广州，忆起往年梦中小绝重新录下送给广州推官谢举廉。这显示他虽困处海岛多年，但其迈往之气却没有受到斫丧。

(三)《梦中绝句》、《梦中作寄朱行中》与相关诗篇

这两首梦中诗大约都是建中靖国元年辛巳（1101 年），度大庾岭以后的作品，入夏以后所作。

此岁正月，东坡发自韶州，先在龙光院砍了两竿大竹做滑竿。其《东坡居士过龙光求大竹作肩舆南华珪首座方受请为此山长老乃留一偈院中须其至授之以为他时语录中第一问》云：

> 斫得龙光竹两竿，持归岭北万人看。个中一滴曹溪水，涨起西江十八滩。[1]

经过在海南岛的几年磨炼，他似乎对禅的体悟更为透彻，而怀着信心北上。在大庾岭上，他作了《赠岭上老人》：

> 鹤骨霜髯心已灰，青松合抱手亲栽。问翁大庾岭头住，曾见南迁几个回？[2]

他庆幸自己耐得住煎熬，在九死一生之余，终于能够沿着来时路北归。他又写下《过岭二首》，其二云：

---

1. 《全宋诗》卷八三〇，第 9604 页。
2. 见南宋施宿《东坡先生年谱》下。

> 七年来往我何堪，又试曹溪一勺甘。梦里似曾迁海外，醉中不觉到江南。波生濯足鸣空洞，雾绕征衣滴翠岚。谁遣山鸡忽惊起，半岩花雨落毵毵。[1]

来往于岭北岭南，似真似幻，如梦如醉。人生的经历，心灵的锻炼，使他更深刻地体会到禅悦。子由《和子瞻过岭》：

> 山林瘴雾老难堪，归去中原茶亦甘。有命谁令终返北，无心自笑欲巢南。蛮音惯习疑伧语，脾病萦缠带岭岚。手挹祖师清净水，不嫌白发照毵毵。[2]

尾联一面表示虽已发白，但能渡海生还，仍是值得庆幸的事；另一面也表示多年的苦行，终究能领悟到六祖的曹溪禅，灾厄的折磨，并没有白白领受。此外，值得注意的是“脾病萦缠带岭岚”一句，已指出东坡已经有病在身。过岭后，他在梦中得绝句云：

> 楸树高花欲插天，暖风迟日共茫然。落英满地君方见，惆怅春光又一年。

楸树开花已是夏天，春花多已零落。老病的东坡深深感慨春光的流逝。

过了大庾岭，到了虔州（即赣州）他抱病登上郁孤台。这是重游，七年前，他被贬南下惠州，路过虔州，登郁孤台，作了首十六句的五言排律；[3]此度重游，他次前韵，又作一诗，开头即

---

1. 以上各诗均见《全宋诗》卷八二八。
2. 《全宋诗》十五册，卷八六六，第10084页。
3. 《全宋诗》卷八二一，第9501页。

云："吾生如寄耳，岭海亦闲游。"虽有感慨，但对被放远蛮荒之地，却淡然处之。在虔州他作了好几首诗。《虔守霍大夫监郡许朝奉见和复次前韵》云："老景无多日，归心梦几州。"在归途中，由于病况日益沉重，他意识到来日无多。《虔州术士谢晋臣》云："死后人传戒定慧，生时宿直斗牛箕。凭君为算行年看，便数生时到死时。"他似乎意味到已将走到人生旅程的尽头，并秉持戒定慧三学来走完人生最后的阶段。

五月，东坡途次当涂、金陵、真州。在真州瘴毒大作，百病横生。也许就在发病不久，他写下最后一首梦中作——《梦中作寄朱行中》。

《全宋诗》录此诗并引《类本注》解题。

> 旧传先生本叙云：前一日梦作此诗寄朱行中，觉而记之，自不晓所谓，漫写去。梦中分明用此色纸也。

这是东坡对梦中诗最忠实的记录，不像以前写的，《十一月九日夜梦与人论神仙道术因作一诗八句既觉颇记其语呈子由弟后四句不甚明了今足成之耳》，因为醒后不甚明了，就将其改写。此诗虽然"自不晓所谓"，还是如实录下。

东坡说他自己都不知道说些什么，吾人本不该强作解人；然而，从字面和当时的环境，还是可以稍作臆测的。当时徽宗初立，想消弥多年来的党争，二月，贬章惇为雷州司户。但朝政仍昏暗不明，群小相互援引朋比，排挤忠良。就字面上看，他以"倘若舜不创作玉器来礼天地四方，人们就不会特别看重玉器了"领起全篇，接着写历史上因宝玉引起的一些事故，最后以不贪宝才能光照尘寰作结。"六器"也许隐喻政治制度，种种玉器，隐喻权位、名声、利益等等。其中对郑子产以礼拒绝韩宣子无理的要求，颇为赞许。[1]而最终仍以戒贪为宗旨。在这里，东坡淡泊的心态超越了现实的价值观，但也微露他对朝政仍然关怀与忧心，东坡毕竟不是一个自了汉。

五、梦中诗的禅味

东坡平时所作的诗篇，饶有禅味的很多，而梦中诗则以《数日前梦一僧出二镜求诗僧以镜置日中其影甚异其一如芭蕉其一如莲花梦中与作诗》与《破琴诗》叙中所记仲殊诵的绝句二诗的禅味最浓。

前者出现“镜”、“芭蕉”、“莲花”，都是佛典中常出现的譬喻或象征，而尾联所谓：

> 问子是非我，是我非文殊。

更是参禅者经常探索的问题。约略与东坡同时，驻锡吉州青原山的惟信禅师在谈到自己的禅悟体验时说：

> 老僧三十年前未参禅时，见山是山，见水是水。及至后来，亲见知识，有个入处，见山不是山，见水不是水。而今得个休歇处，依前见山只是山，见水只是水。[2]

东坡此诗，应是他参禅有所体悟的显现。人我之间，既有共同性，又有独立性。参照惟信的见山三阶段，东坡此梦可能接近第

1. 郑子产、韩宣子事见《左传·昭公十六年》
2.《五灯会元》卷十七《惟信》。

三阶段的“见山只是山，见水只是水”。

最有趣的还是《破琴诗》和叙。叙中先交代梦中仲殊和尚诗中有关邢和璞的传说，他以“旧说”开端，所谓旧说，应是《太平广记》卷一四八《房琯》条引《明皇杂录》所记：

> 开元中，房琯之宰卢氏也，邢真人和璞自太山来，房琯虚心礼敬，因与携手闲步，不觉行数十里，至夏谷村，遇一废佛堂，松竹森映。和璞坐松下，以杖叩地，令侍者掘深数尺，得一瓮，瓮中皆是娄师德与永公书。和璞笑谓曰：“省此乎？”房遂洒然记其为僧时。永公即房之前身也。……

接着他提到朋友有一幅以此传说为素材的画，然后是叙的重点。一夜，他梦到方外之交仲殊和尚挟琴而来，琴颇破损，而且并非七弦，而是像筝一样有十三弦，弹起来声音还蛮好听的。东坡奇怪为何琴有十三弦，仲殊诵诗为答：

> 度数形名本偶然，破琴今有十三弦。此生若遇邢和璞，方信秦筝是响泉。

案：“响泉”是唐朝李勉自制的名琴。[1]醒后也不以为意，把梦中诗给忘了。可是明日昼寝，又梦到仲殊前来，再诵前诗，这下子他就记得明明白白了。巧的是，这时仲殊恰好来访，他就问仲殊是否确有其事，弄得仲殊一头雾水。三个月后，他回到京师，从朋友那里找到那幅画，就把梦境作为叙文，再做了首诗一并题到画上，诗云：

1.《太平广记》卷二〇三《李勉》条、《董庭兰》条。

> 破琴虽未修，中有琴意足。虽云十三弦，音节如佩玉。新琴空高张，丝声不附木。宛然七弦筝，动与世好逐。陋矣房次律，因循堕流俗。悬知董庭兰，不识无声曲。[1]

比较梦中仲殊诗和醒后的《破琴诗》。前者的思路有些跳跃，不甚连贯；后者章法较有条理。就内涵观之，前者意谓七弦、十三弦，是琴、是筝，前身、后身，这些分别都是多条的；后者多少有些影射当时的政风、土风。梦中的东坡似乎关怀更深层的问题，而假借仲殊和尚之口诵出；醒后的他则回到现实，而对政治人物外表有如七弦琴，其实却是筝，争夺不已，有所讽刺。

也许东坡也意识到梦中和醒后两诗的差异，所以在王诜新临的画上又题了一绝——《书破琴诗后并叙》：

> 余作《破琴诗》，求得宋复古画邢和璞于柳仲远，仲远以此本托王晋卿临写为短轴，名为《邢房悟前生图》，作诗题其上：
>
> 此生何物不堪为，逆旅浮云自不知。偶见一张闲故纸，便疑前身是永师。[2]

无论前身后身，一落人形，便有如逆旅、若浮云，都是不由自主的。强分前身、后身，实属无谓，人法二执，都应破除。他将梦中诗的意涵做了进一步的呈现。然而他意犹未尽，在《王晋卿得破墨三昧又尝闻祖师第一义故画邢和璞房次律论前生图以寄其高趣东坡居士既作破琴诗以记异梦矣复说偈云》做更豁朗的阐释。偈云：

---

1. 房次律就是房琯，次律是他的字。董庭兰是房琯家的琴工，见《太平广记》卷二〇三《张弘靖》条、《董庭兰》条。
2. 《全宋诗》卷八一六，第 9443 页。

前梦后梦真是一，彼幻此幻非有二。正好长松水石间，更忆前身后身事。[1]

前身是梦，后身也是梦，一律都是虚幻的，这就没有什么好分别、好计较的了。秉赋利根的东坡，逐步在醒梦之后架上桥梁，打通了意识和无意识的隔阂。他在禅修方面精进不已，于此可见一斑。

六、结　语

宋人尚文，教育比前代更为普及，诗人的数量也比前代为多。读诗、作诗、和诗成了文人生活中不可或缺的一部分；诗也渗入文人生活中的许多层面。文人经常为作诗而构思，甚至在梦中也在作诗，北宋初年就有人在醒后将梦中作的诗记录下来，接下来的诗人往往也这么做，但多半是偶一为之。到了梅尧臣，他竟录下了七首，这是一个小高峰；苏东坡更留下了十三首，成为北宋梦中作诗最多的人。

在诗体方面，东坡梦中诗有四言、五言、六言、七言，有古诗、有律绝，甚至于还有回文。他在梦中作诗，清醒以后，有时完全忘记，有时只记得一词、一句、一联，也有记得一整首的。这十三首诗多半是在他遭贬谪时期所写的，这也许是因为遭贬时，他都被限定“不得签书公事”，既无案牍之劳形，就更专注于作诗，于是梦中诗的出现就较为频繁。

当东坡只记得梦中诗句时，他往往很看重它们，醒后补足成篇，梦中诗句常处于关键地位；而且梦中诗句多半都富于创意。

1.《全宋诗》卷八三一，第 9619 页。

将东坡记得的完篇与其他相关的诗相比较，依稀可以看出他的思绪在梦中更为活泼幽渺，他的感情更为深湛热烈。

东坡梦中作的禅诗虽然只有两首，但却都有极深刻的体悟，对外物作即物即真的感应。醒后所作篇章，或多或少不免受到现实的影响，而梦中的禅诗则近乎般若直观，少有妄想介入。

在这里要顺带一提的是梦中别人作诗的问题。梦中子由、参寥、仲殊三人都作了诗，其实，这都是他自己所作，只是假借别人之口手来呈现而已。

梦到子由作诗，是他初次离开父亲和弟弟只身远游，正在思家之际，弟弟寄来《园中草木十首》，这更加深了他对家和弟弟的眷念，游终南山回来，他满怀类似“遥知兄弟登高处，遍插茱萸少一人”的心情，于是他梦到弟弟，梦中的弟弟神情更可爱，诗写得更好。这应该是兄弟间连根同气最自然的表现了。参寥的诗句，是代他将愉悦的心情抒发出来。仲殊则解答了平时挂念的人生问题。这些表示在他内心深处，人我之间并非是二元对立的。这是他忠厚本性的流露，参禅有得的体现。

作诗之际，诗人浮想联翩；人在梦中更能自由联想。两者本有相似相通之处，只是作诗的时候，有时不免受到现实的干扰，例如顾虑到读者的反应，甚至于耽心文字贾祸等等；而梦中作诗，顾虑可能较少。所以梦中诗和醒时作的诗的差别是不会太悬殊的，其间出入，只在细微处。

七、后　记

文稿匆遽草就后，政大中硕二研究生陈玉蓉君又从《苏轼文集》（中华书局孔凡礼点校本）《题跋》中检得相关资料五条，今录于下。

《书梦祭句芒文》（《文集》卷六十六，第2070页）。

予在黄州，梦黑肥吏，以一幅纸，请《祭春牛文》。却之不可。云："欲得一佳文。"予笑而从之，云："三阳既至，庶草将兴。爰出土牛，以戒农事。衣被丹青之好，本出泥涂；成毁须臾之间，谁为愠喜？"傍有一吏云："此两句，会有愠者。"其一云："不害。"久已忘之。参寥能具道，乃复录之，今岁立春，便可用也。

《记梦中论左传》（卷六十六，第2076页）。

元祐六年十一月十九日，五更，梦数人论《左传》云："《祈招》之诗固善语，然未见所以感切穆王之心，已其车辙马迹之意者。"有答者曰："以民力从王事，当如饮酒，适于饥饱之度而已。若过于醉饱，则民不堪命，王不获没矣。"觉而念其言，似有理，故录之。

《书梦中靴铭》（卷六十六，第2081页）。

轼倅武林日，梦神宗召入禁中，宫女围侍，一红衣女童，捧红靴一只，命轼铭之。觉而忘之，记其一联云："寒女之丝，铢积寸累；天步所临，云蒸雾起。"既毕，进御，上极叹其敏。使宫女送出，睇视裙带间，有六言诗一首云："百叠漪漪水皱，六铢纵纵云轻，直立含风广殿，微闻环珮摇声。"

《记梦诗文》（卷六十八，第2163页）。

昨夜欲晓，梦客有携诗文见过者，觉而记其一诗云："道恶贼其身，忠先爱厥亲。谁知畏久折，亦自是忠臣。"又有数句若铭赞者云："道之所以成，不害其耕。德之所以不修，以贼其牛。”元丰七年三月十一日。

《记梦中句》（卷六十八，第2164页）。

昨夜梦人告我云：“知真飨佛寿，识妄飨天厨。”余甚领其意。或曰：“真即是佛，不妄喫天厨。”余曰：“真即是佛，不妄即是天，何但飨而喫之乎？”其人甚可余言。

在玉蓉君提供这五条资料之外，我另翻得《梦南轩》一条，补录于下。

《梦南轩》（卷七十一，第2278页）。

元祐八年八月十一日，将朝、假寐，梦归谷行宅，遍历蔬圃中。已而坐南轩，见庄客数人方运土塞小池。土中得两芦菔根，客喜食之。予取笔作一篇文，有数句云：“坐于南轩，对修竹数百，野鸟数千。”既觉，惘然怀思久之。南轩，先君之知曰“来风”者也。

此外，《苏轼文集》卷六十八，第2140～2141页，有《书鬼仙诗》八首，跋云：“元祐三年二月二十一日夜，与鲁直、寿朋、天启会于伯时斋舍。此一卷，皆仙鬼作或梦中所作也。”因不能区分何者为鬼仙诗，何者为何人梦中所作，固不录。

检视以上相关资料，这里必须做几点补充说明。

其一，读第一、二、四、五各条，东坡梦中所作透露出来的讽谏、批判意味，比清醒时的作品更为浓厚。就以《书梦祭句芒文》为例，其文字就有令一些读者不快的意蕴，和平时写的祝文不同。兹举例如次。

《祭句芒神祝文二首》（卷六十二，第1912页）：

夫帝出乎震，神实辅之。兹日立春，农事之始。将平秩于东作，先恭授于人时。乃出土牛，以示早晚。惟神其祐之。

春律既应，农事将作。爰出土牛，以为耕候。维尔有神，实左右之。伏愿两旸以时，暝膡不作。俾克有年，敢忘其报？

《立春祭土牛祝文》（卷六十二，第1927页）：

敢昭告于句芒之神，木铎传音，官师相儆；土牛示候，稼穑将兴。敢徼福于有神，庶保民于卒岁。无作水旱，以登麦禾。尚飨！

这些清醒时写的祝文，写得规矩稳称，不夹带一丝的讽刺，但梦中所作，就不免让平常受压抑的情绪冒出头来。

其二，《书梦中靴铭》是他通判杭州时梦中所作，他梦到蒙神宗召入禁中，这正是“身在江湖之上，心存魏阙之下”的写照。他题的《靴铭》，在典雅的文辞背后，透露出浓烈的讽谏意味。至于宫女的裙带，和系在钱塘歌妓腰间裙带，则已混同无别，也许在他意识的深层，宫中的宫女和湖上的乐妓，本来就没有分别的。

其三，《梦南轩》一首作于元祐八年（1093年）八月十一日，这时他在朝中任端明殿学士兼翰林侍读学士守礼部尚书，这是他一生中仕途的高峰，然而，八月初一继室王氏逝世。在这复杂的心情中，他梦到自己回到出生地谷行宅。在崎岖的宦途上，无论得志或失意，他的精神似乎都在漂泊中；内心深处，他要回归家园。

其四，资料未齐就匆忙下手，暴露出疏漏的缺失，不免感到惭愧；然而，经弟子的提醒，能略作修补，却也感到欣慰。这就是教学相长吧。谢谢陈玉蓉君。

宋代宗室诗探讨

一、绪　论

宋朝的宗室是个特殊的复杂的社会群体。然而，长久以来这个特殊群体却没有受到学术界的特殊重视，针对宋朝宗室的研究寥寥无几。

但是却有一位美裔学者贾志扬（Chaffee，John）十多年来专注于这个近乎冷门的领域，做出多方面的深入探索。2004 年 10 月贾志扬完成了集大成的《天潢贵胄：宋代宗室史》（*BRANCHES OF HEAVEN—A History of the Imperial Clan of Sung China*），由赵冬梅译为中文，2005 年 11 月由江苏人民出版社出版。这部包含十章，凡 346 页的巨作，是从政治史、制度史、军事史、社会史、经济史、教育史和文化史等各个角度加以论述，既广博而又深入。作序的王曾瑜对此书大加赞扬，但也提到“社会经济史方面稍嫌薄弱”。[1] 循读之下，我觉得在社会经济史方面，此书着墨并不少，倒是在诗作方面着墨最少，远比对

1. 王曾瑜：《天潢贵胄：宋代宗室史·序》，第 2 页。

绘画的论述为少。

论述宗室诗歌的成就主要集中于“结论”，他开门见山地说：“宗室的诗歌成就也相当可观。”[1]然后他举出几位宗室诗人：赵德文（975～1046年）、赵充夫（1134～1218年），赵汝说（1208年进士）、赵必健（1193～1262年）、赵彦侯（活跃于13世纪早期）、赵汝鐩（1172～1246年）等六人，都从其他相关史料论证他们是诗人[2]。在这六位宗室诗人中，前五人的作品已完全亡佚，只有赵汝鐩存诗六卷，诗二百八十四首，残句四联[3]。

其实，在《全宋诗》及《全宋诗订补》收录的二百位宗室诗人中，在《天潢贵胄》提到的约三十人，但除了赵汝鐩之外，另外只提到赵世延（1022～1065年）和赵孟坚（1200～？年）二人与作诗有关，其余二十七人全未言及他们是诗人，更没有引用他们的任何诗作。提到赵世延的是在第三章“文学与拘禁”中：

> 比如赵世延还是孩子的时候，去拜访章宪皇太后，在那里遇到仁宗。仁宗对他酷爱读书大加赞赏，当场考试，还命令他学诗。[4]

只是记事而未录文。事实上赵世延见存的诗只有《寄夹山芳别圃》七绝一首[5]，而与此事无涉，宜其不录。

提到赵孟坚的有两处，其一是第七章“居所与特权”云：

> 比如画家、诗人赵孟坚，虽然也出自太祖一系，但与孝宗的关系已经

1.《天潢贵胄》，第262页。
2.《天潢贵胄》，第262～263页。
3. 赵汝鐩诗见《全宋诗》55册，第34199～34259页。
4.《天潢贵胄》，第37页。
5.《全宋诗》十册，第6815页。

相当疏远。……[1]

这里只提到他是画家、诗人。接下来的文字是论述居所和祭祀活动的问题。其二是第十章“结论”云：

同赵伯驹相比，生活在宋朝晚期的赵孟坚却是不折不扣的文人画家与诗人。……[2]

接下来的文字却只论他的画，而无只字涉及他的诗。案：孟坚存诗二卷，凡一百零五首，是可以稍作讨论的。

在叙述赵汝鐩的诗作时，《天潢贵胄》也只是引用刘克庄（1187～1269年）对他的称赞，而没有引用汝鐩的作品。第十章“结论”云：

刘克庄也把赵汝鐩描述成一个有名的诗人，说他的诗集《野谷集》非常受欢迎。[3]

贾志扬在“结论”中，就他对诗歌的忽略做了说明，他说：

我非常清楚上面这些信息和分析的局限性，他们充其量只能说明宗室确实积极参与了士大夫的学术和文化活动。遗憾的是，如何衡量宗室在宋代思想、学术和诗歌领域的影响，已经不在本书的研究范围之内。但是，绘画就是另外一回事了，因为人们早就认识到了宗室在宋代绘画方面的重要性。[4]

1.《天潢贵胄》，第149页。

2.《天潢贵胄》，第264页。

3.《天潢贵胄》，第263页。

4.《天潢贵胄》，第263页。

看来作者撰写此书时，打一开头就没有把“诗歌”规划进去，在论述其他课题的时候，偶尔带上一笔，到了“结论”，才略作补充说明，这不免令读者稍感遗憾。因为诗歌是宋人生活中非常重要的一部分。作诗和读诗固然是宋代文士的本分，同时也渗透到社会各阶层。他们不但用诗来抒情言志，也用以交际。从他们的诗歌，我们可以探见作者的际遇、心情、愿望、政治见解、社会关怀乃至生活中的点点滴滴。虽然在《宋史·宗室世系表》中排列了大约两万多名宗子的辈分和名字，而尚有诗作流传至今的只有二百人，但仍提供了我们认识宋代宗室的一些重要讯息。他们在自己作品中透露的信息，其价值不会比旁观者的记叙来得低，将其割舍，实在可惜。所以，本篇拟以宗室诗为材料，从另一个角度来考察，试图由此进入宋代宗室的世界，略补《天潢贵胄》所缺的区块；而《天潢贵胄》获致的可靠的成果，却也成为我解读宋代宗室诗时重要的背景资料。

从《全宋诗》和《全宋诗订补》中筛选出约二百位宗室诗人，以及他们留存约一千七百四十五首诗和许多残句，是此篇的基本资料。《宋史》卷二四四到二四七《宗室列传》和宋代各家文集中有关宗室诗人的墓志铭也是重要的参考资料，至于其他相关材料和研究成果则随机参考。

依据上述资料，此篇试图探讨的有下列几个问题。

一、北宋至南宋宗室所作诗歌内涵之演变。

二、太祖、太宗、魏王廷美三系宗室诗心情之异同。

三、宗室诗人与文人学者之交往诗。

四、宗室诗之评价。

二、宋代宗室所作诗歌内涵之演变

由于北宋和南宋共历三百一十九年，十八帝，五十四个年号，为了使往后征引的资料和相关的论述能够明确定位，在此先将帝系与年号依次排列，树立一个坐标，俾来源不同，书写方式各异的多种资料有所附丽。

太祖赵匡胤（927～976年）960～975年在位。年号：建隆、乾德、开宝。

太宗赵炅，又名赵光义（937～997年）太祖之弟，初名匡义，976～997年在位。年号：太平兴国、雍熙、端拱、淳化、至道。

真宗赵恒（968～1022年）太宗之子，998～1022年在位。年号：咸平、景德、大中祥符、天禧、乾兴。

仁宗赵祯（1010～1063年）真宗之子，1023～1063年在位。年号：天圣、明道、景祐、宝元、康定、庆历、皇祐、至和、嘉祐。

英宗赵曙（1032～1067年）初名宗实，濮安懿王允让（995～1059年）之子，1062年过继给仁宗，立为皇太子。1063～1067年在位。年号：治平。

神宗赵顼（1048～1085年）英宗之子，1068～1085年在位。年号：熙宁、元丰。

哲宗赵煦（1077～1100年）神宗之子，1086～1100年在位。年号：元祐、绍圣、元符。

徽宗赵佶（1082～1135年）哲宗之弟，禅位于钦宗，1101～1126年在位。年号：建中靖国、崇宁、大观、政和、重和、宣和。

钦宗赵桓（1100～1161年）徽宗之子。1126～1127年在位。年号：靖康。

高宗赵构（1107～1187年）钦宗之弟，在南方重建宋朝，1127～1162在位。禅位孝宗。年号：建炎、绍兴。

孝宗赵昚（1127～1194 年）初名伯琮，太祖七世孙，秀王子称（？～1144 年）之子，绍兴二年（1132 年）高宗选其入禁中，绍兴三十二年（1162 年）立为皇太子。1162～1189 年在位。禅位光宗。年号：隆兴、乾道、淳熙。

光宗赵惇（1147～1200 年）孝宗子，1189～1194 年在位，禅位宁宗。年号：绍熙。

宁宗赵扩（1168～1224 年）光宗子，1194～1224 年在位。年号：庆元、嘉泰、开禧、嘉定。

理宗赵昀（1205～1264 年）赵希瓐（追封荣王）之子，原名贵诚，宁宗无子，遗诏立侄贵诚为皇子，更名昀，即皇帝位。1224～1264 年在位。年号：宝庆、绍定、端平、嘉熙、淳祐、宝祐、开庆、景定。

度宗赵禥（1240～1274 年）赵兴芮（嗣荣王）之子，初名孟启，理宗无子，1260 年立为皇太子。1264～1274 年在位。年号：咸淳。

恭帝赵㬎（1271～1323 年）度宗子，1274～1276 年在位。为蒙古所俘。年号：德祐。

端宗赵昰（约 1268～1278 年）恭帝之兄。年号：景炎。

帝昺赵昺（1272～1279 年）恭帝与端宗之弟。1278～1279 年在位。年号：祥兴。

以下论述即略依年代先后为序。为便于呈现演变的轨迹，其间又分为北宋、南渡、南宋、宋亡四个阶段。这四个阶段并非以年代长短或人数多寡加以均分，而是凭演变的实况来抽刀断水的。因此，北宋虽跨一百六十余年，但宗子留存的作品并不多，且内涵近似，故列为一阶段；汴京沦陷，宗室南迁，这一过渡，是个转变的关键，故时间虽不长，而仍列为一阶段：南宋偏安，而宗子存诗最多，因面对的环境相似，是以列为一阶段：蒙古南侵，席卷天下，赵宋宗社覆亡，入元之后，残余宗子存诗盖寡，但作为收束，仍不可或缺，乃以之为殿。

（一）北宋时期

见存宗室诗最早的是太祖的孙子燕王德昭第五子赵惟和（978～1013年）的《题义门胡氏华林书院》，诗云：

> 华堂高启集儒英，地接仙乡景气清。苔径静铺修竹影，松窗虚透读书声。云飞吟阁诗怀冷，泉激层崖客梦惊。孝弟门风传祖德，圣朝清（青?）史独传成。[1]

这首看来平凡的七律，却不但是见存宗室诗最早的一首，而且还透露了当时宗室扮演着怎样的角色。从《宋史》卷四五六《孝义列传·胡仲尧》、王禹偁《小畜集》卷十九《诸朝贤寄题洪州义门胡氏华林书斋序》以及《全宋诗》所录各家诗所提供的讯息，对此一政治意味浓厚的艺文活动，可做以下的描述。

奉新胡氏是洪州（今南昌）的望族，南唐后主李煜（961～975年在位）曾授族长胡仲尧（生卒年不详）寺丞的头衔，而洪州是南唐的重镇，中主李璟（943～960年在位）晚年曾迁都洪州，并病逝于此。由于胡氏一门孝义，对地方多做慈善事业，尤重文教，在华林山的别墅构筑学舍，聚书万卷，并提供食宿以延生徒。他们是宋初江西的重要安定力量，而其兴办学校尤能配合朝廷的政策。因此，在宋太宗雍熙二年（985年）下诏旌其门闾，仲尧诣阙谢恩，赐白金器二百两。胡氏继续行善，太宗也继续奖励。淳化五年（994年）胡仲尧遣弟仲容（941年前后～1019年前后）入京祝寿，太宗召见，特授校书郎，赐袍笏犀带，又以御书赐之。回乡时，公卿多以《题（或寄题）义门胡氏华林书院》

1. 《全宋诗》三册，第1587页。

为题称美之，多达三十几人，而由王禹偁作序。[1]

到了宋真宗咸平三年（1000 年）胡仲容再度入贡土产，真宗也予以嘉奖，且御笔写了一首不很高明的《赞胡家》诗云：

> 一门三刺史，四代五尚书。他族未闻有，朕今只见胡。[2]

可能群臣又纷纷再度作诗称美华林书院。因为王禹偁《序》中只说作诗的人有三十几人，但《全宋诗》前三册所录，从宋琪（917～996 年）到赵惟和，却有四十四首之多，其中可能有些是咸平三年的作品。赵惟和此首无论作于太宗朝或真宗朝，都显示了北宋宗室诗的特点。

案：太宗即位后于太平兴国四年（979 年）五月平北汉，然后挟战胜余威，亲征契丹。七月与契丹大战于高梁河，败绩，太宗先自离去。北征时太宗以太祖嫡子德昭（？～979 年）随行，当太宗遁逃后，军中大惊，有人谋立德昭，太宗大为不悦。八月即以言语激德昭自杀。两年后太宗的亲弟弟廷美（947～984 年）谋反。太平兴国七年（982 年），太宗逐步剪除廷美的亲信。翌年，将廷美贬到房州（湖北竹山县），并派人监视。雍熙元年（984 年）正月，廷美到房州，忧悸而卒。[3]也许太宗深感宗室对皇权的威胁，尔后朝廷的措施就是“给宗室以有名无实的高官以及厚禄、美爵，但禁止他们担任任何实质性的政治职位”。[4]这些血

---

1. 参《宋史》卷四五六，第 5513 页，《孝义·胡仲尧传》及《全宋诗》一册，第 144 页。
2. 《全宋诗》二册，第 1182 页。
3. 以上所述据《宋史》卷四《太宗本纪》第 97～101 页，卷二四四《宗室列传·魏王廷美》第 3229～3230 页，《宗室列传·燕王德昭》第 3234 页。
4. 《天潢贵胄》，第 43 页。

统高贵，接受良好教育，又带有荣衔的宗子，他们究竟担负了什么任务呢？贾志扬说：

> 带有环卫官官衔的宗室总称为“南班官”，而“南班”指的是他们在朝会中处于殿廷南部的位置。这不是一个空名，它描述了普通宗室最基本的公共职能，奉朝请，作为一个有形而无声的整体出席朝会，缺席将受到惩罚。毫无疑问，这个名称有助于宗室集体身份的塑造。[1]

赵惟和就是“南官班”中一员，而且他还是很受瞩目的一员。他是太祖的孙子，他的父亲德昭理当继承帝位而受激自杀。他那尴尬的身份使他不得表达政见，但也不能太过冷漠，对朝廷的政策他必须有所响应。当时，朝廷正在笼络江南，安定江南，推行文教，而选中了洪州的胡氏作为宣扬的重点。于是皇帝提倡于上，文臣呼应于下。作为宗室的重要成员，年轻的赵惟和也就不落人后，赋诗一首。从这首诗可以看出北宋宗室诗的基调。

太祖的四世孙赵世长（活动于真宋朝）的二十句五言排律《送张无梦归天台》，也是在类似的情况下写的。张无梦（生卒年无考）是个道士，师事负有盛名的道士陈抟（？～989年）。当时隐居天台山，笃信道教的真宗召他入京，并认真写了一首《送张无梦归天台》十二句七言古诗[2]。朝臣也都纷纷作诗相送，如查道（955～1018年）、马知节（955～1019年）、戚纶（954～1021年）、黄震（太宗端拱二年进士）、曾会（太宗端拱二年进士）、曾谷（生卒年不详）、钱易（968～1026年）、陈越（973～1012年）、初玮（生卒年不详）、王德益（生卒年不详）、崔希范（生卒

1. 《天潢贵胄》，第44页。
2. 真宗诗见《全宋诗》二册，第1181页。

年不详)、孙冲（生卒年不详)、刘起（生卒年不详）等。[1] 赵世长在这种热闹的氛围中，也就以宗子的身份露了一手。他的诗中有两句说：

朝客多攀饯，天章复赠行。[2]

明白道出皇帝作诗赠行，朝士纷纷饯别的景况。这类宗室诗应该为数不少，可能因战乱而多数亡佚了。

赵世昌（1020～1061 年）也是太祖的四世孙，德昭的曾孙，他的作品只留下残句两联，一联是《落花》诗：

绿珠楼下堪惆怅，宋玉墙头又别离。

另一联是《御沟》诗：

一条横截红尘断，几曲遥通紫禁深。[3]

据王珪为他写的《墓志铭》,[4] 他当过“宗祀明堂”的环卫官，理应参加过包括朝会、宗庙祭祀等种种仪式，势必也写过一些配合朝廷需要的篇章，只是没有流传下来罢了。而残存的这两联诗却

1. 各家《送张无梦归天台》分别见《全宋诗》二册，第 814、823、825、857、1049、1187、1308 页；三册，第 1722、1726、1727、1733、1745 页。
2. 《全宋诗》三册，第 1724 页。
3. 以上两联见《全宋诗》九册，第 6278 页。
4. 宋王珪《宗室金紫光禄大夫检校国子祭酒右屯卫大将军使持节达州诸军事达州诸军达州刺史兼御史大夫上护军天水郡开国公食邑二千一百户赠洋州观察使洋川侯墓志铭》,《全宋文》卷一一五八，第 621 页。

含有浓厚的抒情意味。前一联将花朵从墙头枝上到零落委地的过程以拟人的手法呈现，充满了哀伤的情绪。另一联则感慨作为权力中心的紫禁城与外界的隔绝，而自己也被阻挡于外。

赵世延（1022～1065 年），德昭曾孙，王珪为他写了头衔长达八十二字的《墓志铭》[1]。特别提到他在儿童时，曾奉旨在仁宗面前"念唐名贤诗数十篇"，"尤喜为诗，每与诸公子唱酬，而风思独为精。庆历中，上方乡文学，而尝进所著诗赋，赐书褒谕。"同时又提到他"通王氏《易》及《孟子》"。他存诗只有《寄夹山芳别圃》一首，诗云：

> 本来包却太虚空，万象森罗立下风。假使悠悠千百世，圣人复出此心同。[2]

这是一首"寄题"的诗，寄题的原因已不可悉，但总是和他的身份、诗名以及某次艺文活动有关。而诗的意涵则将《周易》与《孟子》的思想融入其中。读经和学诗本来就是宗室教育重要的课程。

赵士掞（卒于 1101 年以前）是太宗五世孙，存诗一首，题为《登天清阁》，诗云：

> 夕阳低尽已西红，百尺楼高万里风。白发年年何处得？只应多在夕阳中。[3]

---

1. 见《全宋文》卷一一五九，第 279 页。
2. 《全宋诗》十册。第 6815 页。
3. 《全宋诗》十五册，第 10179 页。

养尊处优的宗子看似悠游自适，但内心却深感光阴虚度，生命落空。

赵士宇（生卒年不详）有《游虎丘》五律一首，其后半首有云：

……角巾可投檄，尊酒且浇愁。甚愧阮宣子，青钱挂杖头。

也是怀着有志难伸的愁绪。

赵令铄（1048～？年）是太祖五世孙，神宗朝进士。他是宗室诗人中，在朝廷开放宗子科举后登进士第的第一人。他存诗二首[1]，都是和苏轼交往的诗。由于参加科举登第，所以他的交游范围较以往宗子略为扩大。比起仍为环卫官的赵令松（生卒年不详）诗的独自游历，已有所不同。

赵令畤（1061～1134 年）是太祖五世孙，在北宋沦陷时已经六十七岁，在南宋又过了七年才去世。元祐七年（1092 年）苏轼知颍州，令畤任签判，二人有诗互赠，苏轼很赏识他的才华，再三向朝廷举荐。[2]但宣仁太后却说："宗室聪明者岂少哉？顾德行何如耳。"似乎认为他的德行有什么瑕疵。到了元祐八年（1093 年），苏轼被贬，令畤也连带被罚金。不久他就依附了内侍谭稹而得到升迁。这一污点，后来高宗还特别提到，绍兴元年（1131 年），宰相吕颐浩（1071～1139 年）安排他主行在大宗正司，高宗不同意说："令畤昔事谭稹，颇违清议。"但不知何故，不久之后，他还是袭封安定郡王，同知大宗正事。令畤死于绍兴四年（1134 年），贫穷得无以为殓，高宗命户部赐银绢，才得成礼。[3]可

1.《全宋诗》十八册，第 11956 页。

2. 苏轼三度推荐赵德麟的表章分别见《全宋文》卷一八七九，第 97、137、189 页。

3.《宋史》卷二二四《宗室列传》，第 3237 页。

见他并非贪财之辈，可能他所看重的是声名和地位吧。

令畤存诗十一首，大部分都是北宋后期所作，如《方叔寓龙兴仁王佛舍与公定道辅仲宝携酒肴纳凉联句时十六韵》，方叔是李廌（1059～1109 年），死于北宋，因知此诗作于北宋；同样，《次韵陈履常汝阴久雪赈饥》，陈履常即陈师道（1053～1102 年），也是死于北宋，故此诗亦作于北宋。因此，从北宋跨越到南宋的诗人，就必须逐首分辨其诗歌作于北宋或南宋；至于无法断定的，只好存而不论。

前面提到的联句诗，赵令畤和李廌、魏泰（道辅，生卒年不详）、谢公定（生卒年不详）、潘仲宝（生卒年不详）都一致表示山林胜过城市，平淡胜过奢华、醉胜过醒。次韵陈师道的那一首则对师道发廪赈饥的义举，深感钦敬。此外他还有一首《次韵晁以道嘲陈叔易得官入京》云：

> 闻道诸公置齿牙，买鞯卖展趁年华。太平起隐无遗策，空尽嵩山处士家。[1]

案：晁以道即晁说之（1059～1129 年），他和陈恬（字叔易 1058～1131 年）同隐嵩山。徽宗大观（1107～1110 年）中朝廷召陈恬为校书郎，陈恬弃隐入朝，晁无咎作诗嘲之，[2]而令畤也帮腔加以调侃。综览各诗，令畤似乎依违于仕隐之间而倾向于隐逸。但观其行谊，他的内心是羡慕出仕的，他的隐是不得已的事。

赵鼒之（生卒年不详），诗学陈师道，有《春日》诗云：

1. 《全宋诗》二十二册，第 14338 页。
2. 晁说之原唱在《全宋诗》二十一册，第 13725 页。陈恬得官入京事见《全宋诗》二十册，第 13543 页。

拂床欹枕昼初长，好梦惊回燕语忙。深竹有花人不见，直应风转得幽香。[1]

表面上是在抒写闲适的生活，但也隐含怀才而不为人知的寂寞。他在徽宗大观初（1107 年）上元日有代府尹应制之作。可见他的确怀才不遇。

综观北宋的宗室诗，约略可分为前后两个阶段。前一阶段，宗室人数还不算很多，从生到死都受到周全的照顾，养尊处优，只在朝会、祭祀等仪式中摆样子，他们的诗作大半是在参与朝廷大型艺文活动时写的。由于他们不得实际掌权任事，有些宗子不免有生命落空之戚。他们的心情与三国时曹植（192～232 年）的心情近似，曹植在《求自试表》中曾自表说：

如征才不试，没世无闻，徒荣其躯而丰其体。生无益于事，死无损于数。虚荷上位而忝重禄。禽息鸟视，终于白首。此徒圈牢之养物，非臣之所志也。[2]

这种“虚荷上位而忝重禄”，虚度光阴“终于白首”令人有种宠物之感，在这阶段的宗室诗，偶尔也隐约透露于字里行间。

宗室的人数不断增多，朝廷的财政负担也愈来愈沉重。在神宗即位那一年，宗室每月的基本开支已超过七万缗，比整个首都官僚的开支四万缗超出很多。这还不含生日、婚、丧、季节性赏赐衣物以及其他特殊开销。[3]财政的吃重，当然来自人数的增加，

1.《全宋诗》二十九册，第 18886 页。

2. 曹植《求自试表》作于魏明帝太和二年（228 年），见《文选》卷三十七，第 519 页。

3.《天潢贵胄》，第 68 页。

据贾志扬的统计，到了第五世——即太祖系的“令”辈、太宗系的“士”辈、魏王系的“之”辈，宗室人数已达 3488 人。[1] 于是朝廷不得不商议采取种种改革措施。其中最重要的是五服以外的宗室丧失了自动授官的权利，却换来了参加科举的权利，并进而可以担任常规职位。[2]《宋史·选举志》云：

> 初宗学废置无常，凡诸王属尊者立小学于其宫，其子孙自八岁至十四岁皆入学，日诵二十字。其已授环卫官有学艺，得召试，迁转者每有之，然非有司常试，乃特恩也。熙宁十年，始立宗子试法，凡祖宗袒免亲已受命者，附锁厅试。自袒免以外，得试于国子监，礼部别异其卷而校之，十取其五，举者虽多，解毋过五十人，廷试亦不与进士同考。年及四十，尝屡举不中，疏其名以闻而录用之。其官于外而不愿附各路锁试，评谒告试国子监。[3]

据此，宗子无论在五服之内或五服之外都有参加科举的权利，而且还有一些优惠和保障。于是，宗子开始扩充他们的社交层面，在适应新环境时，也多了一些感慨。就在他们努力调适之际，却忽然遭遇更大的变动，金人入侵，山河变色，中原包括汴京全都沦入金人之手。

（二）南渡时期

金人占据了汴京，俘虏徽、钦二宗、后妃、高官以及居住在首都最尊贵的宗子约三千人，全数押到燕京。一年之后，百分之八十的人都死了，只剩下 398 人。[4] 倒是那些关系较为疏远，被迁

1.《天潢贵胄》，第 29 页，表 2·2《宋朝宗室的排行字和人数》。

2.《天潢贵胄》，第 70 页。

3.《宋史》卷一五七，第 1785 页。

4.《天潢贵胄》，第 113、117 页。

到南京（商丘）和西京（洛阳）的宗子有机会南渡并支持高宗新建的南方朝廷。这批宗子为数不少，许多人也为抗敌做出贡献。但动乱中存诗不多。

这批南下的宗室诗人有些诗是在北宋末作的，自当归于北宋；其进入南宋做的，在此才择要加以论述。

赵令畤在南宋被召，写了《被责三十年蒙恩召还行在方驻跸钱塘书呈子常侍郎》云：

> 三十余年一梦同，向来朝士尽沉空。如今白首趋行阙，不是当年长乐钟。[1]

剧变之后，不但人事全非，就连行在的钟声也异于故宫的钟声。这是一个老人对故国沦陷表达的深切愁思。

赵子崧（？～1132年），太祖六世孙，徽宗崇宁五年（1106年）进士。汴京失守时知淮宁府，起兵勤王，迭建功勋。嗣以兵败镇江，又受谗言，贬单州团练副使南雄州居住。在南雄他写了一首《建炎四年正月二十五日过南山诗》，这首一韵到底的四十句的五言古诗，已经残缺不全。但残存的诗句如“华发去乡国，炎荒寄蓬窗”，已透露出他的心境。[2]

赵子栎（？～1137年），太祖六世孙，哲宗元祐六年（1091年）进士。据《宋史》本传金兵南下时他任汝州太守，能守土保境。其诗只残存三联，其中一联云：“发为干戈白，心于社稷丹。”

1. 《全宋诗》二十二册，第14338页。
2. 赵子崧事迹见《宋史·宗室列传》卷二四七，第3266～3267页。诗见《全宋诗》二十四册，第15709页。

表现了他对社稷的忠爱，对时局的忧心。[1]

赵士礽（生卒年不详），太宗五世孙。徽宗大观元年（1107年）锁试第一，授从仕郎。高宗绍兴三十一年（1161年）为宗官，卒年七十五。他存诗四首，两首是《和张叔夏梅岭》，第一首写时光催人老，而有及时行乐之意。第二首尾联云："他年自许调金鼎，绝味应当献君王。"则壮心未已也。另一首《赠申孝子》赞扬江西铅山申孝子愿代父死，而感动了贼人，显示他的一份社会关怀。[2]

赵子昼（1089～1142年），太祖六世孙，徽宗大观元年（1107年）进士，为宗子第一。南渡后，对制度的草创，多有贡献。绍兴初，除徽猷阁待制、枢密都承旨。宗室任三省密院从官，是从他开始的。后因得罪奸相秦桧（1090～1155年）投闲置散，寓居衢州，度过最后的七年。为他写墓志铭的好友程俱（1078～1144年）说他"其文敏而粹，其家集而藏之，得二十卷"，又盛赞他"其名位文词足以耸动一时而传信于后者为不少"。[3]但今仅存诗三首，其中两首七绝《题崇兰馆圃》写闲居朴素的生活。另一首《泛舟鉴湖同程致道赵来叔联句》是他和程俱、赵子泰（生卒年不详，太祖六世孙）联句，共一百九十二句的五言古诗。在这首诗里，他将自己宦海浮沉以及内心的感受尽情宣泄出来。[4]

赵令衿（？～1158年），太祖五世孙。徽宗大观二年（1108

1. 赵子栎事迹见《宋史·宗室列传》卷二四七，第3267～3268页。诗见《全宋诗》二十二册，第14924页。
2. 《全宋诗》三十册，第19211～19212页。
3. 赵子昼生平详见程俱所作《墓志铭》，《全宋文》卷三三四五，第433～436页。
4. 《题崇兰馆圃》二首见《全宋诗》三十册，第19220页；联句诗见《全宋诗》二十五册，第16319～16320页。

年）中舍选，钦宗时已为军器少监，因直言罢。南渡后，袭封安定郡王，因得罪秦桧，桧欲置之于死地，绍兴二十五年（1155年）桧死，才得活命并复爵。令衿存诗六首，其中四首是《李伯纪丞相挽诗》，从第一首起联的“道大终为累，功高反被疑”到第四首尾联的“凛然生气在，谁谓哲人亡”，都在为李纲（1083～1140年）无法光复故土而叹惋。《泉南花木》则写他对故国的眷恋。[1]

赵子潚（1101～1166年），太祖六世孙，徽宗宣和六年（1124年）进士。南渡后，对于守备、平乱、治水、治狱、外交、练兵各方面都有杰出的表现，甚得高宗的信任。[2]子潚存诗十二首，《早朝十首》写朝会的威仪，以及他的虔敬心情。[3]

赵善应（1118～1177年），太宗七世孙，性孝悌慈善。存诗二首，其《宁师西阁》云：

> 飘泊南来几岁寒，追谈往事漫心酸。云烟暮隔中原望，归折梅花忍泪看。

充满了乡国之思。[4]

赵善傅（生卒年不详）与父不抑随高宗南渡。存诗六首，多离乡怀旧之情。[5]

赵公硕（1121～？年），魏王六世孙，高宗绍兴二十一年

1.《全宋诗》三十三册，第2108页。

2.《宋史·宗室列传》卷二四七，第3268～3269页。

3.《全宋诗》三十四册，第21465页。

4. 赵善应生平见《宋史·赵汝愚列传》卷三九二，第4334页。其诗见《全宋诗》三十八册，第23702页。

5.《全宋诗》三十八册，第23702～23703页。

(1151年)进士。历任地方长官，存诗四首，皆游历之作。[1]

赵彦端(1121～1175年)魏王七世孙，绍兴八年(1138年)进士，一生任职地方。存诗三十五首，其内容有祝寿、山居、行役，咏物等。其中《观送迎有感》写官场送旧迎新的所见所感，甚有意致。《牡丹》诗云：

> 沈香亭北无消息，魏国姚家亦寂寥。不见(疑为“在”)君王殿中见，溪园堂下雨潇潇。

可能对自己游宦四方，不能接近权力核心，而有怀才不遇之感。[2]

以上所举，皆为生于北宋的宗室诗人，南渡后所作的诗歌；有许多宗子，由于不能确定他们生于北宋，因此均未列入，而将之划归南宋时期。然而，在南渡宗子之外。那些大批被掳北上以及逃亡流落在北方的宗室也残留了零星的作品，这里只举徽宗第十八子赵榛(生卒年不详)为例。

赵榛在靖康之难时被金兵截留河北，起义兵抗金，高宗建炎二年(1128年)，赵榛听到哥哥即位于南京的消息，派遣部将马扩到行在听取朝廷的命令，并写了《送马扩诣行在》二首：

> 全赵收燕至太平，朔方寸土比千金。氛祲一扫銮舆返，若个将军肯用心。遣公直往面天颜，一奏临朝莫避难。多少焦苗待霖雨，雨霖只在月旬间。

孤危待援之情溢于言表。当时高宗只给了他弟弟一个“河外兵马

1.《全宋诗》三十八册，第23782页。

2.《全宋诗》三十八册，第23743～23748页。《订补》，第415页。

都元帅”的虚衔，由于自私和猜忌，反而下令河北义兵一人一骑不得渡河以南。后来赵榛也就不知所终。

北宋晚期，疏远的宗子已不再受朝廷优厚的全面的照顾。但他们得到参加科考，担任实质官员的机会，而逐渐融入士大夫社会。再者，他们被迫迁离京师的宗室社区，也使他们得以在变乱中逃到南方，报效新建立的朝廷。

当时朝廷百废待举，用人孔急。这批受过良好教育，甚至登进士第或有实务经验的宗室，正是朝廷可靠的人力资源。他们虽然也受到猜忌和排斥，但仍然有很好的机会担任一些职务——特别是地方官。他们广泛地接触到实际的政治，更深入士大夫阶层，也关心民间疾苦。

初到南方，他们深怀故国之思，也激发了忠义之气，他们基本上是极力想光复神州，愿意竭智尽忠为中兴大业贡献一己的心力，但朝廷暧昧的态度也令他们迷惘和焦虑。凡此种种，他们都表现在诗歌的字里行间。至于被押送燕京，残留三百多人的帝后宗室，以及流落北方的宗子，引领南望，等待拯救，而终于绝望至死，其身心的痛苦，更不待言。

（三）南宋时期

南宋一百五十多年间，大部分都处于内忧外患之中。外患方面先有金兵，后有蒙古的凭陵；内忧方面，则有权奸当道。两者之间又存在着相互影响的关系。有良知的诗人处于这种低气压之中，也就常做不平之鸣。生于南宋的宗室大都参加科举，参与政治运作，融入士大夫阶层，接触到甚至于亲身体会到民间的疾苦。他们与国同休，对国家的休戚普遍很敏感。但当他们崭露头角的时候，也更容易受到当权者的忌刻、排挤、压迫和打击。于是，有些宗子就以诗歌发抒郁闷，或与同道相互激励，所以宋代的宗室绝大多数都出现在南宋时期。

南宋高宗，从一即位就宠信奸臣黄潜善（？～1129 年）、汪伯彦（1069～1142 年），但为害时间尚短。到建炎四年（1130 年）秦桧（1090～1155 年）携家自金营南下，立即得到高宗的信任重用，一直为祸到他死去方止。孝宗、光宗朝尚无大奸为害。可是自宁宗即位起直到宋亡，每朝都有大奸巨憝当道。宁宗即位于光宗绍熙五年（1194 年）七月，到十一月宁宗韩后的叔父韩侂胄（1151～1207 年）就已经大权在握。他不但嫉害忠良，连学术都严厉箝制。紧接着韩侂胄专擅国政的就是谋杀他的史弥远（1164～1233 年），史弥远在宁宗朝为相十七年，因拥立理宗有功，又独相九年。长期专权用事，专任小人为鹰犬。最后的大奸是贾似道（1213～1275 年），他的姊姊是理宗的贵妃，他从理宗朝到度宗朝都显赫专权，到他罢职被杀时，已是恭帝德祐元年（1275 年）。这时，文天祥（1236～1283 年）从吉州勤王入卫，并开始进入军国大事决策机构，但大势已去，只有为国牺牲一途了。以下从几个方面来考察南宋宗室诗的内涵。

1．直斥权奸

由于权奸所布下的文网很周密，报复的手段极严酷，所以南宋士大夫以诗歌直斥奸相的并不多见。但这并不意味士大夫都畏惧报复噤若寒蝉，忠贞耿直不畏强梁，冒死直谏的人正复不少。然而他们采取的手段都是正面冲突，直接上奏。也许他们认为以诗挞伐，不能达成除奸的效果，且诗贵含蓄，以诗直斥过于浅露，所以士大夫或宗室都少用这一手段。兹将仅见三例陈述于后。

赵师训（高宗绍兴二十四年进士）是太祖八世孙，有诗一首《失题》云：

> 庆元宰相事纷纷，说着令人暗断魂。好听当时刘弼语，分些官职乞平原。

这是指责韩侂胄的诗，谓当年主导光宗内禅宁宗的赵汝愚，如果能听刘弼的话，分些官职给韩侂胄，而不是沉默不做回应，则不致有后来韩侂胄残害包括赵汝愚在内的忠贞人士之事。[1]赵某（活动于宁宗庆元五年时之宗室举子）《大小寒》诗云：

> 蹇卫冲风怯晓寒，也随举手到长安。路人莫作皇亲看，姓赵如今不似韩。

这是讥刺韩侂胄、韩仰冑兄弟的题壁诗，谓赵氏宗室不如姓韩的外戚之享有特权。[2]

赵汝迕（宁宗嘉定七年进士）残句一联云：

> 夜雨梧桐王子府，春风杨柳相公桥。

为宗室作不平之鸣而得罪宰相史弥远，致沦落以终。[3]

以上三例都不能损权奸之一毫，只是一吐为快而已。

2. 隐喻讥讽

此类篇章，或刺当权者，或讥堕落之风气，以其近于风人旨

1.《全宋诗》三十八册，第 24032 页。

2.《全宋诗》五十四册，第 33814 页。

3.《全宋诗》五十七册，第 35840 页。

趣，故作品较前项为多。如赵善括（活动于孝宗朝），太宗七世孙，其《和浙宪同诸公游梅园》二首之二云：

> 庭除大槐安，人世甚蚁屯。……[1]

即以唐人李公佐（唐宪宗元和初年进士）传奇小说《南柯太守传》为喻，刺世人之汲汲于功名利禄。

赵善扛（1141～？年）是太宗七世孙，孝宗乾道六年（1170年）知泰宁县时，作《瑞雪雀偈》云：

> 日日飞鸣宣妙旨，幻华起灭复何疑。可怜多少风尘客，去去来来只自欺。[2]

一如前者，谓功名利禄为虚幻。

赵师商（生卒年不详），太祖八世孙。其《嘲侠客》云：

> 计拙难敷食与衣，惟将侠气借相知。何如冯子归弹铗，争似毛生立见锥。清世翩翩谁是美？尘寰碌碌已称奇。有时举翮连云起，不比函关一只鸡。[3]

有怀才不遇，有志难伸的感慨。所谓“清世”是“浊世”的反话。在这样的时代，虽有冯谖、毛遂之志之才，却不如鸡鸣狗盗的得意。

1.《全宋诗》四十七册，第 29670 页。

2.《全宋诗》四十八册，第 30103 页。

3.《全宋诗》五十一册，第 31691 页。

赵汝鐩（1172～1246 年），太宗八世孙。其《虱》诗云：

虱形仅如麻粟微，虱毒过于刀锥惨。……念其昔日到明光，曾游相须经御览。[1]

谓虱子小而歹毒，却曾在宰相王安石的胡须上，而被神宗御览过。以虱子喻小人，其旨甚明。

赵孟坚（1200～？年），太祖十一世孙。其《卖镜》诗云：

……世间万事只宜晦，明镜何须炯相对。镜明卖却昏不磨，从教双鬓雪婆娑。[2]

时代昏暗，只好卖掉明镜，而昏暗的铜镜也无须再将它刮垢磨光，就任自己在昏暗中老去算了。他对当时的政局是完全失望了。

以上讽世之作都对南宋朝廷上小人道长，君子道消，深感痛心与无奈。

3. 退隐与薄宦

南宋宗室既看透了政局的昏浊，而自己却又无从着力，于是有些人就萌生退隐的念头。如赵善括的《和邦承所赠中隐古风》就说：

……为米一折腰，献玉三刖足。人情冰复炭，世路岸为谷。奔走三十年，尘埃几千斛。归访旧园林，要识真面目。……

1.《全宋诗》五十五册，第 34216 页。
2.《全宋诗》六十一册，第 38673 页。

他在宦途上仆仆风尘，奔波三十年，深深体会到人情冷暖，世路崎岖，因而倦鸟知还，想退隐过平实的生活。他在《世事》二首之一又重申此意说："已断声华念，临深肯羡鱼？"[1]

又如赵善俊（1132～1195年）《登虎丘寺》云：

> 我有家山与茂林，闭门肯复事幽寻？偶来千古云岩寺，洗尽三生宦海心。……[2]

赵庚夫（1173～1219年）《清泉》云：

> ……每思削发游方去，时梦乘云谒帝归。何世独无勋业士？古来惟有逸民稀。[3]

他们把在宦海建立勋业一事看淡了，而标举隐逸的可贵。

有许多人也在退隐之后，领略到山林之美，生活之适。如赵崇渭（生卒年不详）的《隐逸》云：

> 懒散数椽下，于人无所求。静观棋得趣，闲坐石忘忧。对酒红生颊，孤吟白上头。高山有佳趣，便欲作清游。[4]

有求皆若，知足常乐，观棋、闲坐、对酒、吟诗、登临、皆无关乎功利，故得闲适之乐。

又如赵崇嶓（1198～1255年）《适趣》云：

1. 赵善括二诗分别见《全宋诗》四十七册，第29668、29675页。
2. 《全宋诗》四十五册。第27851页。
3. 《全宋诗》五十五册，第34297页。
4. 《全宋诗》三十八册，第23719页。

赋资在山林，适趣非任放，乾坤入我牖，得此一昭旷。雨露日以深，禾黎日以长。妻儿喜相谓：一饱知可望。饭蔬适我愿，此意应勿爽。[1]

他们一家将欲望减到最低度，只求一饱。他们既不为物欲所蔽，所以能领略朴素之趣。

赵与时（1175～1231年）《诗二首》之二云：

粲粲香秔雪不如，新菘况复满杯盂。侯门肉食纷纷是，有此清奇风味无？[2]

赵密夫（理宗绍定二年进士）《三脆面》云：

笋蕈初萌杞采纤，燃松自煮供亲严。人间玉食何曾鄙？自是山林滋味甜。[3]

以上两首都集中于饮食一端赞赏田园的绝佳风味。

然而，隐逸固然有自适之趣，但也有艰辛的一面。所以自古以来，全始全终的隐士并不多见。就如前引赵庚夫，他在《清泉》诗中虽已看淡了功名，而盛赞隐逸；可是他另有一首《山居苦》云：

栽松成曲径，洗石出秋屏。米价占新月，更筹认曙星。买牛邻共契，祭灶妇看经。不觉成头白，频看烧地青。[4]

1.《全宋诗》六十册，第38074页。

2.《全宋诗》五十五册，第34311页。

3.《全宋诗》六十一册，第38598页。

4.《全宋诗》五十五册，第34298页。

居住山野，虽然清幽，但也附带了种种不便及匮乏，自有其苦处。为了满足生活上的基本需求，诗人就只好不情愿地踏上崎岖的宦途了。就如赵师秀（1170～1219年）说的："亦知远役能添老，无奈高眠不救贫。"[1]

南宋宗室在宦途上志得意满的极为罕见，绝大多数都为了不很丰厚的俸禄，而游走四方，去当地方官。在他们到任之前，就先尝到行役之苦。如赵善扛（1141～？年）《题大安铺》所云：

行役何时歇，崇安复大安。已惊桥一线，更畏岭千盘。……[2]

又如赵善涟（1142～1217年）《瀫水驿中》云：

家山迢递白云遮，行役偏愁去路赊。朝涉桐江寒入胫，夜眠孤馆梦归家。[3]

他们都在抒写路途的遥远，途中的孤寂、辛苦和危险。然而到了任所的景况又是如何呢？赵崇森的《漏屋雨》云：

官屋无钱可得修，雨来难免震凌忧。……[4]

跋涉山川，千辛万苦，终于抵达官舍，而官舍却是一幢无钱可修的漏雨房屋。

1. 赵师秀《十里》诗，见《全宋诗》五十四册，第33860页。
2.《全宋诗》四十八册，第30103页。
3.《全宋诗》四十八册，第30338页。
4.《全宋诗》三十八册，第23717页。

赵汝回（宁宗嘉定七年进士）《峨眉山廨》云：

> 褐衣蔬食苦吟身，肌骨虽清鬓雪新。栗里未营三亩宅，桃园已过一年春。也知官职难痴望，化得妻儿不谇贫。别写新诗寄乡友，峨眉山下独闲人。[1]

他担任职位不高，待遇不丰，也没什么前途的差事，只是为了养家活口，才从事如此薄宦。

赵希迈（理宗端平间 1234～1236 年通判雷州）《五斗》云：

> 五斗驱将五岭来，萧萧老屋枕岩隈。……短鬓吟边从似雪，壮心客里渐成灰。……[2]

为了微薄的薪俸，他被迫越过五岭，住进老旧的官舍，在那里消磨了他的雄心壮志。赵希迈另有一首《涌金汤》云：

> 官与民间一样贫，空流江水净如银。谁将山里闲田地，唤作黄金误世人。[3]

特别提到官吏与农民的贫困，以及对富裕的向往。

南宋多数宗室诗人面对浑浊的政治潮流，只有在退隐与薄宦两者之间做个选择。那种状况就有些像谢灵运（385～433 年）的“进德智所拙，退耕力不任”。[4]而无论哪一种选择都难以令人满

1.《全宋诗》五十七册，第 35869 页。

2.《全宋诗》六十册，第 37898 页。

3.《全宋诗》六十册，第 37904 页。

4. 谢灵运《登池上楼》，见《谢灵运集校注》，第 63 页。

意。他们的心情又有点像南唐时左偃（生卒年不详）的“谋身谋隐两无成，拙计深惭负耦耕”。[1]

4. **融入与关怀**

在北宋神宗朝之后，宗室逐渐扩大生活圈，跟文士的交往也渐趋频繁。进入南宋，宗子多任地方官吏，接触平民百姓而有了“官与民间一样贫”的认同。他们往往以亲切的态度融入民间。如赵善括《乐塘铺和周师禹韵》云：

> 迟日醉花春影长，村醪引人无何乡。碧林啼鸟惊梦断，行客红尘吹去忙。忧心悄悄谁知道，且是不关春事了。雨旸今岁定丰年，殷勤更问农家老。[2]

赵善括深入农家，与民同乐，殷勤询问农家老人，祝福今年能有丰稔的收成。

赵汝鐩《到农家》云：

> 难得官人到，茅檐且驻车。自携锄掘笋，更取网求鱼。一媪来斟酒，诸童竞挽裾。须臾对吾泣，科役苦进胥。[3]

他也亲自到农家，体察民瘼。又如他的《庄家》云：

> 半掩柴门傍浅地，茅茨夹柳闹黄鹂。旧仓拆去安新囤，新篠添来补旧篱。煎茗吹炉呼幼妇，持箕扫地命童儿。庄家无可将勤意，数片亲舂糯

1. 左偃《寄韩侍郎》诗，见《全唐诗》卷七四〇，第8443页。
2.《全宋诗》四十七册，第29670页。
3.《全宋诗》五十五册，第34226页。

米糍。[1]

他对庄家生活观察得如此细微，显示他对农家深刻的关切；而主人也报以热忱恳挚的款待。这类诗篇在宗室诗中屡见不鲜。

他们既融入民间，怀有同情共感，自然将他们深切的关怀抒发在诗作中。如赵汝绩（生卒年不详）《无罪言》云：

> 哀哀民何辜，遭此凶歉厄。初闻数米炊，次复并日食。草根掘欲尽，木皮屑不给。……贪官猴而冠，健吏虎而翼。……安得扣九关，玉阶面咫尺？……[2]

汝绩眼见农民在饥荒中亟待救援，而贪官污吏却仍无情催迫，令他愤慨至极。赵汝鐩《翁媪叹》亦云：

> 旱曦赫空岁不熟，炊甑飞尘煮薄粥。翁媪饥雷常转腹，大儿嗷嗷小儿哭。……沥血祈哀容贷纳，拍案邀需仍痛詈。百请幸听去须臾，冲夜搥门谁叫呼？后胥复持朱书急急符，预借明年一年租。[3]

遭逢荒年，农家已难以存活，恳求延缓纳税，而胥吏反而在夜里前来催迫预缴明年的赋税。汝鐩对衙门如此无理无情的举措痛心疾首而大声控诉。

赵崇嶓（1198～1255年）《劝农》云：

1.《全宋诗》五十五册，第34254页。

2.《全宋诗》五十四册，第33615页。

3.《全宋诗》五十五册，第34204页。

边头几日静干戈，见说朝家已讲和。犹惜人家有汤镬，攒眉终日为催科。[1]

宋金讲和，对百姓而言，原本是桩好事，但每当朝廷屈辱乞和，总是要增加岁币献给金人。于是朝廷又要增加赋税，这又加重了百姓的负担。

以上三例，都是为赋税繁重而不平。看来南宋百姓的痛苦主要是来自赋税的繁重。《宋史·食货志》论租税之弊有云："内则牵于繁文，外则挠于强敌。供亿既多，调度不继，势不但已，征求于民。谋国者处乎其间，又多伐异而党同，易动而轻变。"[2]宗室同情百姓的疾苦，所以这类作品特多。此外，宗室诗人对征戍、徭役这类自古有之的议题也很关心而再三致意。

5. 孤愤与爱国

南宋初期，第一、二代的宗子，多怀故国之思。如赵善伦（生卒年不详）《京口多景楼》云：

壮观东南二百州，景于多处更多愁。江流千古英雄泪，山掩诸公富贵羞。北府如今唯有酒，中原在望忍登楼？西风战舰今何在？且办年年使客舟。[3]

北望中原，乡愁油然而生，对于朝廷一味求和不图光复，深感

1.《全宋诗》六十册，第32085页。

2.《宋史》卷一七三，第2010页。

3. 这首《京口多景楼》的作者有刘过、赵善思、赵善伦、赵汝伋等不同的说法，《全宋诗》二十五册，第16660页采韦居安《梅磵诗话》之说，将著作权归于赵善伦。但《全宋诗》五十册，第31174页，又据《嘉定赤城志》卷三十四，认为作者是赵汝伋（孝宗淳熙五年进士），兹从前说。

痛心。

一代一代传下去，出生于南宋的人，逐渐淡忘了乡愁，但面对强敌凭陵、朝政昏暗，却愈来愈感愤慨，凝聚成一种“孤愤”意识。如赵善括《次龚丈同叔高韵》云：

> 备尝险阻与艰难，久别松楸水一湾。孤愤未申思北阙，双眉初展见西山。化工已定休言命，巧匠于今亦汗颜。它日中兴筹庙略，为君一露管中斑。[1]

赵汝绩《忆昔一首》云：

> 忆昔三十气拂云，钺神纛鬼泣祃文。欲提河洛数千里，重收图版归明君。只今万事付孤愤，坐看江西竹生粉。苎丝成疋剪钓衣，一棹贺湖烟水远。[2]

赵汝鐩《荆门行》云：

> ……九秋半破明月夕，照我孤愤行绕壁。天子尝胆方仄席，微臣敢作楚囚泣？秋风一剑楼兰国！[3]

读以上三首，可见所谓“孤愤”的内涵都是空有雄心壮志，却苦于报国无路的愤慨。因此，举凡抒发爱国情操的诗篇都属此类。由于终南宋一代，有中兴气象的时候少，萎靡不振的时候多，有责任感的知识分子长期受到压抑甚至于迫害，是以洋溢着忠勇爱

1.《全宋诗》四十七册，第 29678 页。

2. 祃，是师祭，祃文，犹出师的誓词。诗见《全宋诗》五十四册，第 33617 页。

3.《全宋诗》五十五册，第 34209 页。

国情操的诗篇特别多。

赵汝铤（生卒年不详）《雪》诗云："病倦扶危坐，起看天雨花。……龙山云壑胜，《冰柱》忆刘叉。"[1]案：刘叉，唐元和人，生卒年不详。其诗多愤世嫉俗、抨击现实之作。而最激烈之诗句见于《雪车》诗，如"……天子端然少旁求，股肱耳目皆奸慝。……相群相党上下为蠹贼。庙堂食禄不自惭，我为斯民叹息还叹息。[2]"赵汝铤想起刘叉，就是想起他大胆批评朝政的诗句，只是不直言《雪车》诗，而婉转借用他另一首《冰柱》诗为饰而已。

又如赵汝钟《古剑歌》云："……倚楼西北望边城，连月亘天烽火明。隐忧枕上思请缨，夜半跃鞘床头鸣。梦中见告若有神，'吾价岂但直百金？吾勇岂但敌一人？知君素有击楫中流心，誓当助君报国清胡尘！'"[3]借古剑显露其忠勇报国的决心。

赵汝回《西湖重午作》云："高诵招魂招屈平，只应沈恨隔浮萍。著《骚》直以尸为谏，亡楚如何醉不醒。像虎空悬青艾束，辟兵难望彩丝灵。凭君一激沅湘水，净洗中原血铠腥。"[4]汝田在端午以"亡楚"警惕南宋朝廷，并发扬屈原的忠爱精神。

直到宋末，赵必泺（1225～？年）《言志》还在说："足濯长江万里流，手提三尺龙泉游。胸中一片英雄气，生不杀奸死不休！"可见正邪之争，贯穿了整个南宋，而激昂的爱国诗，也就成为南宋诗歌的主流。

南宋宗室打从南渡以来，就和许多志士一般，一心要在中兴大业上竭智尽忠，但都因奸臣当道，有志难伸。他们随同精英分

1.《全宋诗》三十三册，第 21265 页。

2.《全唐诗》卷三九五，第 4444 页。

3.《全宋诗》五十五册，第 34213 页。

4.《全宋诗》五十七册，第 35876 页。

子不断向奸佞抗争，但一百五十年中，每场斗争几乎都以失败收场。有些宗室萌生了退隐的念头，其中有些人也在一段时间里体会到山居之乐，但终因生活困窘，不得不为五斗米折腰，接受薪俸不丰厚，也难有大作为的职务。但出身贵胄的宗室这才真正融入民间，百姓的苦乐，他们能够感同身受。凡此，宗室诗人都一一呈现在作品里。

然而，最为显著的是他们的爱国诗篇。爱国诗篇自古有之，但都没有南宋时期出现得这么频繁，这么强烈。南宋长期处在内忧外患交煎之下，忠良尽受迫害，只有借诗歌抒泄其愤懑。这类诗歌可说是南宋诗坛的主流。而宗室诗人与国同休，自然积极参与其中，写出悲愤激昂的篇章。这一洪流对后世产生巨大深远的影响。

（四）宋亡时期

宋亡以后，宗室零散隐藏，宗室诗人的作品传世不多，很容易就可归纳出其内容之几项主要趋向。首先，就是延续南宋的忠义精神，如赵孟僩（文天祥从事）《临终口占》云：

> 王室之懿，文山之客。持此寸心，千古忠赤。[1]

他以自己的宗室身份与曾襄助文天祥抗元而自豪。宋亡之后，他一生坚持忠贞的信念，至死不贰。所以临终之际，他能不愧不怍，口占此十六字。

赵良坦（理宗宝祐元年进士）《狱中附家二首并序》录序及诗第

1.《全宋诗》六十八册，第 43126 页。

一首：

试令三载，无愧于心。守节二年，不屈于敌。只因忠义二字，累及老稚一门，所著诗篇，附以见志。

不才离别已多时，脉脉关河入梦思。万种闲情诗易道，一腔愁绪酒难移。风回过雁乡书断，月满园扉夜漏迟。臣子立身忠与孝，此心期不愧丹墀。[1]

良坦曾任知县，端宗、帝昺走闽，良坦以军器监簿赞军事，与元兵作战被俘，系狱二年，不屈殉难。但他保存“忠义”二字于不坠。

其余如赵崇源（生卒年不详）《九日山》的“九日登临奈老何，强将幽恨寄悲歌。……独怜堂下千章木，跨越齐梁未改柯。”赵友直（度宗咸淳元年，与祖必蒸、父良坡同登进士第）的《观菊有感》：“行到篱边地满霜，曩时物物已非常。自怜失意秋风后，独有寒花不改香。”《咏兰》：“物类尚知羞媚世，污名秽节岂吾俦？”[2]也都是在发扬忠义，砥砺气节。

其次，他们又更强调了南宋以来的隐逸思想。南宋的隐逸思想还只是清浊之分，至此则是华夷之辨。如赵良坡（度宗咸淳元年进士）《隐居》云：

习静深山里，幽栖趣逼真。青楼何足契？白雪故相亲。守道无妨困，藏书不尽贫。昔人嘉遁汉，我亦爱逃秦。[3]

1.《全宋诗》六十六册，第 41293 页。

2. 以上诸诗分别见《全宋诗》六十七册，第 42378 页，七十册，第 43926、43965 页。

3.《全宋诗》六十八册，第 42920 页。

良坡选择隐居是非常坚决的，元人欲荐之于朝，竟不屈而死。

赵必瑑（1245～1295年）《避地山中和杨推夜寒二首》其一云：

山藏皇恐色，溪诉不平声。落叶啼猿怨，危枝宿鸟惊。林疏风四面，霜冷月三更。酒醒愁无寐，烧松炙到明。[1]

写初隐时在陌生环境的忐忑惊恐。第二首云：

怕有桃源路，相期更卜居。

想继续寻找更理想的隐居地点。为谋隐居，往往邀约同道，或声气相通。赵必瑑的《挽李梅边》二首之一云："贞元朝士尽凋零，一世龙门羡李膺。靖节有诗题晋号，德公无意入襄城。……"其二云："……篷鬓蚤因时事白，荷衣不受劫尘污。……"[2]写李梅边的洁身自好，既赞美友人，实亦自况。

宋亡之后的知识分子，包括宗室诗人的隐居乡村，不仅为明哲保身而已，他们多致力于文化的传承和道统的护持。如必瑑《挽李梅边》第二首前半首云："归卧西楼理故书，幅巾羽扇一癯儒。家庭师友尊明道，古史文章逼老苏。"他们在隐居中不忘自己作为儒者的责任。

赵友直《搆（避高宗赵构讳）竹楼初成》云：

竹楼新搆喜初成，为检遗编课子程。……旧业深怀期远大，心田寸许

1.《全宋诗》七十册，第43934页。

2.《全宋诗》七十册，第43932页。

欲耘耕。[1]

构新楼是为了延续旧业。他以传统的学问来淬炼子孙的精神，以储备远大事业所需的能量。其《创泳泽书院初成》，原注：泳泽院在西湖东，朱子曾讲学于此，元至元创建之。云：

万古湖山一望央，紫阳道脉壮宫墙。佳朋鳞集互联榻，多士云从相共堂。地有金罍非福瑞，天将玉汝任纲常。要知学问无他术，只在工夫不怠荒。

新构竹楼以课子，他已喜不自胜，而创建书院，广收学生，发扬朱子所传的道脉，他的期望就更为殷切。至于《搆竹楼初成》所期的“远大”又是什么呢?《丙戊春雾》云：

忽逢阴浊气氤氲，四顾山河尽已昏。……若得一番风扫后，依然再观旧乾坤。[2]

他的远大事业就是期盼光复旧河山。

最后一项特色是看重自己的宗室身份。赵友直的《命子篇》云：

悠悠我祖，肇自轩辕。迄于赵城，因而氏焉。汉家涿郡，继族于燕。卜迁大梁，世系绵绵。宋自中叶，徙都南塘。武显扈跸，聿居虞乡。于赫文杏，奕世其芳。符德象贤，谱牒有光。顾及于我，时运倏倾。族居萍散，遂殒家声。苫块余息，仅存其形。于焉有心，冀我后生。后生是畏，

1.《全宋诗》七十册，第43963页。

2. 前引二首分别见《全宋诗》七十册，第43964，43965页。

圣谟炳如。维时孜孜，无忝厥初。岂不尔念？为惜居诸。无后非孝，匪才若虚。[1]

他用扼要的文字，押韵的诗歌，纵述祖德以及他对子孙的期望，便于子孙记忆传诵。但文字精简，不易理解，于是，又逐句亲自注解。可见他多么盼望生长于元朝的子孙能谨记谱系，不要忘本。

简言之，从北宋到南宋，乃至宋亡若干年后的宗室诗约可分为几个段落。

北宋在神宗朝以前，宗室都还是近亲，他们的一生都受到朝廷的照顾，享受尊荣和优渥的待遇，只是不能接触实际的政治。他们参与典礼，装点朝廷的门面。有时也在艺文活动中作诗，展示他们的文学教养。

到了神宗朝，宗室多已逾越五服之外，而且人数众多，成为财政上沉重的负担。朝廷检讨之后，宗室的待遇不再那么丰厚，但可参加科举。于是，他们和社会上精英分子的互动较以前频繁，他们的诗篇时见有志难申之叹。

靖康之难，大约有三千宗室随徽钦二宗被掳北上。不住汴京的宗室则南渡依附高宗在江南新建的朝廷，并愿为中兴大业贡献心力。他们的诗作每多今昔之感，故国之思；也呈现了忠义的情操与对社会的关怀。

宗室诗见存最多的是出生在南宋一百五十年间的宗子所作。南宋除了孝宗、光宗朝之外，大部分时间的朝政都为奸相所把持，而对外则有气焰嚣张的强敌。宗子处此环境，内心抑郁难平。发为歌诗，或直斥奸佞，或含蓄讽刺。许多宗子对时局感到

1.《全宋诗》七十册，第 43956 页。

失望而萌生退隐的念头，有人也在一段时间内体验了隐逸的自在，但终究抵不过生活困窘的压力，只好投入宦途。他们仆仆于道上，跋山涉水，出任地方官吏，这却也使他们更深入民间，体察民瘼，而由衷兴起真切的关怀。

然而，南宋宗室诗最铿锵有力的还是忠义爱国的篇章。忠义爱国诗本来就是南宋诗坛最显著的特色，由于宗室“与国同休”，其数量上的比例，自然比一般诗人为高。

宗社既倾，宗子在悲痛惊吓之余，四散避难。他们或自愿、或被迫隐居起来。宗室诗人有此仍秉持南宋的爱国诗风，写下激昂的诗篇。同时也为文化的传承而教育后代，也有人将谱系写成歌诀，希望子孙传诵，不要忘本。

三、太祖、太宗、魏王廷美三系宗室诗心情之异同

兹先将太祖、太宗、魏王廷美三兄弟所传子孙世系，依辈分制为表格，以便参照。

宋代宗室世系表

	子	孙	三世	四世	五世	六世	七世	八世	九世	十世	十一世	十二世
太祖	德	惟	从	世	令	子	伯	师	希	与	孟	由
太宗	元	允	宗	仲	士	不	善	汝	崇	必	良	友
魏王	德	承	克	叔	之	公	彦	夫	时	若	嗣	次

以下即依此三系，略加论述。

（一）太祖系

就见存的宗室诗而言，太祖一系的诗作最早出现，那就是太祖孙惟和与四世孙的世长、世昌、世延。他们的作品基本上都是参加朝廷大型艺文活动的产物。这种礼貌的应酬诗只要求得体而无需流露内心的感情。其中只有世昌的两联残句表现了伤逝和一种疏离的情绪。

太祖五世孙有令铄、令松（生卒年不详）、令时、令衿等人。令铄生于仁宗庆历八年（1048 年），但在神宗朝登进士第，而和精英分子有所互动。他仅存的两首诗，都是跟比他年长十一岁的苏轼相唱和的作品。从令铄的原唱与东坡次韵的两诗看来[1]，两人友谊颇为亲切。令松游览诗《游紫麟峰》不知作于北宋还是南宋，而令时的十一首诗，多数可以分辨其作于北宋或南宋，作于北宋的多半是和士大夫交往的诗篇和山居的生活；写于南宋的则抒写今昔之感，故国之思。赵令衿六首诗率作于南渡之后，对李纲的忠贞报国极表崇敬。

六世孙子崧、子砾、子昼、子泰、子潚等诗人或表现忧心时局，或描述隐居生活，或盛赞朝廷威仪。

七世孙伯纯《登南山》写游览，伯光残句写游宦，伯琳《五月菊》残句："为嫌陶令醉，来伴屈原醒。"[2]从五月开花的菊花联想到死于端午的屈原，含蓄地表达他那深沉的使命感。（以上三人生卒年均不详），伯溥（高宗绍兴二十四年进士）的《读先大人伐金遗疏》云：

---

1. 赵令铄二首见《全宋诗》十八册，第 11956 页；苏轼次韵二首见十四册，第 9372、9373 页。
2. 诗及残句见《全宋诗》二十二册，第 14770、14771 页。

□□（疑所缺二字可能为“胡虏”之类字眼）无情不可亲，年年遣使浪填津。武侯会有两篇表，读罢令人泪满巾。

诗题的“先大人”是赵子潚。此诗强烈表现了他的爱国精神。他的《宿斋堂》云：

灯前孤影吊茕茕，为忆亲恩未有穷。夜半子规啼血处，陡闻涧底鼓清风。[1]

这首表现的是孝思不匮。伯沁（孝宗隆兴元年进士）《梅花》：“惟契竹松敦晚节，不随桃李竞春芳。”[2]以梅花的耐寒自况。伯晟（孝宗淳熙六年知上元县）的《栖霞寺》[3]则写栖霞寺的清壮清幽而已。伯字辈中最特殊的是赵璩（1130～1188年），他初名伯玖，高宗绍兴六年（1136年）被选入宫，作为继承人储备人选之一，后来高宗选中了孝宗，他就以恩平郡王出就外第。他的《送张达道还山》写他的清闲心境。[4]

八世孙有师固、师立、师圣（以上三人生卒年不详）、师训（绍兴二十四年进士）、师羼（1148～1217年）、师商（生卒年不详）、师吕（光宗绍熙四年进士）、师秀（1170～1219年），师恕（宁宗嘉定八年知余杭县）等诗人。其中以赵师秀较受注意。师秀字紫芝、号灵秀，与徐照字灵晖（？～1121年）、徐玑号灵渊（1162～1214年）、翁卷字灵舒（生卒年不详）四人都是永嘉（今温州）人，他们时相交往，诗风也颇接近，四人的字号中又都有一个“灵”字，所以号

1. 二首诗见《全宋诗》三十八册，第24032页。
2. 《全宋诗》四十六册，第28608页。
3. 《全宋诗》五十册，第31186页。
4. 《全宋诗》四十三册，第27211页。

称“永嘉四灵”。[1]

师秀存诗二卷，能写清幽之致，而多有寒俭之态，如《秋色》云：

幽人爱秋色，只为属吟情。一片叶初落，数联诗已清。……

写清幽的诗篇，此非仅见，但由清幽牵连出来的贫、病、饥、寒、寂寞、辛苦等词语出现得更为频繁。如《送沈庄可》的“清事贫人占”。《寄薛景石》云“虚窗风飒然，独卧听寒蝉。家务贫多阙，诗篇老渐圆。清秋添一月，故里别三年。最忆君门首，黄花匝野泉”。《安仁道中》的“行尽沿溪路，天寒岁又除。……等缘贫所役，为仕娩为渔”。《栗禁》的“……照镜枯于腊，梳头落似霜。病痾如退愈，贫窭又商量……”。《答叶司理》的“寂寞坐高雰，兵来与讯偕。喜看君字画，癯似我形骸……”。《过弋阳》的“三月三番过弋阳，吾生辛苦莫思量”。[2]从他的诗作，已完全嗅不出一丝贵族的味道，在他的心情中他已沦为一般的贫士。

然而，并非到了师字辈，所有人都已丧失了贵族的意识，如师吕的《贺希瓐侄得男》就说：

天潢一派福流长，旅邸重闻夹乌香。海上蟠桃千古秀，月中仙桂万年芳。象贤应拟家声振，缮德还期国运长。端是吾宗能厚积，故生麟凤兆祯祥。[3]

1.“永嘉四灵”之号，见《四库全书总目提要·别集类十五》，第3387页。

2. 上引各诗散见《全宋诗》五十四册，第33840～33850页。

3.《全宋诗》五十三册，第33001页。

师吕念念不忘自己是“天潢一派”的贵裔，而有家国一体的那份自豪。所以，师吕和师秀的差异，显示二人的禀性和际遇的不同，不宜把二人等量齐观。

师立的《石门岩》、师圣的《烂柯山》皆写游览的闲适，略似一般游览诗而少有特色。[1]

太祖九世孙有希櫓（理宗宝庆间 1225～1227 年有诗名）、希㑺（1166～1237 年）、希混（宁宗庆元二年进士）、希融、希发、希蒯、希濬、希昼、希鹗、希淦、希鹄、希彩（以上九人生卒年不详），希焄（宁宗嘉定十五年进士）、希迈（理宗端平间 1234～1236 年通判雷州）、希玠（理宗宝庆二年进士）、希彭（理宗绍定二年进士）、希逢（宁宗理宗时人）、希彰（1205～1266 年），希鄂（理宗嘉熙元年知湘阴县）等诗人。希櫓存诗二十九首，其《秋夕》云：

> 霄虚白露潜心涛，木叶下危栏。月淡钟声晓，灯青剑影寒。人心山莽莽，世尊海漫漫。何日平胡虏？西风望眼宽。

诗中充满忧时忧国的情绪。余如《江湖伟观》的“归鸿影里阑干晚，回首中州人渺茫”。《春莫》的“壮心不逐流年去，倚剑青天发浩歌”。都表现出积极进取，为国效力的志向。[2]

另一位多写激昂的爱国诗篇的宗室诗人是赵希逢，他和了志士华岳（？～1221 年）一百七十余诗歌，颇多慷慨之作，如《和忧世寄清溪友人》云：

1. 二诗分别见《全宋诗》二十九册，第 18888 页，三十一册，第 19984 页。
2. 《全宋诗》五十三册，第 33324、33325 页。

> 少年奋笔若挥戈，兵甲胸中数万罗。一片忠肝明贯日，十分辩口势悬河。……

又如《和寄西山》二首之二云：

> 残胡妄欲肆穿窬，愤激英雄起草庐。……奋志鹰扬正吾事，谁能闲立作舂锄？[1]

这类直抒胸臆的诗篇比比皆是。

其余比较特殊的有赵希彭的《绝命偈》：

> 六十二年皮袋，放下了无挂碍。青天明月一轮，万古逍遥自在。[2]

这是宗室诗中禅味最浓厚的一首。

太祖十世孙有与杍（生卒年不详）、与泳（孝宗淳熙十二年进士）、与时（1175～1231年）、与訔（1213～1265年）、与滂（理宗淳祐九年为闽安镇官）等诗人。他们存诗都很少，特色也不显著。稍可一提的只有与泳的《麦秋劭农随侍郡侯仗屦获遂淡岩一游浪吟古句聊志岁月》结句云："安能广作万间屋，震凌风雨皆帲幪。"[3]略有杜甫（712～770年）《茅屋为秋风所破歌》"安得广厦千万间，大庇天下寒士俱欢颜，风雨不动安如山"[4]的胸襟，但出语稍欠自然之致；另有赵与訔者，乃赵孟頫（1254～1322年）之父，其《宿

---

1. 二首皆见《全宋诗》六十二册，第38930页。
2. 《全宋诗》六十二册，第39246页。
3. 《全宋诗》四十三册，第27066页。
4. 《杜诗镜铨》四部善本新刊卷八，第152页。

半塘寺》五律[1]，写半塘寺的清幽，读之令人有身临其境之感。

十一世孙有孟禹（生卒年不详）、孟僖（生卒年不详）、孟坚（1200～？年）、孟淳（孟坚弟）、孟僴（文天祥从事）等诗人。其中以孟坚存诗二卷一百首为最多。孟坚、孟淳、孟僴都是节操高尚之士，孟坚《上习斋陈先生》云：

> 厥闻忠孝者，所出同一源。子于所亲孝，移忠理必然。亲贤亦子训，忠节贵两全。杀身能成仁，扬名斯永延。是亦孝所在，岂但知色难？……[2]

这是他上先进陈埙（1197～1241 年）长诗的开端几句，表现他对忠、孝二字的领会，这类砥砺节操的诗句，俯拾即是。其弟孟淳《题桃》云：

> 滴粉挼酥晕几重，风前红雨一枝浓。世间是色皆为妄，除却夭桃单种松。[3]

对松树耐寒的劲节有所赞美。至于孟僴《临终口占》的忠贞不贰，前已具言。

太祖十二世孙仅由济（生卒年不详）一人有诗流传，而见存的诗亦仅《谱乐歌》一首而已。[4]此歌以典雅的四言诗历述赵氏的起源及流衍，而以“宗戚相依”，凝聚宗族的团结力量，其立身之

1.《全宋诗》六十四册，第 39963 页。

2.《全宋诗》六十一册，第 38661 页。

3.《全宋诗》六十一册，第 38602 页。

4.《全宋诗》五十四册，第 33711 页。

本，则“惟忠惟孝”。最后以“善保家声，期于不替。尚念前人，留心谱系。受天之庆，爰及苗裔”作结，在忧患中勗勉子孙勿堕家声。

（二）太宗系

太宗系的宗室诗人在三系中人数最多，诗篇的数量也是三系之冠。但就见存的作品来看，其出现的时代则略晚于太祖系，要到五世孙士字辈才有存诗。

太宗五世孙有士掞（卒于北宋晚期）、士宇（生卒年不详）、士礿（徽宗大观元年锁试第一，高宗三十一年为宗官）三位诗人。士掞《登天清阁》有光阴虚度的落寞。士宇《游虎丘》亦有失意之感。”[1] 士礿在北宋末已成年，入南宋后又活了三十多年，其《和张叔夏梅岭》结句云：“他年自许调金鼎，绝味应当献君王。”[2] 更明白显露其用世之心。

太宗六世孙有不群（？～1152 年）、不息（1121～1187 年）、不敌（活动于孝宗朝）、不遏（活动于光宗、宁宗朝）、不谫（活动于宁宗朝）等诗人。唯存诗甚少，或仅残句而已。其中不群北宋末已出仕，南宋高宗绍兴二年（1132 年）知郴州，后来又历鼎、宣、庐、温各州，绍兴二十二年卒于两浙路转运副使任上。其仅存一首《南峰庵》云：“庵枕青溪四面山，炉烟未断日初残。高僧丈室修然静，案上楞严久不看。”[3] 这首写浙江南峰庵的诗，对南禅已有深刻的领悟，可能是他在动荡时代中饱经忧患，晚年时对人生的

---

1. 士掞、士宇诗见《全宋诗》十五册，第 10179、10180 页。
2. 《全宋诗》三十册，第 19211 页。
3. 《全宋诗》三十一册，第 20075 页。

体认。[1]不遏《题康沂亭》云："雷濒桂海号炎陬，自笑区区亦宦游。若使民康无愧古，谁云此地不徐州。"[2]则写宦游边地而能随遇而安。

太宗七世孙有善晤（高宗绍兴二年进士）、善宣（绍兴三年知通山县）、善应（1118～1177年）、善傅（与父不抑随高宗南渡）、善信（善傅弟）、善俊（1132～1195年）、善坚（孝宗乾道二年进士）、善括（乾道四年知常熟）、善扛（1141～？年）、善涟（1142～1217年）、善濂（1145～1223年）、善沛（孝宗淳熙二年进士）、善期（淳熙六年进士）、善卞（宁宗庆元元年为右监门卫大将军）、善謐（庆元四年知连州）、善湘（1170？～1242年）、善璙（宁宗嘉定元年进士）、善浥（理宗淳祐年间进士）等诗人。

善应《宁师西阁》云："飘泊南来几岁寒，追谈往事谩辛酸。云烟暮隔中原望，归折梅花忍泪看。"善传《仲兄书至》云："开缄尽是离乡思，何日重来舜里居？"[3]南渡之初，诗人总是怀着浓浓的思乡之情。善信《车辂院书怀》云："还须期报主，檀爇紫云浮。"[4]则意欲出仕，报效君主。

生于南宋的宗室诗人多步上仕途，但难免备尝行役的艰辛，而萌退隐之心，如善俊《登虎丘寺》："偶来千古云岩寺，洗尽三生宦海心。"[5]也有接近禅佛，以求心灵的安顿，如善慷《宿西湖净寺听僧乐梵呗》："幻身何日脱尘劫，慧眼于今识色空。"[6]至于善謐《浯溪》的"……空怜民力疲刍栗，滥厕时贤动冕旒。病骨

1. 赵不群的经历，见《宋史》卷三四七本传，第3272页。
2.《全宋诗订补》，第870页。
3.《全宋诗》三十八册，第23702页。
4.《全宋诗》三十八册，第23704页。
5.《全宋诗》四十五册，第27851页。
6.《全宋诗》五十册，第31033页。

讵堪胜重寄，归舟喜不负清流。……”[1]则不忍见百姓因重税所受的痛苦，而借病引退，以保自身的清白。善璙《饥陈匝峰之廉泉》的“附翼攀鳞事，书生不敢干”，[2]则勉励友人在宦海中宜以节操自守。

太宗八世孙汝字辈的诗人为数最多，有汝铎、汝州、汝铤、汝踬、汝鋈、汝衡、汝旗（以上七人生卒年不详）、汝能（高宗绍兴二十七年进士）、汝愚（1140～1196年）、汝伋（孝宗淳熙五年进士）、汝遇（淳熙十四年进士）、汝洙（宁宗庆元元年进士）、汝绩（生卒年不详）、汝諿（庆元五年进士）、汝鐩（1172～1246年）、汝謩（宁宗嘉泰三年知泰和县）、汝淳（宁宗开禧元年进士）、汝驭（宁宗嘉定元年进士）、汝湜（嘉定元年进士）、汝迕（嘉定七年进士）、汝回（嘉定七年进士）、汝唫（理宗端平元年知江阴军）、汝普（理宗宝庆二年进士）、汝楳（宝庆二年进士）、汝育（宝庆二年进士）、汝腾（？～1261年）、汝谔（理宗端平二年进士）、汝廪（理宗淳祐十年知涪州）等。在二十八位汝字辈诗人中，以汝鐩、汝腾二人存诗最多。前者存诗六卷，凡二百八十二首；后者存诗二卷，凡一百四十二首。兹先略述此二家诗之心境，而以其余诸家稍做补充。

汝鐩一生常为地方官吏，经历行役的惊险与仕宦之难为。他的物质生活很贫乏，但精神生活却颇能自得其乐。他能品味环境的清幽，如《溪上》的“日暖花繁蝴蝶困，水清鱼过鹭鸶随”。《野步》的“香递深林疑麝过，声传幽谷认莺啼”。《张园》的“台馆高低皆得所，松间亭子最清幽”。[3]……然而，他却不像与他同时

1.《全宋诗》五十四册，第33767页。

2.《全宋诗》五十六册，第35092页。

3.《全宋诗》五十五册，第34250、34251页。

并有来往的宗室诗人师秀那般，从清幽而带出贫、病、饥、寒、寂寞、辛苦等词语。这些词语在他诗中并非不见，但都只是轻轻带过，不似师秀的胶着、沉重。他更喜欢用的是“爽”字，如《秋居》云：

> 入得秋来爽，何烦宋玉悲。推窗对修竹，开卷课诸儿。世事轻放着，人生无足时。年多自当老，不用染吟髭。[1]

他能将世事轻轻放下，对一己的得失，委命任运，所以有种爽快的感觉。更有意思的是《秋日同王显父赵子野何庄叟泛湖赵紫芝继至分韵得秋字》云：“雨余湖更爽，载酒共清游。”[2]紫芝是赵师秀的字，他们一同游湖，师秀却并未留下爽朗的诗句。个中缘由可能是师秀对自己的穷困非常介意，而陷溺于自艾自怨之中；汝鐩的孤愤是基于他的忠贞爱国与关怀社会。所以纵使他为官受责，但他知道那是因为他宽以待民的缘故，《弦歌堂对雨》云：“民宽残税欠，身受上官嗔。”[3]由于同情百姓而受责，自然就不那么难过了。此外，师秀在仕和隐之间，往往感到进退维谷；汝鐩对于“出”与“处”却看得很真切，《出处辞》云：

> 太公严子陵，皤然两渔人。文王尚西伯，光皇已中兴。太公所以竟卷饵，子陵所以归垂纶。趋向固异辙，出处同一心。当日遭逢倘易地，两翁亦必随时而屈伸。钓台高兮渭水清，或隐或显俱彰千古名。[4]

1.《全宋诗》五十五册，第 34230 页。
2.《全宋诗》五十五册，第 34233 页。
3.《全宋诗》五十五册，第 34231 页。
4.《全宋诗》五十五册，第 34203 页。

他对出与处看得明白，所以能够进退裕如，而有爽朗的心情。

赵汝腾是南宋晚期的宗室诗人，其诗特点是重视教育，在他一百四十二首诗之中，泰半都与教育有关。在国势倾颓之际，他大力提倡儒学，打算以教育为手段，从根救起。无论任职礼部还是地方官，他都竭力振兴教育。他勉励学生要“存心养性”，期望官吏要“必廉必恭”。由于重视道统，他对优秀学者极为尊重，例如对名儒徐霖（1215～1262 年），他就写了二十首诗给他，极力邀他前来讲学。他是一位尊师重道的诗人。[1]他的朋友高斯得（理宗绍定二年进士）说他“同姓体国”、“爱君忧国”[2]，可见他以宗室之亲而忧国之心是多么热切。

赵汝愚是宋朝三百多年间唯一当过宰相的宗室，诗作仅存八首，都有从容不迫之致，如《致爽轩》云：

> 浓阴夹道水流渠，吹尽残花不复余。唯有范家千亩竹，青青依旧色侵书。[3]

汝麋在理宗淳祐十年（1250 年）知涪州时有《观石鱼》云：“片云不为催诗黑，欲雨知予志在民。”[4]关怀百姓的福祉。

太宗九世孙有崇渭、崇森、崇釚、崇杰（以上四人生卒年不详）、崇滋（宁宗嘉定十年进士）、崇垓（嘉定十六年进士）、崇渊（嘉定十六年进士）、崇嶓（1198～1255 年）、崇鉘（崇嶓弟）、崇槟（理宗嘉熙二年进士）、崇璠（理宗宝祐六年特奏名）、崇琏（理宗宝祐元年进士）等诗

1. 赵汝胜诗见《全宋诗》六十二册，第 38869～38895 页。
2. 高斯得《送庸斋赴如愿》，《全宋诗》六十一册，第 38576 页。
3.《全宋诗》四十八册，第 30020 页。
4.《全宋诗》六十三册，第 39702 页。

人。他们存诗都不多，略有特色的有崇森《久旱喜雨》云：

> 五月炎歊化作霖，分明滴滴是黄金。田禾预卜六分熟，河水新添一尺深。和气已能周禹甸，至诚端自感汤林。此时此泽人知否？大慰饥民望岁心。[1]

同情农民的心意，溢于言表。他如崇嶓的《征妇怨》、《劝农》[2]的关心民瘼，崇鉼《壮节亭二松》的砥砺节操，亦具时代性。而崇琏《题关夫子》云：

> 天挺孤忠世所钦，桃园口血誓坚金。单刀万古英雄胆，明烛一生节义心。蜀汉史书传不朽，春秋庙祀有余歆。当年无奈曹孙在，今日曹孙何处寻。

几乎全采民间传统，强烈显扬关夫子的忠义精神。其《题曹孝娥》则在表彰曹孝娥的至孝，但末了却以“中郎八个字，恼得老奸人”做结，不忘批判当权的奸臣。[3]

太宗十世孙有必橦（生卒年不详）、必蒸（度宗咸淳元年与子良坡、孙友直同举进士）、必常（生卒年不详）、必涟（理宗时人）、赵必晔（宋亡入元），必瑑（1245～1295 年）等诗人。其中以必瑑存诗一百零七首为最多。必瑑于度宗咸淳元年（1265 年）第进士，历任地方基层官吏，三年后文天祥（1236～1283 年）辟为佐吏。宋亡，隐居乡村，足迹不入城市。宋末他和过文天祥的诗，也鼓舞同志报效

1.《全宋诗》三十八册，第 23717 页。

2. 二诗见《全宋诗》六十册，第 38076、38085 页。

3.《全宋诗》六十六册，第 41292 页。

国家，如《和张竹处韵饯陈匝峰之濂泉》云："不愁官冷客无氈，力欲回澜障百川。"《饯尹权宰》云："莫把屠龙斩蛟手，便携短棹钓沧浪。"既以勉人，亦以自勉。宋亡之后，其《题竹隐梅外二先生祠堂》云："……老竹秦四皓，寒梅汉二疏。纷纷麟阁画，章服裹猴狙。"[1]是将高尚的遗老和事敌的新贵做一对比。往后的作品就渐趋平淡，多写平淡的生活。

太宗十一世孙有良佐、良生（二人生卒年不详）、良坦（理宗宝祐元年进士）、良坡（度宗咸淳元年进士）等诗人。良坦抗元兵败，系狱二年，不屈殉难。其《狱中附家二首并序》云：

> 试令三载，无愧于心。守节二年，不屈于敌。只因忠义二字，累及老稚一门。所著诗篇，附以见志。
>
> ……臣子立身忠与孝，此心期不愧丹墀。（其一）
>
> 一著南冠二载余，安危不必问何如。精金百炼钢还锐，劲竹三冬节不枯。对月欲同鹃带血，临风会有雁传书。瓦杯冷落孤灯里，几度吞声只自吁。（其二）[2]

良坦的忠义守节，无愧为大宋天潢贵胄。

太宗十二世有友直存诗七十四首，前已论及。

（三）魏王廷美系

在三系中魏王一系的宗室诗人为数最少，其作品的出现也最晚。其原因是太祖传位弟弟太宗，而小弟廷美以为自己是第一顺位的继承人，并亟于登基。太宗太平兴国六年（981 年）已萌反

1. 以上三首见《全宋诗》七十册，第 43931、43936 页。
2. 《全宋诗》六十六册，第 41293 页。

状，七年被举发而且坐实。八年，廷美被降为涪陵县公，房州（今湖北竹山县）安置，并派人严密监视。雍熙元年（984年）廷美至房州，忧悸成疾而卒，年三十八。在他死后，太宗还对宰相说："廷美自少刚愎，长益凶恶。"[1]所以在敏感的年代里，魏王一系的宗室无缘参与朝廷的盛典，也没有任何诗篇流传。不但如此，这一事件，更坚定了太宗严格禁止宗室参政的决心。

这一系直到徽宗时才有五世孙赵鱻之（生卒年不详）《代府尹宋乔年上元应制诗》，总算和朝廷典礼沾上了边。[2]另一位五世孙像之（1128～1202年），已经生南宋。他存诗一首《题张家店壁》[3]，写旅途上秋夜的寂寞。

魏王六世孙有存诗四首的赵公硕（1121～？年），其诗作都是游览之作。赵公豫（1135～1212年），存诗八十九首，亦多游览之作。

魏王七世孙有彦迈（生卒年不详）、彦端（1121～1175年），彦卫（孝宗隆兴元年进士）、彦瑷（隆兴元年进士）、彦中（孝宗乾道五年进士）、彦真（1143～1196年），彦呐（孝宗淳熙二年登四川类试第）、彦橚（1148～1218年）、彦珖（光宗绍熙四年进士）、彦假（宁宗庆元二年进士）、彦彬（宁宗开禧元年进士）等诗人。他们或写风景名胜，或同年会相唱和，或祝寿应酬，涉及政事的并不多见。稍涉政事的有彦端的《观送迎有感》，前已述及；又有彦彬残句"俸薄俭常足，官卑清自尊"。[4]在谦卑中表现了他的自尊。唯一例外是口气很大

1. 事见《宋史》卷二四四《宗室一·魏王廷美传》。第3229页。
2.《全宋诗》二十九册，第18886页。
3.《全宋诗》四十三册，第27082页。
4.《全宋诗》五十五册，第34442页。

的彦呐，他存诗一首，诗题是《挈家来游饫山林之美款泉石之胜引睇莆阳扁画因慨思关河鼎沸版图之归无期当有任其咎者》[1]，但《宋史》已言其“大言无实”。[2]

魏王八世孙有珂夫、釴夫（二人生卒年不详）、庚夫（1173～1219年）、潜夫（？～1227年），立夫（宁宗开禧元年进士）、以夫（1189～1256年）、璝夫（理宗宝庆二年进士）、汃夫（宝庆二年进士）、夷夫（宝庆三年知铜山县）、密夫（生卒年不详）等诗人。各人存诗皆不多，或唱和应酬、或登临游览、或咏物抒情、或意欲退隐。只有珂夫《大涤洞天留题》的“我儿祷旱朝龙井，一雨昭苏大有年”。夷夫《当阳胜处》云：“当阳胜处好溪山，翠滴温公宝墨斑。绿溜一泓凉意足，须臾肤寸遍人间。”[3]关心到社会大众。

魏王九世孙有时朴、时伐、时韶（以上三人生卒年不详）、时弥（宁宗嘉定十二年进士）、时焕（1201～1257年）、时璩（理宗淳祐年间进士，知丹阳县）、时远（宋末入元）、时清（宋末入元）等诗人。其中具有时代色彩的有时璩的《题陈少阳先生上书稿后》和时清的《挽赵秋晓》[4]。陈少阳是陈东（1086～1127年）的字，他在钦宗时上书论蔡京等六贼误国，高宗建炎元年（1127年）上书乞留李纲而罢黄潜善的汪伯彦，而被害死。一百五十年后，赵时璩读到他上书的遗稿，抚今追昔，而有“……叩阍斥时宰，不惜用一死。……千载凛如生，作者书于纸”。感动奋发的句子。赵秋晓就是太祖十世孙赵必瑑，赵时清和赵必瑑在宋亡后一同隐居不仕，必瑑先逝，时清哀悼而有“诸老凋零不忍闻，奈何天又夺斯人？……

1.《全宋诗》五十册，第31053页。

2.《宋史》卷四一三《赵彦呐传》，第5042页。

3. 珂夫诗见《全宋诗》三十五册，第22243页，夷夫诗见六十册，第37989页。

4.《全宋诗》六十五册，第40658页，七十册，第43973页。

同宗闻讣尤伤感，老泪无多暗伤神”之句。

魏王十世孙有若盈、若渚（二人生卒年不详）、若恢（度宗咸淳元年进士）、若橚（度宗咸淳十年进士）等诗人。后二人皆由宋入元，都隐居不仕新朝，但四人存诗都不见对时代的戚喟。若橚《即事》之一的“行藏天已定，随分且徜徉”[1]也许可以概括四人诗作的共相。十世之后，魏王廷美系不见有诗歌流传。

在上列三系中，太祖系的诗篇出现最早，但多半是在朝会活动中装点门面的作品，不必透露私密的情感。到北宋晚期，他们才和圈子外的文人有所交往，而多有抒情之作。太宗系的诗作出现稍晚，他们虽比太祖系的宗室较为亲近皇帝，但同样被拒于权力核心之外，因而有虚度光阴之感。魏王廷美因谋反而遭放逐，惊悸成疾而卒，这一系更是远离权力中心。在恐惧中，自然不会将其心境揭露于诗中。

北宋沦亡，南宋重整秩序，宗室获得从政的机会，于是他们逐渐融入文士阶层以及社会大众。有人以一般贫士自居，有人则不忘自己与国同休的高贵血统。相较之下，魏王廷美的子孙鲜少以宗室自诩；而太祖、太宗的后裔不但时常不忘自己的出身，在亡国之际，这两系的后裔都有人以诗歌记下他们的谱系，要后世子孙永志不忘。

魏王一系在亡国以前，对国事多半缺少积极的态度和热切的情绪。太祖、太宗二系对国势衰颓与朝政昏暗，则多反应激烈。此二系在南宋的大量诗人和大量作品都相混同而看不出二系的明显差异。然而，从另一角度来观察，他们个人的特色则颇能展现。总之，其个别差异，大于二系间的团体差异。

1.《全宋诗》七十册，第 43923 页。

四、宗室诗人与文人学者的交往诗

北宋太祖、太宗、真宗、仁宗各朝，宗室受到周全的照顾，享受优渥的待遇。他们集体住在朝廷提供的高尚社区里，只在朝会中露露脸，不见他们和外界有什么私人的诗歌应酬。到英宗、神宗朝以后，宗室的人数已扩张到相当可观的数量，朝廷的政策亦有所调整，有些宗室开始踏入人间，与外界交往。而南渡以后，他们与外界的互动更为密切，而且多以私人情谊为基础。以下略从几个方面加以说明。

（一）赵令畤交往诗

令畤初字景贶，后来苏轼替他改字德麟，而且三度向朝廷荐举他，但因令畤诗亡佚太甚，在残存的十一首诗中，竟看不到任何与苏轼有关联的诗，然而，从苏轼的诗集却至少保存了十七首他和令畤唱和的诗，其中称他为景贶的有九首，如《和赵景贶栽桧》、《次韵赵景贶春思且怀吴越山水》等，称他为德麟的则有七首，如《次韵赵德麟雪中惜梅且饷柑酒三首》、《赵德麟饯饮湖上舟中对月》等。[1]可见苏、赵二人唱和赠答的频繁与交情的热络。

令畤存诗中有《次韵陈履常汝阴久雪账饥》一首，前已提及，而陈师道集中涉及赵令畤的诗则有五首，如《连日大雪以疾作不出闻苏公与德麟同登女郎台》、《次韵德麟吴越山水》等。[2]亦

---

1. 苏轼与赵令畤唱和诗，见《全宋诗》十四册，第 9447、9448、9449、9451、9452、9455、9456、9457、9458、9460、9461（二首）、9465（三首）、9478 页。
2. 陈师道诗及赵德麟者，见《全宋诗》十九册，第 12646、12693、12694、12695、12748 页。

可见二人交往之密切。至于令畤和晁说之、陈恬的交往前已言及，不再重复。

（二）赵子昼交往诗

赵子昼（1089～1142年），字叔问，有《崇兰集》二十卷，已佚，仅存诗三首，而与人交往的只有《泛舟鉴湖同程致道赵来叔联句》一首。[1]赵来叔是赵子泰，生平不详，就只留下这一联句诗，可置不论。程致道是程俱（1078～1144年），在他十一卷诗集中，竟有四十二首是和赵子昼相关的交往诗。[2]如《送赵子昼奉议归睢阳用熊倅韵丙申》、《题叔问燕文贵雪景二首戊申》、《得赵叔问衢婺道中书作寄己酉》、《戊午岁九日复与叔问登城楼再用前韵作》等。案：丙申是宋徽宗政和六年（1116年）、戊申是高宗建炎二年（1128年），己酉是建炎三年（1129年）、戊午是高宗绍兴八年（1138年）。看来二十八岁的赵子昼和三十九岁的程俱在北宋末期就已订交，在动荡不安的南宋初期，他们交谊弥笃。最后，在绍兴十二年（1142年）比较年轻的子昼反而先逝世，而他的墓志铭，就是程俱为他撰写的。[3]

（三）赵希逢交往诗

赵希逢（理宗淳祐元年为汀州司理参军）交往诗最特殊的一点就是

---

1. 此诗在《全宋诗》三十册，第19220页。赵子昼名下只留题目，全文见二十五册，第16319页程俱卷七。
2. 程俱与赵子昼交往诗见《全宋诗》二十五册，第16281（二首）、16289、16290、16291、16292、16295、16297、16298（二首）、16307、16319、16351、16353（二首）、16354（二首）、16365（二首）、16368（四首）、16369（二首）、16370（二首）、16371（二首）、16372（二首）页。
3. 程俱《宋故徽猷阁直学士左中奉大夫致仕常山县开国伯食邑九百户赠左通奉大夫赵公墓志铭》见《全宋诗》卷三三四五，第433页。

他存诗约一百七十二首，而其中一百六十五首是和华岳（？～1221年）一人之作。案：华岳，字子西，号翠微。故其集名曰《翠微南征录》。时韩侂胄（1151～1207年）弄权误国，华岳上书请诛之。侂胄大怒，下大理治罪，监管建宁。[1]希逢适任职福建，与之交往密切。以钦佩其为人行事，而一一和华岳之诗。兹略举数例，以见其同声相应之情状。

华岳《忧世寄清溪友人》："庙堂无计息干戈，国土衔冤未汨罗。尺五指天均日月，[2]八千里地旧山河。人无远虑心徒切，里有新丧巷不歌。况是十年芹泮客，倚阑尤觉泪滂沱。"

赵希逢《和忧世寄清溪友人》："少年奋笔若挥戈，兵甲胸中数万罗。一片忠肝明贯日，十分辩口若悬河。肯同郭璞递投策？莫学楚舆狂作歌，四海苍生望霖雨，看看离毕致滂沱。"

华岳《夜读离骚》："楮衾封冷白凝霜，展转无眠夜未央。风欲送愁先卷帐，雨嫌多梦故敲窗。自惭鼓瑟投齐好，谩接歌舆效楚狂。起把离骚读幽闷，楚调还似楚江长。"

赵希逢《和夜读离骚》："孤忠烈日与秋霜，千古英魂在水央。掩卷长吁悲往事，挑灯痛饮坐寒窗。始终与国当同戚，愤抑沉身亦近狂。狼跋等诗今可覆，怡然意味最深长。"

读二家诗，原唱含蓄表现其孤愤的心情，而和诗则将其发挥得淋漓尽致，并期望华岳宜为苍生着想，要他多加保重。再如华岳《寄西山》云：

1. 华岳事见《宋史》卷四五五《忠义·华岳传》，第5506页。
2. 尺五，喻近。唐陕西韦氏杜氏世为贵族，时称韦杜去天尺五，言其门第崇高，接近帝居。《辛氏三秦记》："城南韦杜，去天尺五。"

宫墙无地可穿窬，犹幸先人有敝庐。仕版可羞宁毁瓦，儒冠曾误枉收书。供柴我合同收炭，寄食君当自办蔬。此理晓然明似镜，何须足下肆耕锄？

赵希逢《和寄西山》云：

残胡妄欲肆穿窬，愤激英雄起草庐。广也数奇穷亦命，括之一败罪非书。梦魂北阙常倾藿，饿死西山未分蔬。奋志鹰扬正吾事，谁能闲立作春锄？[1]

华诗原有不得志而有退隐的倾向，赵希逢和诗则以残胡未灭，正应奋志鹰扬，何暇躬耕做个自了汉？

华岳也有三首赠希逢的诗：《贺赵法曹》、《戏呈赵可父》、《勉赵法曹》[2]。今录《勉赵法漕》诗及序文于下：

法曹以词赋明经屡首监漕。初尉赣之石城，比岁不登，茶寇盐商在在啸集。法漕招集豪杰，分道掩捕，雷驰电扫，随即扑灭，因识江湖之士。次任建安法曹。明年，复为南省锁试第一，不愿易授，持终建安任。又明年，发兵上边。时卿有荐赵于幕府者，江湖之士多归之。

银潢河海浸崆峒，君独轩昂万派中。北鄙虎牢今子产，东山狼跋古周公。固知鲁卫封同姓，合向燕秦策异功。我欲誓江同击楫，中流不惜伴英雄。

华岳原本以武学生出身，而赵希逢也有统帅的才能。两人都允文

1. 所引华岳三首，依次见《全宋诗》五十五册，第34411、34407、34388页；赵希逢三首依次见六十二册，第38930、38946、38930页。

2. 分别见《全宋诗》五十五册，第34372、34397、34402页。

允武，而且又带有几分侠气，所以惺惺相惜，相得益彰。

(四) 同年会的交往诗

自唐行科举以来，同榜登科的进士就很重视这种“同年”的关系。无论在友谊上、在事业上，这都是一个很重要的群体，成员之间都有强烈的认同感，并且时常召集“同年会”来联络感情，互通讯息。这种情况，由唐而宋，并绵延到后世而与科举相终始。

在北宋晚期，少数宗子尝试参加科举：到了南宋，宗室中的精英分子几乎都以进士出身，而同年的关系也成了他们与外界精英分子交往的最基本的渠道。兹以宋孝宗隆兴元年（1163 年）癸未榜的进士为例。他们在登第二十多年后举办了可能是最后一次同年会，有诗作留存的同年有袁说友（1140～1204 年）、赵彦卫、赵彦瑷、成钦亮、陈德明、赵伯泌（以上五人生卒年不详）、赵彦真（1143～1196 年）。其中赵伯泌是太祖七世孙（不见同年会诗），彦卫、彦瑷、彦真三人都是魏王廷美七世孙。兹录各家同年会诗如下。

袁说友《同张元善集癸未同年》：

> 同年几合几分违，三十年间见日稀。尊酒相逢今也幸，诗书论政旧焉依。慈恩故事嗟回首，吴地清淡对落晖。一世功臣在公等，尚期努力佐龙飞。

赵彦卫《吴下同年会诗次袁说友韵》：

> 雁塔寻盟信不违，二星联璧世间稀。高情念旧何其厚，□客亲仁得所依。节操刚方范孟博，□□（所缺疑为风流二字）蕴藉谢玄晖。沙堤已筑

催归骑，怪底朝来喜鹊飞。

赵彦瑗《吴下同年会诗次袁说友韵》：

引睇龙门念久违，自题雁塔会何稀。奔驰蓬幕只甘分，只尺星台喜有依。拱侍尊罍陪盛世，仰瞻形政焕清晖。我公自有回天力，入佐明君看一飞。

成钦亮《吴下同年会诗次袁说友韵》：

雁塔从游叹久违，盍簪话旧一何稀。鹏程暂驻皇华重，鱼队欣逢渌水依。诗倡珠玑跳月峡，酒行杯斝湿春晖。吴门盛事彰施了，两两台星挟诏飞。

赵彦真《姑苏台同年会次袁说友会》：

杏园名胜与春违，落落晨星入望稀。百里我方欣际遇，二天公正许凭依。绣衣俱近云霄路，绮席聊分山水晖。已幸光华参末至，凤池行且看双飞。[1]

读以上五首诗，约略可以看出这次同年会是由袁说友和张元善二人主办，地点选在赵彦真当知县的吴县。从袁说友的诗集还可以看到其他的同年，但他们并无诗作留存。召集人袁说友和张元善当时都在朝廷任要职，而袁尤显贵，所以由他首倡赋诗，大

1. 袁说友诗见《全宋诗》四十八册，第 29961 页。赵彦卫诗见《全宋诗》四十五册，第 28277 页。赵彦瑗、成钦亮、陈德明诗俱见四十五册，第 28278 页。赵彦真诗见四十八册，第 30365 页。

意是以怀旧开始，以勉励同年继续报效国家作结。四人的和诗亦多以怀旧开始，而以预祝两位召集人更上层楼，前途无限作结。这种同年会加深了同年的情谊。

（五）宗室诗人与学者的交往诗

古代的学者和文人之间初无清晰的界线，但倚轻倚重间还是可以看出“儒林”、“道学”和“文苑”的差异。兹略述宗子与倾向学者型人物的交往诗。赵汝洙《与新安朱元晦谈易有感》云：

> 南窗数度断韦编，茅塞余心未豁然。洞极潜虚浑是梦，观梅卜瓦总非仙。先天妙处无多画，太古真时只一圈。今日从知斯不谬，庖羲更出亦何言。[1]

汝洙勤读（宁宗庆元元年进士）《易经》而未能贯通，向朱熹（1130～1200 年）请教，经指点后，将学习心得以简约的诗句加以呈现。

赵汝鐩《黄干见约小饮就宿》云：

> 病后何人慰寂寥？长须持简忽相招。溪山见说为楼爽，杖履宁辞去郭遥？柳絮一天晴舞雪，松声十里夜闻潮。谈诗直到疏钟动，酒困频将茗椀浇。[2]

黄干（1152～1221 年）是朱熹的优秀弟子，也是朱子的女婿。他的学术成就很大，诗文也颇可观。他邀约病后的赵汝鐩到他郊外

1.《全宋诗》五十三册，第 33318 页。
2.《全宋诗》五十五册，第 34252 页。

清幽的住家散心。他们长夜谈诗小酌，又以茶解酒，直到晨钟初动。可见两人交情的深厚热络。

赵汝回《呈水心先生》云：

> 鹤骨虽癯发未斑，秋风鸥鹭共修间。芙蓉夹径才通马，杨柳沿地不碍山。外稿定于何日上？中兴只在十年间。穀城片石无人识，胡骑堂堂出汉关。[1]

水心先生叶适（1150～1223 年）是永嘉学派的巨子，力主抗金，光复故土。赵汝回把他譬喻为授书张良的黄石公。

赵孟坚《上习庵陈先生》写自己对忠孝节操的体认，以诗为贽，求交于比他年长三岁的陈埙（1197～1241），这是君子之交。孟坚又有《为仓使吴荆溪先生寿》，吴荆溪先生即吴子良（1197～1256 年），是叶适的弟子，孟坚推崇他是叶适传下的正统。[2]

赵汝腾与学者徐霖（字景说、号径坂，1215～1262 年）赠答唱和的诗有二十余首之多[3]，前已提及。

宋朝一向鼓励读经，宗子亦多接受儒学教育[4]。如太祖四世孙赵世昌（1020～1061 年）就曾学《春秋》于孙复（992～1057 年），学《易》于王猎（生卒年不详）。到了南宋，宗室与学者的接触更加频繁[5]，只是宗子以诗歌表现这种关系的，远不如他们和文人之间的交往来得多。

---

1. 《全宋诗》五十七册，第 35869 页。
2. 赵孟坚二首见《全宋诗》六十一册，第 38661、38665 页。
3. 赵汝腾与徐霖二十答余首诗见《全宋诗》六十二册，第 38871～38894 页。
4. 参《天潢贵胄》第三章中“教育文人文化”项，第 46 页。
5. 参《天潢贵胄》第七章中“学校和教育”项，第 162～167 页。

除了前举各家之外，与宗子交往的著名诗人，还有陆游（1125～1210 年）、赵蕃（1143～1229 年），巩丰（1148～1217 年）、刘克庄（1187～1269 年）等人。如赵汝淳（宁宗开禧元年进士）的《寿故翁》，赵汝谈（？～1237 年）的《寄赵昌父》、《翠蛟亭和巩丰韵》，赵师秀的《寄赵昌父》、《贵溪夜泊寄赵昌甫》，赵庚夫的《道中逢潜夫》，赵立夫（宁宗开禧元年进士）的《谢刘潜夫寄示诗卷》[1]。至于“永嘉四灵”间的交往诗，更是宗室交往诗中显而易见的。

综览宋代宗室的交往诗，从北宋晚期，经南宋到宋亡，他们交往的精英分子都是杰出的忠义之士。可见他们对自己的宗室身份是相当珍重的。

五、宗室诗之评价

宋人针对宗室诗的评论并不多见，而北宋则尤少。就北宋而言，苏轼盛赞赵令畤各方面的才能，他在三荐令畤的札子中，涉及文学的语句是：“文采俊丽。……臣尝见其所著述，笔力雅健。”“今缮写赵集平日与臣诗文三轴进呈。伏望圣慈清宴之暇，一赐观览，必有可取。”[2]都只是概括性的赞扬。南渡以后，检寻宗室诗人的墓志铭，长篇累牍，都在强调他们在事功上的业绩，很少提及他们的诗作，偶或点到，也只是轻轻带过。大约要到南宋中叶以后，少数几位宗室的诗作才受到诗评家的注意。

1. 各诗依次见《全宋诗》五十五册，第 34449 页。五十一册，第 32023、32022 页。五十四册，第 33839、33850 页。五十五册，第 34295、34443 页。

2.《全宋诗》卷一八七九，第 97 页；卷一八八四，第 188 页。

（一）赵师秀

戴复古（1167～？年）《石屏诗集》中《哭赵紫芝》云：

> 呜呼赵紫芝，其命止于斯。东晋时人物，晚唐家数诗。瘦因吟思苦，穷为宦情癡。忆在藏春园，花边细语时。[1]

诗言师秀（光宗绍熙元年进士）有东晋人物的遗韵，其诗作则可与晚唐诗相提并论。同时也同情他的仕途穷困不通。

罗大经（约于1226年前后在世）《鹤林玉露·卷九》云：

> 近时赵紫芝诗云："一瓶茶外庶只待，同上西楼看晚山。"世以为佳。然杜少陵云："莫嫌野外无供给，乘兴还来看药栏。"即此意也。……紫芝又有诗云："野水多于地，春山半是云。"世尤以为佳。然余读《文苑英华》所载唐诗，两句皆有之，但不作一处耳。……作诗者岂故欲窃古人之语以为己语哉？景意所触，自有偶然而同者。盖自开辟至于今，只是如此风花雪月，只是如此人情物态。[2]

《鹤林玉露》透露了师秀的诗作受到世人的注意，但他疑心深受世人称誉的两联诗句，其机杼乃出自唐人，然后又对此指摘加以消解。

刘克庄（1187～1269年）《后村先生大全集》卷三《哭赵紫芝》云：

1. 《宋诗话全编》七册，第7597页。
2. 罗大经语见《宋诗话全编》卷七，第7641页。赵师秀二联，第一联仅见于此，第二联见《薛师石瓜卢》（《全宋诗》五十四册，第33845页。）杜甫诗见《宾至》，《杜诗镜诠》卷七，第137页。

> 夺到斯人处，词林亦可悲。世间空有字，天下便无诗。……[1]

对新逝的赵师秀创作的诗篇，给予极高的评价。

兹举师秀诗二首，略述其特色。《月夜怀徐照》云：

> 月色一庭深，迢遥千里心。湘江连底见，秋客与谁吟？寒入吹城角，光凝宿竹禽。亦知同不寝，难得梦相寻。[2]

当时徐照（？～1211 年）游宦到湘水，秋天的月夜，师秀系念远方的朋友，想象他身处异乡的寂寞。颈联二句凝聚了触觉、听觉、视觉营造出秋夜的凄清，令人感同身受。而“竹”之一字，亦扣紧湘妃竹的地方特色。尾联将心比心，言已尽而余韵悠然。其《水际》云：

> 水际移居晚，薰风绿满汀。密萍妨下钓，高柳碍观星，忙是僧相过，闲惟雨可听。寻思非久计，终忆自柴扃。[3]

他对环境的观察非常仔细，对生活的体验也很真切。他撷取最贴切的片断，以精准的文字，暗示出那言外之意。

赵师秀无论是观察、体会、想象，乃至驾驭文字的能力，都很杰出而无可挑剔，但文学史家顶多只将他摆到名家之列，而不足以成为大家，最主要的原因可能是他总是小处着眼，刻画精细，而缺乏作为“士”的开阔胸襟与深沉的使命感。他常自艾自

1.《宋诗话全编》八册，第 8544 页。

2.《全宋诗》五十四册，第 33842 页。

3.《全宋诗》五十四册，第 33847 页。

怨，不免时带蔬笋气。所以一向被视为郊、岛的余波。

（二）赵汝鐩

刘克庄曾三度评论赵汝鐩的诗歌。《刑部赵郎中墓志铭》，只轻轻提到“公博记工文，尤深于诗，有《野谷集》行于世”。[1]寥寥数语而已。其余文字，皆载其家世、履历、事功。《后村先生大全集》卷九十四《序野谷集》的褒扬比较详细些，其大要云：“明翁诗兼众体，而又徧行吴楚百粤之地，眼力既高，笔力益放。卷中歌行跌宕顿挫，剸蛟缚虎手也。及敛为五、七言，则又妥帖丽密，若唐人锻炼之作。订其品，自元和、大历，溯于建安、黄初者也。余旧闻明翁工诗之尤自珍秘，数出鄙语挑战，明翁终闭壁不出。”[2]评论最详尽的是同书卷一百《序赵明翁诗稿》，其言曰：

> 嘉熙戊戌（宁宗嘉熙二年）余尝为明翁序诗。后四年，明翁更示近作，乃录集中警句于后。五言云“风霜先远客，天地独扁舟”，似老杜；“巧须出大造，清欲与秋争”，似孟郊；“山寒梅意峭，林茂鸟声深”，似张祜；“笠戴天童雨，鞋穿雪窦秋”，似刘梦得；“乌残桃见核，虫蠹叶留痕”，似林逋。七言《多景楼》云“江连淮海东南胜，山出金焦左右青”，《岳阳楼》云“左右江湖同浩荡，东西日月递沉浮”，似许浑；“径有泉流安得暑，亭因风扫自无尘”，“锄草就平眠鹿地，芟松勿损挂猿枝”，似张籍、王建。“墨湧清地聚科斗，雪明碧嶂过春锄”，殆天然著色画，“水田白鹭”、“夏木黄鹂”之句无以加也。余与明翁皆嗜诗者，然明翁失台郎而归，其诗愈奇；余衔使指而出，不复有一字半句。闲忙之效如此。因读明翁绝句有云“留取葡萄浮大白，肯将容易博凉州？”叹其高标卓识，为之爽然自失。[3]

1.《全宋文》卷七六二五，第139页。

2.《宋诗话全编》八册，第8564页。

3.《宋诗话全编》八册，第8594页。

刘克庄深入缕析汝鐩的诗作，用的都是正面揄扬之词，但字里行间也提供了不少其他的讯息。例如后村说他“笔力益放”，而放有开、逸、纵、肆等义，都有不受约束的意义。读汝鐩的歌行如《古别离》的“……嫁狗逐狗鸡逐鸡，耿耿不寐展转思。吠月啼晓喧孤帏，泪雨千行心肝摧。与其眼穿万里见无日，何如同赴沙场战死俱白骨!”《三阁曲》的“……将军忽遇韩擒虎，江神今识清河公。凭栏璧月词未终，谁知携手两妃游井中。”《蒲涧行》的“君不见少君诧安期海上之枣，又不见坡仙咏安期宅边之蒲。……”[1]都是放逸不受羁绊之作。

后村又说汝鐩的五、七言“妥贴密丽，若唐人锻炼之作”，后来又一一比对汝鐩的警句，拈出其酷似杜甫、孟郊、张祜、刘禹锡、林逋、许浑、张籍、王建、王维等人的诗句，除林逋之外，其余八人都是唐人，后村的评语，可解读为其警句能逼近唐代诗家，但也可隐约看出汝鐩诗不出唐人藩篱。到了清代王士祯(1634～1711 年）曾摘录宋人诗佳句十九家，而以汝鐩为首，可能就是由于其诗有唐人风致的缘故，因为王士祯本就偏于宗唐一边的。

至于就整首诗来看，《宋诗话全编》说他“诗工五言，时有佳句，但乏远神”[2]也不无道理，例如《秋意》云：

> 今年秋意早，夜傍井梧生。隆得雨声息，洗教山骨清。倚栏看叶舞，寻砌听蛩鸣。举目无非爽，吟诗易得精。

又如《日融》云：

1.《全宋诗》五十五册，第 34200、34202、34212 页。

2.《宋诗话全编》七册，第 7607 页。

> 日融风力软，曳仗独逍遥。蜂去花心尽，莺迁柳影摇。一年春易老，两鬓雪难消。客至时留饮，无缘特地招。[1]

其中多密丽的警句，但尾联都是言尽意止，少悠然的余韵，这也许是被评为“但乏远神”的理由吧。

（三）赵庚夫

赵庚夫（1173～1219年）和刘克庄（1187～1269年）是交情不错的诗友。庚夫有《道中逢潜夫》云：“相逢投草舍，对雨话移时。衣湿全无火，囊空各有诗。……”[2]庚夫既逝，克庄有挽诗二首及送葬诗一首[3]，且为之作墓志铭[4]。在《挽赵仲白二首》之一只有“家留遗稿在，棺问故人求”一句，提到他的作品，而《赵仲白墓志铭》则对他的作品有深入的评论：

> 其平生志业无所泄，一寓之诗，丛稿如山。和平冲淡之语可咀而味，愤悱悲壮之词可愕而怒，流离颠沛之作可怨而泣也。

墓志铭说他“丛稿如山”，但绝大多数已经亡佚，连刘克庄择其百篇诗题为《山中集》亦已亡佚，今见存诗仅二十二首。读此，则多“和平冲淡之语”，而少见“愤悱悲壮之词”与“流离颠沛之作”。其诗如《鬓髭》云：

> 鬓髭渐渐长霜茎，老听山中雀唳声。九死一生尤可重，百年几日更多

1.《全宋诗》五十五册，第34226、34237页。

2.《全宋诗》五十五册，第34295页。

3.《全宋诗》五十八册，第36151、36153页。

4.《全宋文》卷七六二〇，第161页。

营？自参梵夹机心息，专食藜羹胃气清。检点依然魔障在，草堂钓艇未忘情。[1]

这也许就是刘克庄所谓“可咀而味”之类的诗篇。

（四）赵汝淳

刘克庄《后村先生大全集》卷一一一《赵静斋诗稿后叙》对赵汝淳的诗作有一段完整的评述，其言曰：

> 余年已八十二，耄且盲，命子侄朗诵而谛听之。内二十章为宗族尊幼而作，于伦纪最隆。三十章纪宦游车辙马迹所至，于淮东西、湖南北、三边亭阵堡戍，风寒险要，如指诸掌，凡为朝家帅阃画兵筹军册（疑当作策）历历在目。他如投赠、饯送、和韵之属，片言只字皆有义味。公尝参谋故抑斋陈公韡、故尚书开府杜公杲大幕府，而从杜公最久，与之相为始终，杜公奏凯，荐公自代。其《述怀》、《感遇》诸篇，虽郭隗之于燕昭、齐客之于田横，无以过也。公不为奇崛险奥语，皆人所共知者，但人不能道耳。窃尝评公所作，借曰思虑所及，其语在目前，意存事外者，巧力不能至也。[2]

这一大段评语，首先说明此乃自己因年老视力衰退，由子侄朗诵汝淳诗后的心得。他将汝淳诗分为三大类，其中二十章属于宗族伦理的，读其评语，当有涉及他对宗室这一身份的感受或看法，惜已全数亡佚。有三十章是记录他宦游所见、所感、所思，今稍有残留。第三类是一些应酬诗，今亦稍见残存。最后，也是最重要的，后村评论汝淳诗的风格，乃在平易的文字中蕴藏着丰富的

1.《全宋诗》五十五册，第 34296 页。

2.《宋诗话全编》八册，第 8622～8623 页。

意涵。今《全宋诗》仅录其诗十首，《订补》补上一首，如此而已。兹举一二首略事评论。《灵岩》云：

> 古寺疏钟隔断烟，馆娃宫殿草芊芊。多情却有松萝月，只与当时一样圆。[1]

人事更迭不已，而圆月却万古长存，两相对照，感慨遂深。这就是后村说的“其语在目前，意存事外者”也。然而，其《桃源行》云：

> 武陵溪上栽桃花，儿童笑语成生涯。当初避地不知远，渔郎惊问疑仙家。年深忘却来时路，流水春风等闲度。龙翔鹿走自兴亡，不到花开花落处。江边两暗蛮蓑湿，父老欲留留不得。隔林鸡犬渐萧然，啼鸟一声溪水碧。[2]

其中“龙翔鹿走自兴亡，不到花开花落处”是诗中警句。至于“流水春风等闲度”句，与白居易《琵琶引》（一作《琵琶行》）的“秋月春风等闲度”[3]雷同，而“啼鸟一声溪水碧”又酷似柳宗元《渔翁》的“欸乃一声山水绿”。[4]看来赵汝淳熟读唐诗，而摹拟之下，犹未尽化。如果再读他的《浩歌行》“天下今经几秦鹿”[5]一句，亦隐括王安石《桃源行》“望夷宫中鹿为马……重华一去宁复得，天下纷纷经几秦”[6]之意，则宋代诗家的作品，也是他所熟

1.《全宋诗》五十五册，第34448页。
2.《全宋诗》五十五册，第34449页。
3. 四部刊要《白居易集》卷十二，第242页。
4.《全唐诗》卷三五三，第3975页。
5.《宋诗话全编》八册，第8622～8623页。
6.《全宋诗》十册，第6503页。

悉的。只是他存诗太少，无从全面概括他步武先贤的状况。但仍可以约略看出他在摹仿前人方面颇下工夫，而创造力也就相对显得薄弱些。

(五) 赵汝谈

赵汝谈（？～1237年）有《南塘集》九卷，已佚，《全宋诗》录诗十五首。但《后村先生大全集》卷九十七《赵逢原诗》有云：

> 昔南塘赵公《题章泉梅诗》云“梅是翁之折角巾，无梅渠不谓高人。可怜世上痴儿女，满口梅花欲效颦”。南塘既以此评章泉之作，余请以此序逢原之诗可乎？[1]

《全宋诗》录汝谈诗十五首，《题章泉梅诗》失收，《全宋诗订补》亦未见辑补。刘克庄对此诗虽未置评，但既借用此诗为赵逢原（生卒年不详）诗作序，想其盖颇赏此诗，进而还可设想克庄对汝谈的诗作亦甚看重。

今读汝谈存诗，尚能见其精警，如《灵谷》云：

> 灵谷神仙宅，言归肆目新。山光远如画，秋色老于人。世事棋争劫，人心海变尘。功成思范蠡，湖上一闲身。

颔联抒写秋色秋思如在目前，颈联则非老于世故者不能言。其《寄赵昌父》云：

> 杨柳风吹神雨晴，樱桃花发野塘春。归来依旧青山好，白发看山有

1.《宋诗话全编》八册，第8581页。

几人。[1]

此诗当作于理宗端平元年（1234 年）去职之后，三年（1236 年）复起之前。在落职归家期间写下此七绝寄给赵蕃。前二句写春光骀荡，后二句写山居的心情，写得情景交融，而平和的心境则寓于融融春光之中。这是赵汝谈诗歌的特色。

(六) 赵孟坚

刘克庄《后村大全集》卷九《题赵子固诗卷》云：

> 紫芝仲白俱仙去，晚秀唯君擅士林。字肖率更亲手作，诗疑贾岛后身吟。九成合奏音方备，三染为纁色始深。老去尤于朋友笃，未忘几砚琢磨心。[2]

对刘克庄而言，比他小十三岁的赵孟坚（1200～？年）是后进，因此，他以“晚秀”称之。紫芝是赵师秀，仲白是赵庚夫。从起联可以看出刘克庄对南宋晚期的宗室诗人特别推重赵师秀和赵庚夫；对后进而言，则对赵孟坚有着很深的期许。但颔联所言，则可略加讨论。

克庄说孟坚的书法像极了欧阳询（557～641 年），但孟坚诗却自言“读罢离骚临晋帖”，晋帖和欧书有所不同，不知是否因孟坚兼擅二者，而当他誊写诗稿上陈长者后村时，采用严谨工整的欧阳率更体，故后村作此语。至于后村评孟坚诗“诗疑贾岛身后吟”读见存的诗，却看不出什么端倪。

---

1. 二首分别见《全宋诗》五十一册，第 32022、32023 页。
2. 《宋诗话全编》八册，第 8547 页。

孟坚见存诗二卷凡一百首，第一卷三十八首，率为古体诗，第二卷六十二首，多近体律绝。但都嗅不出有贾岛的气味，读其诗论，则更与贾岛苦吟无涉。如其《彝齐文稿》卷一《诗谈》云：

吾嗤彼云士，努力事诗妍。竟目搜枯肠，抽黄对白间。尔何无远观，跼促自缚缠。不见渊明陶，有诗累百篇。要以写吾心，出语如流泉。采菊见南山，得名于悠然。少陵动感慨，忠义胆所宣。有时心境夷，亦复轻翩翩。纤纤白云闲，无心游日边。风石激而奇，奔迸生云烟。讵以天然态，而事斧凿镌？……

他主张作诗要顺着天然的性情和感受，或悠然自得，或奔迸而发，不宜搜索枯肠，费力镌刻。这和贾岛的作风颇有出入。他在《孙雪窗诗序》云：

诗者，英气之发见于人者也。……感遇事物，英英气概形而成诗。……然何尝体制限哉？窃怪夫今之言诗者，江西晚唐之交相诋也。彼病此冗，此訾彼拘，胡不合杜李、元白、欧王、苏黄诸公并观？诸公众体该具，弗拘一也。可古则古，可律则律，可乐府杂言则乐府杂言，初未闻举一而废一也。

可见他对诗歌的创作，并不拘限于一家、一代、一体，而是采取自然而通达的态度。他最精要的见解，见于《赵竹潭诗集序》所谓：

诗非一艺也，德之章，心之声也。其寓之篇什，随体赋格，亦犹水之随地赋形。然其有浅有深，有小有大，概虽不同，要之，同主忠厚，而同归于正。[1]

其论诗最终乃以忠厚为主而一归于正，而反对将作诗当做一种技艺，舍本逐末，只在技艺上下工夫。兹略举其短章，以见其实践之情状。《临安客中》云：

小楼面面著疏棂，静有蟾光绝市声。读罢离骚临晋帖，菊花香里数寒更。

描写客居临安逆旅中，随遇而安，自得其乐的趣味。《清明》云：

节近清明长是阴，黄花间在麦田深。倦行却上高楼望，烟锁前村一半林。

行役在途，虽有倦态，但登楼眺望，自然景观令他感到舒泰。《梦回》云：

点点桃花短短墙，雨声彻夜响回廊。觉来蝴蝶家山梦，一半分明一半忘。[2]

独居异乡，梦到家山，醒来时梦境依稀，写来略带淡淡的乡愁，但并无哀怨的情绪，这大约符合他“同主忠厚而同归于正”的主张吧。顺带一提的是“一半分明一半忘”的句子可能影响到元曲《一半儿》曲牌的产生。

---

1. 以上赵孟坚三段论述见《宋诗话全编》九册，第8798～8800页。
2. 以上赵孟坚三首七绝见《全宋诗》六十一册，第38681、38682页。

就大体而言，北宋早期，宗室人数不多，而且都是天子的近亲，受到朝廷周到的照顾，成为一个独特的群体，少与外界接触，对人生的体验不深，偶有诗作，泰半是装点门面的应酬诗，鲜有出自肺腑之句。到了北宋后期，有些宗室扩大了生活范围，与文士渐有交往，作品稍多而品质也有所提升。

南渡之后，时移势变，大量宗子关心国是投身宦途，不但与文士交往频繁，甚至体察民间生活。由于生活内容丰富，感慨遂深。与文士的观摩切磋，使他们的诗艺得到增进；对人生的真切领会，令他们作品的内涵显得充盈。他们的成绩已达到当时一般水准之上。

然而，将这有诗作留存的二百位宗室的作品，投入约九千多诗人的诗的洪流中，他们几乎全遭灭顶，其中几位能受到当时文人的称赞，甚至受到批评家的青睐，已属难能可贵。至于要找出卓荦超群的诗国大师，则不得不付诸阙如。虽然如此，诗毕竟是“德之章，心之声也”，要了解宋代宗室的心声，他们的诗作，仍然是开启心门的钥匙。

六、结　论

宋朝宗室是个特殊而复杂的社会群体，近数十年来，逐渐引起历史学者的注意，陆续从不同角度加以探索。到了2005年，美国学者贾志扬教授穷数年之力，完成《天潢贵胄：宋代宗室史》的巨著，本文即在其启发下动念撰写。

贾志扬教授是位历史学家，他以丰富的、客观的、复杂的史料，建构了这部集大成的论著，在循读之下，钦服之余，仍稍有遗憾。因为宋代大约有二百位宗子还有或多或少的诗篇流传至今，而贾志扬教授并未将之纳入大作的架构中，偶或涉及，不免显得零散，以一个学习文学的读者来说，就很想知道，在当时如此的客观环境中，宗子的主观感受又是如何？而诗是“心之声”，以诗歌为研究对象，当可略探他们的内心世界。由于贾著已经就政治、社会、经济、教育各层面做了明确而翔实的论述，使得在读宗室诗时对其所处环境有了充分的认识，解读之际，就不致有太大的偏失。于是，乃尝试从几个角度探讨宗室诗的各个面相。

首先，本文先铺陈南北宋三百五十年间，宗室诗内涵演变的趋向，而将其分为北宋、南渡、南宋、宋亡几个阶段加以审视。

北宋阶段又可约略分为前后两期，而以神宗朝为分界，前期的宗室诗以参与官式文艺活动所作为主，在热闹的盛会中锦上添花；稍晚，也有些宗子在优渥的生活中感到光阴虚度的不安。到了后期，宗室诗人与文士渐渐有所交往唱和，而有观摩切磋的机会。

南渡阶段，诗人多怀故国之思，而以力图光复神州为基调，他们愿意为中兴大业竭智尽忠，但朝廷的暧昧态度也令他们惶惑焦虑。

南宋阶段宗室诗的数量最多，内容也丰富而多样。其作品有直斥权奸者，有以隐喻讥刺当道与士风者。有些宗子因无力感而萌生退隐的念头，甚至也自动或被动过了一段时间的退隐生活，但终究不敌生活需求的压力而出门游宦，为五斗米折腰。然而，在任地方官吏的时候，有良心的宗子多能体察民间疾苦，而在作品中注入了一份社会关怀。南宋时期，外有强敌的欺凌，内有奸人的专权，宗子和精英分子都饱受压抑，他们长期蓄积的不满情绪，乃化为满腔孤愤。所以忠义爱国乃是南宋宗室诗的主流。

宋亡以后，存活的宗子星散隐居，有些仍坚持忠义的信念，至死不屈。有的见武力抗争已全遭扑灭，一时无从光复，就努力维持文化传统，希望能重见天日。更有些宗子将宗谱写成诗歌，要子孙传诵谨记，不要忘本。

由于这个单元乃此篇的骨干，读此单元，则其他课题，可思过半矣，所以其篇幅亦将近全篇之半。

其次是考察太祖、太宗、魏王廷美三系宗室诗心情的异同。三系虽同为宗室。但处境却有差别，而且与时推易而有所变动。关于这一课题，兹篇将三系分别依其辈分依次论述。

在三系中，太祖系的诗篇出现最早，他的孙子惟和与紧接着的世长、世昌、世延都有作品流传。其中只有世昌的残句有抒情的意味，其余二人的诗篇都是参加官式艺文活动之作。太宗系则到五室的士挟、士宇才有留存至今，而有落寞之感，这一系存诗最多。魏王廷美一系，要到南宋时期八世孙珂夫才有作品传下。这一系存诗数量也最少，这与他们一起始就被边缘化有关。

南宋以后，太祖、太宗两系的宗室诗已不易看出其间的团体差异，倒是个人的特色较为突显。魏王廷美一系不但晚出、量少，而且在情感上也比较冷漠。再者，三系都在七、八、九三个辈分（即太祖系的伯、师、希：太宗系的善、汝、崇；魏王系的彦、夫、时）存诗最多。

第三个课题是探讨宗室诗人与文人学者的交往诗。在这个课题上只举几组人为代表。

一、赵令畤与苏轼、陈师道的交往诗。令畤存诗十一首，与苏轼的交往诗已经亡佚。但是，从东坡存诗中却可以看到两人的交往诗至少有十七首，从苏轼诗中可以知道二人交往密切。令畤存诗有一首次韵陈师道的诗，而陈师道存诗则有五首涉及赵令畤，可见二人交情亦非泛泛而已。

二、赵子昼与程俱的交往诗。子昼存诗三首，其中一首是和程俱、赵子泰的联句。然而读程俱集，则有四十二首和子昼相关的交往诗，二人交谊之深，于此可见。

三、赵希逢和华岳的交往诗。希逢存诗一百七十二首，其中一百六十五首都是和华岳的诗篇，篇篇次韵。而华岳也有三首赠赵希逢的诗，足见二人交谊之深厚。

四、同年会的交往诗。科举盛行之后，同年会一直是文士的重要社交场合，而且每会必赋诗怀旧与互勉。这里略举袁说友、赵彦卫、赵彦暧、赵彦真、成钦亮五人参加同一个同年所赋诗为例，以见这类诗在联系感情上的作用。

五、宗室诗人与学者的交往诗。兹篇但以赵汝洙与朱熹、赵汝鐩与黄干、赵汝回与叶适、赵孟坚与陈埙、徐霖等为例，以见二者间之同声相应，同气相求。

总之，宗室诗人交往的对象都是社会的精英分子，正义之士。

第四个课题是宗室诗的评价。这里只选择赵师秀、赵汝鐩、赵庚夫、赵汝淳、赵汝谈、赵孟坚等六家，经宋代批评家评论的诗人，并取其作品检验批评家的论点是否得当。

总之，宋代的宗室诗有精警的句子，有动人的篇章，但将这二百人的作品投入宋代九千多人汇集而成的诗歌洪流中，是不足以左右宋诗发展的方向，就如同他们在政治上无法力挽狂澜一般。但无论如何，他们的诗篇仍然是我们用来打开宋代宗室诗人心扉，了解他们内心感受最好用的钥匙。